연리지서

연리 連理

① 여러 가지 이치를 논함
② 두 나무의 가지가 맞닿아서 결이 서로 통한 것
③ 화목한 부부 또는 남녀 사이를 비유하여 이르는 말

연리지서

連理之書

SCARLET ROMANCE STORY

김유미 장편 소설

목차

· 일러두기

본 글은 조선왕조실록의 일부 기록을 바탕으로 한 창작물입니다. 실제 인물, 장소 및 사건과 유사하거나 일치하는 점이 있다면 우연임을 밝힙니다.

1부

명불허전名不虛傳 : 이름은 헛되이 전해지지 않는다

一. 명모호치明眸皓齒[1]

一

“잘들 논다.”

낮과 마찬가지로 환한 밤이었다. 하늘을 수놓은 별들이 무색하리만치 이곳저곳에 달린 등이 앞다투어 빛나고 오가는 사람들 또한 장터처럼 북적거렸다. 어디랄 것 없이 흘러나오는 간드러진 웃음소리와 호탕함을 꾸며 낸 목소리, 화려한 음률이 한데 어우러져 한성 기방 향월루香月樓 담장 안을 명성만큼이나 높이 채우고 있었다.

그 한 귀퉁이, 사람 눈에 띄지 않는 처마 밑에 쪼그려 앉아 있는 희熙는 다시금 투덜거렸다.

“체, 누가 보면 그 난리가 정묘년이 아니라 임진년인 줄 알겠네. 어쩜 이리도 난장판이람.”

하긴 괜한 시비일지도 모른다. 고래로 웃전과 기방은 나라가 뒤집힌다 한

1) 밝은 눈동자에 흰 이. 빼어난 미인을 뜻함

들 함께 뒤집히지는 않는다 했다. 더욱이 지난 정묘년에 쳐들어온 여진(女眞, 후금)은 북에서 내려와 황주까지 밟았을 뿐, 한성까지는 오지 못하였기에 한 해가 지난 지금은 더욱 옛일처럼 여겨질 법도 하다. 그러나 지역과 관계없이 힘없는 이들에게는 같은 상처였고, 나아가고는 있으나 여전히 쓰라린 까닭에 희는 눈 앞의 태평한 광경이 몹시 불편했다.

사실 개인적으로도 그럴 만한 이유가 또 있었다. 초경(初更)이 다 되어 가면 누구라도 술이 불콰해져 정신이 오락가락할 정도라고 여겨 부러 이때를 점찍었는데, 이제 시작이라는 듯 술판은 더욱 요란해지고 악기의 목청은 높아만 가는 탓이었다. 명백한 시행착오였다. 그러나 이대로 물러설 수는 없는 일. 희는 해시, 안 되면 삼경까지라도 버티기로 작심했다. 이 마당에 그깟 통금이 중요하리. 그런 그녀의 머릿속에는 오늘 아침 있었던 종사관 강수인(姜修釰)과의 대화가 스쳐 갔다.

"더는 관심 두지 말거라."

"하오나, 나리! 부자연스러운 것이라면 하나도 놓치지 말라 하신 분이 나리시지 않습니까."

"그래, 그리고 또한 증거가 중요하다고도 일렀었지. 너의 그 의심이 재고의 여지가 있다는 증거는 있느냐?"

"그, 그건……."

"희야, 그만 되었다. 입단속 주의하고 다른 곳으로나 그 총기를 돌려 보려무나. 애석하지만, 한성부 제일의 다모(茶母)가 필요한 사건은 어디건 널려 있으니."

아버지뻘 되는 나이의 그가 드물게 칭찬까지 해 가며 타이른 그 뜻은 명백했다. 그러나 그녀는 그럴 수 없었다. 그대로 물러났던 것은 할 말이 없어서가 아니었다.

그냥 그 자리에서 말했어야 했나?

희는 몇 번째인지 모를 되물음을 곱씹었다. 증거는 있었다. 그것도 더없이 믿을 만한 놈으로. 하지만 그걸 어찌 알았느냐는 반문이 꼬리를 잇게 되면 종국엔 단端 오라버니에게 폐를 끼치게 될지도 모르니, 역시 결론은 하나뿐이었다. 목이 마르면 직접 우물을 파야 한다는 것.

이 고뇌와 고생의 시작은 바로 엿새 전 벌어진 잔혹한 살인 사건이었다.

이월 초나흘 인시 경, 공조정랑工曹正郎 김익현金翊賢이 방 안에서 수십 차례나 찔려 죽은 채 발견되었다. 범인은 금세 밝혀졌다. 그 옆에 사노 한석瀚石이 흉기인 낫으로 제 목을 찔러 자진한 상태로 함께 발견된 것이다.

사건은 별다른 의문 없이 한석의 원한에 의한 살인으로 확정되었다. 이는 지배층에 경각심을 일깨워, 암암리에 함구령이 내려진 와중에 귀를 가진 양반들은 너도나도 집안을 엄히 단속하고 식솔들이 본을 받을까 경계했다. 또한 살인과 거의 겹쳐 일어난 절도 행각을 두고 진실을 덮기 좋은 마침맞은 가리개로 기껍게 받아들였다.

당시 그 방 안에서 없어진 유일한 물건은 돈도 귀중품도 아닌, 도화서 화원인 연담蓮潭 김명국金明國의 〈설경산수도雪景山水圖〉였다.

그날 저녁까지는 그림을 담은 궤가 있었다는 증언에 따라 죽음 전후가 직시되었다. 그리고 온통 피 칠을 한 방바닥에 밟힌 자국이 나 있지 않아 한석이 김익현을 죽이러 들어가기 전 도적의 손을 탄 것으로 결론지어졌다. 오래전 상처喪妻하고 외동딸도 두어 달 전 죽어 혈혈단신인 그는 달리 가깝게 지낸 이가 없었고, 그림보다 값진 것들이 제자리에 있었기 때문에 재물을 빼돌렸으리란 의심은 자연히 사그라졌다.

포도청은 그림을 찾기 위해 온 한성 바닥을 훑었고 모든 장사치를 조사했으나 그 도적과 그림의 행방은 끝내 밝혀지지 않았다. 결국 그림은 암시장으로 넘어간 것으로 결론이 났고, 김익현 살인 사건에 비해 소소한 일로 치부되어 수사는 종결되었다. 희는 그 사건에 직접 참여하지 않았지만 경험을 쌓으라는 수인의 배려로 현장과 주변 증언을 기록한 서책을 들여다볼 수 있었다. 그리고 의문을 가졌다.

살인과 절도가 하필 거의 같은 시각에 다른 사람으로 인해 일어난 것이 과연 우연인가.

평소에는 덜렁대지만, 사건 앞에서는 하나하나 다 따져 봐야 직성이 풀리는 그녀였다. 물론 세상에는 형언하기 힘든 우연이 얼마든지 존재할 수 있다는 건 안다. 또 살인 사건은 해결되었고 절도 사건 역시 피해자도 죽은 마당에 잊고 털어도 될 일이었다. 그래서 단지 확실히 하기 위해 그림이 암시장에 흘러간 것인지만 확인하려 했는데, 결코 그런 일이 없다는 사실을 알게 되었을 뿐이었다. 그녀는 결국 타고난 성질대로 두 사건 모두 다시 따져 보기 시작했다. 그림이 암시장에 나오지 않았다면 훔쳐 간 자가 혼자 보관하고 있다는 뜻이라. 돈이 아니라 그 그림 자체를 노렸다면, 정녕 도적일까? 과연 한석과는 아무런 상관이 없을까?

궁금증에 못 이겨 은밀하게 알아보던 희의 앞에 결정적인 단서가 나타났다. 사건이 벌어진 그 시각, 김익현의 저邸와 대로가 이어지는 그 골목 어귀에서 수상한 자를 보았다는 증인이 있었다. 증인은 근방 과부댁과 눈이 맞아 다니러 가던 유생으로, 그런 사정 때문에 포졸들에게는 입을 다물어야 했다가 사사로운 자리에서 추궁당하자 비밀을 지킨다는 조건으로 본 것을 털어놓았다. 그 인상착의와 사건 관계자를 맞춰 보자 누구의 수하인지 대번에 파악할 수 있었다.

종오품 종묘령宗廟令 채형蔡亨은 뇌물을 반기고 육욕을 즐기는 방탕한 자로 평판이 자자했다. 종묘령에 제수되기 전 간관諫官이었음에도 뇌물과 관련하여 사람들 입에 오르내렸을 때 결백을 주장하여 자리를 지켰지만 실상 믿는 이는 드물었다. 고인과는 알 사람은 다 아는 앙숙 관계였고, 서로 더 가진 것을 투기하였다 한다. 특히 김익현이 구한 연담의 그림으로 심기가 불편했다는 점은 귀 밝은 여종이 희의 구슬림에 넘어가 선선히 말해 주었다.

그러나 범인이 한석임은 분명했고 종묘령은 김익현이 죽을 당시에 기방에 있었음을 밝히기란 어렵지 않았다. 늘 데리고 다니는 수하 역시 함께였다.

직접 나서지는 않았다 한들 무관하지도 않으리라. 희는 종묘령을 조사하면 몰랐던 진실이 나타날 거란 확신이 들었다. 그러나 이미 마무리된 사건을 일개 다모의 확신만으로 재수사할 만큼 포도청은 한가한 곳이 아니었다.

즉 이제 남은 길은 포기하거나, 출처와 경로를 정당하게 밝힐 수 있는 다른 증거를 찾거나 두 가지인데 그런 경우라면 희에게는 갈림길이 아니라 외길이었다. 그래서 그녀는 종묘령이 금일 밤 일행들과 어울려 술판을 벌인다는 정보를 들어 기방에 잠입했다. 술로 인해 몸도 마음도 흐트러졌을 때 뭔가 하나라도 건지려는 목적으로.

한데 흐트러지기를 기다리려니 먼동이 틀 때까지 이러고 있어야 할지도 모를 판이었다. 누굴 탓하리오. 희는 속으로 투덜대며 종묘령 일행의 방을 다시 돌아볼 요량으로 몸을 일으켰다.

몇 걸음 떼기도 전에 양반 한 명이 이쪽으로 걸어오는 모습이 보였다. 순간 주춤했지만 이미 눈이 마주치는 바람에, 희는 얌전히 비켜서서 고개를 푹 숙이고 그가 지나가기를 기다렸다. 그러나 희망과는 달리 양반은 걸음을 멈추더니 그녀를 아래위로 훑었다.

"고개 좀 들어 보거라."

"예?"

"낯을 보이래도."

희는 머뭇머뭇 고개를 들었고 술기운으로 달아오른 얼굴을 맞닥뜨리자마자 얼른 다시 숙였다. 양반이 물었다.

"뉘 몸종이더냐?"

"쇤네는 그저 부엌데기입니다요."

"흐음. 그래?"

갑자기 커다란 손이 덥석, 희의 손목을 잡아챘다. 깜짝 놀란 그녀가 붙들린 팔에 힘을 주었다.

"어, 어찌 이러십니까?"

"잔말 말고 따라오너라. 잠시 볼일이 있느니라."

희의 가슴이 덜컥 내려앉았다. 볼일은 얼어 죽을, 이대로 끌려가면 으슥한 곳에서 험한 꼴을 당할 게 뻔했다. 그녀는 팔을 더 세게 잡아당겼지만 꿈쩍하기는커녕 양반은 껄껄 웃었다.

"제법이로고. 겁먹지 말거라. 말을 잘 들으면 오히려 네겐 좋은 일이다."

퍽이나!

"나리, 제발…… 놓아주세요."

희는 애원하는 척 버티어 시간을 끌면서 재빨리 주위를 살폈다. 불행 중 다행으로, 소란스러운 곳과 떨어져 있어 충분히 한산하고 어두웠다. 혈도를 눌러서 기절시켜 구석에 처박아 둬도 다들 주사라 여길 게 분명했다. 본인이야 부엌데기에게 당했으니 떠들 리 만무하고. 잽싸게 계산을 끝낸 그녀가 상대와의 거리를 재면서 공격 지점을 결정한 바로 그때였다.

"향월루라. 그 이름 한번 기막히니 오늘에야 그것을 알았구나."

툭 튀어나온 중얼거림이 태평하고 능청스럽기 짝이 없었다. 희는 흠칫했고, 양반도 깜짝 놀라며 주변을 둘러보았다.

"누구냐?"

"이런, 실례를 범했습니다."

짐짓 정중한 사과를 한 상대가 머무르던 그늘에서 한 걸음 앞으로 나왔다. 제법 큰 키에 적당히 다부진 몸집을 지닌 훤칠한 사내였다. 계집 여럿 울렸을 법한 얼굴까지 더하여 그 외양은 상급이었으나, 망건에 두루마기뿐인 한량다운 차림새가 퍽 한심스러웠다. 아니 어쩌면 저리도 잘난 체신이니 당연하려나. 하지만 희가 놀란 것은 그 때문이 아니었다. 분명 기척을 느끼지 못하였는데…….

"자네, 그것이 무슨 소린가?"

양반의 표정이 껄끄러워졌다. 아는 사이는 분명한데, 탐탁지 않아 하는 눈치였다. 사내가 유유히 말을 받았다.

"팔도 제일이라 칭하는 꽃밭을 두고도 한갓 잡초에 눈길을 주시니, 과연 향기로운 달香月이 눈물淚을 흘리는 격이다 싶어 그만. 무례를 용서하십시오."

"어험!"

양반이 민망한 듯 헛기침을 했다. 최고급 기방에 와서 한낱 부엌데기에게 손을 뺐었다는 사실이 알려지는 날엔, 그럴 요량이면 굳이 거금 들일 것 없이 사비私婢나 돌아보라는 비아냥거림을 듣기 십상이다. 희를 잡은 손아귀가 은근슬쩍 풀렸고, 얼른 팔을 뺀 희가 물러나는 것과 동시에 사내가 점잖게 끼어들어 틈을 만들어 주었다.

"짧은 밤은 그 눈물 손수 닦아 주심에도 벅찰 터. 이만 들어가 보심이 어떠실는지요."

"흠, 흠! ……그저 재미 삼아 희롱한 것을, 너무 주제넘게 나서는군."

"물론 그러셨겠지요. 이놈 성미가 원체 참섭하기 좋아하니 너그러이 보아주십시오."

시종일관 온화한 저자세로 응대하고는 있지만 어딘가 모르게 그 점이 오히려 상대를 골리는 것처럼 보이는 건 그저 기분 탓일까? 희가 조심스럽게 번갈아 보는 동안 양반은 훈계조로 몇 마디 덧붙인 다음 홱 돌아서서 성큼성큼 걸어가기 시작했다.

그 모습이 모퉁이를 돌아 사라질 무렵, 사내가 희를 돌아보았다. 그는 본인을 몰래 살피다가 눈이 마주치자 찔끔 피하는 그녀의 행동을 나름대로 해석한 모양이었다.

"왜, 그래도 계집이라고 잡초라는 말이 듣기 싫었더냐?"

무슨 소리야?

그를 관찰하느라 여념이 없었던 희는 그제야 기억을 되살리고 입을 삐죽거렸다. 놀리는 듯한 그의 말이 오히려 긁어 부스럼을 만든 셈이었다. 그가 나직하게 웃었다.

"용서해라, 본심은 아니었으니까. 그저 저치를 돌려보내고자 허언한 것이다."

스스럼없는 말은 꾸밈이 없었고 묻어난 웃음기로 폄하할 수 없는 진지함까지 엿보였다. 희는 괜스레 머뭇거리다가 일단 인사부터 해야겠다 싶어 꾸벅거렸다.

"저…… 구해 주셔서 감사합니다, 나리."

"흠. 내가 구한 건 네가 아니었을 터인데."

그녀는 놀라 고개를 들었다. 슬쩍 들린 입술 한끝에 머문 짓궂은 웃음이 또렷했다.

"주위를 둘러보는 품이 제법 매섭더구나. 도움을 청하려는 것이 아니라 단순히 다른 사람이 있는지 없는지를 확인하는 눈매였더랬지. 보신술이라도 배운 게냐? 간만에 재미난 구경 할까 싶어 기다리려다 저치가 가엾어 봐준 것이다."

들켜 버렸나. 그녀가 차마 대답하지 못하고 시선을 피해 우물거리자 그의 웃음이 커졌다.

"한데 너는 어찌 이곳까지 들어온 거지?"

"쇤네는, 부엌에서 일하는……."

"글쎄 처음 보는 일손이니 묻고 있질 않으냐."

마주치기 십상인 기생 몸종도 아닌 허드렛일 일손까지 전부 다 외우고 있다 이건가. 희는 어이가 없어졌다. 보다보다 이런 놈은 또 첨일세. 기방을 아주 제 집 드나들듯 하나 보다. 흐트러진 매무새가 그녀의 추측을 더욱 뒷받침해 주었다. 혹 기부妓夫인가? 그렇다고 보기에는 옷감이 지나치게 좋긴 한데.

"뭘 그리 흘끔대는 게냐? 묻는 말에 대답도 않고."

그의 핀잔에 희는 얼른 생각나는 대로 둘러댔다.

"그러니까, 급하게 일손이 부족하다고 해서 오늘만 잠시 온 것이어요."

"오늘만?"

"예."

그가 기가 찬다는 표정으로 혀를 찼다.

"네 어미도 참 물색없구나. 정신 나간 놈들이 득시글거리는 곳에 어린 여식을 보내?"

희가 울컥 반발했다.

"어리지 아니합니다. 또한 소녀가 오고자 고집부린 것이니 어미를 욕하지 마십시오!"

몰래 빠져나온 것이라 사실대로 말한 것은 아니지만, 들키면 주걱으로 사정없이 맞을 것이니 완전히 틀린 말도 아니었다. 희가 눈에 힘을 잔뜩 주고 있자니 물끄러미 보던 그는 난데없이 그녀의 이마 한가운데를 콕 찔렀다.

"아야!"

"효녀 났군. 여기는 어리고 몸만 다 큰 것이 문제라는 게지. 제법 영리한 줄 알았더니."

희는 이마를 문지르며 얼굴을 찌푸렸다. 솔직한 표정에 피식거린 그는 옷자락을 헤치더니 무언가를 끌러 그녀의 다른 손에 쥐여 주었다.

"이만하면 사흘 치 품삯은 될 것이다. 이런 데서 얼쩡대지 말고 얼른 가거라. 곧 인경人定이 치면 오도 가도 못할 터이니."

희의 눈이 커졌다. 소나무와 사슴이 곱게 새겨진 을乙자형 장도였다. 옥이나 비취가 아닌 목木장도였지만, 한눈에도 상등품이란 걸 알 수 있었다. 보통 솜씨로 꾸며진 것이 아니라 사흘은 고사하고 열흘 치도 될 것 같다. 그녀는 더 생각하지 않고 장도를 내밀었다.

"도로 가져가십시오. 이리 귀한 물건을 천한 소녀에게 함부로 내어 주시다니, 그리 보이진 아니한데 술이 과하셨나 봅니다."

"제대로 봤다, 취한 건 아니니까. 내 보기엔 네가 더 취한 듯싶구나. 귀한 줄 알면 냉큼 집어넣어야지. 지게미라도 제법 주워 먹은 게냐?"

"놀리지 마시고 어서 가져가셔요!"

"남의 손으로 건너간 것은 이미 내 것이 아니다. 가져가서 팔아먹든 삶아 먹든 마음대로 하여라."

그가 손을 내젓자 소매가 가볍게 펄럭거렸다. 이 사람, 진심이다. 그것을 깨닫자 그녀는 자신도 모르게 입을 열었다.

"대관절 연유가 무엇인지요? 소녀, 그저 하찮은 일손일 뿐이고, 나리를 오늘 처음 뵈오며, 앞으로도 다시 뵙기는 어려울 터인데."

"모르겠느냐? 당연히 변덕이지."

딱 자른 대답에 그녀는 할 말을 잃었다. 기가 막혀 입을 벌린 채 바라보고 있자니 그가 웃음을 터뜨렸다.

"거짓은 아니다. 정말로 그저 그러고 싶어서니까. 몰랐다면 모르되 일단 눈에 띈 이상, 험한 꼴 당할 수 있는 곳에 더는 두고 싶지 않구나."

"……."

"내 마음대로 내쫓는 마당에 손해는 안 보게 해 주어야지. 무어, 일 안 하고 삯을 받으니 간밤 꿈에 돼지라도 잡은 셈 치거라."

"하오나, 이것은……."

"거참, 말도 많구나. 입은 됐고 다리를 움직이란 말이다, 다리를."

옥신각신하며 등을 떠밀리다 보니, 어느새 희는 뒷문 밖에 나와 있었다.

담장 너머는 여전히 음률과 웃음소리가 시끄러운 반면 곧 통금이 될 거리는 조용했다. 희는 멍하니 주변을 돌아보고 손에 든 장도를 내려다보았다. 그리고 고개를 크게 저은 다음 몸을 돌려 기방 안으로 다시 들어갔다. 아무리 변덕이라고는 해도, 값진 장도 하나쯤은 적선하듯 줘 버릴 만큼 부유하다고는 해도, 이유 없는 친절은 부담스럽기만 할 따름이었다. 더구나 본래 목표에는 아직 근처도 못 가 봤는데 이렇게 어이없이 쫓겨날 수는 없었다.

조금 전 그 자리로 가 봤지만, 그는 안으로 들어간 건지 보이지 않았다. 어떻게 찾아서 돌려줘야 하나. 막막해서 한숨을 쉬던 그녀는 일단 일을 우선시하기로 했다. 종묘령 일행이 지금쯤 얼마나 퍼마셨는지 확인할 필요가 있었다. 운이 좋다면 가는 길에 그가 있는 방도 찾아 장도를 살짝 놓아두고 나올 수 있을 것이다.

희는 장도를 품속에 집어넣고 조심스럽게 걸음을 옮겼다.

다른 술 취한 양반과 마주칠까 주변을 둘러보는 눈과 주의를 끌지 않는 움직임은 더욱 기민해졌다. 문득 부는 찬 바람에 그녀는 팔을 비비며 몸을 움츠렸다. 더 쓸데없는 일에 방해받지 말고 들을 거 후딱 듣고 돌아가면 참 좋으련만. 따뜻한 아랫목이 그립다. 희는 새삼 오지랖 넓은 자신이 한스러워졌지만 이미 엎지른 물이라, 하늘에 기원하는 수밖에 없었다.

향월루는 한성, 아니 조선 최고 기방이란 명성에 걸맞게 매우 넓었다. 처음 왔을 때 일손인 척 '종묘령 나리'가 계신 곳을 확실히 알아 두었음에도 다시 찾아가려니 이 방이 그 방 같고 저 방도 그 방 같다. 낙담의 한숨을 삼킨 희는 몇 번의 실패 끝에 드디어 문제의 방을 찾았다. 작은 뜰에 있는 괴석 하나를 표식 삼아 맞모금으로 보이는 곳으로, 안에서는 술잔을 주고받으며 웃는 소리가 크게 흘러나오고 있었다. 잠시 기다려 보기로 한 희가 뜰로 향한 창 아래에 쪼그리려던 참이었다.

"너, 대체 여기서 뭘 하는 게냐?"

엉거주춤한 자세로 흠칫 고개를 돌린 희는 사내와 눈이 마주쳤다. 어처구니없다는 얼굴이 벌써 낯익고 만, 장도의 주인이었다.

뭘 하려고 이리 돌아다니는 거야……라고 생각하다 말고, 희는 황급히 그에게 달려들었다. 그녀는 태평한 그의 옷자락을 붙들면서 얼떨결에 손으로 입을 막아 버렸다. 얼른 둘러보자 주변의 다른 인기척은 없었고 등 뒤의 방에서는 다행히 눈치채지 못한 듯 여전히 이야기꽃이 한창 피고 있었다.

안도한 것도 잠시, 그녀는 자신이 지금 뭘 하고 있는지 깨달았다. 사내는 순순히 잡혀 준 채로 어디 할 말이 있으면 해 보라는 듯 쳐다보고 있었다. 한 손에 잡히는 비단만큼이나 다른 손바닥에 닿은 입술의 감촉이 부드러웠다. 그녀는 화들짝 놀라 두 손을 뗐다.

"죄, 죄송합니다, 나리! 실은…… 아까 그 나리가 지나가시는 것 같아 잠시 숨었던 터라, 무심결에 그만……."

그녀는 목소리를 한껏 낮추면서 열심히 변명을 만들어 붙었다. 가만히 보기만 하던 그가 갑자기 몸을 굽혀 그녀를 향해 귀를 갖다 댔다.

"그래서야 들리는 것도 없구나. 다시 말해 보아라."

은은한 등불 아래, 지척에서 보기에는 조금 부담스러운 얼굴이었다. 공연히 가슴이 뛰는 바람에 희는 재촉을 받고서야 조금 전의 변명을 다시 중얼거렸다. 그가 몸을 바로 했다.

"그리 두려우면 어찌 다시 들어온 게냐? 알아듣게 타일렀건만!"

엄한 꾸짖음이었지만 그녀의 사정에 맞춰 준 목소리는 매우 나직했다. 그렇다고 무섭지 않은 것은 아니라, 희는 찔끔하면서도 입을 열었다.

"저기, 그러니까…… 나리께 장도를 돌려드리려고요. 한데 길을 잃어버렸습니다."

"허 참."

희는 품에서 장도를 꺼내 그에게 내밀었다.

"천것을 헤아려 주신 그 마음은……"

"쉿!"

상황이 뒤바뀐 것은 순식간이었다.

그는 갑자기 그녀의 말과 입을 한 번에 막고 벽에 몸을 바싹 붙였다. 난데없이 팔 안에 가두어진 그녀는 심장이 덜컹 내려앉았다. 커다란 손바닥이 입을 꽉 막고 있어 숨 쉬기가 어려울 지경이었다. 갑자기 왜 이래? 희가 눈을 들자 진지해진 그의 시선은 머리 위 창을 향해 있었다. 그제야 방 안에서 흘러나오는 말소리가 그녀의 귀에도 와 닿았다.

"……었는데 참말인가, 청전菁全?"

"연담의 〈설경산수도〉? 그것이 무어 볼만하다고 위작까지 구했나?"

"그러게. 사람 참, 더 보태어 차라리 허주虛舟의 위작을 구할 일이지."

각자 한마디씩 던진 말을 듣고만 있던 쪽이 입을 열었다.

"그리 매도하다간 훗날 큰코다칠 것이네. 위작이나마 가진 것이 부러울 거야. 언젠가는 빛을 볼 재능이니까."

말도 안 된다느니, 선이 너무 거칠다느니 하는 대꾸가 줄을 이었다. 그러나 그자, 청전 채형은 그 이상 자신과 화원을 변호하지 않고 술을 권하기만 했다.

희는 놀람을 감추며 방금 들은 말을 곱씹었다. 종묘령이 그 그림을 가지고 있다고 제 입으로 말했겠다! 위작이라고는 하나 과연 그러할까. 진품인지 확인할 수 있다면 다른 가능성이 열리는 것이었다. 희는 그 점을 머릿속에 단단히 새겨 두었다.

……그건 그렇고, 이 사람은 왜 이리 심각한 거야?

희가 묵직한 침묵을 지키는 그를 다시 흘끔대는 사이, 귀가 번쩍 뜨이는 물음이 들렸다.

"한데…… 정녕 위작인가?"

은근한 암시를 품은 말에 방 안 활기가 확연하게 사그라졌다. 희는 침도 제대로 못 삼킨 채 대답을 기다렸다. 종묘령이 태연하게 대꾸했다.

"아쉽게도 그러하네. 그자가 죽고 진품이 암시장에 흘러갔다지. 찾아보고는 있네만 도무지 나오지 않는군."

"어험, 흠! 포청이 죄 뒤집어 놨어도 허탕이었잖은가. 무리도 아니지."

"암, 그렇고말고."

가라앉은 분위기를 돌리려는 듯 옆 사람들이 앞을 다퉈 종묘령의 말을 인정하는 발언을 했고, 희의 물음을 대신 던져 준 이는 더 반박하지 않았다. 그것을 계기로 화제는 다른 방향으로 틀어져 금번 향월루에 새로 온 기녀가 절색이라는 둥 송도에서는 명월明月의 재래라 불렸다는 둥, 느긋한 얘기들이 오갔다.

더는 들을 것이 없다는 판단이 선 희는 여전히 자신의 입을 막고 있는 손을 툭툭 두드렸다. 퍼뜩 내려다본 그는 바로 손을 놓으려 하다 창을 살피고 그대로 걸음을 옮겼다. 그녀는 별수 없이 보폭을 맞춰 따라갔다.

그는 인적 없는 작은 뜰에 들어서고야 그녀를 놓아주었다.

"미안했다. 방금 들은 말들은 그저 흘려버리고 이만 가 보거라."

"예에……."

다른 생각에 빠진 듯 어딘가 모르게 건성으로 말한 그는 인사도 듣는 둥 마는 둥 돌아섰다. 영 미심쩍었지만, 붙들고 말을 섞을 일도 아니어서 희는 조금씩 멀어지는 그를 내버려 두었다. 그러다 손에 쥐고 있던 목장도를 발견하고 아차 싶어 쫓아갔다. 외쳐 부를 수도 없는 노릇이라 지척까지 다가가는 동안 그는 돌아보지도 않았다. 그녀가 입을 막 열려던 차, 그의 혼잣말이 그녀를 붙들었다.

"하, 연담 이 사람, 알고는 있는 겐지. 하긴 알아도 그저 태평할 위인이니."

뭐?

희는 깜짝 놀라 저도 모르게 멈춰 섰다. 방금 그 허물없는 말은, 그러니까, 언님과 잘 아는 사이라는 건가? 벗의 그림이 베껴져 나돈다는 사실에 분개했다면 조금 전 이상한 언행들도 이해가 됐다. 희가 주춤한 그때, 뒤늦게 기척을 알아챈 그가 그녀를 발견했다.

"뭐 하는 거냐? 잊고 그만 가 보라니까."

"……아니, 저어. 저가 궁금증은 영 못 참아서요."

희는 열심히 머리를 굴렸다.

"나리께선 설경산수도라는 그 그림을 아십니까? 그것이 혹 눈 덮인 계곡을 뒤로 두른 초가집이 있는 그림인지요?"

그는 그녀를 빤히 응시했다. 느슨하던 조금 전까지가 거짓말인 듯 날카로워진 눈빛에 그녀는 속으로 찔끔하면서도 크게 뜬 눈을 천연덕스레 깜박였다.

"그래. 본 적이라도 있는 게냐?"

"아니오, 그저 들은풍월입지요. 알려 주셔서 감사합니다, 나리."

"잠깐."

아니나 다를까, 인사하고 돌아서는 희를 그가 잡았다. 못 이긴 척 쳐다보자 그가 물었다.

"그걸 알게 되었으니, 이제 무얼 하려고?"

"무어, 할 것이야 없지요. 어느 대감님께서 비명횡사하신 자리에 없어진 게 고작 그림 하나라니, 대관절 어떤 건지 알고 싶었던 것뿐입니다. 행방은 묘연한데 얘기가 분분하더라고요. 참말 그 사노가 손을 댔든 다른 도적이 들었든, 아무튼 그게 참 이상하지요."

"……"

"그리고 아까 대감님들은 낮잡아 보셨지만, 연담이라면 작년 세자 저하 가례嘉禮 도화에 함께하셨다고 들었는데요. 그런 분이 그린 그림인데 냉큼 따라 그린다는 게 쉬울 것 같지도 않으니 그 또한 이상한걸요."

"……방 안의 자들은 종묘령과 스스럼없이 어울리니 높아 봐야 오품이고, 죽은 자는 전前 공조정랑이니 역시 오품이라. 대감이 아니라 나리라 해야 맞다."

묵묵히 듣고 있던 그가 차분하게 바로잡았다. 비웃거나 의기양양 가르침을 내리는 게 아니라 조곤조곤 알려 주는 태도가 퍽 인상적이었다. 어수룩하게 보이려고 부러 틀려 준 호칭인데도 희는 무심코 진지하게 고개를 끄덕였다. 그는 그런 그녀를 똑바로 응시했다.

"한데 너는 그 얘기들을 어찌 다 아는 게냐. 연담이란 화원이 무얼 했는지는 그렇다 치더라도 사건의 내막은 불문에 부쳤을 터인즉슨."

"쉬쉬해도 다들 귀도 있고 입도 있는데요, 무어. 소녀의 어미가 장터에서 밥집을 합니다. 일손이 모자랄 때 돕곤 하는데 그러다 보니 이것저것 주워듣게 되더구만요."

"그렇군."

다행히 그는 더 캐물을 생각이 없어 보였다. 은근히 만만찮은 느낌이라 조금 걱정했던 그녀는 안심하다 말고 이채를 띤 그의 눈빛에 당황했다.

"제법이구나. 눈치도 빠르고. 입은 좀 더 무거워야 하겠다만."

입?

의아했던 희는 그에게 대놓고 물었던 것을 지적당했다는 걸 깨닫고 저도 모르게 반박했다.

"나리께서 남 일 같지 아니한 듯 그리 진지한 얼굴이시니, 여쭤도 좋겠다 싶어 그런 것이어요. 계집은 으레 방정맞게 입 놀리기 좋아한다 여기지 마십시오."

"글쎄, 적어도 네가 지기 싫어한다는 건 알겠구나."

체. 희는 튀어나오는 입을 넣지 않고 이제 진짜 가 보겠다고 말을 돌렸다.

"그리 해라. 뒷문은 제대로 찾아갈 수 있겠느냐?"

"예."

놀리는 말투에 희는 뚱하게 대답하고 몸을 돌렸다. 태도가 무례하다고 꾸짖기는커녕, 몇 걸음 가지 않아 그녀의 등을 두드린 목소리에는 웃음이 배어 있었다.

"나가는 길 잘 익혔다가 내일 미시가 되기 전에 그대로 되짚어 오너라."

"네?"

그는 손을 뻗었다. 손끝을 좇은 그녀의 시선이 길게 이어진 돌담에 가닿았다.

"돌담 따라 저쪽으로 죽 들어가서 나오는 별채, 처마 밑 풍경 바로 오른편이다. 움직이기 편한 차림이 좋겠지. 혹 누가 막거든 이명원李明願이 심부름이라 하면 별 탈 없을 게다."

"……예?"

희가 재차 물었지만 그는 제 할 말을 마치자 뒤도 돌아보지 않고 휘적휘적 걸어갔다. 이내 뜰에는 그녀만 달랑 남아 홀로 서 있었다.

"대체, 이게 무슨……."

마치 귀신에 홀린 듯한 기분이다. 희는 도리도리 고개를 저으며 뒷문을 향해 걸음을 옮겼다. 들키지 않게 조심스러운 몸짓과는 달리 머릿속은 시끄러웠다.

이명원이라.

필시 저 사내의 이름이렷다. 당당하게 이름을 밝힌 걸로 봐선 켕기는 구석이 전혀 없거나, 믿는 구석이 아주 많거나 둘 중 하나일 것 같았다. 어떤 자인지 알아봐야겠다는 생각의 끝은 다시 찾아오라던 말로 이어졌다.

과연 무엇 때문인지, 그 이유는 짐작도 가지 않았다. 실제로 연담과 친한 사이이고 그 위작 얘기로 저러는 거라면 한 번쯤 모른 척 어울려 줄 가치는 충분하지만, 미시라면 한낮인데 좌포청에서 빠져나오는 위험을 무릅쓸 만큼은 될지가 또 마음에 걸렸다.

어찌해야 하나?

생각을 거듭하는 동안 문간을 넘은 희는 거리로 나서다 말고 우뚝 멈춰 섰다.

"……이런, 젠장."

고민할 필요가 없었네.

미련하기는. 희는 스스로 한심해지는 기분으로 목장도를 꽉 쥐고 있는 자신의 손을 내려다보았다. 이내 고개를 젓고 다시 걸어가는 그녀의 머릿속에는 내일 어떻게 빠져나올지에 대한 궁리만이 남았다.

二

"냉큼 일어나지 못해!"

귀청을 때리는 고함에 이어 갑작스러운 싸늘함이 밀어닥쳤다. 희는 얼른 몸을 웅크리며 인상을 썼다.

"아이고 어머니, 하나뿐인 딸년 얼어 죽것소."

"포청에서 쫓겨나 이 손에 맞아 죽으나, 얼어 죽으나 매한가지지."

실눈을 뜬 희는 이불을 뺏어 들고 기세등등하게 받아친 모친을 흘겼다.

"쫓겨나긴요? 아침부터 덕담 한번 모지시네."

"하면 한낮에도 이리 처박혀 쿨쿨 퍼질러 자고 있는 년 무에 어여쁘다고 공밥 먹여 줘?"

"헤, 어머니가 몰라 그렇지. 내가 얼마나……."

꿍얼거리곤 돌아눕던 희는 다음 순간 벌떡 일어났다. 모친은 굴러가듯 허둥지둥 방 밖으로 뛰쳐나가는 그녀를 보며 혀를 찼다.

"어머니!"

희는 아무렇게나 신을 꿰다 채 어둠이 가시지 않은 주변을 깨닫고 소리를 빽 질렀다. 뒤따라 나오던 모친은 태연하게 대꾸했다.

"어미 아직 귀 안 먹었다."

"한낮은 무슨, 아직 해도 안 떴구만! 좀 더 자게 내버려 두면 뉘 잡으러 와요?"

"요런 게을러터진 년, 무얼 더 자? 어제 그만치나 일찌감치 자빠져 잤으면 되었지!"

"내가 언제."

발끈하던 희가 입을 딱 다물자 모친이 혀를 끌끌 찼다.

"대관절 종사관 나리는 조것 어디가 쓸 만하다고 해 주시는지 원. 부처가 따로 없지."

희는 찍소리도 못하고 소쇗물 핑계 김에 부엌으로 도망쳤다.

잠은 확 깼네. 툴툴대며 가마솥을 열고 대야에 뜨거운 물을 붓고 있자니 땔감을 한 아름 안고 들어오던 찬열贊悅이 히죽거렸다. 어릴 적부터 희네 주막에서 중노미로 한솥밥을 먹어 온 그는 그녀의 형제이자 둘도 없는 벗이었다.

"넌 뭐가 좋아서 웃어?"

"그럼 울까? 확실히 아니 들켰으니 약조 지켜라."

"웬 약조?"

희는 시침 떼며 대야를 들고 마당가의 우물로 걸어갔다. 애가 단 찬열이 황급히 땔감을 내려놓고 뒤를 쫓았다.

"야, 너, 지금 부러 그러는 거지?"

"약조라……. 무슨 말이려나?"

"희야! 너 또 이럴래? 자꾸 이런 식이면,"

"순임아!"

희는 모른 척 대야를 내리면서 목청도 낭랑하게 뒷집을 향해 외쳐 불렀다. 찬열이 움찔하는 때, 연기 나는 부뚜막 아래에서 부엌 밖으로 고운 얼굴 하나가 빼끔히 내밀어졌다.

"일어났니? 어쩐 일로 불렀어?"

"어, 그게……."

희는 의미심장한 눈길로 얼굴이 벌게지는 찬열을 흘끔 돌아본 다음 씩 웃었다.

"아무것도 아냐. 오늘도 애쓰라고."

"계집애, 싱겁기는. 너나 조심하렴. 나야 너한테는 댈 것도 아니니."

웃음을 머금은 선한 눈매가 옆으로 움직였다. 희는 보지 않고도 찬열이 바짝 긴장했다는 것을 알 수 있었다.

"찬열이도 고생하고."

"아…… 응. 너, 너도."

순임은 빙긋 웃으며 다시 안으로 들어갔고, 희는 의기양양하게 물었다.

"자꾸 이런 식이면, 무어?"

"……고맙다고……."

희는 넋 빠진 대꾸에 소리 내어 웃었지만 찬열은 들리지도 않는 모양이었다. 그녀는 그런 그를 내버려 두고 씻기 시작했다. 밥집과 등을 대어 포목전이 생긴 지 오 년이 흘렀고, 그 고명딸 순임과 희가 사귄 지도 그만큼의 세월이 지났다. 또한 배포가 크고 활달한 성정의 찬열이 그답지 않게 속으로만 앓기 시작한 기간도 얼추 비슷할 터였다. 낯을 가리는 순임이었지만 희와 형제간이나 마찬가지인 찬열과도 쉬이 가까워졌다. 그의 순정을 모를 만큼만, 일지라도.

덕분에 희는 야밤에 몰래 나다닐 일이 있을 때 찬열의 도움을 받기가 더 수월해졌다. 고아인 그에게도 희는 소중한 형제였지만 세상에서 희의 모친을 제일 무서워하는 만큼 더욱 확실한 담보를 가진 셈이었다. 물론 과한 부담을 주는 건 아니고, 이번의 약조는 모친이 그녀를 찾지 않도록 잘만 해 준다면 순임이 갖고 싶은 것이 무언지 알아봐 주기로 했었다. 희는 희대로 등짝이 무사하고 찬열은 찬열대로 순임의 생일에 무얼 줄지 한 달이나 넘게 앓지 않아도 되니 제법 나쁘지 않은 거래였다.

무명 수건으로 얼굴을 훔치며 씻은 물을 뒤꼍 채소밭에 뿌릴 때에야 정신을 차린 찬열이 입을 열었지만, 희가 선수를 쳤다.

"그래 봐야 넌 나한테는 안 된다니까."

"젠장."

그녀는 투덜거리는 그의 등을 툭툭 두드렸다.

"이 몸이 어디 한 입으로 두말하니? 염려 말고 기다리셔."

"……진작 그리 말했음 됐지. 아주 갖고 놀아라, 놀아."

"암, 그랬으면 아침부터 순임이한테 인사도 못 들었지."

찬열은 찍소리도 하지 못했다. 그때 모친이 찬열을 불렀고, 희는 방으로 들어갔다.

희는 솜을 댄 무명옷을 단단히 받쳐 입고 경鏡을 보며 머리를 다시 땋아 넘겼다. 이젠 바지 차림이 더 편해져 치마는 간밤처럼 잠시 입는 정도가 아니면 거치적거린다는 기분이 먼저 들곤 했다. 좌포청에 갈 채비를 마칠 때쯤 밥상을 든 찬열을 앞세운 모친이 들어왔다. 세 식구가 모여 앉아 아침 식사를 한 다음, 그녀는 두 사람의 배웅을 받으며 기세 좋게 사립문을 나섰다.

한성의 치안을 담당하는 서슬 퍼런 포도청은 좌 · 우로 나뉘어 방대한 업무를 수행하고 있었다. 병조, 형조, 의금부 등 군 · 형 관련 관청 중에서는 최하위라 볼 수 있으나 그만큼 민에 직접 맞닿는 기능을 하여 일반 백성들에게는 포청이야말로 인왕산 호랑이만큼이나 두려운 존재였다.

좌포도청은 한성부 정선방貞善坊 파자교把子橋 북동향에, 우포도청은 서부 서린방瑞麟坊 혜정교惠政橋 동향에 각각 자리하여 관할 구역을 아우른 지 오래다. 좌가 우보다 높다는 것은 포청에서도 예외가 아닌바, 서로를 '거만하기 일쑤인 얼치기들'과 '열등감만 가득한 핫바지들'이라 비난하는 일도 있지만 대개 일에 대한 호승심이 자극되는 정도로만 작용할 따름으로 그 외의 경우는 극히 드물었다.

드물다는 것은 즉, 없지는 않더란 의미. 다름 아니라 끼어들어 훼방 삼기 일쑤인 술이란 놈이 있어서이다. 엊저녁 감골 나루터에서도 한 판 거하게 벌어진 것처럼.

간밤의 또 다른 기억을 되새긴 희의 발걸음은 매우 가벼웠다. 기분도 상쾌하여 좌포청 회의실에 먼저 와 있는 포도군관 정재겸鄭才兼에게 싹싹하게 인사를 건넬 정도였다.

"나오셨습니까? 밤사이 무고하셨는지요."

재겸은 희한한 것을 보는 듯한 눈길을 주었다.

"네가 아침부터 실실 쪼개는 걸 보니 오늘은 딱 유고할 건가 보다."

웃는 얼굴에 침 못 뱉는다는데 이 인간은 그 흔한 옛말도 모르는가. 하기야, 서로 못 잡아먹어 안달이 나 투덕거리는 사이가 된 지 오래이니 새삼 웃으면서 인사를 받았다면 그거야말로 기함할 일이겠다. 희는 더욱 생글거리며 말을 받았다.

"큰일 날 말씀을 다 하셔요. 오늘까지 그러시면 어쩌시려고요."

늘 그렇듯 관심 없다는 투로 손안의 서책을 들여다보고 있던 그가 흠칫 고개를 들었다.

"……알고나 말하는 거냐?"

"소녀가 무어 아는 것이 있겠어요. 무지한 이년 기억력으로는 감골인지 배골인지도 헷갈리는데."

능청스럽게 대꾸한 희는 신음을 흘리며 책상 위로 엎어지는 재겸의 모습을 즐겁게 감상했다. 그녀는 간밤에 향월루로 가기 전 단 오라버니에게 잠시 들른 덕에 우연히 패싸움의 말미를 목격하게 되었다. 술과 열이 올라 벌게진 얼굴들은 비록 주먹다짐으로 다소 망가져 있었지만 쉽사리 알아보았고, 패가 갈린 기준을 지엄하신 나라님께서 정하셨다는 사실 역시 알아차릴 수 있었다.

좌포청과 우포청 소속 관리들이, 제아무리 사적인 자리에서 음주를 즐기던 중이었다고는 하나 시정잡배처럼 패를 갈라 치고받았다는 것은 웃전에 알려지면 젊은 혈기가 좋다는 덕담 한마디로 끝나지 않을 것은 자명했다. 역시 그 사실을 잘 아는 재겸이 끙, 하고 한숨지었다.

"귀신같은 년. 건 또 어찌 알았냐."

"같은 귀신에게서 들었다면 농지거리고. 다 아는 수가 있습지요."

"……설마하니, 뒤를 밟은 건 아니겠지?"

"저가 나리의 무얼 더 보겠다고 뒤를 밟아요?"

희가 코웃음 치며 핀잔을 주었다. 증거는 없고, 있다 한들 고해바치지 않으리라는 건 그녀도 그도 안다. 그래서 그녀는 말싸움에서 우위를 점하는 기쁨을 누리는 선으로 만족했다.

"거야 네가 알지 내가 알랴?"

기습에 대한 충격에서 벗어난 재겸이 태연하게 말을 이었다.

"낫살 먹은 계집이 조신치 못하게 체신 멀쩡한 사내 뒤를 따르는 연유야 궁금하지도 않고."

이 작자가 지금 뭐래?

은근한 말뜻에 기가 막힌 희는 바로 반박하려다, 생각을 바꿔 보란 듯이 눈을 굴렸다.

"체신 멀쩡한 사내? 뉘를 말씀하시는 겐지 도통 모르겠네."

"……여하튼 입만 살아서는."

재겸의 투덜거림과 문이 열리는 소리가 겹쳤다. 두 사람은 얼른 자리에서 일어나 함께 들어오는 수인과 군관 허엽許曄을 맞이했다. 묵례를 주고받은 세 사람은 수인이 상석에 앉기를 기다려 각자 자리를 잡았다.

"향방동에 있는 전前 예판 댁 며느리가 명을 달리했다 한다. 일단 자결이라고는 하나, 허 군관과 희가 가서 살피도록. 그리고 정 군관은 인창방에 가 보아. 강도 살인으로 보고된 시신이 있어. 한 군관도 그쪽으로 바로 갈 터이니."

현재 자리를 비우고 있는 한소백韓紹伯 군관은 나흘 전 개경으로 파견되어 금일 돌아올 예정이었다.

그들은 고개를 끄덕였다. 그리고 제반 사항에 대해 잠시 말이 오간 다음 엽과 희가 앞서 나왔다. 문을 닫기 전, "한데 자네, 턱은 어찌 그러나?"라는 수인의 물음이 새어 나왔다. 희는 몰래 웃음을 참고 엽과 걸음을 맞추었다.

"가셨던 일은 잘되셨다지요? 전부 다 군관 어른 덕이라 하니 저가 다 뿌듯하더만요."

"허허, 듣기는 좋다만 어디 나 혼자서 감당키나 했겠느냐. 다 잘들 도와준 덕이지."

그저 겸양이 아니라 진심이라는 것을 잘 아는 희는 생긋 웃었다. 소탈하고 겸손한 그는 겉으로는 사람 좋은 중년 사내일 뿐이지만 실상 열력 많은 노련한 군관으로 정평이 나 있었다. 실력을 중히 여기고 따라서 편견이 없어, 천민이 아닌 희가 강 종사관에 의해 덜컥 다모가 되었을 적에 다들 그 특별한 처사를 두고 한마디씩 하였지만 그만은 말없이, 그리고 제일 먼저 그녀를 온전히 받아들여 주었다. 홀어머니 밑에서 자란 희는 때로 엽에게서 아비의 모습을 그리곤 했다.

"한데 들었느냐? 한성부우윤이 한직으로 밀려났다는 거."

"예?"

희가 되묻자 엽은 피식 웃었다.

"모르는가 보구나. 정작 들어야 할 것은 아니 듣고, 너도 참 오지랖 넓다."

"한성부우윤이라면……."

"그래, 너와 정 군관이 맡았던 처첩 사건 말이다."

"아!"

그제야 기억이 났다. 본처가 첩을 잔인하게 살해한 사건이었다. 한데 첩이 본처의 단명을 위해 몰래 굿을 하고 부적을 쓴 것이 들통난 탓이라 속으로 한심해했었다. 엽이 말을 이었다.

"원체 또 여색을 밝혀 왔던 것들이 일시에 몰아친 셈이지. 집안 간수 제대로 못 하는 자가 어찌 백성들을 잘 돌볼 수 있겠느냐고 옥음이 높으셨다 하더라. 아까 일찍 와 있더니, 정 군관에게서 듣지 못하였더냐?"

그녀가 고개를 젓자 그는 껄껄 웃었다.

"마주치면 말싸움에 바쁘니 잊을 만도 하겠다. 그만 좀 정답게 지내면 아니 되는 거냐?"

정답게? 정말 안 어울리는 말이군. 희는 입을 삐죽거렸다.

"손바닥도 마주쳐야 소리가 난다고, 그리 가시를 세우는 분한테 괜히 아양 떨기는 싫습니다."

"거야 착한 네가 이해하는 게 나을 성싶구나. 그 아이도 워낙 고집이 있어 놔서."

희도 모르는 바는 아니었다. 다모는 필요로 차출된 관비일 뿐, 능력과 상관없이 보조로서의 역할만 충실하면 된다고 믿는 자들이 부지기수였다. 그중 한 명이며 세상 모든 죄악을 제 손으로 처단할 의욕에 가득 찬 재겸에게 종사관이 특별히 차출한 평민 다모가 수사에 열심인 것이 곱게 보일 리는 없을 터. 그러나 그녀가 방해가 되기는커녕 그 반대라는 이유 때문에 갈등이 생기고, 결국 농인지 진담인지 툴툴거리고 있다는 건 엽이 귀띔해 주지 않아도 알 만한 일이었다. 그래도 그렇다 한들 그녀만이 마냥 웃기는 어려운 일이었다. 또 재겸과는 투덕거리는 지금이 편하기도 해서 희는 이 이상 그에게 친밀하게 굴 필요를 느끼지 않았다.

"저가 착한 건 맞는데요, 나름대로 노력하고 있다고요."

"그래그래, 내 다 알지."

천연덕스러운 그녀의 대꾸에 그는 다독거리듯 어깨를 두드려 주었다. 인자한 웃음이 퍼진 그 얼굴이 문득 진지해지더니 그의 목소리가 조금 낮아졌다.

"한데, 네 눈에도 명명백백하게 끝난 사건이더랬지?"

"예. ……군관님에게는 달리 보이셨어요?"

"아니, 아니다. 그리 깔끔한 사건도 드물지. 다만…… 후덕하기로 소문난 그 마나님이 아무리 첩의 만행이 끔찍하여도 그만치나 피를 볼 만한지. 무언가 이상하더구나."

그녀가 손을 내저었다.

"에이, 돌부처도 시앗 보면 돌아눕는다잖아요. 투기에 눈이 뒤집히면 어찌 될는지 누가 알아요?"

고개를 갸웃하던 엽은 의문을 털어 내듯 어깨를 으쓱거리며 동의했다.

"하기야, 네 말이 맞다. 여인이 한을 품으면 오뉴월에도 서리가 내린다고들 하니. 다들 나더러 채신없다 하지만 내가 제일 지혜로운 거 아니겠느냐?"

"암요!"

유능한 군관이란 명성에 덧대어 부인 말이라면 죽는 시늉도 한다는 애처가 소리도 듣는 그의 말에 희가 웃으면서 적극 찬성했다. 기방에 차려진 술자리에서도 끈 하나 함부로 풀지 않는다는 그는 이미 혼인한 지 십 년이 얼추 지나 아이가 둘이었다.

나도 나이 먹어도 이리 아껴 주는 반려를 만났으면 좋겠다. 기왕이면 인물도……. 실없는 바람을 이어 가던 희는 문득 하나의 얼굴을 떠올렸다.

에이, 그런 한량은 안 되지. 안 되고말고.

어차피 기방에서 노닥대는 한량쯤 되면 신분도 다르겠지만 아닌 건 아니다.

희는 단호하게 선을 긋고는 마침 생각난 참에 엽에게 물었다.

"군관님, 혹 이명원이라는 이름을 들어 보신 적 있으신지요?"

"이명원?"

"예. 이립 전후일 법한 외양인데 재산깨나 있는 듯합니다만."

"자산가인 젊은 자, 이가라면 혹 종친이려나?"

엑! 종친?

희는 반사적으로 고개를 가로저었다. 그러나 그것이 대답이라기보다는 그런 방탕한 자가 나라님의 피를 받았을지도 모른다는 가정에 대한 반감이라는 것을 뒤늦게 깨닫고는 공평하게 정정했다.

"그건 모르는데요. 아닌 게 나을, 아니 그게 아니고, 아무튼 아닌 것 같긴 해요."

"이명원, 이명원이라……."

기억을 더듬던 엽이 이내 고개를 저었다.

"들어 본 것 같은 이름이긴 한데 영 가물가물하구나. 한데, 그자가 왜? 무슨 사건에라도 얽혔더냐?"

"아, 아니요. 확실하지는 아니하고…… 저도 어디서 들은 이름 같아서 여쭤본 거였어요."

"그래."

다행히 엽은 희가 둘러댄 말을 더 추궁하지 않았다. 희는 살짝 안심하며 때마침 나타난 갈림길을 살폈다.

두 사람이 맡은 사건은 단순했다. 요절한 남편을 따라 자결한 부인이라는, 희로서는 전혀 이해할 수 없는 미담에 해당되는 일로 종결된 것이다. 어쨌건 덕분에 엽과 가벼운 점심을 들고도 시간이 남아 양해를 구하고 빠져나올 수 있게 되었기 때문에 그 점에서는 감사할 일이었다. 여의치 않은 일이 있어 한 번만 살짝 눈감아 주시라는 그녀의 말에 엽은 선선히 고개를 끄덕여 주었다. 이런 경우 재겸이라면 아무리 양민이라도 다모는 다모, 규정을 철저히 준수해야 한다고 단칼에 잘랐겠지만 엽은 관비도 아닌데 가세에 도움이 되고자 험한 꼴

보고 다닌다며 희를 안쓰럽게 여기는 사람이었다. 사실 그녀로서는 이 일을 할 수 있는 것을 천운으로 생각할 만큼 적성에 맞았지만.

"아니, 어찌 이리 일찍 들어오누?"

"일 때문에 옷 갈아입으려고요."

일이라는 말로 모친의 호기심을 단번에 접게 한 희는 애용하는 낡은 무명옷을 꺼냈다. 무릎 바로 아래와 발목을 동여매고 제법 그럴듯하게 상투를 튼 머리는 이마에서부터 잘 접은 무명 수건으로 매어 초립을 썼다. 부엌에서 긁어온 그을음을 손에 묻혀 단장을 끝내자 영락없는 심부름꾼이었다.

이제 그녀의 그런 차림이 익숙한 모친과 찬열의 무심한 눈배웅을 받으며 뒷문으로 나온 희는 느긋하게 걸음을 옮겼다. 품 안에는 밤사이 장 속 깊은 곳에 숨겨 뒀던 장도가 헝겊에 싸인 그대로 간직되어 있었다. 낮에 살펴본 그것은 그저 목장도가 아니라, 귀하고 귀하다는 침향沈香장도였다. 향이 희미했기에 금방 알아차리지 못했던 것이다. 일단 확인하고 나자 그녀는 간이 떨려 향이 닳을까 봐 두 번은 더 맡아 보지 못하고 얼른 갈무리했었다.

이걸 돌려줘야 하기 때문이야. 또, 어쩌면 일에 도움이 될지도 모르기 때문이라고.

희는 아무도 묻지 않은 질문의 대답을 혼자 속으로 웅얼거리며 향월루로 향했다.

느지막한 오후라 기방은 한산했다. 혹여 걸리기라도 하면 정말로 일러 준 이름을 대 버리자고 각오하고 있었건만, 처마 밑 풍경이 보일 때까지 그녀를 이상하게 보거나 불러 세우는 사람은 아무도 없어 오히려 맥이 빠졌다.

한가로이 흔들리는 풍경이 있는 별채는 풍경 아래에 청廳이 있고 그와 면한 방이 두어 개 보이는 소박한 곳이었다. 그 오른편 방이라고 했겠다. 그녀는 기억을 되살리며 다가가다가 바로 그 방에서 뜰로 향하는 큰 창이 활짝 열린 것을 보고 멈춰 섰다.

한 사내가 서궤에 기대어 한 손으로 턱을 괸 채 시선을 허공에 두고 있었다.

희는 저도 모르게 그를 물끄러미 응시했다. 얼굴도, 망건에 바지저고리뿐인 느긋한 차림새도 이명원이라 이름을 들었던 간밤 그대로였다. 그러나 생각에 잠긴 눈은 달랐다. 아직은 동장군이 머물러 다소 날카로운 바람임에도 아무렇지 않게 허술한 차림으로 그 바람 다 맞고 있으면서도, 명료한 눈빛만은 한겨울을 보고 있는 것처럼 시리고 서늘했다.

딱 한 번 만났지만 몹시도 낯선 분위기에 자신이 훼방꾼처럼 느껴진 희는 어쩐지 쉽사리 말을 걸지 못했다. 그녀가 망설이는 참에, 그가 인기척을 느꼈는지 문득 괴고 있던 손에서 턱을 들고 돌아보았다.

두 사람의 시선이 마주쳤다.

명원이 불현듯 정색했다. 희를 빤히 바라보던 그는 갑작스럽게 웃음을 터뜨렸고, 덕분에 그를 둘러싼 공기가 일순간에 느긋하고 활달해졌다. 마치 어젯밤처럼. 희는 눈을 깜박거렸다. 당황스러울 만큼 빠른 변모였다.

"대체 그게 무슨 꼴이냐?"

……어?

어색한가? 희는 설마 하고 옷매무새를 다시 한번 살폈다. 고개 숙인 그 위로 그의 웃음 어린 목소리가 내려앉았다.

"제법 그럴듯하구나. 한두 번 변복해 본 솜씨가 아닌 듯한데, 어미 속 꽤나 썩였겠다. 확실히 부엌데기보다는 위험도 덜하고 삯도 더 받겠다만."

희의 입이 딱 벌어졌다.

"저가 지금 품 팔러 나온 줄 아셔요? 나리께서 어제 무작정 움직이기 편한 옷 입고 오라 하셔 놓고선!"

"아, 그랬던가?"

아, 그랬던가아? 그녀는 어이가 없어져 눈을 굴렸다. 고개를 옆으로 돌렸는데도 용케 보았는지 그가 다시 웃었다.

"뭐, 좋겠지. 하면 잠시 기다리거라."

소매가 펄럭이는가 싶더니 창이 탁 닫혔다. 희는 입을 삐죽거리며 보이지도 않는 그를 흘겼다. 다 기억하면서 부러 저러는 거 맞지? 혹 미시에 오라 했을 때도 실은 아무 생각 없었던 거 아니야?

이윽고 마루와 면한 방문이 열리고 명원이 나타났다. 갓과 중치막까지 제대로 갖춘 성장 차림이었다. 저러고 보니 그저 준수한 사내일 뿐 한량 같지는 않으니, 역시 사람은 옷이 날개로다. 희는 속으로 혀를 내두르며 일단 그가 걸어가는 대로 따랐다. 기방 뒷문을 나서면서 흘끔 돌아본 그는 희가 따라오는 것을 확인하고 다시 느긋한 걸음을 내디뎠다.

명원은 마치 한양 모든 길을 다 꿰고 있는 듯 희조차 처음 보는 골목 몇도 이어 가며 거침없이 걸어갔다. 더는 그녀를 돌아보지 않았지만 쫓기에 알맞은 걸음이라 그녀는 그가 어느 주막에 들어설 때까지 내내 따라붙을 수 있었다.

"어서 오셔요, 나리."

밥때가 지나 한가로이 평상에 앉아 있던 주모가 냉큼 반색하며 다가오자 그는 한 손을 들어 점잖게 저지하고 안쪽 방으로 향했다. 비단으로 몸을 감쌌던 간밤과는 달리 평범한 차림이었기에 혹여 사람들 틈에 섞여 조사를 하려나, 기대 섞인 짐작을 했던 희는 실망과 한심한 기분을 애써 숨겼다.

"날세. 들어가겠네."

명원은 신을 벗으며 문을 벌컥 열어젖혔다. 물씬 끼쳐 오는 술 냄새에 희는 순간 멈칫했지만 그는 주저하지 않고 안으로 들어갔다. 따라 들어오라는 듯 문은 열려 있었으나 그녀는 망설이지 않을 수 없었다. 머뭇대고 있자니 두런거리는 말소리가 딱 끊기면서 명원이 얼굴을 내밀었다.

"아니 들어오고 멀뚱히 서서 무얼 하느냐? 꿔다 놓은 보릿자루처럼."

"저어, 그것이……."

"사람 참, 처자가 불안하지 아니하도록 안심부터 시켜 주어야지. 윽박지르면 쓰나?"

희는 고개를 퍼뜩 들었다.

명원의 어깨 너머, 방 안쪽에서 그녀를 내다보고 있던 큰 체구의 사내와 눈이 마주쳤다. 한낮이거늘 퍽 편안해 보이는 망건에 바지저고리 차림을 보니 과연 벗이구나 싶다. 얼굴에 술기운이 불콰해져 있었지만 그녀를 보는 눈빛만은 또렷했다.

"내가 언제? 윽박지른다는 말 뜻이 무언지 모르는가?"

"어, 어찌 아셨습니까?"

명원의 투덜거림이 희의 놀란 목소리에 묻혔다. 구면도 아닌 초면에 이리 쉽게 들키다니. 낭패감에 젖은 그녀에게 사내가 너털웃음을 터뜨렸다.

"그리 놀랄 건 없다. 고운 처자는 알아보기 쉬우니까."

"고주망태가 된 줄 알았더니 아직은 상태가 나쁘지 아니하군."

"몰랐나? 되레 술이 들어가야 상태가 좋아지는 몸인데."

"내 말은 화원 연담이 아니라 술꾼 김명국 말이네."

연담!

생각도 못한 칭찬에 부끄러워해야 하나 남복을 너그럽게 넘겨 주는 것에 안심해야 하나 생각하며 두 사내의 한담을 듣고 있던 희는 하마터면 경악을 그대로 드러낼 뻔했다.

연담 김명국, 술에 '적당히' 취해야만 그림이 나온다는 기벽 탓에 이단으로 취급받는다는 화원. 그리고…… 김익현 살인 사건에 얽힌 〈설경산수도〉를 그린 이.

희는 간신히 표정을 고치고 적당히 조심스럽게 그를 살폈다. 명국이 스스럼없이 손짓했다.

"개의치 말고 들어오너라. 진우眞羽가 손대려 하거든 내가 막아 줄 터이니."

"……그러하겠다는구나."

명국의 호쾌한 단언과 사이를 두고 덧붙여진 명원의 떨떠름한 말에 희는 무심코 웃어 버렸다. 빈몸으로 나다닌 적은 없고 남복할 때는 더욱 그러하니 만에 하나라도 몸을 지킬 방도는 충분하지만, 이곳저곳에 숨겨 둔 것들이 필요치 않겠다는 건 그저 기분 탓이려나.

하긴 여기까지 왔는데 이대로 서서 어쩌자고. 희는 안으로 들어가며 머릿속 한구석으로 이명원의 다른 이름이 '진우'라는 것을 일단 적어 두었다.

술상을 앞에 둔 두 사람 사이에 희가 적당히 자리 잡자 명원이 운을 떼었다.

"자네가 그리는 그림들, 진짜와 가짜를 구분할 수 있는 점이 있나?"

희는 명원의 생각을 알아차렸다. 그 역시 종묘령과 살인 사건을 연결시켜 본 것이 분명했다. 그녀도 그와 함께 대답을 기다렸지만, 명국은 멀뚱히 되물었다.

"갑자기 그게 왜 궁금한가?"

"답답하긴. 가짜가 있다니까 묻는 게 아니겠어."

술잔을 다시 채우던 명국이 눈을 크게 떴다. 그는 이내 잔을 한 번에 비운 다음 대견하다는 듯 웃었다.

"거참, 신기할 노릇일세. 그게 가능하다던가? 암만 내 그림이라도 같은 건 두 번 못 그리는데."

"내 이럴 줄 알았지. 감탄만 할 일인가?"

"제법 재주 있는 자인 모양인데 비난만 할 일도 아니지. 한데 어떤 그림을?"

"설경산수도."

명국이 밤사이 수염이 자라 까칠해진 턱을 쓸었다.

"행방이 묘연하다는 그것 말이군. 정랑이 가지고 있는 동안 베껴 둔 거라도 있었나? 아, 이젠 전 정랑이지만."

인생 참 무상하지, 명국의 중얼거림을 무심히 넘기며 명원이 대답했다.

"그것까진 몰라. 일단 확실한 건 세 가지일세. 첫째, 주인은 살해당하고 그림은 없어졌다. 둘째, 위작을 구했다는 자가 있다. 셋째, 그자는 주인과 앙숙이었다."

"여전히 요약을 잘하는군. 자네 눈에 보이는 상황까지 알려 주니 일석이조일세그려."

명국의 말에 희도 놀람을 감추며 동의했다. 어제 함께 들었던 내용은 간략했고 그녀가 던져 준 미끼 또한 자세하지 않았는데, 이 사람은 이미 그 사실 관계를 정확하게 파악하고 있었다. 그새 따로 알아본 걸까?

"무슨 생각인지도 알겠고. 가짜가 진짜일 수도 있다는 건가?"

"정녕 그러하다면 단순하게 끝난 살인 사건이 실상 단순하지 아니하다는 뜻도 되고."

명원은 덧붙임으로 벗의 의문에 수긍했다. 명국이 다시 잔을 채우며 중얼거리듯 말했다.

"살인까지 저지를 위인은 아닌 듯싶었는데, 이거 참. 그리 좋게 봐 주니 고맙다 해야 하나."

"짚이는 자가 있나 보군."

"언제던가, 종묘령이 찾아왔었지. 설경산수도를 똑같이 하나 더 그려 내라더군. 흥에 취해 휘두른 붓질이라 똑같을 수는 없다고 거절했더니 버럭 하던데."

듣고 있던 희는 종묘령을 의심할 연유가 하나 더 생겼음을 새겨 두었다. 그때, 명국이 갑자기 술상을 탕 내리치는 바람에 그녀는 깜짝 놀랐다.

"아! 한 가지가 생각났네."

술병과 접시가 흔들릴 정도였으나 명원은 담담하게 말이 이어지기를 기다렸다.

"낙관은 어떤가. 그림은 몰라도, 그걸 베껴 그리지는 아니하겠지?"

"그야…… 이름을 똑같이 새겨서 찍어 넣겠지."

의아해하는 얼굴로 대답한 명원이 바로 물었다.

"그 그림에 낙관을 찍었단 말인가? 어쩐 일로?"

"그게, 그 양반 생각이었다네. 먼 훗날에라도 내 그림이란 걸 확인할 수 있도록 넣어 두라더군. 딱히 필요하겠냐 하였더니 나 죽으면 뉘 그걸 인정하겠냐고 하기에 할 말이 없었지."

"하!"

명원이 기가 찬 듯 사납고 짧은 웃음소리를 냈다.

"그리 입을 마구 놀리니 저승사자가 잘 알아듣고 먼저 데려간 게군."

"뭐, 이 몸이 죽은 연후건 어쨌건 증명까지 필요할 만큼 이름날 그림이라고 생각해 주니 나야 감읍할 따름 아니겠나."

"속도 편하이. 여하튼, 낙관에 무언가 장난이라도 쳐 둔 겐가?"

명국의 목소리가 낮아졌다.

"부러 그런 것은 아니네만, '국國'의 획 하나가 깨졌지. 새로이 만들어 찍을까 하다 귀찮아 관뒀어. 훗날 배알 틀리면 고걸 빌미로 내 그림 아니다 우겨 볼까 싶기도 했고."

"저런, 아까운 장면 놓쳤군그래."

두 사내는 농담인지 진담인지를 주고받았다. 웃음기가 없어서 영 판단하기가 어렵다. 이들이라면 정말 그렇게 하고, 또 느긋하게 구경할 것 같은 느낌이라 더더욱. 속으로 어깨를 으쓱거리던 그녀는 명원과 눈이 마주치자 흠칫했다.

"잘 들었느냐?"

"예?"

"지금 얘기들이 머릿속에 잘 정리되었느냐 이 말이다."

"예, 그거야 무어……."

"정황이 이러하니, 네가 해 주어야 할 것이 있다."

지금 당장 낙관 확인해 오란 얘기는 아니겠지. 희는 설마 싶었으나 불행인지 다행인지, 명원은 다른 말을 꺼냈다.

"피맛골 옆 수진방壽進坊에 홍영루紅英樓라는 기방이 있다. 그곳에 가서 초나흘 밤에 종묘령이 과연 있었는지 알아 오너라. 또한 수하를 데리고 있었다면 그자에 대해서도 알아보고. 할 수 있겠느냐?"

첫 번째도, 두 번째도 그녀는 답을 이미 알았다. 읽었던 계서計書의 내용이 여직 머릿속에 생생하게 남아 있었다. 그러나 굳이 명국의 말이 아니더라도 다시금 확인해 보고 싶은 마음이 커서, 그녀는 잠시의 짬을 두고 하겠다고 대답했다. 하지만 궁금한 것은 역시 참을 수 없었다.

"한 가지 여쭈어도 될는지요?"

"인심 썼다. 두 가지도 들어 주마. 무어냐?"

"어찌 어제만 해도 일면식도 없던 저에게 이런 일을 맡기십니까? 정녕 저가 나리께서 직접 나서시는 것보다 잘 해낼 것이라 믿으시나요?"

그녀를 물끄러미 보던 그가 입을 열었지만, 파하하 웃음을 터뜨린 명국에게 선수를 빼앗겼다.

"과연, 진우에 대해서 잘 모르는 걸 보니 일면식도 없었다는 게 사실이겠구나. 실상은 맡긴다기보다 떠넘기는 거란다. 또한 믿는다기보다, 믿어야 하는 게지. 도성 해어화 중에 이명원이를 모른다면 필시 두 가지 이유다. 너처럼 변복했거나, 한 시진 전에 도성에 들어왔거나."

"……아아."

이해한 희에게 명원이 손가락을 굽혀 이마를 가볍게 쳤다.

"무어가 '아아'냐? 한 가지만 빼면 틀린 말은 아니다만 그리 쉽게 용납하니 기분 좋은 일은 아니군."

"한 가지는 무언데요?"

"반 시진이다."

어떤 대답이건 안 믿는 표정을 보여 주려던 그녀는 허를 찔려 피식 웃어 버렸다. 명국이 더 크게 웃으며 끼어들었다.

"뭐, 진우가 직접 나서는 것이 다소 곤란한 것도 사실이고."

무엇이 곤란하다는 말일까? 의아해하던 희는 퍼뜩 떠오른 생각에 흠칫했다. 그녀는 주저하다가 한결 조심스러운 눈으로 명원의 눈치를 살폈다.

"왜?"

"저기…… 혹, 종친…… 되십니까?"

두 사내의 시선이 그녀에게 박혔다. 다음 순간, 희는 비명을 질렀다. 명원이 난데없이 그녀의 한쪽 뺨을 잡아당긴 탓이었다.

"아야야!"

"이 아해 말하는 것 좀 보게. 감히 이 몸을 종친 따위에 갖다 대?"

종친 '따위'? 순간적으로 그녀는 아픔도 잊고 눈을 크게 떴다.

"그, 그럼…… 설마, 군……!"

"어허, 그래도!"

"아야!"

다른 쪽 뺨도 마저 잡혀 버렸다. 양손으로 그녀의 볼을 쭉 잡아당긴 그가 이내 놓아주며 말했다.

"이가면 무조건 왕족이더냐? 뭐, 아무 데나 싸질러도 그저 황감히 여기라는 족속들이니 피 한 방울 정도는 태조대왕과 같을지도 모르지."

얼얼한 양 볼을 감싸고 울상 짓던 희는 거침없는 말에 저도 모르게 정색했다. 하지만 그가 손에 묻은 검댕을 보더니 아무렇지 않게 그녀의 옷자락에 닦아 다시금 입을 삐죽거렸다.

"비밀이라는 점은 말하지 아니하여도 알겠지? 혹여 일을 그르쳐서 네가 내 이름을 댄다 한들 난 모른다 잡아뗄 것이다. 그래도 하겠느냐?"

"예."

망설임 없는 대답에 명원의 한쪽 입술 끝이 슬쩍 올라갔다. 그는 가볍게 고갯짓을 했다.

"그럼, 나가 보거라. 일을 끝내면 조금 전의 그 향월루 별채로 오고."

고개를 숙여 보인 희는 명국에게도 묵례한 뒤 방을 나섰다. 뒤에서 말소리가 이어졌지만 이미 생각에 잠긴 그녀의 귀에는 닿지 않았다.

잘나가는 기방이자 종묘령의 단골 기방이기도 한 홍영루는 간밤에 갔던 향월루보다는 규모가 다소 작긴 하지만 단장의 화려함에는 우위를 점하고 있었다.

마침 땔나무를 가득 실은 달구지가 뒷문을 넘고 있어 일행인 척 달구지 끝을 잡고 들어온 희는 머슴들이 짐을 내리느라 부산한 틈을 타 슬쩍 빠지는 것까지 성공했다. 그녀는 아직 해가 떨어질 기미도 보이지 않은 덕에 한산한 기방 내 뜰을 걸으며 이리저리 둘러보았다.

계서에 의하면 당시 이 사건에 파송된 다모가 종묘령이 특히 귀애하는 기녀 계랑桂琅을 만나 사건이 벌어진 그 시각 그와 함께 있었다는 증언을 받아 냈다. 그가 그녀와 운우지정을 나눌 때는 늘 수행하는 심복에게 아랫방을 내준다니 즉 그날도 두 사람 모두를 홍영루 담장 안에서 재웠다는 뜻이었다.

계랑의 방이 어디쯤 위치하는지 기억을 되살린 희는 별천지에 온 천것인 양 시종일관 두리번거리며 슬금슬금 그쪽으로 향했다. 우연인 척 계랑을 만나 말을 넣어 볼 요량이었다. 누군가에게 부러 이 어수룩한 모습을 보이기를 바랐기에, 뒤에서 갑자기 경계하는 목소리가 날아왔을 때 희는 놀라지 않았다.

"이봐요! 우리 아씨 방 앞에서 지금 무얼 하는 거여요?"

들리길 바랐던 목소리보다 더 앳되고 거칠다. 희는 뒤를 돌아보았고, 한껏 인상 쓰고 있는 계집애와 눈이 마주쳤다. 자신보다 더 앳된 얼굴 하며 수더분한 차림이 영락없이 몸종이다 싶은데 그러고 보니 방금 우리 아씨라고 했겠다. 희는 반색했다.

"아이고, 다행이다! 암만 한낮이래도 어찌 이리도 조용하나 했소. 덕분에 살았네."

당황하기는커녕 반기는 태도에 몸종이 주춤했다. 그녀는 희를 위아래로 훑더니 미심쩍은 눈으로 물었다.

"설마…… 길을 잃은 거요?"

"사, 사람이 그럴 수도 있지! 참말로, 이마이 넓을 줄 누가 알았겠노."

천연덕스러운 연기와 급작스러운 사투리가 먹혀들었다. 희는 사투리가 나와 더욱 당황한 척 헛기침했고 몸종은 아직 때를 못 벗은 무지한 촌놈에게 경계심을 풀고 킥킥거렸다.

"좀 넓기는 하지만 길을 잃을 정도는 아닌데 댁이 길치 같소. 어찌 들어온 거요?"

"길치는 누가! 이래 봬도 우리 동네선 눈 맵다고 소문이 났단 말요."

희는 질문은 못 들은 양 투덜거리며 계랑의 방 쪽을 돌아보았다.

"방금 우리 아씨라고 하더만, 이리 좋은 방에 사는 사람이 대체 뉘요? 여기서 제일 좋아 보이는데."

"암요, 여기 홍영루에서 제일 이름난 분이신데. 계랑이라고 들어 보지도 못했소?"

몸종이 뻐기며 되물었지만, 희가 눈을 끔벅이기만 하자 다소 자존심이 상한 듯 허리에 손을 얹고 가르치려 들었다.

"알고 보니 길치뿐 아니라 귀도 어둔 사람일세. 이 한양 바닥에서 계랑 아씨

모르는 사내가 있는 줄 알아요? 뜨르르한 양반님네들까지 줄을 섰다고요."

"아, 그게 참말이오?"

"내가 무어 얻어먹을 게 있다고 거짓부렁을 해요?"

희가 능청스럽게 쩝, 입맛을 다셨다.

"품어 보는 거야 언감생심, 손이나 한번 잡아 봤음 좋겠네."

"헹, 손은 가당키나 하고요?"

몸종이 코웃음 치며 자랑스럽게 말을 이었다.

"지금도 높으신 양반 아니면 가락 한 번 청하기도 힘이 들겠지만, 인제 곧 아무나 못 뵙게 될 거여요. 씀씀이가 크기로 이름난 종묘령 나리께서 우리 아씨에게 흠뻑 반하셨거든. 그 댁으로 들어가는 건 시간문제라고요."

"종묘령 나리?"

이리도 쉽게 풀리다니. 희는 웃음이 나오려는 것을 꾹 참고 이마에 '이상하다' 는 단어를 써 붙여 고개를 갸웃거렸다. 몸종이 눈치 빠르게 채근했다.

"왜요?"

"아니, 별건 아니라서. 댁이 그렇다면 그런 걸 테고."

"별거 아니면 얘기해도 되겠네요, 뭘. 뭔데 그래요?"

"진짜 별거 아니오만……,"

희는 짐짓 주변을 둘러보고는 은근하게 말을 맺었다.

"실은 진시쯤 향월루에서 일하는 놈을 만났는데…… 간밤에 종묘령 나리가 거기 계셨다고."

"무어가 어째요?"

몸종이 화들짝 놀라 반문했다.

"쉿! 목소리가 너무 크오."

희가 말리는 척 입을 막으려 했지만 그녀의 손을 세게 쳐 낸 몸종이 한탄했다.

"세상에나, 세상에나! 다른 데도 아니고 그런 야호野狐 소굴에? 아니 우리 아씨가 얼마나 극진히 모셨는데 어찌 이럴 수가!"

"진정하소, 사내들이야 원체 뒷간 갈 때 맘 다르고 나올 때 맘 다른 게 이치지."

순간 째려본 눈길이 하도 험악해 희가 움찔한 것은 과장이 아니었다.

"지금 꼴에 같은 사내라고 역성들기요? 아이고, 암만 그래도 그렇지! 사람이 인정이란 게 있다면 그리는 못 한다고요. 내 이럴 줄 알았으면 포졸 어른에게 확 말해 버리는 건데!"

이거다!

마구 뛰기 시작한 가슴을 의식하며, 희는 태연한 척 슬쩍 찔렀다.

"무얼 말이요? 아, 그러고 보니 그 나리가 흉한 일에 얽혔다는 소문은 들었소만."

"그러니까요! 댁도 아는군요? 아니 물론, 그 일이 터진 날엔 우리 아씨가 직접 뫼시기는 했지만, 그치가 늘상 데리고 다니던 사내가 오밤중에 나다니는 걸 두 눈으로 똑똑히 봤다고요!"

어느새 호칭이 '나리'에서 '치'로 바뀐 것을 희는 민감하게 감지했다.

"빈손이었던 거 아뇨? 뒷간에라도 다녀온 거겠지."

"나도 포청에서 나왔을 때는 그렇게 생각하고 암말 안 했어요. 괜한 분란만 일으키나 싶어서 입 꾹 다물고 있었건만! 다 말해 버릴걸!"

"확실하오?"

"그럼 없는 일을 만들어 붙이겠어요? 암만 빈손이라도 뒷간엘 다니는데 그리도 쫓기는 금수처럼 두리번거릴 리가 있나요."

지금이라도 당장 포청으로 달려가 버릴까, 하고 분해 하는 그녀에게 희가 얼른 말렸다.

"듣고 보니 수상하긴 하네만, 이미 시일이 흘렀는데 이제 와 얘기를 하면 되레 그쪽이 상할 수 있으니 조심하는 게 좋겠소. 감싸 준 거로 몰리면 꼼짝없이 당하기 십상인데."

"예?"

이를 갈던 그녀는 단박에 겁을 집어먹은 눈치였다.

"그…… 그리되는 건가요?"

"왜 제때 말 안 했느냐 채근당하면 어쩔 거요? 그냥 끝까지 조용히 있는 편이 낫지."

그녀는 울상을 지었다. 자신이 모시는 아씨에게 등을 돌린 괘씸한 자를 편들어 줘 버린 꼴이 영 속상한 모양이었다. 조금 안된 마음이 든 희가 넌지시 달랬다.

"너무 걱정하지 마오. 듣자니 지기들이 나서서 가 보자 했다더만. 간밤에 갔다가 실망하고 완전히 이편으로 돌아설지도 모르는 일이고."

"어휴!"

그녀가 땅이 꺼지라고 한숨을 쉬었다.

"거부도 못하고, 미워도 못하고 기다려야만 하다니. 계집으로 태난 것이 그저 한이네요."

"그러게, 조선이란 땅이 사내만 귀애하니 도통 답답……하기도 하겠소."

자신도 모르게 진심으로 대꾸해 버린 희는 황급히 말을 바꾸었다. 몸종이 눈을 크게 떴고, 그녀가 무어라 하기 전에 희가 하늘을 보며 다급한 척 목청을 높였다.

"아이고 이런! 해가 벌써 저기까지 갔나! 큰일이네 큰일! 뒷문이 어디요?"

"저, 저쪽인데요."

기세에 놀란 그녀가 주춤하면서 방향을 가리켰고, 희는 고맙다며 얼른 돌아서 뛰어갔다.

뒤늦게 부르는 소리가 등 뒤에 닿았지만 못 들은 척 줄행랑을 치는 희의 입가는 슬며시 풀려 있었다. 별채에서 기다리고 있을 명원을 떠올리자 그 미소는 더욱 깊어졌다. 분명 깜짝 놀라겠지?

희의 예상은 정확했다. 전혀 다른 의미로.

"정말로 알아 온 게냐?"

희가 별채로 왔을 때, 명원은 아직 돌아오지 않은 상태였다. 잠시 그 앞에서 기다리던 희는 점점 매서운 바람이 불자 염치 불고하고 들어가 기다리기로 했다. 아무리 그래도 사람이 인정상, 심하게 야단치지는 않겠지 싶었는데 한참 후 해가 질 때쯤에야 돌아온 명원은 과연 언성을 높이지 않았다. 그녀의 존재가 당연하다는 듯 불이나 켜고 앉아 있지, 라며 되레 타박 아닌 타박을 주고 보료 위에 앉았다. 그래서 그녀도 사과할 때를 놓치고 어물쩍 넘어가게 되었다.

정작 명원이 되짚은 것은 시키신 일 알아보았다고 희가 운을 떼었을 때였다.

"하오면, 허언이셨습니까?"

희는 기가 막혀 쏘아붙였다. 주인 없는 방에 들어온 걸 용인해 준 데에 대한 고마움은 순식간에 사그라졌다. 명원은 픽 웃었고, 그녀는 더욱 어이없어졌다.

"농담이다. 하면 어디 어찌 되었나 풀어 보아라."

"……퍽이나 즐거우시겠습니다."

불퉁하게 대꾸한 희는 목소리를 낮춰 계랑의 몸종에게서 들은 얘기를 그대로 옮겼다. 실없는 말이나 하던 조금 전과는 달리 진지하게 들은 명원은 서궤에 한쪽 팔꿈치를 얹고 턱을 만지작거리며 생각에 잠겼다. 희는 방해하지 않고 그를 흘끔 뜯어보았다. 촛불이 고요히 타오르며 만들어 내는 음영이 그의 얼굴을 새롭게 드러냈다.

대관절 정체가 무엇일까.

왕실 핏줄은 확실히 아니라 치고. 행동거지나 씀씀이를 보아하니 양반일 것 같기는 한데, 그녀는 아직 그의 날카로운 빈정거림을 기억하고 있었다. 척 보기엔 순탄한 사대부 댁 자제 같지만 그런 사람 입에서 웃전을 향해 그리도 가시 돋친 말이 쉽게 나올 수는 없다. 양반이되 양반이 아니라면…….

……그건 그렇고 정말 눈 보신 한번 제대로 시켜 주네.

"눈 뜨고 조는 게냐?"

생각이 딴 길로 새던 희는 그가 자신을 쳐다보는 것이 현실임을 뒤늦게 알고 깜짝 놀랐다. 그녀는 무심코 몸을 뒤로 뺐다.

"아, 아니어요. 잠깐 딴생각을 좀."

"침이나 아니 흘렸으면 믿었겠다만."

헉! 희는 기겁해서 얼른 입가를 훔쳤다. 하지만 물기는 만져지지 않았고, 그녀는 명원의 시선에 웃음이 물린 것을 보고서야 또 놀림당했음을 알아차렸다. 이 작자가 진짜!

그는 클클거리더니 이내 정색하고 희를 빤히 보았다. 날카로운 눈빛은 그녀의 눈이 아니라 그 너머 다른 무언가를 보는 것 같았지만, 그녀는 질세라 피하지 않고 마주 보았다. 단 한 번도 눈싸움을 비롯한 기 싸움에서 밀리지 않았던 전력이 있다.

그의 눈이 가늘어졌지만 화난 기색은 아니었다. 아무렇지 않게 눈을 깜박거려 그녀를 허탈하게 만든 그는 서궤 위로 몸을 숙이며 그녀에게 가까이 오라고 손짓했다.

희는 주춤거리다가 슬금 앞으로 다가앉았다. 그가 낮은 목소리로 입을 열었다.

"간밤에 분명, 그 입이 무겁다 하였더랬지. 네 말에 책임질 수 있겠느냐? 자신 없다면 맘 편히 말하거라. 오히려 그게 나을 게다. 딱히 밥이 되는 일은 아니니까."

얼굴이 가까워지자 묘하게 가슴이 뛰었다. 희는 부러 퉁명스럽게 대꾸했다.

"분명 어리지 아니하다고도 말씀드렸는데, 그건 홀랑 잊으셨나 봅니다. 천지에 밥이 제일 좋은 때는 한참 전에 지났는데요."

"한 가지 더. 마음에 길게 담아 두지 말아라. 이해가 되지 아니하더라도."

무슨 뜻일까. 희는 의아했지만 명원이 씩 웃으며 몸을 바로 했다.

"뭐, 일단 이 두 가지만 약조한다면 너도 끼워 주마."

마치 아이인 양 활달하고 스스럼없는 말투에 희도 웃어 버렸다. 정작 끼워 주고 있는 게 누군데? 내심 중얼거리면서도 희는 시침을 뗐다.

"생색내시긴. 저도 일단 일조하였으니 끝까지 가는 건 당연하지요! 나리께서 포기하시려거든 말리지야 않겠어요."

"한마디도 안 지는구나."

말과는 달리 그는 여전히 웃음기를 담고 있었다. 그 표정 그대로 그가 말을 이었다.

"종묘령의 수하가 정랑 댁 부근에서 나오는 것을 본 자가 있다. 아마도 네가 알아 온 그 시각 즈음일 터이지."

희의 눈이 커졌다.

"누가 어떤 연유로 보았답니까?"

"근처 과부댁을 다니러 가는 유생이더라. 그러니 포청에서 살기등등하게 다닐 때 더욱 아무 말도 못 하였을 법하지. 설마 더 설명이 필요한 건 아니겠지?"

"저도 다 컸다니까요!"

장난스러운 물음에 반사적으로 대꾸했지만, 희는 상당히 놀라고 있었다. 어떻게 알아냈을까? 나도 단 오라버니 덕에 겨우 얻은 정보인데. 그러나 그녀의 놀람이 채 가시기도 전에 그가 덧붙였다.

"그리고 사달이 벌어지기 사흘 전쯤 그 사노가 종묘령 댁에서 나오는 것을 본 자도 있었고."

희는 입을 다물지 못했다. 그녀가 빤히 바라보자 그가 능청맞게 물었다.

"왜, 너한테 시키고 난 이 아랫목에서 등이나 지지고 있을 줄 알았더냐?"

"그게 아니라……."

"아니면?"

알아냈다는 사실도 사실이지만 그보다 어떻게 알아냈는지가 더 놀라웠다. 희는 곧이곧대로 얘기할 수는 없어 대충 얼버무리려다, 자신의 처지가 아니라도 궁금할 일인 것 같아 대놓고 물어보기로 했다.

"그런 것들을 다 어찌 알아내셨어요?"

"어른들이 쓰는 수법이 다 있기 마련이지."

또 애 취급. 게다가 자연스럽게 말을 돌리기까지 한다. 희가 입술을 삐죽였지만 그는 모른 척 덧붙였다.

"말해 두지만, 있지도 아니한 일을 부러 조작한 것은 아니다."

"그야 알지요."

무심코 대꾸한 그녀는 아차 싶어 얼른 수습했다.

"그, 그러니까…… 나리께서 그리하실 만큼 악한 분이 아니신 건 알겠다는, 예. 그 뜻입니다."

"……더듬는 것을 보아하니 그 반대 같다만, 뭐 되었다."

명원은 심드렁하게 흘려 넘기고 다시 본론으로 들어갔다.

"정리하면 이와 같은 셈이지. 주인은 죽고 범인도 죽었다. 그림이 사라졌고, 주인의 양숙이 위작을 갖고 있다 하였고, 직접 본 사람은 아직은 없다. 양숙의 심복이 살인이 벌어진 시각 즈음 야행하였으며, 범인이 양숙과 접촉한 바가 있다. 여기서 관건은 무엇이겠느냐?"

"그림이 정녕 위작인지의 여부겠지요. 만약 진품이라면, 그 사건에 어떤 식으로든 개입을 하였다는 증명이 될 것입니다."

희가 진지하게 대답했고, 명원이 고개를 끄덕였다.

"바로 맞혔다. 일단 그것을 해결해야 할 터인데, 어디 좋은 방도가 있으면 말해 보려무나."

좋은 방도라. 그녀는 고심하기 시작했다. 낙관만 확인하면 될 일이지만 간밤 종묘령의 분위기로 보아 결코 쉽게 보여 주지는 아니하리라. 아주 잠시의 시간이라도 확보할 수 있다면…….

아! 혹시?

이마에 주름이 질 정도로 고민에 빠졌던 그녀는 문득 떠오른 생각에 반색하며 입을 열었다.

"이러면 어떨까요? 그자가 방탕함으로 이름 높다 하니 저가 기녀로 변장하고 접근하여 방심한 틈을 타서……, 아야!"

난데없는 공격에 희가 비명을 지르며 이마에 손을 갖다 대었다. 그는 한심하다는 얼굴로 그녀의 이마를 튕겼던 손가락을 거두었다. 그녀가 항의했다.

"어찌 이러십니까?"

"악하지 아니한 것을 안다더니, 감히 거짓부렁을 한 벌이다."

이건 또 무슨 소린가. 희가 인상을 쓰고 따지려 했을 때 그가 선수를 쳤다.

"너도 아는 그자의 명성을 난들 모를까? 그 같은 자에게 제 발로 가겠다는 말에 그래, 오냐, 잘 해 보아라 그리 대답할 거라 생각한 것이 분명하니, 이 몸을 아주 인두겁을 쓴 금수로 여긴 것이 아니고 무엇이랴!"

희는 입을 다물었다. 잠시 후 입을 열었지만, 무슨 말을 먼저 해야 할지 몰라 그냥 닫아 버렸다. 명원은 그런 그녀를 보며 혀를 찼다.

"그리고 너도 너다. 주워들은 것도 많다 하더니 색광이 기녀를 두고 손만 잡는다 여긴 게냐?"

꾸짖는 듯 비웃는 듯 모를 말투였지만 그의 진심이 와닿아 희의 기세가 수그러들었다.

"그…… 그건 아니지만……, 저 한 몸은 지킬 수 있고, 다소의 위험은 무릅쓸 필요가 있다 여겼기에 드린 말씀이어요."

머뭇거리며 대답하는 그녀를 물끄러미 보던 그가 헛웃음을 쳤다.

"거참, 어이가 없어 웃음이 난다. 대체 어찌 자라야 그리 무서우리만치 대담한지 원. 네 어미를 한번 보고 싶구나."

"어미 탓이 아닙니다! 조신하게 굴라고 만날 혼나는걸요."

"뉘 탓한다더냐? 그 새카만 속이 안쓰러워 위로 한마디라도 전하고 싶어 그런다."

농담인지 진담인지를 한 명원은 다시 대답을 잃고 입을 삐죽거리는 희에게 말을 이었다.

"어찌하였든, 그래. 좀 널리 짚어 보거라. 혼자 해결될 일 같았으면 굳이 너를 끌어다 놓았겠느냐? 네 말마따나 기녀로 분하게 하여 써먹을 요량이 아닌 바에야."

"……."

"허고 네가 알지 못하니 굳이 말하지만, 이 이명원은 그런 악질도 아니고, 어수룩한 인사는 더더욱 아니다. 기녀인 척해서 될 일 같았으면 너를 시켰을 리가 없지. 내가 여장하는 편이 더 쉽게 성공할 것이 빤한 이치인 것을."

벌써 몇 번째인지, 희는 할 말을 잃었다. 다만 이번에는 무슨 말을 해야 할지 몰라서가 아니라 자신도 모르게 수긍해 버렸기 때문이다. 여리여리한 생김새는 결코 아닌데도 듣고 보니 확실히 홍분을 잘 하고 옷차림에 신경 쓴다면 드문 미인이 될 것이라, 희는 우습지도 아니하다며 받아칠 생각을 잊고 명원의 당당함에 동조되어 그를 빤히 바라볼 뿐이었다.

그렇기에 그 순간 두 사람 사이에 끼어든 웃음소리는 더욱더 그녀의 것이 아니었다.

희는 흠칫 몸을 굳혔고 명원이 정색하여 낮게 외쳤다.

"누구냐!"

"결례를 용서하십시오. 고의는 아니었으나, 참을 수 없어 그만."

낭랑하면서도 고운 여인의 목소리였다.

방문 너머에서 전해지는 기척이 이토록 명확한 것을, 어찌 이제야 알아차린 건지. 희는 낭패감에 젖어 명원을 보았다. 그 역시 표정이 굳어졌지만 금세 본디로 돌아왔다.

"안면도 보이지 아니한 채 용서라니, 어불성설인즉슨. 잠겨 있는 문이 아니니 들어와 모습을 보이시오."

"하오면 잠시 실례하겠습니다."

미닫이문이 스르르 열렸을 때 희는 무심결에 숨을 삼켰다.

방 안으로 들어온 여인은 기녀의 옷차림을 한 항아姮娥였다. 물론 전설 속 달에 산다는 여신을 직접 본 일은 없지만, 흔히 말하듯 인간에 비유한다면 아마 눈앞의 여인처럼 생기지 않았을까 하는 생각이 들 정도로 아름답고 우아했다. 새하얗되 생기가 도는 피부, 잡티 하나 없는 매끄러운 얼굴, 반듯한 이마와 반달 같은 눈썹 아래의 정갈한 이목구비며, 가늘고 부드럽게 흐르는 목과 어깨를 보니 감춰진 몸 또한 아름다운 선을 가졌으리라 짐작이 되었다.

같은 여인임에도 홀려 버릴 듯한 기분에 멍하니 보고 있자니 그 시선을 느낀 기녀가 희를 보았다. 명원과 말을 나눌 때 목소리를 전혀 바꾸지 않았기에 사내 복장을 한 계집이라는 걸 눈치챘겠지만 별난 것을 보는 눈은 아니었다. 그녀가 빙긋 미소 지었고, 희는 어쩐지 얼굴이 붉어질 것만 같았다.

기녀는 적당한 거리에서 명원을 향해 나붓이 절을 올렸다. 나비가 날개를 접는 모양이 이러할까.

"처음 인사 올립니다. 힐 소 자 소향素香이라 합니다. 말씀만 전해 들은 별채 나리를 뵙게 되어 무진 광영입니다."

"괜한 말은 그만두시오. 근자에 새로 들어왔다던 이가 그대로군."

목소리까지 아름다워 마냥 감탄하고 있던 희는 명원이 전혀 동요하지 않는 것에 내심 놀랐다. 암만 무수한 계집을 봐 온 사람이라도 홀랑 넘어갈 미모인데, 눈이 까마득히 높은 건지 그 반대인 건지 모를 일이었다. 아니면 절제가 뛰어난 건가? 희가 딴생각을 하는 사이 소향이라 기명을 밝힌 여인이 대답했다.

"그러합니다. 모자란 재주를 귀히 보아 주신 행수 어른 덕에 이레 전 자리를 얻었습니다. 이곳에 온 첫날부터 나리에 대한 말씀을 누누이 들었으나 이제야 용기가 생겨 먼발치나마 뵙고자 했더니 이리 직접 인사드리는 운이 따르는군요."

"그대의 재주는 다 알지 못하나 적어도 첨유諂諛는 팔도 제일인 듯싶군."

"그보다는 사람 보는 눈이 제일이라 해 주시어요."

소향이 가볍게 웃었다. 명원은 따라 웃는 대신 담담하게 말을 이었다.

"재주에 관하여는 다른 기회에 논하기로 하고, 굳이 기척을 내어 엿듣고 있었음을 밝힌 연유부터 알려 주시겠소?"

희 역시 그것이 궁금했다. 두 사람의 진지한 눈길에도 소향은 아무렇지 않게 대답했다.

"그야 물론 그 재미난 일에 이년을 끼워 주십사 청을 드리기 위함이지요."

"재미난 일이요?"

희는 자신도 모르게 되물었다. 그러다 소향과 명원의 시선을 받고 찔끔 입을 다물었으나, 명원은 끼어든 그녀를 꾸짖는 대신 소향에게 말했다.

"들을 것은 다 들은 모양이오만, 그럼에도 위박威迫이 아닌 청이라. 실상 뉘에게 고할 것인지는 아직 모르시는 게 아닌가."

"종묘령 나리는 먼발치에서 뵈었을 뿐 일면식은 없사오나 저를 무조건 내치

시진 아니하실 것입니다."

명원의 떠보는 말을 태연히 받아넘긴 소향이 덧붙였다.

"듣기에 따라서는 위박일 수도 있겠습니다만, 곡해하시는 것까지는 저가 어찌할 방도가 없지요. 그저 진심을 알아주시리라 기대할 따름입니다."

"하면 청을 하는 연유는 무엇이오?"

"죄를 지었다면 죄 갚음을 하는 것이 하늘의 이치가 아닐는지요. 가진 것이 많다 하여 죄를 짓고도 피해 가거나 자신이 죄인이라는 사실조차 모르는 이들을, 상관없다 하여 흘려 넘기기에는 이년 도량이 그리 넓지 못하기 때문이어요."

"단지 그것뿐?"

"예, '단지' 그뿐입니다. 심심파적 삼겠다는 마음도 전연 없지는 않습니다만."

명원은 다소 장난스럽게 덧붙인 소향을 응시했다. 소향 역시 피하지 않고 마주 보았다. 무표정한 그의 얼굴과 부드럽게 미소 지은 그녀의 입술에서는 찾을 수 없는 긴장감이 둘 사이에 파고들었다. 희는 숨도 제대로 쉬지 못하고 그들을 보았다.

이윽고 명원이 시선을 누그러뜨렸다.

"하기야, 이제 와 믿지 아니하면 어찌할까."

예의 느긋한 분위기로 돌아와 중얼거린 그는 희를 돌아보았다.

"기왕지사 이리되었으니 큰맘 먹고 받아 주자꾸나. 인심 쓰자."

그 아무렇지 않은 듯한 말로 그는 소향이 등장한 이후 내내 방관자처럼 지켜만 보고 있던 희를 단번에 중심으로 끌어당겼다. 또한 그가 그녀를 단순한 종인으로 여기지 않는다는 것을 암시하기도 했다. 그 점은 소향을 염두에 두었겠지만, 희에게도 묵직한 의미로 와닿았다.

희는 그 기분이 겉으로 드러나지 않도록 여상스럽게 어깨를 으쓱거렸다.

"도리가 없네요."

소향은 두 사람을 번갈아 보며 웃음을 흘렸고 명원은 그런 소향에게로 고개를 돌렸다.

"자, 그럼 이토록 당당한 연유부터 들어야겠소. 그대가 할 수 있다 여긴 일이 무엇인지."

"닷새 후 술자리가 예정되어 있습니다."

소향이 목소리를 낮춰 조곤조곤하게 말을 꺼냈다.

"거창하지는 아니하나 높으신 분들께서 듭신다고 알고 있어요. 행수 어른께서 저더러 다부지게 습련하라 이르시더군요."

"그런 자리에 종묘령이?"

"등제等儕들이 말하기로는 보신을 위하여 접대하는 의미라고들 하더군요. 그러지 아니하고서야 어찌 단골 기방을 두고 여기에 오겠느냐며, 향월루가 제일이라는 것을 인정받은 것이라며 좋아들 하더이다."

"흠. 그대는 가락을 다루는 거요?"

명원의 물음에 소향이 짓궂은 미소를 띠었다.

"그도 나쁘지는 않지만, 더 확실히 혼을 빼 두려면 아무래도 춤사위가 낫더군요."

"그야 말해 무엇 하겠소. 그래 작정하여 혼을 빼서 그다음은?"

"다음은, 응당 값을 받아야지요."

"아! 하면 그 그림을 보여 달라 하실 요량인가요?"

갑자기 끼어들어 물은 희에게 소향은 놀람 없이 고개를 끄덕였다.

"그 이름난 허주의 진품을 내어 달라 한들 무례가 아닐진대, 하물며 연담의 위작 눈요기 정도로 저렴하게 쳐주는 것이니 도리어 운이 좋다 여겨야 할 것입니다."

자부심 있는 예인의 당당한 선언.

명원은 픽 웃었다. 소향이 들어온 이후 처음 보인 웃음이었다.

……처음이면 어떠하고 아니면 또 어떠한지.

너는, 왜 그딴 걸 재고 있니? 희는 고개를 절레절레 흔들었고 명원은 그런 그녀에게 의아한 시선을 던졌다가 소향에게 물었다.

"장소는 이미 정해진 거요?"

"네. 그리고 그 옆방에는 오래된 다락이 있지요. 낡아선지 벽에 흠이 많다 하더군요."

소향은 은근한 암시로 물음 없는 대답까지 했다. 희와 명원은 시선을 주고받았다. 선택의 여지가 없는 상황에서의 동료라는 걸 참작하지 않아도 상급이라 할 만했다. 아직 전적으로 믿지 못한다는 점이 문제겠지만, 그가 중얼거린 대로였다. 이제 와 믿지 아니하면 어쩔 것인가? 미친 척하고 걸어 보는 수밖에.

그저 눈빛만 오갈 뿐, 대놓고 말하지 않았음에도 희는 신기하게도 그가 자신과 똑같은 생각을 하고 있다는 걸 알 수 있었다. 그것은 명원의 뜬금없는 말에서 확인되었다.

"그러하여도 실상 내가 치마를 두르는 것보다는 미쳤단 소리 덜 듣지 아니할까?"

"아무래도요. 나름 자태가 나오실 것 같긴 합니다만."

그 역시 알고 있었는지 냉큼 튀어나온 그녀의 대답에 놀라는 대신 웃음으로 넘겼다. 그리고 표정에 약간 더 무게를 실어 소향에게 몇 가지를 더 물었다.

어려운 질문도 아니었고, 소향 역시 매우 적극적이었기에 시간은 오래 걸리지 않았다. 그러나 얼추 이야기가 마무리된 때는 이미 밖은 한밤처럼 어둠에 잠겨 있었다. 겨울이라 해가 짧다는 점을 생각해도 제법 늦은 시각이라 희는 닷새 후를 약조하고 얼른 나서야 했다.

아참이라도 들고 가라는 소향의 친절한 권유도 마다한 채 급히 집으로 돌아온 희는 예상대로 쏟아지는 어머니의 잔소리에 그간 쌓인 내공으로 귀를 닫았다. 날아오는 매운 손바닥을 용케 피해 방으로 잽싸게 피신했으나, 그녀는 옷을 갈아입으면서 결국 자신의 왼손으로 머리에 꿀밤을 먹여 버렸다. 왼손잡이는 아니었지만, 까맣게 잊고 있던 침향장도를 쥔 오른손을 함부로 휘두르기에는 무리인 탓이었다.

三

뚝배기 안에서 보글거리는 곰국. 알맞게 부쳐진 파전. 노릇노릇한 가자미구이. 윤기 나는 콩자반. 고소한 나물무침. 통통한 간장게장……. 상다리가 부러질까 걱정될 만큼 잘 차려진 상 위에서도 백미는 단연 꾹꾹 눌러 담긴 새하얀 쌀밥이었다.

바라보는 희의 입가에 행복한 미소가 걸렸다. 밥맛이야 집보다 나은 곳이 없겠지만, 그녀의 모친을 제외한 중에서는 낫다 싶을 만한 음식 솜씨에 풍족한 재료까지 더해지니 가히 최고라 할 만했다. 도성 한가운데에서 더욱이 봄으로 막 넘어가는 고개에, 나라님이나 양반님네들이 아닌 담에야 어디서 이런 상을 받아 볼까. 숟가락을 들고 쌀밥에 돌진하기에 앞서 푸근하게 웃는 그녀의 행복감에 순간 근 닷새 전, 자신의 입에서 나왔던 말이 끼어들었다.

"왜?"

그녀의 숟가락질이 시작도 전에 멈칫거리자, 저쪽 벽에 기대어 앉아 있던 단이 물어 왔다.

"아, 아니어요. 아직도 밥이 제일 좋은 때가 있기는 하구나 싶어서."

희는 얼버무리듯 대답하고 얼른 밥을 입으로 퍼 나르기 시작했다. 단은 픽 웃으며 손에 든 술병을 기울여 다른 손의 잔을 채웠다.

"오라버니는 벌써 한술 뜨신 거여요? 여태 빈속이면 이리 와 앉으셔요, 같이 먹게."

"난 괜찮으니 신경 쓰지 말고 어서 들어라. 금방 가 봐야 한다면서."

"갈 땐 가더라도 우리 오라버니는 챙겨야지요. 저가 아니 챙기면 뉘 하라고."

어서요, 희는 자신의 옆자리를 탁탁 두드렸다. 그녀를 물끄러미 보던 그는 몸을 일으켜 밥상을 사이에 두고 마주 앉았다. 그리고 한 손을 뻗어 희의 입가에 붙은 밥풀을 떼어 냈다.

"누가 누굴 챙긴다고?"

장난기가 섞인 물음에 희는 대답 대신 눈을 굴렸다. 말이 그렇지, 그럴 수 있기까지는 아마 백 년은 걸릴지도 몰랐다. 친오라비가 있다 한들 이보다 더 잘해 주진 못하리라. 이 밥상도 분명 자신을 위해 특별히 신경 쓴 것이 분명했다. 고맙다는 말로는 부족하다는 걸 알기에, 희는 맛있게 먹는 것으로 대신하고자 했다. 비록 그것이 민망할 만큼 쉬운 보답일지라도.

단은 가까이 앉기는 했어도 그의 몫으로 밥 한 공기 더 청하려는 그녀를 말리고 술잔을 기울이며 그녀의 종알거림을 조용히 듣기만 했다. 원체 표정이 없는 사람이지만, 더할 나위 없이 주의 깊게 들어 주고 있다는 것을 아는 그녀에게는 훌륭한 청자였다.

이윽고 밥공기가 깨끗이 비워지고 나서야 희는 만족스럽게 한숨을 내쉬었다.

"음, 좀 자제할 걸 그랬나? 간만에 뱃속에 기름칠했다고 탈이 나서 거사를 그르치면 안 되는데."

"오른쪽 주전자가 매실차다."

중얼거림을 용케 듣고 투벅 던지듯 일러 준 그가 문득 그녀를 바로 보았다.

"거사?"

"아! 그러니까 그것이…… 그런 게 있다지요?"

에두르려다 보니 엉뚱하게 되레 묻는 것처럼 되어 버렸다. 희는 머리를 긁적이고는 소화에 좋다는 매실차를 밥공기에 따르며 말했다.

"그게, 지금은 아니지만 다 끝나면 말씀드릴게요. 위험한 일은 아니니 염려 마셔요."

"뉘 기준에서?"

"그야 저이지요! 오라버니 기준에서 위험한 일이면 목숨이 열이라도 부족할 터인데."

희가 웃으며 밥공기를 기울였다. 단은 차를 마시는 그녀를 바라보다가 대뜸 말했다.

"조심하거라."

"염려 마시래도요? 한두 번인가요 무어."

보통 때라면 그녀의 장담에 예의 반쪽 미소를 짓고 말았을 그가, 의외로 더 진지했다. 고개를 갸웃거리던 그녀는 설마 싶은 생각에 하마터면 입을 열 뻔했다.

혹 이명원이란 이를 아셔요?

단은 분명 알 것이다. 설령 모른다 한들 반 시각이면 충분하다. 더욱이 명원이 포청조차 모르는 정보를 한나절 만에 알아낸 것을 생각할 때 그 실타래의 일부는 단에게 닿아 있을 가능성이 컸다. 그러나 그녀는 묻지 못했다. 천하의 단을 평소보다 더 진지하게 만든 자가 정말로 이명원 그라면 괜스레 말했다가 걱정거리만 더 늘려 줄 뿐이었다. 설사 그렇다 하더라도, 그리고 그것이 명원이 위험인물이기 때문이라 하더라도, 그녀는 약조에 따라 지금 곧 향월루로 갈 것이다. 내심 한구석에서는 그 정도는 아닐 거라 속삭이고 있는 탓이기도 했다.

몇 년을 보아 온 단만 해도, 그녀에게는 다정하고 사려 깊은 오라비일 뿐이며 모르는 사람들에게는 그저 과묵한 사내일 거라 여겨질 정도니, 겨우 하루 정도나 보았을 이명원을 다 안다고 할 수는 없지만.

"희야."

"네!"

딴생각에 빠져 있던 희는 거의 외치듯 대답해 버렸다. 단은 말을 잇기에 앞서 어색하게 웃는 그녀를 물끄러미 보았다.

"요즘 들어 뒤숭숭하니, 각별히 주의해야 한다."

희가 고개를 갸웃거렸다.

"하고프신 말씀은 그게 아니신 것 같은데. 그냥 솔직하게 말씀하셔도 되어요."

단의 눈매가 조금 더 다정해졌다.

"못 속이겠구나. 별건 아니다. 말린다고 들을 네가 아니지 않니."

"그, 그야 워낙 일이 일이니까요. 그러하여도 오라버니께서 절대 아니 된다 말씀하시면 잘 들을 거여요."

"글쎄다, 내 마음 같아서는 포청에서 널 끌어내고 싶다만. 그건 네가 싫어할 터이고."

가볍게 말한 단이었지만 잠시의 침묵 끝에 조용히 입을 열었다.

"언제고 네게 무슨 일이라도 생긴다면 그땐 내가 직접 나설 것이다."

희는 눈을 동그랗게 떴다. 단은 그런 그녀를 똑바로 보며 말을 이어 갔다.

"늘 한발 물러서 있지만 원해서도 아니고 할 수 있는 일이 달리 그뿐이어서도 아니다. 기억해 주면 좋겠구나. 네가 생각하는 이상으로 나는 네 편이니까."

단이 이렇게 길게 말하는 것은 드문 일이었다. 더욱이 그 내용도 희를 감동하게 하기에 충분했다. 새삼 쑥스러워진 그녀는 슬쩍 눈을 흘겨 보였다.

"새삼 무슨 말씀이셔요. 다 알아요. 알고 있었어요, 예전부터."

"……정말로 알고 있다면 좋으련만."

한숨 같은 희미한 웃음을 흘리며 농담처럼 중얼거린 단이 덧붙였다.

"얘기가 길어졌다만, 어찌 되었건 조심하라는 말이다. 알겠지?"

"네."

그때, 마치 기회를 엿보기라도 한 양 방문 너머의 손기척 소리가 끼어들었다. 말은 없었지만, 이 방을 알고 들어올 수 있는 사람이라면 다섯 손가락도 많았다. 단이 대답하자 금세 문이 벌컥 열렸고, 한 사내와 함께 화통한 목소리가 뛰어들었다.

"희야 왔나?"

"안녕하셔요, 아재."

희가 반색하며 인사했다. 단의 아비 혹은 삼촌과도 같은 만석萬石이었다. 꿈이나마 만석꾼 꿈을 꾸자 하여 소작인 부모가 지어 준 이름이지만, 그 부모가 돌림병으로 죽고 나자 홀로 남겨진 일곱 살 아이는 그 후 농부의 길을 가지 못했다. 그로부터 수십 년이 지난 지금, 농사 비슷한 일도 하지 않지만 그는 경상도 촌놈이 이 정도로 잘 지내는 건 이름의 그릇이 큰 덕이라며 자신의 이름을 자랑스럽게 여기고 있었다.

"하이고, 상다리 안 부러진 게 다행이네."

방으로 들어온 만석이 희가 해치운 밥상을 흘끗 보고 혀를 내둘렀다.

"니, 저게 다 드가드나? 이래 요요한데 벨일도 다 있다."

"먹을 수 있을 때 항금 먹어야재. 나중에 땅 치고 후회하면 우짤라고."

희가 능청스럽게 사투리로 받아쳤고, 만석이 파안대소했다.

"니 마이 늘었네? 인자 제법 그럴듯하데이."

"카면, 누한테 배웠는데. 덕분에 잘 써먹고 있다 아이가."

오다가다 만석이 하는 말을 듣고 귀동냥으로 익힌 것이어서 반말이 아니면 어렵다는 단점은 있었다. 덕분에 매우 친한 사이나 혼잣말 아니면 무리긴 하지만, 홍영루에서처럼 틈을 잘 맞추면 무척 유용했다.

"엇따 써먹는데?"

"고것은 비밀이고요. 다음에 또 봬요. 오라버니, 저 이만 가 볼 터여요."

고개를 끄덕이는 단의 옆에서 만석은 깜짝 놀라며 짐짓 그녀의 옷자락을 붙들었다.

"야가 지금 뭐라카노? 니가 이래 가뿌면 내가 씰데없는 거 물어서 갔다고 단이 도령헌테 혼날 거 아잉가배."

얼추 이립 전후인 사내를 가리킨 특이한 호칭은 만석만의 전유물이다. 희가 쿡쿡거렸다.

"아재네 도령 마음이 얼마나 바다 같은데 그럴 리가요."

"바다는 바단데, 니가 끼들면 그날로 당장 염전 되는 건 시간문제……."

"아저씨. 희 때문에 오신 건 아니시지요?"

단이 담담하게 말을 끊었다. 만석은 버릇없다고 화내는 대신 단의 목소리에서 다른 분위기를 읽은 양 벌쭉 웃었다. 웃음의 뜻은 몰랐지만, 희도 따라 웃으며 자리에서 일어났다. 그리고 같이 일어서려는 두 사내를 얼른 말리고 방 안에서 배웅 받고 나섰다.

허름하고 좁은 골목을 이리저리 꿰어 가는 희의 걸음걸이는 거침이 없었다. 아무렇게나 있는 듯해도 적당한 곳에 자리를 차지한 비렁뱅이, 한가롭게 앉은 노인, 땀 흘리는 대장장이 등은 남복한 채 지나가는 희와 익숙한 눈인사를 주고받았다.

이윽고 희는 향월루 뒷문으로 들어갔다.

와 본 길이라고 주저 없어진 발걸음으로 별채에 당도하니 명원이 기다리고 있었다. 그는 닷새 전 처음 별채를 찾았을 때처럼 방 안에서 문을 열어 두고 밖을 내다보고 있는데, 겉옷까지 입은 것과 분위기가 여상스럽다는 점이 전과 달랐다. 기척을 느낀 그가 고개를 돌렸다.

"잘 맞춰 왔구나."

눈이 마주치자 희는 얼른 고개를 꾸벅 숙였다. 들키고 싶지 않았다. 그럴 이유도 없는데, 괜스레 반가운 마음이 든다는 것을. 문을 닫은 명원은 금방 밖으로 나왔다.

"그럼, 가 볼까. 이제 막 시작한 모양이더라."

명원이 앞장섰다. 마치 저녁 식사 후의 산보나 하듯 여유롭고 당당한 태도였다. 그녀는 내심 걱정이 되었지만, 오히려 그 덕인지 간혹 마주치는 사람들은 전혀 의심하지 않고 묵례로 예를 갖출 뿐이었다. 그 역시 느긋하게 고개를 끄덕여 주며 걸음을 옮겼다.

두 사람은 곧 목적지인 빈방에 다다랐다. 벽 하나를 사이에 두고 주연장酒宴場의 시끌시끌함이 둔하게 전해져 왔다. 한쪽의 벽장을 열어 보니 퀴퀴한 냄새와 함께 다락으로 올라가는 계단이 나타났다. 오래전 부엌의 용도였던 공간이었으나 점차 기방의 규모가 커지고 증축하면서 아궁이를 막아 빈방이 되어 버리고, 그때의 흔적으로 다락만이 남은 것이라고 했다. 그들은 최대한 소음을 죽이면서 조심스럽게 다락으로 올라갔다.

천장의 서까래가 그대로 보이는 다락은 텅 비어 있었다. 걸음을 디딜 때마다 먼지가 풀썩거리는 사이로 나무 바닥이 비명을 질러 댔다. 그때마다 희는 심장이 멎을 뻔했지만, 다행히 옆방의 소란스러움에 묻힌 듯 아무 일도 일어나지 않았다.

작은 창문조차 어둠 속에 잠겨 있어선지 옆방에서 새어 들어오는 가느다란 불빛이 더욱 밝았다. 그들은 벽에 바싹 붙어 앉아 빈틈을 살폈고, 마침 각자 적당한 눈높이의 틈을 발견해 손가락으로 조금씩 후볐다. 세월에 못 이긴 흙벽이 조금씩 부스러져 이내 좁게나마 시야를 틔울 수 있었다. 바로 들이대는 바람에 너무 눈이 부셔 얼굴을 떼고 깜박거리는 그녀의 귓가로 나지막한 감탄사가 닿았다.

"허, 명당이로고."

다시 들여다본 희는 명원의 말에 공감했다. 장방형의 방은 널찍했고, 그들은 그 기다란 내부를 정면에서 내려다볼 수 있는 위치였다.

그 안에서는 상을 두고 빙 둘러앉은 양반들이 기녀 한 명씩을 옆에 끼고 주거니 받거니 떠들고 있었다. 누가 먼저랄 것 없이 종묘령을 찾던 두 사람은 제일 말석에서 아첨의 웃음을 띠며 앉은 양반을 발견했다. 손들은 방의 안쪽에 자리 잡았고 문간, 그러니까 두 명의 염탐꾼과 마주 보는 곳은 공간이 비어 있었다. 아마도 소향을 위한 자리일 것이다.

다모인 만큼 궐이나 사대부 댁에도 드나들 기회가 많은 희인지라, 어딘가 본 듯한 면면인 데다 비단으로 몸을 감싼 것으로 미루어 참석한 자들은 대체로 제법 높은 인사들인 듯했다. 들여다보는 구멍을 통해 제법 흘러들어 오는 말소리가 그 추측을 뒷받침해 주었다.

"……하네. 그러하였다면 여직 이토록 시끄럽지는 아니하였을 터인즉."

"이제 와 그러한 추국推鞫이 무슨 소용이겠나."

"그러게 말입니다. 불씨를 확실하게 꺼뜨렸어야 하는 것을."

"지금이라도 늦지는 아니하였으나……. 이번 일로 전하께오서도 결단을 내리시겠지."

폐위 후 강화에 위리시킨 광해光海와 내통한 자들이 어제 추국당한 것을 언급하는 그들의 말투는 한가로웠다. 나라님을 입에 올리는 것도 자연스럽다. 눈을 크게 뜨는 희의 옆에서 명원은 담담하게 귀를 기울이고 있었다.

"그건 그렇고, 그 도당饕党들을 어찌 일거에 소탕하지 아니하는 건지 모를 일이야. 포도대장 자리도 너무 오랫동안 굳어진 게 아닌가 싶군."

지나가는 말투였지만 마치 당장이라도 쫓아내자는 듯한 어조다. 다른 이가 달래듯 말을 받았다.

"다 생각이 있겠지. 임무에는 철저한 이 아닌가. 언젠가는 버릴 패라도 써먹을 것은 다 써먹은 연후인 것이 나을 터이니."

"그럴 요량이라면 오히려 다행이겠네만. 괜스레 가까이하다 물이 들기 전에 미리 손을 쓰는 것이 상책이지."

"일단 지켜봄세. 그리하여도 천지가 떠들썩한 일들은 모다 양지에서 벌어지고 있으니, 제법 잘 다룬다고 믿을 수 있지 아니하겠는가."

"자자, 그보다도……."

화제가 바뀌자 희는 그제야 긴장을 풀었다. 무심코 참았던 숨이 한꺼번에 흘러나왔다. 안심하는 마음 한편으로 마치 사람을 장기판의 말처럼 언제든 제거할 수 있다는 식으로 말하는 자들에 대한 분노가 스며들었다. 분기를 누르다 말고, 문득 희는 고개를 돌렸다. 눈에 익은 어둠 속에서 그녀를 가만 바라보고 있던 명원과 시선이 마주쳤다.

"어찌 그러느냐?"

기분 탓인지 속삭임이 아니라 매서운 추궁처럼 들렸다. 희는 재빨리 머리를 굴렸으나 둘러댈 거리들이 도통 떠오르지 않았다. 그렇다고 사실대로 말할 수도 없는 노릇이었다. 아무것도 아니라고 시침 떼면 모른 척 넘어가 주려나?

어색한 침묵이 길어지려는 때, 종묘령의 목소리가 끼어들어 난처해진 희를 구해 주었다.

"공사다망하심에도 자리하여 주신 여러 대감님께 진심으로 감사의 인사 올립니다. 제법 나쁘지 아니한 볼거리 또한 준비하였으니 한번 보아 주시겠습니까?"

명원은 한 번 더 희를 관찰하는 눈으로 살피고는 벽 너머의 동정에 집중했다. 희는 몰래 안도의 한숨을 쉬며 방 안을 들여다보았다.

선선히 찬성하는 소리가 드문드문 들리고, 종묘령은 가볍게 손뼉을 쳐 밖을 향해 신호를 보냈다. 이내 살며시 문이 열리면서 가야금을 든 기녀와 소향이 들어왔다.

소향은 살포시 절을 올리고 고개를 들었다.

"와……."

희의 입에서는 저절로 감탄의 소리가 새어 나왔다. 당연하다면 당연하겠지만, 중요한 자리에 나온 소향은 한껏 단아하고 맵시 있게 성장한 모습이었다. 지난번 별채에서 보았을 때도 아름다웠는데 작정하고 꾸민 지금은 그야말로 경국지색이 따로 없다. 희는 좌중이 일순 조용해진 것을 이해할 수 있었다. 그리고 동시에, 명원은 여전히 묵묵하게 보고만 있다는 것을 이해할 수가 없어졌다.

혹 사내구실을 못하는 건가?

아니지. 그럴 거였다면 어찌 기방에서 먹고 자며 기생 놀음을 하고 있겠어. 그런 방식으로 자학할 사람은 아닌 거 같긴 한데. 워낙 미인들을 많이 보아 왔기 때문이라 나름대로 결론을 내린 희는 다시 벽 너머를 주시했다.

짧은 소개와 인사가 오가고 몸을 일으킨 소향은 손에 든 얇게 비치는 투명한 천을 허공에 펼쳤다. 하늘하늘 내려앉는 그 천의 움직임을 모두가, 희와 명원까지도 주시했다. 그것이 방바닥에 닿기 전, 소향이 부드럽고도 재빠른 동작으로 낚아채는 것을 신호로 맑은 음률이 방 안을 가득 채우기 시작했다.

때로는 나비처럼, 때로는 불꽃처럼, 그녀는 우아하고도 강렬한 춤사위를 펼쳤다. 손짓 하나 발짓 하나에 사람들은 시선을 떼지 못했고 허공 그 너머를 보는 듯 아련한 눈빛에 숨을 삼켰다. 보이지 않는 날개를 달고 있는 양 자신을 위해 마련된 무대를 마음껏 누비던 그녀의 눈길이 문득 정지했다. 짧은 순간이었기에, 요염한 눈웃음을 알아차린 사람은 그 방 안에서는 아무도 없었다.

희는 명원을 흘끔 곁눈질했다. 소향은 방금 이쪽을 향해 웃은 게 분명했다. 그것은 지금의 춤사위가 저 뜨르르한 대감님들이 아닌, 몰래 지켜보고 있을 두 사람을 위한 것이라 말하는 것과도 같았다. 아니…… 단 한 사람.

명원 역시 알아차렸을 것이 분명하지만 겉으로는 전혀 변화가 없었다. 정녕 아무 느낌이 없는 건지, 없는 척을 하는 건지 새삼 궁금해지는 자신을 타박하며, 희는 본연의 임무에 집중했다.

이윽고 언제까지나 계속될 듯한 흐름이 멈추었다. 치맛자락을 펼쳐 사뿐히 내려앉은 소향은 마치 흐드러지게 피어난 한 떨기 꽃과 같았다.

정적. 그리고 성대한 박수가 뒤를 이었다. 부채를 두드리는 소리도 섞여 있었다. 그녀는 단아한 미소를 띠고 쏟아지는 찬사를 다소곳이 받아들였다.

너도나도 한마디씩 평하느라 들썩였던 소란스러움이 가라앉고 일행 중 좌장인 자가 소향에게 말을 건넸다.

"값은 이미 얘기가 되었을 것이나, 천녀의 경지를 보고도 지나치기란 어려운 법. 혹여 원하는 바가 있다면 말해 보거라. 무엇이건 들어줄 터이니."

"황공무지하옵니다."

소향이 나직나직하게 말을 이었다.

"미천한 재주가 조금이라도 귀하신 분들을 기쁘게 해 드렸다면, 외람된 말씀이오나 소인을 직접 청하신 분께서 자그마한 소원 하나 허하여 주시기만을 바랄 따름입니다."

좌중의 시선이 종묘령에게 모였다. 종묘령은 의아한 얼굴로 소향을 보다가 입을 열었다.

"원이 무엇이냐? 말해 보아라."

"들어주시렵니까?"

"아무렴. 우상대감의 뜻을 들어드리는 것이 내 뜻과도 같으니."

우상, 우의정 일행이었구나! 희가 새삼 혀를 내두름과 동시에 소향이 태연하게 말했다.

"하오면 말씀 올립니다. 소장하신 연담의 〈설경산수도〉를 볼 수 있는 영광을 주십시오."

종묘령은 바로 답하지 않았다. 소향은 눈을 내리깐 채 묵묵히 기다렸다. 사람들이 서로를 쳐다보며 웅성거렸지만, 종묘령의 입이 다시 열리자 금세 조용해졌다.

"어찌 알고 있는 겐지 용타 할 것이나, 내가 지닌 것은 위작이니라."

"알고 있습니다. 진품은 현재 행불되었다는 것 또한 아옵니다. 하여, 평소 연담의 호방한 붓놀림을 흠모한 터라 그 그림을 한 번이라도 보고파 감히 청을 드린 것입니다. 구할 수 없다 하면 더욱 애타는 것이 인지상정 아니올는지요."

"진품도 아닌 마당에 고작 한 번 보는 정도로 만족하겠다는 말인 게냐?"

"이리 청을 드리지 아니하면 일생 볼 수 없을지도 모르는 것이니 그 값은 비할 바가 못 되지 아니하겠습니까."

그는 입을 다물었다. 분명 고민하는 것이겠지만, 사정을 알 리 없는 주위 사람들이 아예 주는 것도 아니고 그 정도는 무에 어렵겠냐며 이참에 다 같이 구경이나 하자며 한마디씩 거들기 시작하자 오래 못 가 고개를 끄덕였다. 그는 다시 밖을 향해 신호를 보냈고, 대기하고 있던 심복이 모습을 드러내자 그림 궤를 서둘러 가져오너라 지시했다.

심복이 물러간 뒤 종묘령이 기다리는 동안 우상대감께 한 잔 따라 올리라 말했지만, 소향은 온화하면서도 단호하게 대답했다.

"소인은 예인으로서 이 자리에 나온 것입니다. 창기娼妓가 필요하시다면 따로 불러 드릴 터이니 부디 사양치 마시옵소서."

"기개 또한 제법이로다! 하면 내가 내리는 잔은 사양치 아니하겠지. 치하의 잔이니 받아 두어라."

우상이 껄껄 웃었고, 덕분에 확고한 거절 의사에 어그러질 뻔한 분위기가 금세 되살아났다. 우상 왼편에 앉은 이가 기이하다는 듯 물었다.

"한데 연담이라? 세자 저하 가례 도화에 동참하였긴 하나 그 화원의 그림은 상급으로 삼을 만한 것이 되지 아니한데 하필 그를 청하느냐."

"외람된 말씀이오나 거칠고 호방한 붓놀림이 예사롭지 아니하니 후일 크게 이름 날릴 것으로 사료됩니다만, 견문 넓으신 대감님들께 감히 의견을 내는 것은 아니옵고. 그저 홀로 즐기는 정도이니 가벼이 보아 넘겨 주시어요."

정말 그렇게 생각하는지 아니면 둘러댄 건지는 알 수 없지만, 다행히 하고많은 것들 중에 '하필' 연담의 그림을 보고 싶다 했는지에 대해 더는 이상스럽게 여기지는 않는 분위기였다. 안심한 희는 갑자기 뱃속이 부글거리기 시작하는 것을 느꼈다. 이런 젠장맞을, 역시 탈이 났구나. 하필 이런 때 안 먹던 쌀밥을 먹은 게 죄지. 그녀는 배를 천천히 문지르면서 명원에게 들키지 않게 태연히 속삭였다.

"한고비를 넘겼네요."

"끝까지 가 보아야 알 터이지만, 순조롭긴 하구나."

그도 속삭이듯 낮게 대답했다.

"참으로 대단한 여인이어요. 어찌 저리도 온갖 복을 한 몸에 타고났을까."

"확실히 범상치는 아니하다만, 글쎄. 내가 옳게 봤다면 네가 부러워할 것은 없다."

"예? 어찌하여 그런 말씀을?"

"비단으로 치장하고 좋은 밥상 받는다고 다 좋다고 할 수는 없다 이 말이다. 언젠가는 알게 될 터이니 그리 어이없다는 얼굴은 하지 마라."

그의 목소리에 웃음기가 스몄다. 희는 입술을 삐죽거렸다.

"그런 표정 아닙니다. 무슨 말씀이신지 짐작은 가지만, 이놈의 세상이란 것이 대부분은 그게 전부라 여기게 만들고 있는 판국에 뜬구름 잡으시는 거나 매한가지란 생각이 들었을 뿐이어요."

동정을 살피느라 한 귀로 흘려듣는 것 같던 명원이 그녀를 흘끔 보았다.

"이놈의 세상이라, 그리 겁 없는 말을 터놓고 하는 걸 보니 새삼 깨쳐 주어야 하겠구나. 나도 귀가 있고 입이 있다."

"눈은 없으신가 보네요. 저한테는 있답니다."

그의 핀잔에 보면 안다는 말을 부러 뒤틀어 대꾸한 그녀는 덧붙였다.

"걱정 붙들어 매셔요. 나리께서 저를 믿으시는 것만큼은 믿기에 드리는 말씀이니까요."

"흠. 일견 공평한 듯하나, 이는 나더러 우선 너를 전적으로 믿어라 그것이구나."

"그야 의려하시기 나름 아니겠는지요?"

그녀가 장난스럽게 대꾸하자 그는 픽 웃었다.

잠시 후, 다시 등장한 심복이 평범한 궤 하나를 종묘령에게 바쳤다. 그리고 그는 그 궤를 소향에게 넘겨주었다. 소향은 조심스러운 손길로 감사히 받은 궤를 열어 그림을 꺼내 바닥에 펼쳤다. 그 암암리에 말이 많던 연담의 〈설경산수도〉가 처음으로 공개적인 자리에서 선을 보이는 셈이었다. 위작이건, 진품이건 간에.

모두의 시선이 집중된 터라 때아닌 침묵이 방 안에 내려앉았다. 점점 더 날뛰기 시작한 배를 두 손으로 부여잡은 희는 직접 눈으로 확인하지 못하는 것을 안타까워하며 소향을 응시했다. 명원 역시 이심전심, 곁에 있는 것이 의심될 만큼 숨소리조차 들리지 않았다.

경탄하는 표정으로 그림을 찬찬히 들여다보던 소향은 이윽고 숙였던 몸을 바로 했다. 그런 그녀를 표 나지 않게 관찰하던 종묘령이 때맞춰 물음을 던졌다.

"어디, 상감賞鑑 한번 해 보겠느냐?"

"미욱한지라 말씀 올리기 저어되옵니다만."

소향이 나직하게 운을 떼었다.

"매우 잘된 그림이라 아쉬움마저 듭니다."

"아쉽다? 무엇이 말이냐."

의아한 것은 종묘령만이 아닌 듯 다른 이들도 두런거렸다. 그 작은 소음 위를 덮어 내리는 소향의 목소리는 매우 또렷했다.

"보셔서 아시겠지만, 낙관까지 완벽하였다면 위작이 아니라 진품 소리를 들을 법하지 아니하겠습니까."

작게 숨을 삼키는 소리가 다락 안을 울렸다. 마치 그 소리를 듣기라도 한 듯 소향이 가느다란 손가락으로 그림 위를 짚으며 덧붙였다.

"국國에서 한 획이 깨졌군요. 제아무리 실력이 뛰어난들 마무리가 엉성하니 역시 별수 없나 보옵니다."

확고한 선언과도 같은 말이었다. 희는 순간 배탈 난 아픔까지 잊었다.

혹시 부러 이쪽 들으라고 지어낸 말은 아니겠지? 의심스러운 생각이 번뜩 스쳤으나 그녀는 종묘령의 표정에서 놀람이 사라지고 미소가 떠오른 것을 보며 깨달았다. 그는 지금 소향의 발언으로 생각지도 못하게 그림이 확실한 위작이

노라 공인된 상황을 분명 기뻐하고 있었다. 모르는 사람들에게는 소향의 눈이 제법 밝은 것에 대한 감탄의 의미로 보이겠지만.

"나 또한 아쉽게 여긴 부분이지. 허나 그림만 감상하면 그뿐. 더욱이 이 〈설경산수도〉는 진품으로 오인당하는 편이 되레 좋지 아니하니 이대로가 적당할 것이다."

"어디, 얼마나 잘된 그림인지 궁금하군."

누군가가 다 함께 감상해 보고 싶다며 청하자 여기저기서 찬동의 목소리가 났다. 그 소란을 틈타 명원이 희에게 눈짓했고 그들은 조심스럽게 다락을 나섰다. 골라 디뎠음에도 여전히 바닥이 삐걱거렸지만, 다행히 들킨 낌새는 없었다.

두 사람은 방을 나오고서도 주위를 경계하며 한참 떨어진 별채로 돌아간 다음에야 숨을 돌렸다. 명원은 그제야 온몸 위로 내려앉은 먼지들을 툭툭 털어 내며 말했다.

"꼴이 말이 아니군. 너 돌아가면 어미가 꽤나 닦달하겠다. 그리하여도 소득이 컸으니 감수할 만……."

희를 돌아본 그는 입을 다물었다. 그리고 그녀의 식은땀, 새하얗게 질린 얼굴, 배를 부여잡은 손을 차례로 살피고 팔을 뻗었다.

"뒷간은 저쪽이다."

희는 체면이고 부끄러움이고 죄다 집어던진 채 쌩하니 달려갔다.

다행히 뒷간은 쉽게 찾을 수 있었다. 한참을 쪼그려 앉아 배 속을 모조리 비워 내고 나니 살 것 같았지만, 이제는 이대로 집에 가 버리고 싶다는 고민으로 머릿속이 부글거릴 판이었다. 하지만 아직 완전히 끝난 것도 아니고, 뭔가 더 들을 말이 있지 않을까 싶기도 하고 해서 희는 결국 뒷문을 등졌다. 생리적인 현상이야 당연한 것 아니겠는가! 만약 놀리기라도 한다면, 분명 그가 기회를 놓치지 아니할 테지만, 그런다면 진짜 당연한 표정으로 무어 어쨌다고 그러냐고 받아쳐 줘야지. 희는 단단히 결심하고 불이 켜진 별채로 향했다.

한데, 어라? 창 너머 어스름히 비치는 인영은 하나가 아니라 둘이었다. 희는 무심코 발소리를 죽이고 조심히 다가갔다. 창 밑에 가서 귀를 한껏 기울이니

고운 목소리가 잡혔다.

"……면, 이제 어찌하실 요량이온지 여쭈어도 될는지요."

소향이었다. 그새 물러나서 여기로 왔나 보다. 명원이 말을 받았다.

"그는 생각을 좀 더 해 볼 필요가 있을 듯싶소. 어찌 되었건, 고맙소. 덕분에 가장 중요한 빈틈을 채울 수 있었으니."

"이리도 아쉬울 데가 또 있답니까. 소인이 우겨 끼어든 탓이니, 치하보다 다른 것을 주십사 하는 말씀은 차마 드릴 수가 없군요."

"갖고 싶은 것이 있소? 내가 줄 수 있는 거라면 주리다."

"꽃밭 한가운데에 쉼터를 마련하셨으면서도 내키는 대로 꽃을 꺾지 아니하시고 꽃밭을 있는 그대로 감상하여 주시는 분에게 욕심이 납니다."

희는 저도 모르게 고개를 돌려 창을 보았다. 마치 그 너머로 명원의 얼굴이 보이는 것처럼. 분위기로 보나 어감으로 보나 소향이 지목한 것은 분명 이명원인데, 그에 대한 설명은 그가 아니었다.

아니…… 희 자신이 넘겨짚었던 그가 아니다. 이런 곳의 별채에서 숙식할 정도라면 분탕질에 도가 텄을 것이며 향월루 기생들의 머리를 죄다 올려 주었을지도 모른다는 생각을 했더랬다. 처음 만났을 때의 인상 역시 한량 그 자체였으니까.

한데 그게 아니었단 말이지.

……무어, 아니라고 한들 어쩌라고. 희는 묘한 기분으로 중얼거렸다.

"줄 수 있는 거라면 준다는 건 진심이오만, 그는 내가 알지 못하는 자라. 미안하게 되었소."

명원은 정말 남 일인 양 말했다. 소향은 그럴 줄 알았다는 듯 후후 웃었다.

"모른다 하시면서도 사과를 하시는군요."

명원은 대꾸하지 않았다. 대신 목소리를 약간 높여서 다른 말을 했을 뿐이었다.

"그러다 고뿔 걸리겠다. 게서 그러지 말고 들어오너라."

헉! 다 알고 있었단 말인가?

찔끔 놀란 희는 마루 위로 올라갔다. 그리고 방 안으로 들어서면서 조금 전 준비했던 뻔뻔한 얼굴을 만들어 붙였다.

"말씀 나누시는 중에 방해가 될 것 같아 미처 들어오지 못한 것입니다."

"거기까지 배려할 수 있던 걸 보니 이젠 좀 편안한가 보구나."

윽. 각오한 반응은 조금 전 써먹은 터라 그녀는 그저 대답 없이 입을 삐죽거릴 뿐이었다. 그녀가 적당한 곳에 앉자 그는 소향에게 시선을 주었다. 소향이 말했다.

"이년이 자리를 피해 드릴 때로군요. 차후 마무리를 어찌하실는지 기대하고 있겠습니다."

"좋으실 대로. 허나 실망스럽다 한들 안고나지는 못하오."

"여부가 있겠습니까."

소향은 나긋하게 반절을 하고 희에게도 정중한 목례를 남긴 후 물러갔다. 사락거리며 옷자락이 바닥을 스치는 소리에 자박자박, 가벼운 발소리가 뒤를 이었다. 몰래 숨어 듣고 싶지 않을까 했지만 인기척은 완연히 멀어지다가 사라졌다.

"눈치도 빠르군."

중얼거린 명원은 잠시 턱을 만지작거리며 생각에 잠겼다. 희는 무릎걸음으로 그의 앞에 가서 기다렸다. 그가 곧 고개를 끄덕이며 시선을 바로 했다.

"보자, 너, 내일 저녁에 빠져나올 수 있겠느냐?"

"되건 말건 무조건 와야지요. 하온데, 내일이라고요?"

그렇게 빨리?

"그래, 그 정도면 될 듯하다. 질질 끌어서 무엇 하겠냐 싶기도 하고."

희는 그를 조심스럽게 살폈다. 무언가를 이미 결정한 것이 분명한데 사실 그녀로서는 짐작도 하지 못했다. 과연 어찌 마무리할 셈인지, 직접 물어보아야 할 것인가. 포청에 가 고변할 위인은 아니고, 고변 자체도 사실 위험을 무릅써야 하는 일이었다. 혹여 멋대로 사赦하려는 것은……, 설마! 그럴 권한이나 있을까? 허나 그게 있다면?

그녀는 짧은 순간 깊게 고민했다. 그가 이쪽 생각을 다 알면서도 태연하게 자신을 관찰하도록 허락하고 있다는 점을 깨달았기에 더욱 그랬다. 결국 그녀는 입을 열었다.

"저녁이라 하심은?"

그의 눈빛이 약간 달라졌지만, 별말 없이 대답을 주었다.

"아직은 일몰이 이르니 유시쯤이 좋겠구나."

"네. 이곳 별채로 오면 되어요?"

"그래. 오늘은 이만 들어가 보아라. 애썼다."

"아닙니다. 편히 쉬셔요."

희는 꾸벅 고개를 숙여 인사하고 방을 나섰다. 창이 열리지는 않았지만, 그녀는 어쩐지 시선이 느껴지는 것 같았다. 하고 싶은 말은 한가득 있었는데 어찌 그냥 나온 걸까. 보통 때라면 전혀 망설이지 아니하였을 텐데.

내일 밤에는 이 모든 궁금증이 한 번에 풀리기를 바라며 희는 잰걸음으로 담을 벗어났다.

"무얼 하느냐? 어제는 성큼성큼 잘도 가더만."

역시 그걸 듣고 앉았더란 말이지. 귀도 밝다.

희는 마음에서 우러나는 대꾸를 하는 대신 미심쩍은 표정으로 주춤거렸다. 앞장서다가 어느새 둘 사이의 거리가 확연히 멀어진 것을 지적한 명원은 어깨를 으쓱하며 재촉 없이 몸을 돌렸다.

"무어, 강요는 아니니까. 정 싫으면 돌아가도 된다."

"싫다는 게 아니라요, 나리!"

한달음에 달려간 희는 마치 당장이라도 대문의 쇠고리를 두드릴 듯한 기세로 들어 올린 그의 오른팔에 냅다 매달렸다. 무심결에 터져 나온 목소리가 너무 높았다는 것에 깜짝 놀라 얼른 주변을 경계했지만, 땅거미가 깔리는 시간이라 다행히 지나는 사람이 드물었다. 그녀는 일단 그를 그대로 끌고 나와 대문과 충분한 거리를 두고도 속삭이듯 말했다.

"여기는, 그, 종묘령 나리네 댁이 아닙니까!"

"허. 건 또 어찌 안 게냐? 어미는 아니 돕고 귀만 열고 있었나."

"들릴 건 다 들립니다. 아니, 문제는 이게 아니라. 대관절 어찌 이러십니까?"

"어찌하려는 것 같으냐?"

"……무작정 쳐들어가시는 것 같습니다."

태연하게 되물었던 명원이 가볍게 웃었다.

"나름대로 작정은 하고 있다만. 이미 이 댁 주인에게 시간을 내어 달라 전갈을 넣은 상태이거든."

"예에?"

왜? 만나서 무얼 어쩌려고? 경악에 가까운 희의 표정이 우스웠던지 그의 웃음이 조금 더 커졌다. 그 얼굴 그대로, 명원이 뜬금없이 물었다.

"내가 너를 믿는 만큼은 나를 믿어 준다고 하였더랬지. 참말이냐?"

"그야, 예. 그리 말씀드렸지요."

"하면 너는 이 순간부터 나를 전적으로 믿어도 손해는 아니 볼 것이다."

희는 눈을 깜박거렸다. 여전히 웃음기가 머무는 준수한 얼굴에, 일순 진지함이 깃들었다.

"들어가거들랑 일절 입을 열지 말거라. 전부 내게 맡기고 조용히 구경만 하면 된다. 이번 일에 대해 궁금한 것은 찬찬히 다 알게 해 줄 터이니."

"……하오면, 나리께 궁금한 점은 지금 알려 주실 수 있으셔요?"

"무엇을?"

"죄지은 자가 있다면 응당 죄 값음을 해야 하는 법이라고, 일전에 소향이 그리 말했지요. 그것을 어찌 생각하십니까?"

종묘령에게 죄가 있음이 밝혀진다면 어떻게 할 작정인가.

그는 그 숨겨진 물음까지 읽어 냈을 것이다. 두 사람의 시선이 얽히고, 그녀를 물끄러미 바라보던 그가 입을 열었다.

"때로는 하늘의 뜻이 가장 낮은 자의 입을 빌려 알려지기도 하지."

그리고 그는 희의 얼굴에 안도감이 스미자 픽 웃으며 능청스럽게 말했다.

"제법 따스하니 기분은 좋다만, 슬슬 놓아주지 아니하면 혹여 지나가는 이가 보고 이상한 소문을 흘릴지도 모른다."

무슨 소린가 했던 희는 그제야 자신이 여직 명원의 한쪽 팔을 끌어안듯 붙들고 있다는 걸 깨닫고 얼른 팔을 풀었다. 냉큼 물러나는 그녀를 보며 목 안으로 웃은 명원이 돌아섰다.

이내 육중한 쇠고리의 울림에 이어 점잖은 목소리가 문을 넘어갔다.

"이리 오너라."

부름의 울림이 가실 때쯤 문이 열렸다. 거침없이 안으로 들어선 명원은 허리를 반으로 접어 인사하는 마당쇠와 예를 갖춰 맞이하는 종묘령의 심복을 맞닥뜨렸다.

"어서 오십시오. 사랑채에서 기다리고 계십니다."

안내하겠다는 투로 말한 그가 시선을 희에게 두었다. 명원이 일행이니 신경 쓸 것 없다 하자 그제야 몸을 돌렸다.

넓은 저는 인적이 거의 느껴지지 않을 만큼 고요했다. 저벅저벅 발소리만이 어슴푸레 뜨기 시작한 달빛 아래 떠올랐다 흩어질 뿐이었다. 희는 길을 익혀 두려고 몰래 애쓰며 따라갔다.

잠시 후 심복은 은은한 불빛이 비치는 사랑채 아래에서 걸음을 멈추었다. 심복이 안을 향해 고했다.

"나리. 손님께서 오셨습니다."

"뫼시거라."

"오르시지요."

심복이 한쪽으로 비켜서며 말하자 명원이 옷자락을 펄럭이며 섬돌을 디뎠다. 잠깐 망설였던 희가 따르려 하자 심복이 한쪽 팔을 뻗어 저지했다. 말 한마디 없었지만, 눈치를 챈 명원이 돌아보며 일렀다.

"두시게. 자네 나리께 드릴 말씀에는 그 아이 또한 무관치 아니하네."

온화한 말투였으나 반박을 허용치 않는 힘이 있었다. 충심 깊은 심복은 그래도 머뭇거렸지만 "뜻대로 하시게 하라."는 말이 건너오자 단념했다.

종묘령은 보료 위에 앉아 탁자에 서책을 펼쳐 둔 모습으로 그들을 맞이했다.

명원이 점잖게 인사하고 마주 앉았다. 패랭이를 벗고 꾸벅 인사한 희는 적당한 거리를 두고 명원의 뒤쪽에 자리 잡았다. 종묘령은 희를 잠시 훑었다가 종인 따위 신경 쓰지 말자고 결정한 듯 무심하게 시선을 돌려 명원을 보았다.

"이리 마주 앉은 적은 처음이로군. 춘부장은 무고하신가."

"예, 덕분에."

설마 두 사람 알기는 알던 사이인가? 희는 꾹 다문 입에 힘을 주었다. 명원이 다짐을 둔 것도 있지만, 아니었대도 그녀는 일절 끼어들지 않고 상황의 추이를 지켜볼 작정이었다.

"귀한 손님인데 차 한 잔 대접하여야지."

"괜치 아니합니다. 신경 쓰지 마십시오."

종묘령이 고개를 끄덕거렸다.

"그래, 어쩐 일로 다 여기까지 걸음한 겐가? 무언가 은밀히 답을 구할 일이라도?"

"그러합니다. 소인이야 상관치 아니합니다만, 나리께서는 분명 은밀히 하고 싶어 하실 것이기에."

"허어. 그것이 무언가?"

종묘령이 기이하다는 듯 연이어 물었다. 설마 하고 희가 명원을 보는 것과 동시에, 그가 담담하게 입을 열었다.

"전 공조정랑께서 불귀의 객이 되심에 대한 나리의 역役을 가르쳐 주십시오."

四

아무렇지 않게 건넨 그 한마디에, 방 안 공기는 순식간에 긴장감으로 팽팽해졌다.

희는 종묘령을 응시했다. 마음 같아서야 언제는 믿으라더니 대체 무얼 보고 믿겠느냐며 명원의 멱살이라도 잡고 싶을 만큼 충격이 컸지만, 이미 깨진 독이요 엎질러진 물이니 주워 담기보다 그 여파를 하나도 놓치지 말고 기억해 두어야 할 일이었다.

두 사내는 서로를 바라보며 미동조차 하지 않았다. 종묘령의 분위기는 조금 전과 달리 매우 날카롭고 험악하게 변해 있었지만 명원은 기죽은 기색 없이 태연했다.

이윽고 종묘령이 밤을 지새울 것만 같은 침묵을 깨뜨렸다.

"웃어른에게 답을 청할 때는 우선 그 견문이 어느 정도인지를 내보여야 하는 법일세."

부정도, 긍정도 아니다. 명원만큼이나 단도직입적으로 떠보려는 심산일 수도 있지만, 명원은 선선히 설명을 시작했다. 고인과 평소 원수나 매한가지였고 연담의 그림을 구한 것에 투기했던 점. 죄인 한석이 사건 전 이곳을 찾았던 점. 사건이 벌어지던 날 밤 밖에서 대기 중인 저 심복이 그 댁 주변에서 얼쩡거렸고 또한 홍영루에서도 수상쩍은 야행이 목격되었다는 점. 지닌 연담의 그림이 실상 위작이 아니라 진품이며 낙관의 흠이 그 증거라는 점. 따라서, 한석이 침입하여 주인을 죽인 직후 함께 있던 일행이 그림을 가져갔을 것이고 그 일행이란 지금 이 방 안의 모든 사람이 아는 인물이라는 것.

명원이 사건의 정황을 조목조목 차례대로 짚어 가는 동안 희는 종묘령을 몰래 관찰했다. 그는 처음에는 긴장했고, 그다음에는 굳어졌으며, 종국에는 무언가 꿍꿍이를 생각하는 표정이 되었다. 명원 역시 예상했는지 청산유수처럼 풀어 가던 제반 사항을 끝맺을 때 덧붙였다.

"이 사실들은 소인과 뒤에 앉은 종인만 알고 있습니다. 다만 소인들이 인정人定 전 직접 찾아가지 않으면 낱낱이 고한 서찰을 알아서 처리해 달라 맡겨 둔 이들이 있지요. 둘 중 하나가 사라져도 마찬가지입니다. 이놈을 잘 아실 터이니 지금 드리는 말씀이 허풍이 아닌 점 또한 아시리라 믿습니다."

이 자리, 그리고 이후로도 여기 둘을 죽여 보았자 소용없다는 사실을 밝히는 명원의 말투는 친절하다고까지 생각될 만큼 온화했다. 종묘령은 눈썹을 꿈틀하더니 생각에 잠긴 그대로 입을 열었다.

"게 있느냐."

"예, 나리."

밖에 있던 심복이 냉큼 대답했다. 종묘령이 명원을 주시한 채 밖을 향해 말했다.

"물러가 있거라. 이야기가 길어질 듯하다."

"분부대로 하겠습니다."

인기척이 사라지기까지 종묘령과 명원은 그대로 서로를 응시하고 있었다. 먼저 말을 꺼낸 쪽은 종묘령이었다.

"굳이 찾아와 이러는 연유는 무엇인가."

발뺌해 봤자 소용없다는 점을 안 그는 단도직입적으로 물었다. 명원이 대꾸했다.

"처음 말씀드린 바와 같이, 나리께서 어찌 개입하신 것인지 들으러 온 것입니다."

"굳이 내 입으로 가르쳐 주어야 할 의무는 없네."

"물론입니다."

시원스러운 긍정에 희도 종묘령도 그를 어처구니없는 눈으로 볼 뿐이었다. 명원이 말했다.

"벗의 위작이 있다는 말을 우연히 듣고 이래저래 알아본 정도일 따름입니다. 애초 방식이 그러하니 증거는 있되 없느니만 못하며 목견인 또한 마찬가지지요. 이 점 나리께서도 잘 아실 듯하여, 직접 여쭈러 온 것입니다. 다 끝난 사건이니 이제 와 포청에 고변하기도 어렵고 한다 한들 내놓을 수는 없는 증거들뿐이라 아무 소용 없겠지요. 어차피 그러할진대, 좋은 일 하신다는 셈 치고 이놈 못 말리는 호기심이나 채워 주십사 하는 청을 드리려고요."

구슬리는 솜씨 또한 보통이 아니다. 희는 속으로 혀를 내둘렀다. 말은 그래도 심각한 상황이라면 포청에 알려 죄를 묻지 않을 수 없는 일이었다. 그걸 저자가 알아차리면 안 되는데, 라고 중얼거리던 그녀는 그 종묘령이 자신을 문득 똑바로 보자 뜨끔 긴장했다.

"정녕 그리 생각한다면 저 종인은 어찌 동행한 건가."

"내가 궁금하면 남도 궁금하다는 것이 진리가 아닐는지요. 나리의 저 충복만큼은 아니더라도 믿음직한 녀석입니다."

종묘령으로서는 두 사람의 관계를 짐작도 못할 것이기에 마음껏 장담하는 명원이었다. 뻔뻔스러울 만큼 당당한 말에 종묘령의 눈에 이채가 흘렀다.

"듣던 바대로 엔간치 아니한 사내로고."

"천만의 말씀이십니다. 그저 집안의 골칫덩이일 따름이지요."

명원이 냉큼 대꾸하자 종묘령은 쓴웃음을 지었다. 그리고 생각에 잠기는 듯 시선이 내려간다 싶더니 이내 명원을 똑바로 보았다.

"한 입으로 두말하는 사내가 아니라는 건 잘 알지. 거기까지 알았다면 무얼 숨기겠나."

종묘령이 태연하게 단언했다.

"김익현, 그자는 천벌을 받았던 것이네. 언젠가는 그리될 일이었지."

"분명 죄인을 비롯한 노비들에게 퍽 모시기 힘든 주인이었다고들 하더군요."

"모시기 힘든? 그 정도가 아니었네."

차분한 명원의 말에 종묘령은 코웃음 치며 반박했다.

"노비들에게 괴악한 짓이야 드문 일이 아니라지만, 그자는 도를 넘었지. 그는 예전 예쁘장한 계집종을 품은 적이 있었네. 꽤나 마음에 들었는지 한두 번으로 끝나지 않았다더군. 뒷방으로 앉히지는 아니한 채라, 종년은 함께 일하던 노와 혼인을 했지. 아마 그리하면 손을 대지 아니할 거라 여긴지도 몰라. 허나 그 후로도 계속되었네. 결국 몇 년 안 가 견디다 못해 뒷산에서 목을 매었지."

희는 숨을 삼켰다. 종묘령의 말은 계속 이어졌다.

"홀아비가 된 종놈은 더는 혼인하지 아니하고 하나뿐인 딸년을 키우며 살았네. 도망치고 싶은 마음은 굴뚝같았을 터이지만, 대대로 섬겨 온 집안을 등 돌리고 어디 가서 사람 구실을 하고 살 수 있겠나. 하긴 어쩌면 원한을 풀 기회를 노린 것일지도 모르지.

몇 년이 지나 딸년이 제법 계집 구실을 하게 된 때가 왔나 했더니, 느닷없이 그 딸 또한 목을 매었네. 어릴 적 눈치로 주워들은 건지, 직접 본 건지 알 수는 없으나 어미가 죽은 연유나 아비의 한을 알고 있었음이 틀림없네. 그러지 아니하고야 주인이 한 번 품었다 하여 그날 새벽에 바로 자진할 종년이 어디 있겠나? 정혼자도 없는 판에."

희의 어깨가 희미하게 떨리기 시작했다. 무릎에 얹은 두 주먹에 힘이 실렸다. 그러나 종묘령의 말은 거기서 끝나지 않았다.

"그런 짓을 저질렀으니, 타지에 다녀왔다가 하루아침에 홀로 남게 된 그 아비가 과연 어떤 생각을 하게 되었을까. 자업자득, 다 제 몫의 값을 받은 것이지."

분노에 떨던 희는 머릿속에 번뜩이는 하나의 추측, 아니 확신에 경악했다. 명원이 나직하면서도 확고히 못을 박았다.

"나리께서 알려 주신 것이로군요."

희의 눈이 치떠져 종묘령에게 날아가 박혔다. 그 노려보는 시선을 알아차리지 못한 듯 종묘령은 가볍게 인정했다.

"말해 주기 전까지는 막연한 추측이었던 건 사실이네만. 설마 했다더군. 제 아무리 계집에 미친 사내라 한들 어미를 덮쳐 죽이고도 그 딸까지 손대리라 누가 생각하겠나."

"나리께서 그 소상한 내막을 아심은 놀랄 일이 아니지만, 어찌 그것을 알려 주신 것입니까. 그 그림이…… 그리도 탐이 나셨습니까?"

종묘령이 불쾌하다는 듯 얼굴을 찌푸렸다.

"말조심하게. 응당 알아야 할 일을 인지상정으로 알려 준 것이지 죽이라고 이른 것은 아니네. 알려 주는 대신 무얼 하라고 조건을 내걸지도 아니하였어."

"하오나 그자가 은혜에 황감해하며 무엇이건 하겠다, 그리 나섰겠지요. 아닙니까?"

날카로운 물음에 종묘령은 어깨를 으쓱거렸다.

"하도 열성적이기에 그자가 지닌 그림 한 장이 애초 내게 올 것이었다는 말은 했었지."

명원은 침묵했다. 그뿐이었으나, 그의 분노는 분위기만으로도 희에게까지 충분히 전해졌다. 명원과 눈이 바로 맞은 종묘령이 순간 주춤했다가 금세 느긋함을 되찾았다.

"소용없는 일로 날을 세우는 건 어리석은 짓일세. 난 결백하니까. 물론 좀 더 신중히 말하였어야 했을지도 모르지. 그 점은 다소 반성하고는 있네만, 설마 하니 그리될 줄 뉘 알았겠나?"

"닥치시오!"

고함이 터져 나왔다.

두 사람의 시선이 한곳에 모였다. 무심결에 자리를 박차고 일어난 희는 어깨로 숨을 몰아쉬면서 종묘령을 노려보았다. 명원의 시선이 느껴졌으나 무시했다. 입도 벙긋하지 말라는 그 약조를 더는 지킬 수 없었다. 이만큼 참은 것만도 한계였다.

"결백하다고? 죄가 없다고? 정녕 그리 여기시는 거요!"

"어허! 무엄한지고. 예가 어디라고 감히……."

종묘령이 험악하게 일갈했으나 희가 말을 자르고 외쳤다.

"어디 칼로 찌르는 것만 살인이랍디까? 애지중지한 자식의 이른 죽음만으로도 오장육부가 끊어지는 슬픔을 맛본 아비에게, 그 죽음이 처참했음을 굳이 인지시켜 더욱 끝없는 애통함에 가슴 치게 한 것이 일죄요, 자진하고서도 살인자가 되어 사지가 찢긴 아비의 모습에 그 딸이 황천에서 슬퍼할 터이니 그것이 이죄입니다. 또한 천륜의 애를 이용하여 사리사욕을 채우는 망팔 됨이니 이것이 삼죄, 당신은 하늘님 앞에서는 그보다 더한 죄인이오. 그 죄악은 대체 무엇으로 씻을 수 있을까!"

한자리에 보고 있기도 끔찍해진 희는 곧장 그 자리를 뛰쳐나갔다.

"아니, 저, 저……!"

기가 막혀 미처 잡지 못하고 어이없어하던 그 화살이 명원에게로 날아갔다.

"자네! 믿음직하다더니 수하를 대체 어찌 가르치는 겐가!"

"거짓을 고한 적은 없습니다. 소인이 하고 싶은 말을 고스란히 대신 해 주었으니까요."

말문이 막힌 듯한 종묘령을 싸늘하게 바라본 명원은 자리에서 일어났다. 뒤를 돌아보니 졸지에 주인 잃은 패랭이가 덩그러니 놓여 있었다. 그는 그것을 집어 들고 몸을 바로 했다.

"또한…… 안위가 염려되신다면 소인들이 아니라 하늘을 막으셔야 할 것입니다. 운이 좋으시다면 제법 이른 간언이겠습니다만, 장담은 못 드리겠습니다."

조용한 분노의 박력에 종묘령이 입을 열었다가 다물었다. 명원은 정중하게 인사했다.

"늦은 밤 결례가 많았음에 사죄드립니다. 하오면 이만 물러가도록 하겠습니다."

"젠장맞을!"

희는 대문을 나와 담벼락에 머리를 박은 채 서 있었다.

분을 못 이겨 주먹으로 담을 내리치기도 여러 번, 그러나 아픔은 거의 느껴지지 않았다. 그녀는 속으로나마 있는 힘껏 고함질러 주었다. 이런 빌어먹을 세상. 이따위 개 같은 인간들. 목도한 것은 한두 번도 아니건만, 어찌 이렇게 분하고 억울한지 모르겠다. 강 종사관 나리는 타인의 일에 솔직하게 아파할 수 있으니 너는 좋은 다모가 될 것이다, 지나가듯 말씀하였었다. 그 말씀이 옳다 여기고 힘을 냈지만, 그리 냉정하지 못하면 걸림돌밖에 아니 될 거라던 정 군관의 말이 어쩌면 옳을지도 몰랐다. 아픔이 가시지 않을 세상인 만큼 일일이 귀담아듣고 피를 흘리다가는 안 될 말이었다. 하지만…….

"여기 있었구나."

안으로 파고들어 가느라 대문이 열린 줄도 몰랐던 희는 등 뒤에서 갑작스럽게 들리는 명원의 목소리에 움찔 돌아보았다. 그리고 금방 고개를 돌리고 흥분을 가라앉히려 애썼다. 그는 잠시 그대로 서 있다가 걸음을 옮겼다.

조용한 발소리와 기척이 점차 가까워지는가 싶더니 그가 곁에 섰다. 그리고 한쪽 팔을 뻗어 어깨동무하듯 뒤로 둘러 그녀의 머리를 감싸 안았다. 희는 순간 숨을 멈추었다.

"울지 마라. 그리 귀한 눈물 흘려 줄 만치 대단한 세상은 못 된다."

나직한 목소리는 평소와 다를 바 없었지만, 다정함이 스며 있다는 것을 느낄 수 있었다. 그녀는 그제야 뺨이 축축하다는 것을 알았다. 소매를 들어 얼굴을 슥슥 훔치면서 아무렇지 않은 척 대꾸했다.

"운 거, 아닙니다. 이깟 세상이 무어라고. 다 죽으면 그뿐인 것인데."

"그래. 그뿐이다."

그가 조용히 수긍했다. 싸늘한 늦겨울의 바람이 두 사람을 휘감았다. 그 바람결의 말미에 실려 가는 덧붙임이 그녀의 귓가에 스쳤다.

"허나 그러하기에…… 너처럼 울어 주는 이가 필요한지도 모르지."

그는 중얼거리듯 말을 이었다.

"메마른 사람이 너무 많아……. 무뎌지지 마라. 날카로워지지도 마. 너 같은 심성의 아이가 상처를 묶어 주어야지. 같이 다치면 그 상처 뉘라서 감싸 주리."

그저 달래기 위해 적당히 건네는 말이 아니었다. 그러기에는 한 마디 한 마디가 깊었고 진했다. 마음속에 순식간에 스며들 만큼. 희는 멍하니 물었다.

"아모 힘도 없는 저가 어떻게요?"

"할 수 있는 한, 열심히 사는 게지."

엉뚱하다면 엉뚱한 대답에 그녀는 무심코 웃고 말았다. 그의 목소리가 짐짓 엄해졌다.

"어허! 하나만 알고 둘은 모르는구나. 열심히 산다는 것이 얼마나 어려운 일인 줄 상상도 못할 게다. 나 같은 사람도 평생이 걸리는 대업인즉."

희의 웃음이 커졌다.

"나리 같은 분이 어떤 분이신데요?"

입을 열던 그가 그녀를 보더니 다시 닫았다.

"제법 좋은 기회였다만, 안즉 멀었다. 둘까지 가르쳐 주었으면 셋부터는 혼자 알도록 애써 보아야지 날로 먹으려 들다니."

먼저 운을 뗀 게 뉜데. 희가 입을 삐죽거렸다. 평소대로의 모습에 그가 픽 웃으며 그녀의 머리를 툭툭 다독인 다음 팔을 풀었다.

"기껏 묻힌 검댕이 다 지워졌구나. 뭐 별문제는 아니겠다만."

한 발짝 옮겨 마주 선 명원은 스스럼없는 동작으로 들고 있던 패랭이를 희의 머리에 푹 눌러 씌웠다. 그녀는 어쩐지 묘한 허전함을 감추며 패랭이 끈을 풀어 턱 밑에서 다시 묶었다.

그때 명원이 멈칫, 표정을 굳히더니 끈을 쥐고 있는 그녀의 오른손을 돌연 손목째로 잡아챘다. 깜짝 놀라 얼어붙은 희는 아랑곳없이 손등을 코앞까지 가져가 세세하게 살핀 그가 혀를 찼다.

"무어냐, 이 꼴이. 고놈 참 성질 한번 요란하다. 아프지도 아니하더냐?"

그제야 희의 눈에도 뼈마디가 찢어져 섬뜩하게 맺힌 핏방울들이 들어왔다. 그녀는 우물쭈물하며 손을 빼내려고 했지만, 그가 단단히 붙들고 다른 손으로는 품을 뒤져 작은 손수건을 꺼냈다. 놓아주면 절대 말을 안 들을 거라 생각했는지 그는 한 손만으로 서툴게나마 손수건을 접어 그녀의 상처를 묶어 주었다.

"아야!"

꽉 힘을 주어 매듭을 짓자 그녀는 작게 비명을 질렀고, 그가 코웃음 쳤다.

"아프거든 조심을 하던가. 따라오너라. 약을 줄 터이니."

"아, 아닙니다. 약이야 집에 가서 바르면 되어요."

"주겠다고 할 때 모른 척 오면 된다. 나중에 후회하지 말고."

명원은 곧바로 몸을 돌렸다. 뒤따를 것이라는 걸 확신하는 뒷모습을 멍하니 바라보던 희는 손수건에 싸인 오른손과 점점 멀어지는 그를 번갈아 보다가, 고개를 젓고 그를 쫓아갔다.

그리고 오래지 않아 스스로의 판단에 회의를 느끼기 시작했다.

"이게 무업니까?"

"보면 모르느냐? 약이잖으냐, 약."

희는 어이없는 얼굴로 앞에 놓인 사발로 눈길을 주었다. 찰랑거리며 담긴 어둠이 맑았다. 그녀는 눈을 가늘게 떠 마주 앉은 그를 의심스럽게 쳐다봐 주었다. 약을 준다기에 별채로 가는 줄 알았더니 웬걸, 당도한 곳은 어느 골목길 안 북적거리는 주막이었다. 안쪽에 용케 난 빈 평상에 자리를 잡은 그는 호기롭게 술상을 청했고, 잔도 아닌 사발을 각각 앞에 놓고 콸콸 소리가 나도록 채웠다.

"이게 무슨 약입니까? 술이지."

사발을 한 차례 기울인 그가 그녀를 한심하다는 얼굴로 쳐다보았다.

"잘 들어라, 술이란 만고의 영약이다. 풀뿌리 몇 가지 고아 만든 것만이 약이라더냐? 그런 것들은 보이는 상처만 낫게 할 뿐이지. 아니 보이는 상처까지도 고쳐 주는 것이야말로 진정한 만병통치란 거다."

말이나 못하면. 희는 웃어 버렸다. 침울해진 자신을 위로하기 위함인 줄 모르는 바 아니라 농으로라도 어깃장을 놓기가 힘들었다. 그 마음이 고마워 그녀는 더 머뭇대지 않고 사발을 들었다.

"지나친 약은 되레 독이 아닐는지요? 무언 깊은 뜻으로 약이 아니라 독을 주신 건지는 모르오나, 애석하게도 이쯤은 보약이나 마찬가집니다요."

"하!"

술 먹여서 덮치려 해 봤자 말짱 헛일이다, 그 농 섞인 뜻을 대번에 알아차린 명원이 기가 찬 듯 짧게 웃었다. 그 웃음은 더 크고 밝게 이어졌고, 희가 모른 척 사발을 기울이는 사이 명원이 자신의 사발을 내밀었다.

"좋다, 하면 내 몫까지 보약 실컷 마시고 몸보신 좀 시켜 주련?"

"푭!"

가만히 술맛을 보던 희는 순간 사레가 들려 뿜어 버렸다. 우연히 주워듣게 된 주위 사람들이 어처구니없어하며 두 사내를 흘끔거렸지만 희는 그 시선을 느낄 틈도 없이 새빨개진 얼굴로 연신 캑캑거리며 숨을 고르기에 바빴다. 명원이 그녀에게 물을 따라 주었다.

"농과 진담도 구분 못하지는 아니하겠더니, 무얼 그만치나 당황하는 게냐?"

"아, 암만 농이라도, 크흠! 이게 올바른 반응입니다요, 무어. 놀리시는 재미 한번 진진하시겠습니다."

아직 잠겨 있는 목소리로 희가 투덜거렸다. 그는 부정하는 대신 웃으며 사발을 기울였고, 그녀는 눈을 굴리고 술을 마셨다.

두 개의 사발이 몇 번이나 비워지고 채워지는 동안 상 위에는 소박한 침채沈菜와 더불어 온갖 세상살이들이 안주로 오르내렸다. 위로는 구중궁궐부터 아래로는 다리 밑 움막까지, 풍성한 화제들은 떨어질 줄 몰랐지만 설사 할 말이 없었어도 희는 자신에 대한 이야기는 꺼내지 않았을 것이다.

여러 가지 정황을 보았을 때, 비범한 사내임은 틀림이 없었다. 그러나 일반인이라는 것 또한 사실. 희는 다락에 숨어들기 전 닷새 동안 무진 애를 써서 좌우포청을 비롯하여 헌부, 병부, 의금부까지 명단을 죄 살폈으나 이명원, 또는 진우란 이름은 찾지 못했다. 관계자 외의 사람을 더 끌어들일 수는 없는 노릇이며 혹여 관계자라 하였대도 마찬가지로, 이번 일은 우연의 산물이자 예외 중의 예외였다. 애초 그가 이 일에 호기심을 가진 연유도 자신과 만났기 때문이니까. 자신이 그날 종묘령 일행의 창 아래에 있지 않았다면 그는 아무것도 모른 채 지나갔으리라. 소향 역시 춤값으로 그림을 언급하지 아니하였을 것이고, 결국 종묘령이 가짜를 가지고 있다는 사실은 그림 자체의 무명에 힘입어 그저 별난 취향 정도로 취급되어 묻혔을 일이었다. 연담조차 가짜 그림이 있다는 것을 아예 몰랐지 아니하였던가.

이대로 헤어지면, 이 사람은 아마 며칠간 재미난 경험 했다 하여 간혹 지루할 때 돌아볼 추억 정도로 기억할 것이다. 우연히 만나게 된 희한한 계집 하나, 잘 살고 있겠거니 생각할지도 모르고.

그게 순리지.

희는 자신이 다모라는 사실을 굳이 밝힐 생각은 없었다. 그럴 이유도 없고 도리어 이 별난 사내의 호기심을 자극해 더 복잡해질지도 몰랐다. 공사 구분이 걱정되어서가 아니었다. 단지, 이 이상은…… 불요不要한 연이니까. 그뿐이다.

그렇게 확신하면서도 희는 어쩐지 가슴 언저리가 싸해지는 것을 느꼈다. 굳이 이쪽이 말을 꺼내지 않아도 그 역시 그녀의 이름 한 자 묻지 아니할뿐더러 본인에 대해 일절 언급하지 않고 있다는 점에서 더욱 그랬다. 연유는 다를지언정, 그도 같은 생각을 하고 있다는 것을 알기에.

그러나, 그런 만큼 지금의 일일지락一日之樂이 더욱 소중했다. 그녀는 복잡한 감정들은 묻어 두고 마음이 통하는 기묘한 상대와 잔을 나누는 즐거움을 마음껏 누렸다.

지루할 틈이 없던 독특한 술자리는 인경 소리가 나기 전 깔끔하게 파했다. 제법 많은 양을 비웠음에도 두 사람 모두 안색 하나 변하지 않고 걸음걸이 또한 예사로웠다. 갈림길에서 멈춘 명원이 감탄하는 듯 놀리는 듯 희를 훑었다.

"너는 애기 적부터 약과 대신 지게미를 집어 먹었더냐?"

"많이 마셔 버릇한 거라면 집안 다 거덜 나게요? 타고난 것인지라 이쯤이야 기본이어요."

다만 뒤끝이 힘들다는 얘기는 굳이 덧붙이지 않았다. 그가 농을 던졌다.

"타고났다라. 부모가 제법 장한 술꾼인가 본데 용케 멀쩡하게 컸구나."

"암요. 업둥이라 운이 좋았지요."

말을 받으려던 그가 아무 말 없이 입을 다물었다. 그녀는 씩 웃는 표정 그대로 꾸벅 인사했다.

"살펴 가십시오, 나리. 여러모로 감사드립니다."

"……오냐. 너야말로 그간 고생 많았다. 이번이 특별한 경우이니, 다시는 기방에 품 팔러 오면 아니 된다. 알겠느냐?"

"예."

희는 애써 웃음을 참으며 고개까지 크게 끄덕였다. 그가 작게 미소하고 손짓했다.

"얼른 가거라. 어미한테 들킬 걱정은 없어 보인다만."

"하오면 먼저 가 보겠습니다."

희는 다시 한번 허리 굽혀 인사한 후 돌아섰다.

제법 곧은길이라 길 끝까지 가는 내내 그녀는 등 뒤에서 자신을 바라보는 시선 하나를 느낄 수 있었다. 말과는 달리 혹여 비틀거릴까 걱정되어 쉬이 돌아서지 못하고 있다는 것 또한 충분히 짐작했다. 단 며칠이었지만, 그 정도는 알 만큼 긴 시간이었다.

차라리 외양만 번듯하고 그럴듯했다면 좋았겠다. 융통성 없이 꽉 막히고 신분을 따지고, 천한 계집 따위 우울해하건 말건 궁금해하건 말건 상관없이 그 한 몸만 잘 건사하고 주색잡기에만 능한, 그런 사람이라면 이걸로 끝이란 사실이 이리도 아쉽지는 아니할 터인데. 그리고 그 역시 자신과 마찬가지로 이 기억을 오랫동안 간직하게 되었으면 좋겠다는 바람 따위는 갖지 아니하였으리라.

희는 어쩐지 돌아보고 싶은, 혹은 집까지 달리고픈 마음을 꾹 누르며 더욱 똑바로 걷는 데에 주의를 기울였다. 그리고 한 걸음 한 걸음 걸을 때마다 지난 며칠간의 기연奇緣을 마음 깊이 묻어 두었다.

다음 날 아침, 희는 숙취에 머리를 싸쥐면서 계서 하나를 성심껏 작성했다. 전 공조정랑, 사노, 종묘령 따위의 단어가 섞인 그 긴 보고는 강수인 종사관에게 직접 건네어졌다.

五

일상으로 돌아온 지 수일이 지났다. 희는 여느 때와 다름없이 아침에 일어나 좌포청으로 가서 기록을 뒤지고, 검시檢屍를 하고, 발품을 팔고 돌아다녔다. 다만 며칠 새 변한 것이 있다면 애타는 기다림 속에 하루하루 쌓여 가는 조바심 정도랄까.

김익현 사건에 대한 모든 정황을 조목조목 밝힌 계서를 올린 이후, 잘 읽어보마 고개를 끄덕였던 수인은 그 뒤로 조용했다. 어찌 알아내었는지의 추궁 앞에 끝까지 버틸 각오까지 다졌건만, 그는 마치 없었던 일인 양 일언반구조차 없었다. 대체 언제 잡아들일 건지 초조한 나머지 종묘령이 그새 야반도주나 하지 않을까 등등 별별 걱정이 다 드는 바람에 희는 요즘 종묘령의 거처를 몰래 주시하고 있었다.

또 하나, 일상 속에서 불쑥불쑥 고개를 내미는 잡생각이 있으니 바로 여직 맡아 둔 침향장도의 주인이었다. 늘 갖고 다니다가 마지막으로 만난 그날만 깜박 잊고 챙기지 않은 탓에 그 귀물은 깨끗이 빨아 둔 주인의 손수건에 싸여 장 깊은 곳에 모셔져 있었다.

종묘령 사건이 완전히 끝나지 않은 이상 생각나는 건 어쩔 수 없지 아니한가 하며 나름의 변명을 해 보지만, 은근히 고민이 되는 건 사실이었다. 실상 받은 것이고 하니 기념으로 그냥 몰래 간직하는 게 어떠냐는 쪽과 돌려주면서 한 번 더 만나는 건 어떠냐는 쪽 사이에서.

후자가 더 자주 우세했지만 만나서 무얼 어쩌겠냐는 물음에서 바로 막혔다. 인사하고 돌아서면 그뿐, 그리되면 기념물도 날아가고 남는 것이 없지 않은가. 그리고 그 시점에서 희는 늘 옆에서 누가 보건 말건 머리를 쥐어박았다. 네가 정신이 나갔구나, 대체 무어가 아쉽다고 이러는 건지. 그냥 좀 잊어라! 화도 내보지만 결국 제자리라, 종국에는 답을 주지 않는 수인을 원망하기에 이르렀다. 빨리빨리 명해 주고 빨리빨리 잡아들여 처벌하면 깔끔하게 끝, 그래야 더는 이상한 생각 따위 하지 않아도 될 터인데 말이다.

그래서 희는 어느 느지막한 오후, 수인이 안뜰 쪽 회의실로 오라고 했다는 얘기를 전해 준 사람이 재겸이었음에도 불구하고 확 끌어안아 주고 싶을 정도로 반가웠다.

다행히 일말의 이성으로 자신의 목을 조르고 싶어질 것이 뻔한 실수는 저지르지 않았다. 희는 애써 태연하게 전해 줘서 감사하다고 대꾸하고 검안소를 나왔다.

좌포청사 내 회의실 중에서도 안뜰을 향해 있는 방은 비교적 작고 지나는 길목에서 가장 멀리 떨어져 있어 부러 가지 않으면 발길이 뜸한 곳이라 심각한 논의나 밀의를 하기에 적합했다. 분명 계서에 대해 말씀하시려나 보다. 그녀는 성큼성큼 걸음을 옮겼다.

홀로 계실 줄 알았더니 가까이 가자 두런거리는 말소리가 얼핏 들려왔다. 이쪽 기척이 전해졌는지 이내 딱 끊기고 조용해진 안을 향해, 희는 옷매무새를 정돈한 다음 고했다.

"종사관 나리, 찾으시었다 들었습니다."

"들어오너라."

희는 조심스럽게 여닫이문을 열고 들어갔다. 문이 꼭 닫힌 것을 확인한 후에야 몸을 바로 한 그녀는 순간 그 자리에서 굳어 버렸다. 상석에 앉은 수인의 오른편 자리에서 눈을 크게 뜨고 있는 사내 역시 마찬가지였다. 상투가 내비치는 좋은 갓을 쓰고 점잖게 앉아 있는 이명원, 바로 그였다.

두 사람은 눈도 깜짝하지 않은 채 서로를 응시했다. 그 찰나이자 영겁의 순간을 끊은 것은 그녀의 놀람을 그저 예상치 못한 손님이기 때문이라고 짐작한 수인이었다.

"어찌 그러고 섰느냐. 이리 와 앉거라."

"아……, 예."

퍼뜩 정신 차린 희는 잠깐 망설이다가 명원의 맞은편에 앉았다. 두 사람이 마주 앉자 수인은 명원을 향해 말했다.

"소개하여 주겠다던 그 아이일세. 우리 좌포청, 아니 한성부 다모 중 제일로 치는 아이지. 희야, 인사드리거라. 이해승李諧昇 어른에 대해 들어 본 적 있겠지? 이름은 이명원, 그 차자 되는 분이시다."

아……. 그런 거였나.

희는 경악 속에서 이해했다. 이해승이라면 한성에 흐르는 돈의 절반은 혼자 융통할 수 있다고들 하는 역관이다. 그 아비가 재령 이씨 가문의 서자라 일찌감치 과거가 아니라 다른 방향으로 출세하고자 노력한 것이 지금의 대가를 얻었다는 말이 퍼져 존경과 고소苦笑를 한 몸에 받는 인물이었다. 듣기로, 그에게는 두 아들이 있어 장자는 매우 곧은 성정에 아비의 재능을 온건히 물려받아 대를 잇는 역관으로서 이름을 알리고 있으며 차자 역시 어릴 적부터 신동 소리를 들었다. 어느 특정한 분야에서는 아비나 형님보다 명성이 높으나 다만 그것이 다름 아닌 화류계라, 이해승이 골머리를 앓는다 했다. 그 정도 이름난 한량이라면 고급 기방 별채에 아예 제집처럼 들어앉아 유유자적 지낼 수 있을 것이다.

희는 자신의 추측이 거의 정확했음을 깨달았다. 양반이되 양반이 아닌 자. 재력, 영향력, 심지어 반 핏줄까지 양반이되 신분만은 양반이 될 수 없는 사람.

문득 사람을 앞에 두고 너무 생각에 잠겼나 싶어 그녀는 황급히 인사했다.

"처, 처음…… 뵙겠습니다. 집안의 성씨는 유이며, 빛날 희를 써 유희有熙라 합니다."

"그대가 그 희였군. 만나서 반갑소."

그녀를 훑는 눈빛은 날카로웠으나 명원의 인사는 어디까지나 점잖고 태연했다. 수인이 물었다.

"'그 희'라니 그 무슨 소린가."

"천하의 강 종사관 나리께서 드물게도 대찬하시는 것과 같은 뜻이겠지요, 필시."

명원이 느긋하게 대꾸하고 두 사내는 함께 웃음을 주고받았다. 그녀는 연유를 알 수 없어 번갈아 바라보았고, 수인이 그런 그녀에게 지나가듯 일렀다.

"들어는 보았겠지만 중촌中村의 무자無者가 바로 이 사람이다."

"……엑!"

한두 호흡 후에야 그것이 무슨 뜻인지 알아차린 희는 저도 모르게 괴성을 질렀다.

그런 그녀의 머릿속에서는 예전 언젠가 만석이 들려준 이야기가 스쳐 갔다. 일 때문에 여기저기 돌아다니면서 간혹 듣게 된 어떤 수수께끼 같은 표현 하나가 궁금했다. 그러나 물어봐도 고개만 젓고 모른다며 피하는 사람들뿐인 터라, 만석에게 물어보았던 적이 있었다.

"중촌이라 카면 말 그대로 중인中人들이 모여 사는 데라는 건 알재? 전신에

역관, 화원, 의원, 뭐 그런 아들 천진데 그 세勢가 은근히 장난 아이거던. 손가락에 까시 하나 박혀도 의원 찾는 것들이 양반이고, 딴 것들도 뒤로는 양반 아이라고 천것이다 캐도 실상 없어서는 아니 될 것들이라 이기지. 가들이 각자 일은 달라도 중인이라는 것 하나로 나름 똘똘 뭉쳐가 나름대로 장長도 정해서 굴러가거던? 근데 희한한 놈이 하나 있다드라. 이놈이 하도 머리 좋고 발도 넓은 데다 수단도 좋아서 장도 아이면서 그거랑 매한가지라 중촌 안에서나 밖에서나 뭔 일이 나던 가가 모르는 게 없다 카데. 웃긴 거는 금마는 정작 의원도 아이고 역관도 아이고 화원도 아이고……."

"하면 그자는 무슨 일을 하는데요?"

"모르지. 뭔 일을 하는지 당최 뉘 집 자슥인지도 아무도 모를거를? 단이 도령이나 알라나. 적어도 중인 일 안 하는 건 맞고, 중인인 것도 맞고, 그카면서도 그 드센 중골에서 한 자락 하이 대단한 것도 맞고. 근데, 누구나 알고 누구도 모르고. 그래가 흔히들 금마를 무자, 없는 자라고 안 하나."

희는 눈이 휘둥그레진 채 명원을 멍하니 바라보았다.

짧은 기간이나마 함께 진실을 파헤쳤던 이명원이 바로 한양 바닥에 명성 높은 한량이었고, 그 유명한 한량이 실상은 중촌의 거두였고, 그 '있지 아니한 자'가 바로 이명원이었고, 이명원이 바로……. 이 기막힌 사실들이 머릿속에서 돌고 도는 가운데, 명원의 나직한 헛기침에 퍼뜩 정신이 제자리를 찾았다. 희는 얼른 고개를 숙였다.

"결례를 용서하십시오. 말로만 듣던 분을 직접 뵙게 되어, 너무…… 놀라서 그만."

"별 대단치도 아니하건만 기억한다는 것이 민망할 따름이외다. 그저 지금까지처럼 없는 이라고 생각하시오."

시선을 약간 비끼며 대답하는 그는 묘하게도 쑥스러워하는 것 같았다. 그 모습이 어쩐지 생소해 희는 또 무심결에 빤히 보았다. 흘끔 스치는 그의 눈빛이 무얼 자꾸 보느냐는 듯 매서워 모른 척 시선을 돌리기 전까지.

얼추 서로 인사가 일단락되자 수인이 두 사람을 번갈아 보며 입을 열었다.

"이리 한자리에 모은 연유는 다름이 아니라 참으로 기이한 인연이라 생각되어서일세. 전 공조정랑 사건이 종결되어 정리된 지 시간이 제법 흘렀거늘, 서로 전혀 모르는 두 사람이 거의 동시에, 똑같은 내용을 들려주었지. 한 사람은 계서로 한 사람은 구술로."

희와 명원의 시선이 마주쳤다. 그들의 표정이 기묘해진 것을 미처 알아차리지 못한 수인은 다시 생각해도 신기한 듯 감탄했다.

"그 내막과 증언들까지 일치하니 이 어찌 우연이라 치부할 수 있으리. 하여, 나름대로 고심하였는데 다행스럽게도 재가裁可가 쉽게 떨어져 이처럼 그대들을 인사시킬 수 있었네."

재가? 무엇에 대한? 희는 내심 고개를 갸웃거렸다. 명원을 슬쩍 살펴도 그 역시 의아한 표정이었다.

"그 전에, 우선 말해 두어야 할 것은."

수인이 입을 다물었다. 이내 문 너머로 발소리가 나타났다.

"종사관 나리, 말씀 중에 죄송하오나 포도대장 나리께서 찾으십니다."

"알겠다. 곧 건너가마."

수인은 잠시 다녀오겠다며 자리에서 일어났다. 문이 여닫히고 그의 인기척이 점점 멀어지다가 이윽고 사라지자, 방 안에는 완전한 정적이 내려앉았다.

희는 시선을 내린 채 수인의 얘기를 듣던 차분한 표정을 그대로 유지하고는 있었지만, 속으로는 당황하고 있었다. 어쩐지 이 상황이 민망하기도 하고 우습기도 하고 긴장되기도 했다. 이대로 있어야 할지, 아니면 무엇이건 일단 말을 꺼내야 할지 도통 알 수가 없었다.

시간이 흐를수록 긴장감은 높아졌다. 점점 더 안절부절못해지는 희의 귓가로 문득 숨결에 섞인 작은 웃음소리가 닿았다.

흠칫 고개를 드니 시선을 탁자에 둔 명원이 입술 한끝으로 웃으며 팔짱을 끼고 턱을 만지작거리고 있었다. 그는 그렇게 그녀가 아는 얼굴, 그녀가 아는 몸짓 그대로 입을 열었다.

"좌포청에 재미난 다모 하나가 있다 들었더랬다. 다모란 원래 관비나 의녀 중 영특한 아이를 차출하는 것인데 철저하기로 소문난 강수인 종사관이 특별히 직접 뽑아 온 양민이라. 영리하고 눈이 밝아 신주무원록新註無寃錄을 줄줄 욀 뿐만 아니라 술은 말술이라 장정 서넛 정도와 내기하여도 끄떡없고, 담대하기로는 뜨르르한 건달들과 스스럼없이 지낼 정도인 당찬 계집이라고들 하였지."

그가 문득 희를 보았다. 장난기가 엿보이는 눈빛이 그녀를 붙들었다.

"그이가 너였더냐?"

예사로운 말투는 순식간에 희의 긴장감을 지웠다. 그녀가 알던 사람임이 틀림없다는 확신이 들자 놀랍도록 마음이 편해졌다. 그녀는 씩 웃었다.

"비긴 것으로 하지요. 저도 나리께서 '그 한량'에 '그 무자'인 줄 상상도 못 하였으니까요."

본인을 앞에 두고 툭 까놓고 표현한 대담한 대꾸에 역시나 명원은 무례하다며 화를 내는 대신 코웃음 쳤다.

"아무리 그리하여도, 처음 뵙겠습니다가 무어냐? 정떨어지게."

"트집 잡을 걸 잡으셔요! 기함하지 아니한 것만도 신기한데 어찌 아는 척까지 합니까?"

"기함은 무슨. 허고, 넌 내가 어찌 사는지 궁금치도 아니하더냐? 한 번 정도는 안부 인사차 들를 줄 알았건만 매정한 것 같으니."

정말 억지도 가지가지다. 희는 내가 놀고먹는 팔자인 줄 아느냐며 투덜대는 대신 능청스럽게 받아쳤다.

"하루하루 즐기시느라 이년은 다 잊으신 줄 알았더만, 기다리실 줄 알았다면야 한 번쯤 심심파적 삼아 들러 보았을 것인데. 고것은 저가 좀 죄송스럽네요."

"아니 다행이다. 하면 내게 빚 하나 진 것이니 장부에 잘 달아 두어라."

그녀가 기가 막혀 입을 딱 벌리자 그가 쿡쿡거렸다. 결국 같이 웃어 버린 그녀에게 그가 화제를 돌렸다.

"어쩐지 이상타 하던 것을 오늘에야 알게 되었군. 다모라 하니 대강 답이 나오긴 하는데 다만 하나는 영 모르겠구나. 계서의 내용이 내가 아는 것과 똑같았다면 증인 이름까지도 낱낱이 밝혔다는 뜻일 터. 종묘령의 심복을 본 유생은 대체 무슨 수로 알아낸 게냐? 이러저러한 사정으로 포청 근처에도 가지 못한 이를. 난 그때 분명 그런 이가 있었다고만 알려 주었을 것인데."

솔직하게 말해도 될까? 그녀는 잠깐 망설이다가 대꾸했다.

"저야 무어……. 그러시는 나리야말로 어찌 아신 건지 궁금한걸요."

"별것이 다 궁금하구나. 어디에도 없는 자는 어디에나 있는 자나 매한가지인 법."

그는 그녀를 관찰하는 듯 바라보다가 말을 이었다.

"뭐, 떳떳하지 못한 것이라는 건 짐작했다만. 그럴수록 정신 똑바로 차려야 한다. 네가 이용하는 것처럼 여겨져도 실상 그쪽이 널 이용할 수도 있으니까."

"그, 그런 건 아닙니다."

"글쎄 아니라고 단정하였다가는 큰코다친다고 일러 주고 있잖느냐."

혀를 차는 그에게 울컥한 그녀는 그만 외치듯 반박했다.

"그러니까, 아니라니까요! 단 오라버니는……!"

"하!"

희는 아차 싶어 얼른 입을 막았다. 그러나 엎질러진 물, 이제 와 흔한 이름이라 우겨 보았자 소용이 없었다. 하지만 그는 놀라지 않았다. 감탄하듯 고개를 젓는 그를 본 그녀는 그의 유도에 넘어간 것을 알아차렸다.

"설마 하였는데 역시랄지, 의외랄지. 기막힌 일이로다. 도당의 수장에게 스스럼없이 오라비라 칭하는 다모라?"

"그리 말씀하지 마십시오!"

희는 말실수의 아쉬움을 싹 잊어버리고 울컥 솟아오른 화를 마저 터뜨렸다.

"그들은 그저 가진 자들만의 세상에서 어떻게든 닮은 자들끼리 뭉쳐 살아보려 하는 것뿐입니다. 가진 것이 몸뚱이에 주먹뿐이니 힘쓸 일이 많은 것이고, 그러다 보니 궂은일 험한 일만 하게 되는 것이어요. 더구나 양반님네들의 양지바른 세상보다 단 오라버니께서 아우르기 시작하신 때부터라도 음지 쪽이 더 조용하고 질서가 잡혀 있음은 그 누구도 부정하지 못할 것입니다. 적어도 전쟁에 내몰아 죄 죽게 두고 나 몰라라 하지는 아니하니까요. 하오니 위에서 아무렇게나 갖다 붙인 도당이란 이름은 어불성설이어요!"

하고픈 말을 마음껏 쏟아 낸 그녀는 불퉁한 얼굴로 입을 꾹 다물었다. 그가 설핏 웃었다.

"알았다. 떠보느라 그리 말해 본 것이니 진정하거라. 지금은 약도 없는데."

불을 지른 게 뉜데! 그녀는 입을 삐죽거렸고, 그는 혼자 고개를 끄덕였다.

"이제야 이해가 가는군. 그날 다락에서 네가 이상해 보였던 연유 말이다. 다 모란 것을 알고는 좌포도대장이 신경 쓰여 그리하였거니 했는데 이제 보니 오라비가 걱정되어서였군."

"야, 양쪽 다입니다."

"걱정 마라, 일러바치진 아니할 터이니."

그녀는 어쩐지 켕기는 마음에 얼른 대꾸했지만, 그는 농인지 진담인지로 흘려 넘기고는 혼잣말처럼 덧붙여 중얼거렸다.

"단, 그 사내 또한 내가 정보를 청할 적에 분위기가 묘하다 했더니 너와 똑같은 것을 물어서였구나. 용케도 솔직히 말해 준 거군."

정보를 청하였다고?

희는 새삼 명원을 다시 보았다. 그럼 이 사람은 단 오라버니와도 알고 지내는 건가.

덕분에 그녀 역시 남은 한 가지 의문이 풀렸다. 다락에 오르던 날 단을 찾아갔을 때, 각별히 몸조심하라 이르던 그 뒤에서는 실상 명원에 관해 물어보고 싶었던 것이었나 보다.

그때 인기척이 들리더니 수인이 들어왔고, 두 사람은 몸을 일으켜 그를 맞이했다. 자리에 앉은 수인은 나갔다 온 후로 희와 명원 사이의 분위기가 더 편안해진 것을 알아차린 듯했으나 굳이 언급하지 않고 희를 보았다.

"조금 전 하려던 말을 계속하마. 계서에 대하여 할 말이 있다."

희는 자신도 모르게 등을 쭉 폈다.

"포청에 고변조차 하지 아니한 증인을 어찌 알아내었는지는 묻지 않으마. 거짓이 아니란 점은 잘 안다. 세세한 점까지 파악한 그 끈기 역시 가상하다 할 것이야. 허나 좌포청은 종묘령을 체포할 수 없다. 아니, 좌포청이 아니라 그 어디라도."

희는 멍해졌다. 수인의 표정은 사실을 있는 그대로 말하는 것처럼 담담했다. 망연해진 그녀는 입술을 달싹이다가 참다못해 말을 꺼내려 했지만, 수인이 기회를 가져갔다.

"무슨 말을 하고픈 건지 알고 있다. 너의 계서가 한 톨의 거짓 없는 진실이라는 전제를 두고 얘기하마. 그는 결백하다고는 할 수 없다. 직접 나서지 아니하였다 하나 살인의 계기를 준 것은 분명하며 그것 또한 심각한 범죄임에는 틀림이 없어. 그러나 공식적으로 죄를 묻기란 거의 불가능한 일이다."

"어, 어찌하여……."

"이미 끝난 사건이니까. 애꿎은 자가 처벌된 것도 아니고, 종묘령의 죄를 뒷받침할 증거들이 떳떳하게 제시되어 포청이나 그 윗선에서 다룰 수 있는 것 또한 아니지 않으냐. 만에 하나 증인들을 설득하여 관아에서 저가 본 것을 낱낱이 밝히겠다고 나서 준다 한들 달라질 것은 없다. 그를 잡아들이기엔 근거가 턱없이 부족할뿐더러 사건 자체가 '감히' 사노가 주인을 해하였다는 것이라 양반이라면 그 누구도 새삼 끄집어내어 공론화하는 것을 원치 아니해."

"사노가 죽인 것은 사실이고. 종묘령이 경솔하게 말을 한 잘못은 있지만 살인까지 할 줄이야 몰랐다니 어쩌겠는가. 사실 어느 누가 감히 사노가 그 주인을 해칠 것이라 짐작할 수 있었겠느냐……."

명원이 나직하게 읊조리듯 덧붙였고 수인이 고개를 끄덕였다. 희 역시 명원의 말이 바로 양반들의 심정이며 일반적인 인식이라는 것을 모르지는 않았다. 그러나 알기에 더욱 분하고 억울했다. 앙다문 턱에 힘을 준 희는 문득 두 사내를 번갈아 보다 명원에게 시선을 두었다. 같은 내용을 전달한 두 사람을 앉혀 두었지만, 수인은 희 자신에게 일방적으로 상황을 알려 주고 있었다. 그리고 명원은 놀라기는커녕 가만히 거들기까지 하는 것으로 보아 이미 수인이 무슨 말을 할지 알고 있었다는 뜻이 된다.

"한 가지 더. 마음에 길게 담아 두지 말아라. 이해가 되지 아니하더라도."

불현듯 떠오른 목소리에 희는 한층 답답해졌다. 이 일에 끼워 주마고 했던 때, 명원이 내건 조건 중 하나의 수수께끼가 비로소 풀렸다. 처음부터 그는 이런 결말을 넘겨보고 있었다.

또한 종묘령의 집에서 했던 말들. 어차피 공론화하지 못하니 호기심이나 채워 달라던 그 말은, 실상, 구슬리기가 아니라 모두 진실이었다. 그리고 종묘령 역시 그것을 알고 순순히 말했던 것이었다…….

희의 고개가 수그러들었다.

어찌하여 나만 몰랐을까. 나는 역시, 안 되는 걸까.

"허나, 용케 법망을 빠져나갔다 하여 그대로 둘 수는 없는 일."

희는 눈을 들어 수인을 보았다. 수인이 단호하게 말을 이었다.

"전 공조정랑과 관련하여 처벌할 수는 없으나 그뿐이다. 다른 방식이 가능할 수도 있음이야. 상부에 보고를 드리니 진지하게 들어 주셨고 그자에 대해 심각한 사안으로 고려하겠다고 언질을 주시더구나. 물론 답답하겠지만, 지금은 그 말씀과 하늘을 믿는 수밖에는 도리가 없겠다."

묵묵히 듣던 희는 고개를 끄덕였다.

"예, 나리. 저로서는 공록에 오를 수 없는 계서를 믿어 주신 나리께 그저 감사드릴 따름입니다."

"내가 너를 아느니. 더욱이, 너 하나뿐 아니라 내가 잘 아는 사람 하나가 힘을 실었으니 아니 믿으면 어찌하겠느냐."

희는 빙긋 웃으며 고개 숙여 인사했다. 수인과, 명원에게.

"그리고 아무리 생각해도 신기한 일이라, 이 또한 말씀드려 재가를 받아 내었다."

수인의 말에 희와 명원이 의아한 시선을 교환했다. 수인이 이번에는 명원에게 말을 건넸다.

“자네, 이번 일은 단지 벗이 관련되어 호기심에 알아보았다고 하였는데 그 호기심, 좀 더 넓고 깊게 써 볼 생각은 없는가?”

“어인 말씀이신지……?”

“나라의 손이 닿지 못하는 일들이 비단 이번뿐만이 아닐 걸세. 자네 또한 요령껏 알아본 것이 이번만 특별이라 하지는 못할 터. 앞으로도 그 기특한 호기심을 유용하게 펼쳐 주었으면 하네. 지금까지와 다른 점은, 이해심 있는 상부와 끈이 닿는 좌포청 종사관 하나가 할 수 있는 한 협력할 것이고 자네는 결과물을 독식하는 대신 그 종사관에게 알려 주어야 한다는 것이지. 그리고.”

수인의 시선이 희에게 가닿았다.

“일이 있을 때 좌포청 다모 하나의 시간을 우선하여 쓸 수 있게 될 터이고.”

눈이 커지는 소리가 들리는 것 같다.

희와 명원은 또다시 서로를 돌아보았다. 그녀는 처음으로 명원의 멍한 모습을 볼 수 있었지만, 자신도 같은 표정일 게 분명한 탓에 차마 웃지 못했다.

그런 두 사람을 묘하게 웃음을 참는 듯한 표정으로 보던 수인이 덧붙였다.

“물론 얽매겠다는 것은 아닐세. 바람에 고삐를 매어 보았자 부질없는 짓이지. 평소처럼 지내되 자네의 그 눈과 귀에 걸리는 것이 있거든 그때 나서 주면 될 일. 어떤가? 제법 나쁘지 아니할 터. 이 아이가 걸림돌이 되지는 아니할 걸세. 오히려 그 반대일 공산이 크지. 이번 일만 보아도 잘 통하리라 여겨지니까.”

명원은 생각에 잠긴 눈치였다. 희는 가슴이 점차 세게 뛰는 것을 느낄 수 있었다. 태연한 척하고 있지만, 대답이 궁금했다. 그가 승낙한다면 그녀의 호기심 역시 반 공식화될 기회를 얻게 될 가능성이 커지는 것이다.

그뿐만 아니라, 그래. 그녀는 솔직히 인정했다. 그 일을 위해 다니던 지난 며칠, 그때와 같은 날들이 잦아질 가능성 역시 자신의 심장을 뛰게 만든다는 사실을.

이윽고 명원이 고개를 들었다.

그는 입을 열었고, 무언가 말을 꺼내려다가 그냥 닫아 버렸다. 순간 짜증이 날 뻔한 그녀였지만 방 밖에서 새로운 기척 하나가 가까워짐을 뒤늦게 깨달았다.

"종사관 나리. 말씀 중에 죄송합니다. 전 형조판서 댁 따님께서 횡액을 당하였다 합니다."

아! 아니 되는데, 지금은!

"알겠다. 희야, 네가 다녀오너라."

"……예."

그녀는 애써 한숨을 삼키며 자리에서 일어났다. 그리고 두 사람에게 묵례하고 조심스럽게 방을 나왔다. 소리 없이 닫은 등 뒤로 수인의 말이 건너왔다.

"나도 이만 나가 보아야겠군. 생각할 시간은 줄 터이니 당장 대답하지 아니하여도 되네."

"감사합니다. 하오나 굳이 기다리시게 하여 드릴 필요는……."

걸음을 멈출 수는 없어 그 뒷말은 들리지 않았다. 그녀는 다시금 한숨을 쉬며 부르러 온 나졸의 뒤를 따랐다. 명원의 결정이 여전히 궁금했지만, 이상하게도 대답을 알 것 같다는 기분이 불쑥 마음속에서 고개를 내밀었다. 설렘에 가까운 느낌으로 가슴께가 간질거렸다.

"무얼 그리 실실거리는 거냐?"

"예? 아! 아무것도 아닙니다. 서두르시지요."

돌아본 나졸은 고개를 갸웃거리며 다시 걸어갔다. 너 왜 자꾸 이러니? 희는 입 안을 살짝 깨물며 자신을 타이르면서도 작은 미소가 입술 사이로 비집고 나오는 것은 막지 못했다. 새로운 사건을 향해 가는 발걸음은 여느 때보다 가벼웠다.

……조선 인조 6년 무진(1628, 숭정 1), 2월 23일(을묘) 당시 실록에는 다음과 같은 사안이 기록되어 있다.

헌부가 아뢰기를,

"종묘령宗廟令 채형蔡衡은 일찍이 '은을 뇌물로 받은 대간受銀臺諫'이라는 비난으로 세상 사람들에게 버림을 받았었는데, 사판仕版에 끼게 된 것만도 다행이라 할 수 있습니다. 그런데 그가 본직에 제수되자 물정物情이 모두 놀라고 있으니 파직시키소서."

하니, 답하기를,

"종묘령에게 그러한 말들이 있기는 하지만, 그때 이미 오명을 씻었다. 그리고 종묘령은 청요직淸要職도 아니니 너무 심하게 논하지 말라."

하였다. 대간이 다음 날 잇따라 아뢰니 상이 이에 따랐다.

二. 불비불명不備不明[2)]

달마저 기울어진 한밤.

산짐승 날짐승들도 자취를 감춘 이때, 숲속을 거니는 바람의 옷자락 스치는 소리와 겨우내 침묵에서 깨어 북산에서 흘러나와 깊이 떨어지는 물살 소리만이 무성하다.

어느 사이엔가 천지간 그만이 존재하는 듯 어우러지는 화음 사이로 희미한 소음이 끼어들기 시작했다.

"헉……. 허억."

어둠보다 더욱 짙은 인영人影이 폭포 아래로 조심스럽게 내려가고 있었다.

애써 억누르면서도 간혹 터지는 거친 숨소리를 전부 막지는 못했다. 한밤의 산자락에 그 자신의 인기척도 신기할 일이건만, 걸음걸음마다 주위를 두리번거리는 품새가 예사롭지 않다. 귀를 한껏 기울여 주위를 확인하고는 다시 무거운 발걸음을 내디딘다. 그리고 그때마다 어깨에 메인 짐을 추스르는 동작은 긴장 탓인지 딱딱하게 굳어 있었다.

2) 날지도 않고 울지도 않는다. 즉, 큰일을 위해 조용히 때를 기다린다는 뜻

정지한 듯한 시간이 흐른 후 풍덩! 하는 소리가 밤바람을 찢는가 싶더니 이내 거세게 흘러가는 물소리에 묻혀 사라졌다. 그 모습을 잠시 바라보던 인영은 긴 한숨을 내쉬며 몸을 돌렸다.

이윽고 인기척이 지워지고, 그제야 구름 속에서 살짝 고개를 내민 달이 산과 강의 고요함을 들여다본다.

上

"쯧쯧……."

"저게 어쩐 일이래, 글쎄."

"포청에 신고부터 하여야지, 저리 두면 쓰나?"

"아니어도 아까 누가 뛰어가더라고."

사람들의 웅성거리는 목소리가 예년보다 유난히 따스한 초봄 하늘에 부딪혀 흩어졌다.

으레 있는 싸움이겠거니 가던 길을 서두르던 희를 붙든 것은 '포청'이란 말이었다. 그녀는 고개를 돌렸고, 사람들이 모여 웅성거리는 모습을 발견했다. 목을 제법 빼 보았지만 좀처럼 보이는 것이 없어 그녀는 주변을 돌아보았다.

"저어, 무슨 일이라도 났습니까?"

동행과 함께 혀를 차며 얘기를 나누던 사내는 갑자기 말을 걸어온 낯선 이를 흘끔 훑었다가 선선히 입을 열었다.

"칼부림이 났네. 백주에 이게 무슨 일인지 원."

"칼부림이요? 그럼, 사람이 죽었어요?"

"암, 길 한가운데서 그냥 쑤시고 도망갔다는데. 글쎄 그게, 기생 때문이라네."

희의 눈이 커졌다. 사내가 말을 이었다.

"어떤 대감이 애가 닳아 행수를 구워삶아 가면서 반강제로 취했는데, 알고 보니 정인이 있어서 그자가 아주 그냥 눈이 뒤집혔다지. 양반은 아니라는데 돈깨나 있는지, 감히 그 대감을 노리려다가 되레 당하는 바람에 저 꼴이라고들 하더군."

마치 재미난 구경거리처럼 줄줄 읊어 대는 그 옆에서 동행이 끼어들었다.

"아주 대단한 절세미인인 모양이야. 기명이 무어라더라, 소향?"

"응, 나도 그리 들었네. 어느 기방이려나."

"……향월루."

무심코 중얼거린 희는 의아해하는 눈길을 받고서야 자신이 대답했음을 깨달았다. 그러나 그녀는 얼버무릴 여유도 없이 멍하니 넋을 놓았다. 방금 들은 소식의 충격이 심장까지 전해져 가슴이 아프도록 뛰고 있었다. 소향에게 정인이 있다는 건 금시초문이긴 해도 놀랄 일은 아니다. 그러나 대감쯤 되는 양반을 노릴 만한 배짱이 있는, 양반이 아닌 거부巨富라면. 그 영리하고 아름다운 기녀의 정인이 될 만한 사내라면.

그리고 그 사람이…… 피를 쏟고 죽어 있다면.

다음 순간, 희는 몸을 돌렸다.

그녀는 사람들 사이를 헤치고 비집어 들어갔다. 성난 기세인 그 앞으로 투덜거림과 함께 조금씩 길이 열렸고, 간신히 구경꾼들의 벽을 뚫고 나온 그녀는 우뚝 섰다. 둘러싼 사람들로 그려진 원 안에 한 사내가 엎어진 자세로 축 늘어져 있었다.

제법 좋아 보이는 갓은 넘어지면서 눌렸는지 어그러진 채였고, 비단 옷자락 또한 흙투성이로 엉망이었다. 꾸역꾸역 흘러나오는 붉은 피가 흙모래와 뒤섞여 점차 번져 가는 모습을 보는 그녀의 한 부분이 욱신거려 왔다.

확인해야 한다. 뒤집어 얼굴을 보아야 하는데. 그런데, 왜…….

손가락 하나 움직이는 것이 이리도 힘이 들었던가.

"길을 여시오!"

"비켜나시오, 포청이오!"

목청껏 외치는 소리에 이어 구경꾼 무리가 흔들리기 시작했다. 군관 복장을 한 사람이 희를 거칠게 밀치고 사자死者에게 다가갔다.

"자자, 물러들 가오!"

뒤이어 달려온 포졸들도 사람들을 밀어 내면서 공간을 확보했다. 이리저리 휩쓸리면서도 희는 꿋꿋하게 버텼지만, 주변 정황을 살핀 군관이 조심스레 사내의 몸을 뒤집는 순간 더는 참지 못하고 눈을 감아 버렸다.

멋대로 힘이 쭉 빠져 비틀거린 그녀를, 누군가가 어깨를 잡아 붙들어 주었다.

"어찌 이러느냐?"

희의 심장이 덜컥 멈췄다. 눈이며 귀를 번쩍 뜨이게 만드는 익숙한 목소리였다. 놀라 돌아본 곳에는 다름 아닌 명원이 걱정과 의아함을 섞인 표정을 짓고 있었다.

"……어?"

멍청하게 중얼거린 희는 황급히 주변을 살폈다. 구경꾼들은 흩어지기 시작했고, 거적이 덮인 시신을 두고 포졸들이 목소리를 낮춰 말을 나누었다. 사람의 형상대로 불룩 올라온 거적의 질감이 눈으로 보아도 소름이 끼쳐서 희는 무심코 자신의 어깨에 얹힌 손을 찾아 쥐었다. 따뜻한 온기가 이쪽이 현실임을 일깨워 주었다.

다행이다!

난 또, 진짜인 줄 알았네. 크게 안심하다 말고 뒤늦게 자신의 행동을 깨달은 희가 흠칫 돌아보자 순순히 손을 내맡긴 명원이 한쪽 눈썹을 들었다.

"죄, 죄송합니다!"

으악! 희는 뿌리치다시피 손을 놓고 펄쩍 물러났다.

"일부러 그런 게 아니라요, 그게, 어, 저 사람이 나리이신 줄만 알고……,"

"우선 이쪽으로 좀 가자꾸나. 정신 사납다."

명원은 바쁘게 움직이는 포졸들을 피해 희를 조용한 골목 안쪽으로 데려갔다.

"어찌 그런 착각을 했지?"

"그게…… 저 사람이 저리된 까닭이 소향을 두고 어느 대감님과 다퉈서 그랬다고 들어서요."

"허."

그가 기가 찬다는 듯 헛웃음을 지었다.

"그리 안심할 정도로 철석같이 믿었더냐?"

"예……, 예?"

희는 무심코 솔직하게 대꾸하다 말고 시선을 들자 명원은 심기가 불편한 기색을 노골적으로 드러내고 있었다.

"매정하기도 하다. 다른 사람은 몰라도 너는 절대 그럴 리 없다고 생각했어야지."

다른 사람은 몰라도?

"저…… 제가요?"

"그럼 간밤에 내 입술 가져간 이가 소향이었더냐?"

"예에?"

희는 그 자리에서 펄쩍 뛸 듯 놀랐다.

"저, 아니, 그럼 그게 누군데요!"

"그런 건 생각조차 없었다는 것처럼 시침 떼는 사람이겠지."

아니, 하지만!

정말로! 정말 아닌데! 희는 말문이 막혔다. 그럴 리가 절대 없는데도 한심한 듯 서운한 듯 비난의 눈길을 던지는 명원의 당당함에 밀리는 기분이었다. 아무리 머릿속을 뒤져 봐도 저번 그림 사건 이후로 만난 기억이 없었다. 그때도 손도 잡은 적 없는데 입술이라니 이게 가당키나 한……. 저도 모르게 명원의 입술로 시선이 쏠리고 만 희의 뺨이 화끈거렸다. 얼른 눈을 돌렸지만 그런 그녀를 지켜보던 명원이 불쑥 몸을 기울였다.

"영 모르겠다면 별수 없지. 이참에 제대로 기억나게 해 주마."

그는 웃고 있었지만 희는 웃음이 나지 않았다. 퍼뜩 뒤로 물러난 희는 담벼락에 등이 닿는 바람에 더욱 당황했다. 명원이 한 걸음 다가섰다.

"아니어도 아쉬웠던 참이니, 도리어 네게 고마워해야겠구나."

"자, 잠시만요, 나리!"

심장 뛰는 소리에 귓가가 시끄러울 지경이었다. 희는 더더욱 담에 몸을 붙였지만 빠져나갈 구석이라곤 전혀 없었다. 점점 줄어드는 그와의 간격 너머에서 어쩔 줄 몰라 쩔쩔매던 그녀는 결국 두 손으로 확 떠밀고 말았다.

"죄송합니다!"

"우왁!"

웬 비명과 함께 쿵, 하는 소리가 엇갈렸다.

질끈 감았던 눈을 뜬 희는 뒤로 넘어져 끙끙거리고 있는 찬열을 발견했다. 허름하고 작지만 아늑하기 그지없는 익숙한 방에 앉아 있는 자신과 함께였다.

"……어?"

"잠꼬대하다가 사람 잡겠다! 혼자 앓기에 깨울까 싶어서 들여다봤더니만. 대체 무슨 꿈을 꿨기에 그래?"

"그, 그게……."

희는 말끝을 흐렸다. 꿈을 꾼 것은 확실한데 되짚어 보니 영 가물가물했다. 뭐였더라? 그러니까, 소향이 나왔던 건 분명하고, 또……. 기억을 더듬던 희는 제풀에 놀라 당장 관뒀다. 불쑥 튀어나온 얼굴 하나가 너무 가까웠던 탓이었다. 그녀는 대충 말을 돌렸다.

"미안, 기억이 안 나네. 개꿈인가 봐. 한데 넌 언제 왔니?"

묻고 나니 새삼 찬열이 곁에 앉아 있다는 것이 다시 보였다. 찬열은 더 묻지 않았다.

"아침에. 너야말로 어쩐 일로 입때껏 자고 있어?"

"며칠 좀 바빴지 않니, 드디어 잡아넣고 나니까 오늘 하루는 쉬라고 해 주시더라. 뭐 부르시면 나가야겠지만. 할아버지는 잘 계시다?"

"노친네야 무어, 쌩쌩하지."

별것 없다는 듯 대답하는 찬열의 목소리에는 애정이 서려 있었다.

전북 시골에서 태어난 그는 다섯 살에 돌림병으로 부모를 잃고 얻어먹기 위해 돌아다니며 구걸을 하다 보니 한양까지 오게 되었다. 그곳에서 처음 '구역'이란 것을 알게 되었고, 신나게 얻어터지던 차에 늙수그레한 거지의 손에 구해졌다. 그리고 희네 집과 연이 닿아 중노미로 한솥밥을 먹기 전 혹독했던 늦가을과 겨울을 함께 몸을 맞대고 이겨 냈다.

찬열은 희의 모친에게 허락받아 오가며 일하겠다고 했지만 노인은 버럭 화를 내어 쫓아냈고, 산 중턱에 있는 조막만 한 움막에 가끔 들르는 정도만 허락했다. 그래서 한가할 때 모친이 마음을 써서 음식 몇 가지를 쥐여 주며 자고 오라 보내 주는 일은 별다를 것 없어진 지 오래였다.

"다행이네. 깨워 줘서 고맙다. 난 좀 더 뒹굴래."

"아, 잠깐만!"

다시 자리에 누우려는 그녀를 찬열이 얼른 막았다. 그는 갑자기 목소리를 낮췄다.

"희야, 저기…… 순임이 말이다. 꼭 면경이 갖고 싶다니?"

"그래, 내가 같이 가서 찍어 줬던 그 꽃무늬 있지 않아. 왜? 그새 팔렸대?"

"아니 그건 아니고. ……그보다 더 좋은 게 있어도 그게 더 좋다 할까?"

"더 좋은 거?"

희가 어리둥절해져 되물었고, 찬열은 진지하게 다짐을 두었다.

"비밀인 거 알지?"

"어허! 사설이 길다. 천하의 유희 입 무거운 거 알면서 어찌 이래? 무슨 일인데?"

"요것 좀 보아."

찬열이 품에서 꺼낸 것은 둘둘 말린 천이었다. 희는 그를 의심스럽게 쳐다봐 주고 낡은 무명천을 풀었다. 그 안에서 모습을 드러낸 것은 다름 아닌 노리개였다.

그녀의 눈이 커졌다. 보통 장터에서 볼 수 있는 노리개가 아니었다. 은을 입었는지 진짜 은제인지 몰라도 얌전히 빛나는 그 위에 전통 문양이 곱게 새겨진 투호와 그 위의 연꽃무늬 장식이 어울리는 노리개 세 개가 원형 모양의 산호 띠돈帶金으로 모인, 말로만 듣던 투호삼작노리개였다. 크기도 제법 커서 궁이나 번듯한 사대부집에서나 쓴다는 중삼작中三作은 될 것 같았다. 약간 더러워져 있었지만, 지금껏 본 중 가장 귀해 보이는 노리개라는 점은 변함이 없었다. 그녀가 놀라 멍하니 들여다보고 있는 곁에서, 찬열이 채근했다.

"응, 어때? 면경보다 이게 나으니? 아니면 이걸 팔아서 면경이랑, 그래. 참빗도 살까?"

"……어이, 잠깐. 지금 그게 중요한 게 아닐세 이 사람아. 이거, 어디서 난 거야?"

훔쳤다는 생각은 전혀 하지 않았다. 그저 놀랐을 뿐이었다. 그 점을 아는 찬열 역시 담담하게 대꾸했다.

"주웠어. 그것도 버리는 걸 똑똑히 보고 주워 온 거니깐 걱정하지 말고, 생각 좀 해 줘 봐. 어떤 게 나을까?"

"버리는 걸 주워 왔어?"

"아, 그렇다니까! 여기 봐 봐. 여기."

원하는 대답은 주지 않고 계속 쓸데없는 질문만 하는 희가 답답했는지, 그는 노리개를 뒤적여 하나를 들어 보였다. 흙이 좀 묻었을 뿐 섬세한 세공과 연꽃 위로 둥글고 붉은 계관석鷄冠石이 물린 다른 두 개와는 달리, 무언가에 긁힌 듯 연꽃과 투호를 거의 가로지르는 자국이 제법 깊었다. 그 길에 자리했을 계관석은 어디론가 사라진 채였다.

"이러니까 버린 것이겠지. 우리 같으면야 어찌어찌 고쳐서 썼겠지만, 새벽빛에 보아도 체신 좋은 선비님이시더라."

무엇 하러 그 산길까지 와서 버렸는지는 몰라도, 다 자신이 운이 좋아 주워 갈 팔자여서 그랬나 보다고 혼자 신이 난 찬열의 말들을 귓등으로 들으며 희는 노리개의 세공과 문양을 꼼꼼히 살폈다. 문득 스쳐 간 희미한 생각이 노리개를 보면 볼수록 점차 명확해져 갔다. 그리고 뚜렷한 하나의 기억으로 빚어진 순간, 그녀는 번쩍 고개를 들어 찬열을 놀라게 했다.

"너, 이거 누구 다른 사람한테 말한 적 있어?"

"아니. 오는 길에 주웠고…… 선물로 줄지 말지 너랑 의논하려고 가만있었지. 어제 늦게 잤다기에 일어나길 기다리느라 아주머니도 모르셔."

희는 노리개 위로 신중하게 천을 덮었다.

"내가 좀 더 볼게. 그리고 장 안에 깊이 넣어 두자. 일단, 우리만 아는 얘기로."

찬열의 눈이 끔벅거렸다. 그녀의 태도가 약간 불안해졌는지 그가 머뭇대다가 대꾸했다.

"왜? 버린 걸 주운 건데 무언 문제가 있으려고."

"확실치 아니하니까 이러는 거야. 알아볼 것이 있어서 그래. 만에 하나, 이게 포청에 제출하여야 하는 거라면……."

"포, 포청?"

"……만에 하나랬다. 무얼 겁부터 집어먹니? 여하튼, 그리된다면 이만큼은 못 되어도 넉넉히 값을 받을 수 있게 말씀드려 볼게. 그 대신, 절대로 비밀이다. 알았지?"

값진 노리개가 공으로 생겼다고 헤헤거리다 난데없는 심각함에 직면하게 된 찬열은 두말 않고 고개를 끄덕거렸다. 그는 노리개를 수습하는 희의 손길을 물끄러미 보다가 긴 한숨과 함께 중얼거렸다.

"후아. 네가 다모라서, 참 다행이다. 하마터면 큰일 날 뻔했네."

"아직 모른다니까. 선물은 그냥 면경이 낫겠어. 너무 좋으면 쓰기도 어렵고 부담스러워할지도 몰라. 이런 좋은 노리개야, 나중에 네가 채단采緞을 보낼 때 같이 주면 되지 무어."

"그, 그렇지?"

반 농담 삼은 말이 불러낸 상상만으로도 좋은지 찬열의 얼굴이 빨개지면서 입가가 벌어졌다. 희는 픽 웃으며 그가 방을 나가는 것을 보고서야 천을 다시 들췄다. 노리개를 찬찬히 살피는 그녀의 얼굴은 매우 진지했다.

곧 희는 지필묵을 꺼내어 노리개의 문양을 세세하게 옮겨 그렸다. 세 개의 투호에 새겨진 문양이 각각 달라 제법 시간이 오래 걸려 웅크린 자세가 힘들어졌지만, 그녀는 꿋꿋이 완성했다. 그리고 노리개는 천에 감싸 장 깊숙한 곳에 숨겨 둔 다음 자신의 재주에 감탄하며 그림을 둘둘 말아 품에 넣었다.

희가 나갈 채비를 마치고 방을 나가자 막 부엌에서 나오던 모친이 다모 차림의 그녀를 보고 의아해했다.

"어쩐 일이냐? 곧 저녁인데, 그새 종사관 나리가 부르시던?"

"아니요, 그냥 잠깐 생각난 게 있어서요. 오래는 아니 걸릴 터이니 염려 마셔요."

마당 한 켠의 우물에서 물을 퍼내던 찬열이 움찔했다. 그녀는 조금 전의 약조를 눈으로 상기시켜 주고 사립문을 나섰다.

다리를 건너고 길을 지나 희가 도착한 곳은 인적이 드문 골목 뒤편의 어느 초가였다. 허름한 집은 아무도 없는 양 조용했으나 희는 개의치 않고 목청을 높였다.

"어르신, 계십니까?"

두어 번 불러도 대답은 들리지 않았다. 그녀는 주변을 둘러보다 거침없이 마당 안으로 들어섰다. 집 둘레를 빙 돌아 들어가니 제법 넓은 뒷마당 구석에 헛간처럼 보이는 작업장이 있었다. 그녀는 그쪽으로 다가가 손기척을 내고 문을 열었다.

"어르신. 계시지요? 잠시 실례하겠습니다."

"뉜가?"

한쪽 바닥에 깔린 멍석 위에 상을 펴고 앉아 있던 노인이 흘끔 고개를 들었다. 희를 발견한 그는 알아본 눈빛으로 돋보기를 내리면서 투덜거렸다.

"대관절 어느 버르장머리 없는 놈이 감히 허락도 없이 예까지 들어왔나 했더니, 놈이 아니라 년이었구먼."

"죄송합니다, 급히 여쭐 일이 있어서요. 시집간 손녀딸 생각하시고 너그럽게 봐주셔요."

"혈혈단신인 몸에 손녀딸이 어디 있어!"

"그럼, 첫정을 주신 여인네라고 생각하시든가요."

"허! 시집도 아니 간 처자가 말하는 것하곤."

능청스러운 말에 노인이 기가 찬 듯 고개를 저었다. 처음보다 사그라진 분위기를 냉큼 알아챈 희가 그 옆에 다가앉으며 노인이 조금 전까지 잡고 있던 것을 들여다보았다. 작은 은장도 집 위로 십장생이 기가 막히게 들어서 있는 모습을 보니 장관이 따로 없다. 과연, 세공에 있어 조선 최고의 장인匠人이라 불릴 법도 했다. 그녀가 솔직하게 감탄하자 노인은 별거 아니라며 옆으로 밀어 두었지만 흐뭇하게 여기는 눈치였다. 말투가 조금 전보다 더 너그러워졌다.

"그래, 무어가 그리 급한 게냐?"

"다름 아니라 작년 가을인가, 일 때문에 저가 어르신을 뵈러 군관 나리와 온 적이 있었지요? 그때 어르신께서 만드시던 것들을 보여 주셨는데 그중에 막 완성하셨다던 노리개 기억하십니까?"

"작년 가을에 막 완성한 노리개?"

"예에. 저가 보고 마음에 쏙 든다 하였는데, 그게 궐에서 주문이 들어온 것이라 말씀하셨더랬지요. 보는 눈 있다고 칭찬해 주셨잖아요."

곰곰이 기억을 되새기던 노인이 이내 고개를 크게 끄덕였다.

"어, 오냐. 기억난다. 투호삼작이었더랬지. 한데 그게 왜?"

"저가 기억이 시원찮아서요. 혹여…… 이리 생겼습니까?"

희가 그려 온 것을 꺼내 펼쳐 보였다.

노인이 눈을 끔벅거리더니 잠시 옆으로 밀쳐 두었던 돋보기를 들었다. 그리고 그림 위에 대고 세세하게 들여다보기 시작했다. 천천히 원을 그리듯 움직이는 돋보기를 좇으며 희는 태연한 척 몰래 숨소리를 죽이고 기다렸다.

이윽고 노인이 들고 있던 돋보기가 그녀의 이마를 딱 때렸다.

"아야!"

"나랏밥 먹고 할 짓이 없어 늙은이 놀리냐? 고년, 기억 한번 짱짱하구먼."

울상을 지으며 머리를 쓰다듬던 희가 놀라 아픔도 잊고 물었다.

"비, 비슷한가요?"

"비슷한 정도가 아니라 아예 그냥 보고 그린 격이구먼. 정녕 기억만으로 그린 게냐?"

"정말 이대로여요? 확실합니까?"

그녀는 대답 대신 재차 확인했고, 노인은 대답 대신 재차 돋보기를 내리쳤다. 그녀는 냉큼 피하며 그림을 추슬렀다.

"감사합니다. 어르신. 어, 부탁드릴 것이 하나 더 있는데요."

"무언데?"

"저가 여기 다녀간 거랑 여쭤본 것은 비밀로 해 주셨으면 합니다."

노인이 코웃음 쳤다.

"무에 특별한 일이라고 네년 오간 것을 떠벌리누? 쓸데없는 걱정 집어치우고, 더 물을 것 없거들랑 썩 가거라. 바빠 죽겠으니까."

"아, 예. 정말 감사합니다. 다음에 또 찾아뵐게요."

"무얼 또 와? 이런 데 들러 비싼 나랏밥 축낼 정신 있거든 일이나 열심히 해!"

희는 노인의 악담 같은 덕담을 들으며 골목으로 나섰다.

입가에 머물러 있던 미소는 걸음을 옮길수록 점차 사라졌다. 설마 했더니 찬열이 주워 온 노리개는 왕실의 재산이 맞았다.

긴가민가하던 의문은 풀렸지만, 더 큰 의문이 뒤를 이었다. 어찌하여 궁의 노리개가 궐과 동떨어진 숲속에서 버려졌으며 여인의 노리개를 사내가 버렸더란 말인가. 설사 망가졌다 한들, 한번 궐 안으로 들어간 물건은 수리하건 버리건 궐 안에서 해결되어야 하는 법이다. 한데 대체 무슨 연유로?

더욱이 긁힌 자국 또한 심상치 않았다. 이런저런 경우를 무수히 목도한 희의 머릿속에서는 저절로 하나의 광경이 그려지고 있었다. 실랑이를 벌이는 두 사람. 한쪽이 노리개를 잡아채고 잡고 있던 쪽이 그 힘에 못 이겨 빼앗기는 도중 손톱에 긁혀 버린다……. 무른 장식은 아니지만 힘과 힘이 맞닿아 충돌할 경우 그보다 더 강해질 수 있다는 걸 고려하면 충분히 가능한 일이었다.

희는 자연스럽게 좌포청으로 방향을 잡았다. 노리개를 새벽에 버렸다고 했으니 오늘 안에 새롭게 고변 된 시신이 있을지도 몰랐다. 그다음에는 찬열에게 말해 노리개를 주웠다는 근방을 샅샅이 뒤져 볼 생각이었다.

곱씹을수록 점점 심각해져 가는 수수께끼를 이리저리 머릿속으로 굴려 보느라 시선을 아래로 한 채 익숙한 길을 걸어 좌포청에 가까워질 무렵, 누군가가 반색하는 부름이 들렸다.

"희야!"

희는 골목길 한쪽에서 자신을 보는 낯익은 얼굴 하나를 발견했다. 의아해져 멈춰 선 그녀는 손짓하는 대로 다가갔다.

"오랜만이네. 여기서 무얼 하니? 일 때문에 왔으면 들어가지 않구선."

우포청 소속 다모 효령孝玲이 고개를 저었다.

"실은, 저어. 너 보러 왔어. 그러니까…… 부탁할 것이 있어서."

주저하며 말하는 그녀의 얼굴에는 딴 때 없이 홍조가 피어 있었다. 희가 고개를 갸웃거리자 효령은 그녀의 손을 잡고 골목 뒤로 끌었다.

"부탁? 무슨 부탁?"

보아하니 일 문제는 아닌가 보다. 그녀의 눈치가 맞았는지, 효령은 몇 번이고 우물쭈물하다가 결심한 듯 품에서 곱게 접힌 서간을 그녀에게 내밀었다. 벗과 서신을 번갈아 보던 희의 눈이 문득 가늘어졌다. 아하. 그녀가 짓궂게 확인했다.

"연서戀書구나?"

효령의 얼굴이 화르륵 달아올랐다. 희는 키득대며 연서를 받아 들었다.

"오호통재라, 우포청에는 효령 낭자의 가슴에 불을 붙일 사내들이 없다 이 말씀이군. 걱정 말아, 감쪽같이 전할 터이니. 한데 그 운 좋은 이가 누구야?"

효령의 얼굴이 가라앉았다 싶더니 다시금 붉어졌다. 그녀는 부끄러운 미소를 띠며 말했다.

"정재겸 군관님."

"……어?"

희의 입이 떡 벌어졌다.

잘못 들은 게 아닌가 싶어 효령의 얼굴을 찬찬히 바라보았지만, 효령은 말 실수나 농담이라 정정하는 대신 왜 그리 보느냐는 듯한 표정이었다. 결국 희는 조심스럽게 충고했다.

"어…… 내가 할 말은 아니지만, 너 다시 생각해 보는 편이 좋을 거다."

"무어? 호, 혹시 정인이 있으신 거니? 아니면 정혼자라도?"

물어 오는 기세가 제법 사나웠다. 희는 깜짝 놀라 고개를 저었다.

"아니, 그건…… 모르지만, 아닌 것 같던데."

"후유. 난 또. 그럼 다시 생각해 보라는 건 무슨 뜻이니?"

"그거야 물론."

설명할 태세를 갖추었던 희는 그만 입을 다물었다. 다소 낮은 지체긴 해도 엄연한 양반 댁 자제고, 군관으로서 실력도 좋고, 외모도 그만하면 번듯하니 마음 줄 만한 인물이긴 했다.

다만 그 성질이 대략…… 그렇다고, 얘기를 해 줄까 하던 희는 역시 그만두었다. 재겸이 시비를 걸고 트집 잡기 일쑤인 것은 상대가 자신일 때에만 그렇다는 사실이 생각나서였다. 정당한 절차가 아니라 특별히 차출된 평민 다모에게만. 사실 그러고 보니 유희와 얽히지 않은 일에서는 위로나 아래로나 재겸에 대해 나쁜 소리는 듣지 못했다. 오히려 사내답고 화통하다는 말들이 있었을 뿐이다.

결국 희는 자신이 아는 그의 철없는 횡포들은 공정하게 묻어 두기로 하고 어깻짓을 했다.

"아니, 무어, 그래. 나쁘지야 아니하지만 네가 아까워서 하는 소리지."

"내가 아깝기는, 별말을 다 한다. 그분에 비하면 어디 발끝에나 대겠니."

아니, 그건 아니라고 보거든. 희는 애매하게 웃었다.

"한데 왜 나한테 부탁하는 거니? 아니, 싫다는 게 아니라. 나 말고도 아는 다모들 있지 않아?"

"그야 그런데, 네가 그분이랑 제일 친하니까."

"무어? 치, 친해?"

되묻는 희의 표정은 그야말로 가관이었다. 효령이 풋 하고 웃으며 고개를 끄덕였다.

"허구한 날 얼굴만 봤다 하면 툭탁거리는데, 사이가 좋아?"

"격의 없이 편하게 대하시는 거지 무어. 너한테만 그러시잖아."

그야 날 제일 싫어하니까 나한테만 그러는 거지! 희의 마음속 외침을 알 리 없는 효령이 슬쩍 눈을 흘겼다.

"얼마나 부러웠는지 모르지? 가끔은 투기까지 할 지경이라니까."

"……할 것이 없어 그런 걸 보고 투기를 하니? 요새 우포청이 조용하다더니 사실이네."

희의 반쯤 진심 섞인 말에 효령이 웃으며 맞받았다.

"어디가 조용하대? 하긴 그 광인 때문에 바빴던 너희보다야 잠잠했지만, 이젠 또 머리 아픈 일이 터졌는걸."

"머리 아픈 일?"

"오늘 아침에 익사체가 발견되었거든. 한데 하루가 다 가도록 신원 파악이 아니 되어서."

"아직도? 어쩐 일로?"

효령의 목소리가 한층 낮아졌다.

"손은 제법 거친 여인인데, 잇새에 진말(眞末, 밀가루) 찌끼가 나왔지 무어야. 그래서 사대부 중 여종이 밤사이 사라진 댁이 있는지 훑었지만 암만 보아도 나오지 아니해."

"어허."

그거 희한하네, 라며 무심결에 대꾸하려던 희는 흠칫했다. 다행히 효령은 별다른 낌새를 눈치채지 못했다. 희가 조심스럽게 물었다.

"밤사이라면, 사망 시각이 간밤인가 보지?"

"응."

"음……. 이 말고 다른 단서는 없었니? 그 왜, 손이라거나."

"아, 그래. 사대부 댁을 염두에 둔 것이 진말 외에 그것도 있어. 반쯤 벌어진 엄지손톱에 무언가 끼어 있는데 은제銀製에서 벗겨진 거더라고."

선선히 대답하던 효령이 희를 돌아보았다.

"짚이는 거라도 있어?"

"응? 아아니, 전혀. ……한데, 그러니까…… 진말은 워낙 귀하니 웬만한 양반님네도 드시기 어려운 건데. 혹시…… 궁인宮人은 아닐까?"

"그럴 리는 없어."

효령의 말은 단호했다. 너무나 확실한 부정에 희가 놀라자 효령이 덧붙였다.

"그 시신은 잉태한 상태였으니까."

희는 숨을 삼켰다.

"그럼에도 만에 하나라고 생각하셨는지, 대장 나리께서 청하셔서 궁에서 사람이 보고 갔다더라. 아니었대."

"그래? 아니라고 하였어?"

효령은 고개를 끄덕였다. 그리고 생각에 잠기는 희를 그제야 의심스럽게 보았다.

"너 어찌 이래? 무어, 아는 거라도 있는 거 아니야?"

"응? 그, 그럴 리가. 참 특이한 일이라서. 저기 효령아, 나 이만 가 볼게."

얼버무리던 희는 그때까지 들고 있던 서신을 새삼 의식하고 얼른 품 안에 넣었다.

"요건 전해 주기만 하면 되는 거지? 알았어."

여전히 미심쩍은 표정이던 효령은 고맙다며 금세 반색하고 얼굴을 붉혔다. 희는 손을 저어 주고 길로 나왔다. 그리고 좌포청이 아니라 집을 향해 내달리기 시작했다.

해가 지기가 무섭게 문전이 닳도록 사람들이 분주하게 오가기 시작하는 기방 향월루.

그러나 같은 담장 안이라도 깊숙이 들어가면 마치 칼로 베어 놓은 듯 밤에 어울리는 정적이 흘렀다. 그 한편을 머뭇머뭇 걸어 들어가고 있는 희는 참 신기하다고 생각했다.

하지만 발걸음이 느린 것은 그런 주변이 낯설어서는 아니었다. 낯선 것은 오히려 지금 그녀의 기분이었다. 왜인지 모를 멋쩍음, 부끄러움, 떨림이 마구 얼크러져 머릿속이며 마음이 몹시도 복잡했다. 분명 뚜렷한 볼일이 있음에도 괜스레 일없이 찾아가는 것 같은 느낌마저 드는 건 어찌 된 영문일까. 희는 고개를 휘휘 저으며 깊은 곳 덩그러니 자리 잡은 별채로 다가갔다.

이곳에 발길 닿은 지 제법 시일이 흘렀다. 하지만 이 별채의 주인은 여전히 느긋하게 윗목을 차지하고 앉아 어제도 만난 것처럼 태연하게 인사를 건넬 것이 분명했다. 예의 그 가벼운 웃음과 함께.

자연스레 떠오른 기억이 다른 잔상까지 달고 왔다. 희는 얼른 고개를 저어 한꺼번에 내몰았다. 무슨 꿈을 꿨는지는 몰라도, 얼마 만나지 않은 사람이 나타난 것만은 명백해서 그녀는 굳이 깊게 생각하지 않았다. 소향과 그가 있었고 또 둘을 이상한 기분으로 보는 스스로가 있어, 차라리 기억이 안 나서 다행이다 싶었다. 다만 그 이상한 느낌은 땅에 쏟아진 물이 덜 마른 흔적처럼 남는 바람에 그를 떠올리면 공연히 두근거려서 희는 그런 자신이 영 어색하고 못마땅했다.

얼마나 본 인사라고 이 난리람.

투덜거리는 희의 앞에 별채가 모습을 드러냈다. 뜻밖에도 불이 꺼져 있어, 희는 걸음을 멈추었다. 잠이 들기엔 이른 시각인데 싶어 댓돌 위를 훑었으나 비어 있었다. 하기야, 쉬는 곳이라고 했으니 허구한 날 여기에만 있으란 법은 없지. 희는 난처한 기분에 머뭇거렸다.

집은 알고 있다. 조선 팔도를 호령하는 거부 역관 이해승의 저邸를 모르는 이는 한양 사람이 아니다. 그러나 그곳으로 굳이 찾아가기에는, 어쩐지 내키지 않았다. 고민하던 희는 별수 없이 오던 길을 되짚으려 몸을 돌렸다. 그때였다.

"어딜 가려고?"

"헉!"

그녀는 하마터면 숨이 멎을 뻔했다. 천천히 돌아보자 그가 있었다. 망건에 두루마기 차림을 한 천하의 한량, 이명원.

"까, 깜짝 놀랐습니다! 인기척이라도 좀 내시지."

반갑다니, 어처구니없는 일이었다. 그리 친한 사이도 아니고 사건 때문에 엮인 것뿐인데. 그러니 너무 놀라서일 것이다. 심장이 이렇게나 정신없이 뛰는 것은.

"놀랄 것도 많구나. 예까지 와 놓고 어찌 그냥 돌아서는 거냐?"

희가 애써 불평하거나 말거나 대수롭지 않게 대꾸한 명원이 한 걸음 다가왔고, 희는 주춤 뒷걸음질했다. 가까워지기는커녕 더 멀어진 거리에 그의 눈이 가늘어졌다. 희는 얼른 말을 꺼냈다.

"부, 불까지 꺼져 있어 아니 계신 줄 알고요. 다음에 찾아뵈려고 하였지요, 무어."

"잠시 산보한 것뿐이다. 빈방에 불을 두면 위험하니까. 어쨌건 들어가자."

명원이 앞장섰고 희는 주저하다가 뒤를 따랐다.

"불을 밝힐 터이니 잠시 기다리거라."

그는 방문을 열어 둔 채로 들어갔고, 그 너머로 달빛이 근근이 새어 든 방 안 정경이 어슴푸레하게 보였다. 곧 탁탁 부싯돌 부딪치는 소리가 들리면서 환한 빛이 어둠을 밀어 냈다. 좋은 심지를 써서 그런지 불빛이 참 고왔다. 그가 보료 위로 오르는 동안 그녀는 조심스럽게 안으로 들어갔다. 그리고 문을 닫기 전 신중히 주위를 살펴 다른 기척이 없는 것을 확인했다.

서궤를 사이에 두고 마주 앉는 희에게, 그가 운을 떼었다.

"얼마나 거창한 얘깃거리가 있기에 그리 경계를 하는 거냐? 어디 한번 들어나 보자."

"일단 지금으로서는 저만 알고 있는 일입니다."

희는 우선 비밀이어야 한다는 점을 암시적으로 밝혀 두고 찬열이 주워 온 노리개부터 우포청에 계출屆出된 시신의 손톱에 남은 증거와 이에 이르기까지의 상황을 설명했다.

엊저녁 찬열을 앞세워 노리개를 주운 곳으로 가서 그 부근을 돌아다닌 끝에 계곡에서 강으로 이어지는 그 사이에 자리 잡은 비탈 너머 빈 움막을 발견했었다. 그리고 바닥을 샅샅이 훑어 세 번째 노리개에 붙었던 게 분명한 둥근 계관석을 찾아냈다. 노리개와 떨어진 계관석을 싸 온 보자기를 서궤 위에 펼치자 묵묵히 듣고 있던 그의 날카로운 눈빛이 그 위를 더듬었다.

"암만 보아도 궁인이 분명하다 여겨집니다. 아직 기회가 여의치 아니하여 여기 이 자국과 시신의 손톱을 직접 비교하지는 못하였으나, 내일은 꼭 우포청에 갈 생각입니다."

노리개를 손에 들고 관찰하던 그가 그것과 함께 내려놓듯 뚜벅 말했다.

"그럴 필요 없다."

"예?"

"우포청 사건에 좌포청 다모가 관심 두는 것은 반감을 사기 딱 좋은 일인즉, 당당하게 요구할 수는 없겠고 숨어 들어갈 요량인가 본데 그렇게까지 위험을 무릅쓸 필요는 없다 이 말이다."

"아니, 이 정도면 몸을 사릴 일이 아니지 않습니까! 어찌 그런 말씀을 하시는 것인지요?"

"내가 답을 줄 수 있으니까."

희는 전처럼 기녀로 분하겠다는 무모한 발상이 아닌데도 자신을 말리는 명원의 소극적인 태도에 놀랐다가 담담한 대답에 재차 놀라 입을 다물었다. 눈을 크게 뜬 그녀에게 그가 확실하게 밝혀 주었다.

"네 생각이 옳다. 사자死者는 궁인이다. 대비전 나인이지."

그의 말은 동의처럼 보이는 가르침이었다. 희는 참지 못하고 그만 목청을 키워 버렸다.

"그걸 어찌 아셨습니까?"

상대적으로 낮아진 명원의 목소리를 타고 흘러나온 것은 대답이 아닌 설명이었다.

"대비전 나인이 밤을 틈타 월담을 하였는데 행방이 묘연하다더라. 들은 바 그 나인이 대비마마[3]의 귀염을 받아 사가私家로 나가는 허락을 곧잘 받았더란다. 한데 며칠 전부터 낌새가 이상한 것이 잉태가 아닐까들 하였고, 함부로 발설했다가는 궁인 전체가 철저히 단속당할 것이라 소문조차 퍼지지 아니하였다지."

희의 입이 벌어졌다. 어찌 저리 본 듯이 소상히 알고 있단 말인가.

그저 지나는 풍문을 말하는 듯 한가롭게 조곤조곤 풀어 주는 말은 계속 이어졌다.

"우포청에서 웬 시신이 발견되었다 하여 대비전 지밀상궁至密尙宮이 나와 확인하였으나 아닌 것으로 결론이 났다. 딱히 믿기 힘든 증언이지. 정녀貞女여도 시원찮을 판에 잉태까지 한 몸을 궁인이라 인정하면 궁의 체면이 어찌 되겠느냐. 허나 시신을 직접 보지 못하였으니 추측일 따름이라, 아니어도 네게 기별을 넣을 생각을 하던 참이었다."

막힘없이 술술 나오는 말을 들을수록 기가 막힌 희는 할 말을 잃고 눈만 끔벅거렸고, 그 마음을 읽었는지 명원이 픽 웃으며 물음 없는 대답을 주었다.

"지밀의 궁녀는 대개 중인층에서 차출하는 것이 관례임을 모르고 있었더냐?"

"알기야…… 알지요."

다만, 그것을 이토록 유용하게 써먹을 수 있다는 것을 몰랐을 따름이다.

하긴 조금만 생각해 보면 알 수 있는 일이긴 했다. 희는 새삼 명원을 다시 보았다. 거부 역관의 차자로 하는 일 없이 태평하게 세월을 보내는 한량의 이면에, 마음만 먹으면 중촌中村의 모든 일을 짚는다는 '있지 아니한 자'가 존재한다는 것이 실감이 났다. 대궐까지 그 끈이 이어진다니 기가 막힐 노릇이다. 그녀는 속으로 혀를 내두르며 입을 열었지만 그가 먼저 말했다.

3) 인목대비. 영조의 계비. 인조의 조모 격으로 정식 명칭은 대왕대비이나 흔히 대비, 자전(왕의 어머니)으로 언급됨. 인조의 생모(1626년 사망)는 반정 당시 정일품 부부인에 봉해졌으며 사망 후인 1632년에 인헌왕후로 추존되었음

"한데 이미 다 알아보고 찾아왔으니, 이심전심이 별것이랴. 과연 이름값 하는구나."

이채를 띤 눈빛에 괜스레 뿌듯해지는 기분의 변화를 마치 자기 일이 아닌 양 기이하게 바라보면서, 희는 태연한 척 맞받았다.

"천만의 말씀이어요. 나리께서야말로 무자無者이신 값을 톡톡히 하시는데요."

한량이신 거야 진작 알아보았고. 그런 의미가 포함되어 있음을 모르지 아니할 그였지만, 화를 내는 대신 당연하다는 듯 넘겼다.

"이 정도로 값을 한다 소리 들으면 서운하지. 무어, 어찌 되었건. 일단 전체적인 정황은 잡히는구나. 백발백중 살인인 것인데……. 듣고 있느냐?"

"예? 예, 물론입니다. 말씀하셔요."

궐내 제일 깊숙하고 비밀스러운 부분을 담당한다는 지밀의 소리까지 들을 수 있는 것을 가리켜 '이 정도'라 하는 건 좀 심하지 않나. 속으로 어이없이 중얼거리던 희는 뜨끔해서 얼른 대답했다. 명원이 미심쩍은 표정으로 쳐다보다가 말을 이었다.

"지금으로서는 그, 너의 벗이 유일한 목격자가 될 터인데."

"아, 찬열이요? 아무래도 그렇지요?"

희가 고개를 끄덕이며 대꾸하자 그의 얼굴이 미묘해졌다. 하지만 일순간이라 그녀가 이상하다 느끼기도 전에 그는 다시 느긋한 무표정으로 돌아와 물었다.

"너에게 노리개를 보일 때 잘 살펴보았느냐?"

"암요. 이게 딱 긁힌 흔적……,"

"이것 말고. 찬열이라는 그놈 말이다."

희는 노리개를 가리키다 말고 명원을 보았다.

그녀가 깜짝 놀란 것은 말이 끊겨서가 아니라 그 끼어든 말의 내용 때문이었다. 그녀는 얼른 고개를 저으며 그가 정말로 궁금해하는 것에 대해 대답했다.

"아닙니다. 찬열이는 빼셔도 되어요. 진짜 그게 전부니까요."

"사사로운 감정에 휘말리면 아니 된다는 것쯤은 알 터인데."

"예, 압니다. 그러니 말씀드리는 거여요. 저가 그놈을 잘 아는데, 사람을 해하고 갈취한 주제에 그걸 우연히 주웠다며 운이 좋다고 신나게 떠들 만큼 뻔뻔하고 영악하진 아니하거든요."

"……편 한번 희한하게 드는구나."

명원이 혼잣말처럼 중얼거렸고, 희가 손사래를 쳤다.

"편드는 것이 아니라 참이어요. 하기야, 나리께서는 그놈을 모르시니 미덥지 아니하시겠지만, 아닙니다. 원하신다면 저가 장담드리고요. 찬열이라면야 명줄 내기도 할 수 있으니까요."

가늠하는 듯 시선을 아래로 두고 그녀의 호언장담을 들으며 생각에 잠기던 그의 눈빛이 마지막 말에서 똑바로 향해 왔다. 그녀는 진심이란 것을 보이기 위해 당당하게 시선을 맞받았고, 그것이 읽혔는지 어쨌는지 그가 어깨를 으쓱거렸다.

"좋다. 정히 그러하다면 그쪽은 제외하지."

"감사합니다, 나리!"

말이야 간단하지, 실상 쉽지 아니한 결정이었을 것이다. 찬열에 대한 그녀의 보장을 인정한다는 그의 말이 마치 그녀를 믿는다는 말처럼 여겨져 희는 활짝 웃었다. 명원은 한쪽 눈썹을 들어 올리더니 별말 없이 화제를 돌렸다.

"이리되면 노리개를 버린 사내가 있고, 그가 바로 범인이란 얘기가 된다. 버린 걸 주워 온 것 말고 달리 본 것은 없다더냐?"

"있습니다."

희가 신이 나서 대답했다.

"이리 좋은 것을 버리는 것이 이상하게 보이지 아니할 만큼 체신 좋은 선비님이었답니다. 게다가 걸어가는 뒷모습이 약간씩 휘청거렸고요. 그리고……."

그녀는 품에서 반듯이 접힌 종이를 꺼내 서궤 위에 펼쳤다. 명원의 시선이 날카로워졌다.

"오래 서 있었는지 발자국이 제법 뚜렷하였습니다. 징이 박힌 것으로 보아

유혜油鞋나 태사혜太史鞋인 듯한데, 보셔요. 오른쪽과 왼쪽의 흔적이 똑같습니다. 어느 한쪽이 더 닳지 않은 것으로 보아 다리를 다친 것은 아주 최근의 일인 듯싶어요."

"새것일 수도 있지 않으냐."

"자세히는 몰라도 정분난 사이임은 분명한데, 아무도 몰래 다녀와야 할 밀회 장소에, 그것도 숲길을 발에 익지도 아니한 새 신을 신고 다닙니까? 괜스레 떠보려 하지 마시고 저와 생각이 같으시면 같다 그리 말씀하셔요."

희의 장난기 섞은 반박에 명원이 픽 웃으며 선선히 인정했다.

"그래, 내 생각도 그러하다. 하면 일은 쉽겠구나. 이제 양반 댁 자제 중 근자에 다리를 다친 이를 찾기만 하면 될 터이니."

마치 한 주먹 정도인 알록달록한 실타래에서 검은 실만 골라내면 된다는 것처럼 간단히 말하고는 있어도, 양반이 어디 한둘이던가. 게다가 서, 얼자까지 포함하면 셈하기가 겁이 날 정도다. 그걸 쉽다고 말하다니 과연 무자랄까. 아니, 어쩌면 손꼽히는 한량이라 그런 걸 수도 있지. 둘 다인가? 속으로 감탄하는 희에게 명원은 내일 이 시각에 다시 오라 말했다.

"만약 날짜가 바뀌게 되면 기별을 하마. 어느 쪽으로 하여 주랴?"

"음…… 포청보다는 집이 나을 것 같습니다."

희는 주변의 큰 점포와 약방을 주워섬기며 위치를 설명했다. 듣고 있던 명원은 알겠다며 고개를 끄덕였다. 그가 갈무리해 건네는 증거들을 도로 집어넣은 희가 물었다.

"저, 사실 아직 집에선 아무도 모르거든요. 기별하신다면 미리 말하여도 될까요?"

"왜? 아는 사람 늘어나 봐야 좋을 것이 무어라고. 너만 알도록 할 터이니 염려 마라."

"어떻게요?"

"그야 모르지. 아무리 나라도 그걸 어찌 벌써 알겠느냐?"

당당하게 핀잔을 준 그는 그녀가 어이없어 웃는 것을 점잖게 외면하고는 어둑한 창 너머를 돌아보았다.

"많이 늦었구나. 그만 들어가 보아라. 족적 그림은 내일 다시 가져오고. 배 아니 채우고 왔으면 요기 좀 하고 가겠느냐?"

"아…… 아닙니다. 먹고 왔어요."

배는 충분히 부른 상태였지만, 자신도 모르게 대답이 늦어졌다. 모친이 큰맘 먹고 좋은 찬을 내준 덕에 양껏 먹고 왔음에도 어찌 갑자기 아쉬워지는지 모를 일이었다. 기방에 진귀한 음식들이 많을 거라는 이유 때문이 아닌 것은 분명한데. 희는 쭈뼛거리며 인사를 덧붙이려고 그를 보았다. 은은한 불빛이 어른거리는 속에서 눈이 마주치자, 열었던 입에서는 전혀 다른 말이 튀어나왔다.

"소향은, 잘 있습니까?"

"소향?"

아차! 희는 얼른 다문 입 안에서 혀끝을 깨물었다. 멀뚱히 바라보던 명원이 되물었다.

"그이 일을 어찌 내게 묻는 거냐?"

"그, 그러니까. 나리께선 그래도…… 한 울타리에서 지내시니 알고 계시겠다 싶어서, 예."

나도 잘 모르는 개꿈을 꾸었다고 말하기는 어려워, 희는 떠오르는 대로 대충 둘러댔다. 다행히 명원은 그다지 의심쩍어하지 않고 넘어갔다.

"뭐, 듣자니 지난번 그 연회 때 눈도장을 제대로 찍어서 몸이 열이라도 모자랄 지경이라더라. 그리도 보고 싶더냐? 지금껏 발길 않고 어찌 참았나 그래."

놀리는 말투에 희가 입을 삐죽거렸다.

"이, 이 정도야 인지상정이지요. 그리하여도 잠시나마 손잡았던 사람인데 잘 지내는지 궁금해하는 것이 무어 어때서요."

"너그럽기도 하다. 그리 사람을 잘 믿어서야."

중얼거린 명원이 가 보라며 손짓했다. 그녀는 나온 입을 굳이 넣지 않고 꾸벅 인사한 후 몸을 일으켰다. 방을 나오기 직전, 그녀는 문득 떠오른 생각에 뒤늦게 반박했다.

"그러고 보니, 나리께서도 잘만 믿으시면서 남 일처럼 말씀하시긴가요?"

방 한쪽에 쌓여 있는 서책들 중 하나를 끌어당겨 서궤 위에 올리던 그가 무슨 엉뚱한 소리냐는 듯 쳐다보았다.

"찬열이는 그렇다 쳐도 저가 베껴 온 발자국 그림에 대해서는 아무것도 묻지 아니하셨지 않습니까? 저가 다른 마음으로 마구 그려 왔으면 어쩌시려고요."

명원의 눈이 커졌다. 마치 그 말을 듣고서야 깨달았다는 것처럼 그의 얼굴 위로 순수한 놀람이 스쳤고, 그것을 알아챈 그녀 역시 놀랐다. 찰나의 감정이 지나자 명원은 가볍게 헛기침을 했다. 그게 또 어쩐지 어색하게 보여 희는 신기해졌다.

"아니었으면 되었지. 그런 가정이 무슨 쓸모가 있느냐? 종사관 나리께서 믿는 사람에 대해 내 어찌 달리 여길 수 있으리."

아…… 그런 거구나.

희는 고개를 끄덕이고 다시 인사를 한 다음 이번에야말로 그의 앞에서 물러나왔다.

그리 오래 머무른 것도 아닌데, 바람이 부는 것도 아닌데 오던 길과는 달리 돌아가는 길은 싸늘하게 느껴졌다. 희는 옷깃을 여미고 걸음을 재촉했다.

中

희는 몸을 일으켰다. 뒤에 서 있던 재겸이 손짓하자 기다리고 있던 포졸들이 다가와 시신을 들것에 실었다. 희는 옆으로 비켜서면서 눈으로 묻는 재겸에게 고개를 끄덕였다. 검률檢律 나리가 살펴보실 일이 남았지만 의원 댁 가엾은 여식은 사고사임이 분명했다.

어느새 사립문 밖은 몰려선 사람들로 어수선했다. 호령으로 트인 길 사이로 시신이 지나갔고, 여기저기서 혀 차는 소리가 났다. 재겸은 뒷마무리를 사령에게 맡기고 현장에서 몸을 돌렸다. 재겸을 따르려던 희는 문득 돌아보았다. 뜻밖의 횡액에 딸을 잃은 늙은 의원이 세상의 끝을 본 얼굴로 툇마루에 멍하니 앉아 넋을 놓고 있었다. 마음 같아서야 위로라도 몇 마디 건네고 싶었지만 그래봐야 들릴 리 만무하니 차라리 가만두는 것이 나을지도 몰랐다. 다시 앞을 보려던 희는 그런 그녀를 보고 있던 재겸에게 탁 부딪쳤다.

"한눈팔지 마라."

"죄, 죄송합니다."

"되었고. 조금 전 저 아비에게 무얼 더 말하는 것 같던데 내가 잘못 본 거냐?"

아무렇지 않게 나온 말이지만 희를 넘겨보는 눈빛은 날카로웠다.

그녀는 흠칫했다. 솔직하게 대답할 수 있을 리가 없었다. 근자 다리를 다친 양반 자제를 치료한 적 있느냐는 것은 사건과 아무런 연관이 없는 질문이었으니까. 없다고 대답한 의원도 미심쩍은 표정을 숨기지 못했더랬는데, 하물며 재겸은 성질이야 어떻든 무능력과는 거리가 있는 군관이었다. 다행히 듣지 못한 것 같아 희는 시침 뚝 떼고 대답했다.

"잘못 보신 건 아니지만, 별일 아닙니다. 사정이 딱하여 위로 몇 마디 건넨 것뿐이어요."

"그런 것치고는 영감이 놀란 표정이던데."

"그러게요. 저는 그리 말한 포청 사람이 저뿐이어서 그런 거라고 쉽게 생각했더만, 역시 나리는 다르시네요."

비꼬는 것인지 아닌지를 살피려는 듯 희를 흘끔 보는 재겸의 눈이 약간 가늘어졌다. 그러나 드물게 진심이었기에 희는 떳떳하게 눈을 맞추고 생긋 웃었다. 그러자 그는 약한 헛기침을 하며 시선을 돌렸다. 그게 또 신기해서 빤히 보던 그녀는 지금이 바로 그때임을 알아차렸다. 품 안의 서신이 갑자기 죽간처럼 단단하게 느껴졌다.

"군관님, 잠깐 저 좀 보셔요."

"왜?"

희는 더 말하지 않고 그의 옷자락을 끌어 사람들의 눈을 피해 한적한 골목으로 들어갔다. 재겸은 의아한 얼굴이 역력했지만 순순히 따라와 주었다. 어느 처마 밑에 서서 주변을 일단 둘러본 그녀는 그와 마주 보고 섰다.

하지만 막상 말을 꺼내자니, 희는 무슨 말을 어떻게 해야 할지 알 수가 없어 난감해졌다. 이런 쪽으로 경험이 많은 것도 아니고 눈앞의 사람과 절친한 사이도 아니다. 그제야 그녀는 궁인 사건 때문에 다른 생각을 할 겨를이 없어, 어떻게 전달해야 할지를 미처 준비하지 못한 것을 깨달았다. 그녀의 좌절을 모르는 그가 미심쩍은 표정으로 재촉해 왔다.

"어찌 그러느냐?"

"저어, 그러니까. 그게……."

망설이던 희는 에라 모르겠다 싶어 연서를 꺼내어 불쑥 내밀었다.

"저기, 일단, 이거부터 받으시고요. 누가 보기 전에 얼른 넣으셔요."

"이게 무언데?"

얼떨결에 서신을 받아 든 재겸의 얼굴이 다음 순간, 확 달아올랐다.

부끄러워할 줄도 아네. 희는 웃음이 나오려는 것을 애써 참았다. 보자마자 연서라는 것을 알아차리다니 제법 받아 본 적이 있나 보다. 입을 열려던 그녀는 문득 어떤 시선을 느끼고 주변을 둘러보았지만, 아무도 없었다.

다시 본 재겸은 손에 든 서신을 물끄러미 내려다보고 있었다. 넣으라면 빨리 넣을 것이지, 희는 속으로 투덜대고는 일을 마저 끝냈다.

"우포청에 효령이라고 참한 다모가 하나 있는데, 혹 알고 계십니까?"

"효령……?"

"예. 정말 얌전하고 일도 잘하고 참한 데다 어여쁘기까지 하니 우포청에서는 포졸이고 군관님이고 간에 그 애 앞에서는 그냥, 다 녹는다지요. 한데 눈이 높아 하고많은 우포청 사내들을 다 두고, 좌포청에 마음이 덜컥 서 버렸다, 그런 이야깁니다."

희의 말이 이어질수록 의아해하던 그의 얼굴이 서서히 굳어져 갔다. 기왕 나선 이상 잘 되게 해 주고 싶어 입에 기름칠한 셈 치고 술술 읊어 대는 데에 정신이 쏠린 희는 말을 끝맺은 뒤에야 예상 밖의 정색한 얼굴에 깜짝 놀랐다. 재겸의 입술 사이로 흘러나오는 말 또한 살벌하도록 나지막했다.

"……하여, 그 마음 담은 서신을 건네주겠노라 자진하였다?"

"아, 뭐…… 네."

"어찌 네가 나서는 거냐!"

희의 대답이 끝나자마자 그가 호통을 쳤다. 기겁한 희는 황급히 변명하기 시작했다.

"그게, 그 아이와 저가 제법 친한 사이기도 하고, 이래저래 좋은 일이니까요…… 군관님이 저를 싫어하시긴 하여도 좋은 게 좋은 거다 싶,"

"그만! 듣고 싶지 않다. 더는 아무 말도 마라."

재겸은 희의 말을 끊고 거의 이를 갈듯이 선언했다. 그는 화를 간신히 눌러 참는 듯 심호흡을 하더니 들고 있던 서신을 던지다시피 그녀에게 넘겼다. 그리고 그녀를 노려보다 몸을 돌렸다.

"아, 아무리 화가 나셨어도 읽어는 봐 주셔요!"

희가 용기를 내어 말했지만, 그의 싸늘한 답이 돌아올 뿐이었다.

"정녕 눈앞에서 찢어야겠느냐?"

희는 결국 입을 다물었다. 성큼성큼 멀어지는 재겸의 뒷모습을 보며 그녀는 속으로 효령에게 사죄했다. 다른 사람이 전해 주었다면 성공했을지도 모르는데. 이렇게까지 싫어할 줄은 그녀도 미처 생각조차 하지 못한 것이다. 하긴 어찌 보면 주제넘긴 했다.

아무리 좋은 중신이라도 아무나 할 수 있는 게 아니구나.

희는 한숨지으며 한 번도 돌아보지 않고 가는 재겸의 뒤를 조용히 따라갔다. 포청에 도착해 보고가 끝난 후에도 재겸은 그녀를 외면하고 어디론가 쌩하니 가 버렸다. 방향을 보아 연무장인 듯싶었다. 그녀는 괜히 눈치가 보여 한번 슬쩍 가 보자 싶은 마음에 안마당을 가로지르려 했다. 그때, 귀에 익은 목소리가 발목을 잡았다.

"이번엔 또 무언 일이냐."

주변을 둘러본 희는 아무도 눈에 띄지 않자 곁에 있는 큰 느티나무 위를 보았다. 역시나 가지 사이에 느긋이 기대듯 앉아 있는 사람을 발견할 수 있었다.

"들어오셨습니까, 군관님?"

남녀를 불문하고 간혹 얼굴을 붉히게 만드는 중성적인 미모의 사내는 무심히 고개를 끄덕였다. 아침에 엽과 함께 다른 사건을 맡아 나갔던 포도군관 한소백韓紹伯이었다. 조용하고 침착한 성정의 그는 남들에게 괜한 주목을 받거나 쓸데없이 친근하게 다가오는 것을 질색하는 만큼, 종종 좀처럼 눈에 띄지 않는 나무 위에 머물곤 했다. 호리호리한 몸집답게 날렵하고 재빠르기로는 누구도 당해 내지 못하는 그로서는 나무 타기 역시 식은 죽 먹기였다. 희는 저 범상치 아니한 외모 탓에 어릴 적부터 온갖 시달림을 받아 사람을 멀리하는 것으로 추측하는 사람들 중 하나였다.

그 서늘한 눈매가 답을 요구하듯 자신을 응시하는 것을 깨달은 그녀는 얼른 고개를 저었다.

"별일 아닙니다. ……좋은 일 하려다가 때가 안 맞은 것뿐이어요."

"좋은 일?"

희는 금방 대답하지 않았다. 누구에게나 공정하게 대하는 소백은 희에게도 신분 같은 조건이 아니라 사람 자체만을 봐 주었지만 어쩌다 가끔, 사실 미움받는 게 아닌가 싶을 만큼 싸늘한 느낌이 들 때가 있었다. 소백의 가장 친한 벗이 자신을 달갑게 여기고 있지 않기 때문이라는 걸 아는 희는 주저했지만 솔직하게 정황을 털어놓았다. 아니나 다를까, 다 들은 소백이 기막힌 듯 짧게 웃었다.

"하! 답답도 하다. 눈치는 엿이라도 바꿔 먹었느냐?"

"그 정도이실 줄이야 알았나요, 무어."

"……몰라서 좋겠구나."

그는 그녀의 항변을 무시하고 물었다.

"그래서 지금은 어디로 가는 길이냐?"

"그……, 그냥……."

그녀는 시침 떼고 둘러대려 했지만 다 알고 물어본 듯 소백이 말을 잘랐다.

"아직도 지를 염장이 더 있거들랑 얼른 쫓아가 보거라. 이참에 차라리 결판 나는 것도 좋겠다."

결판은 무슨. 희는 불만스러웠지만 아무 말도 하지 않았다. 하긴 화가 가라앉을 때까지 안 보이는 게 상책일지도 모르니까.

소백은 한숨을 내쉬었다.

"누가 더 딱한지 모르겠군."

의미를 알 수 없는 중얼거림은 달리 누구에게 말한다고 보기는 어려울 만큼 나직했다. 희는 고개를 갸웃거리며 물어보려 했지만, 그는 손을 내젓고 다시 나무에 몸을 기댔다. 잠시 머뭇거린 희는 고개를 꾸벅 숙여 인사하고 그 앞에서 물러 나왔다. 그리고 재겸을 쫓아가는 대신 발길을 돌려 서고로 향했다.

괜한 일에 말려들었다는 후회감, 효령에 대한 미안함, 부당하리만치 자신을 싫어하는 재겸에 대한 불만 등이 한데 얽힌 탓에 퇴청 후 집으로 들어서는 희는 착 가라앉은 상태였다. 손을 배웅하고 빈 밥상을 치우던 모친이 그냥 지나치지 않을 만큼 얼굴에도 드러난 모양이었다.

"무언 일이라도 있었니? 얼굴이 어찌 그리 죽상이야."

"그냥요."

손을 젓고 방으로 향하던 희는 문득 모친을 돌아보았다.

"집에는 별일 없었어요? 그러니까, 음. 평소와 다른 일이라던가."

"없었는데. 그건 왜?"

"아, 아무것도 아니어요."

눈치 빠른 모친은 눈을 가늘게 떴지만 희는 더 추궁당하기 전에 얼른 자리를 피했다. 뒤꼍에서 땔감을 정리하던 찬열에게도 물었지만 똑같은 대답을 들었다. 그럼 결국 명원에게서는 아무 기별도 오지 않았다는 말이 되고, 즉 약조한 시각에 나가 보아야 한다는 뜻이었다.

어떻게 연락이 올 것인지 궁금하기도 했기에 희는 약간 아쉬움을 느끼면서 일단 옷을 갈아입고 배를 좀 채운 다음 향월루 별채로 향했다.

오늘은 어제와 달리 보료 위에 앉아 책장을 넘기는 옆모습이 불이 밝혀진 방 안에서 음영으로 새겨져 있었다. 그 모습을 보자 희에게 달라붙어 있던 우울함은 거짓말처럼 어디론가 날아가 버리고, 곧 있을 야행에 대한 기대감이 그 자리를 대신 채웠다.

기분 전환으로도 제격이구나. 희는 픽 새어 나오는 웃음을 누른 채 마루로 올라가 조용하게 고했다.

"나리, 저 왔습니다."

"들어오너라."

희는 곧 명원과 마주 보는 자리에 앉았다. 그때까지 무심하게 서책만 보고 있던 그는 그녀를 흘끔 보더니 다시 시선을 내리며 툭 던지듯 말을 건넸다.

"얼굴이 확 폈구나. 좋은 일이라도 있나 보지."

"그, 그 정도입니까? 좋은 일이야 무어, 이제부터 있을 예정이긴 하지만요."

그는 어이없는 눈길을 던지며 입을 열었다가 닫았다. 보던 서책을 탁 소리 나게 덮는 그 손길이 어딘가 괴팍하다. 그녀가 눈을 크게 뜨는 사이 그가 본론을 꺼냈다.

"의원들에게 알아보니 의심스러운 인물이 두 사람 있더라. 하나는 도승지 영감 댁 사남. 사건 하루 전 시계詩契 일행들과 인왕산 자락에 한 수 읊으러 갔다가 내려오는 길에 잘못 디뎌 왼쪽 발목을 다쳤다. 다른 하나는 과거 공부차 작년 여름부터 도성에 와 사는 우의정 대감 댁 종손(從孫, 조카의 아들)이고 사건 바로 다음 날 아침 소세를 하러 내려서다가 토방에서 미끄러져 접질렸다지. 둘 다 보행에는 크게 차질이 없다. 어느 쪽 같으냐?"

"후자 같습니다. 전자는 여럿이 있을 때 다쳤으니 증인이 많겠지만 후자는 다음 날 아침이라고는 하여도 이미 다친 상황에서 부러 넘어진 척 주저앉으면 누가 알겠습니까. 더욱이 도승지 영감마님 자제분들이야 전부 대쪽 같은 부친을 닮기로 소문이 자자하니."

"이런 일 한두 번 하느냐? 소문 따위가 어찌 근거가 될 수 있으리."

그녀가 민망해할 만큼 거침없는 핀잔을 준 그는 말을 이었다.

"확인은 둘 다 해 보아야겠지. 도승지 댁네는 오늘 얌전히 방에서 붓질이나 할 모양이고 우상 댁네는 벗끼리 어울려 술판을 벌인다더라. 향월루라면 좋았겠지만, 딱히 아니라도 상관은 없지. 가 보자. 지리상 차례대로 들르는 것이 낫겠다."

말이 끝나기가 무섭게 명원이 몸을 일으켰다. 듣고 있던 희도 황망히 일어났고, 그를 따라 밖으로 나갔다. 체신 좋은 선비와 그 종인은 그 누구의 주목도 받지 않고 길을 걸었다.

명원의 뒷모습을 보고 있노라니 어딘가 모르게 평소와 다른 느낌이 들어, 희는 고개를 갸웃거렸다. 그리 자주 만난 것도 아니고 가까운 사이도 아니라 그런 기분 자체가 우스운 거겠지만 그녀는 결국 대놓고 물어 버렸다.

"나리. 혹, 저가 멋모르고 나리께 무언가 실수한 것이 있는지요?"

거침없이 걸어가던 그가 갑자기 우뚝 멈춰 섰다. 하마터면 부딪칠 뻔한 그녀는 급히 물러났고, 돌아본 그와 눈이 마주쳤다. 물끄러미 바라보는 그 시선에 그녀는 머쓱해져 입을 열었지만 그가 더 빨랐다.

"물론 아니다. 그리 느껴졌다면 되레 내가 네게 실수를 한 것이겠구나. 미안하다."

"처, 천만의 말씀입니다. 아니시다면 다행이지, 무얼 사과까지 하십니까."

당황한 희는 두 손바닥을 내보이며 사양했고 명원은 픽 웃었다.

"서두르자. 사노비들 밥때에 맞춰야 일이 수월할 터이니까."

"아, 예."

명원은 다시 앞을 보았다. 혼자 고개를 휘휘 내저으며 걸음을 재촉한 그의 모습은 분명 묘했지만, 그녀는 신경 쓰지 않았다. 아니라며 도리어 사과하는 그의 말에 놀랄 만큼 안도하는 자신이 더 이상했던 탓이었다.

곧 두 사람은 첫 번째 목적지에 도착했다. 도승지 영감 사저를 둘러싼 긴 돌담을 끼고 걷던 명원은 으슥해진 골목과 맞닿고서도 조금 더 들어가서야 멈추었다.

"이쯤이면 되겠다. 망을 볼 것인지, 들어갈 것인지 둘 중 하나 택하거라."

"저야 당연히 들어가고 싶은데 내부를 잘 모르니 나리께서 혼자 가시겠다면 별수 없지요."

그럴 줄 알았다는 듯한 시선은 비난이 아니었다. 그는 말없이 담에 등을 대고 바짝 붙어 서서 깍지 낀 두 손을 내밀었다. 이젠 망설이는 게 오히려 민폐다. 희는 사양하지 않고 그의 손을 밟고 올라서서 담 너머를 조심스럽게 살폈고, 아무도 없음을 확인한 후 때맞춰 올려 주는 그의 힘을 디딤대 삼아 어렵지 않게 담을 넘어갔다. 땅에 착지한 낮은 자세 그대로 귀를 기울였지만 다행히 조용했다. 잠시 후 쉽사리 담을 넘어온 그가 앞장섰고, 두 사람은 그늘을 타고 조심스럽게 움직였다.

명원의 거침없는 안내로 진짜 목적지에는 금세 별 탈 없이 도달할 수 있었다. 기척을 죽여 다가간 바로 위에서는 책장 넘기는 소리, 낮은 헛기침 소리가 생생하게 들릴 정도라 희는 자신의 흥분한 심장 소리가 끼어들지나 않을까 걱정해야 했다. 그녀가 토방 위에 가지런히 놓인 태사혜 중 한 짝을 집어 드는 사이, 명원이 품에서 숯과 종이를 꺼냈다. 그리고 그녀에게서 신을 받아 그 바닥에 숯을 적당히 칠한 다음 종이에 세게 눌렀다. 달빛에 비추어 확실히 찍혔는지까지 여유롭게 확인한 그는 다시 갈무리하여 품에 넣고 그녀에게 신호를 보냈다.

다시 담 밖으로 나가기까지 일각一刻도 채 되지 않는 시각만 소요되었을 뿐이다. 그러나 뿌듯해하거나 기뻐하기에 앞서, 그들은 다음 장소로 이동했다.

술판을 벌인다는 말에 혹시나 했지만 역시 그가 이끄는 방향은 수진방이었다. 여러 기방들이 한데 모여 때로는 경쟁을, 때로는 협력을 하는 그 향락의 공간은 조금 전 들렀던 동네와는 달리 음률과 웃음소리가 담장이 낮다 하며 거리로 흘러나올 정도였다.

명원은 오가는 이들의 눈을 피해 인적 드문 골목을 이리저리 누비다가 기다렸다는 듯 나타난 뒷문 같은 작은 입구로 들어갔다. 동시에, 명원의 태도가 순식간에 변했다. 조금 전과 딴판으로 느긋하고 여유로워진 그 모습은 누가 봐도 즐기러 온 부유한 자제였다. 희는 혀를 내두르면서도 한량 주인을 모시는 종인답게 몇 걸음을 사이에 두고 좇았다.

도승지 댁이야 각 방의 주인이 정해져 있으니 넷째 아들이 쓰는 방은 알기 어렵지 않다고 하겠지만, 기방에서 손을 어느 방에 안내했는지까지 알고 있다는 건 신기한 일이 아닐 수 없었다. 단순히 행수 기생과 돈독한 사이인 정도로는 어려울 터인데.

하긴, 천하에 이름을 내는 한량이라니 오죽할까. 희는 괜스레 불퉁한 마음에 중얼거리다 이번에야말로 진짜 그의 등에 부딪혀 버렸다.

"죄, 죄송합니다!"

"쉿!"

희는 입술을 감쳐물고 새삼 주위를 살폈다. 언제 여기까지 왔는지, 서 있는 곳은 작은 안뜰을 끼고 있는 건물 모퉁이였다. 발돋움해 명원의 어깨 너머로 그가 보는 쪽을 따라가니 뜰에 제일 가깝게 자리한 끝 방이 보였다. 주거니 받거니 하는 그림자가 흥겹다. 그 아래 댓돌에는 정신없이 들어간 표가 나도록 어지럽게 놓인 신들이 있었다.

저 방입니까?

명원의 옷자락을 살짝 당기며 눈으로 묻는 희에게, 그는 고개를 끄덕여 대답했다. 두 사람은 뜰을 가로질러 우선 그 방 바로 아래의 토방에 숨었다. 그리고 경계를 늦추지 않고 토방 위로 올라가 벽에 등을 바싹 대어 머리 위 창을 통해 흘러나오는 안쪽의 동향을 살폈다.

"……깟 것이 무어 그리 잘났다고."

"그러게 말이네. 잡과라도 볼 것이지, 한심하긴. 연치가 차도록 하는 일 없이 빈둥거리는 주제에 잘난 척 설치기는."

"아비가 돈줄 좀 쥐었다고 기고만장하는 걸 보면 어이가 없을 정도지. 기생년들이 좋아라 받들어 주니 그저 실실거리는 꼴이 가관이야."

"세상 참 좋아졌다니까. 어디서 천것 따위가 나서, 나서길."

은수저를 물고 났으면 정진하여 나라에 이바지하고 민생을 살피기에 힘쓸 일이지 기방에 모여 앉아 뒷담화나 신나게 하고 있다니, 저게 무슨 꼴이람. 욕하는 네놈들도 잘난 거 하나 없다 이놈들아. 한심하고 무의미한 대화에 희가 코웃음 치는 사이 명원이 땅을 짚고 낮은 포복으로 모퉁이를 돌아 신발 하나를 잽싸게 주워 왔다. 그 와중에 옷은 흙먼지투성이가 되었지만 신경도 안 쓰는 눈치다. 장바닥에서 굴러먹은 자신은 그렇다 치더라도, 명원의 그런 모습이 신기해 희가 속삭였다.

"대단도 하십니다. 이런 험한 일을 잘도 하시니."

"내가 할 소리다."

마주 대꾸한 그가 신을 내려놓고 품에서 종이와 숯을 꺼냈다. 희가 물었다.

"다섯 켤레는 되던데 뉘 건지 어찌 아시고요?"

"우상 댁 종놈 하나를 구워삶았지."

그는 조금 전과 똑같이 신의 본을 떴고, 다시 갈무리하는 사이 그녀가 신을 제자리에 놓아두었다. 척척 맞는 손발로 일을 해치우는 내내 머리 위에서는 여전히 아무것도 모른 채 뒷담화가 한창이었다. 두 사람은 시선을 주고받았고, 명원이 먼저 토방 아래로 내려섰다. 뒤를 따르던 참에 이죽거리는 목소리가 희의 귓가에 꽂히듯 날아왔다.

"이명원이 그놈 약점을 잡으면 벌벌 떠는 꼴이 제법 볼만할 터인데."

……무어?

"어렵지. 이미 온갖 약점을 다 가지고 있으면서도 저리 당당하니. 허 참, 돈이 좋긴 좋아."

희는 멈칫 뒤를 돌아보았다.

귀를 의심했지만, 조금 전부터 씹어 대던 그 안줏거리는 바로 다름 아닌 명원이었다. 그녀는 순식간에 분노가 치밀어 오르는 것을 느꼈다. 물론 잘난 양반님네들이 보기에 눈엣가시가 될지도 모르나 저딴 비난을 들어야 할 사람은 아니지 아니한가!

희는 벌떡 일어났다. 아니, 그러려고 했으나 반쯤 몸을 일으키다 말고 자신의 옷자락을 잡는 손을 돌아보았다. 명원과 눈이 마주치자 그는 짧게 고개를 저었다. 그 덤덤한 얼굴에 그는 이미 진작부터 자신에 관한 얘기임을 알고 있었다는 것을 깨달아 희는 더욱 화가 났다. 그녀가 그 손을 세게 뿌리치자, 그가 이번엔 팔을 잡아 강하게 끌어당겼다. 또 뿌리치려 했지만 명원은 그녀를 얼른 끌어 내려 붙들고 그 자리를 벗어났다.

이상한 낌새를 느꼈는지 창이 슬쩍 열렸다가 조용한 밤공기를 확인하고 이내 닫히는 모습을 뒤로한 채, 그는 그녀를 거의 끌다시피 하며 뚝 떨어진 헛간으로 들어갔다.

입을 막히지는 않았어도 산통 깨질까 봐 아무 소리 못한 희는 그가 헛간 문을 닫자마자 목청 높여 항의했다.

"나리! 왜 말리십니까? 아니, 왜 물러나시는 겁니까?"

"아니 물러나면, 어쩌자고?"

되묻는 그의 여상스러운 말투가 기름을 부었다. 그녀는 한껏 인상을 썼다.

"그야 확 문을 열어젖히고 똑똑히 잘 들었다 말씀하셔야죠! 나리께서 여기 놀러 오신 게 이상할 것 하나 없으니 의심받을 염려도 없는데 저 오만방자함을 넘어가 줄 이유가 무에 있습니까?"

"괜한 분란 만들어 좋을 것 하나 없다. 넘어가는 게 상책이지."

"대체 말이 말 같아야 넘어가지요, 저깟 것들 수십이 떼로 몰려와도 못 당할 줄도 모르고! 무식이 용감하다더니 딱 그 짝일세. 아니, 나리는 억울치도 아니하십니까?"

명원은 날아간 화살을 어깨를 으쓱여 피했다.

"하나하나 다 마음에 담았다가 어디 명대로 살겠느냐. 그 이전에, 틀린 말도 아니고 하니."

담담한 시인에 기가 막혀 입을 딱 벌린 희의 표정이 우스웠는지 그는 웃음을 물었다. 그녀는 지금 웃음이 나오느냐고 쏘아붙이려다 말았다. 당자는 느긋한데 혼자 열 내는 게 바보 같다는 자각이 들어서였다.

"……부처가 따로 없네요."

"다른 사람 일에 이처럼 대신 화를 내 주니, 부처는 바로 너다. 부동명왕쯤 되겠지만."

빈정대는 것에 가까운 중얼거림에도 그는 부드럽게 넘어가며 농을 덧붙이기까지 했다. 희는 말없이 눈을 굴렸다. 달빛이 근근이 새어 들었지만, 어둠에 익숙해진 눈에는 다 보였는지 그가 픽 웃었다. 그리고 그녀를 물끄러미 바라보다가 툭 던지듯 물었다.

"그게 그리도 화가 나더냐?"

"암요! 태생만 믿고 천하에 저가 제일 잘난 줄 아는 놈들이 신 벗고 쫓아와도 못 따라잡을 사람을 낮잡아 보니 그게 어디 가당키나 합니까."

다시금 생각해도 분해진 그녀는 울컥해서 대답했다. 어느샌가 얼굴에서 웃음기가 사라졌던 명원은 이내 언제 그랬냐는 듯 가볍게 웃으며 그녀의 패랭이를 푹 눌러 얼굴을 덮는 장난을 쳤다.

"오지랖도 넓다. 괜한 데 기운 쓰지 말고 아껴 뒀다 정인이나 챙겨 주려무나."

농담 한번 뜬금없다. 희는 패랭이를 고쳐 쓰며 대꾸하려 했지만 이미 그의 주의는 다른 곳에 가 있었다. 그는 높은 창을 통해 스며드는 달빛 앞에 한쪽 무릎을 꿇고 품 안의 종이들을 꺼냈다. 그녀는 얼른 곁으로 가서 자신이 가진 족적 원본을 땅에 펼쳤고 그 옆에 나란한 두 장의 종이가 놓였다.

숨죽인 시간이 흐르고, 그들은 시선을 교환했다. 희가 끄트머리에 二 표시가 된 종이를 들어 원본과 뒤꿈치를 맞춰 겹치자 두 장은 그대로 하나가 되었다.

"……확인되었네요."

"그렇구나."

두 사람은 잠시 그녀가 들고 있는 것을 바라보았다. 곧 그가 손을 내밀었고, 그녀가 건네준 것을 둘둘 말아 품 안에 넣고 다른 하나 역시 챙긴 다음 일어섰다.

"일단 내가 보관하마. 그리고, 이자를 어찌 처리할 것인지는 맡겨 주면 좋겠구나."

몸을 일으킨 희가 선선히 고개를 끄덕였다.

"그야 당연하지요. 사자의 정체조차 불문인 판에 어디 고변할 수도 없으니 저야 나리께서 맡아 주신다면 감사드릴 일입니다. 아, 다만 결과는 좀 알려 주시면……."

"여부가 있겠느냐."

그는 농담 같은 대꾸를 던지고 희에게 이만 나가자며 고갯짓을 했다. 그들은 일단 문에 귀를 댔다가 눈 하나 정도 내밀 틈새로 기척을 살핀 다음 얼른 그 자리를 빠져나왔다. 그녀로서는 처음 와 본 기방이었지만 그의 걸음은 거침이 없었고 덕분에 아무와도 마주치지 않고 거리로 나올 수 있었다.

희는 그와 큰길가 갈림길에서 헤어졌다. 앞으로 어찌 될 일인지를 기대하는 마음은 방관자처럼 홀가분했다. 이젠 그가 전갈을 보낼 때까지 돌아가는 상황을 느긋하게 구경하는 일만 남았다. 나는 새도 떨어뜨린다는 우의정의 인척이기도 하니 정당한 절차를 거쳐 처벌을 받기가 어려울 수는 있겠지만 순탄히 넘어가지는 않을 것이다. 그런 그녀의 머릿속으로 일전 '평소 부덕했던 행실 탓에' 파직된 전前 종묘령이 스쳐 갔다.

사실, 그보다 조금 더 기대되는 것은 명원이 자신에게 어떤 식으로 기별을 할 것인지에 대해서였다. 아무 기약 없이 헤어졌으니 이번에야말로 그가 자신을 찾을 것이었다.

발걸음도 가볍게 귀가한 그녀였지만, 열흘가량 지났을 무렵 결국 날이 어두워지자마자 항월루로 달려가고 말았다. 우의정 댁 종손이 도성을 떠났다는 풍문을 들은 때문이었다.

"너무 가벼이 본 탓인 듯싶구나."

마침 별채에 있다가 희를 맞이한 명원은 희가 묻기도 전에 떨떠름하게 입을 열었다.

"죽은 나인이 그자에게 정표로 궁의 물건을 준 모양이더라. 놈이 아직 가진 듯해 그걸 빌미 삼아 끌어들일까 하였는데 그새 눈치를 챈 것 같아. 살인이 발각되었다는 생각은 없었더라도 기껏 하는 짓이 그 꼴이니 충분히 피신할 만하였겠지. 한데 대체 어디서 말이 샜나?"

턱을 만지작거리며 태평한 중얼거림을 덧붙이는 그에게, 그녀가 답답해하며 말했다.

"그거야 나중에 족치더라도, 일단 어찌하면 좋을까요? 혹 행방은 아시는지요?"

"족치다니, 입 한번 걸다. 고향인 흥양현에 갔다더만."

"하오면 종손을 잡는 것에 좋은 방도라도 있으십니까?"

명원이 어깨를 으쓱였다.

"어디 그런 게 있겠느냐. 이리되면 내 손을 떠난 일이지. 아모 권한도 없는 내가 저 남도까지 가서 잡아 올 수도 없는 노릇이고."

"아니, 그럼……."

"그래, 권한을 가진 사람에게 떠넘겨야지."

이대로 두실 거냐고 따지려던 희는 그의 말에 입을 다물었다. 역시 강 종사관님께 보고드릴 생각이었구나. 안도하는 그녀에게 그가 말을 이었다.

"차라리 잘된 거다. 따지고 보면 그쪽 일인 것을, 인생이 가엾어 귀찮아도 좀 나서 볼까 하였건만 이쯤 되면 더는 할 말이 없지."

"가여워서 직접 나서려 하신 거라고요?"

그게 더 무서운 거 아냐? 그녀가 웃음을 참으며 짐짓 되묻자 그가 당연하다는 듯 대꾸했다.

"이래저래 원만한 해결이 좋지 않겠느냐."

누가 보면 진짜 천하태평 한량인 줄로만 알겠다. 모르는 게 약인 거지, 암. 그녀의 속말을 모를 그가 화제를 바꾸었다.

"하여, 마침 너를 부르려던 차였다. 어찌 알고 이리 재깍 와 주는지 신기하기까지 하구나."

"저를요? 하오면 진작 종사관 나리께 말씀 올리고 기다리는 중이셨는지요?"

"뭐, 비슷하다. 이틀 뒤 삼경 즈음에 예까지 올 수 있겠느냐? 통금을 넘긴 시각이 좀 그렇긴 하다만 어찌할 수 없겠더라."

"어려울 것 없습니다. 걱정 마셔요."

희는 냉큼 장담했다. 명원은 그런 그녀를 신기함 반, 어이 상실 반 정도의 묘한 눈으로 바라보다가 놀리듯 물었다.

"새삼스럽다만, 어쩜 그리 담이 큰 게냐? 사지 멀쩡한 사내가 야심한 시각에 어딜 좀 가자는데 말이 끝나기가 무섭게 덥석."

"나리께서는 저에게 사내이고 싶으십니까?"

희의 천연덕스러운 반격에 명원은 드물게 말을 잃었다. 그녀는 의기양양하게 덧붙였다.

"눈 딱 감고 믿어 드리겠다는데 그냥 솔직히 고맙다 그러시던가요."

"……눈은 그냥 두지. 어찌 되었건, 그래. 고맙다."

이번에는 희가 입을 다물 차례였다. 단순 소박한 인사가 순간 가슴을 뛰게 만들어, 그녀는 농담이었노라고 솔직하게 털어놓지 못했다. 사실 정말로 사건에 대해서만 걱정될 따름이니, 인사를 받을 법도 했다. 이 사람이라면 믿을 수 있다. 스스로 생각해도 신기한 그 기분을 인정하며 희는 뻔뻔한 웃음을 내보이고 이틀 후를 기약한 다음 물러 나왔다.

그러나 만약, 이럴 줄 알았다면 그날 그렇게 당당하게 말할 수 있었을까?

"자, 자, 잠깐만요! 나리!"

"거, 눈감은 김에 입도 좀 닫아 두어라. 도성 바닥에 깔린 순라군들이 죄 모여들겠다."

아니어도 누가 들을세라 애써 목소리를 낮췄건만 이런 느긋한 불평이라니. 희는 인상을 쓰며 멈춰 섰지만 명원은 그러거나 말거나 유유히 걸어갔다. 통금이 걸린 시간에 우의정 댁에 숨어들고 있는 것이 아니라 대낮에 벗의 집에라도 놀러 가는 모양새였다. 아무 말도 없이 여기까지 자신을 이끈 것보다 그 점이 더 얄미웠다. 하긴 미리 말했다면 과연 따라왔을지는 의문이지만. 어디를 갈 것인지 희 역시 이틀 내내 이리저리 생각해 봤으나, 설마하니 이곳으로 올 줄은 상상도 못했다. 어찌 알았겠는가? 직접 맞부딪칠 작정이었을 줄을 아니…… 어찌 몰랐겠는가. 예전에도, 똑같은 일을 해치운 적이 있는 사람인데. 희는 기시감에 혀를 차며 뒷문에 막 손을 뻗던 명원의 팔을 붙들었다.

"대체 어쩌자고 여길 오신 겁니까!"

"내가 원한 건 아니다. 이래서 인생사가 재미있다는 게지."

"……정말이지, 사람 속 뒤집는 데 재주 있으십니다. 이번에도 무사히 잘 넘어가질 것 같습니까? 종묘령과 우의정이 같은 줄 아시냐고요!"

"물론 다르지. 지난번 그 일과도 전혀 다르니 그만하고 서두르자. 이러다 날 새겠다."

벽에 대고 말하고 있는 것 같은 기분에 희는 어깨를 늘어뜨렸다. 결국 단념하고 팔을 놓아주며 체념의 질문을 던졌다.

"이번에도 그냥 입 다물고 있으면 됩니까?"

"이번에도 그냥 하고 싶은 말은 하면 된다."

그녀를 돌아보는 그의 눈이 살짝 가늘어졌다. 같은 기억을 떠올린 게 분명한 순간, 그 눈매가 다정해 보여 그녀의 심장이 크게 뛰어올랐다.

명원이 가만히 밀자 뒷문은 소리도 없이 움직였다.

넓은 저는 어둠 속에 가라앉아 깊은 잠에 빠져 있었다. 두 개의 그림자는 숨죽이며 그 안을 가로질렀다. 제아무리 늦은 시각이라고는 하나, 일손이 몇 명인데 뒷간 가는 인기척 하나 잡히지 않는 것을 보아 미리 언질이 있었을지도 몰랐다. 마치 폐가로 느껴지기까지 한 절대적인 고요함 속에서 자박거리는 발걸음 소리는 오히려 무게에 눌린 듯 퍼지지 않고 금세 사라졌다.

이윽고 깊숙한 곳에 자리 잡은 별당이 나타났다. 일견 호젓하고 고즈넉한 듯했으나 쪽문을 지나는 동안 희는 그늘 속에서 자신들을 향해 보내오는 경계심을 알아차릴 수 있었다. 명원 역시 알았겠지만 아랑곳없이 걸음을 멈추지 않았고 그녀 역시 될 대로 되라는 심정으로 뒤를 따랐다.

별당 앞에 서 있던 한 사내가 그들을 맞이했다. 과묵하고도 날카로운 눈빛이 좌우로 오갔고, 심부름꾼 같은 차림의 희에게 조금 더 오래 머물렀는데 별말 없이 길을 내주었다. 사내가 손이 도착하였음을 짧게 고하는 동안, 명원과 희는 신을 벗고 마루로 올라갔다. 그리고 명원이 한 호흡 쉰 다음 희에게 눈짓하고 함께 방 안으로 들어섰다.

그리 크지 않고 몇 안 되는 가구로 정갈한 분위기를 내는 방이었다. 꾸밈새가 비교적 평범했기에 윗목과 아랫목 사이에 쳐진 발이며 그 옆자리를 지키고 있는 나이 지긋한 여인의 몸에 밴 듯한 엄숙한 분위기가 대번에 눈길을 끌었다.

일이 무언가 이상하게 돌아가고 있었다. 희가 미심쩍어할 때, 명원이 발 너머의 누군가를 향해 큰절을 올렸다. 희는 깜짝 놀라 주춤하다가 여인의 비난 어린 시선에 떠밀리듯 절을 했다.

"소인 이명원. 분부 받잡아 대령하였사옵니다."

최상의 존대로 입을 연 명원은 무릎을 꿇고 두 손을 모아 짚어 몸을 숙였다. 더욱 놀라면서도 이유를 짐작도 못한 채 그의 행동을 따라 하던 희에게, 그가 슬쩍 돌아보며 나직하게 청천벽력 같은 말을 던졌다.

"인사 올리거라. 대왕대비마마시다."

희는 숨이 턱, 막히고 말았다.

간신히, 그야말로 간신히 비명을 지르지 않을 수 있었다. 오는 길에 명원이 했던 이해 못할 말들이 찰나의 순간 머릿속을 스쳤다.

"내가 원한 건 아니다. 이래서 인생사가 재미있다는 게지."

재미는 개뿔! 희는 급히 머리를 조아리다 그만 바닥에 쿵 찧어 버렸다. 그러고도 차마 아파하지도 못한 채 황급히 입을 열었다.

"소, 소인 유희, 대왕대비마마를 뵈옵니다."

발 너머에서 웃는 기척이 났다. 부드럽고도 무게 있는 목소리가 이어졌다.

"이마는 괜치 아니한 게냐?"

"네, 네! 황공하옵니다."

희는 황망히 대답했다. 대비가 명원을 향해 일렀다.

"처음 내 사람이 그대를 부르러 갔을 때 말미를 달라, 돌려보낸 연유가 바로 이 아이인가? 한낱 종인이 아니더냐."

도, 돌려보내?

깜짝 놀란 희는 무심코 명원을 볼 뻔했지만 가까스로 목에 힘을 주어 참아냈다. 명원이 담담하게 대답했다.

"아니옵니다. 마마. 이자는 소인의 동료이자 동행이옵니다. 마마께오서 원하시는 답은 소인 혼자로는 결코 알 수 없었을 것인지라 부득이하게 무례를 범하였사오니 너그러이 살펴 주시옵소서."

대비가 자세를 고쳐 앉는지 옷자락이 사락거리는 소리가 났다. 목소리는 한층 더 진중했다.

"그러하다면야 내가 더는 간섭할 일이 아니지. 하면 답하여 보거라. 내, 박상궁에게 들었다만 금아錦娥 그 아이가 살해되었다는 것이 참이더냐?"

"아뢰옵기 황송하오나, 그러하옵니다. 마마."

"……한 치의 거짓 없이 소상히 고하여라."

고개를 숙여 보인 명원이 지금까지 있었던 일을 차근차근 아뢰기 시작했다. 흠집 난 채 버려진 궁의 노리개, 잉태한 궁인의 시신, 숲속의 족적으로부터 이어진 실의 끝을 쥐고 있는 다리를 저는 사내. 더하지도 빼지도 않고 섣부른 추측도 없이 직접 보고 밝혀낸 것만 말하면서 그 모든 요소를 엮은 판단을 듣는 쪽에 맡기는 언변은 매우 뛰어났다. 결론은 단 한 가지임은 그 방의 모든 이가 알았지만 그는 시침을 떼며 끝내 자신과 희의 생각은 밝히지 않고 말을 끝맺었다. 한 번도 막지 않고 듣고만 있던 대비가 물었다.

"그 끔찍한 날 전후로 다리를 절고 족적이 일치한 그자는 정체가 무엇인가?"

"이름은 김은섭金殷葉, 우의정 김류의 종손입니다."

담담한 대답에 대비조차 즉각 대꾸하지 못했다. 그녀는 어이없는 목소리로 되물었다.

"우의정? 우상대감의 인척이라?"

"그러하옵니다."

대비는 잠시 침묵했지만 이내 감탄한 듯 말을 건넸다.

"다 알고 있음에도 용케 예까지 왔구나. 만약 내가 밀담을 위한 장소만 빌린 것이 아니라 우상을 동석케 하였다면 어찌할 뻔했느냐? 어찌 장소를 바꾸자고 말하지 아니하였지?"

"황송하오나 이 자리에 우상이 있건 없건 달라질 것은 없사옵니다."

명원이 아무렇지 않게 말을 이었다.

"우의정은 영리한 사람이며, 종손의 어리석은 짓을 막아 주기 위하여 가문과 그 자신에 흠이 날 수 있는 행동을 하는 것은 있을 수 없는 일이옵니다. 감히 단언하건대 보신을 위하여 종손을 쳐 낼 수는 있을망정 그 반대는 없을 것이라, 따라서 우의정은 이번 일에 결백하며 자세한 내막은 일절 모를 것이라 사료되옵니다. 오히려 마마께오서 관심 가지신 이상 제 손으로 직접 종손을 처벌할 수도 있는 사람이라는 것을 알기에 개의치 아니하였사옵니다. 또한, 어찌 감히 미천한 소인이 마마의 결정에 반대할 수 있겠사옵니까."

"청산유수로구나. 그럼에도 저 아이를 동석시키기 위해서는 이틀 후로 미루어 달라 거침없이 요구할 수 있었다 이 말이렷다."

명원은 대꾸하지 않았다. 비아냥거리는 말투와는 달리 대비는 기분이 상하지는 않았는지 희미한 웃음을 흘렸다.

그녀가 생각에 잠기자 방 안에 정적이 맴돌기 시작했다.

이윽고 대비는 착잡한 목소리로 혼잣말하듯 중얼거렸다.

"금아는 애기나인일 적부터 아끼던 아이였다. 내가 경운궁에 있을 당시 처음 만났지. 그 아이의 재롱을 보노라면 세월도 그냥 흐르는 것만 같았다. 영영 곁에 두고 싶었으나, 금아는 성품이 자유로워 커 갈수록 궁의 생활을 힘겨워하였더랬지. 긴 시간 곁에서 보필하여 준 그 아이를 상궁으로 올리지 아니한 것도 언젠가 원하는 대로 살도록 놓아주기 위해서였어. 내가 잘 아는…… 부자유스럽게 살다 겨우 몇 해 만에 세상을 뜬 아이 하나가 그 비슷한 또래였기 때문에."

귀를 기울이던 희는 숨소리조차 삼켰다. 광해에 의한 서궁西宮 유폐. 당자로부터 그때 일을 직접 들을 수 있을 거라는 건 꿈에서도 생각지 못한 일이었건만, 더욱이 영창대군이라니. 이 순간 그녀의 앞에 앉은 사람은 지엄하신 대왕대비가 아니라 어린 아들을 허망하게 잃고 그 허전함을 또래 아이에게서 위로받았다고 토로하는 평범한 어미였다.

“그래서, 금아 그 아이가 어느 날 밤 죽을죄를 지었다, 허나 일생일대의 소원이라 오열하는 것을 두고 보지 못하였지. 첩첩산중이나 매한가지인 궁에서 답답해하는 아이가 안쓰러워 바깥나들이를 종종 허락해 주었더니 그때 만난 사내의 아이를 가졌다 하더구나. 이미 마음을 다 준 것이 보였고, 각오도 한 눈치여서 정 그러하다면 함께 멀리 떠나 조용히 살라 하며 밑천 대신 노리개를 건넸었다. 허나 엄연히 궁에 법도가 있을진대, 공공연히 너를 보내 줄 수는 없다 이르자 알아듣고는 월담을 하였어. 그 와중에 실수가 있어 주상에게까지 보고가 될 만한 소동이 있었지만 무마할 수 있었지. 그러나…….”

대비는 말끝을 흐렸지만 그 뒤는 모두가 알고 있었다. 미리 약조되었는지는 모르지만 금아는 그길로 정인을 만났고 상황을 설명했으리라. 기대와 행복에 한껏 부풀어서. 그러나 상대는 그만큼 진심이 아니었고, 그 치명적인 차이로 다툼이 일어났고, 한때 열렬히 서로를 연모하던 두 사람은 영영 맺어질 수 없게 되어 버렸다는, 가련한 결말을.

대비는 이내 다시 입을 열어 가라앉은 분위기를 흩뜨렸다.

“억울하게 죽은 데다 시신조차 행불자로 처리되는 바람에 차마 눈을 못 감았을 터인즉슨, 그대들 덕분에 뒤늦게나마 그 한을 풀어 줄 수 있겠구나. 내 진심으로 감사하지.”

“천만의 말씀이옵니다. 마마.”

“황공무지하옵니다. 마마.”

두 사람의 목소리가 겹쳐 낮게 울렸다. 명원이 조심스럽게 덧붙였다.

“허하신다면 한 말씀 더 올리고자 하옵니다.”

“그래, 무엇을?”

"김은섭이 지니던 풍잠風簪 하나가 호박으로 만든 것인데 그 세공이 궁에서 주문하였던 물건과 매우 흡사한 것으로 알고 있사옵니다. 소인의 짧은 소견으로는 그 연유보다는 그러한 사실 자체가 중요히 다루어져야 할 것이라 보이기에."

대비는 금방 대꾸하지 않았다. 짧지 않은 간격을 둔 말은 조금 전보다 더 부드러웠다.

"이명원이라 하였던가. 기억해 두겠다."

"황송하옵니다."

"한낱 부정한 나인으로 보이겠지만, 내게는 자식과도 같은 아이였느니. 일의 성격상 공공연히 상급을 내릴 수는 없으나 훗날 그대들에게 버거운 어려움이 닥칠 때 내게 온다면 그게 무엇이건 한 번은 그 손 개의치 아니하고 잡아 줄 것이다."

귀를 의심할 만한 약조였다. 두 사람은 누가 먼저랄 것 없이 머리를 조아렸다.

"망극하옵니다. 마마."

"내, 아무 상관 없음에도 발 벗고 나선 그대들의 노고를 헛되이 하지는 아니할 터이니 돌아가 잊고 지금까지처럼 지내도록."

"분부 받잡겠사옵니다. 하오면 소인들은 물러가겠사옵니다."

"아, 저……!"

명원의 인사말에 희가 황급히 끼어들다가 흠칫 놀라 손으로 입을 막았다. 시선이 그녀에게로 모이고, 대비가 말했다.

"그대 역시 할 말이 있나 보군."

"저, 그게……."

희는 망설이다가 결심하고 품 안에서 노리개를 꺼냈다. 그녀가 무릎걸음으로 상궁에게 다가가 공손히 바친 그 물건은 대비에게 건네졌다.

"이것은."

대비의 말이 끊겼다. 알아본 것이 분명했다. 뒷걸음질로 자리에 돌아가 머리를 조아린 희에게 대비가 하문했다.

"조금 전 보아하니 나를 몰랐던 눈치던데, 이것은 어쩐 일로 가져올 생각을 하였느냐. 우상을 만날 거라 예상하였을 터인즉슨 우상에게 내보일 참이었더냐?"

"아…… 아니옵니다. 그저 소인에게는 이 일이 오늘로 마지막일 듯하여 혹시나 하는 마음에 가져왔을 뿐이옵고, 우의정에게는 내보인다기보다는."

무심코 생각나는 대로 말하다 말고, 희는 아차 싶어 입을 다물었다. 그러나 부드러운 채근이 이미 늦었음을 일깨웠다.

"보다는?"

그냥 가져왔다고만 할 것이지 왜 덧붙여! 아, 모르겠다. 희는 체념하고 솔직하게 말을 맺었다.

"다 알고 죄인을 도주시켰다면…… 그 면상에 집어 던질 각오를 하였사옵니다."

예상 못한 대답에의 짧은 침묵, 그리고 나지막한 웃음소리가 발을 타고 넘어 새어 나왔다. 대비 대신 엄한 얼굴이 다소 풀린 상궁이 물러가라 일렀고 두 사람은 큰절을 한 뒤 뒷걸음질로 방을 나왔다.

길을 그대로 되짚어 밤 깊은 길로 나오기까지 그들은 계속 침묵을 지켰다.

그것을 먼저 버린 쪽은 명원이었다. 그는 무표정한 희의 눈치를 슬쩍 살피다가 좁은 골목으로 들어서면서 크흠, 헛기침했다. 그녀가 고개를 들자 그는 멋쩍은 듯 말을 꺼냈다.

"너무 놀라게 한 것 같구나. 미리 귀띔하지 않아서 미안하다. 말하면 네가 너무 크게 부담을 느껴 아니 오려고 할까 싶어 그리한 것인데."

"아, 아닙니다. 놀란 건 사실이지만……."

희는 고개를 저었다. 단순한 긴장만 지닌 채 간 곳이 다름 아닌 천하의 어머니 앞이라는 것을 알았을 때, 그저 귀만 간신히 열어 둘 수 있었을 따름이었다. 그런 살 떨리는 상황에 예고 없이 부닥치게 한 명원이 원망스러웠지만 그 마음은 자신을 동행시키기 위하여 감히 대왕대비의 부름을 한 차례 거절하기까지

했다는 사실에 어느새 사라져 버렸다.

더욱이 듣고 보니, 그의 말도 맞았다. 미리 알았으면 과연 태연하게 올 수 있었을까? 그 점은 이해했지만 다른 하나는 도무지 이해가 안 된 희는 나란히 걷는 그에게 슬쩍 물었다.

“어찌하여 저를 그렇게까지 데려오려 하셨는지요? 저가 없어도 될 자리였는데요.”

실상 도맡아 말한 건 그였고 그녀 자신은 겨우 묻는 말에나 대답한 정도였으니까. 그러나 명원의 대답은 시원스럽기만 했다.

“들었지 않았느냐. 어떤 일이건 청할 수 있는 면죄부를 받은 게다. 한 번이라고 못은 박았으나 이쪽은 둘이니, 결국 두 번인 셈이지. 이런 경우 직접 본 상대만을 인지하고 은혜를 내리는 것이니 또 한 명이 더 있다는 말 같은 건 아무 소용이 없다.”

“그…… 그럼 저까지 마마께 눈도장을 찍게 하기 위함이셨습니까?”

“당연한 거 아니냐? 아까 자전慈殿 앞에서 한 말은 겸양이 아니었다. 사실이었지.”

별걸 다 묻는다는 투였다. 하지만 이런 공정함, 이런 배려심이 흔하지 않다는 걸 알기에 희는 마음이 따스해지는 것에 놀라지 않았다. 그로서는 그녀를 충분히 무시할 수 있는 신분이니만큼 더욱 그랬다. 입을 다물고 몇 발짝 걷던 그녀는 또 다른 골목으로 들어서면서 문득 떠오른 의문을 꺼냈다.

“하온데, 그러하시면 나리께서는 마마께서 그리 마음을 쓰실 것을 이미 알고 계셨습니까?”

“짐작은 하였지. 나인이 쥐도 새도 모르게 월담한 게 아니라 발각된 와중에 도망친 것이었으니까. 방금 언급하셨듯 상감께도 보고가 올라갔고 그런 이상 분명 죄 잡아 엄벌에 처하라 하셨을 것이 분명한 일. 그럼에도 그 뒤로 어찌 조사하고 있는지 알 수 없이 유야무야 넘어간 상태다. 높은 곳에 도주 자체를 암묵적으로 허한 이가 있었다는 뜻이라, 그러하다면 주인 외에 달리 뉘 있으리. 너도 알겠지만 폐서인된 광해와 달리 현 지존은 자전에 의해 정통성을 인정받아 용상에 앉았으니 자전께서는 마음만 잡수시면 못할 것이 없는 분이다. 그런 좋은 패를 받는 기회가 어디 흔하겠느냐? 왔을 때 응당 잡아야지."

목소리는 매우 낮았지만 희는 소름이 돋았다. 얼른 주변을 돌아보았지만 다행히 기척은 없었다. 그녀는 안도하며 그를 흘겼다.

"밤말은 쥐가 듣는다 하였어요. 이러다 그 좋은 패, 쓸데없이 다 써 버리겠습니다."

"그건 아니 되지. 도루묵 되기 전에 얼른 가자꾸나."

말은 그러면서도 태도는 평소처럼 느긋했다. 희는 고개를 설레설레 저으며 걸음을 옮겼다.

下

그 누구도 예상하지 못한 자들의 밀회가 이루어진 밤 이후, 세상은 여느 때와 다름없이 흘러갔다.

어느 가엾은 여인의 죽음은 풍랑을 만나 제주에 표착한 남만인南蠻人들에 의해 묻혀졌다. 처음 도성에 입성했을 때는 그야말로 온 한양 바닥이 떠들썩했으나 탑전에서 그들을 받아들여 이름까지 하사하였을 뿐만 아니라 훈국(訓局, 훈련도감)에서 주상을 위한 군사가 되면서 시일이 흐르자 이방인들은 좀 더 친숙한 무엇이 되어 갔다. 인육을 먹는다느니, 귀신을 본다느니 하는 입방아들은 힘이 좋고, 매우 영리하다는 소문으로 바뀌어 귀와 입을 즐겁게 해 주었다.

그런 와중에 내수사內需司가 내수고에서 분실된 물건을 소지한 혐의로 우의정 쪽 인척을 조사하고 있다는 소문 또한 큰 관심을 끌지 못하고 사그라졌다. 그러나 바쁜 일상을 보내는 와중에 남몰래 귀 하나를 열어 둔 좌포청 다모 한 사람은 용케 놓치지 않을 수 있었다. 그 뒤로는 별다른 풍문을 듣지 못했지만 알아서 해결되었으리라 믿었다.

그렇게, 과거 거쳐 온 무수한 사건들처럼 그 역시 시간 속에서 점차 희미해져 가던 어느 날이었다.

"다녀왔습니다."

해가 뉘엿뉘엿 저물 무렵, 퇴청한 희가 사립문을 들어섰다. 마당에 둔 서넛 평상을 채우고 있는 이들 중 자주 온 손들은 아예 무시하거나 흘끔 쳐다보고 마는 정도였지만 처음 온 사람들은 생각지도 못한 다모의 출현에 놀라 눈이 둥그레졌고 자세를 고치기도 했다. 익숙한 희는 신경 쓰지 않고 마침 밖에서 들어오는 찬열과 인사했다.

"어, 희야. 왔구나."

"응. 너 밥은 먹었어? 아직이면 같이 먹자."

"아까 손님 뜸할 때 아주머니랑 뚝딱 해치웠는데."

"왔니? 찬열아, 가서 부엌에 땔감 좀 더 옮겨 두어라."

"이보오! 여기 술 한 병 갖다주게."

모친의 말에 새 주문이 겹쳤다. 모친은 대답과 동시에 부엌으로 향했고, 희는 옷부터 갈아입으려고 몸을 돌리다가 우뚝 섰다.

그녀는 마당의 손님들을 빠르게 훑었다. 날카로운 시선은 이내 한쪽 구석을 차지하고 앉아 이쪽으로 등을 보인 채 홀로 밥상을 끼고 앉은 사내에게 머물렀다. 그런 그녀를 본 찬열이 시선을 따라가더니 소곤거렸다.

"아까 오신 손인데, 좀 희한하더라."

"무어가?"

"아무렇지 않게 와서 국밥 주문하는 품새는 익숙하긴 했는데, 인상이나 분위기가 어째 고급 기방 같은 곳이 더 어울릴 것 같더라고."

희는 찬열을 새삼 돌아보았다. 적지 않은 끼니를 구걸로 때운 전력이 있는 그는 순진한 성격이면서도 제법 눈썰미가 매웠다. 그녀는 씩 웃으며 그의 어깨를 툭툭 두드려 주고 걸어갔다. 마침 모친이 술병과 잔이 올려진 소반을 들고 나오기에 얼른 뺏어 들었다.

"저가 내갈 터이니 어머니는 다른 일 보셔요."

옷도 안 갈아입고 나선 게 이상했는지 모친은 그녀의 얼굴을 들여다보았지만 이내 그러라며 선선히 몸을 돌렸다. 희는 묵묵히 밥을 먹고 있는 손에게 다가갔다. 놀랍고 반가우면서도 어이없는 복잡한 감정이 밖으로 흘러나오려는 것을 참으며 상 위에 술병을 탁 내려놓았다.

"오래 기다리셨습니다, 손님. 따끈따끈한 술입니다요."

"착하구나. 오자마자 어미도 도울 줄 알고."

명원이 희를 흘끔 올려다보며 그녀의 능청에 맞장구쳤다. 그녀는 결국 웃어버렸고, 그의 앞에 털썩 걸터앉았다.

"그놈이 찬열이로구나."

"예? 아, 예."

그녀는 고개를 갸웃거리다 말을 꺼냈다.

"예까지 어쩐 일이십니까?"

"밥 먹으러 왔지. 네 어미 국밥 마는 솜씨가 아주 기가 막히는구나. 밥은 먹었느냐?"

"아뇨."

명원은 목청 높여 국밥 한 그릇을 추가했다. 모친의 시선에 희는 어깨를 으쓱였고, 모친은 고개를 저으며 부엌으로 들어갔다. 금방 국밥 하나가 새로이 놓이자 희는 신을 벗고 상에 바싹 다가앉으며 장난처럼 물었다.

"나리께서 내시는 거지요? 잘 먹겠습니다."

"계산도 빠르다. 뭐, 그러던가."

"하온데 참말로 어쩐 일로 오신 겁니까?"

"일단 먹고 얘기하자. 국밥 다 식겠다."

그가 턱짓으로 재촉했고 그녀는 선선히 숟가락을 들었다. 이렇게 집 안마당에서 마주 앉아 늘 이래 왔다는 듯 겸상하여 밥을 먹는다는 사실이 재미있고 신기하게 여겨졌다. 기별한다고 말했던 것이 이런 방식일 줄이야. 강 종사관을 빌미로 사람을 보내 부르려니 짐작했었던 그녀로서는 허를 찔린 셈이었다. 어쩐지 설레어서, 국밥 또한 늘 먹는 음식임에도 그의 말마따나 기가 막힌 맛이었다.

명원은 먼저 그릇을 비우고 술병을 들었다. 그녀가 얼른 내미는 손을 마다하고 직접 잔을 채운 그는 느긋하게 마시다가 희가 거의 다 먹어 갈 때쯤에야 입을 열었다.

"어디까지 들었느냐?"

희는 입 안의 음식물을 꿀꺽 삼키고 목소리를 낮춰 대답했다.

"내수사에서 나섰다는 것까지는 압니다. 아, 죄인을 잡으려 흥양현에 차인差人을 파견하였다는 것도요. 그 뒤로 어찌 되었습니까?"

"죄인은 잡히긴 잡혔다 하더라만, 흥양현이 아니라 다른 곳에서다. 그때 제법 재미난 일이 일어난 모양이야."

"재미난 일이라고요?"

"흥양현감이 차인을 가두었단다. 그 틈에 도주한 거였다지 아마."

희의 눈이 휘둥그레졌다. 어이가 없어진 그녀는 숟가락을 탁 놓으며 확인했다.

"대비마마의 명을 받든 내수사의 차인을, 일개 고을 현감이 감금하였다는 말씀이어요? 아니, 어찌 그런 멍청한 짓을 하였답니까?"

"그 부분이 또 범상치 아니한데."

명원의 목소리가 더욱 낮아졌다.

"들리는 바로는 차인이 현에 당도하기 전 현감이 서신 하나를 받았는데, 이런 내용이었다. 내 종손이 젊은 혈기로 작은 실수를 하여 곤란해질 듯하니 차인을 잠시라도 묶어 두어 준다면 후일 결코 섭섭지 아니하게 대우할 것이다, 라는."

"예에?"

갑자기 튀어나온 큰 소리에 이목이 쏠렸다. 희는 어색하게 웃으며 눈으로 사과한 다음 명원을 보았다.

"그, 그럼 그걸…… 우상이 썼다고요?"

"글쎄. 그는 강력하게 부인했고, 서신에서는 읽은 후 태우라고 지시했다지만 현감이 증거를 위해 보관해 두어 필체를 대조할 수 있었다더라. 비슷하기는 하나 다르다는 것이 판명되었어. 즉, 누군가가 우상을 빙자하여 죄인을 도주시켰다는 뜻이다."

"그 현감은요?"

"곧 탑전榻前에 보고되어 엄히 다뤄지겠지. 이용당하였다고는 하나, 결국 우상이 웃전보다 우위라는 걸 내보인 셈이니까. 출세에 과욕을 부린 것이 변명의 여지 없이 들켰기도 하고."

희는 곰곰이 생각에 잠겼다. 명원의 말을 들으며 얽혔던 머릿속이 정리되고서 고개를 들었을 때, 내내 지켜보고 있었는지 명원과 대번에 눈이 마주쳤다. 재촉 없이 기다려 주는 시선의 잔잔한 웃음기 속에는 온기마저 느껴졌다. 희는 순간 크게 울린 심장의 고동 소리를 감추기 위해 얼른 입을 열었다.

"수상한데요."

"무엇이 말이냐."

"차인이 도착하기 전에 현감이 서신을 받은 거 아닙니까. 내수사에서 요란하게 움직인 것도 아니니, 어쩌면 그자는 이번 일의 흐름을 모다 알고 있었을 가능성이 커 보입니다."

"그렇지."

명원의 눈매가 가만히 휘어졌다. 그뿐인데도 희는 어쩐지 칭찬을 들은 기분이 되었다. 그런 자신에게 머쓱해지려는 참에, 그가 말을 이었다.

"그 경우엔 가짜 서신을 만들어 보낼 시간에 종손을 다른 곳으로 피신시키는 것이 더 쉬웠을 터, 그 목적이 종손이 아니라 다른 곳에 있을 수 있다는 얘기도 된다. 굳이 현감을 끼워 넣은 이유가 있었을 거야."

"그러게요. 현감이 서신을 무시하고 오히려 차인을 도울 수도 있었는데 말입니다. ……생각하면 할수록, 실상은 훨씬 더 심각한 일로 연결되는 게 아닌가 싶어지네요."

명원이 고개를 끄덕였다.

"동감이다. 한데, 단서는 없어. 아니…… 작정하고 붙들면 무언가 하나라도 나오지 아니하겠는가 싶은 생각이 없지는 아니하다만, 어쩐지 지금 당장은 더 파헤치지 말고 덮어 두는 게 상책인 듯싶구나. 우리 생각이 맞는다면 보통 놈은 아니다. 섣불리 파고들었다간 저쪽에서 스스로 꼬리를 끊을지도 모르니까."

"예……."

"뭐, 그저 기우일지도 모르고."

어느새 가라앉은 분위기를 상쇄하려는 명원이 가볍게 말을 돌렸다.

"웃전에서는 그리 중요하게 여기지 않는 모양이더라. 어찌 되었든 그 일 자체는 깨끗이 끝이 났으니 다 잘되었다고 생각해 두어라."

방금까지는 그리 진지하더니, 말마따나 다 잘됐으니 술이나 마시자는 듯 잔을 들어 쭉 들이켜는 품이 태평하기 그지없었다. 다만 어느 쪽도 진심인 걸 알겠기에 희는 그런 그가 새삼 신기해졌다.

"죄인은 결국 잡혔다는 거지요?"

"그래. 공식적으로는 내수고 물건 반출 혐의 정도지만 다 고려하여 처벌될 것이다."

"자백은 하였습니까? 그러니까…… 정녕 그 금아라는 아이의 일방적인 마음이었을까요?"

그가 뜬금없는 질문을 한다는 듯 어깻짓을 했다.

"모르지. 그런 문제야 타인은 죽었다 깨도 알기 힘든 사안이니까. 다만 그가 그녀를 아꼈다 하여도 두 사람이 함께할 앞날을 위해 목숨을 건 여인이 부담되고 두렵기까지 한 마음이었다는 것은 알 수 있겠다. ……내 생각에 그런 건 사랑이 아니다. 세상이 아무리 썩었다 한들, 아니어야 옳아."

나직한 덧붙임은 견고하고 단호했다.

희는 또 다른 질문은 그냥 삼켰다. 만약 여인의 신분이 나인이 아니라 반상의 여식이었다 해도 과연 사내의 마음이 마찬가지였을까, 라는 의문은 이미 답이 분명했다. 가슴 한가운데를 가느다란 무언가가 관통하면서 싸한 느낌이 가득 찼다.

결국 신분의 벽은 어찌할 수 없는 운명에 가까운 범주인 것이었다. 태어나면서부터 정해진 신분, 의도하건 아니건 간에 본능적으로 생각이 그에 맞춰질 수밖에 없는 천부의 기준.

알고 있는데. 알고 있었는데…… 어찌하여 이리도 가라앉는 기분인지 모르겠다. 희는 명원을 흘끔 보다가 눈이 마주치자 괜스레 당황해서 고개를 숙였다. 빤히 응시하는 그의 눈빛이 느껴지자 얼굴마저 화끈거리는 것 같았다. 잠시의 침묵 끝에, 무감한 목소리가 들렸다.

"벌써 그리 우울해할 필요는 없지 않으냐. 내 이런 말 하기는 뭐하다만…… 아주 가망 없는 것은 아닐 듯한데."

"……예?"

"낮잡아 보는 건 아니다만, 군관 정도면 너 또한 양민이고 하니 그리 슬퍼할 일만은 아니다."

"예?"

희는 갈수록 어리둥절해졌다.

"군관이라니요? 여기서 군관이 왜 나옵니까?"

"시침 떼기는. 어른이 위로한다 싶으면 아무리 감추던 일이라도 감사합니다, 하면 될 일이지."

"아니, 그러니까, 무얼 감춘다고 말씀하시는 건지요?"

그는 한심해하는 건지 딱해하는 건지 모를 눈으로 그녀를 넘겨다보았다.

"다 알고 있느니라. 우연히 본 것이다만…… 인물 좋은 군관에게 그리 조심스럽게 건네는 것이 계서라고 보기는 어렵지 않겠느냐?"

듣고 있던 희의 입이 딱 벌어졌다.

멍하니 명원을 보던 그녀는 이내 웃음을 터뜨렸다. 참거나 막을 새도 없이 터진 커다란 웃음에 막 잔을 채우던 그가 한쪽 눈썹을 들어 올렸다. 희는 황급히 수습했다.

"죄, 죄송합니다. 그게요…… 마음 써 주신 것은 감사한데, 완전히 잘못 알고 계십니다. 그때 그것은 분명 연서가 맞긴 하지만요, 제 것이 아니라 우포청 동무 것을 부탁받아 대신 전한 것뿐이어요."

"대신?"

어이없는 목소리가 되물었고, 그녀는 크게 고개를 끄덕였다.

"그는 저를 잡아먹지 못해 안달이 난 사람입니다. 일할 때 호흡은 맞는 편이지만, 평상시에는 개와 고양이 사이 정도일까요. 그게 아니어도 이 몸의 정인이 될 만한 사내는 아니지만요."

"크흠, 흠."

그가 멋쩍은 듯 헛기침을 두어 번 하고는 술잔을 기울였다.

"왜, 인물 좋고 체신 좋아 보이더만. 눈이 꽤나 높은가 보구나."

"암요. 인물이나 체신이야 무어, 그보다는…… 그러니까, 성정이 중요하지요."

그보다는 나리가 훨씬 낫습니다—라는 말이 무심코 튀어나오기 직전, 희는 간신히 다른 말을 갖다 붙이는 데에 성공했다. 명원은 다행히 다른 물음을 던졌다.

"하면 그 표정은 무엇이더냐? 그게 아니라면 어찌 그런 막막한 얼굴을 하는가 말이다."

"그, 그것은…… 그저, 죽은 자가 가여워서 그런 게지요. 같은 여인으로서."

신분이 다른, 결국 이루기 힘든 마음은 애초부터 품는 것이 아니라고 생각한 것을 솔직하게 말하고 싶지는 않았다. 희는 우물쭈물하다가 대강 둘러댔고 그는 더 묻는 대신 술을 마셨다.

"자알 먹었다. 이만 가 보마."

이윽고 명원이 뒤로 물러나 신을 꿰었다. 소매 안에 손을 넣는 것을 보고 있던 희는 문득 생각이 미쳐 자리에서 일어났다.

"자, 잠깐만 기다리셔요."

그녀가 얼른 방에 들어갔다 나왔을 때, 그는 마당 가운데 서서 모친에게 인사를 건네고 있었다.

"음식 솜씨가 여간 아닐세. 값은 상 위에 두었네."

"감사합니다, 나리. 또 오십시오."

모친이 상을 치우기 위해 돌아선 사이 희가 들고 온 것을 그에게 두 손으로 내밀었다.

"너무 늦어서 죄송합니다. 나리."

"늦다니, 이건 또 무어냐?"

무심히 받아 들고 감싼 천을 풀어 보던 그는 곱게 접힌 손수건과 침향장도가 나오자 말을 잃은 얼굴이었다. 하지만 그녀가 다시 입을 열었을 때, 그가 먼저 선수를 쳤다.

"이걸 아직도 가지고 있었느냐?"

"물론이지요. 품삯 대신 주신 건데 그 일 자체에 오해가 있었으니 돌려드려야 마땅합니다."

손수건은 깨끗이 빨았다고 덧붙이는 그녀를 가만히 바라보던 그는 다시 그녀에게 떠넘겼다.

"준 것은 마찬가지다. 내 손을 떠난 이상 내 것은 아니니, 네가 알아 처분하거라."

"그럴 수는 없습니다!"

떨어뜨릴까 봐 얼떨결에 받아 든 그녀가 다시 내밀며 반박했다. 그는 고개를 내저었다.

"허 참, 고집도 쇠심줄이군. 정히 그러하다면 장도는 그 찬열이란 놈에게 주운 노리개 대신 주지 그러느냐. 멀쩡한 사내놈이 그런 걸 주운 거로 보아 돈이 궁하였거나 줄 사람이 있어서일 게 뻔하니까."

생각도 못한 제안에 희는 멈칫했다. 그건 그랬다. 또한, 노리개를 맡을 때 되돌려주지 못하면 얼마간의 보상을 받도록 해 주겠다고 약속한 것도 기억났다. 찬열은 이미 잊고 있는 것 같았지만. 그녀의 망설임을 알아차린 그는 픽 웃으며 못을 박았다.

"그만한 값은 못 받겠지만 없는 것보다야 나을 게다. 손수건은 네게 주마. 버릴 것을 떠넘기려는 건 아니니 그 정도도 부담된다 하면 아니 된다. 알겠지?"

어, 하는 순간 그는 몸을 돌려 휘적휘적 걸어갔다. 어쩐지 묘하게 가벼워 보이는 그 모습을 멍하니 보고 있는 희에게 모친이 다가와 물었다.

"아는 분이었니?"

"아, 네……. 일 때문에요."

"제법 좋은 댁 자제인가 보다. 통도 크지, 예가 네 집인 걸 알면서도 네 배에 들어간 것까지 쳐도 후하게 두고 가셨더라. 한데 그건 뭐냐?"

"아, 아무것도 아니어요. 옷 갈아입고 나올게요."

희는 얼버무리며 손에 든 것을 감추듯 뒤로 돌렸다. 방으로 들어가기 전, 한 번 더 거리를 내다보았으나 어느샌가 익숙해진 뒷모습은 이미 사라지고 없었다.

얼마 후 그달의 녹祿을 받았을 때 희는 미리 적당히 일부를 떼 두어 찬열에게 노리개값을 받았다며 건넸고 그는 그것으로 희희낙락하며 작정했던 순임의 선물을 마련했다.

희가 호신용으로 가지고 다니던 장도 하나를 바꿔 지니게 된 것은 그즈음의 일이었다.

상이 하교하기를,

"듣건대 지난밤에 대비전大妃殿의 내인內人이 동북쪽 안팎 담장 사이에 세워 놓은 판자를 넘어 나갔다고 하는데,"

(……중략……)

"모두 잡아다가 추국하도록 하라."

하였다.

— 인조 6년 무진(1628, 숭정 1) 2월 29일(신유)

상이 하교하였다.

"내수사가 자전慈殿의 분부에 따라 공문을 만들어 보내 흥양현興陽縣의 범죄인을 체포하게 하였는데, 현감은 도리어 차인差人을 가두었다 한다. 본읍

의 현감을 먼저 파직한 뒤에 추고하여 왕명을 무시한 죄를 징계하라."

— 인조 6년 무진(1628, 숭정 1) 4월 12일(계묘)

三. 허장성세虛張聲勢[4]

一

따스한 기운을 품은 봄바람이 조용히 옷자락을 나부끼고 처마 밑 풍경이 살며시 흔들리며 맑은 소리를 울렸다. 간밤 내린 비로 깨끗해진 하늘을 배경 삼아 그 모습을 바라보고 있자니, 마치 한없이 푸르른 바닷속에서 투명한 물결을 타고 헤엄치는 것만 같았다.

명원은 그러나, 제법 신기한 그 착시錯視를 오래 즐기지 않고 시선을 내렸다. 그래 봐야 저 물고기는 등에 매인 줄이 허락하는 한에서만 움직일 수 있을 뿐이다. 스스로는 끊을 수도 없고, 끊는다는 것은 자유가 아니라 죽음을 뜻하는 그 지독한 역설.

그는 조금 웃고는 손에 든 술잔을 반쯤 비웠다. 활짝 열린 방문 너머로 앞마당에 곱게 핀 봄꽃들이 어우러진 모습이 눈앞에 고스란히 펼쳐졌다. 술맛이 제대로 나는 장관이 아닐 수 없다. 이윽고 웬만한 양반 댁보다 잘 꾸며진 저邸에

4) 비어 있고 과장된 형세로 소리를 낸다. 실력이 없으면서 허세를 부리는 것을 이름

어울리는 낭랑한 시 읊는 소리가 느긋하게 흘러나왔다.

一片花飛減却春 꽃잎 하나 날려도 봄은 줄어들거늘
風飄萬點正愁人 바람 불어 만 점 꽃잎 날리니 진정 사람을 시름케 하네
且看欲盡花經眼 지는 꽃잎 눈앞을 스쳐 지나감도 잠깐이려니
莫厭傷多酒入脣 어찌 몸 상한다 술 마시길 두려워하랴
江上小堂巢翡翠 강 위 작은 정자에 비취새 집을 짓고
苑邊高塚臥麒麟 동산 옆 높다란 묘 기린 석상 누웠어라
細推物理須行樂 세상 이치 따져 보건대 모름지기 즐거움을 따를지니
何用浮名絆此身 무엇 하러 헛된 명예에 이 몸을 얽매리오

거침없이 외고 나자 흥취가 더 오르는 듯싶다. 명원이 작게 웃으며 술잔을 입에 가져다 댔지만, 찬사의 박수 대신 호통의 벼락이 그를 후려쳤다.

"자알 한다, 못난 놈!"

명원은 깜짝 놀라 고개를 돌렸다. 마당 저편에서 험악한 얼굴로 이쪽을 노려보는 익숙한 사람을 발견한 그는 잔을 내려놓고 기대 있던 몸을 일으켜 얼른 마당으로 내려섰다.

"이 환한 낮에 어쩐 일로 들어오셨습니까, 아버님."

"대낮인 건 아는 게냐? 아주 주정뱅이가 되기로 작심을 하였구나!"

아들에게 가까이 다가간 해승은 엄하게 화를 냈지만 명원은 유유자적하게 비켜섰다.

"염려 마십시오, 아버님. 핏줄이 어디 갑니까. 취하고 싶어도 못 취하는 처지인데요."

"쯧, 말이나 못하면!"

해승은 혀를 차며 방 안으로 앞서 들어갔다. 명원이 속으로 고개를 저으며 그 뒤를 따랐고, 부친이 보료 위에 앉는 동안 문을 닫고 윗목에 꿇어앉자마자 그는 다시금 호통을 받아 내야 했다.

"간만에 집에 좀 붙어 있다 소리 듣고 들러 봤더니 이건 무슨, 낮술이나 하고 있질 않나 그딴 시나 읊고 있질 않나."

"그딴 시라니요, 아버님. 두보杜甫의 시 중에도 둘째가라면 서럽다는 곡강曲江입니다."

"시끄럽다!"

명원은 입을 다물었다. 그러나 기죽은 기색은 전연 없어, 해승이 그런 아들을 답답하게 바라보다가 몸을 앞으로 숙였다.

"대체 언제 정신 차릴 테냐. 네 나이가 얼만 줄이나 알아? 손자를 두셋 안겨도 시원찮을 판에 며느리조차 아니 보여 줄 셈이냐?"

"벌써 저리 참한 며느리를 두시고서는, 형수가 들으면 서운해할 것 같은데요."

"네가 지금 네 형수 걱정할 처지냐! 말이 나왔으니 말인데, 네 형수 반만 되어도 내 반대하지 않으마. 솔직하게 말하거라."

"어찌 반입니까? 그만치는 되어야 이 이명원의 짝이요, 천하의 거부 역관 이해승의 둘째 며느리로 어울릴 것을요."

"그래서, 있기는 한 게냐?"

"아뇨."

해승은 질끈, 눈을 감았다. 심호흡 후에 뜨자마자 보인 태연자약한 얼굴에 그는 다시 발끈하려는 심정을 애써 눌렀다.

"혹…… 사대부 댁 아씨를 염두에 두거나 한 건 아니고?"

"그러하다니까요. 사대부라니, 언감생심입니다."

만약 '마음에 둔 처자가 있느냐?' 라는 질문이었다면 입을 삐죽이는 인상 하나가 불쑥 떠오르는 것이 기이해 주춤했겠지만, 거리낄 게 없는 명원은 시원스럽게 딱 잘라 대답했고 부친은 바로 치고 들어갔다.

"하면 당장 알아보마. 네놈 하는 꼴을 보아하니 이 문제는 네 어미에게만 맡겨서 될 일이 아니겠다. 올해 안에는 무조건 치우고 말 터인즉슨, 그리 알아라."

올해라니! 딴 때 없이 기한이 확정되자 명원은 정색할 수밖에 없었다. 그는 진지하게 항의했다.

"치우다니요? 그리 억지로 뒷간 청소하듯 쓸어 내려 하지 마십시오! 무어가 그리 애타십니까? 소자가 장자인 것도 아니고 형님 아들만 둘이니 장손 걱정하실 일도 없으신데."

"그럼 아들 혼자 늙어 죽는 꼴을 보란 말이냐! 내가 전생에 무슨 죄를 지어 멀쩡한 아들자식 장가도 못 보내고 홀로 늙힌다고 손가락질받아야 한다는 게냐?"

불로초도 아니 잡수신 판에 걱정을 사서 하십니다. 명원은 짓궂게 중얼거렸지만 겉으로는 질문에만 대꾸했다.

"사람들이 할 일도 없습니까, 그런 거로 입방아를 찧게. 늦도록 미혼인 사내가 소자뿐만도 아니고."

"아니긴, 한양 바닥을 죄 훑어봐라! 또 뉘 있는지!"

"세상을 넓게 보실 줄 아는 아버님 같으신 분이 어찌 이러시는지 원. 탐라까지는 아니 가더라도 저 송도에 당장 한 명 있지 않습니까."

"송도?"

되묻던 해승은 명원의 말뜻을 이해하자 그만 할 말을 잃었다.

아들이 말하고 있는 인물은 다름 아닌 개성 유수인 학산鶴山 오승윤吳承倫. 버젓한 양반 핏줄과 재주를 한 몸에 타고나 최연소 급제를 하고, 비록 한때 모략에 빠져 일개 고을 사또로 지낸 적도 있었으나 그에게만은 오점이 아니라 경험으로 판단되어 이후 무리 없이 관직 생활을 하는 걸출한 인재였다. 송도에 몇 년째 머무르는 중이나 이는 백성들의 탄원에 의한 바가 크며 눈 밝은 이들은 머지않은 시일 내에 중앙으로 불려 올 거라고들 말하곤 했다. 젊은 벼슬아치 중 삼정승 육판서에 오를 가능성이 가장 크다 하는 그는, 중인인 데다 놀기만 하는 아들과 수년째 우정을 나눌 만큼 도량이 깊은 사내이기도 했다. 해승은 더 참지 못하고 서궤를 탕, 내리쳤다.

"야 이놈아, 지금 댈 걸 대야지! 어디 감히 유수 영감을 끌어다 놓아?"

"학산 그 친구도 지금 혼인 전이지 않습니까. 소자만 그런 것이 아니라고요,

아버님."

"비교할 걸 해라! 그분은 워낙에 나랏일에 바빠 별수 없이 미뤄지는 거고, 네놈은 주색잡기에 바빠 미루는 거고! 정히 비교당하고 싶거들랑 비슷하게라도 가던가, 내가 장원급제는 바라지도,"

거침없던 말이 툭 끊겼다. 마치, 옆을 지키고 섰던 누군가가 단칼에 베어 낸 것처럼.

부자의 눈이 마주쳤다.

명원의 표정은 담담한 그대로였고 부친의 말실수에 대한 비난은 일절 찾아볼 수 없었다. 그러나 마음이 불편해진 해승은 헛기침하며 화제를 돌렸다.

"엇흠! 흠! 여하튼! 말도 안 되는 소린 관두고 철 좀 들어라. 내 누누이 말했다만……"

"말씀 중에 죄송합니다. 아버님. 황 진사 어른 댁에서 서신이 온 것을 그만 잊고 있어서."

이번에 방해한 것은 나직한 목소리였다.

두 사람은 동시에 고개를 돌렸다. 명원이 몸을 일으켜 마당이 보이도록 문 한 짝을 활짝 열었고, 두 손을 모아 잡고 선 사내의 모습이 드러났다. 명원과 많이 닮았지만 더 진중하고 차분한 인상을 지닌 그가 덧붙였다.

"답을 하셔야 할 듯싶어 사랑채에 두었습니다."

"……오냐, 가도록 하마."

아직 할 말도 많이 남았건만, 아까 해 버린 실수도 있고 하여 더는 못 잡겠다는 생각에 해승은 끙 신음을 흘리고 마지못해 방을 나섰다. 물론 철없는 자식을 흘겨보며 "빈말 아니니 명심하거라!" 하고 엄포를 놓는 것은 잊지 않았다.

자리에서 일어나 부친을 배웅한 명원은 함께 갈 줄 알았던 형이 방으로 들어오는 것을 보고 편하게 앉으며 투덜거렸다.

"그런 좋은 패가 있으면 진작 좀 들고 와 주실 것이지, 형님도 참 너무하십니다."

"아버님이 틀린 말씀 하신 건 아니지 않으냐. 너도 좀 새겨들어야 할 필요가 있음이야."

이명윤李明奫은 부드러운 눈으로 아우를 바라보았다. 우연히 대화 말미를 듣게 된 터라, 그는 그 여느 때와 같은 태평함이 안쓰러워졌다.

아무리 뛰어나다 대단하다 찬사를 듣는다 한들, 닭은 닭이다. 하늘을 동경하는 마음 또한 품을 수는 있겠지만 애초 태어나기 그리되었으니 포기가 어렵지 않다. 그러나 독수리에게 하늘을 포기한다는 건 매우 잔인한 일이었다. 비록 날개가 꺾인 채 닭들 사이에 지내고는 있어도, 단 한 번도 날아 본 적이 없어도, 그 재능에 어울리는 본성이 있으므로.

철없는 아우가 형의 반만 되어도 그 댁 시름이 한결 가실 거라 수군대는 것은 그야말로 체념한 독수리에게 다른 닭보다 시원스레 울지 못한다고 손가락질하는 것과 다를 바 없었다. 펼치지 못한다면 재주는 한낱 저주일 뿐. 그것을 몰랐던 철없는 시절 자신보다 훨씬 뛰어난 아우를 시기한 바 있는 데서 오는 미안함과 순수한 긍휼함이 어우러져, 가능한 한 그 울타리 안에서라도 자유롭게 지낼 수 있도록 해 주기 위해 여러모로 살펴 온 그였다. 하지만 부친의 마음도 이해가 안 되는 것은 아니었다. 그래서 명윤은 적당히 구슬려 보기로 마음먹고 보료 위에 앉았다.

"내, 채근하는 것은 아니나 한번 생각해 봄이 어떠하냐? 연치도 그만하면 적지 않고."

"아, 형님까지 이러시기요! 저 같은 놈은 혼인한들 아니 한들 똑같이 살 터인데, 애먼 처자 신세 망쳐 좋을 것이 무어 있겠어요."

"지금이야 그리 생각하겠지. 허나 일단 가장이 된다면 마음이 바뀔 것이다. 없던 책임감도 생길 판에, 하물며 너는 오죽할까."

"저가 무엇을요?"

시침 떼는 명원의 물음에 명윤은 잔잔하게 미소 지었다.

"거래하다 보면 험한 자들과도 엮이기 마련, 허나 내가 이명윤이란 것을 알면 태도가 바뀐 적이 한두 번이 아니야. 아우 덕을 보는 것도 나쁘지는 아니하더라."

"둔하시긴, 그건 형님이 잘나셔서 그런 것이고요. 괜한 사람 갖다 붙이지 마시오."

명원이 손을 내저으며 핀잔을 주었지만 명윤의 웃음은 짙어질 뿐이었다. 명원이 괜한 헛기침을 하자 더욱 그랬다. 명원은 얼른 화제를 돌려 못을 박았다.

"여하튼, 형님이야말로 아버지 좀 말려 주시오. 대 끊길 염려도 없는데 평판이 바닥을 기는 아들 하나쯤 버린 셈 치면 되실 것을."

"원아."

명윤의 목소리가 엄해졌다.

이크. 온화한 형님이 저런 말투로 이름의 끝 자만 부른다는 건 딱 하나를 뜻한다. 도화선에 불을 붙여 버렸다는 것. 명원은 얼른 수습에 나섰다.

"아니, 꼭 그렇다는 게 아니라요. 형님처럼 배포 좋게 맘대로 해 보아라 풀어 주시면 참 좋을 것인데……."

"먹히지도 않는 아첨은 관두어라. 아버님이 어디 오직 손주를 더 얻고 싶어 그러시더냐. 너도 실상 아버님을 이해하고 있으면서 꼭 그리 어깃장을 놓아야겠느냐?"

이해? 글쎄, 그보다는 연민에 가까울까. 명원은 속으로만 대꾸했다. 대륙과 섬의 언어를 단숨에 익힐 수 있었던 재능과 사람을 잘 다루는 재주를 가지고도 일찌감치 역관으로 눈을 돌린 부친. 신분의 벽에 막힌 좌절과 한을 재력으로 풀기 위해 지금도 쉬지 않는 부친이 안쓰러울 뿐이다. 너무나 쉽게 포기한 것처럼 보였던 한때 패배자라 경멸하기도 했었으나 이제는, 알고 있다. 오히려 그가 영리했던 것임을.

명원이 아무 말 하지 않자 명윤은 가만히 한숨을 쉬고 다시 부드럽게 일렀다.

"강요는 아니 할 것이다. 다만, 네가 삶을 가벼이 여기니 부러 마음을 닫고 있지나 아니할까 걱정이 되는 것이지. 정인이 있다는 것 자체가 반가운 일이니까."

정인, 이라는 단어가 이상스럽게 굵은 글씨로 와 닿았다. 그 위로 안개처럼 떠오른 얼굴 하나에 그는 약간, 아주 약간 당혹했지만 기실 아주 이상한 일은 아니었다. 그 아이에게 괜한 착각으로 어쭙잖게 위로한답시고 말을 건넨 실수에 대한 후회를 여태 끌고 있었던 모양이지. 빠른 이해 덕에 대꾸는 자연스럽게 흘러나왔다.

"아이고, 뉘 덕에 이 집안은 며느리 보는 기준이 너무 높아서 그나마도 없어요."

"그건 내가 잘 말씀드리마. 네 형수쯤 되는 사람이 도성 안에 또 있기가 어려우니."

"……우와. 혹시 형수님, 거기 계십니까?"

부러 문을 열고 마당을 내다보는 명원의 행동에 명윤이 작게 웃었다.

"덕담도 아닌데 사람 있을 때를 골라 하겠느냐."

"예에, 예. 오죽하시겠습니까."

반박할 생각은 조금도 없지만, 이리도 노골적인 태도니 순순히 찬동할 마음도 들지 않는다. 명원이 투덜대듯 대꾸하고는 웃음으로 받아넘기는 형을 따라 일어났다. 나올 것 없다며 말리고 문지방을 나서던 명윤은 문득 생각난 듯 돌아보았다.

"참, 재미난 얘기를 하나 들었다. 후금 상인 농언이라는 자가 말하기를, 화약 밀매에 도통한 지인이 열흘 전쯤 조선인과 거래를 하였는데 신분을 애써 감추려는 기색이 역력하더란다. 한데 그만 호패를 떨어뜨렸고 지구관(知彀官, 훈련도감 소속 무관직)이라 되어 있었다지."

"괜히 떠맡은 일에 잔뜩 얼어서 실수를 한 건가요? 딱하기도 하지."

명원이 픽 웃고 지나치려고 했지만 명윤의 말은 끝나지 않았다.

"같은 상인이 닷새 전 총융청(摠戎廳)에도 화약을 들여 준 일이 있었는데, 그쪽은 제법 얼굴이 익은 사이라 하더구나. 한데 훈국(訓局, 훈련도감)은 화약이 남아돌면서도 외면한다며 불평이 이만저만 아니라 하였다더라."

"허? 무어랍니까, 그건. 훈국에서 부러 숨긴 것일까요?"

"그럴 수도 있겠고, 아닐 수도 있겠지."

의미심장한 대꾸를 남기고 본채 쪽으로 멀어지는 형을 배웅한 명원은 방으로 돌아왔다. 관리들끼리의 별것 아닌 기 싸움으로 치부하고 말 수 있는 일이었으나, 그는 어쩐지 가만히 생각해 보고 있는 자신을 발견했다.

나라에서만 제조, 관리되는 화약은 늘 그 양이 충분치 않았다. 그래서 군사 훈련이 잦은 해에는 화약이 부족해져 몰래 사들여 채워 넣는 청廳이 있다는 사실은 공공연한 비밀이 된 지 오래였다. 화약을 보관하는 것이나 훈련에서 한 치 오차 없이 다루기란 매우 어려운 일이라, 밀수에 대한 엄벌을 두려워하면서도 매서운 질책을 피하기 위한 위험한 거래가 종종 있었다. 훈국의 염초청(焰硝廳, 화약을 만드는 관청)이 가장 규모가 커서 그나마 형편이 낫다고들 하는 얘기를 간혹 들었던 기억이 났다.

그러나…… 과연 그 이유뿐일까?

그것이 전부라면 더는 자신이 궁금해할 필요도 없는 일이겠지만 만약 호패를 내보인 실수가 고의였다는 가정에서는, 그는 가짜 관리였을 수 있었다. 관리라면 그나마 정황 탓에 웬만해서는 주목받지 않을 터. 사적으로 화약이 있어야 하는 경우는 매우 드물기에 관리인 척 신분을 꾸몄을지도 모른다는 상상이 명원의 호기심을 자극했다. '매우 드물다'는 표현조차 너그러운 화약의 사적인 용도, 그 짜릿한 하나의 가능성 역시.

그는 심심파적 삼아 알아보기로 했다. 형님도 이런 수순을 예상하고 그 얘기를 꺼낸 것이 분명하다는 데에 생각이 닿자 피식 웃음이 샜다. 형이 없었다면 그의 삶은 정말로 메말랐으리라. 엇나가는 아우에 대한 부친의 분노를 가라앉히고자 더할 나위 없는 장자가 되기 위해 노력한 것도 모자라 말로 다 표현할 수 없을 만큼 든든한 방패가 되어 준 형님이었다. 물론 대쪽 같은 사람이라 정도를 벗어난다 싶으면 가차 없이 호령하지만 오히려 그 관심이 고맙다. 형수 역시 온화하고 자애로운 성품으로 일없이 노닥거리는 시동생을 철없다며 백안시하기는커녕 이맛살 한 번 찌푸리지 않았다. 그 하해 같은 마음만 봐도 천생 연분이었다.

형의 생각과는 달리, 마음을 닫은 건 아니었다. 단지 그만큼 잘 맞는 짝을 만나지 못한 것일 따름이라 생각하는 와중에 또다시 애먼 얼굴이 떠올라 버려, 명원은 고개를 저으며 자리에서 일어나 뒤늦게 명윤을 쫓아갔다.

'허튼짓했다간 죽어 나가게 될걸.'

눈빛이 하도 강렬해서 마치 목소리가 되어 귓가에 울리는 것 같다. 한두 명이 아니니 살벌함은 이루 말할 수가 없었다. 이거야 원, 나처럼 소심한 사람은 오금 저려 두 번 다시 못 올 곳일세. 명원은 진지하게 생각하면서도 걸음을 멈추지 않았다. 은신처의 방이 아니라 '밖'의 밥집이어서 그런지 골목 요소요소의 경계는 한결 더 삼엄했다. 물론 이미 알고 의식하는 사람들에게만 해당할 뿐이었다. 마지막 관문인 밥집 앞 볕을 쬐는 늙은이는 아예 없는 사람인 양 명원에게 눈길조차 주지 않았지만, 어느 때고 원한다면 보통 사내들보다 위험해질 수 있음을 명원은 알고 있었다.

밥집 안은 시끌시끌했다. 다만 뒷세계의 수장이 뒤를 보아주고 있다는 이유만이 아닐 것이다. 이곳에 견줄 만한 음식 솜씨는 도성 내엔 매우 드물었다. 명원도 한때는 여기가 제일인 줄 알았지만, 역시 세상은 크고 넓었다.

정말이지 그 국밥 한번 기가 막혔는데. 다른 음식은 또 어떠하려나.

명원이 문지방을 넘어서는 순간 사람들의 활기 속에서 터져 나온 어느 커다란 웃음이 그를 잡아챘다. 그 낯선 소리가 낯익은 누군가를 연상시킨다는 것에 그는 또다시 당혹감을 느껴야 했다. 아무리 그네 집을 떠올렸다 한들 헛갈릴 것이 따로 있지.

그러나 안쪽 구석진 탁자를 차지하고 있는 한 사내를 발견하고 스스럼없이 다가갔다가 그와 마주 앉은 일행의 뒷모습에 새삼 눈길을 주었을 때, 명원은 그대로 멈춰 섰다. 일행은 웃음의 잔재로 어깨를 떨다가 손을 저으며 대꾸하는 사내였다.

아니…… 심부름꾼 차림의 별난 아이.

"아, 그러게 아재는 위험하다니까요. 좀 말리지 그러셨어요."

분명 귀에 익은 목소리였다. 아무리 시일이 흘렀다 하여도 어찌 단번에 몰랐을까. 명원은 의아했지만, 웃음소리가 낯설었던 연유가 다름이 아니라 이처럼 크게 웃는 것을 여태 한 번도 들어 본 적이 없기 때문이라는 것을 깨달았다. 어찌 된 영문인지 갑자기 가라앉는 기분은, 저 과묵하고 목석같은 사내 단이 옅은 미소를 띤 것에 더 무거워졌다. 잘 아는 사이는 아니어도 저 모습은 그야말로 활짝 웃는 것이나 매한가지라는 점에 내기를 걸 수 있었다.

"아저씨에게 위험하였다면 말렸겠지."

"여하튼, 더해요 더해. ……어?"

단이 먼저 명원을 보았고, 말하다 말고 시선을 좇은 희가 눈을 크게 떴다. 그러더니 놀랄 만한 기세로 벌떡 일어났다.

"나……! 여, 여긴 어쩐 일이십니까?"

주위를 의식해 '나리' 라는 단어를 간신히 삼키고 묻는 그녀에게, 명원은 불퉁하게 대답했다.

"혼백이라도 본 줄 알겠다. 그만치나 놀랄 것까지야, 못 올 데 온 것도 아닌데."

"그, 그야……."

희가 말끝을 흐리는 사이 명원은 의자 하나를 청하고 단과 짧은 묵례를 나누었다. 그리고 이내 대령해 온 의자를 두 사람 사이에 두고 앉으면서, 엉거주춤 일어나 그와 단을 번갈아 보고 있는 희에게 손짓했다.

"일단 앉지 그러느냐. 실상 방해한 건 내 쪽이니 당당해져도 된다."

"그럼…… 두 분 약조가 되어 계셨던 건 아니고요?"

"뭐, 곧 찾아간다는 말은 전하였다만."

어찌 여기인 줄 알고 찾았는지에 대한 의문이 희의 얼굴에 스쳤다. 명원은 이어질 물음을 예상했지만 그녀는 다른 질문을, 누구에게랄 것 없이 내놓았다.

"자리를 비켜 드릴까요?"

"아니."

"아니다."

동시에 대답한 두 사내의 시선이 잠깐 부딪쳤다. 명원이 덧붙였다.

"오래 앉아 있을 생각은 없다. 네가 들으면 아니 될 별일도 아니고."

희는 망설이는 눈치였지만 궁금하긴 했는지 더 사양하지 않고 자리에 앉았다.

"그 예사로운 일은 무엇입니까."

딴 때 없이 단이 먼저 용건을 물어 왔다. 기왕 온 거 얼른 끝내고 가라는 뜻인가. 명원은 짓궂게 중얼거렸지만, 부러 길게 끌 것도 없는지라 선선히 응했다.

"도성 내외에 화승총을 소지한 이들 중 그대가 모르는 무리에 대해 듣고 싶소만."

"그, 그걸 어찌!"

외치듯 튀어나온 희의 대꾸에 명원 역시 깜짝 놀라 그녀를 보았다. 그게 무슨 소리냐가 아니라 그것을, 즉 그런 무리가 있다는 걸 어찌 알았느냐는 말뜻도 그랬고, 단이 아니라 희가 먼저 반응을 보인 것도 그랬다. 그녀도 관련된 무언가를 알고 있다는 얘기였다.

명원은 캐묻고 싶은 마음을 덮어 두고 자신이 가진 패를 먼저 내보이는 전략을 택해 우연히 알게 된 화약 밀수와 사소한 실수, 그 지구관을 의심하게 된 연유를 밝혔다. 그리고 사적인 용도는 굳이 끌어다 대자면 있긴 하겠지만, 관을 사칭할 만큼 많은 물량을 은밀하게 구한 것이라면 이 경우 용도라고 해도 하나 정도밖에 없지 아니하겠느냐는 견해를 덧붙였다. 그 정도로 입을 다물었지만 명원은 희와 단 역시 올 초 발각당해 효수되었던 역모의 괴수들을 떠올리고 있다는 걸 알 수 있었다.

"자, 그럼 이제 들어 볼 차례로군. 순서는 알아서 정하시오들."

느긋하게 팔짱을 끼는 명원의 말에 희와 단의 시선이 마주쳤고, 그로서는 알지 못할 무수한 대화가 짧은 순간 눈빛으로 오갔다. 그냥 마음대로 한 명 정해서 물어볼 걸 그랬나. 명원의 마음 한구석으로 공연한 후회감이 스멀스멀 기어 나오는 사이 그들만의 논의가 끝나고, 희가 목소리를 낮춰 말을 꺼냈다.

"일전 어느 무관 집에 화적이 들어 한 재산 가져갔다는데, 이상할 정도로 조용하였거든요. 주인이 관청에 고변을 아니 한 게지요. 애초 그 댁이 화적이 노릴 만큼 재물이 많지도 아니하였는데 피해를 본 것도 기이하고, 그럼에도 입 다물고 있는 것도 기이하고. 이는 분명 떳떳지 못한 것이 털렸음이다 하여 알아보니 지난 연초 유효립柳孝立 난리 때 진압에 동원되었던 자더만요. 만약 그 군자금을 일부 빼돌린 것이었다면 화적이 또 그것을 어찌 알고 덮쳤을지, 혹 그때의 잔당이 남은 게 아닐까 싶었어요. 물론 추측일 뿐이지만 만에 하나다 싶어 오라버니께 그 화적에 대해 여쭤봤던 참이어요."

상황 이해를 돕는 조리 있는 설명이었다. 그러나 듣고 있던 명원은 어쩐지 불쾌해졌다. 친남매처럼 가까운 사이란 건 알고 있으니 그저 놀러 온 거라 생각했는데. 그건 그것 나름대로 좋은 기분은 아니었지만 지금보단 나았다. 명원은 돌연 기분이 가라앉은 이유를 모르겠다는 점은 일단 덮어 두고 대화에 집중하기로 했다. 말을 끝맺은 희는 단을 보았고, 단이 자연스럽게 뒤를 이었다.

"허나 이상한 조짐은 일절 없었습니다. 도성의 어둠 안에서 벌어진 일은 모르기가 어렵고 하물며 화적이 설쳤다면 다음 날 바로 재미를 본 자가 누구인지 들려오지요. 그러나 이 경우는 드문 예외가 되었습니다."

"확실해졌군."

명원은 고개를 끄덕였다.

"그대가 모를 인사라면 그쪽 사람이 아닌 것이고, 그대가 짚지 못할 정도라면 매우 극비리에 움직이고 있는 것이니 보통의 경우일 수가 없겠소. 즉 역모거나 그에 준하는 짓을 꾸미고 있음이 분명하다 생각되오만."

담담한 말투는 주변 그 누구의 주의도 끌지 못했다. 한자리에 앉은 음지陰地의 수장과 좌포청 다모를 제외하고는. 단은 예의 무표정한 얼굴로 짧게 고개를 끄덕였고 희는 긴장한 눈길로 주위를 흘끔거렸다. 그때 마침 한 사내가 다가와 단에게 귓속말을 했다. 그는 양해를 구한 다음 자리에서 일어났고, 두 사람을 번갈아 보다 몸을 돌렸다.

남겨진 이들 사이에는 난데없는 정적이 몰아닥쳤다.

명원은 희를 흘끔 보았다. 눈이 마주치자, 그녀는 얼른 시선을 내려 뜬금없이 탁자 위 나뭇결에 대한 고찰을 시작했다. 그녀의 침묵이 낯설었다. 이렇게 진척되는 상황이라면 이미 제법 예리한 질문 서너 개는 나왔어야 옳은데. 어쩐지 보이지 않는 금 하나가 그어지는 듯한 기분이 들어 명원은 대뜸 그 금을 밟았다.

"왜 바로 여기에 온 게냐?"

"예?"

"화약 냄새에 대한 정보도 네가 물어 왔나 본데, 처음 궁금하였을 때 어찌 내게 들르지 않았느냐는 말이다."

이것은 정당한 의문이다.

명원은 속으로 중얼거렸다. 애초 이 같은 비공식적인 일에서 함께 협력하도록 종사관 나리에 의해 직접 명받지 아니하였던가. 그런 입장이니 젖혀졌다는 것이 기분 좋을 리 있을까. 다시 눈이 마주치자, 희가 피하듯 고개를 떨어뜨리는 모습이 그런 그를 부추겼다. 그녀가 머뭇거리며 대답했다.

"그, 그거야…… 확실하지 않은 일로 나리를 괜스레 귀찮게 해 드릴까 봐 저어되어서요."

"언제는 확실한 일을 들고 왔더냐?"

"나, 나중에 갈 생각이었습니다. 일단 오라비에게 물어서 윤곽이 잡히면, 예. 그때요."

희는 애써 설명했지만 명원에게는 떠오르는 대로 둘러댄 변명처럼 들렸다. 새삼 때아니게 배려하는 듯한 말은 그녀답지 않게 어설펐다. 언제 자신이 그녀더러 귀찮다고 쫓아낸 적이 있었던가?

명원은 입을 열었지만, 마침 단이 돌아와 앉는 바람에 혀끝까지 나온 다른 물음을 삼켜 냈다. 단이 말을 꺼냈다.

"유효립 잔당은 아닙니다. 처형된 주모자들과 가까운 자들이나 간신히 목이 붙은 관련자들도 의심스러운 점은 없었다고 합니다."

"그걸 어찌? 이미 그들일지도 모른다 예상했었던 거요?"

명원의 놀란 물음에 단이 고개를 저었다.

"희가 오늘 가지러 온 답입니다. 이레 전에 물어 사람을 풀었는데 그 결과가 오늘쯤 있을 듯하여 이 아이더러 와 달라 하였던 것이지요."

이레 전이라.

하면 궁금증을 그리도 못 참는 성격이면서도 장장 이레 동안 이명원은 한 번도 찾지 않았다는 뜻이 된다. 희를 슥 쳐다본 명원은 찔끔하는 그녀를 내버려 둔 채 단에게 말했다.

"허나 그것이 지금 일련의 일들을 무어라 확신할 근거는 못 될 것 같소. 최악의 상황을 염두에 두는 것이 좋을 터. 그래서 말인데…… 그대의 힘을 빌리고 싶소."

그는 몸을 바로 하고 단을 곧게 응시했다.

"그대에게는 별 상관 없는 일인 것은 아오. 귀찮을 수도 있겠고 아니면 내심 그쪽을 돕고 싶은 마음이거나. 사실 폐서인의 복위라는 것, 개인적으로 참 매력적인 생각이라 여겨지지만 그게 전부요. 성공하면야 다행이지. 허나, 그만큼 만만한 조정도 아닐뿐더러 겨우 안정된 민심을 다시금 들쑤시는 건 아니 될 말이오. 또한 이런 일이 반복될수록 그러잖아도 아슬아슬한 귀한 명줄 하나가 더욱 가늘어지는 꼴이 될 터이니, 이래저래 쓸데없는 일이고 민심이 흉흉해지면 그대도 좋을 것이 없을 터. 어찌 생각하오?"

주위 사람들을 의식해 낮게 깔린 목소리는 여상스러우면서도 진지했다. 대답 아닌 대답은 희에게서 흘러나왔다. 그녀는 어이없는 듯 기가 찬 듯한 눈으로 명원을 보다 중얼거렸다.

"그만치 귀한 건 아니지만, 이리도 당당히 말씀하시는 걸 듣자니 제 명줄이 곧 끊기는 기분입니다."

"간도 작다. 어찌 남인 나보다 네 오라비를 더 못 믿는 것처럼 들리는구나."

"못 믿기는요! 헛참, 민폐가 될 만큼 지나치게 솔직하다는 생각은 못 하시고."

"때와 장소를 가리는데 민폐라니. 네가 예민한 것이다."

"저가 무얼요. 덮어씌우시깁니까?"

"좋습니다."

명원과 희의 옥신각신을 지켜보던 단이 끼어들었다. 그리고 두 쌍의 시선을 받으며 덧붙였다.

"그리하지요. 이번 일은 여러모로 예외가 되겠군요."

협력하겠다, 그러나 이번만이다.

정확히 알아들은 명원은 픽 웃었다. 단이 희를 돌아보았지만 눈빛을 읽었는지 그가 무어라 하기도 전에 그녀가 냉큼 선수를 쳤다.

"설마 이 재미난 일에 저를 제외하시려는 건 아니죠?"

단은 위험하다고 하지 않았다. 그러면 그녀의 호승심에 더 불이 붙기 때문이라는 걸, 명원은 어쩐지 알 것 같았다. 단이 달래듯 말했다.

"더 재미난 일이 있으면 그때 도와주려무나. 지금은 좀 참고."

"그때는 또 그때지요, 무어. 저 빼실 생각 추호도 하지 마셔요!"

희가 못을 박았고 단은 희미한 쓴웃음으로 대꾸했다. 난처하다거나 걱정스럽다는 느낌보다는 익숙한 수용에 가까웠다. 말리기는 했지만 이리될 줄 알았다는 것처럼.

그녀와 매우 가까운 사람답게. 혹은, 그녀를…….

탕!

난데없는 소음이 허공을 갈랐다. 주변의 다른 이들이 순간 전부 돌아보았을 만큼 커다란 소리였다.

훈훈한 분위기를 조성하던 두 사람은 흠칫 탁자 위를 내려다보았다. 무심코 힘을 지나치게 줘 버려 내리친 손바닥이 욱신거렸지만, 명원은 내색하지 않고 손을 떼어 단이 그 아래의 화상畫像을 집어 들도록 해 주었다. 형님에게 화급을 요하는 일이라 부탁드려 나흘 만에 그려 나온 것이다. 단이 접은 종이를 펼쳐 보고 희에게 건네며 물었다.

"누굽니까?"

"조금 전 말한 가짜 관리의 인상이오. 사람 찾는 것이야 그대를 따를 달인達人이 없으니."

"……알겠습니다."

단의 눈빛에 수긍과 다른 감정이 스쳤으나 그는 별말 없이 청을 수락했다. 명원을 홱 돌아본 쪽은 화상을 진지하게 들여다보고 있던 희였다.

"왜 조금 전 말씀하실 때 보여 주지 아니하시고…… 설마, 오라버니가 그런 놈들과 한패일 수 있다고 생각하신 겁니까!"

말끝이 흐려지는가 싶더니 목소리가 갑자기 커졌다. 패랭이 사내의 입에서 나온 '오라버니'라는 단어에 순간 놀란 시선이 몰렸으나 단이 무표정한 얼굴 그대로 흘끔 쳐다보자 급히 무관심으로 돌아갔다. 희는 그것마저 신경이 쓰이지 않는 모양이었다. 명원은 뭐 잘못되었느냐고 맞받아치고 싶은 마음을 누르고 느긋하게 대답했다.

"성질부리기 전에 생각부터 하거라. 정녕 그 마음뿐이었다면 무엇 하러 여길 왔겠느냐?"

"성질부린 거 아닙니다."

희는 불퉁하게 반박했다.

"하오면 또 무엇을 생각하셨다는 말씀입니까?"

"돌다리도 두들겨 보라는 옛 어른들의 진언이지. 그리고 기껏 내 패를 다 보여 주었다가 그딴 건 너나 해라 하면 억울해서 어디 잠이나 오겠느냐 말이다."

그녀는 입을 삐죽거렸다. 무언가 또 대꾸하고 싶은 표정이었지만 입을 열지 않았다. 더는 아무 말도 하지 않을 것을 안 명원은 자리에서 일어났다.

"그럼, 이만 가 보겠소."

단에게서 희미하게 반가운 내색이 읽히자 다시 앉아 버릴까, 심술궂은 충동이 일었지만 명원은 말을 이었다.

"각자 좀 더 상세하게 파악한 다음 만나 아는 것들을 더하기로 합시다. 연통連通 방법이야 굳이 미리 정할 필요는 없을 것 같소. 닥치면 하기로 하고."

"알겠습니다."

"그리고 사정은 들었겠지만, 그대 누이의 시간을 좀 써야겠소."

단은 무슨 소리냐고 묻지 않았다. 명원과 희가 좌포청 강수인 종사관에 의해

하나로 묶인 동료라는 것은 희에게 들었으리라. 다만 그 점을 쉽게 받아들이지 못하겠다는 듯, 불쾌한 빛이 눈 안 깊은 곳을 스치고 지나갔다. 단은 담담하게 대꾸했다.

"제게 말씀하실 일이 아닙니다."

"그런가."

명원은 사양하지 않고 곧장 희를 보았다. 코앞에서 자신의 얘기를 하는 사내들을 보며 눈을 깜박이는 그녀에게 말했다.

"모레쯤 들르거라. 낮이면 좋겠다만 시간이 되겠느냐?"

"예, 그야……."

희는 말끝을 흐리며 고개를 끄덕였다. 명원은 단에게 묵례를 한 다음 엉거주춤 일어나는 희를 말리고 돌아섰다.

"왜 오라버니께 먼저 물어보신 걸까요? 마치 양해라도 구하듯이."

등 뒤에서 희의 속삭임이 용케 들려왔다. 단의 대답은 들리지 않았다. 멀어져서가 아니라, 어쩌면 대답이 없는 것일지도 모른다. 오라비에게 누이와 함께 있어도 되는지를 묻는 표현이었지만 기실 다른 사내가 연심 품은 상대의 곁에 있어도 되겠느냐고 물어본 셈이니까. 희는 같은 생각은커녕 오라비란 사내의 속내를 전연 모르고 있는 눈치니 알리고 싶지 않은 게 당연하다면 당연할 심경일 터였다. 저만치 가깝게 지내고도 용케 숨긴다는 생각이 들지만 각자 속한 곳이 양지와 음지로 갈린다면 그럴 법도 했다.

어쨌건, 자신이 상관할 바는 아니었다. 그건 그렇고…….

밥집을 나와 거침없이 걷던 명원은 당면한 과제를 떠올리다 말고 우뚝 멈춰 섰다.

어쩌자고 그런 말을 하였던가. 아직 무엇부터 손을 댈지 결정도 못 하였는데. 자극하고 싶어진 짓궂음이었는지 다른 무엇이었는지, 여하튼 쓸데없는 말을 해 버렸다. 기왕이면 밤에 오라 하지, 왜. 그나마 '내일' 오라고 하지 않았으니 다행이랄까.

이내 그는 고개를 저으며 다시 걸음을 옮겼다. 그 뒤로 태평한 중얼거림이 홀로 남았다.

"뭐, 모레까지야 어찌 되겠지."

二

명원의 생각은 틀리지 않았다. 그러나 그로부터 이틀이 흐른 한밤중, 어둠을 타고 그늘에 묻혀 서부 여경방餘慶坊에 자리한 훈국의 본영에 숨어 들어간 그는 혼자였다.

희에게는 아무 말도 하지 않았다. 아니, 끼니도 때울 겸 집으로 찾아가서 마침 퇴청한 희를 만나긴 했지만 먼저 했던 말을 취소했을 뿐이었다. 안 와도 된다고 하자 시각이 바뀌었느냐는 물음이 있어 고개를 저었고 다시 알려 줄 터이니 기다리라 천연덕스럽게 못을 박고 돌아섰다. 겨우 몇 시각 후 훈국에 잠입할 마음을 먹고 있다는 낌새를 조금이라도 눈치채면 그녀는 분명 함께 가겠노라 우길 테니까. 위험천만한 일이니 더더욱 물러서지 않았을 것이다.

희가 도움이 되지 않아서가 아니다. 오히려 그 반대일 게 분명하지만, 만에 하나 발각될 위험을 예상했을 때 '우포청 구역에서 무려 훈국 화약고에 숨어들다 잡힌 좌포청 다모'라는 것은 있을 수 있는 상황 중에서도 최악이었다. 아마도 파면이 가장 약한 벌이리라. 명원은 일을 그리 만들 수 없었다. 할 수 있는 일도 해야 할 일도 많은 사람 발목을 잡는 가능성은 싹을 잘라 버려야 했다. 정말로 다모다운 그녀가 자신 때문에 얽혀 들어 파면당한다니, 생각만 해도 새삼 한파가 닥친 기분이었다.

본영 곳곳에 놓여 어둠을 사르고 있는 횃불과 불침번을 서는 관군들의 눈을 피해 명원은 화약고로 다가갔다. 그리고 준비해 온 철사를 꺼내 자물쇠와 씨름하기를 잠시, 무사히 열어 내어 잽싸게 안으로 들어갔다. 후미진 곳이라 다행히 들키지 않았으나 장소가 장소인지라 웬만큼 배포가 좋은 그도 식은땀을 흘리지 않을 수 없었다.

염초청에서 만들어진 화약은 사각의 나무 상자에 넣어 그 위로 장인의 이름이 써진 후 봉해진다. 오 년 내 맹렬하게 터지지 않을 경우, 무게에 따라 곤장을 맞고 다시 만들어야 하는 벌이 있기에 이 점은 매우 철저히 지켜지고 있었다.

그러나 만약 외부에서 들여와 급히 채워 넣은 것이라면 상자는 차치하고서라도 글씨까지 하나하나 반듯하게 적어 넣었을 리가 없다. 바로 보이는 곳만 슥 살펴도 실록이 이리 기록될까 싶을 만큼 정갈한 서체가 그 추측을 증명해 주었다. 명원이 노린 점이 바로 그것이지만, 막상 화약고 안에 들어와 수십 개의 선반에 층층이 쌓여 가지런히 보관된 거대한 물량을 보자 까마득한 생각에 한숨이 절로 흘러나왔다.

역시, 한 명이라도 더 있었다면 좋았을걸.

그는 고개를 저어 쓸데없는 생각을 털어 내고 품 안에서 검은 천에 싸인 둥근 구슬을 꺼냈다. 천을 젖히자 은은하고 푸르스름한 빛이 복면한 그의 얼굴을 밝혔다. 야명주夜明珠. 불이 있어야 하는데 들키기도 쉽고 장소가 화약고라는 문제도 있어 부득이하게 부친이 애지중지하는 진귀한 물건을 애써 빌려 온 것이었다. 물론 부친은 빌려주었다고 생각하지 않겠지만.

운 좋게도 화약고 한쪽에 사다리가 보관되어 있어 선반을 디디고 기어오를 수고는 덜었다. 그는 가장 구석진 곳에서부터 당장 확인 작업을 시작했다.

일일이 꺼내 안을 들여다보는 게 아니라 겉만 관찰하는 일이라 그런지 예상했던 것보다 오래 걸리지 않았지만, 그래도 다 확인하고 나니 좁은 창 너머로 보이던 달이 훌쩍 기울어진 후였다. 명원은 야명주를 다시 갈무리해 넣으며 뻐근해진 몸을 가볍게 움직여 주었다. 모든 상자는 완전무결, 봉인도 제대로였고 서체도 올바르다. 아무리 신경을 곤두세워 살펴도 중간에 사서 채워 넣었을 거란 물증을 찾지 못했다. 이렇게 되면 역당의 무리가 있을 수 있다는 가설이 더욱 힘을 얻는 셈이었다. 단의 정보가 더 중요해진 것이기도 하고.

한 번 더 둘러보고 흔적이 남지 않았는지 확인한 그는 문에 바싹 붙어 동정을 살핀 후 몸이 겨우 빠져나갈 만큼만 열고 나가 얼른 자물쇠를 원래대로 채웠다.

철컥, 하는 소리는 열릴 때와는 비교도 되지 않게 우렁찼다. 심장이 덜컹 내려앉은 명원은 급히 주위를 둘러보았으나 다행히 별다른 낌새가 보이지 않아 안도의 한숨을 쉬었다. 그리고 모퉁이를 돌자마자, 허리춤을 추스르고 있는 관군과 정면으로 마주쳤다.

"어!"

상대의 눈이 휘둥그레졌고, 너무나 뜻밖의 상황에 이렇다 할 반응을 보이지 못하고 얼어붙은 그 찰나의 순간이 명원을 구했다. 그는 휙 다가들어 손날로 목덜미를 내리쳐 기절시켰다. 찍소리도 못하고 쓰러진 관군을 벽의 그늘 속으로 끌어가 기대 놓고 돌아서는 때에, 저쪽에서 다른 자가 그를 발견했다. 명원은 속으로 혀를 차고 쏜살같이 달렸다. 경악에서 벗어난 고함이 그의 등을 더욱 세게 밀었다.

"치, 침입자! 침입자가 있다!"

한밤의 때아닌 외침에 놀란 횃불이 여기저기서 불쑥거리고 소란스러운 발소리가 지척을 울렸다. 휙 하고 바람 가르는 소리가 들리더니 화살이 땅에 박혔다. 명원은 건물과 나무, 수풀을 이용해 피했지만 어느 순간 뺨을 스치고 허리께로 불이 붙는 느낌이 작렬했다. 그는 쫓는 자들의 눈을 속이기 위해 부러 왼어깨를 부여잡고 비틀거려 보이면서도 멈추지 않고 달렸다.

머릿속에 박아 둔 지리를 필사적으로 훑었다. 대청, 내아內衙, 향미고, 군기고, 중군소中軍所, 낭청소郎廳所, 서원청, 구류소拘留所, 행각行閣……. 예상했던 탈출로들이 막히고 나니 몰래 입수한 지도 위 이름들과 직접 지나치는 실물들 사이에서 길을 잃은 기분이었다. 건물들 사이로 달리다 뒤에서 압박하는 발소리가 앞에서도 들려오고 있다는 것을 알아차린 그는 황급히 주위를 둘러보다 바로 옆 중문으로 피했다.

명원은 문 바로 옆 그늘에 몸을 바싹 붙였다. 바깥의 관군들이 잠시 우왕좌왕하다 다른 길목으로 함께 달려가는 소리를 듣고서야 살짝 숨을 내뱉으며 돌담에 몸을 기댔다. 허리를 조심스럽게 더듬어 본 그는 다행히 스친 정도이 상처를 확인하고 일단 안도했다.

어떻게든 빠져나가야 하는데. 여기가 어디쯤인가? 주위를 둘러보던 명원은 저도 모르게 경직된 몸을 바로 했다. 한 사내가 그를 보며 우뚝 서 있었다.

어둠 속에서 그 거구는 더욱 위압적으로 다가왔다. 하얀 피부와 샛노란 밝은 머리칼은 변덕스러운 달의 빛을 닮아서인지 어둠에 묻히기는커녕 더 확연히 눈에 띄었다. 그러나 가장 인상 깊은 것은 맑게 갠 파란 하늘을 닮은 눈동자였다.

마치 낮과 밤이 힘을 합해 빚어낸 존재처럼 보이는 상대를, 명원은 눈을 피하지 않고 바라보았다. 순간의 놀람이 가시자 예전의 기억이 머릿속을 차지했다. 표류하여 흘러들어 온 남만인 세 사람이 제주에서 한양으로 호송되어 온 것이 지난 초봄. 낮도깨비처럼 기묘하게 생긴 사람이라 하여 너도나도 구경을 나가느라 대로에 발 디딜 틈이 없을 정도였다. 그때 부러 구경하려던 것은 아니었지만 길을 가다 우연히 보았었다.

먼발치에서 언뜻 본 정도라 세 명 중 누구인지는 알 수 없다. 조선말을 하는 쪽인지, 전연 모르는 쪽인지. 조선이란 땅에 대해 열린 마음을 가진 쪽인지, 낯선 세상에 온 운명을 좀처럼 받아들이지 못하는 쪽인지. 이자가 사람을 부르면 모든 것이 끝이었다. 품속에 단도를 지니고 있었지만 지금 덤벼드는 것은 자살행위일 터. 여기서 포기하여야 할 것인가?

……천만에.

"우리말을 안다고 들었소. 적어도, 들을 수는 있다고."

막다른 골목에 몰려진 상황이 명원의 호승심을 자극했다. 이방인이 어떤 행동이나 태도를 보이기 전에, 명원이 먼저 입을 열었다. 알아듣고 있다는 어떤 눈치도 보이지 않았지만 그는 계속 말을 이었다.

"나는 도적이 아니오. 자객은 더더욱 아니고. 나 자신에 맹세코, 일신상의 야욕을 위한 짓이 아니니 모른 척한 것을 후회할 일은 없을 것이외다."

파란 눈빛이 그를 향해 꽂혀 왔다. 무료한 듯 무심한 듯 그러나 날카로운 시선을, 명원은 피하지 않고 똑바로 받아 냈다. 자신의 말에 한 톨의 거짓도 없음을 달리 증명할 방법이 없었다.

그 소란 속의 정적을 깨뜨린 것은 또 다른 소란이었다. 다른 길로 갔다가 명원을 찾지 못한 관군들이 되돌아온 것이다. 그들은 중문을 발견했고 문간을 넘으려다 입구에 서 있는 사내를 보고 멈춰 섰다. 명원이 다시 담에 몸을 바싹 붙이며 숨을 죽이는 것과 동시에, 새롭게 등장한 사내를 보고 웅성거리던 관군 중 그를 알아본 자가 말을 걸었다.

"아, 연淵이었구만. 자네 혹시 낯선 사람 못 보았나? 검은 옷에 복면하였다는데."

명원은 스스로 놀라울 만큼 평온한 기분으로 눈을 감았다.

사내의 목소리는 들리지 않았다. 대신 "그럼 저쪽인가 보군." 따위의 말을 주고받는 무리의 소리가 점점 멀어지더니 이윽고 사라질 따름이었다. 명원은 눈을 떴고, 사내가 조용해진 중문 너머를 바라보고 서 있는 것을 보았다. 그 태산 같은 뒷모습을 향해 입을 열었다.

"연이란 한자를 쓴다면, 박朴가 성씨를 하사받은 이가 그대이겠구려."

세 사람의 이방인들에게 주상이 친히 이름자를 하사하였다는 소문은 들어 알고 있었다. 명원의 말에 그가 몸을 돌렸다. 긍정과도 같은 몸짓 앞에서 명원은 깊숙이 머리를 숙였다.

"내 이름은 이명원이요. 언제 시간이 되면, 이 땅 최고 기방에서 맛 좋은 술 한잔 사리다."

복면하고 숨어 들어온 입장으로 이름을 가감 없이 밝힌다는 것이 그 어떤 감사의 인사보다 더한 의미라는 것을 모를 리 없겠지만, 박연이라 불리는 사내는 정중한 인사와 대비될 만큼 시원스러운 다짐을 두고 돌아서는 명원을 무표정하게 바라보았다. 명원은 주변을 둘러보다가 행각과 구류소 사이쯤이란 것을 파악했고 타 넘기 적당한 담이 가까이 있을 것이라는 사실을 떠올렸다. 몇 걸음 걸어가던 그의 등 뒤로 약간은 어눌한 굵은 목소리가 닿았다.

"그 약조, 지켜, 주어야, 하오."

명원은 뒤를 돌아보았고, 파란 눈과 마주치자 씩 웃으며 고개를 끄덕였다. 그는 발을 재개 놀려 그 자리를 벗어났고 마침내 훈국 본영에서 완전히 빠져나왔다.

도성 거리는 새벽에 어울리는 고요함 속에 잠들어 있었다. 일단 근방을 벗어나자 가끔 순찰하는 순라군을 경계하기만 하면 될 정도라 어렵지 않게 움직일 수 있었다. 본가보다 별채가 더 자유롭다는 판단하에 그는 향월루 담장 안으로 돌아왔다.

워낙 깊은 밤이라 기방 역시 정적이 감돌았다. 익숙한 별채 마당에 들어서는 그의 걸음은 확연히 무거워져 있었다. 허리를 꾹 누르고 있는 손도 어느새 젖어 축축한 감촉이 기분 나빴다. 간신히 신을 벗고 방으로 들어가 등 뒤로 문을 닫은 순간, 그는 그대로 허물어졌다.

"하……."

방바닥에 아무렇게나 널브러진 채 눈을 감고 복면을 끌어 내리는 그의 입술 사이로 웃음이 새어 나왔다. 위험천만한 상황에서 무사히 끝내고 빠져나왔다는 안도감과 희열감이 몸 전체로 퍼졌다. 이대로 잠이 들어도 좋으련만, 이 밤이 가기 전에 마무리를 다 해야 확실히 안심할 수 있을 것이었다. 그는 길게 한숨을 내쉬며 눈을 떴다. 어둠에 익숙해진 시야에 낯익은 방 안 가재도구의 모습이 들어왔다. 그리고 휘둥그레진 눈으로 그를 응시하는 미동美童, 아니……

"……너!"

힘껏 외쳤지만 숨을 급하게 들이마시느라 목이 졸린 고양이 소리 같았다. 명원은 벌떡 몸을 일으켰다가 금세 신음을 흘리며 허리를 눌렀다. 그 움직임에 희 역시 경악에서 벗어난 듯 황급히 다가들었다.

"나리! 다, 다치셨습니까!"

그는 괜찮다는 의미로 일단 한 손바닥을 내밀어 보였다. 그러나 희가 숨을 삼키는 소리에 다시 보니 하필 피에 젖은 쪽이었다. 그가 속으로 혀를 차며 손을 내리는 사이 그녀가 방 한구석으로 쫓아가 낮은 장을 열면서 그 안을 더듬거리기 시작했다. 대체 뭘 하나 보고 있노라니 잠시 후 딱딱 부딪치는 소리가 나고 방 안이 환해졌다. 부싯돌을 찾아내 보료 옆 초에 불을 붙인 것이다. 그는 신기하기도 하고 어이없기도 했다.

"그건 어찌 알고 찾은 게냐?"

"저번에 왔을 때 저가 문간에 서 있고 나리께서 불을 밝히셨던 적이 있지 않습니까."

저번이라 함은 궁인 사건 때다. 마치 며칠 전처럼 말하고 있어도 벌써 두어 달이 흘렀는데.

"기억력 한번 좋구나. 한데 네가 어찌 이 시간에 여기 있느냐?"

"느긋할 만한 일이 아닌데 나리답지 않게 아무 예정 없다 하시니, 혹시나 홀로 야행하시려는 건가 하여 와 보았습니다. 기다리다 추워 들어와 있었는데 깜박 잠이 들어 버렸네요."

서궤와 보료를 한쪽으로 치우며 대답하던 희는 그를 흘끔 보며 덧붙였다.

"감히 멋대로 방에 들어온 점은 죄송합니다만. 거짓말하신 게 아닐까 의심한 점은 사죄드리지 않겠습니다."

그야말로 유구무언이었다. 손쉽게 그의 입을 다물게 한 그녀는 장에서 요를 꺼내 아랫목에 깔았다. 재빠르고 자연스러운 동작에 말릴 생각도 못하고 바라보는 그에게, 그녀가 다가와 두 손으로 그의 한쪽 팔을 안고 끌어 올리려 했다. 그가 얼른 팔을 빼내며 투덜댔다.

"피 좀 보았다고 사람을 아주 병자 취급하는구나. 부축은 필요 없다."

"그럼 얼른 누우셔요."

희의 목소리는 딱딱했다. 화가 난 듯한 말투에 그는 무심코 그녀를 쳐다보았지만, 그녀는 그를 보고 있지 않았다. 다시 농을 뒤지기 시작한 그녀는 고개를 돌리지 않고 물었다.

"깨끗한 천이나 비상약 같은 것은 어디 두셨습니까?"

그걸 상비해 두고 있다는 건 또 어찌 알았는지. 그는 되었다고, 자신이 찾겠다고 하려다가 마음을 바꿔 순순히 알려 주었다. 무작정 등 떠민다고 갈 아이도 아니니 약 정도는 찾아 주도록 두지 무어.

이내 약통과 새 천을 들고 다가온 희는 이불 위에 앉아 있는 그를 보자 표정이 어두워졌다.

"누우시라니까요."

"되었다. 이제 내가 하면 되니 여기 두어라. 도와주어 고맙구나."

"피를 이만치나 흘리시면서 대체 무얼 하신다는 말씀입니까!"

심각한 얼굴의 희는 울컥한 듯 목소리를 높였다. 어찌 이러는지 모르기가 더 어려웠다. 그녀가 진지하게 걱정해 주고 있다는 사실에 마음 한편으로 부드러운 온기가 스며들었다. 어쩐지 놀리고 싶어져서, 그는 부러 옷고름 끝을 쥐며 씩 웃었다.

"하면 네가 상처를 보아 주겠다 이 말이냐? 뭐, 속살 보여 주는 것쯤 어려울 것도 없으니 정히 원한다면야."

예상대로, 희의 얼굴이 확 달아올랐다. 그러나 은은한 불빛 속에서도 확연히 드러나는 그 모습에 순간 가슴이 뛴 것은 결코 예상하지 못한 일이었다. 그녀가 맘대로 하라며 불퉁거리는 대신 입을 꾹 다물었다가 결심하듯 말을 꺼낸 것 또한 그랬다.

"워…… 원합니다."

명원의 표정이 서서히 사라졌다.

"상처를, 보아야겠어요."

희는 여전히 얼굴이 발개진 채였고 시선은 차마 그를 똑바로 바라보지 못했으나 무릎을 꿇은 채 단호하게 버티고 있었다.

그녀가 다시 한번 앙다문 입술에 힘을 주고 그를 향해 손을 뻗었을 때, 그는 저도 모르게 흠칫 몸을 빼며 옷고름을 부여잡았다. 두 사람의 시선이 마주쳤다.

"……풉!"

희가 웃음을 터뜨렸다. 덕분에 어색했던 분위기가 단숨에 사그라졌지만, 그는 그녀의 소리 죽인 웃음을 들으며 왠지 모를 한심함을 느껴야 했다. 여유를 되찾은 희가 농을 던졌다.

"부끄러우시면 솔직하게 그렇다 말씀하시지, 허세 한번 장하십니다."

"……말하면 아니 덮쳐 줄 거냐?"

희의 웃음이 커졌다.

"우물 위치는 알고 있으니, 물을 좀 떠 오겠습니다."

"그럴 필요 없다. 재수 없어 눈에 띄면 의심 사기 딱 좋으니까. 자리끼가 우물물을 그대로 끓여 낸 것이니 충분할 게다."

그녀가 머리맡 구석에 놓인 주전자를 끌어오는 사이, 그는 옷자락을 끄르기 시작했다. 우스운 일이었다. 소문만큼 주색잡기에 미친 한량은 아니라도 여인을 전혀 모르는 백면서생이라 할 수도 없는데…… 묘하게 긴장되는 이 기분은 대체 무엇일까. 더구나 상처를 치료하고자 잠시 옷을 벗는 것뿐인데. 옷이 사락거리는 소리가 유난히 크게 울리는 기분이 드는 연유가, 그저 이 아이 앞에서 맨몸을 보이려 한다는 것이란 사실을 깨닫기 어렵지 않았기에 더 당혹스러웠다. 속으로 고개를 저은 그는 부러 더 빨리 윗옷을 벗어 던졌다.

희가 물을 적신 천을 들고 바싹 다가앉아 몸을 한껏 숙여 상처 주변을 조심스럽게 닦아 냈다. 피는 어느새 멎어 있었다. 희는 상처를 찬찬히 살피더니 안도의 한숨을 쉬었다. 그 날아갈 듯 가벼운 숨결이 또렷하게 느껴졌다.

"다행입니다. 꿰매야 할 만치 깊지는 아니한 것 같아요."

살짝 미소 지으며 그를 올려다본 그녀는 눈이 마주치자 흠칫 고개를 다시 숙였다. 그는 자신의 표정이 어떠하였는지 알 수 없어 왜 그러는지는 묻지 않기로 했다. 대신 약통 중에서 적당한 연고가 무엇인지 일러 주었고, 그녀는 약을 발라 준 후 자신의 단도로 천을 나누어 여러 번 접은 천을 상처에 대며 그에게 누르도록 했다. 그리고 남은 천을 길게 찢어 그 위로 단단히 감으며 중얼거렸다.

"아프시면 아프다 말씀하셔도 되는데. 솔직하기도 참 어려우시나 봅니다."

정말로, 전혀 아프지 않았다. 그녀의 손길이 너무 부드럽고 조심스러워 되레 간지럼을 타지 않은 것이 신기할 정도다. 그리 핀잔을 주려던 그의 시야에 문득 그녀의 단도가 들어왔다. 묘하게도 낯이 익은 목장도였다. 저 손잡이의 문양과 그 옆에 놓인 도집을 보니…….

"아!"

"죄, 죄송합니다. 많이 아프십니까?"

급조한 붕대의 끝을 꽉 조여 매던 희가 화들짝 놀라 사죄했다. 명원은 고개를 저었으나 눈길은 장도에서 떨어지지 않았다. 낯이 익기도 하겠지. 많이 보았다 싶을 만도 하다. 한때 그의 것이었으니까.

"저, 나리. 여벌 옷을 혹 어디 두셨는지……."

주변을 정리한 희가 그를 돌아보다가 말끝을 흐렸다. 그리고 그가 무엇을 보고 있는지 확인하자마자 화들짝 놀라더니 잽싸게 집어 들어 등 뒤로 숨겼다. 그는 그런 그녀를 가만히 응시하다가 한마디 해 주었다.

"그러다 손 베겠다."

희는 주춤거리다가 슬쩍 몸을 틀어 장도를 갈무리해 품에 넣었다. 모른 척하는 것이 배려라는 것이겠지만, 그는 그러고 싶지 않았다. 전혀.

……대체 누가 솔직하지 못하다는 건지.

"애먼 사람 잡지 말고 너나 좀 솔직해져 보려무나."

"예?"

"찬열이라 하였던가? 한 식구 같은 벗일 따름이라 그리도 우기더니."

"우, 우긴 거 아닙니다!"

"정녕 그러하다면 그 장도를 받고서야 그놈 마음을 알았을 만치 네가 눈치 없다는 거겠지. 저 세 번째 장에서 저고리나 꺼내 다오."

스스로 놀랄 만큼 새카만 감정을 감추기 위해 평범한 지시를 덧붙였다. 그녀는 순순히 따랐지만, 그가 손을 닦고 옷을 몸에 걸치는 동안 중얼거리듯 대답했다.

"받은 거…… 아닙니다. 찬열이에게 값을 치르고 산 거여요."

뜻밖의 말에 명원은 옷고름을 매다 말고 희를 보았다.

"무엇 하러?"

"그게……."

그녀는 시선을 돌린 채 한참 뜸을 들이다가 토해 내듯 대답했다.

"가지고, 싶어서요."

무슨 대답을 하려나 기다렸더니. 그는 허탈한 웃음을 겨우 참으며 물었다.

"그 말이 그리 힘들 만큼 내가 널 그간 그리도 심하게 놀렸더냐?"

흘끔 쳐다본 그녀는 얼른 고개를 홰홰 저었다. 어쩐지 안심하는 듯, 무언가 불만스러운 듯 보이는 복잡한 표정이 이상했으나 그는 묻지 않고 말을 이었다.

"잘되었구나. 기왕 내다 팔지 아니할 거라면 네가 지녀 주었으면 싶었다."

"저가요?"

"잘못된 꼴 차마 못 보아 넘기고 험한 곳만 골라 디딜 터이니 요긴하게 쓸 게 아니냐."

장난스럽게 대답했지만 진심이었다. 별것 아닌 손수건 하나, 깨끗이 빨아 고이 간직했다 돌려주는 그 마음이 고마웠지만 받지 않고 굳이 떠넘기다시피 준 이유도 그래서였다. 드물게 올바르고 순수한 성정을 가진 아이니 앞으로도 자주 넘어지고 자주 다칠 것이라, 더 필요한 이가 가지는 것이 좋겠다는 단순한 마음으로.

혹은…… 그때마다 직접 일으켜 주고 닦아 주지 못하리란 사실이 안타깝게 느껴지는 난해한 마음에서. 그는 단도도 능숙하게 잘 다루는 뛰어난 다모를 두고 그런 생각을 했던 자신을 새삼 이해하기 어려워졌다.

또 놀리는 거라 여겼는지 희는 입술을 삐죽거렸다.

"빈몸으로 훈국에 숨어들어서 다쳐 나온 사람은 저가 아닌데요."

"빈몸은 아니었다. 그저 쓸 만한 일이 없었을……,"

아차. 명원은 급히 말을 끊었지만 이미 희는 얼굴이 굳어진 채 그를 보고 있었다.

"역시 훈국에 가셨던 거로군요!"

"그게……."

이번에 주저하며 말끝을 흐린 쪽은 명원이었다. 그는 결국 포기하고 한숨짓듯 웃었다.

"자백받는 재주도 있었구나. 요즘은 다모도 그런 일을 맡는 게냐?"

"일전에 말씀하신 일이 훈국과 관련되어 짚어 본 것뿐입니다."

그녀는 가볍게 넘어가려던 그의 의도를 단칼에 자르고 몰아붙였다.

"대체 왜 홀로 가셨습니까? 거짓말까지 하시고서는, 저가 그리도 못 미더운 인사였습니까?"

본격적으로 화를 낼 태세인 그녀에게, 그는 솔직하게 고백했다.

"그 반대다. 막상 가 보니 네가 생각나더구나."

희가 멈칫할 때를 틈타 그가 말을 이었다.

"보아라, 무사히 다녀왔다는 게 이 꼴이다. 확실치도 아니한 내 추측만으로 널 불렀다가 네가 다치기라도 하면, 나더러 그 모습을 어찌 보란 말이냐?"

그저 달래려고 하는 말이 아님을 알 것이다. 희는 입을 다물었다. 화가 가라앉았나 싶었던 그녀는 이내 더 험악한 표정이 되었다. 그는 눈을 깜박거렸다. 그녀에게서 무엄하리만치 매섭게 노려보는 눈빛을 대한 것은 처음이었다.

"하오면, 저는 왜 보아야 합니까? 어찌 이다지도 이기적이신지!"

"무어?"

"추측은 추측입니다. 그것이 확실한지의 여부는 대체 누가 판단할 수 있다는 말씀입니까. 저는, 벽창호도 아니고 무작정 떼쓰는 어린애도 아닙니다. 이러저러하여 이런 방법을 써야 할 것 같다 여겨지는데 너는 어찌 생각하느냐, 답답하겠지만 이런 경우에는 혼자 움직이는 편이 합당하니 얌전히 기다리거라, 이리 말씀하여 주셨어야 합니다. 지금까지 저를 상대해 주신 것이 다만 종사관 나리께서 묶어 주셨기 때문이었습니까? 수하가 아니라 동료로 대해 주실 때는 언제고! 정말이지, 아무 일도 없을 거라 하셔 놓고 이리 다쳐서 돌아오시면, 저는, 대체……."

"……희야."

명원은 처음으로 그녀의 이름을 입에 담았다. 아른거리는 불빛에서도 그녀의 눈시울이 점차 붉어지는 모습이 선명했다. 고개를 숙였지만, 감정에 복받친 그녀의 말은 아직 다 끝나지 않았다.

"대체, 나리께 무엇이란 말입니까! 저는 아무리 그래도, 믿을 수 있는 동료라는 건 변함없다 여겼는데 그것이 그저 철없는 오만이었습니까. 하기야 그렇지요, 애초 신분이 다른데 암만 나리께서 잘 대해 주셨다 한들 동료라니 어불성설인 게지요. 저가 바보라서 이 꼴로 야행을 하고, 나리를 찾아와 귀찮게 해드린 것이었군요. 기왕 그러시다면 차라리 방패막이로 쓰시지 이리도 대뜸 사람 심장 떨어지게."

희의 말이 명원의 가슴에 부딪혀 끊어졌다.

한쪽 팔을 뻗어 그녀의 머리를 감싸듯 끌어당겨 안은 그는 눈물을 억지로 삼키기 위한 떨리는 호흡에 귀를 기울였다. 마저 말하지 않았지만, 충분했다. 그녀의 마음을 이해하기에는.

난데없이 피를 본 놀람. 예상보다 얕은 상처에 대한 안도감. 신뢰받지 못하고 있다는 생각에의 분노와 배신감, 허탈감…….

"……못쓰겠구나. 다친 사람한테 그런 몹쓸 말이나 하고. 네 말을 듣자니 혼자 갔던 것이 정말 잘한 일인 듯싶다. 기세를 보아 내가 다칠 일도 네가 대신 막겠구나."

"이렇게나 말씀드렸는데, 여직 그런, 놔주셔요!"

"그러면 나는, 그 보답으로 네게 돈 몇 푼과 몸조리할 얼마간의 시간만 줄 수 있을 뿐이다."

머리를 빼내려던 희의 동작이 멈추었다. 그는 팔에 힘을 주며 말을 이었다.

"곁을 지킬 수도 없고 상처를 보살필 수도 없고 문병 갈 수도 없다. 혼자 별채에 앉아 네가 밝은 얼굴로 나타날 때를 기다리겠지. 나아서 다행이다, 씩 웃고 말겠지. 그때껏 마음 편히 잠만 잘 잤다는 듯이. 그리고 없었던 일처럼……."

생각만으로도 입 안이 말랐다. 어쩔 수 없이 말끝을 흐린 명원은 숨을 들이쉬고 말을 계속했다.

"허세 따위야 쉽지. 다만 전심전력을 쏟게 되면 그건 이미 허세가 아니라 그저 버티는 것이 된다. ……정말로, 이기적이구나. 네가 사람을 잘 보았다."

묵묵히 듣고 있던 희는 고개를 저었다. 희미한 몸짓이었지만 바짝 닿아 있어 쉽게 알 수 있었다. 그는 엷게 미소 지었다. 지금 자신의 말을 듣고서야 알게 되었다. 희가 다모 일을 하지 못하게 된다는 상상보다 다치게 될 상상이 더욱 두려웠다는 사실을.

그리고 실제 그런 일이 일어났을 때, 다시 같은 일이 벌어질까 봐 강 종사관에게 가서 이젠 단독으로 행동하겠다고 말해야 할 일이 싫다는 사실도.

명원이 팔을 풀자 희는 옷자락으로 아무렇게나 얼굴을 쓱쓱 닦았다.

"먼저 말하지 않아서 미안하다. 그리하여야 했는데. 네 말이 옳아."

"……."

"허나 다 옳지는 않다. 방패막이라니, 그런 무서운 말은 다시는 하지 마라. 홀로 움직였던 것은 정말로 함께 가기엔 위험해서였을 뿐이지 네가 넘겨짚은 그 어떤 것도 아니다. ……네가 날 귀찮게 하기 싫어 네 오라비에게 먼저 달려갔다는 것과는 또 다른 얘기란 뜻도 되겠고."

고개를 든 그녀의 얼굴에 남아 있는 눈물 자국에 심장이 시큰거리는 바람에, 명원은 분위기를 바꾸고자 농인 척 덧붙였다. 예상대로 그녀는 얼굴이 빨개져 반박했다.

"거, 거짓부렁은 아닙니다! 참말이었어요."

"뭐 그건 되었고, 그보다 아무리 그래도 동료라는 건 변함이 없다 여겼다는 그 말이 좀 이상스럽구나. 아무리 그래도, 라니. 혹여 내 너를 홀대한 적 있었느냐?"

"아."

희는 그제야 무슨 말을 쏟아 냈는지 생각난 듯 주춤했다. 잠시 망설이다가 결심했는지, 그러고도 쭈뼛거리며 대답했다.

"시, 실은…… 나리께…… 조금, 거리를 두어야겠다고…… 생각하였거든요."

"거리?"

"예. 그러니까, 저가 너무…… 스스럼없고 무례한 것 같아서요."

생각도 못한 말에 그의 눈이 커졌다. 그리고 이내 웃음이 터져 나왔다. 그녀가 깜짝 놀라 쳐다봤지만 멈추지 못했다. 그게 무슨 엉뚱한 소리냐고 되물으려

다가 문득 스치는 생각 하나로 인해 웃음은 시작되었던 것만큼이나 갑작스럽게 그쳤다.

"그런 건방진 조언을 한 사람이 누구냐. 네 오라비가 그러더냐?"

"예? 아, 아닙니다. 아무도 아무 말도 없었어요."

동그랗게 뜬 그녀의 눈에 거짓은 없었다. 기분이 한결 나아졌지만 명원은 재차 물었다.

"하면? 네가 뜬금없이 그리 여기게 된 계기가 있을 것 아니더냐."

"그, 그런 거 없습니다. 그냥 좀, 생각하다 보니."

"무슨 생각?"

"그야…… 생각할 거리야 많지요. 눈만 들어도 비교 대상이 널린 판에."

거짓부렁 같지는 않았다. 그러니까 요컨대, 신분 차이가 새삼 눈에 들어왔다 이 말이렷다. 이해하고 나자 웃음이 되돌아왔다. 다만 조금 전보다 더 깊고 쓴 미소였다.

"아서라, 그 정도면 되었지 무얼 더 얼마나 받들어 주려고? 무례할 일도 많구나. 그냥 하던 대로 해라. 너도 그편이 낫지 않겠느냐? 내가 잘못하면 이처럼 야단도 칠 수 있고."

희의 얼굴이 다시금 붉어졌다. 그는 장침長枕을 끌어당겨 느긋하게 기대며 말을 이었다.

"복잡하게 생각할 것 없다. 하나하나 다 따지다가 피곤해서 어디 제 명에 살겠느냐. 더욱이 네가 예에 어긋나는 일은 한 적도 없을뿐더러, 이 별난 연緣을 생각하면 지나칠 정도지. 설사 아니라 한들 이미 제법 재미를 보았을 터이니 이제 와선 늦은 셈이고."

농담같이 덧붙인 마지막 말에 그녀는 픽 웃었다.

"……그러게요. 이미 늦었나 봅니다."

밝지만은 않은 미소와 알 수 없는 복잡함이 담긴 그 말이 더해진 울림이 그의 주의를 끌었다. 그러나 그가 무어라 하기도 전에 그녀가 화제를 바꿔 생글거렸다.

"무어, 그리 생각해 주신다면야 다행이지요. 하오면 이쯤에서 오늘 이리 다치신 성과가 있었는지 여쭤보아도 곱다 하여 주시겠네요."

정말로 그랬기에, 그는 오히려 가벼운 긍정으로 넘겨 버리지 못했다. 검댕이 엉망으로 지워져 얼룩덜룩함에도 웃는 그 얼굴이 놀랍도록 고와서. 그는 잠시 주춤한 것을 헛기침으로 덮으며 훈국에 가기로 결정하게 된 자신의 생각과 그 결과가 어떠했는지 설명했다.

"정말로, 무사히 돌아오신 거로군요. 이만하시기를 천만다행입니다."

시종일관 진지하게 듣던 희는 그의 이야기가 끝나자 가슴을 쓸어내렸다. 순수하리만치 진심 어린 안도가 묵직하게 와닿는 것이 어색해 그는 어깻짓으로 흘려보냈다.

"하오면 화약을 샀던 그치가 부러 훈국을 끌어댄 가짜 관리라는 게 거의 확실하네요. 단 오라버니가 정체를 알아내시기만 하면 이제 일은 끝난 것이나 마찬가지겠어요."

"아니어도 그래야만 하지. 사태가 더 커지기 전에 속전속결, 없었던 일로 만들어야 하니까. 화약 구입이 마지막 단계인지 아니면 기회가 왔을 때 미리 사둔 것인지 알 수 없으니 더더욱 그러하다. 듣자니 네 오라비는 아직 무소식인가 보구나."

"예. 저기, 그래도 오래 걸리지는 않을 겁니다. 조금만 더 기다려 주셔요."

이틀이나 지났는데 소식이 없다는 비난처럼 들렸는지 그녀가 흘끔 눈치를 살피고는 대신 장담을 두었다. 그 말대로일 것이다. 단의 입장에서는 이 사건을 최대한 빨리 끝내 이명원과 유희가 함께 있을 이유를 없애고 싶어 할 것이 분명하니까.

그렇게 솔직히 말해 버릴까 하는 심술궂은 마음이 없잖아 있었지만, 그 마음 자체가 우습기도 하여 그는 고개를 끄덕이기만 했다. 희가 잠깐 간격을 두고 말을 꺼냈다.

"저, 그럼 이만 물러가도록 하겠습니다. 푹 쉬시고 몸조리 잘하셔요."

간다고? 그는 창 너머를 보았고 새벽 직전이라 칠흑과도 같은 어둠을 고갯짓했다.

"차라리 눈 좀 붙이고 해가 뜨면 나가는 것이 어떠냐? 저만치나 어두운데. 건넌방이 자주 쓰이지는 않아도 청소는 매번 하니 잠시는 쉴 만할 것이다."

"아닙니다. 말씀은 감사하지만 실은 그편이 더 위험할 것 같아서요."

"위험이라. 손 하나 까닥 않겠다고 약조하면, 그래도 위험할 것 같으냐?"

"그, 그, 그런 뜻이 아니라요! 제 어미가 워낙 일찍 일어나서, 드, 들키기 전에 들어가야 한다는 말입니다!"

희가 당황하며 서둘러 반박했다. 빨개져서 더듬거리는 모습이 귀여워 그가 쿡쿡거리자 그녀는 그제야 놀림당한 것을 알았는지 불퉁한 얼굴로 입술을 삐죽거렸다.

"얼른 가 보아라. 밤길 조심하고."

"예. 다음에 뵙겠습니다."

희는 꾸벅 인사하고 몸을 일으켰다. 왠지 머뭇대는 눈치였지만 별말 없이 방에서 나갔다.

마루를 지나 신을 꿰는 소리가 명원의 귓가에 희미하게 와 닿았다. 자박자박. 조심스러운 발걸음이 느리지도 빠르지도 않게, 어느 사이엔가 익숙해진 기척을 담고 서서히 멀어져 가다 사라졌다. 미동 없이 앉아 있던 명원은 그때야 요 위에 드러누웠다.

장소가 장소니만큼 잠입에 대한 흥분과 들뜬 긴장 탓에 내내 곤두서 있다가 드디어 편안하게 쉴 수 있게 되었지만, 어쩐 일인지 정신은 또렷했다. 겨우 하룻밤도 다 채우지 못할 짧은 시각에 너무 많은 일을 겪은 탓일까. 하나같이 강렬한 기억으로 오래 남을 일들이었다. 훈국 본영에의 잠입. 전혀 모르는 사이임에도 목숨을 맡겼던 푸른 눈의 조선인. 그의 상처를 자신의 것인 양 걱정해 준 희. 다친 그에게 진심으로 화를 낼 만큼 그를 믿을 만한 동료로 여겨 준 희. 차라리 대신 다치는 것이 낫겠다고 말해 준 희. 그의 농담에 얼굴을 붉히며 당황하는가 하면, 정면으로 맞받아 오히려 그를 당황케 만든 희…….

문득 명원은 기억의 반추가 어느덧 희에게서 맴돌고 있다는 것을 알아차리고 쓰게 웃으며 몸을 일으켰다. 촛대를 향해 훅 가볍게 불자 순식간에 그 자신을 포함한 방 안이 어둠에 잠겼다. 그는 다시 자리에 누웠다. 여전히 잠은 오지 않았으나 잠시라도 눈을 붙여 둘 필요가 있었다. 분명 훈국에서부터 난리가 났을 터, 침입자 색출 작업으로 인해 도성이 한바탕 뒤집힐 것이다. 이런 때일수록 밖으로 나돌아 멀쩡한 모습을 많은 이들에게 보이는 게 좋았다. 내일 무엇을 할까, 간만에 시전市廛이나 구경하는 것도 나쁘지는 아니하겠지…….

장터를 떠올린 탓인지, 발개진 희의 얼굴이 감은 눈 안에 머물렀다.

"가지고, 싶어서요."

장도도 손수건도, 값싼 물건은 아니었으나 그리도 순수한 바람과 부끄러움 앞에서는 결코 댈 만한 것이 아니었다. 더 좋은 것, 더 고운 것을 주고 싶다는 생각이 불쑥 고개를 내밀었고 그 마음이 하등 이상할 것 없다며 이해를 시도하는 사이 수마睡魔가 찾아들었다.

그리고 그를 꿈도 없는 깊은 잠 속으로 끌어 내렸다.

三

매화차의 그윽한 향이 입 안에 감돌았다. 봄철에 어울리는 포근한 공기와 따스한 바람, 경치 좋은 정자에서의 향긋한 차 한 잔 그리고 아리따운 상대까지, 퍽 호화로운 오후였다. 슬슬 나가 볼까 하던 참이었지만 급한 용무가 있는 건 아니었고 마주 앉은 상대의 속마음을 아직 잘 모른다는 점 또한 방해의 요소는 되지 못했다. 그래서 명원은 나름대로 이 순간을 즐겼다.

"덕분에 호사를 누리는군. 그대의 시간을 허비케 하면서 즐기는 것은 도리가 아니겠소만."

"허비라니 천만의 말씀입니다."

소향이 살포시 웃었다.

"이년이야말로 이렇게나마 나리를 모실 수 있어 광영인 것을요."

"그대와 마주 앉은 지 제법 시일이 흘렀건만 그 기간 무색케 할 만큼 여전히 달변이오."

"언제라고 닳아지면 그것이 과연 진심이겠습니까."

능청스럽게 받아친 소향에게 웃음으로 답한 그가 찻잔을 가만히 내려놓았다. 여유로운 그 몸짓과는 반대로 머릿속은 바쁘게 돌아가고 있었다. 소향. 북쪽 출신 기녀. 한양에 온 지 채 며칠도 안 되어 뜨르르하게 이름을 알린 명기. 선녀 같은 외양은 물론이거니와 영특하고 현명하여 즐거운 말 상대로도 권력가들에게 평판이 자자했다. 그런 그녀가, 아무리 조력을 한 적이 있다 하나 부러 여종을 별채에 보내면서까지 자신을 청할 까닭이 무엇일까.

"이처럼 귀한 시간 내어 주십사 부탁드린 데에 별다른 이유가 있는 것은 아닙니다."

마치 속을 들여다본 양 건네는 말에 그는 놀람을 감추고 고개를 들었다.

"면목은 없사오나 그저 잠시 뵙고 싶었을 따름이어요. 세상 돌아가는 이야기도 나누며."

"나야 고마운 일이요만. 세상일에 대해서는 구석에 박혀 허송세월 보내는 자보다는 그대가 더 밝을 터이니 염치없지만 덕 좀 보리다."

신분 낮고 권력도 없다지만 실질적으로 나라의 중요한 버팀이 되는 중인들, 그들과 관련된 일이라면 모를 것이 없다는 무자無者가 태평하게 대답했다. 극소수만 아는 그 정체를 소향이 알고 있는지는 모르나 입조심해서 나쁠 것은 없다. 하지만 그녀는 마치 그런 그를 비웃듯 단박에 찔러 들어왔다.

"만에 하나 그것이 사실이라 한들, 간밤 훈국이 발칵 뒤집혔다는 소식은 들으셨겠지요?"

순간 그는 고민했지만 솔직하게 고개를 끄덕였다.

"워낙 떠들어 대니 담장 너머 깊이 든 별채까지 당도하더이다. 허나 그뿐이오. 침입자가 한 명 있었다고들 하던데, 자객이었답니까?"

천연덕스럽게 묻는 그에게 소향의 까만 눈이 진심을 살피듯 다소 예리하게 닿았다. 그는 시침 떼며 대답을 기다렸고 그녀는 이내 차분히 상황을 알려 주었다.

"그것을 알 수가 없답니다. 자객인지, 다른 목적의 침입인지. 훈국 본영 전체를 다 점검하고도 의심스러운 점을 찾지 못하였다지요. 운 나쁘게 맞닥뜨린 관군 한 명을 제외하고는 습격당한 이도 없고요."

"하면 어찌하기도 전에 초장에 들켜 도주한 얼빠진 작자였나 보오. 어쩐지 가련하군."

명원의 농 같은 말에 소향이 쿡쿡거렸다.

"만약 나리셨다면 그런 어이없는 실수 따윈 없으셨을 터인데."

"물론이오. 애초에 그런 위험한 짓 따윈 하지 않지. 자랑은 아니요만 워낙 섬세한지라."

다락에 숨어들어 옆방을 훔쳐보는 일도 충분히 위험한 일이라 할 수 있겠지만, 소향은 굳이 지적하지 않고 미소로 받아 주었다.

"더욱이 혼자서는, 말씀이지요. 그래서 그 종인을 자주 대동하시나 봅니다."

"그 종인?"

"소인이 처음 나리께 인사 올린 때 한자리에 있었던 이 말이어요."

"……아아."

희의 얘기가 나올 줄 몰랐던 명원은 한발 늦게 애매한 대꾸를 했다. 어쩌다 가끔 오는 정도였지만 향월루 내에서는 진작 '별채 나리에게 새 수족이 생겼다' 는 말이 오간다는 걸 알고는 있었다. 희를 떠올리자 또 다른 기억이 잇따라 그의 웃음이 더욱 커졌다.

"종인이 아니라 동료요. 그러고 보니 언젠가 만났을 때 그대의 안부를 묻더이다."

"어머나, 그랬나요?"

"한 울타리 안을 오가다 보니 마음이 쓰였나 보오. 정이 많기도 하고."

문득 부드러워진 그의 눈매 위로 소향의 시선이 찬찬히 머물렀다. 찻잔을 다시 기울이는 그가 내려놓기를 기다려 그녀가 물었다.

"그래 어떤 답을 주셨습니까?"

"역시 잘 알지는 못하나 매우 바쁜 모양이라고 했소만."

그녀는 곱게 눈을 흘겼다.

"기왕 물은 것, 제대로 대답하실 수 있게 진작 자주 찾아 주시지 그러셨어요. 말씀대로 한 울타리 안인 것을요."

"권력깨나 있는 자마다 그대 있는 문지방이나 넘어 보려고 죄 줄을 선 판국이니, 멋모르고 쫓아갔다가 퇴짜 맞으면 그 망신을 어찌할까 하는 걱정이 발목을 잡아채니 어쩌겠소."

"무언 그런 걱정을 다 하십니까. 나리께서 와 주신다면야 버선발로 맞이할 터인데."

"그게 더 무섭소. 그랬다가 한날 쥐도 새도 모르게 사라지기에는 세상사 미련이 많아서."

소향은 못 말린다는 듯 웃었다. 그 역시 설핏 웃고 두 사람은 잠시 차를 마시며 잎사귀에 바람이 스치는 소리를 즐겼다. 다시 운을 뗀 것은 소향이었다.

"요즘은 어찌 지내십니까?"

"별일이야 있겠소, 유유자적 세월 흘려보내는 게 일이지. 그대는 견딜 만하오?"

"저 같은 것이야 몸뚱이가 재산이니 지칠 만큼 불려 다니는 멍청한 짓은 하지 않는답니다. 다만 가끔 견딜 수 없이 지루하니 그것이 걱정입니다. 혹, 또 다른 재미난 일에 이년도 끼워 주실 수는 없을까요?"

그녀의 여전한 담대함에 그가 눈썹을 슬쩍 들어 올렸다. 처음 그와 희를 위해 정보를 캐내겠노라 자청한 때도 '재미난 일' 이라 칭했던 기억이 난다.

대답을 위해 입을 열었던 그는, 아슬아슬하게 허방을 뛰어넘었다.

"그런 일이 있다면야 고려는 해 보겠소만, 내가 도리어 그대에게 청해야 할 듯싶군. 그대야말로 재미난 이야깃거리를 안다면 하나쯤 풀어 줌이 어떤가."

'그대와는 관계없다' 거나 '그런 정도는 아니다' 는 말을 했다면 일이 있다는 것을 시인하게 된다. 의도한 것인지는 알 수 없지만, 그녀는 그의 대답에 실망하는 기색을 보이는 대신 기다렸다는 듯 말을 받았다.

"다른 분도 아닌 나리의 말씀이니 어쩔 수 없군요. 요즈음 우상대감이 심상찮다 하더이다."

명원은 무심코 정색했다. 열린 귀는 방금 들은 말을 되새김과 동시에, 이 나직한 목소리가 들릴 만한 거리 안에 인기척이 있는지 집중해 보았다.

그런 그와 대비될 만큼 소향의 표정은 날씨 이야기나 한 양 평온하기만 했다. 들을 만한 사람이 명원뿐이기에 한 말이란 건 알지만, 가까운 기척이 없음을 확신하고 나서야 그는 향기로운 차로 놀란 가슴을 달랬다.

숨은 의도가 있는지 단순히 배포가 큰 것인지 모르겠다. 속으로 고개를 저은 그가 목소리를 낮춰 진지하게 물었다.

"무슨 뜻이오?"

"모릅니다."

"허?"

소향의 산뜻한 대답에 명원은 말을 잃었다.

"아무리 날고 기어도 천한 기생년인 것을, 그 엉큼하신 대감님들이 속내를 다 드러내 보이실 리 만무하지요. 지나가듯 그런 소리를 들었을 따름입니다. 다만……."

"다만?"

"무소불위의 권력에 대한 단순한 투기나 시기가 아니라 여겨지더군요. 그래서 더욱 재미있게 들었던 것입니다."

생각에 잠기려는 그에게 소향이 생긋 웃으며 덧붙였다.

"미천하지만 이년이 필요하신 때가 있다면 언제든지 개의치 마시고 말씀해 주시어요. 나리의 동료가 여복女服하겠노라 나선다면야 도리 없지만요."

"그럴 일이야 있으려나."

무심코 대꾸한 그가 멈칫했고, 이어 난데없는 웃음이 터져 나왔다. 이미 사정을 아는 소향은 예전 희가 기녀로 분하겠다고 주장한 것을 기억하고 농을 던진 것일 테지만 그는 그저 있는 그대로 대답했을 뿐이었다. 희를 두고 여인으로 변복한다는 표현에 의문 없이.

그 점을 뒤늦게 깨달은 명원은 도저히 웃음을 참을 수가 없었다. 그러고 보면 희가 범상한 계집처럼 입은 모습을 본 것은 처음 만난 밤, 그 한 번이 전부였다. 패랭이 차림이 훨씬 익숙할 만도 했다. 그렇지만, 아무리 그렇기로서니…….

소향은 의아한 얼굴로 눈을 깜박거리고 있었지만 시원스럽게 퍼져 가는 웃음소리는 제법 오래갔다. 계집종 하나가 정자로 다가오는 것을 알아차린 명원은 진정하고 남은 차를 마셨다.

"저…… 말씀 중에 죄송합니다. 아씨."

처음 보는 얼굴의 여종은 마찬가지로 명원을 낯선 눈으로 흘끔거리며 조심스럽게 끼어들었다.

"병판 대감께서 사람을 보내셨습니다. 지금 곧 지기들과 어울려 나들이를 하려는데 배행을 원하신다고……."

"중요한 일 아니면 방해하지 말라지 아니하였더냐."

돌아본 소향은 눈빛도 목소리도 엄하기 그지없었다. 여종의 눈이 휘둥그레졌다.

"아, 아씨. 병조판서 대감이시라니까요?"

그게 중요하지 않으면 무엇이 중요하냐고 묻고 싶은 얼굴이다. 동시에, 저 사내는 대체 누구이기에 병판보다 우선순위라는 건가 하는 얼굴이기도 했다. 소향의 눈매가 한층 날카로워지자 여종이 찔끔 고개를 숙였다. 소향은 명원을 향해 사죄의 미소를 띠었다.

"용서하시어요. 사흘 전 처음 온 아이라 아직 모르는 것이 더 많습니다."

"그만두시오, 그러다 저 아이 놀라 경기 일으키겠소."

명원이 픽 웃으며 손을 내저었다. 그리고 여전히 복잡한 표정을 한 여종에게 소향이 그만 물러가라고 하는 것을 점잖게 가로막았다.

"이만 가 보리다. 나야 널린 게 시간이니, 병판 대감 목이라도 빠지시면 큰

일이지.”

“……죄송합니다. 나리. 먼저 청하여 놓고 이런 무례라니.”

“천만의 말씀. 생각보다 더 오래 그대를 차지한 것 같아 기쁠 따름이오.”

소향은 아쉬움이 묻어나는 한숨을 짓고 여종에게 먼저 가서 준비하라고 일렀다. 그 뒷모습이 멀어지는 사이 두 사람은 자리에서 일어났다.

“덕분에 잘 마셨소.”

“마음에 드셨다니 다행입니다. 다음에는 더 좋은 차를 준비하지요.”

명원이 앞서 댓돌 위의 신을 꿰었고 땅으로 내려섰다. 몸을 돌리려는 찰나 그 뒤를 따르던 소향이 층계를 내려오다 발이 미끄러졌는지 비틀거렸다. 그는 얼른 다가가서 균형을 잃고 앞으로 쏠린 그녀를 부축했다. 몸이 부딪쳐 오면서 허리의 상처가 욱신거렸지만, 내색 없이 그녀가 바로 서도록 도와주었다.

“괜찮소? 발밑을 조심하시오.”

“네…… 감사합니다.”

얼굴을 붉히며 옷매무새를 고치던 소향이 그를 보았다.

“나리께서는 괜찮으십니까?”

나야 무어, 라고 대꾸하려던 그는 입을 다물었다. 가늘고 흰 손으로 그의 왼쪽 어깨를 스치듯 짚은 소향이 금세 팔을 내리며 덧붙였다.

“요즘 세상이 뒤숭숭하니 한결 더 조심하셔야겠습니다. 그럼, 소인은 이만.”

고개를 숙인 그녀는 여유로운 걸음으로 이내 시야에서 사라졌다.

명원은 잠시 그 자리에 서 있다가 천천히 걸음을 옮겼다. 지금 자신이 유예를 받은 건지 제지를 당한 건지 아군을 얻은 건지 모를 일이었다. 이미 다 알고 있다는 사실을 은근히 내보이는 분위기로 보아 세 번째에 가장 근접할 것이다. 훈국의 침입자가 ‘왼쪽 어깨’를 다쳤다는 소문 자체가 그가 유도한 함정인 것까지는 알 도리가 없었겠지만.

그럼 우의정에 대한 얘기도 일단 긍정적인 방향에서 알아보는 것이 좋을까? 생각에 잠긴 채 별채로 향하던 그는 건물 모퉁이를 돌다 우뚝 멈춰 섰다. 벽에 기대어 있던 희는 무얼 그리 놀라느냐는 눈빛으로 쳐다보고는 꾸벅 인사했다.

그는 하마터면 소리칠 뻔한 가슴을 누르며 투덜거렸다.

“언제 온 거냐? 왔으면 별채에서 기다리지 이런 데 서서 대체 무얼 하려고?”

“아니어도 별채로 가던 중이었는데 어디의 어떤 나리께서 배꼽이 빠져라 웃으시는 소리가 들려서요.”

농담 같은 소리를 툭 던지고도 희는 어쩐지 뚱한 표정이었다. 피식 웃어 버린 명원은 덕분에 괜히 민망해져 작게 헛기침을 했다.

“진작 왔거든 말을 걸 일이지 무엇 하러 예서 지켜보고 섰더냐.”

“저가 무슨 그만한 눈치도 없는 줄 아십니까. 그리도 좋아 아주 파안대소를 하시는데.”

무슨 기분 나쁜 일이라도 있는 듯, 하루도 못 되어 불퉁거리는 희가 의아스러웠다. 이유는 모르지만 이런 마당에 사실 너 때문에 웃었다 하면 불난 집에 부채질하는 꼴이겠다. 명원은 에둘러 대꾸하며 먼저 걸음을 옮겼다.

“소향 때문에 웃은 줄 안다면 차라리 없는 게 나을 만한 눈치이겠구나.”

따라오는 희가 무슨 소리냐는 듯 쳐다보는 것이 느껴졌지만 그는 모른 척 계속 말했다.

“귀는 확실히 열어 둔 것 같은데, 눈이라고 감고 있지는 아니하였겠지. 보았느냐?”

“무엇을요?”

“조금 전 소향이 내 왼쪽 어깨를 짚으면서 조심하라 충고하는 것.”

희의 놀란 기색을 보아하니 그것까지는 보지 못한 모양이었다. 일단 가서 얘기하자며 그는 걸음을 재촉했고 두 사람은 이윽고 별채로 들어왔다.

방 안에 마주 앉자 희가 먼저 입을 열었다.

“간밤에는 푹 쉬셨는지요. 좀 어떠십니까?”

“뭐 나다닐 만하다. 설마하니 지금 문병을 와 준 게냐?”

순간 말문이 막힌 희의 표정에서 다른 용건이 있음을 읽은 명원은 묘하게 기분이 나빠졌다. 일이 있어 찾는 거야 당연한데도 참 모를 일이었다. 그는 감정을 숨기고 그녀를 난처함에서 구해 주었다.

"겸사겸사, 일석이조구나. 나야 보는 대로 말짱하니 되었고, 무슨 일인지 말해 보아라."

"아, 예. 다름이 아니라 그 관리가 누군지 알아냈답니다. 확실한 가짜였어요."

"벌써?"

겨우 사흘 정도밖에 지나지 않았는데 과연, 이랄지. 희는 고개를 끄덕였다.

"아니어도 저가 새벽에 장담드렸지 않습니까. 오래는 아니 걸릴 것이라고요."

의기양양 신이 난 듯 표정이 밝아지는 그녀가 어쩐지 얄미웠다. 그러냐고 그냥 넘어가도 될 일을 짚은 건 아마 그 탓일 것이다.

"한데 용케 네가 왔구나. 네 오라비가 여기로 너를 선선히 보내 줄 리가 만무한데."

"그, 그걸 어찌……,"

아셨습니까, 라는 뒷말을 황급히 삼키는 그녀에게 그가 슬쩍 어깻짓을 했다.

"정히 궁금하다면 그쪽에 가서 한번 물어보도록 하고. 그래, 뉘라더냐?"

"우의정 대감의 외거노外居奴랍니다."

명원의 눈이 커졌다. 그는 자신의 놀람을 단지 예상치 못한 높은 지체 때문이라 생각하고 있는 희에게 소향과의 대화를 전해 주었고, 희가 입을 딱 벌리는 것을 보며 중얼거렸다.

"일단은 믿어 보는 것이 좋겠다. 다른 마음이 있었으면 굳이 그런 말들을 할 필요가 없었을 터."

희는 고개를 끄덕이다 말고 그를 묘한 눈으로 보았다.

"여직 그런 말씀을 하시네요. 이쯤 되면 소향을 확실히 같은 편으로 보실 줄 알았는데요."

"확실하지 못하게 하는 건 저쪽이지. 단도직입적으로 말해도 믿을까 말까인데."

"나리처럼 공사 구분이 뚜렷하신 분도 드물 겁니다."

"무슨 뜬금없는 소리냐. 그렇게 구분 지어야 할 만한 일이 무어라고."

그가 멀뚱히 희를 보자 그녀는 그의 말이 진심인지 들여다보려는 것처럼 눈을 마주쳤다가 이내 시선을 돌렸다.

"어찌 되었거나 그 사노私奴를 지켜보던 중에 딱히 의심 가는 일은 없었지만 한 번, 어느 폐가 주위를 어슬렁거리더랍니다."

"폐가?"

"예. 그 근방에서는 귀신의 집이라 한답니다. 그래서 벌써 십 년 이상 버려진 채고요."

"귀신의 집이라……. 지리는 알고 있느냐?"

"네."

기다렸다는 듯 즉답이 떨어졌다. 그가 어찌 말할지 이미 짐작하고 온 듯했다. 그는 설핏 웃으며 그녀를 잠시 나가서 기다리게 한 다음 장을 뒤져 좀 더 허름하고 특징이 없는 옷으로 갈아입었다. 그리고 마루에 걸터앉아 기다리던 희를 앞세워 길을 나섰다.

그들이 한참을 걸어 도착한 곳은 자하문(紫霞門, 창의문) 아래 허름한 동네였다.

폐가는 그 동네에서도 외따로 떨어진 곳에 있었다. 사람들 눈에 띄지 않게 주의하면서 집 앞에 당도한 두 사람은 왜 귀신의 집이라 불리는지 대번에 이해했다. 반쯤 불에 탄 집은 그야말로 참혹 그 자체였다. 차라리 전부 깨끗하게 타는 편이 나았을지도 몰랐다. 지붕과 벽과 문 따위가 어설프게 남아 있는 모습이 을씨년스러워 지나가던 귀신도 불러 모을 형상이었다.

"……저는 딱히, 겁쟁이는 아니지만요. 해가 아직 걸려 있어 다행이란 생각이 듭니다."

희의 중얼거림에 명원도 말없이 동의했다. 문을 조심스럽게 열고 안으로 들어가니 예전에는 방이었을 공간이 있었다. 크지는 않았지만, 세간이 하나도 없어 휑해 보였다. 벽장으로 보이는 작은 문을 시험 삼아 열어 보자 뒤뜰이 보일 뿐이었다. 명원은 바닥을 주의 깊게 살폈다.

"발자국이 한둘이 아니구나. 언제인지는 몰라도 이런 곳을 찾는 자들이 분명 있다."

"제법 적당한 장소네요. 귀신이 있다 하여 동네 사람들조차 꺼리는 곳이니 누가 여길 굳이 찾겠다 여기겠습니까."

"그러게 말이다."

두 사람은 신중히 살폈지만, 그 이상의 실마리는 발견하지 못해 집 주변을 더 돌아보고 난 다음 일단 물러가기로 했다. 쓸데없는 의심을 살 가능성이 있으니 주변인들에 대한 탐문은 단 쪽에 맡기는 편이 좋을 것이었다.

골목길을 헤쳐 가던 그때, 명원의 반보 뒤에서 갑자기 외마디 비명이 났다.

"어!"

명원이 흠칫 돌아보자 길 한쪽에 웅크리고 있던 사람이 희의 오른쪽 손목을 움켜잡고 있었다. 헝클어진 머리에 땟국이 흐르는 비렁뱅이 여인이었다. 희가 손을 끌어당겼지만 마음대로 안 되는 듯 움직이지 못하고 있었다. 명원이 여인의 팔을 쥐었다.

"이 손 당장 놓게!"

"우, 우리 아기, 내 아기, 내……."

알 수 없는 말을 횡설수설하면서도 여인은 희를 놓지 않았다. 명원이 더욱 힘주어 붙들었음에도 그녀는 희에게 더 달라붙어 억지로 희의 소매를 걷었다. 깨끗한 손목이 드러나자, 여인은 거짓말처럼 한순간에 온몸의 힘을 빼고 주저앉았다.

"아니야…… 우리 아기……."

너무 급작스러운 변화에 명원은 미처 힘 조절을 하지 못했고, 덕분에 여인이 아프다며 미친 듯이 소리를 지르는 바람에 당황하여 놔주었다. 팔이 풀리자 그녀는 또 언제 그랬냐는 듯 조용해져서 돌담에 기대 쭈그려 앉았다. 명원과 희가 황당한 시선을 주고받으며 여인을 멍하니 내려다보는 사이, 그 소란을 듣고 앞집에서 아이를 업은 아낙이 내다보았다.

"무슨 일이시우?"

아낙은 여인과 명원, 그리고 잡힌 손목을 문지르고 있는 희를 번갈아 보더니 이해했다는 표정을 지었다.

"혹시 저쪽 폐가 근처에 기웃거리기라도 하셨수?"

두 사람은 깜짝 놀랐다. 명원이 입을 열었다.

"그렇소만. 길을 잘못 들어서 걷다 보니……. 한데 그걸 어찌 아셨소?"

"보아하니 소맷부리 잡힌 모양이다 싶어서 말이우. 그 여자, 정신이 나가서 그 집 주변을 지나가는 계집은 죄다 달라붙어 소매를 뒤집어 봐야 직성이 풀리니까. 거기 총각처럼 곱상하게 생긴 사내가 당하기도 하고."

"무슨 사연이라도 있소?"

명원의 질문에 아낙은 익숙한 일이라는 듯 술술 얘기를 풀었다.

"저 집에 살다가 불벼락을 맞은 여자라더만. 양반 댁 노리개였다는 소문도 있고. 딸은 죽고 어미는 간신히 살았는데 저 꼴이 되었다지 뭐요. 딸이 살아 있어서 언젠가 집을 찾을 거라 믿는답디다. 그것 말고는 얌전하고 조용하니 불편할 일도 없고 사정이 워낙 딱하기도 하여 모른 척들 해 주고 있다우."

사정을 듣고 보니 과연 딱하다. 연민 어린 눈으로 여인을 바라보던 희가 물었다.

"한데 왜 하필 소매요? 게다가, 여식이라면서 사내도 확인하는 거요?"

"당자 말고 뉘 그걸 다 알겠소. 이 동네야 댁처럼 고운 사내가 없으니 몰랐지만 전에 한 번 이런 적이 있으니 그런가 보다, 하는 게지. 정신이 나갔다는 게 헛말이겠소?"

"전에도 사내에게 이리 덤빈 적이 있단 말이오? 언제?"

"엿새 전이던가? 한밤중인 데다 그나마 봤다는 이가 술이 떡이 된 상태이긴 하였지만."

희는 명원과 눈을 맞추었다. 한밤중에 폐가 주변을 돌아다닌 사내가 있다는 그 말이 내포하는 의미가 두 사람의 시선에 함께 떠올랐다.

"저 정신에 한 번 확인한 사람은 용케도 다 구별해서 두 번은 귀찮게 하지 아니하니 신경 쓰지 말고 길이나 잘 찾아가시구려."

친절하게 안심시켜 준 아낙은 마침 집 안에서 애 우는 소리가 들리자 몸을 돌려 사라졌고, 명원과 희는 그때까지 얌전히 앉아 있던 거지 여인에게 시선을 두었다. 한때 제법 찬사를 들었을 법한 얼굴이건만 지금은 비루하기 그지없었다.

문득 희가 그 앞에 쪼그려 앉아 여인의 얼굴을 들여다보았다.

"아주머니. 나는 아주머니 딸이 아닌 게 확실하오?"

나직하고 부드럽지만 어쩐지 슬픈 목소리를 듣던 명원의 기억에 예전, 희가 자신을 가리켜 업둥이라고 하였던 일이 떠올랐다. 자신이 진짜 그 죽었다던 아이라고 생각하는 건 아니겠지만 처지가 처지이다 보니 복잡한 기분이 드는 모양이었다.

여인은 대꾸가 없었다. 희가 다시 말을 걸었다.

"그럼 진짜 딸을 보면 어찌 알아볼 수 있소?"

"……우리 아기는, 착해. 예뻐. 꼭 올 거야. 온 줄 알았는데, 아니야. 반점이 없어. 아까도 왔는데 안 왔어."

입에서 나오는 대로 흘리는 여인은 이미 자신이 덤벼든 희와 지금 질문을 하는 희를 다르게 생각하고 있었다. 희는 자신의 깨끗한 두 손목을 물끄러미 바라보다가 물었다.

"여섯 밤 전에도 왔는데, 안 왔지?"

"……응."

"혼자였어?"

"손이 세 개야. 두 개를 잡았는데 하나로 맞았어."

이게 웬 괴담인가 싶었지만, 두 사람은 일행이 있었다는 뜻이라는 것을 깨달았다. 희가 몇 번 더 질문을 던져 보았으나 여인은 더는 비슷하게라도 연결할 만한 대답을 주지 않았다. 명원이 희의 어깨를 살짝 짚었고 희는 한숨과 함께 몸을 일으켰다.

여기까지였다. 증인이 되어 달라 하기에도 무리가 있었다. 이 여인은 딸에 대한 일이 아니면 다른 것은 전혀 신경 쓰지 않으니, 이미 딸이 아니라고 확인된 사람은 기억조차 하지 못하리라. 그저 왔는데 오지 않았다, 로만 이해할 뿐.

그런 만큼 지금 알게 된 사실들은 거짓 없는 진실로 받아들여도 좋을 것이었다. 명원이 가져왔던 화상 속 투박한 얼굴을 생각하면 그 우상 댁 사노가 아닌 다른 사람인 것이 분명했다. 우의정은 머리가 하얗게 센 노인이라는 점은 차치하고라도 직접 움직이지는 않을 터. 그 심복이 일행을 데리고 다녔을 가능성이 컸다. 엿새 전이란 단서를 조사해 보아야겠다는 생각을 눈짓으로 주고받은 그들은 여인을 두고 돌아섰다. 폐가를 찾아올 때처럼 희가 명원을 이끌었지만, 그 발걸음은 무거웠다. 이미 오는 중에 길을 대강 익혀 두었으나 그는 안내할 필요 없다고 그녀를 그대로 상념 속에 두기보다 나란히 걸으며 그녀의 패랭이를 꾹 눌렀다.

"걸을 때는 주위를 보아야지. 그러다 정말 말이 씨가 되겠다."

"아, 네…… 죄송합니다."

"사과 들으려 한 말은 아니다만. 너무 신경 쓰지 마라. 그래도 저 동네가 인심이 나쁘지 아니한 모양이니까. 지저분하긴 해도 굶주린 모양은 아니었지 않더냐."

"……예. 하오나…… 활인서活人署에라도 데려다주는 것이 좋지 아니할지."

"아서라, 절대 저 집터를 떠나지 아니할 작정인 듯하니. 어찌 해 줄 방도도 없을뿐더러 저 여인이 달리 원하는 것도 없다."

딸이 살아 돌아와 주는 것 외에는.

묵묵히 고개를 끄덕이는 희를 흘끔 본 그가 덧붙였다.

"냉정하게 들리겠지만 원체 사실이란 그런 것이다."

"아, 압니다. 딱히…… 나리를 나쁘게 생각한 것이 아니라, 저가 할 수 있는 일이 없다는 게 좀 기운이 빠지는 느낌이라서."

명원은 헛웃음이 나올 것 같았다. 오늘 아침까지만 해도 전혀 몰랐던 존재를 이리 진심으로 동정할 수 있다니. 못 말리겠다는 생각도 있지만, 마음 한편이 따스해지는 것도 사실이었다. 그러나 열린 입에서는 전혀 다른 말이 나왔다.

"나도 기운이 빠진다. 밥때가 다 되었건만 눈치 없이 걸음 느려지는 아이 때문에."

희가 픽 하고 웃음을 흘렸다. 금세 지워졌지만, 그녀는 한결 밝아진 얼굴로 대꾸했다.

"그런 말씀 하시는 분은 뜬금없이 밥 타령 하실 만치만 자라셨나 봅니다."

"틀린 말이라도 했느냐? 해가 저만치 기울었는데. 오랜만에 네 어미 손맛 좀 보자꾸나."

"저희 집이요?"

"놀라기는. 무전취식하겠다는 뜻은 아니니 안심하거라."

"아니요, 그거야 괜치 아니한데……. 그보다, 상관없으시겠습니까?"

"무엇이?"

"이 차림새로 나리를 뫼시고 가면 괜스레 궁금히 여길 사람들이 있을지도 몰라서요. 포청 사람들도 가끔 와 주시거든요."

하긴 좌포청에서 희에 대해서 모르는 자는 없을 터이니 이래저래 나다닐 일 많은 관군이 기왕이면 다홍치마라, 의리상 끼니를 희네 집에서 해결하는 일이 종종 있을 것이라는 건 예상했던 바였다. 밥맛도 그리 좋으니 일석삼조인 셈이니까. 희가 덧붙였다.

"어머니께는 전에 들르셨을 때 포청 일로 알게 된 분이라 말해 두었지만요. 무어, 포청 사람하고 마주친다 한들 별문제는 없을 것이지만요."

"그런 거야 둘러대기 마련이지. 너야말로 영 신경 쓰이면 관둘까."

"아, 아니요! 그런 뜻 아닙니다. 저는 좋습니다."

힘주어 말한 희가 눈이 마주치자 얼른 가시지요, 라며 몸을 돌려 앞장섰다. 명원은 장난삼아 말꼬리를 잡을 참이었지만 붉어진 작은 귓불이 눈에 들어오자 어쩐지 생각이 바뀌었다. 마음 한구석이 간질거리는 게 나쁜 기분은 아니어도 내내 뒤통수나 보며 걷기만 하는 건 역시 재미가 없다. 그는 그녀와 걸음을 맞추며 상관없는 얘깃거리를 던졌고, 기꺼워하며 냉큼 무는 희를 보며 미소했다.

제법 먼 거리였기에 두 사람이 희의 집이 있는 골목에 다다를 즈음에는 그제야말로 밥때가 되어 있었다. 희가 풀어놓는 이런저런 얘기를 그 내용도 내용이거니와 제법 자연스러운 굵은 목소리가 재미있어 계속 받아 준 명원은 벌써 다 왔나 싶은 마음이 되었다. 희 역시 마찬가지인 듯 반색하는 목소리에 놀람이 서려 있었다.

"어라, 다 왔네요."

"한데 때를 잘못 맞춘 듯싶구나. 한창 바쁠 시각이 된 것 같다만."

"괜찮습니다. 전에 어머니가 나리께서 통이 크시다고 좋아했거든요."

"이번에는 네가 사는 게 아니고?"

"엑! 조금 전에는 무전취식 아니라 하시더니?"

"꼭 금전으로 값을 치르라는 법은 없지 아니하더냐. 그 댁 아이를 이만치나 잘 돌보아 주면 되었지."

"또 어린 취급 하시깁니까! 잊을 만하면 꼭 이러신다니까."

희의 불평하는 목소리엔 웃음기가 배어 있었다. 집 앞이라서인지 그녀는 사내인 척하기를 그만두었다. 잘 돌본다는 기준은 또 무엇인지에 대해 다시 투덕거리기 시작한 두 사람은 사립문으로 향하다가 나오던 중인 손들이 있어 옆으로 비켜섰다. 별 뜻 없이 상대를 본 명원은 어디서 본 듯한 얼굴을 발견하고 속으로 고개를 갸웃거렸다. 그가 멈춰 선 것과 희가 놀라 외치듯 입을 연 것은 그 직후였다.

"구, 군관님!"

그 부름에 희미하던 기억이 찰나 또렷해졌다. 언제였던가. 그래, 일전의 궁인 사건 때다. 우연히 어느 의원 집 근처에서 보았던, 희와 같이 있던 군관이었다.

다모로서 일하고 있는 희를 본 것은 처음이라 반갑기도 하고 감탄스럽기도 한 마음에 인사나 할까 주시하고 있었다. 그런데 두 사람이 심각한 얘기를 나눌 듯 외진 길로 들어가는 것이 호기심을 깨워 따라가 보았다가 연서를 주는 모습에 바로 자리를 피했었다.

지금은 그것이 오해였음을 안다. 그러나 본 순간 가슴을 찔렀던 감정이 무엇인지는 아직 알지 못했다.

"어쩐 일로 예까지 오셨습니까?"

희의 질문에 명원은 상념에서 벗어나 일행을 먼저 보내고 혼자 서 있는 군관을 보았다. 눈이 마주치자 어라? 하는 의아함이 머리를 스쳤다. 그가 자신을 보는 눈길이 예사롭지가 않았다. 이내 시선을 돌린 군관은 희에게 대답했다.

"밥집에 밥을 먹으러 오지 무언 일이 있겠느냐."

"우와. 지금 해가 지는 저쪽이 동쪽은 아니지요?"

능청스럽게 고개를 돌려 하늘을 확인한 희는 씩 웃으며 제 집에 와 주어 감사하다는 인사를 덧붙였다. 군관의 굳은 얼굴이 다소 풀렸고, 그런 둘을 보던 명원의 한쪽 눈썹이 약간 올라갔다. 그의 기억이 쓸 만하다면 희가 예전 이자와 자신의 관계를 개와 고양이에 빗댄 적 있었다.

그렇다면 세상에서 제일 가까운 개와 고양이가 이러하지 않을까.

"마침 근처를 지나던 참이었을 뿐이다. 그건 그렇고, 지금 그 꼴이 무어냐? 가끔 보면 중간에 사라지는 일이 있던데 오늘도 그랬나 보군."

"아, 예. 무어……. 그, 그래도 일은 소홀함 없이 마치고 나왔습니다."

찔끔한 희가 둘러댔지만 군관은 혀를 찼다.

"오늘 엽이 형님과 함께였던 걸로 아는데. 형님도 사람이 너무 좋으시다니까. 대체 무슨 일이기에 변복까지 하고 돌아다니는 거냐? 이자는 또 누구고?"

예상했던 화살이 날아왔다. 위아래로 훑어보며 노골적으로 경계하는 군관의 시선에 명원이 답하기 전, 희가 입을 열었다.

"별일은 아닙니다. 강 종사관님 심부름이 있어서요. 이분은 종사관님의 지인 되십니다."

"강수인 종사관 나리?"

희는 고개를 끄덕였고, 장난스러운 척 진지하게 못을 박았다.

"확인해 보셔도 되고요. 저가 감히 종사관님을 함부로 운운할 만치 간이 부었다고 생각되신다면야."

"……간이 붓긴 했다만, 그 정도는 아니라 믿어야겠지."

중얼거리듯 대꾸한 군관의 시선이 다시금 명원에게 머물렀다. 찰나였지만, 명원은 그의 눈빛이 상대를 경계하고 가늠하는 화난 수컷의 그것이라는 걸 깨달았다.

"이 몸의 정인이 될 만한 사내는 아니지만요."

희의 목소리가 새롭게 들렸다. 그때 그녀는 거짓을 말하는 것처럼 보이지 않았다. 하지만 눈앞의 이 사내는 그녀와 생각이 다른 것이 확실하다는 게 지나치게 빤히 보였다. 그 사실이 어쩐지 가엾어서, 명원은 그만 웃어 버렸다. 아차 싶어 헛기침으로 무마하였지만 들켜 버렸는지 군관의 눈이 가늘어졌다. 명원은 주의를 돌리기 위해 희를 보았다.

"소개시켜 주지 아니할 참이냐?"

"아 참, 예. 저어, 좌포청에 계시는 정재겸 군관님이십니다. 그리고…… 방금 말씀드린 대로 강 종사관님의 지인이신 이명원 나리 되시고요."

두 사내는 묵례를 주고받았다. 명원이 차분하게 인사를 건넸다.

"종사관님에게도, 희에게도 말씀 많이 들었습니다. 앞으로도 잘 부탁드립니다."

"천만의 말씀입니다. 하온데…… 그런 부탁을 하시는 까닭이 특별히 있으신지."

상관의 지인이어서인지 재겸의 말투는 정중했지만 약간 날이 선 것까지 덮지는 못했다. 명원이 모른 척 대답했다.

"그건 아닙니다만. 아끼는 인연이라 마음이 앞서 건방지게 나섰나 봅니다. 죄송합니다."

"……아닙니다."

짓궂은 마음에 부러 모호하게 말한 명원에게 재겸은 '아끼는 인연'이 희까지 포함되는 것인지 묻고 싶은 마음이 굴뚝같아 보였지만, 정중한 사과를 들은 탓에 깊이 캐묻지 못했다. 두 사내를 지켜보던 희에게 고개를 돌렸으나 그녀에게도 쉽게 입을 열지 못하고 있었다.

덕분에 조금 어색한 침묵이 세 사람 주위를 맴돌게 된 그때, 기회를 노린 양 꼬르륵 소리가 크게 울렸고 두 사내의 시선이 희에게 모였다. 딴청 부리는 희에게 재겸이 하, 하고 웃었다.

"많이도 싸돌아다녔나 보다. 얼른 들어가 배나 채워라."

"예에. 그럼 내일 뵙겠습니다, 나리. 살펴 가셔요."

명원도 다시금 묵례를 했고 재겸 역시 마주하고는 돌아섰다. 찬 바람이 불 것처럼 거친 몸놀림이었다. 명원은 잠시 그 뒷모습을 지켜보았지만 희는 바로 관심을 끊은 듯 그새 한구석으로 달려가 자리를 차고앉아 그를 부르고 있었다. 그는 헛웃음 치며 자리에 앉았다.

"너도 참, 죄가 많구나."

"예?"

희가 알아듣지 못하고 고개를 갸웃거렸으나 명원은 다른 말을 했다.

"초면에 얼굴 뚫어지는 줄 알았다. 어찌나 무섭게 노려보는지 원."

그녀는 미안한 웃음을 띠며 말을 꺼냈다.

"아마 저하고 같이 있어 그러셨을 거여요. 포청 일 말고 딴짓하던 것이 딱 걸린 데다, 전에도 말씀드렸듯이 원체 마주치기만 하면 말싸움하는 사이라."

"말싸움? ……설마하니 방금처럼 말이냐?"

"예, 뭐."

명원은 어이가 없었다. 그저 친한 사이끼리 투덕거리는 수준이었건만. 그게 왜? 라고 묻는 듯한 희의 얼굴에 한숨이 나왔다.

"참으로 불쌍한 인사로다."

"그렇지요? 사사건건 시비에, 아주 그냥 얼마나 속도 좁은지……."

"너 말고."

자신을 이해해 주는 줄 알았던지 이때다 하는 것처럼 냉큼 하소연하던 그녀는 명원의 말에 멈칫했다. 그리고 기가 막힌 듯 되물었다.

"저 사람이요? 아니, 무엇이 불쌍하다 그러십니까? 아무것도 모르시면서!"

"알아야 할 만한 건 다 알았지. 어찌 되었건 국밥이나 한 그릇씩 먹자."

명원이 화제를 돌렸다. 그의 입으로 재겸의 마음을 전해 줄 수도 없는 노릇이니 더 길게 말해 보았자 소용없는 일이다. 입술을 삐죽이며 입 안으로 꿍얼거리는 희를 보자 명원은 진심으로 재겸이 안쓰러워졌다. 물론 재겸의 분노 어린 시선이나 희와 스스럼없이 대화하던 그 모습을 떠올리면 조금 울컥한 마음도 없지 않았지만, 그뿐이었다. 그리고 그것은 아마 단순히 희가 전혀 생각이 없다는 점과는 상관없을 터였다. 순수하게 발산되어 부딪쳐 오는 감정보다는 조용하고 묵묵히, 차갑게 타오르는 감정이 더 두려운 법이다. 그 깊이와 크기를 좀처럼 가늠하기 힘드니까.

그래, 대놓고 경계하는 재겸보다 겉으로는 과묵한 단이 더 신경 쓰이는 건 그 때문일 것이다. 이해한 명원이 문득 시야를 인식하자 희가 일어서려다 말고 우물쭈물하고 있었다.

"얼른 부엌에 가 보지 아니하고 무얼 하느냐?"

"저기, 나리……."

주저주저 말을 꺼내는 희의 얼굴이 어쩐지 발개 보였다. 그녀는 힘겹게 운을 떼었다.

"여쭤보고 싶은 게 있는데요."

"그래, 무엇을?"

"그게……."

그러고도 쉽게 말을 꺼낼 태세가 아니었다. 무언지는 모르겠지만 마냥 기다리고 있자니 답답함과 함께 허기가 올라왔다. 그가 가볍게 손을 저었다.

"급한 게 아니거든 일단 다녀오고 얘기하려무나. 이러다 우리 먹을 것 다 없어지겠다."

하지만 그녀는 일어나는 대신 그를 물끄러미 쳐다보았다.

"왜?"

"아니요, 그냥……. 전에도 한 번 그러셨지만 우리라는 말씀을 참 쉽게 하신다 싶어서요."

이번에는 그의 차례였다. 눈을 피하지 않는 그녀에게, 그가 농담처럼 불평했다.

"별소릴 다 한다. 불만이거들랑 아까 그자한테 굳이 부탁한 것도 도로 물러버릴 테다."

희가 눈을 깜박거렸다. 그리고 다시 얼굴에 붉은 기가 떠오르는 모습에 그가 의아해하는 때, 그녀는 몸을 일으켰다.

"그건…… 아니 되지요. 애써 그리 말씀해 주셨는데요."

이제 다시 농담이 통하는 평소의 희다. 명원은 들으란 듯 혀를 찼다.

"굳이 겁박해야 노고를 알아주니 원. 냉큼 주문이나 하고 오너라, 물을 건 그 뒤에 묻고."

"아니요, 이제는 되었습니다."

고개를 저은 희는 잠시 기다리라는 말과 함께 부엌으로 향했다.

그리고 명원은 희가 돌아서기 직전 보였던 작은 미소와 이제 되었다는 말뜻을 생각해 보느라 잠시나마 허기를 잊게 되었다.

四

폐가에 다녀온 후, 명원은 또 다른 실마리들을 찾기 위해 은밀하게 동분서주했다. 희는 물론이고 그녀에게 얘기를 전해 들었을 단 역시 가만히 있지만은 않을 것이다. 이 정도면 무엇이건 걸려들겠지, 그런 믿음으로 이래저래 떡밥을 뿌려 놓고 기다렸다. 그러나 며칠이 지나도 잠잠하기만 했다. 우의정의 최근 동향과 그 심복들의 움직임. 폐가 주변의 목격. 화약을 은닉할 만한 장소. 그 어느 쪽도 이렇다 할 만한 것이 없었다.

엎친 데 덮친 격으로, 명원은 한동안 해가 진 이후의 외출을 금지당했다. 야명주를 몰래 건드린 것이 부친에게 들킨 것이었다. 하도 귀하다 하여 한번 구경이나 해 보고 싶었다는 명원의 변명을 단칼에 자르고 앞으로 무조건 해가 지면 본가의 방에 돌아와 있어야 한다는 엄명이 떨어졌다. 야명주에 관심을 가진 진짜 이유는 짐작도 못할 부친은 주색잡기에 미친 자식 놈이 저러다 기어코 어느 기생년에게 푹 빠져 집안 재산을 홀랑 갖다 바칠까 걱정이 이만저만 아니었다. 야명주는 그 시발점이 될지도 모른다는 한탄을 명윤에게서 전해 들은 명원은 기가 막혀 웃음이 났지만, 그렇다고 사실대로 말할 수는 없는 노릇. 결국 착실한 귀가 생활이 시작되었다.

어차피 당장은 아무 낌새도 없고, 나중에 야행이 필요할 때 자는 척 수월히 나갈 수 있겠다는 발상 아래 명원은 저녁 식사를 하고 나면 얌전히 방에 틀어박혔다가 일찌감치 자리를 폈다. 원체 늦게 자던 습관이 들어 한참을 뒤척이게 되었어도 별수 없는 일이었다.

며칠이 지난 어느 날도 명원은 통금이 되기 전부터 자리를 깔았다. 등잔불에 막 손을 뻗던 참에, 밖에서 어떤 인기척이 가까워져 오더니 이윽고 작은 손기척이 났다.

"누구냐?"

아무 생각 없이 문을 열어 보던 명원은 멍해졌다.

그는 댓돌 아래에 서 있는 형수 숙영淑英을, 정확히는 그녀 뒤에 선 익숙한 사람을 아연하게 바라보았다. 얌전히 두 손 모아 한 발 물러서 있는 이는 분명 희였다. 자신의 형수와 희가 나란히 한자리에 그것도 자신의 집 안마당에서라니. 언제고 한 번도 예상하지 못한 이 신기한 조합을, 그는 무슨 말이건 미처 꺼낼 생각도 못한 채 보고만 있었다.

숙영이 한 손으로 입을 가리고 웃었다.

"이리 넋 놓은 도련님 모습은 처음인데요. 이 낭자가 그리도 반가우십니까?"

"아니요, 그런 게 아니라……."

낭자라고?

명원은 말끝마저 흐리고 말았다. 희를 다시 보았으나 겉모습은 감쪽같은 미동이었다. 형수의 눈썰미가 예리하긴 해도 저 정도면 알기 어려울 법하다는 것은 즉, 희가 직접 밝혔다는 뜻이 된다. 의아해하던 그는 자신의 차림새를 깨닫고 일단 양해를 구한 다음 문을 닫았다. 얼른 두루마기를 걸치고 밖으로 나오자 기다리고 있던 숙영이 희를 살짝 돌아보고 설명했다.

"행랑아범과 실랑이를 하던 것을 우연히 보게 되었답니다. 중요한 일이라고, 꼭 좀 들여보내 달라고 청하는 모습이 예사로워 보이지 아니하여서요. 그리고 도련님이시라면 다모 낭자와도 어울리실 법하다는 생각이 들더군요."

다모라고 소개를 했다는 말이군. 명원은 희를 흘끔 보고 숙영에게 장난스럽게 말했다.

"암만 보아도 믿을 만한 구석이 없는데 사람이 너무 좋으십니다, 형수님."

"거짓부렁을 할 요량이었다면 더 높은 직책의 수족이라 배짱부릴 인물은 되어 보여서요."

과연. 내심 감탄한 그는 희에게 시선을 돌렸다. 짧게 마주친 눈빛은 진지했다. 그는 길게 묻지 않고 일렀다.

"곧 준비해서 나갈 터이니 뒷문에서 기다리거라. 뒷문이 어딘지는 알고 있겠지?"

"예."

"형수님, 저 잠시 다녀오겠습니다. 이제는 확인을 아니 하시는 것 같지만, 혹 아버지께서 찾으시거든 기왕 공범이 되어 주신 김에 인심 좀 더 쓰셔서 연막 잘 쳐 주십시오."

"어쩔 수 없지요. 아버님이 아시면 저만 사달이 나니, 들키지만 말아 주셔요."

숙영은 한숨을 쉬었으나 그 체념에는 정이 담긴 웃음이 묻어났다. 그 점을 아는 명원은 진심 어린 묵례를 했다. 숙영은 후후 웃으며 명원과 희를 번갈아 보았다.

"어떤 일인지 듣지도 아니하시고 바로 결정하시는 품새가 짧은 연은 아니신 것 같네요."

"그야, 뭐. 웬만한 일은 혼자서 척척 해결하는 아이인지라."

"어머, 도련님도. 엄연한 낭자에게 아이라니요."

명원에게 핀잔을 준 숙영이 희를 향해 살포시 미소 지으며 고개를 숙였다.

"이런 분이지만 나쁜 사람은 아니랍니다. 잘 부탁드려요."

"아, 아닙니다! 소인이야말로."

얼굴이 빨개진 희가 황망히 몸을 굽히는 동안 명원은 불평을 삼키며 서 있었다. 문까지 바래다주겠다는 숙영에게 희는 얼른 사양했지만, 들어온 것을 들키면 큰일이니 만일을 대비해서라는 말에 결국 몸 둘 바를 모르겠다는 얼굴로 따라갔다.

두 여인이 모퉁이를 돌아 사라지자마자 명원은 방으로 들어가 허름한 옷으로 갈아입었다. 단도와 표창 서너 개가 주저 없이 품과 소매 안에 자리 잡았다. 분명 희는 별채부터 갔을 것이다. 그곳이 비어 있는 것을 보고 혼자 가야겠다거나 다음에 다시 찾아오겠다거나 하지 않고 집까지 찾아온 것을 보면 예삿일이 아닐 터. 그간 모표적인 나날을 보낸 덕분에 상처는 잘 아물었고 움직임에 무리는 없었다. 여차하면 희가 몸을 피할 시간을 버는 정도는 할 수 있을 것이다. 갓끈을 단단히 매듭짓던 그의 손길이 문득 멈추었다. 그러고 보니 단은 어찌하고 여기에 온 것인가.

준비를 마치고 서둘러 뒷문으로 간 명원은 희를 보자마자 그 의문부터 해결할 생각이었지만, 그가 입을 열기도 전에 희가 상기된 얼굴로 말했다.

"정말로 아리따운 분이셔요. 너무 상냥하시고. 어찌하여 나리께서 미인에게 그리도 무심하셨는지 이제야 알 것 같습니다. 매일 한 집 안서 마주하는 분이 저 정도니 오죽하시겠어요."

"글쎄, 무심했던 적은 없는데."

"없으시긴요. 지금은 몰라도 처음 소향을 대하실 적을 돌이켜 보십시오. 저는 그래서 혹여 나리께서 고,"

난데없이 말이 싹둑 잘렸다. 명원이 쳐다보자 희는 완전히 당황한 얼굴로 빨개져서 고개를 내젓고 두 손까지 홰홰 저었다.

"아, 아, 아, 아닙니다! 아무것도. 마, 말이 잘못 나왔습니다, 예."

"싱겁기는. 허고, 처음이나 지금이나 달라진 게 없는데 대체 무얼 돌이켜 보라는 거냐."

"하오면 소향에게…… 정녕 마음이 없으시다는 말씀입니까?"

참 끈질기다. 어찌 이런 질문을 하는 건지 이해가 되지 않아 무시할까 싶은 생각이 들었지만, 말이 나온 김에 물음을 던진 것치고는 희가 묘하게 진지해서 대꾸해 주었다.

"나는 타고나기가 까다로워 신뢰할 수 없는 상대에게는 마음도 주지 아니한다. 한두 번 조력하였다 하여 믿기에는 사람이란 것이 난해한 동물이지. 대답이 되었거든 이상한 소리는 그만 접고 예까지 온 연유나 냉큼 말해 보아라."

표정을 보아하니 그다지 원하는 답은 아닌 것 같았지만 희는 별말 없이 상황을 설명했다. 사노를 계속 감시하던 자가 알아 온 바에 의하면, 외거노라 도성 밖에서 살고 있는데 금일 도성 안으로 들어와 주막에서 하룻밤 묵는다고 했다. 지시받은 대로 단에게 보고를 하려 했으나 하필 먼저 도착한 다른 정보를 알아보러 제법 멀리 가느라 자리를 비운 터였다. 그래서 그는 이번 일에 함께 관여한다고 알려진 희에게 대신 전했고, 그녀는 명원을 찾았다.

그런 이야기를 듣고 있던 명원은 여타 부분보다 단이 자리에 없어서 희가 자신을 찾아왔다는 부분이 예리하게 와닿는 것을 느꼈다. 이상한 기분을 눌러두고 그다음 말을 꺼냈다.

"용케도 혼자 가지 않았구나."

"그건, 그러니까…… 화약이란 게 오래 보관하기도 힘드니 무언가 움직임이 있거든 주의를 기울여야겠다 싶어서요. 도성에 온 김에 일행들과 접촉할 가능성이 크고요."

"옳은 말이다. 그럼 가 보자."

희가 앞장서서 그를 사노가 묵고 있다는 주막으로 안내했다. 그들은 주막이 보이는 길목의 나무 덤불 아래에 자리를 잡았다.

이윽고 멀리서 통금을 알리는 종소리가 울려 퍼지자 그러잖아도 인적이 뜸해지던 길은 그야말로 개미 하나 보이지 않게 되었다. 고요한 밤의 정적 사이로 아련한 종의 울림이 내려앉았다.

가끔 순라군들이 지날 적마다 더욱 몸을 숙이는 것 외에는 지루한 시간이 흘러갔다. 명원은 문득 나오는 하품을 애써 삼키며 옆을 돌아보았다. 매우 진지한 눈빛으로 주막만을 주시하고 있는 희가 감탄스러웠다. 문득 그녀가 형수와 같이 서 있었던 모습이 떠오르면서, 잊고 있었던 질문거리가 생각났다.

"그러고 보니 아까는 어찌 대문으로 당당히 들어온 게냐? 네게는 높은 담도 아니었겠다만."

희 역시 속삭이듯 대답했다.

"솔직히 말씀드려서 나리의 방을 알았다면 담을 넘었을지도 모르지요. 어딘지도 모르는데 그 넓은 곳을 무작정 뒤지다가 들키면 감당이나 할 수 있겠어요."

"맞는 말이군. 하면 너를 본 사람이 행랑아범과 형수님뿐이었더냐?"

"예. 하오나 변복한 다모라는 걸 밝힌 것은 나리의 형수님 되시는 그분만입니다."

"너라면 형수에게도 잘 둘러댈 수 있었을 터인데."

"그냥…… 행랑아범 되는 자가 작은 마님이라고 하기에 누구신지 알게 되어서요. 어쩐지 솔직하게 인사드리고 싶었습니다."

명원이 입술 한끝으로 웃었다.

"제법 사람 볼 줄 아는구나. 내 든든한 아군이니 예의 바른 아이와 같이 다니는 걸 보여 주어 나쁠 것 없지."

"또 아이라신다. 어른이 말씀하시는 건 귀담아들으셔야죠."

희가 입을 삐죽이며 능청스럽게 타박하자 그의 웃음이 커졌다.

"오라, 네가 어찌 그리 형수를 맘에 들어 하나 하였더니 그 때문이었구나. 우리 형수님이 애들을 잘 다루시긴 하지."

"또, 또!"

그녀가 얼굴을 찌푸리며 반박하던 순간, 시야 한구석으로 잡힌 모습에 그는 얼른 그녀의 입을 막았다. 손바닥에 눌리는 감촉이 너무 부드러워 그는 반사적으로 손을 뗐으나 다행히 희는 그가 본 광경, 즉 주막 사립문을 은밀하게 나서는 사노를 발견하고 긴장하느라 주의를 기울이지 않았다. 명원은 속으로 고개를 젓고 희와 함께 사노의 뒤를 밟기 시작했다.

어둠도 낯설지 않았고 기척을 죽이고 움직이는 것 역시 익숙한 두 사람이었지만, 상대도 만만치 않았던 듯 한참을 가다 순라군을 경계하고 숨은 사이 온데간데없이 사라져 버렸다.

그늘에서 나온 명원과 희는 급히 주위를 둘러보았지만 허사였다. 서로 이어진 골목들을 돌아보고 허탕 친 채로 한자리에 다시 모였다. 명원이 낮게 혀를 차는 사이 주변을 관찰하던 희가 그의 옷자락을 잡았다.

"방향이 이쪽이면, 나리. 혹시 거기로 가던 것 아닐까요?"

그 폐가. 명원은 즉시 알아듣고 길을 한 번 더 훑어본 다음 고개를 끄덕였다. 아니라 한들 본전이다. 눈빛을 교환한 그들의 발걸음이 한결 바빠졌다.

딱 한 번 갔던 곳인 데다 깊은 밤인 탓에 헤매기는 했지만, 두 사람은 무사히 목적지에 도착했다. 옹기종기 모여 있는 허름한 집들 사이를 지나는 몸놀림은 더욱 조심스러워졌다. 우려와 달리 그 거지 여인은 나타나지 않았다. 잠이 들어서인지 이미 한 번 확인해서 그런지는 알 수 없지만, 다행스러운 일이었다. 명원과 희는 주의 깊게 폐가로 향했다.

발소리를 죽이고 기척을 지우느라 한 걸음 한 걸음 내딛기까지 한 식경이 걸리는 기분이 들었다. 거의 기다시피 빙 둘러 지척까지 가고서야 흐릿한 불빛이 있음을 알 수 있었다. 초인지 등인지는 알 수 없지만 놓은 위치가 교묘하여 바로 앞까지 와 보지 않으면 달빛에 반사되는 정도라고 생각될 것이다.

잘도 감추었군그래. 명원은 속으로 혀를 차며 벽에 바싹 붙었다. 뒤따르는 희 역시 그와 마주 보는 방향으로 벽에 귀를 대었다. 한껏 예민해진 귓가로 두런거리는 말소리가 와 닿았다.

"……입니다요. 그러면 예정대로인 겁니까?"

투박하고 거친 말투. 사노일 것으로 짐작되는 목소리에 이내 답이 돌아왔다.

"그러하네. 이제 얼마 남지 아니하였어. 그간 애썼네."

명원의 숨이 멈추었다.

분위기가 급변한 것을 알아차렸는지 희의 놀란 눈이 그에게 똑바로 향했다. 그러나 그는 그녀를 신경 쓸 겨를이 없었다. 얼어붙은 시선은 허공에 박힌 채, 필사적으로 기억을 더듬어 나갔다. 그러는 동안 귀를 의심할 만한 목소리는 가공할 내용을 계속 나지막이 내뱉었다.

"자네는 돌아가 잊고 지내도록 하게. 도성이 다소 시끄러워도 모른 척하고. 사흘 후 성곽 위로 흰 기가 걸리면 그때부터 시작이니까 유념하게나."

"사흘 뒤……입니까요."

"그때가 되면 톱니바퀴들이 저절로 맞물릴 것이네. 진정한 도道가 바로잡히기를 기다리는 일만 남은 셈이지."

차분하고 점잖은 말투는 마치 사흘 뒤에 볼만한 장이 선다는 것처럼 들렸다.

명원과 희는 딱딱한 얼굴로 서로 마주 보았다. 절호의 기회이자 최후의 가능성이다. 역모가 현실화하기 직전에 이렇게 알게 된 것은 그야말로 하늘의 도우심이라 할 만하나 여기서 무엇을 더 어찌할 것인가. 두 명을 둘이서 상대하는 건 숫자로는 맞을지 몰라도 이쪽이 현격히 불리했다. 희도 제법 보신술을 배운 듯하고 그 역시 쉽사리 당하지는 않을 것이지만, 생포해야 할 때의 싸움이 더욱 어렵다는 것은 상식이었다. 그러나 지금 이 순간을 놓친다면 그것이야말로…….

명원은 눈을 꾹 감았다. 짧은 사이 치열한 고민이 그를 뒤흔들었다. 다시 중심을 잡을 무렵 희를 보았고, 그녀는 그의 눈을 가만히 응시하다가 고개를 끄덕였다. 설명을 듣지 않고도 그의 의도를 알아준 것이다.

신기했다. 어찌 이런 상황에서 웃음이 날 수 있는지.

명원은 몸을 일으켰다. 마음을 다잡고, 입을 열었다.

"지루하게 기다릴 필요 없지. 오늘로 끝이니까."

쥐 죽은 듯한 정적이 깔린 직후, 벼락같은 외침이 튀어나왔다.

"누구냐!"

그 고함이 끝나기도 전에 사노가 뛰쳐나왔다. 그는 홀로 서 있는 명원을 보고 험악한 얼굴로 덤벼 왔다. 그때 숨어 있던 희가 재빨리 달려들어 손날로 그의 목덜미를 내리쳤다. 충격에 뒤돌아보는 사이 확실한 한 방을 먹이려던 명원은 사노가 털썩 쓰러지자 몸의 긴장을 풀었다. 과연 출중한 다모, 혈도를 꿰뚫고 있군.

명원은 기절한 자의 허리끈을 풀어 그 끈으로 등 뒤로 돌린 두 손을 꽁꽁 묶고 눈에 띄지 않게 담벼락 아래 그늘 속에 끌어 넣었다. 그리고 거침없이 폐가 안으로 들어섰다.

세간이 다 타 버린 휑한 방, 그곳에 홀로 서 있던 단정한 외모의 사내가 명원을 보고 눈을 부릅떴다.

순식간에 공기마저 타 버린 듯 팽팽한 긴장감이 흘렀다. 가라앉은 눈빛으로 그런 사내를 가만히 응시하던 명원은 한숨을 내쉬었다.

"정말로, 자네였군."

"당신이…… 대체 어찌 이런 곳에."

명원은 그 억눌린 듯한 물음보다 눈으로 전하고 있는 희의 물음에 먼저 대답을 주었다.

"오건형吳虔亨. 좌의정 토당土塘 대감의 얼자이며…… 내 벗인 학산의 이복 아우이지."

명원의 목소리는 착잡했다. 조금 전 듣고 설마 하였건만, 눈앞에 있는 사내는 분명 건형이었다. 계집종의 몸에서 태어난 해주 오씨 가문의 얼룩. 벗 승윤이 기탄없이 아끼는 아우. 타고난 재주를 아깝게 썩히고 있는 점이 자네와 닮았다며 웃던 벗의 얼굴이, 지금 그를 짓누르고 있었다.

엄습해 오는 분노와 슬픔을 무표정 뒤에 감춘 명원이 건형에게 직접 확인했다.

"자네가 주모자인가."

"……이미 다 들으신 참이니 더는 숨길 것이 없겠지요."

경악과 충격을 수습한 건형은 뻔뻔하리만치 태연하게 답했다.

"예, 그렇습니다. 아무도 나서는 사람이 없고 나서 보았자 허술하기만 하여, 저가 하늘의 뜻을 대신 실천하고자 합니다만."

"이런 멍청한 놈을 보았나!"

"그 말씀 그대로 돌려드리지요. 두 명이라 안심하시는 모양인데, 당신답지 않으시군요. 형님께는 죄송하지만 그냥 보내 드릴 수는 없습니다."

어느새 건형의 한 손에는 장검이 들려 있었다. 희의 긴장이 전해졌다. 돌아보고 싶은 충동을 누르며, 명원은 건형과 눈을 맞춘 채 입을 열었다.

"분명 자네를 이길 무인은 팔도에서도 손에 꼽힐 걸세. 그 안에 나나 이놈은 들어가지 아니할 터. 그런 자네가 있다는 것을 알면서 고작 두 명이 태평하게 여기에 서 있는 거라면 정말로 나답지 않은 거겠지."

건형의 얼굴이 굳어졌다. 명원이 담담하게 말을 이었다.

"양지에서들 도당이라 칭하는 음지의 무리 중 서른 명. 그 수장의 지시하에 이 폐가를 포위하고 있네."

"하! 얼토당토않은 말 집어치우시오! 그러면 어찌 바로 덮치지 아니하고 굳이 들어온 겁니까!"

"내 벗이 이 이상 더 슬퍼할 일은 만들기 싫었으니까."

허세를 꿰뚫어 볼 듯 예리하게 날이 선 시선을, 명원은 피하지 않고 받아 냈다. 다시 생겨난 침묵 속에서 한 치도 물러설 수 없는 눈빛의 접전이 벌어졌다.

무릎을 꿇은 쪽은 건형이었다.

여유로운 그의 얼굴 위로 점차 의혹, 불안, 당황이 스치더니 이윽고 좌절감이 그 자리를 차지했다. 건형은 믿을 수 없다는 듯 뒤로 물러나다가 등이 벽장문에 닿자 멈춰 서서 고개를 떨어뜨렸다. 명원은 안도의 한숨을 참고 그런 건형을 보았다.

"……어찌하여, 방해하는 겁니까."

건형이 이를 갈았다. 그의 분노 어린 시선이 찌를 듯 박혀 왔다.

"다른 이도 아니고 어찌 당신이! 어찌 도당의 수장이! 지금 세상이 얼마나 썩었는지 누구보다도 아는 자들이, 도대체 왜!"

"……알기 때문이려나."

"무어요?"

"알기 때문에, 이 이상 더러워지는 것을 두고 볼 수는 없어. 지난번 유효립이란 자가 결국 민심에 얼마나 해악을 끼쳤는지 모르지 아니할 터."

"실패할 때의 얘기요. 우리는 성공할 수 있어. ……할 수 있었어."

명원이 인정했다.

"그러기 직전이었긴 하지. 허나 다 끝났네."

"아직은, 아닙니다. 당신들이 생각을 바꾸면."

"그럴 것 같은가?"

명원의 곧은 시선에 건형은 신음을 흘렸다. 그리고 한 마디 한 마디를 토해내듯 꺼냈다.

"무엇을 하건, 무엇을 할 수 있건 단지 그 잘난 양반이 아니란 이유만으로 일평생 숨죽여 살아야 하는 세상이오. 꿈꿀 권리까지 전부 독차지하였거든 운용이나 잘할 것이지, 그저 꽉 막힌 도리만을 고집하다 난이 일어나면 가장 안전한 곳에 틀어박혀 목숨 부지하는 그 행태라니! 결국 죄 없는 백성들만이 고스란히 당하지 아니하오! 내 말이 틀렸습니까?"

가슴 깊은 곳에서 끌어 올리는 처절한 외침이 똑바로 명원을 향했다.

"말해 보십시오. 태어난 것이 저주스럽고 살아 있는 것이 한탄스러움은 그저 남의 일만은 아닐 터인즉슨! 제아무리 청운의 꿈을 품고 그것을 펼칠 재능이 있다 한들 결국은 일생 굴레에 얽힌 채 바닥을 기고 살아야 한다는 건 당신 또한 잘 아는 일이 아닙니까!"

……물론 그랬다.

그런 따위는, 지나칠 정도로 잘 안다. 같은 고통을 안고 이 빌어먹을 세상을 뒤집어 버리려는 건형에게 동의하기란 쉽다. 그러나 명원은 그럴 수 없었다. 그런 세상임에도 불구하고 열심히 살아가려 애쓰는 사람들이 있기에. 그런, 여인이 있으니까.

"폐군이 다시 오른다 한들 뿌리박힌 반상 구별이 하루아침에 무너질 수는 없네."

"압니다. 그러나 훗날을 기약할 수는 있습니다. 그분 또한 정비 소생이 아니심에도 백성을 몸같이 아끼는 타고난 왕이시니."

"지금은 아니지. 자네가 하는 일은 이미 역천逆天이야."

명원이 냉정하게 사실을 지적했다.

"또한 현 조선의 지존은 하나이되 하나가 아닐세. 저 위세 높은 공신들을 하룻밤 안에 전부 제압할 수 있다는 말인가!"

건형은 입술을 깨물었다. 그 모습에서, 스스로 그 사실을 불안해하고 있었다는 것을 알아챈 명원이 틈을 파고들었다.

"인정하게. 승산은 없어. 돌이킬 수 없게 되기 전에 그만두게."

"……이미 늦었습니다. 오늘 아침 일찍 강화로 보낸 서신은 이미 그분 손에 들어갔을 터."

명원의 심장이 쿵 내려앉았다. 광해와 연락이 된 상태였다니! 그러나 낙담과 반대로 차가운 머리는 거침없이 거짓말을 입 밖으로 밀어 내었다.

"음지의 수장을 잊고 있군. 그것은 그가 가지고 있네. 가짜 관리가 화약을 산 이후부터 만에 하나를 대비하여 길목들을 감시하고 있었으니까."

건형의 몸이 휘청거렸다. 금방이라도 쓰러질 듯하면서도 간신히 버티고 선 그에게 명원이 말했다.

"이만 단념하고 사실대로 털어놓으면 이곳에서 마무리 짓겠네. 단순한 계획 단계로 보고 뜻을 모은 자들도 전부 묻어 주겠어. 믿지 못하겠다면 학산에 대한 나의 우애를 걸도록 하지."

"……이대로 두면 다시 또 난이 일어나지 않으리란 보장이 없습니다. 지금 저 꼴들을 보아 십 년도 채 못 갈 것이오. 그때 가서 후회하지 않을 수 있소?"

"아니."

명원은 고개를 저었다. 그리고 어이없어하는 건형을 향해 덧붙였다.

"허나 자네를 모른 체하는 것이 그 난리를 막는 일이라고는 생각지 않네."

"……."

"그러니 지금에 최선을 다할 뿐이야. 아마…… 그때도 그리하겠지."

정적이 주위를 맴돌았다.

입을 굳게 다문 건형을 지켜보는 명원과 희 역시 침묵했다. 긴장감이 끝을 달리는 어느 순간, 부스럭거리는 소리가 희미하게 끼어들었다.

움찔하는 건형을 보고 명원도 덩달아 긴장했다. 조금 전 기절시킨 사노가 벌써 정신이 들었나 싶은 생각에 초조감이 일었다. 묶어 두긴 했지만, 밭일로 다져진 체구로 보아 어렵지 않게 끊을지도 몰랐다. 그가 뛰어들면 간신히 진정시킨 상황이 어그러진다. 건형을 다시 설득하려던 그때, 절망과 체념으로 어두워져 있던 건형의 눈빛에 단호한 결심이 번뜩였다.

그리고 뒤이은 갑작스러운 평온함이 오히려 명원의 불안감을 자극했다. 건형이 침착하게 말을 꺼냈다.

"구차하게 목숨을 구걸할 생각은 없습니다만, 여기서 끝내는 조건이 두 가지 있습니다."

"말하게."

"뜻에 찬성하여 준 동료들은 오로지 저만 통하였기에 서로의 존재를 모르며, 그저 하나씩 맡은 일이 있을 뿐입니다. 그들의 안전을 보장하여 주십시오. 어차피 저의 신호가 없으면 아무 일도 일어나지 않습니다."

"그리 하지. 두 번째는?"

"이 어리석은 역심을 존귀하신 주상 전하의 귀에까지 흘려 성총을 흐리게 하지는 아니하실 터. 그 점은 상관없으나…… 좌의정 대감께는 전해 주십시오. 반쪽 자식에게 반쪽 애정만 준 그분이 기실 옳으셨음을. 죽는 순간까지 하늘을 원망한 멍청한 자식 놈 따위, 애매한 관심조차 사치였노라고."

말을 맺기 무섭게, 건형이 한구석에 갓을 씌워 세워 둔 초를 들어 두 사람을 향해 던졌다.

휙 날아온 촛불은 깜짝 놀라 물러선 그들의 발치에 떨어졌고, 바닥에 닿는 순간 맹렬하게 번져 가기 시작했다. 어찌할 사이도 없이 큰 불길이 일어나 그들과 건형의 사이를 갈라놓았다. 명원이 울부짖듯 외쳤다.

"상범常凡!"

"서두르는 게 좋을 겁니다. 훼방꾼을 대비하여 예전 이곳에 기름을 두른 적 있으니."

자字를 불린 건형은 작게 웃으며 충고했다. 금방이라도 뛰어들려는 명원을, 희가 얼른 붙들었다. 그가 돌아보자 그녀는 고개를 저었다. 이미 발각된 시점부터 죽기를 각오한 것이라는 뜻을 모르지 않았으나, 명원은 그 손을 뿌리쳤다. 그러나 필사적으로 붙드는 희에게 다시 잡혔다. 명원이 앞을 보자 이미 불길에 싸인 건형은 오히려 홀가분한 모습이었다.

"이 시각이라면 그쪽 일행 서른 명이 다 달려들어도 불을 잡기 힘들겠지요."

정말로 그랬다. 그러니 두 명으로는, 어림도 없는 일이었다…….

"상범! 후회할 짓 하지 말게! 당장 피해!"

"후회는 안 합니다. 당신이 말려든다 해도. 그러니 쓸데없이 망설이지 말고 나가십시오."

그의 말이 끝나기가 무섭게 지붕까지 번진 불길에 서까래가 덜컥 떨어졌다. 불씨와 재가 자욱하게 날려 명원은 반사적으로 소매로 얼굴을 가렸다. 금방 고개를 들었지만, 이번에는 희가 갑자기 몸을 던져 와 함께 바닥에 나뒹굴었다. 직후 방금까지 명원이 서 있던 자리로 불붙은 나무가 떨어져 부서지는 소리가 요란했다.

"나리! 괜찮으십니까?"

그의 위에서 벌떡 일어난 희가 그를 붙들었다. 그녀의 손길에 따르면서도 그의 시선은 불길 너머를 헤맸다. 건형은 아직 무사한 듯했으나 불길과 연기에 막혀 여전히 당당하게 서 있는 모습이 어른거릴 뿐이었다.

희는 명원을 채근했고 금세 덮쳐 올 것 같은 머리 위를 올려다본 명원은 이를 악물었다. 결국 그는 한쪽 팔로 그녀를 감싸면서 몸을 돌렸고, 간발의 차로 그 자리로 지붕이 무너져 그들은 거의 구르다시피 빠져나갔다.

"약조…… 지켜 주시리라 믿습니다."

등 뒤로 나지막한 목소리가 들렸던 것은 환청이었을까.

별들만이 수놓은 새카만 밤하늘 위로 연기가 솟아올랐다.

마당에 쓰러졌던 두 사람은 서둘러 담벼락에 기대 놓은 사노를 끌어다 함께 피했다. 그는 아직 정신을 잃은 채였다. 멀찍이 거리를 두고 나란히 서서 어둠을 사르는 커다란 불덩어리를 바라보는 그들의 얼굴은 납처럼 굳어 있었다.

그때, 갑자기 알 수 없는 끔찍한 괴성이 울렸다.

흠칫 돌아본 옆으로, 누군가가 불타고 있는 집을 향해 몸을 날리려 하고 있었다. 명원과 희는 거의 반사적으로 붙들어 안고서야 그 사람이 거지 여인임을 알아보았다. 그녀는 엄청난 기세로 버둥거리며 불길을 향해 울부짖었다.

"내 아기! 내 아기! 아직 안에 있어……!"

두 사람이 달려들었는데도 여차하면 놓칠 기세였다. 진땀 빠지는 순간, 희가 여인의 혈도를 눌러 기절시켰다. 광포하리만치 격렬한 기세가 갑작스레 사라지자 두 사람은 자신들의 힘에 못 이겨 함께 쓰러졌다.

"하……."

명원은 주저앉은 채 불타는 집을 망연히 바라보았다.

마치 먼 옛날 중단했던 일을 마무리 짓기라도 하듯 일렁이는 불길이 주변을 사정없이 집어삼키고 있었다. 집이 무너지면서 여기저기서 부서지고 갈라지는 소리가 났지만, 그뿐이었다. 명원은 어서 이 자리를 벗어나야 한다는 마음속 목소리를 무시하고 불 속에서 눈을 떼지 않았다. 희 역시 그런 그를 말리지 않고 옆에서 함께 기다려 주었다.

요란한 화마가 수그러들고 이윽고 새까매진 터만 남아 일말의 희망조차 죽어 버린 때까지.

五

그 참혹했던 밤이 아득하게 느껴지는 한가로운 어느 오후, 명원은 예를 갖춰 좌포청을 방문했다.

희가 정문에 나와 있었다. 다모 차림에 말간 얼굴을 내보인 그녀가 낯설다. 하지만 생긋 웃는 모습은 아는 대로라, 그는 어쩐지 안심이 되었다.

"어서 오십시오. 나리. 종사관 나리께서 기다리고 계십니다."

"그 이름난 다모에게 마중까지 받아 보다니, 이 정도면 출세한 거나 진배없지. 아무렴."

"보자마자 놀리시깁니까?"

희가 입술을 삐죽거렸고 명원은 픽 웃으며 그녀와 나란히 걸음을 옮겼다. 나른하게 불어오는 바람결에 어디선가 실린 꽃잎이 스쳤다. 유혈과 시체 더미를 아슬아슬하게 비껴갔기에 이 평온한 한때가 더욱 소중하게 와닿았다.

겨우 사흘 동안 너무나 많은 일이 있었다.

그 밤, 그들은 사노를 데리고 그 끔찍한 자리를 빠져나왔다.

이미 야밤의 소동에 동네 사람들이 죄다 몰려와 있던 상태여서 거지 여인은 일단 그들에게 맡겨 두었다. 그 후 '정신 놓은 여인으로 인해 화재가 발생하였으나 다행히 인명 피해는 없다' 는 사실이 관청에 보고되기까지의 수습은 때마침 돌아와 있던 단이 맡아 처리했다.

실패한 역모의 얼개는 사노의 입으로 들을 수 있었다. 그는 미천한 신분이었지만 혼자 글을 깨칠 만큼 머리가 좋았고 그런 만큼 세상에 대한 증오도 커서 전반적인 부분을 알고 있을 정도로 건형의 신뢰를 얻었다. 단의 은신처에서 심문을 받게 된 그는 건형의 죽음을 알자 충격에 온갖 저주를 퍼부었지만 결국 체념했다. 명원이 건형과의 약조에 대해 말해 준 것과 더불어 협조한다면 노비 문서를 없애 주겠노라 장담한 것이 주효했다.

계획의 전말은 예상과 다르지 않았다. 건형은 성정이 온화하여 발이 넓어 이런저런 정보에 제법 밝았다. 유효립 일파의 자금이 부패한 관리에 의해 빼돌려진 탓에 일부 무사히 남았다는 소식을 알게 된 것이 그 시작이었다. 그는 화적을 빙자하여 그것을 손에 넣은 다음 사람들을 포섭해 나갔다. 사노로서도 일부만 알고 있었지만, 놀랍게도 높은 인물은 없었다. 게다가 하급 무관 두엇을 제외하면 전부 중인이었다. 의원, 화원, 역관 등 직책은 다양하였고 단 하나의 공통점은 모두 궁에 자주 출입한다는 점이었다. 무관들이 동시다발적으로 궐기하여 궁으로 들어오면 그대로 대전大殿까지 들어가게 하는 것은 길목을 잘 알고 미리 길을 틔워 두는 등의 꾀를 낼 수 있는 중인들의 몫이었다.

듣던 이들의 놀라움을 달리 해석했는지 사노는 의기양양하게 사소함이 모이면 큰 것이 된다고 덧붙였다. 건형은 그들 전부를 따로 만나 얘기를 나누었고, 그들끼리는 서로를 모르도록 철저하게 구분을 두었다고 했다. 소문이 미리 새지 않기 위함이었으나 마치 따로 두려워하는 대상이 있는 듯 유난스레 조심하는 것이 이상할 정도였다는 소리에 희와 단은 명원을 보았지만 아무 말도 하지 않았다.

무기와 화약을 사들인 것은 그 모든 준비가 막바지에 이르렀을 때였다. 돈을 주어 만든 관리의 호패를 이용하여 화약을 쉽게 구한 것은 제 생각이었다고 자랑스레 밝히는 사노를 보며, 심문하던 세 명은 그것이 역모를 눈치챈 또 다른 이유였다는 사실을 묻어 두었다.

길고 긴 이야기가 끝나자 세 사람은 그에게 충분하다 싶을 만큼 엄포를 놓은 후 풀어 주었다. 평생 입을 닫지 않으면 후회할 거라는 희의 말에 코웃음 친 그였지만, 단이 그가 사는 곳과 가족의 신상에 대해 지나가듯 풀어놓기 시작하자 하얗게 질린 채 고개만 주억거렸다. 덕분에 사노는 지나치게 겁을 먹었고, 결국 명원이 처음 했던 노비 문서 소각 약조를 상기시켜 주고서야 간신히 걸음을 뗄 수 있었다.

그리고 명원은 약조를 지켰다. 사노에게도, 건형에게도.

음지의 수장을 들먹여 사람들의 행동을 제한하는 데 성공한 명원과 희는 사노의 자백을 들은 다음, 해가 뜨기 전 단과 그 일행을 대동하고 폐가로 돌아와 건형의 시신을 수습했다. 그리고 우선 단에게 맡겨 둔 후 그 길로 좌의정을 찾아갔다.

사정을 들은 좌상은 허무맹랑한 소리라며 일갈했다. 얼자라도 해주 오씨 가문의 자식이니 허튼수작 부리면 용서치 않겠다 분노하던 그는 명원의 고집에 꺾여 직접 건형의 시신을 확인하자 입을 다물었다. 돌려보내기 전 일단 옆방에 가둬 둔 사노가 명원의 채근을 받아 질문에 솔직하게 대답했고 정체를 밝힌 희와 단이 보장하자 그제야 믿고 충격에 휩싸였다.

참혹한 주검을 똑바로 바라보며 어깨를 떠는 이는 더는 좌의정이 아니라 후회와 절망에 깔린 아비였다. 건형조차, 부친이 자신에게 애정이 전혀 없지는 않았다는 걸 알고 있었던 것을 명원은 기억했다. 하루아침에 십 년을 더 산 듯한 좌의정은 배행했던 심복의 부축을 받으며 겨우 몸을 가누고 떠나갔다. 이후 좌의정이 급환이 들어 몸져누웠다는 얘기가 들려왔고 그날 오후, 좌우 정승댁이 사노를 서로 맞바꾸는 일이 있었다. 달이 뜰 무렵 명원은 은밀히 노비 문서를 전달받았으며 좌의정 댁은 우연히 화재에 휘말려 죽은 얼자의 염 끝난 관을 인계받았다.

명원은 슬픔에 잠길 새도 없이 건형의 동료였던 자들을 각각 따로 만났다. 계획을 참고하여 자신이 만약 이 입장이었다면 누구를 포섭하였을 것이냐는 가정을 치밀하게 다듬어, 대부분을 색출하여 못을 박음으로써 마무리 지을 수 있었다. 한두 명 정도는 여전히 묻어 있을지도 모르지만 이제 시간을 두고 천천히 밝혀낼 여유를 가질 정도가 된 것이다.

그렇게 되기까지 그야말로 숨 돌릴 틈도 없었기에, 강수인 종사관에게 일련의 모든 이야기를 보고하러 오는 데에 사흘이 걸렸다. 짧다면 짧고, 길다면 긴 시간이다.

묵묵히 듣고 있던 수인은 나란히 마주 앉은 명원과 희에게 먼저 이루 말할 수 없이 고생하였다는 위로와 격려의 말부터 건넸다. 그리고 덧붙였다.

"윗선에 보고는 할 터이지만 탑전까지 닿지는 못할 걸세. 그 점은 이해하리라 보네만."

"예. 세상에 알려져서는 아니 되겠지요. 사안이 사안이니만큼 관계자 모두

무덤까지 가져갈 것이니 염려치 않으셔도 될 것입니다."

명원이 대답했고 희도 고개를 끄덕여 그의 말에 힘을 보탰다.

"그 의견 또한 보고 올리도록 하지. 그러나 이후 경계를 늦춰서는 아니 되리."

"지엄한 양반 나리들만 감히 부탁드리겠습니다."

그 외의 이들은 맡겨 두라는 뜻을 알아들은 수인의 눈매가 부드러워졌다. 그대로 그는 화제를 바꾸었다.

"단이라고 하였는가. 광해의 서신을 가로챈 것이 그자의 공이라고?"

"예. 건달들이 주막에서 수상쩍은 심부름꾼 하나를 잡았다가 그 품에서 서신을 발견하고 그에게 보고가 된 것입니다. 무수한 강줄기가 결국은 바다로 흘러들어 모이는 것과 같은 이치로, 도성에 있으나 영향력은 그 이상인 자입니다."

사흘 전의 그 밤, 단이 바로 그 일 때문에 직접 내려가느라 자리를 비워 희가 명원의 집으로 찾아오게 된 것이었다. 명원의 허세가 일부는 사실이었던 셈이다.

"심부름꾼은 이미 답장을 받아 오는 상태였습니다. 광해는 서신에서 주모자의 어리석음을 질타하고 간신히 진정한 민심을 또다시 어지럽히는 행위라 타이르고 있었습니다. 그러나 그 내용이 중요하지는 않겠지요. 하여 밤이 가기 전 소각하였기에 제출하지 못한 점은 양해하여 주시리라 믿습니다."

"……물론이네. 서신이 있다는 자체만이 긴히 다루어질 것이 빤한 터. 잘한 조치였어."

수인은 무기와 화약이 있는 인왕산 자락 동굴의 위치를 다시금 확인한 후 두 사람은 물론 단까지 불철주야 애쓴 노고를 조금이라도 보상받을 수 있도록 하겠다는 말로 회의를 마무리 지었다.

포청 안쪽의 회의장을 나선 명원은 깊은 한숨을 내쉬었다.

나란히 걷고 있던 희의 시선이 느껴졌지만 돌아보지 않았다. 수인에게 보고함으로써 이제 이 일은 그의, 그들의 손을 떠나 정리가 된 것이다. 그러나 그는 아직 해야 할 일이 남아 있음을 알았다. 그의 시선은 눈앞에 이어지는 복도가 아니라 저 북쪽 관아의 깊은 곳, 검소한 사저에 앉아 서찰을 검토하고 있을 벗에게 가 있었다. 아끼던 아우의 횡사를 듣고도 백성들을 두고 자리를 비울 수 없어 속울음을 삼키고 있을 그에게.

좌의정은 차마 그 죽음에 얽힌 상세한 정황까지 알리지는 못할 터이지만, 명원은 해야 했다. 비록 역심이란 비뚤어진 형태로 나타났을지언정 건형은 적어도 자신에게 충실하였고 스스로 목숨을 걸 만큼 동료들을 염려한 사내였다. 시대를 잘못 타고난 죄 하나로 스러져야만 했던 아까운 인물이 존재하였음을, 세상은 모른 채 흘러가도 승윤은 기억해 주어야 했다. 그에게 그런 아우가 있었음을.

"……저기요, 나리. 너무 상심하지 마십시오."

희의 목소리에 명원은 시선을 내렸다. 그녀는 바닥을 보며 조심스럽게 말을 이어 갔다.

"나리께서야 정이 많으시니 이래저래 가엾게 여기시겠지만, 저는 아니니까 솔직하게 말씀드리면…… 그자의 그릇이 그뿐이기 때문이었습니다. 아무리 무한한 양이라도 수용할 만큼의 그릇도 아니고, 가진 크기에 다 차지 않게 양을 조절할 그릇도 아니어서요. 물론, 슬픈 일입니다. 하오나 부조리한 세상에 당한 이들이 한둘이 아닐진대, 그 모두가 역심을 품는 것도 아니지 않습니까. 냉정한 말이지만 사실입니다. ……화나셨습니까?"

이렇다 할 반응 없이 듣기만 하자 겁이 났는지 작은 물음이 꼬리를 물었다. 명원은 결국 고개를 저으며 웃어 버렸다. 진실의 차가운 이면을 굳이 지적한다고 울컥하기가 미안해질 만큼 그녀의 말은 꾸밈이 없었고 서툴게나마 그를 위로하려는 뜻을 쉽게 알 수 있었다.

그를 흘끔 보고 안도한 기색을 내비친 희는 다시 아래를 보았다.

"저가 말주변이 없어서…… 어찌 달리 말씀드릴 수 있는지 몰라서, 그냥 걸러 들어 주셨으면 좋겠는데, 저는요. 저가 이 조선 땅을 대신하여 나리께 감사하다 말씀드릴 수 있는 자격이 있었으면 좋겠습니다."

뜬금없는 소리에 명원은 걸음을 멈추었다. 덕분에 두 걸음 더 걸어갈 뻔한 희가 멈추고 몸을 돌렸다. 시선은 비낀 채, 그녀는 그가 물어보기도 전에 말을 이었다.

"나리께서도 분명, 저 같은 것은 상상도 못할 만큼 아프셨겠지요. 정말로 상상이 아니 됩니다. 하오나 말도 못할 만치 분하고 억울하셨을 거라는 생각도 듭니다. 더 많이 알수록 더 많이 힘든 법이기도 하고요. 만약 나리께서 생각을 달리 가지셨다면, 이번에는 폐가 한 채만 불에 타고 끝났지만 그때는 한양 땅은 물론 팔도가 마음 잡수시기에 따라 좌우되었을 거라고…… 그게, 그러니까 얼마나 다행인지, 멍청한 저 윗사람들은 모르겠지만, 분명 하늘은 알 것입니다. 예. 그래서, 감사하다고 말씀드리고 싶습니다. 저가 자격 따위는 없지만요."

일순 뻗어 나가려는 두 팔의 충동을, 명원은 주먹을 쥐어 참아 냈다.

연유를 설명할 수도 없는 판에 벌건 대낮에 포청 한가운데에서 다모를 희롱하였다고 알려진다면 어찌 될 것인가. 하지만 그 꽉 쥔 손이 아파질 만큼, 명원의 가슴 깊숙한 곳에서는 알 수 없는 강렬한 감정이 치밀어 올랐다. 그는 간신히 여유로운 척 웃어 보일 수 있었다.

"그런 쓸데없는 자격이 정히 필요하다면, 내가 주마."

희가 퍼뜩 고개를 들었다. 눈이 마주치자 주먹은 더욱 단단해졌으나 그는 평소와 다름없이 담담한 말투에 약간의 장난을 담았다. 그를 기쁘게 해 준 그녀의 솔직함에 대한 보답으로, 그 역시 허심탄회한 마음으로.

"아무렇지 않다고 하면 거짓이지. 이 정도야 별거 아니라고 말한다면 거짓이다. 허나…… 너의 그 말을 들으니 정말 그런 것처럼 생각되는구나. 고맙다. 자격이란 게 있어야 한다면 너라는 것으로 충분하다."

다른 사람이 아니라 유희라는 것으로.

눈이 깜박인다 싶더니 희의 얼굴이 확 달아올랐다. 명원은 당황하는 그녀의 모습을 재미있는 기분으로 바라보았다. 그녀는 어물어물하다가 황망히 고개를 꾸벅 숙였다. 곡해하지 아니하여 고맙다는 뜻이겠다. 이어 분위기가 어색하게 흘러갈 것을 막으려는 듯 난데없는 외침이 불쑥 튀어나왔다.

"이, 이번에는 제가 약을 사겠습니다!"

"약?"

무심코 되물은 명원은 말문이 막혔다. 그리고 언제 그랬냐는 듯 커다란 웃음으로 터졌다. 희의 움찔한 표정을 보자 더욱 멈출 수가 없어졌다. 탁 트인 웃음소리가 복도를 채웠다.

마치 깊숙한 곳에서 응어리져 있던 무언가가 서서히 씻겨 내려가는 것 같은 느낌이 그를 사로잡았다.

"그, 그만 좀 웃으십시오!"

모호한 표정으로 따라 웃던 희는 명원의 웃음이 좀체 그치지 않자 결국 놀리는 거라 믿고 심통이 났는지 더 빨개진 얼굴로 항의했다.

"정말이지, 사람이 애써 마음을 쓰는 것까지 놀리시다니! 진짜 너무하신 거 아닙니까?"

"그런 거 아니다. 너는 어찌 내가 무얼 하기만 하면 다 놀린다고 믿는 게냐?"

그는 겨우 웃음을 멈추고 대답하며 다시 걸음을 내디뎠다. 희가 입술을 삐죽이며 따라갔다.

"정녕 모르십니까?"

"그러하다면?"

"……바, 방금 한 말 전부 취소입니다! 약이고 무어고 알아서 발라 드시든가."

희가 이런 것밖에 없나 하는 한심하고 분한 얼굴로 대꾸했다. 명원은 다시 웃음이 났으나 눈치를 챈 그녀가 흘겨보기 전에 헛기침으로 덮었다. 서로 걷는 것보다 딴 데 정신이 팔린 바람에, 그들은 하마터면 뜰로 나가다 맞은편에서 오고 있는 사람들과 부딪칠 뻔했다.

명원은 반사적으로 붙들었던 희의 어깨를 놓아주며 그들을 보았다. 그중 정재겸이란 이름의 군관은 낯이 익었다. 놀람이 지나가는 얼굴에 희와 같이 있는 명원을 알아보고 희미한 불쾌감이 깔리는 것도 기억과 같았다. 옆에 있는 사람 역시 군관의 차림새였다. 무심코 시선을 주었던 명원은 내심 숨을 삼켰다. 미인에는 나름 익숙하여 외모보다 내실을 우선으로 판단하는 그조차 순간 감탄할 만한 미모의 사내였다. 읽을 수 없는 표정과 희를 보는 차가운 눈빛이 꽃의 가시를 연상케 할 만큼.

예전 자신이 기녀로 분하면 그럴듯하겠다고 진담 반 농담 반으로 말한 적이 있지만, 눈앞의 이 사내라면 그야말로 완벽한 잠입이 될 것이다. 엉뚱한 방향으로 흘러가던 명원은 문득 생각이 길어지고 있음을 깨닫고 재겸에게 인사했다.

"실례하였습니다. 미처 못 보고 그만."

"아닙니다. 저희야말로."

정중히 응대한 재겸은 희에게 시선을 주었다.

"오늘은 또 어쩐 일로 여기 있느냐? 요 며칠 보이지도 아니하더니."

사실 말하고 싶은 것은 이 사람이 왜 여기에 너와 같이 있는 게냐, 라는 것임을 그 자리의 모두가 알고 있었다.

"종사관 나리를 뵙고 오는 길입니다."

"하면 그 심부름, 아직 끝나지 않은 거냐?"

"오늘까지입니다."

"오늘까지라. 하여, 지금 또 나간다는 말이렷다."

"예."

재겸의 불퉁한 말에도 희는 예의 바르게 대답했지만, 그 점이 더 거슬리는 기색이었다. 어쩐지 이해가 가는군. 명원은 속으로만 짓궂게 중얼거렸다.

하고 싶은 말은 많아 보였으나 무엇부터 꺼내야 할지 모르겠다는 얼굴로 희를 노려보다시피 하는 재겸에게 일행이 어깨를 툭 짚었다. 그만 가자는 그 몸짓이 재겸과 희의 상관관계를 잘 알기 때문이라는 생각이 불쑥 든 찰나, 명원의 눈에 사내의 손이 들어왔다. 정확하게는 팔을 올려 소매가 약간 올라간 손목이었다. 붓을 잘못 놀려 먹물이 튀기라도 한 듯 뚜렷한 검은 얼룩은 밝은 피부라 더욱 눈에 띄었다.

이내 재겸이 주제넘게 나다녀서 포청 망신시키지 말고 조심하라는 등 얼핏 구박 같은 걱정의 말을 던지고 명원에게 인사를 한 다음 사내와 함께 그들을 지나쳤다.

"저것 보셔요. 이제 누가 불쌍한지 확실히 아셨지요?"

낮게 투덜대는 희에게 설핏 웃으며 어깨를 토닥이고 걸음을 재촉하던 명원은 문득 깨달았다. 방금 본 것이 얼룩이 아니라 반점이었다는 사실을.

멈춰 선 그는 몸을 돌려 멀어져 가는 두 사람 중 한쪽을 응시했다.

"정 군관 옆에 있는 저 사람은 누구냐? 매우 친한 듯한데."

"아, 한소백 군관님입니다. 정 군관님과는 거의 단짝 수준이지요."

"한소백이라. 제법 귀한 댁 손인 것 같은데 군관이라니 의외로구나."

"예에. 확실히, 대대로 판서에 정승도 나온 집안이라고 들었는데요. 장자이시면서도, 대단하지요. 한참 어리신 아우님이 태어나고서야 댁에서 허락이 떨어지셨다는데 아직도 껄끄러워하신답니다. 워낙 손이 귀해 여섯 살까지 먼 시골에서 요양하시다 도성에 오셨다지만 지금이야 무어, 군관들 수십 명 중에서도 둘째가라면 서럽다 하시지요."

소백에 대한 사람들의 관심이 익숙한지 살짝 떠본 말에도 희는 전혀 개의치 않고 대답했다. 명원은 점차 작아지는 뒷모습을 보면서 허름한 골목 어귀에서 본 어느 얼굴 하나를 떠올리고 있었다. 작정하고 알아보면 못할 것도 없다. 그러나…… 과연 그것이 모두에게 좋은 일일까.

누군가와 닮은 서늘한 눈매는 자신의 처지를 잘 아는 냉정함이 깃들어 있었다.

"이런, 큰일이네. 그새 홀랑 반하셨나 봅니다요."

눈이 마주치자 희가 능청스럽게 덧붙였다.

"연서 전달이라면 맡겨 주셔요. 다만 저분 저래 보여도 검을 손가락 다루듯 하시니 각오는 좀 하셔야 할 겁니다."

명원이 픽 웃으며 그녀의 머리를 꾹 눌렀다.

"싱거운 소리 관두고, 가자. 좋은 약은 꾸물거리면 다 팔리고 없으니까."

"체. 멀쩡한 사내에게 반해서 멍하니 있던 사람 그새 어디 가셨나."

희의 투덜거림에도 웃음이 섞여 있다. 명원은 나란히 걸어가며 생각했다. 훗날, 좌포청에서 전도유망한 무관 하나가 더는 보이지 아니할 때. 제삼자는 그때 나서도 될 것이라고.

……이깟 세상 잘 안다 자부하였건만. 아직 한참 멀었구나, 이명원.

말로 표현할 수 없는 복잡한 감정의 일부가 쓴웃음이란 형태로 드러났다. 그는 정말로 약이 필요했다. 절실하게.

오늘은 더 생각 않고 그저 얼큰하게 취해 볼 테다. 다시 무뎌지면 좋은 날을 골라 송도에나 다녀와야지. 잘 듣는 약이 필요한 사람, 거기 또 하나 아무렇지 않다는 얼굴로 태연하게 앉아 있을 터이니. 그에게 곁에 있는 것만으로 위로가 되는 정인이 있어 그나마 다행이다.

나처럼.

명원은 걸음을 멈추었다. 눈길을 느낀 희가 갸웃거리며 입을 열려던 차, 그는 다시 움직였다.

두 사람의 자박거리는 발소리에서 음률이 생겨났다. 그 사이로 감정을 드러내기보다 묻는 것에 익숙한 여유로운 목소리가 바람결에 실려 함께 날아올랐다.

"참, 가는 길에 훈국에 들르는 건 어떠냐? 이참에 약조도 지키고 네게 좋은 사람도 소개하고 일석이조겠다. 박연이라고, 전에 말했던 은인이지. 보면 깜짝 놀랄 것이다. 눈에 조선의 가을 하늘을 담고 있거든……."

좌의정 오윤겸吳允謙이 병으로 차자를 올려 사직하니, 상이 허락하지 않고 이어서 내의內醫를 보내 병을 살펴보게 하였다.

— 인조 6년 무진(1628, 숭정 1) 6월 12일(신축)

四. 전화위복轉禍爲福[5)]

一

“당장 꺼지라니까! 그대가 아는 나는 여기 없소. 목숨이 아깝거든 다시는 오지 마시오.”

“설마하니 그 손으로 저를 직접 죽이시기라도 하겠다는 말씀입니까.”

“못할 것도 없지! 닭이라 생각하면 그깟 목 누가 못 딸까.”

“……어머니?”

희는 어안이 벙벙한 채 사립문 간에 서 있는 그녀의 모친과 한 낯선 사내를 번갈아 보았다. 평소 곱상한 외모에 비해 괄괄한 성격으로 이름난 어머니지만, 아무리 심히 취한 주정뱅이라도 이만치나 폭언을 한 적은 없었다. 하물며 어머니가 노려보고 있는 상대는 마신 술이라고는 한 방울도 없는 것처럼 말짱한 상태인데.

5) 화가 도리어 복이 된다. 어떤 불행한 일이라도 끊임없이 노력하면 불행도 행복으로 바꾸어 놓을 수 있다는 뜻

희의 목소리에 모친이 흠칫 돌아보았다. 그 얼굴에 낭패감이 스친 모친이 입을 열었지만, 사내의 물음이 먼저 끼어들었다.

"어머니, 라고요?"

모친이 다시 그를 보았다. 그러나 그는 희를 보고, 다모 차림을 훑은 다음 다시 물었다.

"여기 이분의 따님이십니까?"

밥집 주모에 대한 높임도 놀랍거니와 봇짐장수라기에는 지나치게 정중한 말투였다. 그러나 희는 대답할 기회가 없었다. 모친이 두 사람 사이에 끼어들며 내뱉듯 말했다.

"분명 내 아이요. 그러나 그대의 짐작은 틀렸소."

사내는 무슨 짐작을 하는지 아느냐고 되묻는 대신 모친을 응시했고, 모친은 그 진지한 눈빛을 당당하게 받아치며 한 마디 한 마디에 힘을 실었다.

"두 번 말하지 않겠소. 잘 가시오."

모친이 몸을 돌려 안으로 들어가며 희에게 말을 던졌다.

"냉큼 안 들어오고 무얼 하누? 손님 가신단다. 소금 좀 가져다 뿌려 두어라."

"네?"

소금? 희가 반문했으나 모친은 이미 부엌으로 향하고 있었다. 희는 잠깐 주저하다가 걸음을 옮겼다. 그를 지나치는 때 확고한 목소리가 닿아 왔다.

"내일 다시 찾아뵙겠습니다."

희는 흠칫 돌아보았다가 사내의 강렬한 시선과 마주했다. 주춤하다 얼른 집으로 들어간 그녀는 부엌에 가서 그릇을 챙기고 있는 모친에게 지나가는 말투로 물었다.

"저 사람 누구여요? 그냥 장사꾼 같지는 않은데."

"옛날에, 잠깐 알았던 사람. 원래는 장사꾼이 아니었는데 세상사 알 수 없지. 다시 볼 일도 없으니 신경 끄고 얼른 옷이나 갈아입고 오너라. 국밥 하나 말아 줄 터이니."

"아, 네."

일단 대답하고 부엌을 나오면서도 희는 어쩐지 개운치가 않았다. 덤덤한 목소리와는 달리 그릇을 집는 모친의 손이 희미하게 떨리고 있었다는 것을 알아버려서일지도 모른다. 밖을 보니 그는 이미 사라진 후였다. 무언가 찜찜한 기분이었으나 모친이 싫어하는 것 같아 희는 더 관심을 두지 않기로 했다.

그러나 그날 밤 희는 난데없는 앓는 소리에 잠에서 깨어났다.

"……니야. 싫어……."

옆에 누운 모친이 식은땀을 흘리면서 뒤척거리고 있었다. 희미한 중얼거림이 짓눌린 숨소리에 함께 묻어 나왔다.

"당신이…… 싫어. 그런데, 왜. 나는."

"……어머니?"

"……다르게 만났다면, 좋았을걸……."

"어머니, 저 희여요. 어머니."

희가 나직하게 부르면서 어깨를 가만히 흔들자 모친은 신음 섞인 한숨을 쉬었고 이내 조용해졌다. 희는 일어나 앉아 한참을 지켜보았으나 더는 그녀가 모르는 목소리가 나오는 일이 없었다. 그녀는 다시 누워 잠을 청했다. 예상치도 못하게 엿듣게 된 괴로움 가득한 고백이 계속 귀에 맴돌았다.

다음 날, 새벽같이 일어나 장사를 준비하고 자는 척하는 희를 득달같이 깨우는 모친의 모습은 평소 그대로였다. 그러나 희는 그것으로 안심하고 어제의 일을 잊을 수는 없었다.

희는 포청에서 퇴청하자마자 집 주변의 객점들을 뒤지고 다니기 시작했다. 내일 다시 오겠다는 말을 남긴 사람이 먼 곳에 묵고 있지는 않을 터였다. 더욱이 모친에게 중대한 용건을 가진 것처럼 보였으니 무리 없이 집을 관찰할 수 있는 거리일 것이 분명했다.

예상대로 인상착의가 일치하는 사내가 묵고 있는 곳을 찾기까지 오랜 시간이 걸리지 않았지만, 당자를 만날 수는 없었다. 희가 실망하기도 전에 주인이 의아한 얼굴로 덧붙였다.

"급한 일이거든 포청에 가면 되잖소. 살인죄라니 쉬이 만나질지는 모르지만, 다모니까."

간밤 축시 경, 어느 으슥한 골목에서 유생 하나가 피투성이가 된 채 순찰을 하던 관군들에 의해 발견되었다. 흉기는 없었다. 사망 시점은 통금 전후. 비슷한 시각, 현장에서 조금 떨어진 곳에서 옷에 얼룩이 묻은 웬 사내가 헐레벌떡 사라지는 것을 우연히 본 사람이 있어 포청에서 그 주변을 수소문하기 시작했다. 그러다 객점 중 한 곳에서 또 다른 목격자가 나와 밤에 몰래 드나드는 걸 보았다며 그저께 도성에 들어온 봇짐장수를 찍었다.

지목된 사내는 잠이 오지 않아 마당에 나간 거였다며 강하게 부정했다. 그가 범인이란 증거는 찾지 못했으나 아니란 증거 또한 없고, 일단 증인이 있어 그는 포청에 끌려가 구금되었다. 하필 사자의 모친이 병조판서가 끔찍이 아끼는 누이라, 범인을 당장 죽이라 길길이 뛰고 있어 미해결로 남길 수는 없는 노릇이어서 변수가 없는 이상 처형될 날만 기다리는 셈이었다.

희는 사내가 있는 가장 안쪽 옥으로 안내받는 동안 그 이야기를 곱씹었다. 객점은 자신이 있는 좌포청의 구역이었으나 사건 현장이 우포청 쪽이어서 우포청 다모인 동무 효령의 도움으로 어렵게 들어온 것이었다.

호기심 가득한 얼굴이었지만 부탁한 대로 순순히 밖에서 기다려 주는 효령을 뒤로한 채 희는 창살을 사이에 두고 사내의 앞에 섰다. 벽에 기대어 있던 그는 희를 보고 흠칫 몸을 바로 했다.

긴장 어린 침묵을 깬 쪽은 희였다.

"오늘, 당신을 찾았습니다. 여기서 뵐 줄은 전혀 몰랐지만요."

"저를 찾았다고 하셨습니까."

"네. 당신이 누군지, 내 어머니와 어떤 사이인지는 전혀 모릅니다. 허나 어머니를 힘들게 하는 것은 분명하니 우리에게서 떠나 달라고 부탁드릴 참이었지요. 한데 이런 상황이고 보니 외람되지만 저는 운이 좋군요."

"어찌 그런 말씀을 하시는지요."

"정녕 사람을 죽였습니까?"

담담하지만 날카로운 물음을 들은 사내의 강한 눈빛이 희를 똑바로 응시했다.

"아닙니다. 아마 선아仙娥 아씨라면 그 질문, 하지 않으셨을 겁니다."

난데없이 튀어나온 이름은 어머니의 것이었다. 희는 충동적으로 물었다.

"혹, 외가 쪽에서 오신 겁니까?"

신상에 대해서는 아무 말도 듣지 못했기에 어머니가 고아이신가 생각을 한 적이 있었다. 실은 사연이 많은 지체 높은 집안의 여식이 아니셨을까? 그러나 사내는 단번에 부정했다.

"친가 되시는 쪽입니다. 다만……."

"다만?"

"저의 믿음이 틀렸다는 아씨의 말씀이 진실이라면, 어느 쪽도 아니겠지요."

희는 잠시 생각했다가 입을 열었다.

"십칠 년 전, 숲속에 버려진 아이를 마음 고운 여인이 거둬 친자처럼 기르기 시작한 일이 있습니다. 그러니 그 여인은 거짓을 말하지 않았습니다."

"친자처럼……이라고요."

"네. 그 점은 동네 사람들 누구나 아는 사실입니다."

이번에는 사내가 입을 다물었다. 그러나 그는 금세 흔들림 없는 말투로 대답했다.

"아씨께서 친자로 여기신다면 상관없습니다. 저의 주인께서도 그리 말씀하실 것입니다."

"그 주인이…… 어머니를 찾으러 당신을 보낸 것이군요. 보고는 드렸습니까?"

"아직은 아닙니다."

"하면 거래의 여지는 남아 있겠군요."

눈으로 묻는 사내에게 희가 당당하게 말을 이었다.

"당신이 진정 누명을 썼다면 내가 밝혀 드리겠습니다. 대신 당신은 돌아가서 우리 모녀가 죽었다고 보고하는 것입니다. 그리고 두 번 다시 나타나지 마십시오."

사내가 한두 호흡 끝에 말했다.

"제가 따르리라 생각하셨다면 정말로 아무것도 모르시는군요. 명을 완수하지 못한다면 오히려 죽는 편이 낫습니다만."

"그러는 당신이야말로 하나만 알고 넷은 모릅니다. 첫째, 당신이 죽는 편이 낫다고 생각하는 건 당신뿐이 아닙니다. 둘째, 당신 뒤에 오는 자가 우리를 찾기 전에 다시 숨어 버리기는 쉽습니다. 셋째, 오랜 세월이 흐르고도 찾을 정도니 내 어머니가 매우 중요한 존재라는 건 알겠습니다. 당신이 죽으면 당신의 그 주인은 심복도 잃고 어머니도 여전히 잃은 상태겠지요. 즐거운 삶이라는 생각은 아니 드는군요. 넷째, 한 번도 헛된 마음 품은 적 없지만 필요하다면 포청에서 쫓겨나는 한이 있어도 당신이 살인자라는 확실한 증거를 제출할 겁니다. 다시 말해, 이것은 부탁이나 요청이 아니라 단지 저의 얄팍한 동정에 의한 제안입니다. 결정하십시오."

허공에서 부딪힌 두 시선이 팽팽하게 당겨졌다.

질세라 노려보는 희를 응시하던 사내는 한참 후에 고개를 내저었다.

"정말로, 꼭 닮으셨습니다. 업둥이라는 내력은 아씨께서 지어내신 것일지도 모르겠군요."

"만에 하나 그렇다 한들 그 주인이란 자만은 아비일 리 없습니다!"

희의 발끈한 외침을 흘려 넘긴 사내는 이윽고 무겁게 말했다.

"알겠습니다. 이곳에서 나가게 된다면…… 원대로 해 드리지요."

그녀는 안도감을 간신히 누르며 당연한 듯 고개를 끄덕였다. 그는 낭패감과 낙담을 숨기지 않았으나 그녀를 보는 시선은 부드러웠다.

"성함을 알려 주시겠습니까?"

"……평생 혼자만 알고 있겠다고 약조할 자신이 있다면요."

"약조드립니다."

"유희. 빛날 희를 씁니다."

"빛난다는 뜻입니까. 잘 어울리십니다."

"당신에게 칭찬받아 보았자 기쁘지도 않으니 공치사는 관두십시오."

그는 설핏 웃었다. 그 웃음조차 따스해 보여, 그녀는 입을 꾹 다물고는 이내 그 자리를 빠져나왔다. 시선이 느껴졌지만, 조금 더 그 자리에 있었다가는 어느새 더욱 늘어나 버린 가슴속 가득 찬 물음들을 죄다 쏟아 버렸을 것이었기에 차마 돌아보지도 못했다.

아직은 아니야. 희는 고개를 저었다. 도박으로 성공시킨 이 거래를 무사히 끝내면 그때 물어보아도 늦지 않았다. 지금 그녀가 할 일은 따로 있었다.

효령에게 인사를 하고 우포청을 빠져나온 희는 이미 어두워진 밤하늘을 올려다본 후 일단 집으로 향했다. 구해 주겠노라 큰소리를 쳤으나, 그녀는 자신이 할 수 있는 일과 할 수 없는 일을 잘 알았다. 다른 때라면 혼자서도 어찌어찌 되겠지만 이번은 달랐다.

그녀는 이웃 순임이네 집에 자러 가는 척하고 나와 옷을 갈아입은 다음 슬쩍 골목을 빠져나왔다. 그리고 잠시 망설이다가 한쪽으로 방향을 잡았다.

"도와주십시오, 나리. 처음이자 마지막으로…… 감히 부탁드립니다."

희는 깊이 머리를 조아렸다.

별채와 저 중 고민했던 그녀는 별채의 불빛을 본 순간 스스로 놀라울 만큼 마음이 놓였다. 명원은 오랜만에 찾아온 희를 평소처럼 편하게 맞아 주었지만, 방 안에 들자마자 꿇어앉아 고개를 숙이는 모습에 놀란 기색이 역력했다. 그녀는 그가 묻기도 전에 모든 상황을 설명했다. 사내의 등장부터 옥 안에서의 거래까지. 그리고 한 번도 가로막지 않고 가만히 듣고만 있던 명원에게 진심을 담아 도움을 바랐다.

"화내기 전에 고개 들고 똑바로 앉아라."

희는 깜짝 놀라 그를 보았다. 그 말도 말이거니와 말투 또한 내용과 달리 부드러웠다. 올려다본 명원은 부러 화난 척하려는 얼굴이었다.

"기왕 착한 일 하고서는 애써 얻은 점수 다 깎아 먹는구나. 바로 앉으라니까."

"착한 일이라니요?"

"이런 중요한 일에 쓸모 있다 해 주고 있지 않으냐. 이 이명원이가 건재하다고."

중요한 일.

그는 그녀의 요청에 응해 주었다. 더구나 되레 그녀가 그를 돕는다는 듯이 말도 안 되는 농담으로 그녀의 부담을 덜어 주려는 배려가 있었다.

혼자가 아니야. 희는 순간 너무나 큰 안도감에 몸의 힘이 풀리는 기분이었다. 그래서 급작스럽게 닥친 이 심각한 상황이 자신을 얼마나 짓누르고 있었는가를 뒤늦게 깨달았다. 명원이 여상스럽게 덧붙였다.

"꼭 처음 보는 높은 사람인 양 대하는 품새는 그걸로 넘어가 주마. 비록 꿩 대신 닭이라, 네 오라비보다 내가 유용하겠다 싶어 온 것일지라도."

아!

희는 깜짝 놀랐다. 그렇다. 단 오라버니……. 평소 같으면 벅찬 일이 있을 때는 오라버니에게 갔을 터인데, 어찌하여 이번에는 생각도 못한 것일까. 치부를 드러내기 싫어서? 피만 다른 남매인 지가 이미 몇 해인데 그럴 리 없다. 그럼 대체 왜.

"뭐, 되었다. 사과는 받은 걸로 하고. 일단 그 사자의 상태부터 말해 다오."

그녀의 놀람을 정곡이 찔린 탓으로 오해한 모양이지만, 픽 웃는 그 모습에는 쓴맛이 조금 배어날 뿐이었다. 그녀는 예기에 상체 여러 곳을 찔렸다는 검시 기록을 전했다. 턱을 만지작거리며 생각에 잠겼던 그가 고개를 끄덕였다.

"의원 쪽을 뚫어 보면 무언가 걸릴지도 모르겠다. 상대를 찌를 때는 그 손에도 상처가 남는 법이니까."

"예. 하온데…… 이미 우포청에서 다 훑어갔을 것입니다."

"그러니 사연이 많아 숨죽인 이들을 골라내야지. 잠시 나가 있거라."

그는 손짓했고, 그녀는 밖으로 나갔지만 무얼 해야 할지 몰라 닫은 방문 앞에서 서성였다. 그러다 이내 문이 열리자 나오는 명원과 부딪칠 뻔했다. 깜짝 놀라 뒤로 물러선 그녀는 그의 허름한 두루마기와 갓을 보고 무심결에 물었다.

"지금 나가시려고요?"

"하면? 시간이 금이다. 가 보자꾸나."

마치 제 일처럼 서둘러 주는 데다 마음을 헤아려 함께 움직이자고 해 주는 그가 고마웠다. 고맙고, 또……. 이 마구 흐트러진 심경을 어찌 말해야 할지 망설이는 새 명원은 저만치 앞서고, 희는 결국 입을 다물고 뒤를 따랐다.

말한 대로 그는 의원들을 찾았다. 통금을 무시한 방문은 둘째로 쳐도 동행이 있다는 것에 다들 놀라는 눈치였으나 희는 일절 끼어들지 않았고 명원 역시 그녀를 그림자 취급했다.

사람을 만나 정보를 찾는 명원의 모습을 처음으로 지켜본 바로는, 당연한 일이겠지만 명원이 만나는 모두가 그가 무자임을 아는 것이 아니었다. 그렇다고 부자 역관의 아들도 아닌, 자신을 그저 팔자 좋고 성격 무던한 한량으로만 보는 이들에게 명원은 이번 유생 살인 사건의 용의자가 사실 자신이 아는 자인데 결백하기에 이리 알아보고 있노라 설명했다. 그 점은 별 이견 없이 받아들여졌지만, 손을 다친 사람을 찾는다는 말에는 저마다 고개를 갸웃거렸다.

그의 정체를 제대로 아는 경우의 반응은 좀 달랐다. 약초를 썰고 있던 앉은뱅이 노老의원은 다섯 번째로 반복되는 통에 더욱 유창해진 명원의 설명을 비웃음으로 끊었다.

"아는 자? 그리 재면 성곽에서 안으로 던진 돌에 사람이 맞아 죽어도 네놈이 나서겠구나."

"물론입니다. 그런 신기한 일을 놓쳐서야 아니 되죠."

능청맞은 대꾸에 노인이 코웃음 쳤고, 명원은 다시 말을 이었다.

"설사 몰라도, 억울한 혼백을 만들 수는 없는 일 아닙니까."

"그래서 예까지 온 이유는?"

"근자에 손에 상흔을 입은 자를 보신 적 있으신지요."

써걱. 약초 잘리는 소리 뒤로 노인의 퉁명스러운 대꾸가 덧대어졌다.

"딴 데 가서 알아보아."

그런 사람 모른다는 반응이 아니었다. 희가 알아차렸듯 명원 역시 물러서지 않았다.

"어르신이 모르시면 어딜 가서 찾겠습니까. 이대로는 사자의 넋을 달래 주기는커녕 도리어 화를 부를 것입니다."

"달래 주기는, 얼어 죽을! 죽을 만한 놈이 죽은 게 무어 대단하다고!"

빈 작두가 철컥, 거세게 내려치는 소리에 희는 움찔했다. 명원이 물었다.

"그 유생이 죄를 지었다는 말씀입니까?"

"핏줄의 죄도 죄지. 직접 찌르고 때려야만 죄인이라더냐? 그놈 외숙이 하늘 무서운 줄 모르고 나대니 자식 같은 조카가 죽어 넘어지는 게 당연하다면 당연한 게지."

현 병조판서를 비방하는 목소리의 쨍쨍함에 되레 희의 간이 졸아들었다. 노인은 명원을 노려보던 시선을 내려 다시 손을 놀리며 말을 이었다.

"어디 그뿐이랴. 횡액을 당한 것이 병판 하나면 저놈도 운이 나쁠 때가 있다 그러고 말겠지만, 낡은 의리만 좇다 난을 일으킨 놈들이 올해 들어 줄줄이 초상이니 천벌이 아니고 무엇이야. 아직 무사한 놈들도 머잖아 같은 꼴이 나겠지."

생각지도 못한 말에 희와 명원의 눈이 처음으로 마주쳤다.

"그야…… 파직이나 좌천된 벼슬아치는 매년 있었습니다만."

"쯧, 이름이 아깝다 이놈아. 대뜸 생각나는 것만도 셋이다. 한때 우부승지右副承旨니 이조참의吏曹參議니 한성부우윤이니 하던 이들이 지금 어디서 무얼 하는지 뉘 기억하리?"

노인은 떠보는 듯 은근한 명원의 대꾸를 단번에 잘랐다.

그들이 모두 척화파였다는 말인가? 그런 쪽으로는 생각한 적이 없던 두 사람은 놀랐지만 우선 중요한 것은 그게 아니었다. 명원은 다시 노인을 보았다.

"정녕 천벌이라면 말씀대로겠지요. 허나 누명을 쓴 자가 있는 이상 사람의 일이라 봐야 할 것입니다. 어르신, 알고 계신 것이 있다면 가르쳐 주십시오."

묵묵부답이 대답이나 매한가지였다. 노인 역시 내버려 두자 생각하고도 애먼 사람이 죽게 되자 고민하는 눈치임을 안 희는 주저하다 입을 열었지만, 그

다음 벌어진 상황에 놀라 말이 나오지 않았다.

무릎을 꿇고 머리를 숙인 명원이 진지하게 청했다.

"아무리 죄가 크다 한들 그 벌은 하늘이 내리는 것, 살인은 살인입니다. 도와주십시오. 어르신께 폐가 가지 않을 것을 약조드립니다."

한동안 약초 썰리는 소리만이 방 안을 가득 채웠다.

작업을 끝낸 노인은 미동도 하지 않고 있는 명원과 희를 흘끔 보고는 혀를 찼다. 담뱃대를 끌어당겨 불을 붙인 그는 눈썹만큼이나 새하얀 연기를 날린 다음 자신의 다리를 툭 쳤다.

"젊었을 적, 나뭇짐이 버거워 길가에서 잠시 쉰 적이 있었지. 지나던 어느 도령이 천것이 감히 방해한다며 타고 있던 말로 깔아뭉갰고 그때 이 꼴이 되었어. 그런 놈이 병판이랍시고 대감 소리 듣는 게 이런 세상이다. 그래도 벌을 줄 하늘이 있을 것 같으냐?"

"……믿는 수밖에요. 제 명 다 누리며 호의호식 못 할 만큼, 그런 인사를 내어 나라와 백성에게 폐를 끼친 가문이 오래도록 부귀영화를 누리지 못할 만큼은 하늘이 올바르기를."

노인이 다시 연기를 뱉었다. 한참 후에 입만 살았다는 둥 꿍얼거리며 탐탁지 않은 표정으로 입을 열었다.

"오늘 아침 손을 다친 사내가 와서 연고를 바르고 붕대로 감았었다. 객점의 일손이라 실수로 칼에 베였다고 하더라마는 부엌일하는 아낙도 아닌 이상 실수이기엔 좀 이상한 상처였어. 거뭇한 얼굴에 눈이 부리부리하고 대략 오 척 칠 촌쯤 되었나."

"아!"

희는 입을 황급히 막았지만, 이미 집중된 시선에 목을 움츠렸다. 오늘 저녁께 객점을 뒤지던 때 언뜻 보았던 한 사내가 딱 그대로였다.

노인은 알았거든 나가라는 듯 돌아앉았고 명원은 그 등에 감사를 담아 고개를 깊이 숙인 후 몸을 일으켰다. 희도 얼른 인사를 하고 그의 뒤를 따랐다. 밖으로 나온 두 사람은 으슥한 골목길에 몸을 숨겼다. 희의 얘기를 들은 명원은 버릇대로 턱을 만지작거렸다.

"이미 포청에서 주변 인물은 죄 훑었을 터, 접점이 전혀 없는 모양인데. 이상하군."

"사자와 그자를 각각 알아보아 맞추어야 할 듯싶습니다."

"시급하니 하나씩 맡도록 하자. 일손 쪽은 내가 가마. 이미 그 주변이 다모인 너를 보았으니까. 너는 변복하고 사자 쪽 노비들을 찔러 보는 게 좋겠구나. 내일까지 되겠느냐?"

"예, 나리. 내일 밤 별채로 찾아뵙겠습니다."

"둘 다 직접 나서고 싶겠지만 맡겨 두어라. 내게 말한 이상 반은 내 몫이니까."

희는 농담하듯 위로하듯 말을 건네는 그를 바라보았다. 하나의 물음을 삼키면서.

그래서…… 그리 쉽게 무릎을 꿇을 수 있으셨습니까?

몸 안 깊은 곳이 뜨겁게 벅차오르는 기분이 들었다. 아무 상관도 없는 일 따위, 도와주겠다고 말한 것만으로도 큰 은혜인데. 하물며 제 일처럼 여겨 주는 저 마음에는 어찌 보답해야 좋을지 모르겠다. 그녀는 어쩐지 눈물이 나오려는 것을 꾹 참고 꾸벅 인사했다.

"감사합니다. 나리. 저, 저가 할 수 있는 일이 있다면 언제든지 말씀하셔요. 무엇이든 하겠습니다."

"그런 공치사는 아직 이르다. 무어, 제법 솔깃하긴 하다만."

"공치사 아니라 진심입니다."

그는 그녀를 잠시 내려다보다가 말했다.

"그럼 이만 들어가자."

"예?"

"여기서 밤샐 거냐? 이러다 들키면 어쩌려고."

그는 손을 저으며 그녀를 재촉했고, 그들은 주위를 경계하며 걸음을 옮겼다.

반보 뒤에서 따르던 희는 흘끔 눈을 들었다. 어둠에 묻어가는 중이지만 명원의 옆모습은 너무나 또렷해 심장이 덜컹할 정도였다. 그녀는 자신의 교활함에 쓰게 웃었다. 그가 자신에게 벅찬 일을 시킬 리 없다는 것을 알기에, 그리 망설임 없이 장담한 것이다. 그러나 진심이었다. 그 어떤 일이라도 할 수 있다. 이 사람이 원한다면. 자신을, 필요로 해 준다면.

이번 일을 해결하지 못한다 하더라도…….

스치는 깨달음에 희의 걸음이 느려지다가 멈추었다. 몇 발짝 앞서던 명원이 문득 돌아보았다.

"왜 그러느냐?"

"……아닙니다, 아무것도."

결국…… 이 일과는 아무런 상관 없는 얘기일까. 이런 마음이 드는 것은.

그녀는 고개를 저으며 다시 걸었다. 이번에는 그와 어깨를 나란히 한 채였다.

처음에는 보폭이 컸지만 이내 걷기가 한결 수월해졌다. 그가 자신에게 맞춰 주고 있음을 알기란 쉬운 일이라 희는 꾹 다문 입에 힘을 주었다. 마냥 기뻐할 수 없는 복잡한 기분도 아랑곳없이, 어느새 구름 걷힌 달빛은 눈 부실 만큼 두 사람을 밝게 비추었다.

二

"……매질을 하였더랍니다. 하여, 그 사노를 모른 척 찔렀더니 과연 아는 것이 있었습니다."

통금이 한창인 깊은 밤, 작은 방에서 은은한 불빛이 흘러나왔다. 한껏 낮춘 목소리가 담은 내용은 기방 담장 안의 별채라는 장소를 무색하게 하고 있었다.

"사자가 외숙의 나들이에 함께한 다음부터 묘하게 이상해 보였는데, 친한 벗이 찾아와 나누는 대화를 언뜻 들었답니다. 힘이 있으면 그녀를 빼 올 수 있다는 사자의 말에, 우상이 껌벅 죽는다는데 그 권력 마다할 기녀가 어디 있냐며 소용없다고 핀잔을 주더라고요. 그래 사자가 그녀도 그 생활 원치 않아 나만 믿고 있다 대꾸하였다가 상대가 믿지 않으니 버럭 화를 내었던 적이 있다 했습니다."

"기녀라."

심각한 표정으로 듣고 있던 명원이 물었다.

"혹 기명이 무엇인지 물어보았느냐?"

"네. 하오나 많이 들어 보긴 했는데 갑자기 생각이 안 난다고 투덜대더군요."

"그만한 기녀라면 오가다 주워들은 적은 있겠지. 접점을 찾은 것 같구나. 아무래도 치정 살인인 듯싶다."

놀란 눈의 희를 향해 명원이 고개를 끄덕였다.

"그래. 이쪽도 정인으로 여기는 기녀가 있더라."

일손과 친한 자를 구슬려 듣자니 쭉 빠진 기녀가 있다 하였다. 예전에 보고 한눈에 반해 벙어리 냉가슴 앓듯 하다가, 우연히 길에서 보고 다시 불이 붙은 지 한 달이란다. 끈질긴 구애에 그녀 역시 마음을 열어 주었는지, 기녀가 된 신세에 눈물지으며 한탄할 때도 있다고 했다. 사건이 일어난 날 밤 어딘가 나가는 눈치였으나 아마 그 기녀를 만나러 간 것이 분명하다 믿어 의심치 않고 있었다.

"암만 도성에 기녀가 깔렸다 하나, 이런 경우는 동일인이라 보아도 되겠네요."

그렇지 하고 고개를 끄덕인 명원이 목소리를 더 낮췄다.

"한데 재미있는 것은 그가 그 기녀를 처음 만난 계기다. 예전 대가 댁 종이었는데, 안방마님을 살짝 찾아온 기녀를 우연히 보고 반한 거란다."

"대감님도 아니고 안방마님을 몰래 찾아요? 어느 댁인지 들으셨습니까?"

"따로 알아보았지. 전 한성부우윤 댁이었다."

무심코 고개를 끄덕이던 희가 흠칫 놀랐다.

"아는가 보구나."

"알다마다요. 저와 정 군관님이 맡았던 사건이었습니다."

올해 초, 명원을 알기도 전의 일이었지만 기억은 쉽게 떠올랐다. 첩이 본처를 저주하는 등 괴악한 짓을 서슴지 않아 본처의 손에 죽임당한 사건이었다. 그 후 집안을 제대로 다스리지 못한 점과 평소 행실이 부덕한 점을 들어 좌천된 우윤은 얼마 안 가 재산을 처분하고 낙향하였다. 당시 주변인을 조사할 때 열이면 열 모두 마님의 후덕함에 입을 모아, 투기란 것이 정말 무섭다고 느꼈던 것도 기억이 났다. 하지만 반가의 정숙한 마님이 어찌 그 내막을 다 알게 되었나 하는 의문도 없잖아 있었던……. 희가 뒤늦은 경악 속에서 외치듯 물었다.

"그 기녀가 개입한 것일까요?"

"가능성은 있지. 얼마 안 가 그 일로 집안이 풍비박산 나서 객점으로 흘러온 모양이니까."

심정을 이해하는 듯 그는 함부로 목소리를 높인 그녀를 꾸짖지 않고 조곤조곤 대꾸했다. 실수를 깨닫고 입술을 안으로 말았던 희가 진지하게 말했다.

"그 기녀에 대해서 알아보아야 할 듯싶습니다."

"물론이지. 허나 지금 중요한 건 그게 아니다. 헛갈리면 아니 되리."

명원의 장난스러운 지적에 희는 얼굴이 붉어졌다. 그가 픽 웃으며 말을 이었다.

"시급한 것은 범인을 찾는 일이다. 다른 것은 그다음에 생각하자꾸나. 네가 좋아하는 소향이 도와주지 않겠느냐."

말마따나 한양의 내로라하는 명기라면 훌륭한 조력자가 되고도 남는다. 하지만 희는 입을 삐죽거렸다.

"딱히 좋아한 적 없는데요."

"그럼 종종 신경 쓰던 건 싫어서였나 보구나."

"그건……."

희는 말문이 막혔다. 대답할 말이 없어서라기보다, 저도 모르게 물음이 떠오른 탓이었다.

정말 그랬니?

명원은 웃음기를 담은 얼굴 그대로 화제를 돌렸다.

"찌른 다음 흉기는 갖고 달아났을 게다. 이것만 찾으면 확실한 증거가 될 터."

"분명…… 근처 수풀이나 물속까지 전부 훑었는데 못 찾았다고 했습니다."

희는 잠시 골몰하다가 말을 이었다.

"연유는 몰라도 부러 가져갈 정도면 아직 지니고 있을 가능성이 큽니다. 아마 자신이 쓰는 농 같은 곳에 깊숙이 넣어 두지 아니하였을까요. 포청을 앞세워 압수할 근거는 빈약하니 몰래 가지고 나오는 방법밖에 없을 듯합니다."

그녀는 흘끔, 명원의 눈치를 살피고 조심스레 덧붙였다.

"나리께서…… 그자의 주의만 살짝 돌려 주신다면요."

"호오, 제법 간이 커졌구나. 이 몸더러 미끼가 되어 달라 그 말이렷다?"

"죄, 죄송합니다!"

"그래. 죄송해야 한다. 재미난 건 네가 다 하려 하고 있으니까."

그나마 덜 위험한 쪽을 부탁하려는 희의 마음을 알면서도 '위험'을 '재미'라 표현하며 능청스러운 핀잔을 준 그는 몸을 일으키며 말했다.

"허나 그 계획 자체는 찬성이다. 마침 그럴듯한 것이 수중에 들어왔는데, 써먹으면 딱 좋겠구나. 어디 보자."

서랍장을 뒤적거리던 명원은 이내 자리로 돌아왔다. 서궤 위에 탁 내려놓은 것은 한 주먹도 안 될 작고 둥근 통이었다. 뭔가 싶어 눈을 깜박거리는 희에게 그가 설명했다.

"이것이 말이다, 연무탄烟霧彈이란 건데 바닥에 힘껏 던져 깨뜨리면 연기가 나온단다."

듣고 있던 희의 얼굴에 서서히 미소가 떠올랐다.

"그뿐입니까?"

"그뿐이지."

시침 뗀 얼굴로 고개를 끄덕인 그는 씩 웃으며 연무탄을 그녀에게 휙 던져 주었다. 그리고 그녀가 황급히 받아 드는 것을 보며 덧붙였다.

"한 살이라도 어린 네가 기운 좀 쓰거라. 이의 없겠지?"

그로부터 달이 조금 더 높이 떠오른 때, 객점들이 모인 골목 한가운데에서 난데없는 고함이 터져 나왔다.

"불이야! 불이 났다!"

다급하고 필사적인 목소리를 듣고 잠에서 깬 사람들은 창호지 너머로 보이는 자욱한 연기에 소스라쳐 너도나도 밖으로 뛰쳐나왔다. 이내 집마다 마당과 골목은 사람들로 가득 찼고, 몇몇 사내들이 나서서 물동이를 들고 연기의 진원지를 찾아다녔다. 그리고 한참 후 불에 탄 자국은 아무 데도 없고 웬 깨진 조각이 굴러다니는 것을 발견하였을 때, 이미 어둠 속의 두 인영은 나타났던 것만큼이나 갑작스럽게 사라진 지 오래였다.

"……감사 인사는 따로 드리지 않겠습니다."

"물론입니다. 이건 거래니까요."

희의 딱딱한 대꾸에도 사내는 희미하게 웃을 뿐이었다.

간밤, 화재를 빙자하여 희가 사람들의 시선을 끈 사이 명원이 흉기로 짐작되는 단도를 슬쩍해 오는 데 성공했다. 예상대로 농 제일 아래 넣어 두었다던 그것은 깨끗이 씻긴 채였지만 희가 칼을 숯불로 달군 다음 식초에 담그자 혈흔이 선명하게 드러났다. 그 뒤는 명원이 나서서 우포청에 있는 지인에게 '우연히 습득한' 단도를 증거로 제출하여 사자의 상처와 대조하게끔 해서 진범을 알렸다. 우포청에서는 즉시 객점으로 쫓아갔으나, 죄인은 기묘한 소동이 있던 밤 후로 행방이 묘연해졌다는 주위 증언만 남아 있을 뿐이었다. 희와 명원은 그가 단도가 없어진 것을 바로 알아차리고 새벽같이 도성을 빠져나갔으리란 추측에 의견 일치를 보았다. 그러나 그 이후는 알 바 아니다. 죄인은 언젠가 죄 값음을 하기 마련, 그녀로서는 약조를 무사히 지킨 것이 중요할 따름이었다.

차마 말을 못 꺼낸 희의 마음을 들여다보기라도 한 듯 명원은 함께 가도 좋겠느냐 말해 주었고 두 사람은 사내가 풀려날 때를 맞춰 우포청으로 향했다. 사내는 약간 초췌해지긴 했어도 무탈한 상태였다.

희와 명원은 넓은 대로까지 그와 동행했다. 멀지 않은 거리를 지나는 동안 그는 매우 정중하고 솔직했다. 명원은 일절 끼어들지 않고 한 발 뒤에서 따르고 있을 뿐이었지만 그것으로 충분했다. 그가 있어 주어 희는 내내 여유를 잃지 않고 냉담한 태도를 유지할 수 있었다.

큰 갈림길에서 기묘한 동행이 끝났다. 멈춰 선 희가 사내와 마주 섰다.

"도성을 나가기 전에 내 어머니에게 가십시오. 그리고 마음을 바꿔 먹었으며 다시는 찾지 않겠다, 가서도 죽었다고 보고할 생각이다. 그리 말하셔야 합니다. 이 거래에 대해서는 일절 말하지 말고 그저 어머니를 안심시키고 떠나시오. 그것이 당신이 할 수 있는 유일한 선행입니다."

"……말씀대로, 따르겠습니다."

사내는 고개를 끄덕였다.

"그러면 여기서 인사드리겠습니다."

"잘 가십시오."

무관심에 가까운 인사를 던진 희는 순간 몸을 꼿꼿이 했다. 순식간에 이목이 쏠려 사람들이 수군대는 소리가 떠돌기 시작했으나 개의치 않고 큰절을 올린 사내는 잠시 후에야 몸을 일으켰다. 그리고 깊이 몸을 숙였다.

"뵙게 되어 기뻤습니다. 부디 건강히 지내십시오. 희 아가씨."

희는 아무런 대꾸도, 심지어 무슨 짓이냐 화를 내지도 못했다.

그는 명원에게도 정중하게 인사한 후 돌아섰다. 아니, 돌아서려던 그는 무언가 생각났다는 듯 희를 보았다.

"제가 해 드릴 수 있는 일이 하나 더 있을지 모르겠습니다. 옥 안에서 주워들은 얘깁니다만, 다모이시니 유용한 쓰임이 있을 것 같아 기억하고 있었습니다."

"……무슨……."

"좌상 얼자가 비명횡사한 일이 있다는 것이 사실인지요?"

생각지도 못한 말에 희의 눈이 커졌다. 돌아보지 않았어도 명원 역시 긴장하고 있음을 알 수 있었다. 그녀의 반응이 대답이 되어 사내가 말을 이었다.

"사실은 사고가 아니라 우상이 손을 쓴 것이라 합니다. 그가 귀애하는 여인에게 욕정을 품고 접근했다는 이유로."

두 사람은 일순 굳어 버렸다.

사내는 다시 묵례하고 몸을 돌렸다. 그가 차츰 멀어지고 이내 인파에 묻혀 사라질 때까지, 희와 명원은 그 자리에서 움직일 줄 몰랐다. 사내가 예상하고 이해한 놀람은 실제 그들의 감정과 같은 종류이긴 하지만 그 크기와 깊이에 비할 바가 못 되었다. 그가 말한 것은 분명 낭설浪說이며 헛소문이다. 진실을 아는 두 사람에게는 재고의 가치도 없었다. 그러나 그 소문이 암시하고 있는 하나의 의미는 그렇지 않았다. 그것이 사실이라면, 그 의미는 과연.

희는 깊게 숨을 토했다. 어깨를 짚는 느낌에 돌아보자 명원과 눈이 마주쳤다. 같은 의혹이 깔린 그 눈빛은 지체할 수 없다고 말하고 있었지만, 동시에 그녀를 채근하게 된 것에 대한 미안함을 담고 있었다. 그가 미안해할 필요는 없는데도. 희는 조금 웃어 보이며 고개를 살짝 끄덕였다. 굳은 미소였지만 뜻은 통했다. 그 역시 희미한 웃음으로 맞받고 잡은 그녀의 어깨를 격려하듯 힘을 준 후 손을 내렸다.

두 사람은 돌아서서 함께 걸음을 옮겼다.

갖가지 감정의 수천수만 이야기를 품은 낮이 물러가면 밤이 그 자리를 대신했다. 침묵과 정적, 고요함 이면에는 낮보다 더 깊고 진한 이야기가 펼쳐지기 마련이었다.

그 밤은 특히 그랬다.

도성 내에서 낮이 가장 오래 머무르는 기방조차 하나둘 잠이 들고 이슥고 별이 가장 밝게 빛나는 시각이 되었을 즈음, 어둠 속에서 더욱 짙은 어둠이 형체를 갖춰 움직였다. 그 은밀한 움직임은 반보 앞서는 쪽도 뒤따르는 쪽도 마찬가지로, 아무에게도 눈에 띄는 일 없이 어느 기방 깊숙한 방을 찾았다. 창호지를 통해 흘러나오는 불빛은 마치 심야의 방문자들을 인도하는 듯했다.

방문 앞에서 작게 손기척을 내자 허락의 말이 떨어졌다. 안으로 들어서는 크고 작은 그림자에, 방의 주인이 자리에서 일어나 맞이했다.

“어서 오십시오. 두 분. 기다리고 있었습니다.”

“오랜만이오. 소향.”

키가 큰 쪽, 명원이 담담하게 인사를 받았다.

三

“흔쾌히 허해 주어 고맙소. 야심한 시각, 폐가 될 줄은 아오나 그대에게 시급히 묻고 싶은 일이 있어서.”

아랫목의 권유를 극구 사양해 윗목에 자리 잡은 명원이 운을 떼었다. 희는 그 곁에 꿇어앉아 묵묵히 지켜볼 따름이었다.

“별채 나리께서 저 같은 것에게 청을 넣어 주셨는데 여부가 있겠습니까. 이 년을 필요로 하여 주신다는 것이 기쁠 뿐이어요. 저가 도움이 될 수 있을는지 염려스럽습니다만.”

“다른 사람은 아니 되오.”

명원의 목소리는 부드러웠지만 단호했다. 의아해하는 소향에게 명원이 사정을 털어놓았다. 최근의 유생 살인 사건에 대한 전말을 밝히고, 그 두 사내의 사이에 있었던 기녀는 우상과 매우 가까우며 전 한성부우윤 처첩 살인 사건을 조장한 적이 있노라 설명한 후 시급히 찾아야 한다 덧붙였다. 심각하게 듣고 있던 소향이 이윽고 고개를 저었다.

“그럴듯한 사람은 당장에 생각나지 않는군요. 요량껏 알아보겠습니다.”

“고맙소. 일이 조금이라도 쉬울 수 있게 몇 가지 더 알려 주리다.”

“말씀하시지요.”

"그 여인은……."

명원은 잠시 촛대 위에서 타오르는 불꽃을 바라보았다. 그리고 그대로 말을 이었다.

"고故 오건형, 좌상의 차자가 은애한 사람이오."

소향의 눈이 커졌으나 단조롭기까지 한 명원의 말은 계속되었다.

"송도 교방 출신이며 그 이전 내력은 불명이오. 허나 관련된 이야기가 하나 있으니, 내수사를 방해하여 파직당한 전 흥양현감에게 이복 누이가 하나 있었소. 계모의 소생인 누이는 매우 아리땁고 재주가 많아 평안 감사까지 배출한 황해도 최고 거부의 며느리가 되었소. 그로부터 얼마 안 가 정묘난이 발발하고, 그 이듬해 누이는 소박을 맞아 친정으로 돌아왔지. 허나 친정에서도 쫓겨난 이후 행방은 물론이고 생사까지 불분명하오. 누이를 내치는 것에 그 오라비가 가장 앞장섰다고들 하더이다."

"……어떤 연유로 그리하였답니까."

묵묵히 듣고 있던 소향의 물음에 명원은 그녀를 똑바로 보았다. 그녀는 눈길을 피하지 않았다. 뜬금없게도 희는 소향이 정말로 아름답다는 생각을 했다. 핏기 없이 딱딱하게 굳어진 얼굴조차.

"돌아왔기 때문에."

명원의 목소리가 묵직하게 울렸다.

"고향으로 돌아왔다還鄕는…… 단지 그것이 이유가 되었소. 그 점에 대한 분노는 정당하지만 방법은 틀렸다는 것을, 그대도 이미 알고 있으리라 생각합니다. 아란娥爛 낭자."

희는 눈을 의심했다.

아무 일도 일어나지 않았지만, 자신들을 마주하고 있는 여인은 더는 기녀 소향이 아니라 부조리한 세상에 대한 피해자이자 복수자인 평범한 여인, 아란이었다.

그녀는 무슨 소리냐 묻지 않았다. 그저 차갑게 가라앉은 눈빛으로 어찌 알았는지를 말없이 추궁할 뿐이었다. 명원이 천천히 말을 꺼냈다.

"처음 이상하다고 생각한 것은 죽은 유생이 외숙과 나들이를 하였다 가슴앓이를 시작했다는 것을 알았을 때였소. 예전 훈국에 침입자가 있었던 그다음 날 오후, 그대와의 담화가 여종의 부름으로 중단되었지요. 병판이 나들이에 배행하기를 원한다는."

이미 들은 얘기지만 새롭다. 희는 잠자코 그의 말에 귀를 기울였다.

"판서쯤 되는 자의 나들이라면 기녀 두엇은 기본, 하여 더 깊게 생각하지는 아니하였소. 우상이 귀애한다고 하였으나 그것만으로 누군가를 확정 짓기도 어렵고. 의혹이 구체화한 것은 죽은 좌상 차자가 사고사가 아니라 우상이 투기하여 처리한 것이라는 소문 때문이었소."

소향, 아니 아란이 중얼거렸다.

"그런 말도 안 되는……."

"물론 낭설이오만 내포한 뜻은 달랐소. 건형과 우상이 한 여인으로 이어져 있음은. 이때 우리에게 실마리를 준 것은 바로 그대였소. 앞서 말한 담화에서, 그대는 우상이 의심스럽다 가르쳐 주었지. 허나 당시 역모의 주모자는 좌상의 아들. 그 점을 깨달았을 때, 그대의 말은 우리의 주의를 딴 곳으로 돌리려 했던 것일 수 있게 된 거요. 즉 건형에 대해, 또 어쩌면 그의 계획까지 알고 있었을 가능성이 있다는 뜻이오."

"……."

"그대만 한 여인이라면 아는 선에서 그치지 않았을지도 모르지. 여하튼, 거기까지 생각하게 되었을 때 전 우윤이 척화파였음이 또 다른 의미로 다가왔소. 전 종묘령을 비롯하여 올해 들어 유난히 척화파들의 좌천이나 파직이 잦은 것은 우연일 수 있으나 척화파를 증오해야 할 이유가 충분한 여인이 권력자들의 바로 곁에서 친밀하게 지내고 있다면 얘기가 다르니까. 또한…… 전 흥양현감이 척화파가 아니었다는 사실은 그자의 파직에 개입한 자가 개인적인 원한을 안고 있었음을 뜻하는 바. 서체까지 흉내 낼 만큼 우상과 가까운 자. 권력자들과 친밀하고도 주목받지 않을 수 있는 자. 척화파를 증오하는 자. 그리고— 전 흥양현감에 개인적인 감정이 있는 자. 그들이 실상 하나임은 거의 우연에 가까운 확률이지만, 있었소. 그 모든 것에 부합하는 한 명이."

"……수천 여인의 한과 눈물을 대신하는 한 명이지요."

아란이 천천히 덧붙였다. 그럼으로써, 명원의 모든 말을 시인하는 것과 마찬가지라는 건 그 방의 모두가 알고 있었다.

진실을 담은 고백은 무거운 침묵을 불러일으켰다.

방 밖 어딘가에서 잎사귀가 밤바람에 사각대는 소리와 풀벌레 우는 소리가 세 사람 사이를 맴돌았다. 온갖 감정으로 팽팽하게 당겨진 그 고요함을 섣불리 건드리지 못하고 있던 두 사람을 비웃듯 아란이 가볍게 헤쳐 놓았다.

"잘도 조사하셨군요. 여기까지 올 사람이 설마 또 있을 줄은 몰랐는데."

또? 희와 명원의 표정에 아란이 선선히 대답했다.

"그래요. 당신들이 두 번째입니다. 단지 운이 좋았을 뿐이지만."

"첫 번째는…… 좌상 댁 아드님이셨군요!"

퍼뜩 스치는 직감을, 희가 토해 냈다. 희를 향했던 명원의 시선이 확인을 구하듯 아란을 보았다. 아란은 대답 대신 허공에 시선을 두었다. 그 눈빛이 가라앉아 아련해지면서 나직한 목소리가 흘러나왔다.

"그 사람은…… 전쟁을 좋아하는 자들이 연이어 몰락한 것 하나만으로 나를 만나러 왔었지요. 그것만으로도 당신들보다 한 수 위였달까요."

비웃는 듯, 혹은 그저 추억을 되새기듯 그녀의 단아한 입술 한끝이 살짝 올라갔다. 명원이 물었다.

"그래서 그의 계획에 동조하기로 한 것이오?"

"그 반대입니다. 저가 그를 끼워 준 것이지요. 이래 봬도 합류시켜 주지 아니하면 포청에 고변하겠다 겁박당한 거랍니다."

태연한 대꾸였지만 의미는 달랐다. 두 사람은 숨을 삼켰고, 명원이 외치듯 말했다.

"그대가 주모자였군!"

아란이 그를 보았다. 그 무표정한 시선을 받으며 그가 되풀이했다.

"그대였어. 건형이 아니라…… 그대가 주모자였어."

"놀라시는 것도 무리는 아니지요. 그 사람이 목숨을 버려 가며 감추려 한 사실이니까."

순간 희의 눈앞에 그날 밤의 폐가가 생생하게 펼쳐졌다. 일렁이는 불길 속에서도 평안해 보이던 그 사내. 그 타다 남은 방. 문만 남아 있던 벽장…….

희는 그제야 알 것 같았다. 알게 되었다. 대적하던 두 사내가 침묵하던 그 순간, 설득에 성공한 줄만 알았었다. 그러나 건형은 불을 지르는 최악의 수단을 택했다. 그 직전 들렸던 작은 소음. 그것은 기절시켰던 사노의 것으로 생각했었는데.

"그 자리에 있었군."

명원이 희의 말을 대신 했다. 그는 착잡한 목소리로 말을 이었다.

"무언가 걸리긴 했소. 왜 그런 극단적인 결정을 하였을까. 허나 실패할 경우를 각오했겠다는 생각을 하였더랬지. 더 중요한…… 다른 이유가 또 있었군."

"서른두 명의 주의를 집중시키기 위함이었지요."

희는 자신도 모르게 명원을 보았다. 그는 소리 없는 탄식을 뱉으며 눈을 꾹 감았다. 감정을 억누르려 애쓰는 그 모습에 희는 주먹을 꽉 쥐어 울컥 솟는 뜨거움을 참았다.

당신은 틀리지 않았어. 그때 그러지 않았어도 그는 결국 죽음을 택하였을 거야.

마치 희의 마음을 알아본 듯 아란이 한가롭게 말했다.

"당신이 자책하건 말건 나와는 상관없지만, 이 말 정도는 해 드리지요. 그 일은 단순한 약조였습니다."

명원이 눈을 떠서 아란을 보았다. 무감한 얼굴이었지만, 희에게는 오히려 아파 보였다.

"약조?"

"그 사람이 끈질기게 고집해 결국 약조한 바가 두 가지 있지요. 첫째, 대외적인 주모자는 오건형이며 소향은 아무 상관 없는 사람일 것. 둘째, 만에 하나로 실패할 경우 구차한 목숨 이어 갈 생각은 없으며 자신이 죽는다면 일생 역모만은 꿈꾸지 아니할 것. 그 두 가지를 들어주면 최선을 다해 성공시키겠다 장담하였더랍니다."

"약조…… 지켜 주리라 믿습니다."

그 밤, 건형의 마지막 목소리는 환청이 아니었다. 명원에게 건넨 말인 동시에, 이미 피신한 아란에게 한 유언이었음을 뒤늦게 알게 된 희는 한숨을 삼켰다. 아란이 덧붙였다.

"그러니, 나는 약조를 지킬 따름입니다. 그는 그저 자기만족 때문에 자진한 것이니까요."

나를 피신시키기 위해 죽은 것이 아니라.

매정한 말이었지만 진심이라기보다 수천 수백 번 되뇐 생각을 그대로 꺼내는 것에 불과하다는 것을, 희는 어쩐지 알 수 있었다. 표정은 감추어도 눈빛에 배어 나오는 괴로움은 미처 없애지 못했으니까. 명원 역시 같은 것을 보는 눈으로 아란을 가만히 응시했다.

"……그 약조는 단지 역모에 대한 것만이오?"

"물론이지요. 척화파 사냥이야 저의 권리이자 의무이니, 그토록 말렸던 그 사람도 결국 두 손 들었습니다."

"사냥이라. 정녕 그리하여야만 했소?"

"……하면, 옳은 방도는 무엇입니까?"

아란의 눈빛이 날카로워졌다. 그녀는 그들을 노려보며 씹어 뱉듯 말했다.

"그날도 그랬지요. 같은 고통을 지녔음이 분명함에도 결국 그 사람을 죽음으로 몰아넣은 당신이니, 하찮은 계집의 알지도 못하는 한 따위 이해하리라 생각지 않습니다. 허나 묻지 않을 수가 없군요. 방법이 틀렸다 하셨는데 옳은 것은 무엇이고 틀린 것은 무엇입니까? 그 잣대는 과연 누가 정하는 것인가요!"

명원은 대답하지 않았다. 아란이 가슴속 깊이 묻어 둔 말을 토해 내기 시작했다.

"말씀해 보시지요. 잘 아시더군요. 그래요, 돌아온 것뿐입니다. 단지 그뿐인데 백년해로하자 손잡아 준 낭군은 벌레 보듯 내치고 하나뿐인 오라비는 자진하라 끈을 던져 주더군요. 한 치 앞도 못 보는 작자들이 불러들인 오랑캐에 잡혀갔다가 살아 고향으로 돌아왔다는 것이 죽을죄라 하더이다. 마음 정리하라고 홀로 남겨진 방에서 끈을 바라보며 결심했더랬지요. 죽을 때 죽더라도, 할 일은 해야겠다고. 도망치다 잡혀 채찍질에 죽은 여인, 풀어 달라 금식하다 결국 아사한 여인, 그들을 보며 반드시 돌아가 저들 몫까지 내 나라에서 행복하게 살겠다 맹세하였건만! 돌아온 나라는 그들의 죽음을 무가치하게 만들었습니다. 그 애절한 마음을. 눈물을. 고통을……."

목소리가 희미하게 떨렸다. 아란은 입술을 깨물었다. 다시 입을 열었을 때, 평정심을 찾은 목소리에는 분노만이 가득했다.

"청렴결백한 자를 모함한 것도 아니고 당연히 죽을 만한 자들이 몇 사라졌을 뿐이오. 눈조차 편히 감지 못할 수많은 여인을 대신하여, 미쳐 있는 하늘을 대신하여 천벌을 내렸던 것입니다. 당연히 해야 할 일, 모두가 원하는 일을 내가 대신 나서서 한 것일 뿐! 인사를 받아야 할지언정, 틀렸다 옳지 않다 비난받을 일은 아니란 말입니다!"

단단한 외침의 여운이 방 안으로 무겁게 내려앉았다.

이윽고 나직한 목소리가 그 사이로 스며들기 시작했다.

"비난하지 않습니다. 다만, 옳고 그름의 문제가 아니라 당신이 길이 아닌 곳을 골라 걸었을 뿐입니다."

시선이 한곳에 모였다.

희는 바닥의 어느 한 점을 응시하며 천천히 말을 이었다. 그런 그녀의 귓가에서는 이제 다시는 들을 일이 없을, 정중하고 침착한 목소리가 맴돌고 있었다.

"심정은 이해합니다. 그 고통과 아픔, 한을 어찌 다 가늠할 수 있을까요. 허나 당신이 해 온 일은 같은 처지의 여인들을 대신하고 하늘을 대리한 것이 아니라 단지 당신의 화를 억누르지 못한 개인적인 복수심일 따름입니다."

"제 주인의 성함은 높을 고에 뫼 산, 빼어날 수와 한 일을 쓰십니다. 타카야마 슈이치高山秀一라고 읽습니다."

아란이 분노를 터뜨렸다.

"감히 그런 말을! 잘 알지도 못하는 주제에 어찌 그런 말도 안 되는 확신을 하는 거요!"

"아니요. 압니다. 당신이 짐작하는 것보다 훨씬 더. 이리 확신할 수 있는 이유는…… 같은 아픔을 지닌 모두가 그리 앙갚음하려는 마음을 먹는 것은 아니기 때문입니다."

"임진난이 일어나고 칠 년의 분전 끝에 왜군이 패퇴하였지요. 선아 아씨는 보급을 위해 덮쳤던 남해 어느 마을에서 끌려온 포로 중 한 명이었습니다. 주인님이 우연히 만나 데려오신 그 내막은 모릅니다. 주인님의 성에 오기 전 이미 오랜 포로 생활로 만신창이가 되어 계신 상태였지만 처음 오셨을 때의 아씨의 생생한 눈빛은 아직 기억납니다. 저 역시 조선인 포로였고 비록 아씨와 달리 주인님께 충성을 맹세한 상태였지만, 제가 아우뻘 되기도 하고 조선말이 통하는 유일한 상대라 저에게는 가끔 마음을 여시곤 했습니다. 주인님은 아씨의 마음을 얻기 위해 애쓰셨지만, 아씨는 반드시 돌아간다는 생각뿐이셨습니다. 경계를 늦추기 위해 포기하는 척 순종하지도 않으셨지요. 내 나라 내 집에 돌아가는데 무엇이 잘못이냐 당당하셨으니까요."

"그렇다고 고통이 적었을 리는 없지요. 얼마나 힘들었고 또 절망하였을지 뉘라서 잴 수 있을까요. 천신만고 끝에 돌아와 제자리를 찾은 것이 아니라 모든 것을 잃었음을 알게 되었던 것도 당신만이 아닙니다. 그러나 운명에 한탄하고 칼날을 품기보다 희망을 잃지 않고 열심히 살아가기를 애쓴 사람도 분명 있습니다. 모든 것은 마음먹기에 달린 것, 거센 불길을 더욱 키워 사방을 태울 것이냐 평생에 걸쳐 다스려 농기구를 만들고 밥을 지을 것이냐. 그것은 개인의 선택일 뿐입니다."

"결국 성에 오신 지 근 여섯 해 만에 아씨는 탈출에 성공하셨지요. 즉시 사람을 풀었는데 찾을 수 없었습니다. 주인님은 분노하고 슬퍼하셨지만 더 이상의 수색은 상황이 여의치 않아 미뤄지다 이제야 저를 조선에 보내신 것입니다. 왜에 계실 때 아씨께서 지나듯 말씀하신 몇 가지만이 단서였습니다. 돌아오신 당시 집안에서는 내쳐지시고 정혼자는 다른 처자와 혼인한 지 몇 해였다지요. 그러나 두 분을 오래 봐 온 아씨 댁의 늙은 종이 흘리기를, 그는 아씨가 죽었다고 믿지 않았으나 집안의 강요로 별수 없이 혼인한바 아씨가 돌아오셨을 때 풍문으로 듣고 매우 괴로워했답니다. 그 후 아씨는 행방을 감추었지만 아마 도련님이 가만있지는 않았을 거다, 두 사람의 성정으로 보아 부정한 일은 없었겠으나 도련님 고집도 보통이 아니라 여러 가지 돌봐 주었음이 틀림없다 하더군요. 그래서 그 사람이 있다는 한양에서부터 찾기로 하고 온 것이었습니다."

"그 사람이 누군지…… 알고 있습니까?"

"그것까지는 모릅니다만, 옛날 주인님께서 불같이 화내셨던 기억이 있습니다. 그 수인이란 자는 바다 건너에 있고, 나는 그대 앞에 있노라고."

"……화를 독으로 만든 것은 당신입니다. 아란."

다시금 정적이 밀려들었다.

복잡한 감정이 담긴 진심을 묵묵히 듣는 아란은 더는 분노를 드러내고 있지 않았다. 이윽고 그녀는 어느새 내렸던 시선을 다시 두 사람에게 맞추었다.

"부정할 생각은 없습니다. 그렇다고 무조건 맞다, 잘못을 뉘우치겠노라 말할 생각도 없습니다. 어느 쪽이건 이제는 아무 소용 없는 일이지요. 그래, 그 독을 제거할 다른 독은 준비해 오셨습니까?"

희는 순간 명원을 보았다. 명원은 그 어떤 반응도 없었지만 아란은 후후 웃었다.

“모든 것을 다 알고도 두 분만 오셨다면 빤한 일 아닙니까. 내버려 두면 여전히 해악을 끼칠 존재를 가만둘 분들도 아니시고 하니, 그 점도 짐작 못한다면 소향이란 이름이 울니다.”

“……뜬금없이 들릴지 모르나, 소향보다 아란이라는 이름이 더 어울리오.”

“그렇습니까?”

명원의 말에 아란은 웃음을 지우지 않고 받아넘겼다.

여느 때와 다름없는 평온한 분위기는 느닷없이 찾아왔으나 기묘하게도 전혀 어색함이 없었다. 아란이 잔잔히 웃으며 기다리는 사이 드물게 망설이던 명원이 작은 병 하나를 내어놓았을 때조차 그랬다.

“교광초矯壙草란 약초로 만든 물이오. 줄기와 잎은 약이 되나 뿌리는 극약이 된다 하지. 다만 잠이 들듯 편안할 것이며 그 어떤 의심도 없을 것이외다.”

“나쁘지 아니하군요. 다만 저가 마시기 싫다면 어찌하시렵니까?”

“그 역시 그대의 선택이지. 지금까지의 일도 증거는 없소. 허나 이후로도 아주 작은 사건도 지나치지 않고 명명백백 밝히도록 노력할 것이오.”

단호한 선언에 아란은 명원을 빤히 보다가 고개를 저었다.

“바보로군요. 그런 어려운 선택이라니. 차라리 저 같은 것에게 동조하시는 쪽이 덜 아프실 터인데. 그 상처 다 안아 삭이시는 데도 한계가 있습니다. 대체 누가 알아주겠습니까?”

“알아주길 바란 적은 없소. 분명 쉽지는 않겠지만, 홀로 걷는 길은 아니란 것에 감사할 따름이지.”

명원은 몸을 일으켰다. 제법 오랜 시간 정좌한 희가 일어서는 것을 붙들어 도와준 그는 아란을 보았다.

“이만 가 보리다. 늦은 밤 결례가 많았소.”

“……살펴 가십시오.”

두 사람은 그대로 방을 나왔다. 흘끔 돌아본 희가 마지막으로 본 것은 서궤 위에 오른 병을 가만히 응시하고 있는 아란의 처연한 모습이었다.

그들은 눈에 띄지 않게 별채로 돌아왔다. 안심할 수 있는 안마당까지 들어오자 희의 걸음이 느려지다가 멈추었다. 그녀의 마음속에서는 온갖 생각이 복잡하게 휘몰아치고 있었다. 그 위로 능숙하게 술꾼들과 대거리하며 손을 맞이하는 모친의 얼굴과 담담하게 독약을 마주한 아란의 얼굴이 교차했다.

모친의 사연, 아란의 분노, 그들을 비롯한 무수한 여인들의 알려지지 못한 고통, 지금껏 벌어졌던 일련의 사건들……. 다모로서는 옳은 일을 한 것일지도 모른다. 그러나 유희로서는 그렇게 생각하기 어려웠다. 차라리 모른 척하는 편이 나았을까 하는 생각도 있지만, 자신들은 결국 선택했다. 옳고 그름을 떠난 또 하나의 선택. 그에 따른 착잡함도, 미련도, 후회도 모두 감내해야 할 몫이었다. 나는 과연 이것을 잘 삭여 낼 수 있을 것인가. 아마 그 답을 알려면 오랜 시간을 기다려야 할지도 모르겠다는 생각이 든다.

아주 오랫동안.

"……모르겠구나."

숨을 토하듯 무겁게 떨어지는 목소리에 희는 고개를 돌렸다. 어느새 명원도 그녀의 곁에 멈춰 서 있었다. 올려다본 그의 얼굴은 낯설 만큼 감정이 고스란히 드러나 있었다. 분노. 자책. 회한. 슬픔. 후회까지, 그녀는 단번에 알 수 있었다. 자신이 느끼는 그대로였으니까.

"지금까지도 다 아는 것은 아니었다. 허나 이번만은, 정녕 모르겠다. 선택은 했지만 이것이 옳았음은 어찌 알 수 있으리. 당장 평안은 하겠지만 훗날 크게 후회할 일이 생길지도 모르지. 그러나 결국 다시 닥쳐도 같은 일을 할 것 같다. 다시 돌아가도, 내 벗에게 씻지 못할 큰 죄를 짓겠지……."

담담한 고백은 희에게 오히려 피가 배어 나오는 상처를 고스란히 드러냈다. 그녀의 가슴 깊은 곳이 욱신거렸다.

망연히 어둠 속을 응시하던 명원이 희를 돌아보았다. 눈이 마주쳤고, 그녀는 그제야 자신이 그의 손을 잡고 있음을 깨닫고 소스라쳤다. 얼른 놓으려 했으나 이번에는 그가 손에 힘을 주어 잡았다. 흠칫 그를 본 희는 그의 시선에 순간 움직이지 못했다. 명원은 이내 손을 풀어 주었지만 희가 안심할 새도 없이 그녀를 품에 안았다.

"나, 나리! 저어……."

희는 얼굴이 빨개진 채 심장이 터지기 전 벗어나 보려 했지만, 명원이 팔에 힘을 주며 중얼거렸다.

"잠시만…… 이대로 있어 다오. 잠깐이면 된다. 그냥 이렇게."

희가 멈춘 것은 말의 내용 때문이 아니었다. 이 목소리. 너무나 아파하는 목소리가, 그녀까지 아프게 하고 있었다.

희는 천천히 몸에서 힘을 뺐다. 그리고 그의 심장 소리를 들으면서 눈을 감았다. 규칙적인 고동과 온기가 전신에 스며드는 기분이었다. 지금 정말로 위로받고 있는 사람은 과연 어느 쪽일까.

늘어뜨린 두 손이 천천히 움직이기 시작했다. 넓은 등 위를 감싸는 그 몸짓은 느릿하면서도 매우 부드러웠다.

한껏 기울어진 달이 구름 사이로 사라지고, 하나가 된 그림자는 어둠 속으로 녹아들어 갔다.

조용히 타오르는 작은 불꽃이 아름답다.

아란은 그 모습을 가만히 응시했다. 다 닳아 가는 심지에서 아슬아슬 타오르는 불빛은 그래서 더욱 눈이 부셨다.

그녀의 손에는 작은 약병 하나가 들려 있었다. 그 차가운 촉감을 느끼면서, 그녀는 조금 전 다녀간 희와 명원을 떠올렸다. 다른 듯 닮은 두 사람. 그들을 알았던 것이 행인지 불행인지 알 수 없었다. 그들을 만나지 않았다면 앞으로도 이 사내 저 사내 유혹해 이용하고 복수심으로 벼린 날을 휘두르며 한세상 살았으리라. 언젠가는 꼬리가 밟혔을 것이고 그런 삶 또한 행복과는 거리가 멀 것이 분명하기에, 결국 그들을 만나서 행인 쪽일지 몰랐다. 더욱이 그 사람이 없는 세상인 만큼.

빛 너머로 준수한 얼굴 하나가 떠올랐다.

환향녀로서의 자신도, 기녀로서의 자신도 천하다 더럽다 여기지 않았던 사내. 힘이 없는 것은 그 또한 세상의 피해자이기 때문이건만, 이런 신분으로 태어나 미안하다 사과했던 사내. 살아 조선으로 돌아와 주어 고맙다, 웃어 주었던 그는 자신의 유일한 정인이었다. 정인이란, 집안끼리의 정혼으로 맞이한 첫 사내가 아니라 자신을 있는 그대로 받아 주고 상처까지 보듬어 준 사람에게 어울리는 표현이리라. 현생을 넘어서도 만나기를 원하게 되는 사람에게…….

"다음 생에는, 조금 더 일찍 만나기로 합시다. 때맞춰 지켜 줄 수 있게."

문득 생각난 듯 말하고는 낯을 살짝 붉히며 헛기침을 하던 그 모습이 새삼 그녀의 미소를 끌어냈다. 한 일에 후회는 없지만, 바른 일이라는 생각도 역시 없었다. 그 점이 마음에 걸린 적은 단 한 번도 없었는데. 이제 와 새삼 걱정되는 것은 자신의 죄 또한 속세의 잣대로 판단되어 다음번의 생조차 허락되지 않을지도 모른다는 점이었다.

아란은 쓰게 웃으며 생각을 떨치듯 고개를 저었다. 사내를 원수로 여겼던 자신이 이런 순진한 걱정을 하게 될 줄이야.

천천히 몸을 일으킨 그녀는 자리를 편 다음 옷을 벗고 반듯이 누웠다. 약병을 열고 한 번에 기울이기까지, 그 동작에 망설임은 없었다.

아란은 촛불이 어른거리며 그림자를 만들고 있는 천장을 가만히 올려다보며 기다렸다. 무엇을 기다리는지 그녀 자신도 확실하지 않았으나 점차 흐려져 가는 시야로 그림자 하나가 다가오는 것을 보았을 때 깨달았다. 그녀는 안심했다.

방은 어두웠지만 한눈에 알아보았다. 가까이 온 그가 익숙한 미소를 띠며 두 손을 내밀었을 때, 그녀는 기꺼이 그 손을 잡았다. 다정한 목소리는 손의 온기만큼 따스했다.

"다시는 놓지 않겠습니다."

그녀는 웃었고, 울었다.

깜박거리던 불꽃은 일순 화르르 타올랐다가 조용히 사그라졌다.

아침은 어김없이 찾아와 세상을 새롭게 밝혔다.

그러나 어느 밥집의 안쪽 작은 방에서는 햇살이 미처 찾아들기도 전에 벼락 같은 호통으로 새날이 시작되고 있었다.

"당장 일어나지 못해!"

"아이고, 어머니……."

늦게 들어온 데다 부득이하게 잠까지 설친 희는 울상을 지으며 몸을 웅크렸다. 그러나 모친의 매운 손은 가차 없었고, 이불을 덮고도 엉덩이가 찌릿할 정도였다.

"어머니, 제발 조금만요, 예? 딱 한 줌만!"

"한 줌이고 한 사발이고, 냉큼 못 일어나? 대체 누굴 닮아 이리 게으르담."

꾸물대던 희가 문득 눈을 번쩍 떴다. 모친은 몸을 돌리다 말고 방이 또 왜 이리 너저분하냐며 간밤 희가 아무렇게 벗어 둔 옷가지를 정리했다.

"……어머니 딸이니 어머니 닮았지, 무어."

"입은 살아서는, 말처럼 좀 닮아 보면 덧난다니!"

태연한 척 투덜거리는 희의 말에 모친은 코웃음 치며 대꾸했다. 희는 그런 모친의 등을 물끄러미 바라보았다.

"주인님은 아씨를 강제로 취하지 않으셨습니다. 아씨께선 왜국을 증오하고 묶어 두는 주인님을 미워했지만, 세월의 흐름에서 타인은 결코 알 수 없는 일들이 있기 마련이지요. 아씨를 욕되게 할 마음은 추호도 없습니다. 그저 그렇다는 말입니다."

"당신이…… 싫어. 그런데, 왜. 나는."

"다르게 만났다면, 좋았을걸……."

차분한 목소리가 새삼 귓전에 맴돌았다. 우연히 들었던 어머니의 속말 또한 생생했다. 짧은 몇 마디였지만 그 이상의 뜻을 알려 주고 있었다. 어머니는 그 사람을 단지 미워하기만 하였을까? 의지대로 곁을 떠났어도 과연 단 한 번도 후회한 적이 없었을까. 그 사람을, 그리워한 적은…….

전쟁 포로로 끌려가 낯선 나라에서 최소 여섯 해. 돌아왔으나 낯선 곳이 된 나라에서 십수 년. 얼마나 많은 일이 있었을지 어떻게 견뎌 왔는지, 차마 물을 수는 없는 일이다. 그러나 굳이 묻지 않아도 알 수 있었다. 배짱 좋고 손맛 좋기로 장터에서 이름난 밥집 주인으로, 지나치게 밝을지는 몰라도 비뚤어지지는 않은 다모를 키운 어머니로, 오갈 데 없는 아이들을 거두어 한 식구로 살아가는 선한 여인으로 살아온 지금의 삶이 대신 말해 주고 있었다.

희는 열 살 때 자신을 앉혀 두고 업둥이라는 걸 알려 주던 어머니를 떠올렸다. 어린 마음에 충격과 상실감이 너무 커서 그럴 리가 없다고 하였더니 동네 사람들도 다 알고 있는 일이라고 했다. 모두 널 위해서 모른 척해 주었노라고. 그땐 그런 어머니가 야속하고 미웠다. 그럼 끝까지 모르게 해 주지 아니하였느냐고 엉엉 울며 묻자 세상에 영영 감춰지는 일이란 없으니까, 라는 답이 돌아왔었다. 여태 희는 그 말이 단지 제 출생에 대한 것인 줄만 알았는데 사실은 그게 아니라는 걸 지금에야 깨닫게 되었다. 어머니는 언젠가 자신이 환향녀란 사실이 알려지는 날을 염두에 두었다는 사실을. 세상에 대고 이 아이는 환향녀가 낳은 더러운 핏줄이 아니라 말하고 싶었던 것이었다.

그러나 그것이 진정 무슨 뜻인지는 영영 알 수 없으리라.

왜에서 도망쳤을 때 어머니는 잉태한 직후였다고 했다. 또 딸이 있다고는 하지만 정작 배가 불러 있는 어머니를 목격한 사람은 없었다고도 했다. 태어났을지도 모를 아이와 버려졌을지도 모를 아이. 운명, 혹은 우연의 일치. 희는 후자를 믿고 그 점에 대해 깨끗이 잊기로 했다. 어느 쪽이 사실이건 자신이 어머니의 딸이라는 것이 진실이니까.

희는 씨익 웃으며 뒤에서 모친을 와락 끌어안았다.

"어머니! 헤헤."

"얘가 어찌 이래? 잠이 덜 깼니? 아, 비켜라! 무겁다."

무뚝뚝하게 면박 준 모친이었지만 희를 떨쳐 내려는 몸짓에는 힘이 별로 실리지 않았다. 희는 넉살 좋게 웃으며 모친을 더 힘껏 안았다. 어쩐지 눈물이 날 것 같았지만 꾹 참고 눈을 감으며, 익숙하고 포근한 체취를 깊이 들이마셨다.

四

역사가 만들어 내었으나 역사가 기억하지 못하는 상처. 희가 그것을 마지막으로 대면한 날은 급사한 어느 기녀가 그 짧고 화려했던 삶만큼이나 강렬한 불길 속에서 재로 남게 된 바로 다음 날이었다.

생전 한양 제일의 명기로 이름을 떨쳤기에 무수한 대감님들이 각 사저에서 침울한 독잔으로 고인을 추억했다. 한 줌의 뼛가루는 소속 기방의 행수 기생이 맡아 경치 좋은 산사에 뿌려 주었다. 멀지 않은 곳에 해주 오씨 가문 자제의 묘소가 있어 배행하는 이들의 우려를 낳았지만, 얼자였기 때문인지 다행히 아무런 말썽도 일어나지 않았다.

희는 모종의 비밀회의 날짜에 대해서는 미리 알고 있었으나 좌포청을 방문하는 명원을 마중 나가기 직전 여염집 아낙에게 생긴 횡사로 인해 불참하게 되었다. 그러다 흉악한 일이 아닌 덕에 생각보다 빨리 끝나 헐레벌떡 포청으로 뛰어가던 그녀의 발목을 잡은 것은 좌포청 가는 길목에서 바람결에 날아온 가벼운 목소리였다.

"잘도 뛰는구나. 기운도 좋다."

"아, 나리!"

희는 급하게 멈춰 서느라 하마터면 넘어질 뻔했다. 느긋하게 나무에 기대 있던 명원이 놀라 몸을 바로 하는 사이, 그녀는 용케 균형을 잡아 그에게로 다가갔다.

거리가 가까워질수록 어색한 기분이 강해졌다. 희는 태연하게 굴자고 애써 되뇌었다. 아무리 서로 감정이 격해져 있었다지만, 젊은 남녀가, 그것도 오밤중에 손을 잡고 포옹한 지가 겨우 이틀 전. 그리고 그 이후 처음 만나는 것이었다. 보고차 포청에서 만나게 될 것은 각오하고 있었는데 수인도 있고 하니 심히 민망스럽지는 않을 거란 계산으로 안심하던 그녀였다. 그런데 생각지도 않게 길 한가운데서 마주치다니. 주책없이 심장은 또 왜 이리 마구 뛰는지 원. 속으로 투덜거린 희는 아무렇지 않은 척 말을 걸었다. 손이고 뭐고 잡은 적 없다는 듯이. 혹은, 매일 잡고 지냈다는 듯이.

"여기서 무얼 하십니까? 종사관 나리는 만나 뵙고 오신 건가요?"

"그래, 떠넘기고 손 털었지. 속이 다 후련하다."

장난스럽게 대꾸하는 그도 아무 일 없었던 양 태연했다. 여유롭고 느긋한 분위기가 알고 있던 이명원 그대로라, 희는 안심이 되는 한편 감정을 끌어안는 것에 그만큼 익숙하다는 점이 안타까워졌다. 명원이 말을 이었다.

"너를 기다리던 참이다. 일은 잘 마쳤느냐?"

"……예, 무어."

자신을 기다리고 있었다는 말에 하마터면 자연스럽게 대답할 순간을 놓칠 뻔했다. 새삼 그녀는 명원의 능청에 혀를 내둘렀다. 기다렸다면서 뛰어가는 자신을 보고도 태평하게 기운 좋다는 말이나 하다니.

"또 다른 일이 없거들랑 잠시 같이 가 보자꾸나. 종사관 나리께는 허락을 맡아 두었다."

"하오면…… 얼른 집에 가서 옷부터 갈아입고 오겠습니다."

"잘되었구나. 가자, 어쩌다 보니 아침도 걸렀는데 기다리는 동안 배나 채워야겠다."

"어찌 거르셨습니까?"

"하는 일 없이 노는 한량이 때맞춰 밥 챙기겠느냐. 적당히 배고프면 찾아 먹는 게지."

희의 집으로 가는 사이 명원은 회의 내용을 말해 주었다.

올해 파직 및 좌천당한 인사 중 척화파가 예년보다 월등하다는 것은 수인이 알아봐 준 정보였다. 연유를 나중에 밝히겠다며 무작정 청하는 희에게 선선히 응낙하고 기다려 준 그는 모든 사정을 듣자 긴 한숨을 내쉬었다고 한다. 그리고 근래 안성 부근 다리 위에서 발을 헛디뎌 익사한 자가 오 척 칠 촌쯤 되고 손에 붕대를 감았더라는 말을 넌지시 던져 주었다.

집에 도착해 희가 특색 없는 옷으로 갈아입고 준비하는 사이 명원은 기세 좋게 국밥 한 그릇을 비웠다. 이번에는 확실히 희가 모셔 온 모양새라, 모친은 밥값을 받지 않겠다 했으나 명원은 부득불 우겨 떠안겼다. 지난번보다 더욱 후한 값에 모친의 눈이 커졌다.

"이건 너무 많습니다, 나리."

"적은 게 아니면 됐네. 넣어 두시게."

"하오나……."

"그리하셔요, 어머니."

마침 방에서 나오다 실랑이를 보게 된 희가 불쑥 끼어들었다. 쳐다보는 시선들에 그녀는 씩 웃어 보였다. 명원이 건넨 것이 어쭙잖은 위로가 아니라 마음임을 알기에 능청스럽게 말을 이었다.

"여기 나리께서 부끄럼을 많이 타셔서, 저 발품 파느라 고생이 많은 것을 직접 격려는 못 하시고 이리 에둘러 하시는 모양인데요. 맘 편히 받아 두지요."

모친은 어이없는 표정이 되었고, 명원이 픽 웃으며 거들었다.

"사정이 그리되었네. 일단 받아 두고 나중에 또 오면 나물이나 한 줌 더 넣어 주게나."

두 사람을 번갈아 보는 모친의 눈빛이 순간 예리해졌다. 그녀는 뭔가 말하고 싶은 눈치였지만 감사하다는 인사만 남기고 두 사람을 배웅했다.

적당히 멀어지자 명원이 시선을 앞으로 둔 채 입을 열었다.

"돌아가면 네 어미가 어째 제대로 추궁할 분위기구나. 거리감 있는 척하지 그랬느냐."

척, 이라는 말이 제법 묵직하게 느껴졌다. 희는 아무렇지 않게 대꾸했다.

"나리께서 부담되신 게 아니시면 상관없습니다. 물으면 솔직히 답하지요, 무어."

"솔직한 거야 좋다만 인심 써서 칭찬도 좀 넣어 다오."

"한참 늦은 말씀이라는 건 알고 계시지요?"

"일전에 네가 약을 산다고 하고는 결국 내가 샀으니, 이걸로 없던 셈 쳐주마."

"아, 그거야 나리께서 박연 나리께 진작 약조하셨다면서요? 칙칙하게 두 분만 덜렁 대작하시는 걸 막아 드렸더니 새삼 무슨 말씀이신지."

티격태격하다 어느새 명원이 걸음을 멈추었다. 덩달아 멈춰 선 희는 그제야 주변을 둘러보고 깜짝 놀랐다. 제법 으리으리한 대갓집이 주변 초목과 어울려 우뚝 서 있었다.

희는 명원을 바라보았으나 그는 익숙한 몸짓으로 대문을 두드려 사람을 부르는 중이었다. 그래, 닥치면 알게 되겠지. 이제 그의 방식에 익숙해진 희는 별 고민 없이 체념할 뿐이었다. 이내 문이 열리고 모습을 드러낸 사노가 명원을 보고 꾸벅 인사했다. 명원은 거침없이 걸음을 옮겼고 희는 조용히 뒤를 따랐다.

넓은 사저의 뜰을 질러 들어가는 동안 노비 두엇을 지나쳤으나 이미 약조가 된 듯 아무도 그들을 낯설게 보지 않았다. 안쪽으로 향하던 명원은 한가로운 비질 소리가 울리는 조용한 방을 앞에 두고 섰다. 쳐다보는 희에게 고개를 가볍게 끄덕인 후 고했다.

"대감마님. 이명원입니다. 찾아 계시옵니까."

그 정중한 말에 응하여 방문을 연 상대는 이제 막 약관을 넘었을 듯한 청년이었다.

"기다리게 한 쪽이 뉜데, 그대 능청은 알아주어야 한다니까."

"이런 경우는 능청이 아니라 예의를 안다고 해 주셔야 합니다."

영안위永安尉 홍주원洪柱元은 명원의 대꾸에 가볍게 웃었다. 옹주도 아니요 무려 선왕의 유일한 공주이자 자전께서 가장 귀애하신다는 따님 정명공주의 반려란 배경이 아니더라도 젊은 사내는 당차고 호기로웠다. 의빈계 정일품 수록대부綏祿大夫인 이 앞에서도 적당한 예로써 자신의 색을 잃지 않는 명원이 새삼 대단해 보였다. 명원의 소개를 통해 인사 올린 후 한 걸음 뒤에서 자리를 지키는 희는 혀를 내둘렀다. 그리고 주원이 말을 꺼냈을 때 하마터면 혀를 깨물 뻔했다.

"이처럼 찾은 것으로 보아 그 숨겼던 사연을 다 털어놓을 때가 된 것이라 믿소."

"그러합니다. 주셨던 약이 얼마나 유용하게 쓰였는지 아실 때가 된지라."

태연한 말 속에 감춰진 반어적 감정을 알아차린 것은 희만이 아니었다. 주원의 얼굴에 의아함이 스쳤으나 이내 모른 척 맞받았다.

"응당 유용했어야 하오. 내 그것을 만들다 그만 사간司諫 나리의 귀에 들어가 등골이 서늘했던 그 고초를 생각하면."

그의 너스레에 희는 입이 말랐다. 명원이 말을 받았다.

"심려가 크셨겠습니다. 어찌하셨습니까?"

"어쩌긴, 그대가 일러 준 대로 자전께서 긴밀히 분부하셨다 뻗대었지."

"잘하셨습니다."

지체 없는 대꾸에 떠보는 듯 말한 주원이 입을 다물었다. 명원이 덧붙였다.

"자전께서 하문하시면 이명원이란 자의 청이었다고 답을 올리시면 됩니다. 다만 소인 혼자라는 점을 강조하여 주시기 바랍니다."

"그건 또 왜인가?"

"아직 한 번의 기회는 남았음을 기억해 주셔야 하는지라."

의아한 주원에게 명원은 다소 긴 이야기입니다, 운을 뗀 다음 천천히 말을 풀었다. 자전께서 이명원이란 이름 석 자를 기억하리라 감히 믿는 사연을 우선 짧게 소개하고 주원을 끌어들인 이번 사건에 대해 처음부터 끝까지 상세하게 알려 주었다. 건형이 얽혔다는 사실은 밝히지 않았으나 남은 얘기로도 충분했다.

감정이 실리지 않은 명원의 차분한 목소리는 오히려 전하고 있는 비극을 더욱 부각했다. 다 알고 있는 일임에도, 희는 들키지 않게 눈에 힘을 주어 눈물이 나오려는 것을 참아 냈다.

"……주신 덕분에 그나마 마지막 가는 길 편안하게 보낼 수 있었음이라. 외람되오나 그 여인을 대신하여 감사드립니다."

그리고 그 여인의 정인을 대신하여. 희는 뒷말까지 함께 삼키며 그를 따라 머리를 숙였다.

한동안 방 안에는 밖에서 스며드는 새소리와 나뭇잎이 바람에 스치는 소리만이 가득했다.

이윽고 주원이 깊은 한숨을 내쉬었다.

"죄는 지은 데로 가고 덕은 닦은 데로 간다고들 하지. 그조차도 길을 잃을 수 있는 세상임은 모르는 바가 아니었으나…… 새삼 깨닫게 된 기분이오. 어마마마와 함께 서궁에 유폐된 시절을 여직 꿈에서 보는 부인도, 내가 그 가련한 여인을 애도하는 것을 탓하지 아니할 듯싶군."

"소인의 생각도 그러하지만 직접 확인하시는 것은 참아 주십시오."

명원의 느긋한 대꾸에 착잡하던 분위기가 순식간에 일소되었다. 못 말린다는 듯 웃던 주원이 문득 진지하게 물었다.

"그대는 어찌 내게 온 것이오? 역심을 품은 자가 이미 죽었다지만 종친인 나는 여전히 멀리하여야 할 대상이 아니던가."

"무례를 무릅쓰고 감히 말씀드리면, 연유는 두 가지입니다."

희는 여전히 고개를 숙인 채 명원의 말에 귀를 기울였다.

"첫째는 약초에 관한 한 어의조차 경의를 표할 대감마님의 방대한 지식과 순수한 열의입니다. 잠자듯 숨이 멎고 신체 기능이 자연스럽게 정지하며 어떤 의심도 받지 않을 신묘하고도 위험한 극약을 조제하실 수 있음에도, 그 실력을 홀로 만족하심에 그치는 분은 소인이 알기로 하나도 많습니다. 그리고 둘째는, 이 이야기가 지존의 바로 곁에 닿아야 합입니다."

주원의 얼굴이 굳어졌다. 명원은 주저 없이 말을 이었다.

"이대로 묻혀서도 아니 되고 결코 잊혀서도 아니 될 일입니다. 한 명의 여인이지만 그 여인이 품었던 칼은 수천 명의 눈물과 피로써 벼려진 것입니다. 한이 무엇인지 아는 같은 여인으로서, 자전께서는 그들의 비명을 들으셔야만 합니다. 이 땅에 그 같은 아픔들이 있었고 그처럼 스러져 간 목숨이 있었음을 기억하시고…… 지존을 보필하심에 있어 궐의 큰 어른으로서 개천開天을 친히 인정하셨던 그 책임을 통감하여 주시기를 바라 마지않습니다."

조금 전과 전혀 다른 의미의 정적이 찾아들었다.

주원은 날카로운 눈빛으로 명원을 노려보았지만, 그는 묵묵히 앉아 있을 뿐이었다. 목숨 걸고 말했다는 비장함도 이제 원대로 하라는 체념도 없이 그저 당연한 말을 했다는 듯한 태도에 결국 주원은 쓰게 웃었다.

"말씀 올릴 때는 잘 걸러 내야겠군. 배포 좋은 것을 알고는 있었지만 설마 대왕대비마마를 훈계할 줄은, 더욱이 그 말을 전달할 자로 부마를 택할 정도일 줄은 몰랐소."

"오해이십니다. 대감마님. 훈계가 아니라 민초의 바람이며, 택한 것이 아니라 택할 여지도 없었습니다."

명원은 뻔뻔하리만치 태연했고 주원의 웃음이 조금 밝아졌다.

"그럼에도 주상이 아니라 자전께라. 어디까지 허용되고 무엇까지 가능할지 아는 것이 그대의 진정 두려운 점이지. 내 보기엔 여러모로 세상이 손해 막심일세."

"맞습니다!"

불쑥 튀어나오고 만 외침에 희는 얼른 입을 다물었으나, 이미 늦어 두 사내의 놀란 시선을 감내해야 했다. 빨갛게 물든 얼굴을 푹 숙이는 그녀의 머리 위로 주원의 너털웃음이 흘렀다.

"아무것도 장담할 수 없지만, 아직 남았다는 한 번의 기회는 필히 사수해 주겠네."

명원이 감사의 의미로 고개를 숙인 후 이만 물러나겠다고 인사했고 두 사람은 주원의 웃음 섞인 배웅을 받으며 방을 나섰다.

길가로 나왔을 때야 겨우 돌아온 희의 낯빛은 명원의 장난스러운 말에 다시금 붉어졌다.

"가만 보면 말은 내가 다 하는 것 같지만 정작 인상을 남기는 건 너로구나. 입 아프게 말한 보람이 하나도 없으니, 이거야 원."

"노, 놀리지 마십시오."

희는 입을 삐죽거렸다. 그러나 조금 전 그가 한 말들이 떠올라 이내 표정이 가라앉았다. 설마 부마의 앞에서 사실을 다 고할까 싶었지만, 이명원이란 사람은 개의치 않을지도 모른다는 생각이 들었었고 정말 그랬다. 그리고 그의 말을 들으며 그녀는 자신이 어렴풋이 바랐던 것이 무엇인지 알게 되었다. 같은 마음임에 신기하고 기뻤던 반면 드러난 그릇의 차이에 한숨이 나왔다. 듣고서야 그래, 그래야지 고개를 끄덕거리는 것과 이미 한참 전에 명확히 알고 당당하게 청하는 것은 천지 차이가 아닌가. 희는 고개를 저었다.

"저도 언젠가는 나리만큼 될 수 있을까요."

뜬금없는 말이었지만 명원은 더욱 뜻밖의 말을 던졌다.

"무슨 소리냐. 적어도 이번에는 네가 가르쳐 준 덕을 보고 있는데."

"예?"

"모든 것은 마음먹기에 달렸다는 것."

희는 그를 보았다. 시선을 느꼈을 텐데도 그는 고개를 돌리지 않고 계속 걸으며 말했다.

"어쩔 수 없었다고 치부해 버리면 그만이겠지만 지금처럼 눈에 보이는 것, 손이 닿는 것은 그냥 지나치지 말자 생각하기로 했다. 그들을 막아섰던 내 선택에 책임을 지기 위해서."

그들. 두 사람 혹은 수천 사람을 지칭하는 그 표현이 새삼 와닿았다. 희가 중얼거렸다.

"그들의 삶을 대신 이어 가시겠다는 말씀이군요."

더 어렵고 힘든 방식으로.

명원이 설핏 웃었다.

"뭐, 그리 거창한 건 아니다. 그저 할 수 있는 일은 하며 살겠다는 거니까. 원체 죽은 사람들이야 눈 감고 누우면 그뿐, 산 자들이 고역이지. 하여 살아간다는 것이 가장 힘든 일이라지 않더냐. 그래도 세상사 일체유심조一切唯心造라더라."

고개를 천천히 끄덕이던 희가 다시 그를 올려보았다.

"그거, 원효 대사님 말씀 아닙니까? 어째 직접 들으신 것 같습니다."

"그러냐? 그 말을 인용했던 사람이 꽤나 인상이 강해서 그런 모양이다."

어깨를 으쓱이던 명원이 한가롭게 말을 이었다.

"네 말을 듣고 새삼 깨달았더랬다. 뼈대 있는 가문 적자로 태어났다면 기필코 벼슬 한자리는 해야 한다는 부담도 있었겠고, 반드시 혼인하여 대를 이어야 한다는 의무도 있었겠지. 운 좋게 원하는 혼사를 치러도 내 이기심에 상대를 얽어 일생 깊숙한 규중에서 갑갑하게 살도록 했다는 자책을 하였겠고, 상대를 위하느라 다른 아무나와 혼인한대도 그 여인에게 못 할 짓이며 내 마음 가져간 이에게도 죄인일 것이라. 숨은 쉬겠지만 그것이 과연 사는 것일까. 처음으로…… 내가 어느 쪽도 들지 못한 중간 사람이며 차자라는 것이 다행이란 마음이 들었다. 삶의 방식을 직접 택할 수 있고 괜한 혼인으로 죄짓지 않고 홀가분하게 살 수 있으니 만사형통이 아니겠느냐."

마치 정인이 있는 듯한 말에 희의 심장이 쿵 내려앉았다. 하지만 지금껏 그럴 법한 낌새도 전혀 없었고 혹시나 했던 한 사람은 오해가 확실했다. 비유라는 결론에 도달한 그녀는 조금 편해진 마음으로 핀잔을 던질 수 있었다.

"그거야 그렇겠습니다만, 걱정도 사서 하십니다. 그 상대가 그리 사는 것을 답답해하기는커녕 팔자 폈다고 반길지 또 어찌 압니까."

"글쎄, 그렇지는 아니할 것 같구나."

흘끔 와 닿는 시선을 의식한 희가 올려다보자 고개를 살짝 기울인 명원과 눈이 마주쳤다. 맞받아치는 가벼운 목소리가 들린 것은 평소와 다름없는 장난스러운 눈빛이 더 다정하고 더 진지해진 순간이었다.

"내가 너를 아니까."

희는 눈을 깜박거렸다.

성큼성큼 멀어져 가던 명원이 멍하니 선 그녀를 어깨 너머로 보고 멈춰 서서 몸을 돌렸다.

"왜 그러고 섰어. 가지 않을 참이냐?"

"……아니요, 갈 것입니다."

무엇으로도 표현할 수 없는 느낌이 그녀의 세상을 뒤흔들었다.

희는 간신히 입을 열었다. 그 자리에 우뚝 서서 그를 똑바로 응시한 채, 언제부터인가 모르게 깊숙이 자리한 마음을 평범한 말에 담아 보였다.

"함께 가겠습니다. 저도."

명원의 얼굴 위로 무수한 감정이 교차했다. 그녀로서는 미처 다 짚지 못했지만, 찰나의 시간이 지나고 그가 평소와 다름없이 가벼운 웃음을 띠자 더는 상관없는 기분이었다. 이내 그는 어깨를 으쓱거렸다.

"심심하지는 않겠다만, 계속 장승처럼 그러고 서 있으면 두고 갈 테다."

희는 입을 꾹 다물어 웃음 혹은 눈물을 참으며 보란 듯이 돌아선 명원에게로 향했다. 말과는 달리 천천히 걸음을 옮기던 그는 그녀가 옆에 온 것도 모른 척 자연스럽게 보폭을 맞추었다.

환한 가을 햇살 아래 펼쳐진 한적한 길 위로 그림자 둘이 같은 방향으로 나란히 걷고 있다. 여유롭고 태평한 하나와 활달하고 씩씩한 하나는 서로 크기만큼 달랐지만 느긋한 걸음만큼 닮아 있었다. 그다지 서둘 것도, 지체할 것도 없다는 듯 걸어가던 그림자들은 어느 순간 하나로 연결되었다.

그리고 처음부터 그리 예정되어 있었던 것처럼 자연스러운 모습 그대로 걸어갔다.

아마도, 길의 끝에 다다를 때까지.

관원이 아뢰기를,

"지난번 자전께서 몸이 불편하셨을 때에 영안위永安尉 홍주원洪柱元에게 비밀히 하교하시어 약을 제조해 들이라고 하셨습니다. 주원의 입장에서는 이런 사실을 즉시 계달했어야 마땅한데 감히 개인적으로 조제하여 들임으로써 내국內局의 제조提調들로 하여금 처음부터 끝까지 참여하여 알지 못하게 하였으니, 그의 사체를 모르는 점이 심하다 하겠습니다. 파직을 명하소서."

하니, 답하기를,

"이는 필시 잘못 들은 것으로 실제로 이런 일은 없었을 것이니, 다시는 번거롭게 논하지 말라."

하였다.

— 인조 6년 무진(1628, 숭정 1) 9월 14일(신미)

〈終〉

외전外傳

一. 동휴同休[6]

"자자, 이리들 오시오, 이리들 와요! 물 좋은 생선 사시오!"

"인왕산 호랑이가 인정한 곶감이 예 있소, 하나 먹고 둘이 죽어도 모르리다!"

"몸에 두르기만 해도 경국지색이 되는 비단이요!"

선선한 바람이 부는 가을의 어느 하루, 구름 한 점 없는 맑은 하늘 아래 종루鐘樓를 배경으로 일찌감치 진풍경이 펼쳐졌다. 장터 입구에서부터 장사꾼들의 구성진 목청이 흘러나와 사람들을 더욱 재촉하고 있었다. 점잖은 척 뒷짐 지고 팔자로 걸어가는 양반 나리에서부터 좋은 찬거리를 생각하며 종종걸음 치는 아낙, 용케 사람들 틈바구니를 피해 가는 중에도 또래들과 장난치고 깔깔거리기 바쁜 개구쟁이들까지 하나같이 가볍고 들뜬 발걸음이었다. 낡은 패랭이 끈을 영리해 보이는 턱 아래 질끈 묶고 허름하지만 깨끗한 무명옷을 입은 키 작은 종인 하나도 마찬가지였다. 다만 그 마음이 설레는 이유는 주변의 누구와도 같지 않았다.

6) 名. 같이 쉼. 함께 누림

희는 호기심 가득한 얼굴로 주위를 둘러보았다. 일견 순진한 표정과는 달리 오가는 이들을 살피는 시선이 제법 예리했다. 찾는 얼굴이 좀체 눈에 띄지 않자 이내 어깨가 살짝 내려갔지만, 역시 실망하기에는 상대가 상대였다.

"어딜 그리 보는 게냐? 목이 빠지겠다."

"아, 나리!"

난데없이 뒤에서 툭 던지듯 나온 목소리에 희가 놀라 몸을 돌리자 중치막 차림을 한 명원과 눈이 마주쳤다. 그녀는 반가움을 숨기지 않고 꾸벅 인사했으나 명원은 그 정겨운 태도보다는 다른 곳에 관심을 쏟고 있었다. 희는 자신의 매무새를 훑은 그의 표정이 떨떠름해지는 것을 알고 자신을 다시 한번 확인한 후 그를 올려다보았다.

"어디 이상한 데라도 있습니까?"

"없어서 문제라는 생각은 아니 드느냐? 그저 편하게 와도 된다 하고도 설마 하였건만."

"설마라니요?"

"……되었다. 무어, 오히려 나을지도 모르겠구나. 그럼 어디 가 보자."

명원이 앞장서듯 느긋한 걸음으로 장터를 향했다. 덕분에 무리 없이 보폭을 맞추며, 고개를 갸웃거리던 희는 이내 질문거리를 떠올리고 눈을 빛냈다.

"저어, 나리. 오늘은 어떤 일입니까? 채문採問이라도 하시려고요?"

"뜬금없이 무슨 소리냐. 어떤 일도 무슨 일도 아닌데."

"예? 그럼 어찌하여 저를 부르신 건지요?"

"심심해서."

딱 잘라 대답하고 흘끗 돌아본 명원은 희의 얼이 빠진 표정에 픽 웃는 그대로 장난스럽게 물었다.

"왜, 일이 없으면 보기 싫으냐?"

"아, 아닙니다! 그게, 그냥…… 놀라서요."

"놀랄 것도 많구나."

명원은 아무렇지 않게 넘겼지만 사실 희로서는 놀랄 일일 수밖에 없었다. 어제 퇴청했을 때 찬열로부터 살짝 전해 듣고 당연히 새로운 일이 벌어졌겠거니 짐작했다. 오라는 곳이 별채가 아니라 장터 입구였고, 편하게 오면 된다고 하는 말도 붙었지만 같은 맥락에서도 충분히 이해가 되었다. 그런데 굳이 집으로 찾아와 전갈을 남기면서까지 불러낸 이유가, 심심파적이라. 수인이 시간을 비워 주기까지 했으니 미리 명원에게서 귀띔을 받았음이 분명하지만 그의 속셈은 몰랐음이 또한 분명했다.

머릿속이 얼굴에 다 드러났는지 명원이 입 안으로 웃으며 그녀의 패랭이를 푹 눌렀다.

"무슨 생각이 그리 많은지 원. 다모 하나 자리 좀 비운다고 없을 사건이 생겨나는 것도 아니니 하루쯤 아무 생각 없이 다녀 보아라. 일에 집중하는 것도 좋지만 다 끝난 연후에는 훌훌 털어 버리는 것도 중요한 법이다. 일에야 주제에 가르치고 말고 할 게 없고 하니, 구경이나 실컷 시켜 주마."

반사적으로 패랭이를 바로잡던 희는 멈칫 눈을 깜박거렸다. 별것 아닌 것처럼 말하고는 있지만 그게 아님을 알 수 있었다.

아니, 그는 정말로 별것 아니다 생각하고 있을지도 몰랐다. 평생 잊지 못할 사건이 끝난 지 아직 꼽아 보기도 민망한 시일이 지난 이때, 겉으로야 예사로운 일상을 보내도 마음 한구석에는 이름 모를 감정을 앙금처럼 담고 있는 한 계집애의 기분을 전환시켜 주고자 부러 시간을 내는 마음 씀씀이 정도는. 혹여 부담이라도 가질 성싶어 그 자신을 깎아내리면서까지 챙겨 주는 정도는 어려울 것 없다 여기는 게 틀림없었다. 다른 사람이 아닌 이명원이니까.

그리고 다른 사람이 아닌, 유희에게니까……?

희는 무심코 얼굴을 붉혔다. 아란의 기억이 생생한 만큼 명원의 말 또한 마찬가지였다. 그때도 그랬던 것처럼, 이번 역시 그의 마음을 감사히 받아들이기로 하고 그녀는 어느새 저만치 가 있는 그를 얼른 따라잡았다. 기쁘고 설레는 마음은 숨긴 채 짐짓 타박했다.

"배포도 좋으신 분이 달랑 구경뿐입니까? 손이 허전한데요."

몇 푼 쥐여 주어야지 않느냐는 농 섞인 뜻을 담아 희가 두 손을 펴 보이자 흘끔 쳐다본 명원은 옜다, 하며 내민 손을 덥석 잡았다. 그리고 그녀가 화들짝 놀라기도 전에 힘을 한 번 꾹 준 다음 놓으며 덧붙였다.

"분명 받은 게다? 내 잘 맡아 둘 터이니 안심하고 이거나 맛보거라."

코앞에 콩고물이 묻은 작은 떡이 불쑥 내밀어졌다. 그러고 보니 온갖 떡을 내놓은 좌판이 곁에 있었다. 받아 들고 입에 넣자 고소하고 쫄깃한 맛이 일품이었다. 저쪽으로 가 보자며 나서는 그의 곁에서 나란히 걷는 희는 가만히 주먹을 쥐어 보았다. 환한 대낮에 손을 잡힌 것에 기겁한 터라 이제야 온기가 스미는 기분이었다.

"……도로 물러 달라 하시기 없기입니다."

"너야말로 맡겨 놨다고 잊어버리지나 말려무나."

속삭임과 매한가지였는데도 용케 알아듣고 받아친 명원은 희의 어깨를 감싸안듯 끌어당겨 마침 지나가는 짐꾼으로부터 보호했다.

한양은 물론이요, 조선 팔도에서도 둘째가라면 서러운 큰 장인 만큼 그야말로 없는 게 없었다. 온갖 종류의 물건부터 먹을거리, 가축, 재주 등을 팔고 사는 사람들로 대로가 북적였다.

희와 명원은 서로를 잃어버리지 않도록 주의하면서 마음껏 돌아다녔다. 명원은 맛난 군것질거리 앞에서는 쉽게 열리는 착한 주머니를 갖고 있었고, 덕분에 희가 찔러 보고 말고 할 것도 없이 이미 엿이니 잣이니 하는 것들이 그녀의 입 안에 들어가 있었다. 가끔 그가 스스럼없는 태도로 직접 입에 넣어 줄 때는 얼떨결에 받아먹으면서도 주위를 흘끔거리지 않을 수 없었으나, 너나없이 어린 종인을 아우처럼 친근히 대하는 착한 선비를 보는 눈들이었다. 그 점에서 은근히 억울하고 아쉬우면서도, 희는 그가 오히려 이 차림이 나을지도 모르겠다고 했던 말이 무슨 뜻이었는지 알 것 같아졌다.

"더우냐? 얼굴이 빨갛구나."

"아, 아니요. 나리, 저기 웬 사람들이 몰려 있는데요."

희는 주의를 돌리기 위해 마침 눈에 띈 곳으로 그를 끌었다. 무리를 헤치고 가 보니 노름판이었다. 작고 같은 모양의 공기가 세 개 나란히 엎어져 있는 좌판을 두고 두 사람이 마주 앉았다. 주인이 동전이 놓인 가운데 공기를 들어 보였지만 비어 있었고, 둥글납작한 딱지는 왼쪽에서 나왔다. 돈을 날린 사내의 탄식은 구경꾼들의 아쉬움과 뒤늦은 훈수에 묻어졌다.

사내는 한 번 더 하자 청했고 주인은 냉큼 딱지를 가운데 공기 안에 넣고 덮으며 다시 섞기 시작했다. 재빠른 손놀림에 여기저기서 감탄사가 튀어나왔고 그에 화답하듯 공기를 섞는 손은 더욱 분주해졌다. 이윽고 그 정신없는 움직임이 멎고, 주인이 의기양양하게 손을 뗐다.

"자, 골라 보시구려."

"오른쪽."

중얼거림 같은 대답이 사람들 틈에서 나왔다. 둘러서 있던 이들은 물론 내기를 하고 있던 두 사람까지, 웬 선비와 그 종인을 쳐다보았다. 순간 똑같은 눈으로 서로를 본 희와 명원은 누가 먼저랄 것 없이 웃었다.

"과연, 제법이구나."

"나리야말로 건재하십니다."

그런 그들을 번갈아 보던 사내가 에라, 싶은 얼굴로 오른쪽에 돈을 놓았다. 주인이 정말 후회 없겠느냐 몇 번이고 다짐한 끝에 불편한 표정으로 열어 본 그곳에서 딱지가 나왔다.

탄성이 일면서 사내가 한 번 더 해 보자 하여 다시 공기가 돌아갔다. 모두의 시선이 정지한 공기가 아닌 한곳에 모였고, 별난 한 쌍은 기대를 저버리지 않았다. 오른쪽. 왼쪽. 왼쪽. 이번엔 가운데.

주변의 시선에 점차 선망에 가까운 빛이 떠오르는 반면 주인의 얼굴은 붉으락푸르락해져 갔다. 해서 서로 눈짓을 주고받고 그 자리를 빠져나온 두 사람은 멀어진 후 웃음을 터뜨렸다.

"아, 재미있었다. 나중에 할 일이 없어지면 같이 팔도 장터나 돌아보련?"

"좋지요. 배는 곯지 아니하겠는데요."

반쯤 진심으로 대꾸하던 희의 눈길이 무심히 스치려던 좌판 하나에 머물렀다. 무심코 발길을 멈춘 그녀를, 상인이 냉큼 반겨 주었다.

"곱지? 잘생긴 총각이 눈도 높구만. 싸게 줄 터이니 사 가시게."

"아, 아니요. 그저……."

총각이란 말에 희는 이리 서 있으면 안 된다는 걸 새삼 깨달았지만, 알고서도 쉽게 걸음을 떼지 못했다. 온갖 빛깔의 장신구와 노리개들이 정말 고왔다. 상인이 채근했다.

"맘에 둔 처자가 뉘라도, 하나 사다 주면 홀랑 넘어오는 건 일도 아니지."

"아닙니다, 되었어요."

"그게 참말인가?"

어느새 곁으로 온 명원이 진지하게 끼어들었다. 상인이 끄덕였다.

"암요! 아닌 척해도 계집이라면 아주 그냥 넋을 놓아 버린다니까. 물으시는 걸 보니 임자가 있으신가 봅니다요. 거참 어떤 낭자인지 몰라도 횡재하였네그려."

"그리 보이겠지만 실상 횡재한 쪽은 내 쪽이라네. 보자, 제법 괜찮은 것들이 많은데."

명원은 '아닌 척해도 넋을 놓았던' 것에 뜨끔해져 입을 다물고 있는 희를 돌아보았다.

"어디, 눈썰미 좋은 네가 하나 골라 다오. 뉘 받을지는 너도 잘 아는 터이니."

"예에?"

"무얼 그리 놀라느냐, 사 달라는 게 아니라 골라 달랬다. 어느 것이 제일 고우냐?"

"모, 모르겠습니다."

능청스럽게 말하는 저 진의를 모를 리 없다. 희는 얼굴까지 빨개져 고개를 저었지만, 명원은 계속 시침 뗀 채 재촉했고 속사정을 모르는 상인까지 거들어서 그녀를 밀어붙였다. 결국 희는 좋아해야 할지 말아야 할지 모를 심정으로 다시 좌판을 들여다보았고 그러다 그중 한 곳으로 머뭇거리며 손을 뻗었다.

가늘지만 확실한 고함이 끼어든 것은 그때였다.

"도둑이야!"

멈칫, 정지한 희와 명원은 반사적으로 소리 난 쪽을 돌아보았다. 웅성거리며 동요하는 사람들의 주의가 몰리는 것을 보니 저쪽 사당패가 있는 방향인 모양이었다. 앞으로 내민 참이던 희의 손은 망설임 없이 명원의 옷자락을 잡아당겼다.

"가시지요, 나리!"

"자, 잠깐만!"

명원이 급히 불러 세웠지만 희는 벌써 달려가고 있었다. 따라오는 기척이 없어 돌아본 그녀는 명원이 그대로 서 있음을 발견했고, 고개를 갸웃거리며 채근했다.

"무얼 하십니까? 이러다 놓치겠습니다! 어서요!"

"……하, 그래. 오늘만 날이 아니지."

명원은 헛웃음에 가까운 한숨을 내쉬고 발을 떼었다. 그가 쫓아오는 것을 확인한 희는 다시 달리기 시작했고, 이내 두 사람은 보속步速을 맞춰 사람들을 헤치면서 함께 달려갔다. 그 나란한 등 뒤로 가을 햇살이 찬연하게 쏟아졌다.

덜렁 혼자 남게 된 상인은 입맛을 다셨다. 거참 별난 사람들일세. 도둑맞은 거하고 무슨 상관이라고 다 집어치우고 달려가나 그래. 젠장맞을, 적어도 꼭 하나는 사 갈 눈치였는데. 저 빌어먹을 놈은 남 장사까지 망치누나.

다 잡은 고기를 놓친 아쉬움을 애써 떨쳐 내면서, 사내는 다시 목청을 높이기 시작했다.

"자, 어서 와서 구경들 하시오! 웬만한 처자는 아니 넘어오고 못 배길 것인즉!"

二. 제야除夜

덥다.

덥다, 덥다, 덥다……. 젠장.

희는 곱은 손에 숨을 불었다. 새하얀 입김이 이내 흩어지는 만큼, 온기 역시 금세 사라졌다. 장갑에 토시, 풍차(風遮, 남자용 방한모)까지 하고 있었으나 섣달그믐의 매서운 추위는 용케 틈을 파고들었다. 희는 부르르 떨었다. 아무리 덥다고 자기 암시를 걸어 보아도 추운 건 추운 거였다. 젠장맞을! 그녀는 다시금 투덜거리며 몸을 더욱 옹송그렸다. 그 와중에도 대갓집 뒷문에 박아 놓은 시선은 흔들림이 없었다.

며칠 전 치러진 상喪을 떠오르게 할 만큼 조용한 수세(守歲, 음력 섣달 그믐날 밤에 집 안 구석구석에 등불을 밝히고 밤을 새우는 일)였지만 그래도 제야除夜는 제야, 으리으리한 담장 너머의 환한 불빛과 두런거리는 말소리는 골목 처마 그늘에 홀로 몸을 숨기고 있는 희를 외롭게 만들고 있었다. 심지어 주변 다른 집들 모두 더했으면 더했지 같은 상황이었다.

희는 찬열, 순임과 함께 따뜻한 아랫목에 앉아 윷놀이하며 밤을 지새웠던 작년 기억을 반추하며 안타까운 한숨을 삼켰다. 하기야 누굴 탓하리. 그저 생겨

먹은 것이 집요하여 한번 의심이 가면 기어이 확인해 보아야 직성이 풀리는 자신의 성정을 한할 따름이었다. 지금 이 꼴이 결국 가는 해 오는 해를 미친 짓으로 치장하는 것이 될 수 있다는 점도 충분히 알고 있었다. 그럼에도, 그녀는 한겨울 밤거리에 나와 앉아 있는 자신을 이해했다.

정삼품 직제학直提學 영감의 금지옥엽 독녀가 요절한 것은 닷새 전의 일로 정이품 판서 댁 자제와 정혼 되어 있는 상황에서 터진 횡액이었다. 늘그막에 얻은 여식이라 그 슬픔은 더욱 진하고 깊었다고 한다. 그것을 보여 주듯 오히려 절차는 매우 조용하고 신속하게 진행되었다.

그 일련의 안타까운 사실이 희의 마음에 덜커덕 걸린 이유는 세 가지였다. 급사임에도 불구하고 신고만 하였을 뿐 그 이상은 거부하였다는 점. 시신을 확인한 자가 직계 가족 외에는 집안과 가까운 의원 한 명뿐이라는 점. 그리고 검시를 위해 찾아갔다가 그냥 돌아오던 날 우연히 보았던, 고인을 어릴 적부터 모셨다는 여종의 태도가 부자연스러워 보였다는 점.

물론 앞선 두 가지는 체면을 따지는 사대부다운 유난스러움으로, 마지막 하나는 착각 내지는 오해로 넘어갈 수 있는 일이지만, 그녀의 감은 그 이상의 무엇이라 말하고 있었다. 지금껏 그 감으로 인해 사고를 많이 치기는 했어도 그만큼 수수께끼도 풀었기에 결국 그럼 그들이 숨기는 것이 있는지, 있다면 무엇인지를 확인하기로 한 것이었다. 그 확인할 날로 섣달그믐을 점찍은 데에는 상이 끝난 지 얼마 지나지 않았으면서도 서서히 일상으로 돌아가 관심이 수그러드는 데다 온 세상이 작당하여 밤을 지새우니 오히려 그 소란에 묻어 은밀히 움직이기 딱 좋은 절묘한 시기라는 계산이 있었다.

몇 번째인가의 경고(更鼓, 밤에 시각을 알리려고 치던 북) 소리가 밤공기 안에 녹아들어 갔지만, 담장 하나 차이로 낮밤이 갈리고 있어 그것으로 시각을 짐작하기 어려워진 지 오래였다. 확신 반 간절함 반으로 뒷문을 주시하고 있던 희는 그러나 어느 순간 소리도 없이 문이 열렸을 때 환희보다 경악을 느꼈다.

나…… 나와 버렸다!

낯익은 여종은 고개만 빼 아무도 없음을 확신한 후에야 문턱을 넘었다. 그녀는 웬 보퉁이를 목숨인 양 끌어안고 온몸에서 경계심을 발산하며 종종걸음으로 길을 재촉했다. 멀어지고 나서야 퍼뜩 정신을 차린 희는 놓치기 전에 얼른 따라잡아 몰래 좇았다.

여종의 걸음은 빨랐다. 주위를 살피는 품새도 제법 예리했지만 희는 무리 없이 들키지 않았다. 적당한 거리를 두고 따라가던 그녀는 허름하고 복잡하게 이어지는 으슥한 골목길을 걷는 자신을 발견했다. 여종이 그중 어느 한 집으로 쏙 들어가는 것을 보고서야 희의 걸음이 멈추었다. 신년에 대한 기대감으로 들뜬 웃음소리와 말소리들 사이로 낯선 기척이 느껴지지 않는지 잠시 신경을 곤두세운 그녀는 신중하게 그 집으로 다가갔다.

발소리를 죽이며 사립문을 지나 작은 마당을 거쳐 불빛이 비치는 방문까지 무사히 접근할 수 있었다. 여인의 고운 목소리가 한껏 예민해진 그녀의 청각을 자극했다.

"……주신 그 길로 가면 되겠군요."

"이 은혜를 어찌."

이어지는 사내의 말이 툭 잘렸다. 의아해진 희는 세 번째의 목소리에 숨을 멈추었다.

"꼬리를 달고 왔구나."

"예?"

무의식중에 튀어나온 것이 분명한 외침도 무언가에 막혔다. 분명 외친 본인의 손이리라. 하지만 희는 더는 주의를 기울이지 않았다. 잠깐의 정적 끝에 방문이 벌컥 열렸다. 대비하고 있던 그녀는 빼 들고 있던 침향장도로 튀어나오는 검신을 미끄러뜨리듯 비껴 냈다. 그 시선은 좁은 방 안을 훑었고 검을 겨눈 사내와 한 여인, 여종을 지나 마지막 사람에게 머물렀다.

눈이 마주친 상대 역시 숨을 앗긴 표정이었다. 추측이 확신으로 변하는 것을 확인한 희는 장도를 든 손을 내렸다. 때를 놓치지 않고 자세를 잡은 검이 그녀의 목덜미를 위협했다.

"누구냐!"

"……한성부, 아니 조선에서 둘째가라면 서러울 좌포청 다모茶母."

살벌한 그 질문에 대한 여유로운 대답은 방 안에서 나왔다.

모두의 시선을 집중시킨 그, 명원은 희에게서 눈을 떼지 않았다. 놀람이 사그라진 자리에 감탄과 그 이상의 감정을 띤 눈빛 그대로 덧붙였다.

"그이는 괜치 아니해. 허니 그 검 그만 거둬 주시게."

다모라는 말에 다른 세 사람의 새삼스러운 놀라움을 받게 된 종인從人 차림의 희는 꾸미지 않은 목소리로 타박했다.

"그리만 덜렁 말씀하시면 어느 누가 안심하겠습니까? 저라도 무리인데요."

"일단 인정은 하고 넘어가는 거냐?"

"옳기야 옳으시니까요."

명원이 낮은 웃음을 흘렸다. 분명, 검이 거둬진 것은 명원의 설명을 용납해서라기보다 두 사람 사이의 편안한 분위기 때문이리라. 희는 일단 가볍게 묵례하고 들어가 문을 닫았다.

"내 사람이외다. 마음들 놓으시오."

명원의 옆에 자리를 잡은 희는 스스럼없는 부연 설명이 당연한 척 표정 관리를 해야 했다. 의도한 건지 아닌지도 모르는 중의적 의미에 그녀 혼자 두근거린다는 건 너무 억울한 일이었다.

단순하게 받아들인 다른 이들은 그제야 이해가 간다는 듯 고개를 끄덕거렸다. 중촌中村의 모든 일을 앉아서 짚는다는 '있지 아니한 자無者'라면 다모쯤이야 가까이 두는 게 별일도 아니라는 눈치들이었다. 하긴 이렇게 모여 앉은 것만 보아도 그저 한량으로서의 이명원만 아는 게 아닌 건 확실했다. 희는 명원을 돌아보았다.

"대관절 나리께서는 어찌 이런 곳에 나와 계십니까? 간 떨어질 뻔했습니다."

"내가 할 소리다. 보아하니 또 혼자 찜찜해서 몰래 나온 모양인데 연유나 들려 다오."

희는 자초지종을 설명했다. 의심하게 된 이유 중 여종에 관련된 점은 슬쩍 빼 버렸지만, 다행히 이상해하는 눈치는 아니었고 다른 것만으로도 놀라고 경탄한 기색들이 역력했다. 희가 조금 우쭐해진 반면 명원의 얼굴은 좋지 않았다. 그가 탐탁잖은 투로 입을 열었다.

"오지랖도 넓다. 좀 적당히 넘어가 주면서 살면 아니 되겠느냐? 이 추운 날에 그게 웬 헛고생이냔 말이다. 쯧, 볼이 다 얼어 터지겠다."

그냥 좀 좋게 말하면 어디 덧나나. 그녀는 입을 삐죽거렸다.

"헛고생이라니요, 틀린 것도 아니었고 덕분에 두 발 뻗고 개운하게 잘 터인데."

"개운해서 좋겠구나. 이리 상하게 하여 놓고 네 속 아니라고 나 몰라라 할 참이냐?"

반박하려던 희는 그의 핀잔이 실상 자신의 고생에 마음이 쓰여 한 말임을 뒤늦게 깨달았다. 어쩐지 얼굴이 붉어질 것 같은 기분에, 그녀는 억지로 방향을 틀었다.

"그, 그보다 이분들은 뉘십니까?"

얼렁뚱땅 생각나는 대로 꺼낸 질문이지만 말하고 보니 정말로 중요하고 궁금한 문제였다. 희의 조심스러운 시선이 두 사람에게로 옮겨 갔다. 나란히 앉은 그 모습이 어색하지 않은 젊은 남녀. 옷차림은 허름했으나 사내는 당당했고 여인은 기품 있었다. 설마 했는데 아니나 다를까, 명원의 말에 따르면 급병이 들어 죽었다던 그 아씨였다. 옆을 지키고 있는 사내는 중인 출신의 무관으로 그녀의 정인이란다. 놀라는 희에게 여인이 가만히 입을 열었다.

어느 장터에서의 우연한 스침이 지울 수 없는 낙인으로 남아 버린 것이 시작이라고 했다. 같은 마음임을 알고는 주위의 눈을 피해 가며 만났고 연심은 더욱 깊어졌으나 양반의 여식과 중인의 자식에게 함께 열린 길은 없었다. 사내가 아무리 재주 있고 유망한 무관이라 해도 그저 중인치고는 제법이라 평해질 뿐. 오히려 귀하신 분들이 보기에 거슬리는 싹이라 판단될 수 있는 두려움마저 안아야 할 처지였다.

그 와중에 여인의 혼처가 정해지고, 물러설 곳이 없다고 판단한 그녀는 자신의 명命을 걸고 부친을 설득하기에 이르렀다. 천하의 불효녀란 채찍질을 감수하고서라도 진실한 삶을 원했던 것이다. 당연히 노발대발, 벼락이 떨어졌지만 그녀는 굴하지 않았고 결국 세상의 규범, 사대부의 체면, 아비의 욕심과 딸이 원하는 행복을 두고 부친은 후자를 선택해 주었다. 결심을 떠보려는 것이었는지 대신 신분을 포기하고 아무도 모르는 곳에 가서 민民처럼 살라는 조건이 붙었으나 두 사람에게는 조건이 아니라 축언祝言과도 같았다.

그 마음이 확고한 것을 안 부친은 비밀리에 사내를 만났고, 그들의 손을 잡아 주었다. 그리고 그녀는 죽은 것으로 처리되었다. 이미 정혼의 말이 오간 판서 댁에 내 딸자식이 다른 사내에게 마음을 주었으니 파혼하자 할 수 없는 노릇이며 문중에도 직계 여식을 고작 중인에게 시집보내겠다 알리는 건 있을 수 없는 일이었다. 부득이한 그 처사를, 그들은 이해했고 오히려 한없는 감사와 사죄의 마음으로 눈물을 흘렸다…….

다시금 그때의 기분이 떠오르는지 여인의 눈가가 젖어 들었다. 하지만 그녀는 묵묵히 듣고 있던 희에게 미소를 지어 보였다.

"그동안 계속 여기에서 숨어 지냈지요. 무자 나리께서 이곳을 마련해 주시고 자리 잡기 좋은 곳이나 이런저런 방도를 일러 주셔서 날이 밝는 대로 떠날 예정입니다."

"그 우습지도 아니한 호呼를 절대 입 밖에 내지 아니하시겠다고 하여 믿고 도와드린 것인데 이러시깁니까."

능청스럽게 끼어든 명원 덕에 잔잔한 웃음이 흘렀다. 사내가 중인인 것에서 명원과의 연결 고리를 찾아낸 희는 모든 사실을 이해할 수 있었지만, 아직 남는 의문이 있었다.

"이분들 가실 날을 어찌 섣달그믐으로 잡으셨는지요?"

"네가 하필 그날을 골라 진을 친 것과 같은 까닭이겠지."

명원이 한쪽 입꼬리를 올리며 덧붙였다.

"어찌할 수 없었긴 하지만 병환을 핑계 삼아 며칠 앓는 모습을 보이고 초상을 냈어야 더 자연스러웠을 터라 누군가가 캐내지 아니할까 생각하였더랬지.

한데 하고많은 눈 중에 네 눈에 뜨인 것을 보니 과연 하늘이 돕고 있음을 알겠다."

"저가 사방팔방 떠들고 온 건지 아닌지 궁금하지도 아니하십니까?"

"이심전심이지, 꼭 물어야 맛이더냐. 허고 너 아니라도 이 꼴로 혼자 밖에서 벌벌 떠는 모양새라면 한눈에 알겠다."

밝았던 희의 얼굴은 명원의 대답이 길어질수록 구름이 끼었다. 대꾸할 말이 없어진 그녀는 입을 삐죽거렸고 명원은 픽 웃었다. 그런 두 사람을 지켜보던 방 안의 분위기도 점점 더 편안해져 갔다.

어느덧 파루(罷漏, 오전 4시. 통금 해제) 소리가 은은하게 울려 퍼졌다.

서른세 번의 여운을 뒤로하고 이런저런 이야기를 나누다가 적당한 시간이 되었다 싶었을 때 희는 명원과 시선을 교환했다.

"그럼 먼저 가 보겠소이다. 조심히들 내려가시오."

"아직 어두우니 새벽길 조심하십시오."

두 사람이 몸을 일으키자 다른 사람들도 자리에서 일어났다. 날도 춥고 마음 놓으면 안 되니 나올 것 없다는 명원의 말에 방 안에서 인사가 오고 갔다. 세 사람은 그저 연신 고마워하기에 바빴다. 여종은 아씨를 끝까지 보필하고자 고 집부려 함께 내려갈 것이란다.

행복하게 잘들 살라는 말은 필요치 않았다. 그저 가는 길 순탄하고 무리 없이 안착하기를 바랄 뿐이다. 시원스럽게 인사를 건네고 방을 나서는 명원을 따라 희 역시 몸을 돌렸다. 그때, 옷깃이 당겨져 무심코 몸이 뒤로 쏠린 희의 귓가에 여인의 속삭임이 들어왔다.

"두 분 일도 잘 풀리시기를 바랄게요."

흠칫 놀란 희가 돌아보자 여인은 잔잔한 미소를 띠고 있었다. 단지 앞에서 몇 마디 주고받은 것뿐인데, 마음이 다 들켜 버린 것 같아 민망하고도 부끄러워진 희는 어물어물하다 고맙다는 말 대신 고개를 꾸벅 숙이고 그 자리에서 물러 나왔다. 명원은 벌써 사립문 밖에서 그녀를 기다리고 있었다.

"무얼 그리 꾸물거리느냐?"

"아, 아닙니다. 아무것도."

다행히 그는 깊이 묻지 않고 가자, 하며 앞장섰고 그녀는 반보 뒤에서 걷기 시작했다. 아직 해가 뜨기 전이지만 통금은 진작 해제된 터라 두 사람의 걸음에서는 느긋함과 여유가 묻어났다. 여전히 불빛과 말소리로 밝은 골목을 벗어나면서 명원이 문득 물었다.

"어디로 갈 거냐?"

"예? 그야, 집이지요."

"무얼 할 건데?"

"글쎄요. 아무튼 수세는 해야지 아니하겠습니까. 나리는 무얼 하시려고 그런 걸 물으십니까?"

명원은 대답 대신 다른 말을 꺼냈다.

"어차피 밤샐 거라면 어디 좀 들르자꾸나."

"그러지요, 뭐."

애매한 얘기였지만 허튼소리 하는 인물은 아닌지라 희는 순순히 대답했다. 그리고 흘끔 뒤를 돌아본 그녀는 그 집이 보이지 않자 참았던 질문을 꺼냈다.

"나리께서는 어느 시점부터 들어와 계셨습니까? 설마 처음부터셨나요?"

"뭐, 누가 죽는 수밖에는 도리가 없겠다는 말 정도는 하였더랬지."

"이번에도 직제학 영감마님께 그리 직접 말씀드리지 그러셨어요?"

희는 전력前歷에 비추어 농담 삼아 물었지만, 명원이 어깨를 으쓱거리기만 하자 자신도 모르게 멈춰 섰다. 세 걸음쯤 앞서게 된 그가 돌아보고는 가감 없이 기막혀하는 그녀의 솔직한 표정에 픽 웃었다. 그리고 고개를 절레절레 흔든 희가 다시 곁으로 오자 장난기 어린 손길로 머리를 눌렀다.

"아쉬우면 다음에는 꼭 데려가 주마."

"누, 누가요! 됐습니다! 아니, 그 전에 그런 일이 또 있으시면 아니 되지요!"

"말해 둔다만 내가 부러 일을 그리 만드는 건 아니다."

그걸 믿으라고? 희는 눈을 굴렸고 용케 보았는지 명원의 웃음이 진해졌다.

"그럼 저 무관님과 잘 아는 사이셨습니까?"

"이번 일로 알게 되었지. 그건 왜?"

"아니, 그게…… 이런 말씀 드리려니 좀 저어되긴 합니다만, 그럼 어찌 그렇게까지 두 팔 걷어붙이고 도와주기로 하셨는지요? 영감마님까지 직접 뵐 정도로."

명원은 바로 대답하지 않았다.

한동안 자박거리는 발소리만이 두 사람 사이를 채웠고, 기다리던 희가 곤란하면 대답을 굳이 아니 하셔도 된다고 해야 하나 고민할 즈음 나지막한 목소리가 내려왔다.

"그에게서 나를 본 모양이다."

"예?"

"남 일 같지 아니하였다는 얘기다."

"아, 네……."

뭐야, 결국 별거 아니라는 말이네. 희는 속으로 투덜거렸다. 그거야 신분이 같으니 그녀가 아니라 누구라도 추측할 수 있는 부분이다. 괜스레 사람 긴장하게 뜸이나 들이다니. 그런 그녀의 머릿속을 마치 들여다보기라도 한 양 명원이 말을 이었다.

"말하고 보니 별것 아니다만, 예전만 하여도 저런 사연쯤 길 가면 차이는 돌멩이보다 흔하다고 흘려들었을 것이야. 멀리 갈 것 없이 작년 이맘때만도 그러하였을 터. 그러니…… 결코 평범한 이유는 아니다. 내게는, 그래."

한가로운 말투에 반해 스며 있는 마음은 묵직했다. 진지하게 대꾸해야 할지, 농으로 받아쳐야 할지 희가 심각한 고민에 빠질 만큼. 하지만 그녀가 채 고르기도 전에 그는 작게 웃어 분위기를 조금 더 밝혔다.

"그리고 사람이란 응당 멀리 볼 줄 알아야지. 좋은 일 해 두면 훗날 내가 어려울 때 누군가 팔 걷어붙이고 도와주지 아니하겠느냐 말이다."

"……그런 거 노리고 하시면 아무 소용 없으실걸요."

"아니 하는 것보다야 낫겠지."

말끝에 불쑥 손을 뻗은 그가 그녀의 한 손을 잡았다. 깜짝 놀라 그녀가 힘을 주었지만, 쉽게 뿌리치지 못했다. 희는 애써 목소리를 낮춰 항의했다.

"어, 어찌 이러십니까!"

"여기서부터는 길이 제법 험하거든."

그제야 주변을 둘러보니 그들은 어느새 인가와 떨어진 이름 없는 야산 초입에 와 있었다. 명원이 능청스럽게 말했다.

"무얼 그리 기겁하느냐? 점잖지 못한 생각이라도 한 모양이지."

"처, 천만의 말씀입니다! 저가 왜요!"

소리를 빽 질러 주었으나 얼굴이 화끈해지는 건 막을 수 없었다. 그녀는 길을 살피는 척 시선을 피하면서 말을 돌렸다.

"어디로 가시려는 겁니까? 겨울 산은 위험한데요."

"실상 내가 위험하다고 하고 싶은 건 아니고?"

"……그만 놀리십시오."

명원이 소리 내어 웃었다. 그는 잡은 손에 힘을 주고 끌어당기며 재촉했다.

"가 보면 안다."

무얼 이다지도 숨기는 건지 원. 여전히 불만스러웠지만 희는 그 커다란 손을 떨쳐 내기를 포기하고 따르기 시작했다.

좁고 경사진 오솔길이 꼬불꼬불 펼쳐지고 있었다. 사철나무와 메마른 나뭇가지가 서로 얽혀 겨울바람에 이리저리 흔들리는 모습은 스산하고 음산하기까지 했다. 두 사람은 마치 늘 그래 왔다는 듯이 서로에게 의지하며 그 사이로 천천히 산을 올랐다.

희는 발밑을 주의하던 시선을 들어 명원을 흘끔거렸다. 이중으로 겹쳐진 두툼한 천이 무색하게도 단단하게 붙들린 손의 느낌이 또렷했다. 그녀는 다시 앞을 보며 아직 어둡고, 겨울인 데다 두껍게 껴입은 것이 새삼 다행이란 생각이 들었다. 지금이라면 그가 돌아보아도 들키지 않을 터였다. 붉어진 얼굴도 추위 탓으로 알 것이고 멋대로 두근거리는 이 소리도 새 나갈 리 없으니까. 심장은 개울가에 건져 놓은 잉어처럼 정신없이 펄떡대는데 너무나 안온하고 편안한 기분 역시 들고 있다는 사실이 신기했다. 그러고 보면 새삼스러운 감정도 아니지만……. 어느 기억들이 갑작스럽게 떠오르자 그녀의 볼에 붙은 불이 더욱 거세졌다.

"겨울 홍시 같구나."

"예?"

갑자기 명원이 멈춰 서는 바람에 지나칠 뻔했던 희가 앞에 서자, 그는 손을 놓더니 자신의 무명 목도리를 풀고 그녀의 목에 둘러 주었다. 그녀가 옳았다. 그는 정말로 추위 탓으로 알고 있었다. 따스하게 데워진 보드라운 옷감이 그녀의 얼굴에 닿아 왔다.

"이거라도 두르는 게 좋겠다."

"괘, 괜치 아니합니다! 나리야말로……!"

"뉘 아주 준다더냐? 움직이다 보니 더워서 그런다."

펄쩍 뛰는 희의 사양을 쉽게 물리친 명원은 목도리를 풀기 위해 올라간 그녀의 손을 힘주어 잡아 내렸다. 그리고 한 손은 놓지 않은 그대로 다시 길을 향했다.

"다 와 가니 조금만 더 힘내려무나."

"예……. 감사합니다. 나리."

"고맙기는, 무작정 끌고 가는 마당인데."

명원은 설핏 웃어넘겼고 두 사람은 다시 걸음을 옮겼다.

희는 속으로 고개를 저었다. 이런 마음 씀씀이조차 상대로서는 당연히 받아야 하는 것으로 만들다니 정말이지 자신을 스스로 줄이는 데에 도통한 사람이었다. 고맙다는 것은 진심이었지만, 오히려 그래서 그녀는 더 말해 줄 생각이 사라졌다. 이런 산길 따위 그녀에게는 평지나 마찬가지라는 사실을. 조금이라도 군이 누군가에 의지하고 걸어야 할 만큼 험한 길도 아니요 가파른 길도 아니다. 내기를 하자면 뜀박질도 할 수 있었다. 하지만 그녀는 입을 다물고 마침 나무뿌리가 불쑥 튀어나온 곳에 이르자 잡은 손에 꾹 힘을 주며 더욱 손쉽게 넘었다.

길 아닌 길은 끝없이 이어질 듯 보였고 희가 혹시 단순히 산을 타고 싶어서인가 하는 의구심을 느낄 때쯤, 명원은 옆으로 빠져나가 무성한 잡풀들을 밟으며 비탈을 내려가기 시작했다. 그리고 잠시 후 나타난 자그마한 공터에서 멈추었다.

설마 여기냐며 물으려던 희는 무심코 그의 시선을 따라가다 대신 탄성을 내질렀다.

"와……!"

발치에, 또 다른 하늘이 펼쳐져 있었다.

밝고 뜨거운 불빛들이 칠흑 같은 어둠을 사르며 너울거렸다. 허공에 뜬 채 열을 맞추거나 혹은 부드럽게 흩어져 있는 모습은 불규칙적임에도 매우 자연스러웠다. 절기상의 차이는 있을지언정 늘 같은 자리에 고정된 작은 빛에 비하면 훨씬 생동감이 넘쳐서 마치 밤 자체가 살아 있는 듯 보이기도 했다. 희는 미동도 하지 않고 그 한숨이 나올 만큼 아름다운 광경을 홀린 양 바라보았다.

"일단 좀 앉자꾸나."

명원이 말을 걸지 않았다면 언제까지고 그렇게 멍하니 서 있었을 것이었다. 그는 그녀를 잡아끌어 조금 뒤로 물러나게 했다. 그러고 보니 옆으로 쓰러진 나무둥치가 있었다. 어깨를 나란히 하고 앉으며 명원이 물었다.

"어떠냐, 믿고 따라온 보람이 있지?"

"예……. 이런 곳이 있었군요. 처음 알았습니다."

"놀랄 일도 아니지. 네가 두 번째니까."

대꾸하면서도 도통 움직일 줄 모르던 희의 시선이 명원에게로 향했다. 아무리 어둠이 눈에 익었다지만 거리가 너무 가까워 얼굴이 지나치게 선명해 보인다는 사실에 놀란 가슴을 몰래 진정시키며 태연한 척 물었다.

"하오면 첫 번째는 설마 나리이신가요?"

"설마가 아니라 맞다. 고이 숨겨 둔 걸 인심 써서 보여 주는 것이니 꼭꼭 새겨 두어라."

"예. 감사합니다, 나리."

희는 똑같이 농담처럼 대꾸하는 대신 진심 어린 인사를 하고 그의 말대로 경치를 마음속에 새기듯 고개를 돌렸다. 그 말뜻이 아니었는데, 하고 알 수 없는 중얼거림을 흘린 명원도 그녀가 눈으로 묻자 손을 저어 보이고는 앞을 바라보았다.

산 중턱 한가운데라 바람도 가라앉아 사방이 고요한 가운데 그들 두 사람과 발치의 무수한 빛만이 존재했다. 말 한마디 오가지 않았지만, 그것으로 충분했다. 어떤 말이건 꺼내서 정적을 헤쳐야만 한다는 의무감이 일절 없는 만강함이 희를 보듬어 주고 있었다. 가족을 제외하면 좀처럼 느끼지 못하는 이 감정은 무척 소중한 것이었다. 굳이 다른 사람을 꼽으면 피를 나누지 않은 남매 같은 단 오라버니 정도랄까. 하지만 더 깊은 아래에서 잔잔한 물결처럼 살랑거리는 설렘을 담은 유일(愉逸, 유쾌하고 편안함)한 기분은 분명 지금이 유일唯一했다.

날이 천천히 밝았으면 좋겠다는 생각이 들자 아마 비슷하게 생각하고 있을 어느 연인에 관한 생각까지 따라 올라왔다. 지금쯤이면 도성을 드나드는 사람들도 제법 있을 것이라, 그들 사이에 묻혀 한성을 벗어나고 있을 터였다. 보일 리 없었으나 희는 자신도 모르게 저 멀리 아래로 난 길을 눈으로 더듬으며 말없이 그들을 전송했다. 선택한 앞날은 지금까지와는 전혀 다른 역경과 고난이 기다리고 있겠지만 서로에게 의지하며 잘 헤쳐 나가기를 바라는 마음이었다. 적어도, 오늘을 후회하지 않기를.

"……운이 좋은 사람들이었다."

명원의 나직한 중얼거림에 희는 흘끔 그를 돌아보았다. 이심전심, 새삼스럽게 놀랄 일도 아니지만 즐거운 미소가 입술 위로 삐져나오는 것을 막지는 못했다. 그녀가 받아넘겼다.

"그런 영감마님 같은 분이 계실 줄은 몰랐네요. 들키면 이쪽저쪽에서 난리가 날 터인데 용케 마음을 잡수신 모양입니다."

"세상은 넓다는 거겠지. 가문보다 부정父情을 택하는 별난 양반이 있을 만치."

제법 마음에 드는 영감님이더라, 하는 덧붙임은 명원이었기에 방자한 교만이 아닌 호방한 농담일 수 있었다. 희는 씩 웃었다.

"아무래도 아까 드린 말씀 취소하렵니다. 다음에도 그런 분 뵈시려면 저도 데려가 주셔요."

"너, 은근히 나를 닮아 가는 모양이다."

"아니 그 정도 말씀 번복한다고 그리 매도하시면 서운하지요!"

두 음색의 웃음이 잔잔하게 퍼지면서 하얀 입김이 함께 흩어졌다.

"지성이면 감천이라. 과감한 성정의 아비가 있었음도, 때맞춰 변덕을 부린 한량이 있었음도 같은 맥락이겠다. 그리 맺어진 만큼 잘 살아야 할 책무가 있음을 과연 알까."

"똑 부러지는 걸 보아 충분히 각오하고 있는 모양이던데요. 물론 살다 보면 그 이상까지 알게 되겠지만, 잘들 하겠지요."

"제법 냉정하다만 정답이구나. 하긴 여기서 더 생각해 보았자 소용없지."

"참, 그러고 보니 무관님 댁은 어찌 되었습니까?"

"그쪽도 아마 없는 자식 칠 게다. 체념이 아니라 분노 탓이겠지만."

"……아아."

할 말을 잃은 희는 애매하게 중얼거렸다. 정말로 모든 걸 버리는 결심이었구나, 새삼 깨달은 그녀를 들여다본 듯 명원이 아무렇지 않게 말했다.

"그러하다고 필요 이상 심각하게 여길 일은 아니다. 어차피 잘나가 보아야 하급 무관이니 차라리 저 좋을 대로, 전혀 다른 일을 하고 사는 게 나을지도 모르지."

대꾸하려던 희는 입을 다물었다. 그리고 망설임 끝에 솔직한 의문을 꺼내 보였다.

"부러우십니까?"

"어쩌면, 그래. 저리 훌훌 털고 떠날 수 있는 것은 그런가 보다."

예상보다 대답은 빨랐고 허심탄회했다. 희의 가슴이 덜컹 내려앉는 걸 아는지 모르는지, 그가 가볍게 말을 이었다.

"허나 그뿐, 별로 본받아 어찌 해 보겠다는 생각은 없어. 훌쩍 떠나기에는 제법 미련이 생긴 모양이지."

"……설마하니, 그 미련이란 것에 저까지 넣으신 건 아니시겠지요."

숨기지 않았으니 화가 나는 참이란 걸 쉽게 알아차렸을 터였다. 과연 그의 시선이 느껴졌다. 모른 척 앞만 바라본 채로 그녀는 불퉁하게 중얼거렸다.

"벌써 잊으셨나 본데 나리께서 제게 주신 건 손이지 발목이 아닙니다."

손을 마주 잡은 사람과 발목을 잡아채는 사람은 천양지차.

그걸 모를 인사도 아니면서 동일 선상에 두고 보았다면 화가 나는 것이 당연했다. 단순히 예전 그녀가 했던 말을 잊었거나 그녀를 떠보려는 심산일지도 모르지만, 어느 쪽이건 괘씸하기는 마찬가지였다.

스스로 놀랄 만큼 강한 감정에 싸여 있던 희는 갑자기 곁에서 터져 나온 파안대소에 화들짝 놀랐다. 돌아보려 했지만 팔 하나가 뒤에서부터 뻗어 와 어깨를 감싸듯 머리를 안고 끌어당겼다. 자연히 몸이 쏠리고 그녀는 앞을 본 그대로 그에게 기대어 안긴 셈이 되었다. 숨이 멎어 얼어붙은 채, 그녀는 풍차의 귀덮개 틈을 파고드는 웃음 묻은 목소리를 들었다.

"그래, 옳게 보았구나. 어느 다모 하나를 염두에 두고 한 말이었다."

순간 희의 몸에 힘이 들어갔으나 그는 단단히 붙들고 말을 이어 갔다.

"그이가 열심히 일 잘하는 걸 보고 듣고, 그이와 같이 사건을 좇고, 그이에게 생각도 못한 사이 따라잡히고. 그 재미를 놓치면 분명 한이 남을 터, 고작 모르는 곳에서 모르는 척 사는 것쯤 비할 바가 아니지."

"……."

"걸림돌이 아니라 이유라 말하고 있는 거다. 그래도 모르겠다면 알아들을 때까지 놓아주지 않을 테다."

"아, 압니다! 알 것…… 같습니다."

놀리는 것처럼 짓궂은 협박 아닌 협박에 놀라 무의식중에 외친 희는 조금 더 솔직하게 정정했다. 그가 웃자 이번에는 소리뿐만이 아니라 떨림도 고스란히 와닿았고 그 잔잔한 파장은 깊숙한 곳까지 전달되어 그녀의 전체로 퍼져 나갔다. 그는 그녀의 머리를 한번 꾹 누른 다음 팔을 풀었다.

"그리고 쓸데없는 염려 마라. 본디 준 쪽에서 더 악착같이 기억하는 것을 여직 모르는 게로구나."

쉽게 풀어 주자 마음이 놓이면서도 은근히 아쉬운 기분을 느끼던 희는 고개를 돌렸다. 입가에 맺힌 미소나 말투는 그의 말이 조금 전보다 더 가벼운 것처럼 꾸미고 있었지만, 눈빛은 달랐다. 앞을 보고 있는 옆모습뿐이라도 충분히 알 수 있었다. 잠깐 고민한 그녀는 그가 원하는 쪽을 택하기로 하고 모른 척 중얼거렸다.

"그건, 금전에 해당하는 얘기 같은데요."

"빚이라는 점에서는 매한가지니 상관없지. 받고 입 싹 닦은 건 사실이지 아니하더냐."

"체, 뉘 들으면 달라고 애걸한 모양입니다."

지지 않는 대꾸에 명원은 웃어넘겼지만 희는 어쩐지 켕기는 기분이 들었다. 에라 모르겠다, 그녀는 한 손을 불쑥 내밀었다.

"억울하시면 무어, 나리도 가지시든가요."

그 손을 물끄러미 바라보던 명원이 그 표정 그대로 말했다.

"기회를 주마."

"예?"

"번복할 기회. 맞잡기나 하고 넘어갈 자신이 없으니 무를 수 있을 때 무르라는 뜻이다."

두어 번 눈을 깜박이는 사이 내포된 말뜻을 알아차린 희는 이내 확 달아올랐다.

그녀는 새빨개진 얼굴로 당황한 채 애매해진 자신의 손을 쳐다보았다. 이대로 두기도 뭐하고 또 그리 말했다고 냉큼 거두기도 우스웠다. 그 와중에 마음 한구석에서는 그냥 네가 냉큼 잡아 버리라는 목소리가 튀어나와 그녀를 더욱 혼란스럽게 만들었다.

그야말로 진퇴양난, 사면초가의 상황에 빠진 그녀를 구한 것은 뭔가가 차마 막히지 못하고 새는 아주 작은 소리였다. 퍼뜩 시선을 들자 명원이 한 손을 주먹 쥐어 입가를 가리며 고개를 반쯤 돌리고 있었다. 한눈에도 웃음을 참는 모양새였고, 결국 커다랗게 터져 나오는 시원스러운 웃음소리를 듣는 동시에 희는 상황을 파악했다. 그녀는 있는 대로 인상을 쓰며 외쳤다.

"나리!"

"아, 아니. 미안하다. 미안한데, 그 표정이……."

"퍽이나 미안하시겠습니다. 아, 그만 좀 웃으셔요!"

말을 채 끝맺지도 못하고 또다시 어깨를 떠는 그 모습이 너무 얄미웠다. 한순간이나마 상관없다는 기분이 들었던 만큼 더했다. 그를 노려보던 그녀는 참다못해 벌떡 일어났지만, 그가 옷자락을 얼른 붙들어 왔다. 곧바로 뿌리치자 이번에는 손목이 잡혔다. 명원의 목소리가 달래듯 그녀를 토닥였다.

"놀리려 한 말은 아니었다. 부러 웃은 것도 아니니 한 번만 봐 다오. 이 추위에 기다린 게 아까워서라도."

……기다려? 아까워?

희가 멈춘 것은 부드러운 말투보다 이해할 수 없는 말의 내용 때문이었다. 무슨 소린가 싶어 돌아보자 그의 시선은 정면을 향해 있었다. 따라가 본 희는 놀라 숨을 들이켰다. 저 멀리 보이는 산의 등성이가 가느다란 금테를 두른 듯이 빛나고 있었다.

생각도 못한 또 다른 광경에 희의 몸에서 힘이 조금 빠져나가자 명원이 가만히 놓아주었지만, 그녀는 움직이지 않았다. 그가 모르는 척 한 번 더 권했다.

"그만 앉지 그러느냐, 이제 시작인데."

희가 떫은 표정을 숨기지 않고 슥 흘겨보자 그는 붙임성 있는 웃음을 지으며 옆자리를 툭툭 건드렸다. 그녀는 결국 다시 앉으며 뚱하게 물을 수밖에 없었다.

"애초 저것 때문에 여기에 오신 겁니까?"

"일석이조지. 기왕 수세하는 것, 해맞이까지 보아야 제대로다 할 수 있지 아니하겠느냐."

두 사람이 지켜보는 사이 아련하면서도 눈부신 밝은 빛은 창호지에 물이 스미듯 서서히 하늘을 물들여 갔다. 아직 채 가시지 않은 어둠 사이로 노랗고 붉은 기운이 섞이는 모습은 매우 신비롭고 장엄하기까지 했다. 드문드문 구름이 있긴 하지만 말 그대로 하늘에 낀 안개라, 그 사이사이로 빛이 새어 나와 절경을 해치기는커녕 돋보이게 하고 있었다.

"……무어, 일단 보여 주셔서 감사하다는 인사는 드려야겠네요."

늘 이렇게 들었다 놨다 하니 당해 낼 재간이 있나. 희가 체념에 가까운 심경으로 말했다. 불퉁거리고는 있어도 이미 화가 풀렸음을 알았겠지만, 그는 굳이 짚고 넘어가는 대신 가볍게 대꾸했다.

"내가 할 소리다. 오늘 너를 만나지 아니하였다면 올 생각도 없었을 것이니, 네 덕에 눈이 호강하는구나."

희는 그를 쳐다보았다. 또다시 줄여 말하고 있어도 부러 그녀를 위해 예까지 걸음하고 이 절경을 보여 주고자 한 마음의 무게를 모를 수가 없었다. 그러나 어떤 대답도 지금의 기분을 솔직하게 드러내지는 못할 것 같아, 그녀는 아예 입을 다물기로 하고 다시 앞을 향했다.

이윽고 새로운 해가 꼭지부터 드러났다. 처음 손톱만 하던 그것은 아주 조금씩, 그러나 확실히 떠오르기 시작했다. 눈이 부셨지만 아무도 고개를 돌리지 않았다.

"절경이로구나. 소원이라도 빌어야겠다."

한참 후에야 감탄하며 중얼거린 명원에게 희는 의아함을 숨기지 않았다.

"나리께서도 그런 생각 하십니까? 소원이라거나."

"왜?"

"아니, 무어. 새삼 감투 같은 걸 바라실 분은 아니시고, 그거 말고는 다 내키시는 대로 하실 수 있는 분이니…… 따로 빌어야 할 만치 원하는 것이 있으시겠나 싶어서요."

"……다른 이도 아니고 너한테 그런 말을 들으니 기분 한번 미묘하구나."

희는 고개를 갸웃거렸으나 명원은 웃는 듯 한숨짓는 듯한 얼굴로 처음 물음에만 답을 주었다.

"나도 그리 생각하였다만 살다 보니 생기기도 하더라. 너만 하여도 작년 이맘때는 모르는 사람이었으니."

"그건 그러네요. 그럼 어떤 소원을 청하실 건데요?"

흥미진진해하는 물음에 그는 설핏 웃기만 할 뿐이었다. 하긴 그런 건 은밀히 묻어 두어야 이루어진다는 말도 있더랬지. 그가 그런 속설을 신봉할 것 같지는 않아도 그녀는 이쯤에서 넘기기로 했다. 그래서 그가 불쑥 입을 열었을 때 그녀는 흠칫 놀랐다.

"너, 건강하고."

"예?"

"몸조심하고. 조금이라도 품이 덜 들어 늘 밝게 웃고 기운차게 다닐 수 있도록…… 신년에도 힘내고. 지난 한 해 이래저래 고생 많았다."

"아, 예……."

난 또, 그냥 덕담이었네. 그럼 그렇지. 혼자 괜스레 착각한 것이 부끄러워진 희는 태연한 척 말을 받았다.

"나리야말로 애 많이 쓰셨지요. 저야 한 것도 없고 그저 쫓아다니기만 한걸요. 덕분에 많이 배웠습니다."

"배우기는. 몰라도 될 것들까지 안 게지."

"아니요, 아닙니다."

희는 단호하게 말하며 고개까지 저었다. 바로 어제 일처럼 하나하나 생생하게 떠올릴 수 있는 일련의 일들은, 분명 아프기도 했고 슬프기도 했으나 그녀는 아파하고 슬퍼할 수 있어서 다행이라 생각하고 있었다. 그리고 그런 만큼 명원과의 연이 감사하고 소중했다. 물론 아무런 사건이 없었어도……. 그녀는 솔직하게 덧붙였다.

"어떤 일을 겪을지 미리 알았다 한들 선택의 여지는 없었을 겁니다."

명원이 픽 웃었다.

"그 고생을 하고서도? 네가 대책 없이 밝아 다행이다."

"그쯤이야 무어, 고생이랄 것도 없었는데요."

명원의 웃음이 조금 더 진해졌다.

해는 이제 반 이상 올라와 있었다. 새 빛을 온몸에 받으며 한동안 침묵 속에 앉아 있던 그들은 어느 순간 누가 먼저랄 것 없이 입을 열었다.

"새해에도."

"신년에도."

희와 명원의 놀란 눈이 마주쳤다. 입 안에서 터진 웃음은 금세 밖으로 흘러나왔고, 한데 어울린 두 음색의 여운이 사라지기 전 나란히 말을 끝맺었다.

"잘 부탁하마."

"잘 부탁드립니다."

만날 수 있어 다행이다. 올 한 해가 그리하였듯 앞으로도 많은 일이 있겠으나 함께일 것이기에 두려움은 없다. 이 별난 연으로 인해 힘들기도 하련마는 그날 그 장소에 있었던 것을 후회하지 않는다— 그 무수한 진정을 평범한 말로써 건네고, 이것으로 충분하다 여길 수 있음은 분명 상대가 이명원이고 유희이기 때문이리라.

나란히 시선을 던지는 그들의 미소는 다른 듯 닮아 있었다. 꾸밈없이 비추어주는 빛 앞에서 더욱 깊어지는 그것은 새로운 해에 대한 기대와 그 이상의 염원을 담고 있었다.

시작을 함께하게 된 이 순간의 행이 줄곧 이어지기를.

무수한 연年이 겹쳐…… 생生으로 화할 때까지.

별전別傳

연緣

"이년이!"

철썩, 골목에서부터 거리로 튀어 나간 소리는 지나던 사람들이 흠칫 돌아볼 만큼 거칠었다. 사내는 누가 보거나 말거나 아랑곳하지 않고 큼지막한 손을 몇 번이고 휘둘렀다. 그 분을 고스란히 받고 있던 여인의 몸이 결국 땅바닥에 나뒹굴자 이번에는 발길질이 날아갔다.

"쓸모없는 년! 내가 미쳤다고 너 같은 년을 그 돈을 주고!"

인정사정없는 구타에도 여인은 신음 한 번 흘리지 않았다. 그 점이 사내의 분노를 더욱 부채질하는 듯, 기세는 더욱 강해져만 갔다. 사내가 한 발을 치켜 들자 그녀는 본능적으로 그것을 붙들었고 이내 저쪽으로 채여 팽개쳐졌다.

"……쿨럭!"

흙먼지 위로 처절한 붉은 꽃이 피었다. 여인은 몸을 일으키려 했으나 힘이 빠진 두 팔은 허망하게 떨어뜨려지고 그녀는 다시 쓰러졌다. 고개를 간신히 들자 행인들의 호기심 어린 시선 위로 펼쳐진 하늘이 보였다. 너무나 맑고 푸른 빛에 눈이 시려 왔다. 하늘만큼은, 그녀가 아는 그대로였다…….

"어디 한번 또 도망쳐 보지 그래! 차라리 뒈져라, 뒈져!"

……누가.

누가, 죽을까 보냐.

그녀는 입술을 깨물었다. 한참 전 터진 입술에서 새로이 피가 배어 나왔지만 아픔을 느끼지 못했다. 눈을 부릅떠도 이제는 하늘 대신 희미한 잔상만이 가득했다. 그녀는 있는 힘껏 손톱을 땅에 박고 끌어당겼다. 몸이 움직이기는커녕 흙모래만이 양손 가득 쥐어질 뿐이었다. 그녀의 몸짓을 보자 다시금 울화통이 터지는지 식식대던 사내가 머리채를 잡아챘다. 그녀는 이를 악물고 비명을 삼켜냈다.

그리고 다음 순간, 사내의 손이 풀렸다.

상체가 반 이상 들렸던 그녀는 털썩 널브러졌다. 사내가 주춤거리며 물러나는 것과 주위가 소란스러워진 동시에 조용해진 것, 일단의 무리가 앞에 나타났다는 것을 알았지만 그녀는 가늘어지는 숨을 간신히 붙들고 있을 따름이었다. 거센 기침과 그르렁거리는 숨소리 사이사이로 이제는 낯설지 않게 된 언어가 드문드문 들려왔다.

"……어찌……, 가혹하게……."

"그게…… 소인…… 아닙…… 조선……."

버티려 애써 봐도 점차 혼미해져 가는 그녀의 머리 위에서 한동안 두런거리던 말소리가 끊기고, 누군가가 그녀에게로 다가왔다. 그리고 머리채를 잡아 끌어 올리는 대신 어깨를 가만히 짚었다.

"……가?"

무슨 말인지 알아들을 수 없을 만큼 의식이 가물거렸지만, 그 온후한 분위기를 알아차린 그녀는 힘겹게 고개를 들었다. 젊은 사내가 그녀를 내려다보고 있었다.

그녀의 눈이 커졌다.

믿을 수가 없다. 하지만 사실이었다. 고향의 하늘을 등에 진 채, 그가 있었다. 그 사람이.

"수……인."

떨리는 입술로, 지난 몇 년간 가슴으로 불러 왔던 소중한 이름을 밖으로 꺼냈다. 그가 웃었다. 그렇다고 생각했다. 그녀는 가슴이 벅차올랐다. 왜倭에 포로로 잡혀 온 직후 이미 더럽혀진 몸. 어릴 적부터 한 동리서 커 왔고 집안끼리도 쉽게 말이 되어 단자까지 오갔다 한들 그 정혼을 마음에 품는 것만도 지금의 그녀에게는 해서는 안 될 일이며 그에게 못 할 짓이라, 그저 아주 깊숙이 묻어 두자고 다짐했었다. 그와의 연은 이것까지라고.

고향으로 무사히 돌아간다 한들 그에게로 돌아가는 건 아니라고.

그렇게 결심하고 억눌렀음에도 그를 다시 볼 수 있다는 사실이 너무나 기뻤다. 어째서 이런 곳에 와 있는지는 아무래도 상관없었다. 이러면 안 된다는 생각이 끌어내는 죄책감조차 그 기쁨을 망치지 못했다. 눈앞이 흐려지다가 맑아지기를 거듭했다. 힘없이 떨리는 손을 뻗으며, 그녀는 다시 한 번 불러 보았다.

"수인…… 오라버니……!"

"또 그런다. 혼인하고서도 그리 부르면 각오하셔야 할 겁니다, 선아仙娥 낭자."

선아는 웃었다.

그리고 그대로, 의식을 잃고 털썩 쓰러졌다.

눈을 떴을 때 세상은 붉고 검었다.

살짝 열린 창 너머로 어둠이 흘러와 불을 밝힌 방 안에 스며들었다. 음영으로 흔들리는 낯선 천장이 그녀를 내려다보고 있었다.

서까래가 드러난 익숙한 모습이 아니었다. 약간 고개를 돌려 시선을 내리자 구들장 대신 빈틈없이 깔린 다다미가 보였다. 새삼 가슴 속으로 한 줄기 서늘함이 흘러 지나갔다…… 바보같이.

다시 시선을 바로 한 선아는 자신을 들여다보는 노인을 발견하고 당황했다.

그러나 온몸이 천근만근 무거운 지금의 상태로는 고작 눈을 크게 뜨는 게 다였다.

"호오! 깨어났나. 우선 녀석부터 불러야겠군."

노인은 누군가에게 지시를 내린 다음 그녀의 체온을 재고, 머리와 팔다리를 눌러 보고, 눈동자를 살폈다. 그제야 그가 의원임을 알게 된 그녀는 새로운 의문을 품게 되었다. 어째서 의원이 나를 돌보고 있는 걸까. 이 방도 그렇고 의원의 옷차림으로 보아 적어도 그녀가 일하던 요릿집이 아닌 것은 분명한데 마음을 놓기는 일렀다. 그런 그녀의 심정을 아는지 모르는지 그녀를 한참 살피던 노의원은 만족스럽게 고개를 끄덕거리더니 히죽 웃었다.

"상태가 나쁘진 않군. 잘했네, 사람 하나 살렸어."

살렸다는 그 사람이 만신창이가 되어 누운 자신이 아닌 것으로 들리는 까닭은 아직 이국의 언어를 다 익히지 못해서일까. 하지만 불쑥 튀어나온 어린 목소리가 그녀의 의심을 풀었다.

"엄살하고는! 누가 들으면 성주城主님이 못 살려 내면 목을 치겠다고 하명하신 줄 알겠네요."

"분탕질에 도가 튼 것도 아니고, 생전 계집 하나 제대로 돌아보지 않다가 신주神主 모시듯 안고 왔는데 그럼 그게 그 뜻이 아니고 뭐냐."

"심하게 다쳤으니까 안고 오신 거죠! 그리고 말 좀 가려 하세요. 아무리 성주님 안 계신 자리라도 그렇지."

"내 맘이다, 이놈아. 태중에 있을 때부터 알아 왔는데 없는 데서 뭐라고 하기로서니."

"어휴, 진짜. 성주님 마음이 너무 좋으셔서 탈이라니까."

투덜거리며 그녀의 시야에 들어온 새로운 인물은 개구지고 영특해 보이는 눈빛을 가진 소년이었다. 이제 열두엇쯤 되었을까. 소년이 입을 열었다.

"제 말 들리세요?"

선아는 대답하지 못했다. 혼잣말이 아닌, 온전한 타인에게서 고향의 말을 듣는 것은 오랜만이었다. 그녀가 울컥하는 마음을 누르며 희미하게나마 고개를 끄덕이자 소년의 얼굴이 밝아졌다.

"다행이다! 지금 굉장히 많이 다치셨으니까 푹 쉬세요. 이제 안심하셔도 돼요."

"여기는…… 어디?"

"여긴 타카야마高山 성 안이에요. 성주님께서 아씨를 데려오셨고요. 기억나세요? 젊고 잘생긴 분이신데."

……아.

그가…… 아니었다.

그제야 자신의 착각을 깨달은 선아는 숨을 멈추었다. 그리고 천장으로 돌린 눈에 힘을 주고 이를 악물었다. 잠시 후에야 눈물이 나지 않겠다는 판단을 한 그녀는 소년을 향해 모르겠다는 뜻으로 고개를 젓고 화제를 바꾸었다.

"너…… 조선말을, 잘하는구나."

"저도 조선인이거든요. 아씨처럼 포로로 끌려왔어요."

말의 내용도 내용이지만 매우 담담한 말투가 그녀를 놀랍게 만들었다. 그녀가 뭐라고 말하기 전에 소년이 말을 이었다.

"의원님이 의식만 찾으면 그다음부터는 괜찮을 거라 하셨어요. 뼈가 상한 곳은 없으시고요. 머리에 충격을 받으셨을 수도 있는데, 그건 보거나 듣거나 말하기에 무리 없으면 별문제 없다 하시네요."

"깨어났는가?"

나지막한 왜국 말이 조금 더 뒤편에서 들려왔다. 홱 돌아본 소년이 몸을 틀어 물러나 무릎을 꿇었다.

"네, 성주님."

가까이 다가온 사람은 소년에게서 설명을 들은 그대로였다. 하지만 그녀가 아는 사람과 전혀 닮지 않았기에, 그녀는 영락없다고 착각했던 자기 자신을 이해하기 힘들어졌다. 단지 연령대가 비슷하다고 잘못 볼 수 있는 걸까. 확실히 매를 맞아서 제정신이 아니긴 아니던 모양이었다.

곁에 와 앉은 그가 천천히 살피는 눈길은 조심스러웠고 염려마저 섞여 있었다. 그것이 신기해서 그녀는 이내 맞춰 오는 그의 눈을 피하는 대신 물끄러미 응시했다. 그가 입을 열었다.

"이름은?"

선아의 입술이 약간 벌어졌다.

그가 건넨 말은 분명 고향의 언어였다. 조금 어색한 억양이어서 왜인의 입을 통한다는 현실감이 더욱 컸다. 그러나 그녀가 정작 놀란 건 그것이 아니었다. 이 낯선 땅에 온 지 몇 해가 지났고 너무나 많은 사람을 만났지만, 그녀는 단 한 번도 이런 물음을 받아 본 적이 없었다. 발에 챌 만큼 많은 조선인 포로 중에서도 평범한 계집 하나가 그간 어떤 의미로 불려 왔는지, 궁금해하는 사람은 아무도 없었다.

지금까지는.

대답이 없자 그의 미간이 약간의 근심을 담아 찌푸려졌다. 그는 소년을 돌아보았다.

"설마하니 너 혼자 떠들고 있었던 거냐."

"아닙니다! 다 듣고 있다니까요."

"그럼 내 말투가 이상한가?"

"아뇨, 잘하셨습니다. 놀라서 대답을 못 하는 것 아닐까요? 성주님을 기억하지 못한다고 했거든요."

스스럼없는 대화가 다시금 그녀를 놀라게 했다. 주인과 하인의 입장이란 건 분명하지만, 그 선 안에서 그들은 매우 친밀해 보였다. 상대를 계속 보고 있던 그녀는 소년의 추측을 듣고 다시 고개를 돌린 그와 시선이 마주쳤다. 저도 모르게 움찔했지만, 동요는 겉으로 드러나지 않았다. 그런 그녀를 가만히 바라보던 그가 물었다.

"그때는 누구를 본 것인가?"

이번엔 왜의 말이었고 소년이 충실히 말을 전달했다. 그런 연결 고리가 없었어도 알아들은 그녀였지만 역시 대답은 하지 않았다. 그녀는 과거를 말하는 대신 현재를 언급하기로 했다.

"도와주셔서…… 감사합니다."

간단한 말은 얼추 아는 듯, 사내의 눈빛에 이해가 스친 것은 소년이 입을 열기 전의 일이었다. 그가 대답했다.

"우선 몸조리에만 신경 쓰도록 하라. 더는 그대를 해할 사람이 없으니까. 안심하고 쉬어도 좋아."

"……."

"타로太郎가 곁에 있을 테니 말하고 싶은 게 있으면 이 아이에게 얘기하고."

작은 통사通詞가 자신의 이름이 타로라고 친절히 덧붙였다. 그는 잠시 그녀를 보다가 말했다.

"그럼 다시 묻도록 하지. 이름이 무엇인가."

선아는 눈을 깜박거리다가 창으로 시선을 돌렸다. 천천히 들어 어두워진 하늘에 걸려 있는 반쯤 접힌 달을 가리킨 손은 금세 힘없이 떨어졌다. 그가 중얼거렸다.

"츠키月……?"

이번에는 그녀도 그 뜻을 알지 못했다. 왜국 말로 달을 어떻게 표현하는지 모르니까. 하지만 왜의 이름을 가진 조선인 소년을 쳐다보는 대신 그녀는 눈을 감았다. 그가 어떻게 이해했건 상관없다는 마음 이면에는 조금 전 읊조린 그 울림에 오랫동안 잊고 있었던 느낌의 한 자락을 조금, 찾은 기분을 숨긴 채였다. 안온함. 혹은, 떨림을.

선아는 그런 자신을 잘라 내듯 의식을 닫아 암흑 속으로 걸어 들어갔다.

그는 그런 그녀를 막지 않았다.

선아가 몸을 제대로 가눌 수 있게 되기까지는 오랜 시간이 걸렸다. 지쳤던 심신에 필사적으로 버텨 온 것이 일시에 풀려 버린 것이다. 타로는 그녀가 성에 온 지 근 여드레 만에 눈을 떴음을 알려 주었다. 그 이후로는 서서히 그러나 확실히 호전되기 시작했다.

의도치 않게 왜국 말을 모르는 것이 기정사실화된 그녀의 곁은 그녀가 오기 전까지 성내 유일한 조선인이었다는 타로가 내내 지키며 소통의 연결 고리가 되어 주었다. 더불어 그녀는 타로를 통해 이 성과 사람들에 대한 것들을 하나씩 알아 갔다.

영리한 만큼 어른스럽기도 했으나 나이다운 밝음을 가지고 있는 타로는 명을 받은 이상으로 그녀를 꼬박꼬박 아씨라 칭하면서 받들었다. 고향에서야 그렇게 불리는 것에 익숙했어도 여기서까지, 그리고 같은 포로끼리 그럴 필요 없다는 생각에 말을 해 봐도 타로는 확고하게 고개를 저었다. 이유를 묻는 그녀에게 타로는 머뭇거리더니 곧 성주님이 매우 좋은 분이시다며 엉뚱한 화제를 끌어왔다.

타로의 본래 이름은 석石으로, 부모는 양반 댁 노비였다. 부모님이 금수만도 못한 취급을 받는 것을 보며 자라온 아이는 전쟁 통에 고아가 되고 우여곡절 끝에 포로가 되어 바다 건너 인간 시장에 내놓아졌다. 세상이 뒤집혔음에도 여전히 노奴가 된다는 것이 싫어 탈출을 시도하다 들키고, 매질을 피해 도망가던 와중에 어느 성대한 무리 앞으로 끼어들게 되었다. 그 우두머리로 보이는 자가 노예 상인을 제지하고 아이를 사들여 시종으로 삼았다. 이름을 물은 후 네게는 어울리지 않는다며 큰 사내가 되라고 새로운 이름을 지어 준 그가 바로 이 성의 주인, 왜국의 유력한 다이묘大名, 타카야마 슈이치高山秀一였다. 처음에는 호의라고 불릴 수 있을 법한 그 모든 일들을 경계했지만, 시간이 지나면서 소년은 진심으로 그를 주인으로서 섬기게 되어 지금에 이르렀다.

"별로 재미난 얘기는 아니네요. 그냥…… 말씀드리고 싶었어요. 아씨가 어쩐지, 우리 누나 같아서. 난리 중에 죽었지만요."

"나도 네가 동생 같기도 해. 형제는 원래 없었지만. 그럼 너는…… 돌아가고 싶은 생각은 없니?"

"없어요. 제가 살아야 하는 이유는 여기 있으니까."

산뜻한 대답에 선아는 입을 다물었다. 이해되지 않는 것은 아니었다. 어린 나이에 너무 많은 것을 겪고 이국에까지 오게 된 소년이 안쓰러웠으나 그것은 그녀의 눈으로 보는 것일 뿐, 당자가 매우 만족하고 있는 이상 다행이라 생각할 수 있는 일이리라. 그녀는 말을 돌렸다.

"그럼 네가 그분에게 조선말을 가르쳐 드렸구나."

"아니에요. 성주님 아우 되시는 분이 조선에 관심이 많아 말에도 매우 능하셨대요. 지금은 돌아가셨다고들 하셔요."

타로는 그녀가 지루할 것이라 여겼는지 매일 성에서 벌어지는 소소한 일상들을 어미 새처럼 물어 왔다. 성주에 관한 얘기도 절대 빼놓지 않았지만 그럴 경우엔 일상사를 전달할 때의 객관성을 무시했다. 하지만 소년이 굳이 아닌 척 열을 올리지 않아도, 선아는 성주를 나쁘게 생각하지 않았다. 이미 타로 자신이 뚜렷한 증명이었다. 아무리 왜인 옷을 입고 왜인과 같은 이름을 달고 있어도 조선인이라는 건 변함없는 사실일진대, 그런 소년이 성에서 일어나는 일들을 죄다 꿰고 있다는 점만 보아도 알 수 있었다. 제 나라에서조차 무지렁이 이상도 이하도 되지 못했을 아이에게 새로운 이름을 줌으로써 미래를 함께 준 것이었다. 엿듣게 되었던 짧은 대화 속에서 존중과 신뢰 역시 주고 있음을 모르기도 어려웠다.

그 사실은 일말의 경계심을 버리지 않고 있던 선아에게 언제부턴가 아주 조금씩 희망을 품도록 만들었다. 그래서 몸이 거의 다 회복되어 일상생활에 지장이 없어졌을 때, 그녀는 새로 빤 옷가지를 가져온 타로에게 성주님을 뵙고 싶다는 말을 꺼냈다.

"성주님께서 허락하셨어요."

앞장선 타로를 따라 길고 복잡한 복도를 걸어간 선아는 어느 방 앞에 다다랐다.

오는 동안 막아서는 사람들이 있을 만큼 깊숙한 내실이었다. 타로가 성주님 명이었다고 전하자 쉽게 길을 터 주었지만, 뒤에 선 그녀를 경계심 반 호기심 반 훑어보는 시선은 거두지 않았다. 그녀는 하고자 하는 말들을 곱씹어 보느라 깊이 의식하지 못했다.

타로가 문 너머에 있을 사람에게 자신들이 왔음을 고하는 동안 선아는 옷매무새를 다시 한번 살폈다. 처음 왔을 때 얻었던 헌 옷가지 중 하나로 그나마 제일 좋아 보이는 옷이었다. 그녀는 흐트러짐이 없는지 확인하고 문을 연 타로를 따라서 안으로 들어섰다.

크지는 않아도 매우 정갈한 방이었다. 한쪽 벽의 병풍을 뒤로하고 낮은 탁자에 기대어 앉아 있는 그의 시선이 느껴졌으나 그녀는 함부로 눈을 들지 않고 조심스러운 걸음걸이로 방 가운데로 가서 무릎을 꿇고 앉았다. 타로는 조금 떨어져서 자리를 잡고 기다렸다. 이윽고 낮은 울림을 가진 목소리가 나지막하게 내려왔다.

"나를 보자 하였는가."

"그러합니다. 아뢸 말씀이 있어서입니다."

"듣겠다."

선아는 포갠 두 손으로 바닥을 짚었다. 그리고 깊이 몸을 숙였다.

"우선, 본의 아니게 폐를 끼치게 된 점 사죄드리오며 목숨을 구해 주시고 지금껏 돌보아 주신 은혜에 진심으로 감사드립니다."

두세 호흡 후에 다시 바로 앉은 그녀는 그와 시선을 마주했다.

"가진 것 없는 몸이오나 고향으로 돌아가기에 앞서 조금이나마 그 빚을 갚고자 합니다. 신세를 진 만큼 일을 하고 싶습니다. 마음의 빚은 감히 헤아리기도 저어됩니다만 미천한 소녀가 드릴 수 있는 최대한의 성의임을 알아주시기를 바라 마지않습니다."

타로의 통사通事를 들으면서도 그는 그녀에게서 눈을 떼지 않고 있었다. 이 자리에 앉은 그녀만이 아닌 그 이상을 보려는 듯한 눈빛은 깊고 곧았다. 그녀는 피하지 않고 마주 보았다. 자신의 진심이 전달될 수 있도록.

소년이 입을 다물자 침묵이 방 안을 맴돌았다. 그녀의 예상보다 더욱, 길었다. 그 고요함 속에서 그는 그저 그녀의 시선을 붙들고 있을 따름이었다. 선아는 점차 초조해지는 마음을 꾹 누르며 기다렸다.

한참 후에야 그가 무표정한 그대로 입을 열었다.

"뭔가 착각하고 있군."

착각……?

"그대와 나 사이에는 빚도, 은혜도 없다. 소유가 있을 뿐이지."

일순, 선아의 숨이 멎었다. 그가 담담하게 말을 이었다.

"포로가 되어 이 낯선 땅까지 끌려온 그대의 처지는 가련타 여기지만 엄연히 값을 치른 것을 놓아줄 생각은 없어. 이미 그대는 이곳 사람이고 내 사람이다."

한 마디 한 마디가 벼락처럼 그녀를 내리쳤다.

얼어붙어 있던 그녀는 무릎 위에 올려 둔 두 손을 천천히 그러쥐었다. 감당키 어려운 분노로 어깨가, 아니, 온몸이 희미하게 떨렸다. 그녀는 그를 노려보며 앙다문 이 사이로 내뱉었다.

"倭に, 道を知っている人が誰もいないですか。(왜에는, 도道를 아는 자가 아무도 없소?)"

흠칫, 그가 몸을 바로 했다. 두 쌍의 시선이 날아왔으나 그녀는 오직 노려볼 뿐이었다. 억눌렀던 한이 토해지기 시작했다.

"되지도 않을 욕심, 말도 안 될 명분으로 스승의 나라를 침하고 그 백성을 범한 것도 모자라 당연하게 소유를 주장하다니! 차라리 너 따위 일평생 갚지 못할 만치 어마어마한 거금을 썼노라 우기지 그러시오. 문보다 무를 중시한다 해도 하늘 아래 엄연히 그 이치가 있고 도리가 있을진대 이것이 대체 무슨 경우요! 아니면 이 땅의 법도는 오직 타인의 피와 눈물로만 지켜지고 있음인가!"

조금 전과 전혀 다른 정적이 깔렸다.

선아는 폭발한 감정으로 거칠어진 호흡을 다스리며 자신을 빤히 바라보는 그의 시선을 오롯이 맞받았다. 그의 신분도 상황도 상관없어진 지 오래였다. 그럼 그러마 하고 돌아서서 굴종하는 척 탈출의 기회를 노리는 편이 현명한 방편이겠지만 그녀는 그러고 싶지 않았다. 더는 싫었다. 내 나라 내 선조의 땅으로 돌아가겠다는데 무엇이 잘못인가. 더구나 그녀의 손에서 벗어나 벌어진 일로 인해 당하고만 있음이 정녕 합당하다면, 하늘이란 것이 어찌 저리도 푸르게 버티고 있는 것인가 말이다.

"……우리 말에 매우 능하군. 거짓말만큼이나."

그녀가 당당하게 반박했다.

"거짓을 말한 적은 없소. 조선인의 진심을 그대로 담을 수 있는 것은 조선말뿐이라는 건 지극히 당연하니까."

"그럼 지금은 왜?"

"아무런 상관 없는 아이가 가운데에 끼어 이도 저도 못 할 것을 보기 싫었을 뿐이오. 그리고 과연 이 모든 말들을 가감 없이 전달할지도 의심스럽고."

다시금 침묵이 이어졌다. 잠시 후 그는 그녀를 쳐다보는 그대로 타로에게 말했다.

"너는 잠시 나가 있거라."

"예……."

소년은 조용히 물러가 문을 닫았다.

두 사람만이 남자 침묵은 더욱 묵묵하고 날카로운 그 무엇으로 바뀌었다. 알 수 없는 눈빛으로 그녀를 응시하던 그가 입을 열었다.

"그대의 비난이 일부 정당함은 인정하겠지만 내 마음은 바뀌지 않는다. 소유라는 개념이 싫다면 다르게 생각해도 상관없어. 어쨌거나 그대는 이곳에 있어야 해. 내 성에."

"……왜? 대체 무엇 때문에? 빚은 갚는다지 않았소!"

그는 대답하지 않았다. 그저 쳐다볼 뿐이었다. 기다리다 못한 그녀가 쏘아붙였다.

"울타리 안에 적을 키우는 취미가 있으신가. 한낱 계집이라 얕보는 모양이오만 지난 난리 때 한 왜장은 검이 아니라 여인의 손에 의해 죽었소."

"게야무라(毛谷村六助, 게야무라 로쿠스케. 논개論介가 죽인 왜장)의 얘기라면 익히 들은 바 있지. 허나 그대는 같이 죽는 것보다는 어떻게든 사는 쪽을 택할 것 같은데."

선아는 말문이 막혔다. 그의 입술 한끝이 올라갔지만 희미한 궤적은 금세 사라지고 단호한 표정이 그 위를 덮었다.

"시험해 볼 생각은 없어. 그럴 필요도 없고. 내가 왜 이런 말을 하는지, 언젠가는 이해하게 될 것이다."

"……"

"할 말은 그뿐인가?"

그녀는 아무 말도 하지 못했다.

그는 몸을 일으켰다. 잠시 눈길을 주다가 그대로 자리를 떠나는 그의 기척이 지워질 때까지, 그녀는 미동도 하지 않았다. 그럴 수가 없었다. 그저 이대로 무너지지 않기를 바라며 버티고 있을 따름이었다. 자기 자신의 멍청함을 저주하면서.

차라리 좋은 말들을 잔뜩 들었기 때문이라면, 단지 그 이유라면 비열한 일이지만 타로를 원망할 수 있었을지도 몰랐다. 하지만 그녀는 알고 있었다. 소년은 그저 그 짧았던 순간이 그녀의 마음에 남긴 싹을 확인하고, 증명하고, 키워 준 것뿐이라는 사실을.

그러나 늦지 않았다. 선아는 자기 자신을 향해 계속 되뇌었다. 포기하지 마. 포기하지만 마. 아직은 아니야. 아직은…… 참을 수 있다.

포기하지 않고, 살아만 있다면, 반드시 돌아갈 수 있을 것이다.

이미 찢어발겨진 지 오래인 희망의 새로이 부서진 파편을 그렇게 하나하나 주워 모으면서도, 그녀는 온 세상이 자신을 향해 칼날을 세우고 있는 느낌을 버릴 수가 없었다.

"선아 아씨……."

그래서 그녀는 타로가 조심스러운 목소리에 염려와 안타까움을 담아 나직하게 불러 왔을 때, 그만 울음을 터뜨리고 말았다.

"왜에는, 도를 아는 자가 아무도 없소?"

생생한 눈빛이 자신을 담고 있다. 이번만큼은, 여인은 그를 보고 있었다.

타카야마 슈이치만을.

들을 거라고는 상상도 하지 못했던 유창한 말에 경아 비슷한 충격을 느끼는 마음 한편으로 그 사실에 설명하기 힘든 감각이 생겨나는 것을 그는 무시하지 못했다.

여인은 그의 대답을 기다리지 않았다.

"되지도 않을 욕심, 말도 안 될 명분으로 스승의 나라를 침하고 그 백성을 범한 것도 모자라 당연하게 소유를 주장하다니! 차라리 너 따위 일평생 갚지 못할 만치 어마어마한 거금을 썼노라 우기지 그러시오. 문보다 무를 중시한다 해도 하늘 아래 엄연히 그 이치가 있고 도리가 있을진대 이것이 대체 무슨 경우요! 아니면 이 땅의 법도는 오직 타인의 피와 눈물로만 지켜지고 있음인가!"

그 자신의 평소 생각과 다름없는 말 한마디 한마디가 그를 날카롭게 찔러 들어왔다. 기품마저 느껴지는 당당함과 올곧은 시선 탓에 더더욱.

그것은 그로 하여금 그녀를 처음 만났던 날을 떠올리게 했다.

우연히 가신들과 함께 지나던 길이었다. 시선이 멈춘 것은, 그 인정사정없는 구타 때문이 아니라 당하고 있는 쪽이 젊은 여인이었고 비명이 전혀 들리지 않아서였다.

그리고 걸음이 멈춘 이유는 피투성이가 되어 감에도 엉망으로 흘러내린 머리카락 사이에서 빛나던 생생한 눈동자 때문이었다. 이 순간을 수긍하고 그저 얼른 지나기를 바라는 것이 아니라 굴복시키려 해도 굴하지 않을 것이며 죽여도 죽지 않을 것이다, 라는 무언의 외침을 담고 있었다. 어릴 적부터 무를 익혔고 수많은 내란을 거친 그로서도 매우 드물게 보았던 눈빛. 무사들에게서도 좀처럼 보기 어려운 그 기백을 어느 천한 여인에게서 발견했다는 사실이 그에게는 가벼운 충격으로 다가왔다.

"어찌하여 사람을 이리도 가혹하게 대하는가."

"그, 그게…… 소인은 잘못이 없습니다. 돈 주고 사 온 조선 년인데 제값을 못 하니 매를 들어 가르칠밖에요."

그의 눈짓을 받고 대신 나서서 말을 거는 가신에게 사내는 고개를 들지 못하고 굽실거리면서도 변명을 늘어놓았다.

그들의 대화를 듣는 동안 그는 여인을 보고 있었다. 포로로 끌려온 조선 여인임을 알게 되자 전쟁에 휘말려 타국까지 와서 이 지경이 되도록 매를 맞아야만 하는 기구함이 더욱 안쓰럽게 느껴졌다. 애초 그럴듯하게 지어낸 명분의 깃을 세운 출병보다 나라의 안정이 중요하다 여겼었기에.

그는 가까이 다가가 한쪽 무릎을 꿇었다. 그리고 크게 숨을 몰아쉬는 가냘픈 어깨를 살짝 짚었다.

"그대, 말을 할 수 있겠는가?"

여인은 천천히 고개를 들었다. 뺨에는 이보다 전에 있었던 폭력의 흔적이 여전히 생생하게 남아 있었고 이마와 입술 할 것 없이 찢어져 흐른 피가 흙과 뒤엉켜 그야말로 참혹했다. 그녀는 눈을 크게 뜨더니 입을 열었다.

"수……인."

아우 덕분에 조선이란 나라도, 조선말도 조금은 알고 있었던 터라 그는 그것이 조선식 이름임을 알아차렸다. 마치 감정의 봉인을 풀어놓는 주술이라도 입에 올린 것처럼, 그녀는 눈물을 흘렸다. 만신창이가 될 때까지 눈물은커녕 신음도 내지 않던 그녀가 굵은 눈물방울을 하염없이 떨어뜨리는 모습은 놀라기에 충분했다.

"수인…… 오라버니……!"

그리고 그녀는, 웃었다.

슈이치는 순간 숨을 멈추었다. 더할 나위 없이 환하기도 끝없이 슬프기도 한 그 웃음이 그의 가슴 깊숙한 곳까지 한달음에 성큼 들어온 것은 찰나의 일이었다.

그는 바로 혼절해 버린 그녀를 안아 올렸다. 놀라울 만큼 가벼워 하마터면 힘 조절을 하지 못할 뻔했다. 그는 곧바로 몸을 돌렸고, 항의하는 사내에게 무거운 주머니를 던져 주는 것으로 상황을 종결시켰다.

성으로 데려온 여인을 가문의 주치의主治醫 이시다石田와 타로에게 맡기고 그는 아무 일 없었다는 것처럼 일상으로 돌아갔다. 그러나 여인이 드디어 눈을 떴다는 말을 전달받았던 순간, 사실은 그렇지 못했다는 것을 그의 심장이 입증하고 있었다.

그는 짧은 대화를 끝으로 그녀를 다시 찾지 않았지만 상태가 호전되어 가는 과정을 잡힐 듯 세세하게 알아 갔다. 노인 특유의 히죽거림을 얹은 이시다의 보고도 있었고 잠자리 시중을 맡은 타로가 과묵함을 지키지 않았기 때문이기도 했다. 이부자리를 살피고 옷을 갈아입는 것을 돕는 동안 타로는 아씨가 오늘은 죽 한 그릇을 다 비웠고 또 오늘은 팔을 어깨 위로 올릴 수 있게 되었다는 등의 소소한 이야기를 그에게 흘려 넣었다. 소년의 성격이 밝고 명랑하지만 쓸데없이 말이 많지는 않았기 때문에 수다에 가까운 그 사적인 보고들은 유난스러울 정도였다. 아무런 대꾸도 없는 그의 반응이 실상 막지 않고 있다는 뜻임을 영특한 눈망울로 읽은 탓인지도 몰랐다. 그 증거로 단 한 번, 무심결에 끼어들어 말을 끊은 그에게 소년은 전혀 놀라지 않았었다.

"달리 형제는 없으시지만, 제가 아우 같대요."

"수인…… 오라버니……!"

"그대의 비난이 일부 정당함은 인정하겠지만 내 마음은 바뀌지 않는다. 소유라는 개념이 싫다면 다르게 생각해도 상관없어. 어쨌거나 그대는 이곳에 있어야 해. 내 성에."

"……왜? 대체 무엇 때문에? 빚은 갚는다지 않았소!"

그대 탓이다.

슈이치는 속으로 가만히 대답했다. 그대가 그리 울지만 않았어도.

그대가 그리…… 웃지만 않았어도.

다른 사람과 착각했다는 정도는 쉽게 짐작했었고 자신을 기억하지 못하는 것은 남달랐던 상황을 고려하면 있을 법한 일이었다. 그러고도 가슴 속으로 서늘한 바람 한 줄기가 스치는 기이한 기분쯤은, 고개 한 번 내젓고 모른 체할 수 있었다. 하지만 그토록 간절하게 부르던 그 이름이 오라비가 아닌 사내의 것이었다는 걸 알았을 때.

그처럼 절실하고 처절한 만큼 아름다웠던 웃음이, 오로지 정인이었음이 분명한 그 사내만을 위한 것이었다는 사실을 깨달았을 때는…….

"울타리 안에 적을 키우는 취미가 있으신가. 한낱 계집이라 얕보는 모양이오만 지난 난리 때 한 왜장은 검이 아니라 여인의 손에 의해 죽었소."

그녀가 씹어 뱉듯 말했다. 얕보았다기보다 오히려 그 반대였지만 날카로운 기세로 상기시키는 그 말이 뜬금없게도 재미있게 느껴졌다.

"게야무라의 얘기라면 익히 들은 바 있지. 허나 그대는 같이 죽는 것보다는 어떻게든 사는 쪽을 택할 것 같은데."

정곡이었는지 입을 다문 그녀에게 그는 못을 박듯 단호하게 말했다.

"시험해 볼 생각은 없어. 그럴 필요도 없고. 내가 왜 이런 말을 하는지, 언젠가는 이해하게 될 것이다."

나 역시도…… 언젠가는.

그는 자리에서 일어났다. 얼어붙은 것처럼 눈빛조차 움직이지 않는 그녀를 한 번 더 바라본 다음 복도로 나갔다. 무릎을 꿇고 앉아 대기하고 있던 타로가 조심스러운 시선을 던져 왔지만 받아 주지 않고 지나쳤다. 주저하던 소년이 문을 열고 들어가는 기척을 등 뒤로 느끼는 그의 걸음이 서서히 느려지다가 이내 멈추었다.

울음소리가 흘러나왔다.

울음이라는 걸 알았던 것은 웃음은 분명 아니기 때문이었던 것뿐, 그가 지금껏 단 한 번도 들어 보지 못한 소리였다. 흐느낌이 아니었다. 목 놓아 우는 것도 아니었다. 아주 단단하고 거대한 둑이 마침내 터져 버린 것처럼, 그러나 그 안에서 가두고 가두었던 것이 단순한 물이 아니었던 것처럼, 여인은 그렇게 토해 내고 있었다.

무의식 속에서 그는 두 손을 그러쥐었다.

자신이 얼마나 잔혹한 짓을 하고 있는지 알고 있다. 생애 처음이었기에 더욱 그랬다. 그런데도 뜻대로 자유롭게 해 주겠다 말하고 싶은 마음보다 웃게 만들고 말겠노라 다짐하는 마음이 컸다. 저 한이 서린 비명이 귀가 아니라 심장을 파고드는 것 같은 기분을 느끼고 있음에도. 스스로 무서울 정도지만, 그는 그 같은 감정을 부정할 생각도 잘라 낼 생각도 없었다.

이미 만나게 된 이상은.

울어도 내 곁에서 울도록 해. 그대의 눈물을 다른 사내가 닦아 주는 것을 용납할 수 없어. 다른 자를 향해 웃는 그대만큼이나.

그러나 지금, 그녀가 오열하는 것이 자신의 탓이라는 건 분명한 사실이었다.

그의 주먹이 하얗게 뼈를 드러냈다. 눈을 꾹 감았다가 뜬 그는 다시 걷기 시작했다. 눈물 한 방울 한 방울을 가슴 속 깊이 담아 가면서.

나로 인해 흐르는 저 슬픔을 잊지 않을 것이다.

언제까지나…… 울리고만 있지는 않을 것이다.

절대로.

"……다르게 만났다면, 좋았을걸……."

2부

의기투합 意氣投合 : 서로의 마음이 맞음

一

공기가 문득 흔들렸다.

서른세 번째 파루罷漏 소리가 밤이슬 사이로 은은하게 퍼져 나간 지 얼마 되지 않은 때였다. 통금이 해제되기만을 기다린 듯이 하나둘 밝혀지는 불빛 아래 뚜렷해지는 기척들은 곧 하루의 시작다운 부산함으로 이어지겠지만, 여전히 사방은 어두컴컴했고 한성漢城은 이제 막 기지개를 켜는 참이었다.

그리고 그 발치의 틈새에 쫓기는 자와 쫓는 자가 있었다.

"헉, 허억."

상황은 쫓기는 자에게 불리했다. 누군가가 자신이 은신처에서 나오기를 기다렸다 쫓을 줄은 생각도 못하였을뿐더러 작은 몸집의 날랜 추격자는 그가 골목을 꺾을 때마다 앞서 질러 나타나 가로막고 있었다. "거기 서라!" 따위의 엄포가 쓸모없다는 걸 아는지 묵묵하게 그러나 착실하게 쫓아오는 작자가, 고작 한 명이었음에도 그는 솔직히 두려워졌다.

결국 오래지 않아 그는 뜀박질을 관두었다. 이 거머리 같은 놈을 때려눕히고 도망칠 결심으로 돌아선 것인데, 거리를 두고 멈춰 선 초립의 상대는 웃음을 지었다.

"잘 생각했소."

의외로 목소리가 젊었다.

"당신 주인마님이 당신을 그리 거창하게 숨겨 둔 건 결국 죄다 덮어씌울 의도임이 빤한 것을, 지켜 줄 의리가 무에 있어서."

"닥쳐라, 누가 네놈 말을 듣겠다더냐!"

설마 했던 예상을 당연한 투로 꺼내는 상대를 향한 일갈은 조금 흔들리고 말았다. 씨근대던 그가 물었다.

"내가 어느 쪽으로 나올 줄 어찌 알고 기다렸지?"

"촌장村長께서 거길 찍으셨다대. 내 아는 나리가 알려 주시더라고."

용케 반촌(泮村, 성균관 유생들의 사역인들이 사는 곳으로 신성한 구역 일부로 취급, 죄인이 들어가도 잡지 못한다)에 잘 숨었는데 안타까운 일이라고 덧붙이는 진솔한 말투는 오히려 놀리느니만 못했다. 그 입을 닥치게 할 심산으로 몸을 날렸다. 덤벼드는 주먹을 잘도 피하고 있으나 그뿐, 선뜻 공격해 오지는 못하는 상대에게서 그는 승산을 확신했다. 한 방 크게 후려칠 작정으로 주먹을 더욱 단단하게 만든 그 때였다.

어디선가 날아와 딱, 뒤통수를 때린 무언가가 그의 주의를 흩뜨렸다.

아프기보다 놀라서 흠칫한 그는 무심코 뒤를 돌아보았다. 금세 다시 자세를 잡았지만 이미 늦어, 그 틈을 노린 상대에게 혈도를 허락한 후였다.

털썩.

포획자는 그 자리에서 쓰러져 기절한 몸뚱이에 더는 관심이 없었다. 예리한 눈빛이 그 주변을 훑다가 갓난애 주먹만 한 돌멩이를 발견했다. 놀라는 것도 찰나 모종의 확신에 찬 얼굴을 든 참에, 조금 전까지도 없던 인기척이 거짓말처럼 나타났다.

"일취월장日就月將이 따로 없구나. 혼자 보기 아깝다."

"나리!"

유희有熙가 반색했다.

작게 외친 그 목소리가 조금 전보다 더 가늘고 높은 것은 비단 어둠과 반가움 때문만은 아니었다. 다가온 이명원李明願이 그녀를 물끄러미 바라보다 픽 웃었다.

"기분이야 좋다만 뉘 보면 내가 와 있는 줄 몰랐다고 생각하겠다."

"몰랐는데요?"

"무어?"

명원은 기가 막혀 땅에 쓰러져 있는 사내와 희를 번갈아 보았다.

"하면 홀로 대적한다 믿는 와중에 그리도 주절주절 읊어 댔단 말이냐?"

"그야 흥분해서 달려드는 쪽을 상대하기가 더 수월하지 아니합니까."

"하! 말은 그리 하여도 별로 쉬워 보이진 아니하더만."

"예. 덕분에 살았습니다. 감사합니다, 나리."

순순히 인정한 희는 빙긋 웃었다. 미간을 희미하게 찌푸린 명원이 그런 그녀를 보고는 입을 열었다가 그냥 닫았다. 희가 문득 고개를 갸웃했다.

"하온데 나리께선 어찌 나와 계셨어요? 금일 잠은潛隱은 제 차례가 맞는데요."

"네게만 맡겨 될 일이 아니겠다 싶었지, 무어."

시침 떼는 것 같은 대꾸는 너를 못 믿겠다는 뜻을 담고 있었지만, 그를 알고 그의 화법 또한 익히 아는 희는 곧이곧대로 듣고 속상해하지 않았다. 중요한 것은 달리 있었다. 눈을 깜박인 그녀는 저도 모르게 목청을 높였다.

"설마하니, 매일 나오셨던가요? 열흘 동안?"

"셈에 약하구나. 오늘로 아흐레다."

"……지금 그게 중합니까?"

"달리 중한 게 있으면 말해 보던가."

나리께서 저를 위하느라 남몰래 뒤를 지켜 주셨다는 거요.

이 쉬운 답을 차마 말할 수 있을 리가 없었다. 내밀한 동료이자 가락지 하나 나눠 끼지 못하였을지언정 마음에 정한 단 하나의 정인情人이라도. 아니, 그게

서 더욱 말을 못하는 것이었다. 꿀 먹은 벙어리가 된 희는 제풀에 얼굴을 붉히고 말았다. 사위는 어둑하고 얼굴은 검댕투성이지만 아마 알아챌 게 분명한 명원의 주의를 돌리고자 그녀는 다른 것을 확인했다.

"애초 매복을 하루씩 갈마들이로 하자 하실 때부터 이런 생각이셨던 거지요?"

"설마. 일없이 누워 있다 보니 심심해서 나와 보기로 한 게지."

기약 없이 숨어 밤을 지새우는 일이 장터 구경과 매한가지인 양 말하는 품새에 희는 그만 웃고 말았다. 사실 다른 표정을 지을 수 없기도 했다.

"보람은 있으셨겠습니다."

"나도 그런 줄 알았다. 혼자서도 씩씩한 어디의 뉘가 아니었으면."

골목 사이로 사람들이 달려오는 기척이 가까워지고 있었다. 어깨를 으쓱인 명원은 희의 초립을 장난치듯 꾹 눌렀다.

"애썼다. 나중에 보자꾸나."

그는 그녀가 대꾸하기도 전에 등 돌려 그늘 속으로 사라졌다. 직후, 순라군 두 명이 모습을 드러냈다.

"게 누구냐!"

"안녕하십니까, 고생이 많으십니다."

새벽녘의 소란에 쫓아온 순라군들은 기세등등한 외침에 겁을 먹기는커녕 꾸벅 인사하는 상대를 맞닥뜨리자 서로 황망히 마주 보았다. 남복에다 검댕으로 지저분한 얼굴이면서 목소리로 보아 계집이 분명하다는 점이 기이한데, 발치에 쓰러져 있는 사내는 또 웬일인가. 둘 중 어느 쪽을 먼저 추궁해야 하나 고민하는 그들을 희가 도와주었다.

"좌포청左捕廳 소속 다모茶母입니다. 매복 탓에 부득이하게 이런 행색을 하게 되었습니다."

품에서 통부通符를 꺼내 보인 그녀가 말을 이었다.

"그리고 이자는 판결사判決事 영감 댁 화살 사건의 종범從犯으로 열이틀 전부터 행불된 상태였습니다. 용의자의 수하이니 일차 하옥시켜 심문하여야 할 것입니다."

통부를 앞뒤로 뒤집어 좌포도대장 수결까지 확인한 후에야 고개를 끄덕이고 돌려준 관군들의 시선이 조금 더 친근해졌다. 한 명이 기절한 자를 오랏줄로 포박하는 동안 다른 한 명이 감탄했다.

"그래 숨어 있던 걸 네가 매복해서 잡은 게냐?"

"네."

중촌中村의 무자無者 나리와 함께요.

대놓고 할 수 없는 말을 속으로나마 의리 있게 덧붙인 희는 살짝 웃었다.

"……다. 아무리 판결사 영감님이 주상 전하의 아낌을 받고 있다 한들, 그 댁에 밤마다 화살을 쏘는 자가 있다는 것은 상해 사건도 아닐진대 탑전榻前에까지 올라갈 문제는 아니란 생각이 들었거든요. 최근의 큰 옥송獄訟에서 진 무관이 저지른 일이라 막음하기엔 너무 단순한 것 같았습니다. 하여 특진관特進官 대감을 부추겨 그 일을 탑전에 보고케 할 만한 인물을 훑어보았는데 과연, 그 무관에게 금전적인 일로 앙심을 품고 사이가 틀어진 자가 있었습니다."

"그리고 무관의 이름으로 화살을 주문하고 그것을 집 뒷문에 갖다 놓으라 해 가로챈 수하가 바로 새벽에 네가 붙들어 온 놈이렷다."

"예, 나리. 물론…… 아직은 혐의를 둘 뿐입니다만."

보고를 듣고 있던 강수인姜修靭은 희의 조심스러운 첨언에 빙그레 웃었다. 때로 지나치게 활달한 성정을 두고 매사 진중하라던 말을 따르려 애쓰는 것이 환히 보여서였다.

"더는 아니다. 반 시각 전에 입을 열었다더라. 지금쯤이면 진범을 잡았겠지."

"아! 잘되었네요."

기뻐하는 희를 보는 수인의 시선이 한결 따스해졌다.

"고생 많았다. 네 일도 아니요 이미 종결된 사건인 것을, 헛수고로 끝나지 아니하여 다행이구나."

"천만의 말씀입니다. 성질이 이래 놔서 궁금증을 못 참고 자처하는 거니까요."

"듣자니 매복을 하였다는데 언제부터였지?"

"어…… 얼마 안 걸렸습니다."

"네 어미는 알고 있느냐?"

"설마요! 하루라도 들켰다간 사달이 납니다."

정색하고 이내 헤헤 웃는 희에게 수인이 못 말린다며 헛웃음을 지었다. 재주를 알아보고 양민인 그녀를 다모로 특별 차출한 본인이긴 해도, 그는 천민도 관비도 아닌 아이가 험한 꼴 보고 다니는 것이 안쓰러웠는지 희 모친에게도 마음을 써 주었다. 물론 희로서는 밥집을 하는 살림에도 도움이 되고 적성에도 맞으니 일석이조의 행이라 여기고 있었다.

"그나마 혼자가 아니라 나도 네 어미에게 면이 서겠다. 오늘도 같이 있었겠지?"

"예."

괜히 부끄러웠지만 희는 솔직하게 대답했다. 명원과 동료로 한데 묶어 관官과 무관한 호기심도 내밀히 해결할 기회를 준 장본인 앞이니 거리낄 게 없었다.

"감사합니다. 나리."

그래서 나온 뜬금없는 인사에도 수인은 놀라는 대신 미소를 지었다.

"그리도 닮았으니 내 아니어도 함께 다닐 연인 게지."

수인에게 소개받기 전 이미 만났기에 희 역시 그 점은 동감이지만, 서로에게 가장 잘 맞는 어울림은 달리 없을 게 분명했다. 희는 멋쩍은 웃음으로 답했다.

"그럼 이만 가 보거라."

"예. 물러가겠습니다."

인사한 희는 종사관실을 나왔다. 소리 없이 문을 닫고 돌아선 때, 벽에 기대어 서 있던 정재겸鄭才兼과 눈이 마주치는 바람에 화들짝 놀랐다.

"구, 군관님!"

"죄지었느냐? 무얼 그리 놀라."

팔짱을 풀면서 몸을 바로 한 재겸이 타박했다.

"기척도 없었으니 놀랄밖에요. 어쩐 일이십니까?"

"나리께 따로 드릴 말씀이 있는 게 너뿐인 줄 아느냐? 쓸데없는 거 묻지 말고 가기나 해."

원체 평소 투닥거리는 사이이긴 해도 지금은 어딘가 이상했다. 늘 지지 않고 대꾸하는 희가 순순히 꾸벅거린 이유는 그 때문이었다. 심기 불편한 일이라도 있었나. 종로에서 뺨 맞고 한강에서 눈 흘기는 재겸이 얄밉기는 했지만 너그럽게 넘어가 주기로 하고 돌아섰다. 몇 걸음 가는 동안 조용하던 등 뒤에서 "잠시 실례하겠습니다, 나리."라는 재겸의 목소리가 들리고 이어 문이 여닫혔다.

회의실에는 이미 허엽許曄과 한소백韓紹伯이 나와 있었다. 인사를 주고받고 자리에 앉은 희에게 엽이 말을 건넸다.

"벌써 소문이 짜하게 퍼졌더구나. 판결사 댁 사건 진범을 잡은 게 너라면서?"

"아……하하, 직접 잡은 건 종범이지만요."

희는 멋쩍어져 뒷머리를 긁적였다. 직속상관인 수인이 아닌 다른 종사관이 맡았던 일일뿐더러, 이미 처결이 난지라 더욱 조심스럽게 움직였었는데 막판에 그만 순라군과 마주치는 바람에 시끄러워져 버린 것이었다. 그러고 보니 수인의 입장이 편하지는 않겠다는 걸 깨달은 그녀는 그제야 아차 싶어졌다. 똑같은 말을 하면서도, 그는 그저 칭찬하고 자신을 걱정했을 뿐이었다.

이리 생각이 짧아서야 원. 나중에 다시 찾아뵈어야겠다고 다짐하는 희에게 엽이 칭찬했다.

"장하다. 여기 일도 챙기면서 언제 그리 다녔누. 고생이 많았겠구나."

"에이, 별말씀을요."

"일이 잘되어서 다행이다. 어디 다친 덴 없고?"

"네."

"각자 일당백인 건 알겠다만 예도 잊지는 마라. 다른 손이 필요할 때도 있을지 모르니까."

희는 대답에 앞서 빙긋 웃고 있는 엽과 조용히 듣고만 있어도 엽의 말에 반대하지 않는 소백을 번갈아 보았다. 명원과 조를 이룬 지가 어언 일 년 남짓. 매일 함께하는 데다 눈치가 예사롭지 않은 사람들인 만큼 희가 종종 공무 외에 다른 일을, 다른 누군가와 하고 다닌다는 것이 비밀 아닌 비밀이 되기에 짧은 시간은 아니었다. 직속상관이 허했다는 사실까지 포함하더라도 충분히 불쾌해할 법하지만, 지금처럼 자상한 엽은 웃으며 격려하고 과묵한 소백은 말없이 수용했다. 다만 불퉁한 재겸은…….

"형님은 속도 좋소."

예나 지금이나 이 모양이다. 문이 열리는가 싶더니 성큼 들어온 재겸이 희의 맞은편에 앉으며 투덜거렸다.

"무얼 도와줄 생각까지나 하십니까? 알아서 잘만 싸돌아다니는데."

이리 빨리 온 걸 보면 별일도 아니었겠다만 아깐 무에 그리 생색을 냈는지. 희는 몰래 입을 삐죽였고 엽이 너털웃음을 지었다.

"왜, 장하지 아니하냐. 덕분에 같이 다니는 우리도 어깨 으쓱하고 좋지 무얼."

"덕은 무슨요. 주제넘게 나다니다 우리까지 망신시킬까 걱정입니다, 저는."

잘라 말한 재겸이 희를 응시했다. 그리고 그녀가 이상스레 여길 때쯤에야 입을 열었다.

"오늘 새벽도 그자와 같이 있었던 거냐?"

"……네."

희의 대답이 늦은 것은 이처럼 단도직입적인 질문은 처음이기 때문이었다. 그러나 아직 놀라기엔 일렀다.

"붙여 주어 감사할 정도라는데 얼마나 대단한 인사인지 어디 들어나 보자."

하던 얘길 들은 모양이군.

그 때문에 아까부터 심사가 별나게 꼬였던 건가 보다. 고지식한 재겸으로서는 별난 계집이 다모랍시고 이래저래 끼어든다며 희를 썩 마음에 차지 않아 하는 게 여직 몇 년인데, 하물며 그 다모가 외부인과 짝을 지어 다닌다면 못마땅

할 수밖에 없는 것이다. 물론 그렇다 한들 희가 일방적으로 참고 견뎌 줄 의리는 없었다. 오히려 엿들은 거냐고 따져 물어도 좋을 정도다. 희는 뚱하게 대꾸했다.

“이미 아시지 아니합니까. 종사관 나리의 지인이시고, 또…….”

“또, 천하의 거부 역관 이해승李諧昇의 이름난 한량 차자次子. 그게 다라고?”

이게 누굴 천치로 아나, 하는 눈으로 재겸이 그녀를 노려봤다. 재겸과 명원은 서로 짧은 통성명만 했을 뿐 집안이 어떻고 저떻고의 말이 나온 적이 없는데 줄줄 읊는 품으로 봐선 뒤를 캐 본 모양이었다. 그 정도는 하겠다 싶었던지라 별로 기분 상할 일은 아니었다. 아니, 희는 오히려 기분이 조금 좋아졌다. 엄연한 포도군관이 캐 보아도 ‘무자’는 알아내지 못했다는 것은 명원이 그만큼 철저하다는 방증이었다.

문득 재겸의 눈빛이 더 사나워졌다 싶어 정신을 차리고 보니 그만 무심결에 입가를 풀어 버린 자신이 있었다. 희는 흠흠, 헛기침하고 시침을 뗐다.

“말씀대로 집안이 집안인데 그게 다가 아니라면 너무 불공평한 게 아닐는지요?”

“하! 그래, 좋다. 네 말이 맞다 치자. 하면 너는 명색이 다모이면서 한량의 심심풀이 놀음에 같이 장단 맞추고 다닌단 뜻이냐?”

“심심풀이 놀음이라뇨? 말씀이 과하십니다. 엄연히 죄인을 벌하려 한 것이고, 또한 그쪽 일로 인해 저가 포청 일을 소홀히 한 적이 있습니까?”

“말은 잘한다. 그제도 서서 졸다가 탁상에 발가락 찧어 놓고선.”

“저, 저가 언제요! 그런 거 아니었거든요!”

“아니기는. 밤에 잠이나 잘 것이지 쓸데없이 매복한답시고 돌아다니니 그 꼴이지. 쯧. 그러다 후일 크게 다쳐도 난 모른다.”

“체, 알아 달라 한 사람 예 아무도 없습니다만?”

“너……!”

“자자, 왜들 이러나 아침부터.”

엽이 끼어들어 분위기를 흩뜨렸다. 소백 역시 재겸의 팔을 가볍게 붙들어 말리고 있었다. 희와 재겸의 시선이 부딪쳤고, 희가 보란 듯이 고개를 모로 꼬자 재겸이 발끈했다. 그러나 때마침 수인이 들어오는 바람에 그는 성질을 눌러야 했고 둘의 입씨름도 그쯤에서 정리되었다.

재겸이 희 자신의 일에 입을 대고 괜한 시비를 거는 거야 어제오늘 일이 아닌데도 희는 밤사이 벌어진 사건들에 대한 수인의 설명에 좀처럼 집중할 수 없었다. 심심풀이 놀음이란 말이 여느 때보다 더 크게 다가온 탓이었다.

기실 지당하다면 지당한 오해였다. '무자' 라는 것도 어떤 지위가 아니라 이러저러한 자가 있다더라, 는 것이 입에서 입으로 전해지며 자연스럽게 정해진 별호이니 외견상으로야 명원은 그저 머리 좀 쓸 줄 알고 아비 덕이나 보는 철없는 한량으로 보일 수밖에 없었다. 이미 이 넓은 도성에서 고작 한 줌을 제외한 나머지가 그리 믿고 있기도 하고. 그런데도 희는 새삼 속이 상했다. 연일 아흐레나 밤을 새고도 사건 해결의 공은 눈곱만치도 가져가지 못하는 사람인데.

……정확하게야 안 가지겠다 손사래 치는 게 맞긴 하지만.

"희야. 듣고 있느냐?"

"예! 그럼요!"

남몰래 지어 버린 웃음의 반동으로 목청이 그만 높아졌다. 다행히 인정 있는 상관은 밴댕이 소갈딱지인 뉘와는 달라 딴생각한 거 다 안다는 얼굴을 하면서도 "어디 그럼 무슨 얘기를 한 건지 말해 보아라." 같은 확인 없이 넘어가 주었다. 더욱 다행이었던 것은 엽과 한 조가 된 덕에 회의 중에 못 들었던 것을 별 눈치 보지 않고 다시 들을 수 있게 된 일이었다.

희는 엽과 함께 길을 나서 태정동太井洞에 자리한 어느 양반 댁 계집종의 횡사를 조사했다. 그리고 돌아 나오는 길에 엽은 희에게 이만 들어가 쉬라고 일렀다.

"며칠 밤낮을 긴장하고 다녔으니 몸이 배기겠느냐. 들어가 한숨 푹 자고 내일에서나 보자."

"아뇨, 괜치 아니합니다! 참말로요. 그리고 이번은 결과가 좋았을 뿐이지 저희, 아, 아니, 저의 생각이 틀렸다면 그저 허탕 치고 말았을 일이니 다 각오하고 한 겁니다."

희는 고개까지 저었지만 엽은 단호했다.

"그래, 결과가 좋았으니 득 봤다고 여기려무나. 종사관 나리도 나와 같은 생각을 하시더라. 상황 보아 쉬게 하라고."

"종사관 나리께서요?"

"그래. 그래서 지금 일도 가려서 맡겨 주신 모양이다. 정황도 단순하고 혼자서도 충분하니 편히 생각하거라."

결국 희는 그 마음을 감사히 받아들이기로 했다. 아닌 게 아니라 자꾸만 하품이 나와 몰래 눈물을 찍어 내고 있던 참이었다. 다음엔 어림도 없으니 걱정 말라 장난스럽게 이르고 휘적휘적 걸어가는 엽의 뒷모습을 배웅한 후, 그녀는 집으로 돌아왔다.

"어라? 희야. 이 시간에 어쩐 일이야?"

"농땡이 치면 못쓴다."

찬열贊悅이 평상을 정리하다 말고 의아해했고 부엌에서 나온 모친은 대뜸 호령부터 했다. 하여간 못 말려요. 모친의 의심 어린 눈길 위로 희가 당당하게 가슴을 폈다.

"나리님이 쉬라고 하신 거거든요! 일이 잘 풀린 게 있어 포상이나 매한가지니 걱정 마셔요."

"네가 웬일이냐? 포상씩이나."

"웬일은요, 저가 이래 봬도 두어 명 몫은 혼자 하는데. 어머니만 모르시지 무어."

확인할 방법이 있는 것도 아니겠다 실컷 우쭐댄 희는 눈 좀 붙일 거니 깨우지 말아 달라 하고 방으로 들어가 아랫목에 자리를 폈다. 모든 일이 다 잘 해결된 후 한창 일할 시각에 당당하게 청하는 잠은 꿀처럼 달았다.

꿈도 없는 단잠에 빠진 희가 눈을 뜬 것은 저녁때가 다 되어서였다. 허기가 그녀를 안에서부터 두드려 깨운 탓이었다.

모친과 찬열은 손이 없을 때 해치웠다 해서 먹을 것을 찾아 부엌에 들어간 그녀는 약밥을 발견하고 환호했다. 이 근방에서 알아주는 모친의 손맛이 특히 기가 막히게 발휘되는 것이 달리 있느냐고 누가 묻는다면 희는 단연 약밥을 꼽을 것이었다. 그녀는 희희낙락하며 집어 먹다가, 문득 떠오른 생각에 보자기를 찾아 들었다. 어쩐 일로 양이 많아서 그녀가 넉넉하게 두 보따리를 챙기고도 충분히 남았다.

"어머니! 약밥 이거 어디 달리 쓰실 거 아니시지요?"

"다 챙겨 놓고 묻기는. 그래, 그냥 한 거다."

음식을 나눠 먹기에 인색하지 않은 모친은 어이없다는 듯 코웃음만 칠 뿐이었다. 희는 다시 바지저고리를 주섬주섬 꺼내 입고 패랭이를 푹 눌러 썼다. 그럴듯하게 건상투를 틀고 검댕으로 얼굴을 적당히 지저분하게 만드는 그 손길은 매우 재빨랐다. 새벽에 만난 순라군들에게는 매복을 위해 쓴 부득이한 수였다고 말했지만 사실 그녀에겐 이게 보통이었다. 모친과 찬열도 그녀를 예사로운 눈길로 배웅했다.

희가 발걸음도 가볍게 향한 곳은 도성 내 향락의 공간, 뜨르르한 기방들이 서로 옹기종기 모여 질세라 가락을 뜯고 비단 치마 휘감는 수진방壽進坊이었다. 그중에서도 땅거미가 지기 무섭게 문간이 바빠지는 향월루香月樓가 그녀의 목적지였다. 신중하고도 망설임이 없는 걸음걸이는 뒷문을 지나고 몇 개의 안뜰과 떠들썩한 방들을 지나 깊숙한 곳에 외따로 자리한 별채 앞에서 멈추었다. 마음의 평안과 자유, 은밀함이 동시에 보장되는 명원의 또 다른 거처였다.

처음 아무것도 몰랐을 때는 닭장에 살쾡이가 아닌 척 들어앉은 격이라고 한심하게 생각했었는데. 제풀에 피식 웃은 희는 문득 불빛이 전연 내비치지 않는 걸 보고 멈칫했다. 댓돌 위로 가지런히 놓인 신 한 켤레가 무색할 정도였다.

희는 숨을 들이마시면서 입을 열었다가 그냥 닫았다. 기척을 죽이고 툇마루로 슬며시 올라가 문에 한쪽 귀를 갖다 대니 아니나 다를까, 한껏 집중한 귓가에 희미한 숨소리가 고르게 잡히고 있었다.

몸을 바로 한 희는 무릎을 꿇은 자세 그대로 방 안을 응시했다. 깊이 잠든 명원의 모습이 보이는 것만 같아 코끝이 시큰해진 그녀는 입술을 감쳐물었다. 때 이른 수면의 연유를 모를 수가 없었다. 들여다보고 싶었지만, 행여나 깨우게 될까 저어되어 희는 가져온 보따리 중 하나를 문 앞에 살며시 놓고 댓돌 아래로 내려섰다. 그리고 몸을 깊이 숙여 인사를 한 다음 왔을 때보다 더 조용하게 물러 나와 다음 행보를 내디뎠다.

다른 보따리 하나는 물론 단端 오라버니의 몫이었다.

거리에서 거리로, 골목에서 골목으로. 희는 그 전부를 다 꿰고 있는 사람을 꼽자면 한 손으로도 넉넉히 남는 길을 꼬불꼬불 잘도 짚어 가며 단의 거처에 다다랐다. 그러나 희는 또다시 기척을 내기도 전에 멈추어야 했다. 방문 너머로 격한 목소리가 튀어나와 그녀를 막았다.

"저는 인정 못 합니다!"

"……인정?"

나지막한 되물음은 단의 것이었다. 다만 좀처럼 열리지 않는 문이 틈을 벌려 그 안의 까마득한 어둠을 내비칠 때의 단이라, 이어진 말이 무심결에 숨을 삼킨 희의 짐작을 뒷받침해 주었다.

"미처 몰랐군. 그따위 것이 필요할 성싶을 만큼 얕보이고 있었던가."

감히 네놈이 나한테 무어라 지껄이는 거냐고 호통치는 쪽이 차라리 덜 무섭겠다.

희는 이어진 침묵을 충분히 이해했다. 아니, 빨리 실언이라고 하라고요. 사정도 모르고 상관도 없는 주제에 속으로 끼어들던 그녀는 갑자기 방문이 벌컥 열리는 바람에 화들짝 놀라 물러섰다.

붉으락푸르락한 채 뛰쳐나온 낯선 사내가 짚신을 막 발에 꿰고는 희를 보았다. 눈이 마주치자 매섭게 노려보는 그 얼굴은 아니어도 험한 인상을 더욱 험악하게 만들었다. 여느 때라면 노려보건 주먹을 치켜들건 꼼짝 않을 희였지만 이번은 엿들은 것처럼 보일 게 분명하고 변명의 여지도 없는 마당인지라 슬그머니 시선을 피했다. 사내는 그녀를 지나치면서 부러 어깨로 세게 쳤고, 희는 입만 삐죽이고 돌아선 즉시 잊어 치웠다.

"오라버니! 들어가도 되어요?"

"……그래."

언제든 반겨 주던 단의 대꾸가 다소 늦은 것은 방금 나간 사내와 무관하지 않으리라. 희는 부러 더 활기차게 들어갔고, 앉아 맞이하는 단에게 천진난만한 질문을 던져 아무것도 모른다는 걸 강조했다.

"한데 무슨 일이라도 있으셔요? 방금 누가 나가는 거 보았는데 되게 살벌하던걸요."

"아무 일도. 신경 쓸 거 없다."

담담하게 막음한 그의 얼굴로 희미한 안도가 깔렸다. 다소 흉흉하긴 하였어도 말싸움쯤 별일도 아닌데, 단에게는 그녀가 언제나 어리고 순진한 누이인지 안 좋은 모습은 되도록 덮어 두고 싶어 했다. 희는 씩 웃으면서 들고 있던 보따리를 내밀었다.

"이거나 드셔 보셔요! 마침 딱 맞춰 왔네. 모르긴 몰라도 상한 기분엔 맛난 게 즉효지요."

"……즉효야 따로 있지."

"네?"

"그래, 같이 먹자. 풀어 보렴."

"저는 먹고 왔어요."

희는 기특하게 사양했지만 헤쳐진 보자기 안에서 그녀가 죽고 못 사는 약밥이 나오자 단은 기어코 그녀의 손에 한 덩이를 들려 주었고 자신도 하나를 집었다.

"고맙게 먹겠다만 번거롭게 예까지 가져올 것 없다. 네 배 부른 거나 내 배 부른 거나."

"에이, 같이 부르면 더 좋지요! 많이 드셔요."

"그 별채에는?"

"주무셔서 그냥 마루에 놓고 왔어요."

명원과의 관계를 아는 단의 심상한 질문에 희는 자연스럽게 답했지만 쑥스러워서 얼른 화제를 돌렸다. 정인이란 것까지 말한 적은 없어도 아마 눈치는 채고 있을 터라 이럴 땐 역시 조금은 부끄러웠다. 차분한 눈으로 바라보는 단은 바뀐 얘기를 선선히 받아 주었다.

이런저런 신변잡기와 어느 안방마님은 은밀한 투전으로 패물까지 잡혔다느니, 또 어느 기방에는 양반님네와 기부妓夫가 드잡이질을 했다느니 하는 소문들을 희가 재잘거리는 사이 약밥은 착실하게 줄어들었다. 그녀가 말하는 사이사이 체하지 않게 잘 먹도록 챙겨 가며 성실한 청자聽者 노릇에 임하던 단이 문득 중얼거렸다.

"다행이다. 많이 바쁜 줄 알았더니."

"저 바쁜 거 맞아요! 오라버니도, 잘 아시면서."

"그래. 알지."

그는 설핏 웃었다.

"그러잖아도 바쁜데 요사이 시끄러운 게 가라앉지 아니해 더 정신없을까 싶었던 거란다."

"아. 탈바가지요? 그건 우리 종사관님한테 직접 떨어진 일이 아니라서요."

알아듣고 자기 식대로 호칭한 희가 고개를 주억거렸다.

웬 도적 하나가 불쑥 나타나 도성을 떠들썩하게 만든 지 벌써 한 달이 다 되어 갔다. 나무 탈로 얼굴을 감춘 데다 몸놀림이 제법 빨라 목격인이고 증거고 간에 좀처럼 남기지를 않아 동료들이 골머리를 싸매고 있었다. 더욱이 대갓집만 골라 뒤지고 다녀, 천민들을 중심으로 의적義賊이니 뭐니 하는 소문까지 퍼지는 바람에 추적은 난항을 거듭했다. 피해 지역은 마구잡이 식이라 방대한 편이나 첫 피해자의 거처가 좌포청 관할이기에 주도권은 이쪽에서 갖고 우포청의 협력을 받는 형태로 수사가 진행되는 중이었다.

"우포청에선 포청 망신을 우리가 다 시킨다고 말들이 많은 모양인데, 체, 저들이라고 뾰족한 수는 없을걸요. 자기들도 사실 책임이 없어 다행이라며 안심하고 있을 거여요."

투덜거리던 희가 눈을 깜박이더니 상체를 대뜸 앞으로 기울였다. 그리고 단이 흠칫하거나 말거나 목소리까지 낮춰 물었다.

"그러고 보니, 오라버니. 들은 거라도 없으셔요?"

"무얼?"

"무엇이든지요. 저도 혼자 나름대로 생각을 해 보았는데요, 혹 그 도적이 훔친 물건을 어찌 처분했는지 들으셨어요?"

"……아니."

"역시!"

자세를 바로 한 희가 한쪽 무릎을 찰싹 때렸다.

"저도 몰라요. 아무도 모른대요. 오라버니까지 모르신다니 참말 '아무도' 모르는 거겠네요. 어찌 값진 것만 털어 가 놓고선 팔지 아니하는 걸까요?"

도둑맞은 물건에는 일관성도 공통점도 없었다. 비싸고, 훔쳐 가기 쉬울 만큼 작다는 것 외에는. 그래서 희는 장물이 그대로 증발했다는 점이 못내 이상했다. 물끄러미 쳐다보는 단의 시선에서 희미하게나마 감탄이 섞여 있다는 걸 알게 된 그녀는 조금 신이 났다.

"그쪽은 무어라 하시던?"

"무자 나리요? 아직 여쭤보지 않았어요. 그래도 이런 일은 오라버니가 더 잘 아시니까."

덕분에 장물이 아예 나돌지 않았고 즉 도적이 갖고 있으리란 추측에 힘이 실렸다. 한탕 크게 하는 게 아니라 열흘째에 이 집, 나흘 후에 저 집 하는 식으로 여기저기 쑤시고 다니는 놈의 행태를 봐선 관심이 수그러들기를 기다려 처분할 속셈이라기엔 수상쩍은 점도 있었다.

그놈의 탈바가지가 잠잠해진 지 엿새째였다. 설령 훔쳐 모으는 괴벽이라고 쳐도, 최소한 놈 나름의 기준과 이유는 있을 터이니 희는 이대로 끝난 게 아니라고 생각했다. 슬슬 또 나타날 것이 분명한데…….

"너무 고민하지 말고 이거나 더 먹어라. 열심히들 뛰는 모양이니 잘되겠지."

안색이 조금 더 밝아진 단이 부드럽게 다독이며 약밥 한 덩이를 또 쥐여 주었다. 무심결에 받아 든 희는 그의 말에 따르기로 했다. 하긴 지금 이렇게 앉아서 혼자 고심해 봤자 도리가 없는 건 사실이었다. 그녀 자신이 그 일에 직접 참

여할 기회가 없기도 하고.

뭐 앞으로 두고 보면 알겠지. 희는 조급히 생각 말고 지켜보자는 중얼거림을 약밥과 함께 씹어 삼켰다. 그리고 그녀는 한숨을 쉬었다.

"이거 결국 저가 다 먹어 버렸네요."

"아니, 나도 많이 먹었다."

빤히 보이는 거짓말을 하며 입술 한끝으로 웃은 단이 내미는 물그릇을 받아 들고 희도 웃을 수밖에 없었다.

그로부터 사흘이 지난 새벽, 부지런한 장사치 하나가 후미진 골목에서 쓰러져 있는 한 사내를 발견했다.

이미 죽은 지 몇 시각이 지난 그 시신은 예기로 급소를 단번에 찔린 것으로 보아 보통 솜씨가 아닌 자에게 당했음이 분명하다는 후문이었다. 그리고 그날 해가 중천에 뜨기도 전에, 시신에 중요한 증거품이 있었다는 소식이 사방으로 퍼져 나갔다.

그것이 다름 아닌 색이 입혀진 나뭇조각이라는 것도.

二

"〈몽유도원도夢遊桃源圖〉[7]가 나타났다는군."

명원은 진중하기 짝이 없는 벗의 얼굴을 지그시 바라보았다. 그리고 눈을 돌려 앉아 있는 정자 위로 펼쳐진 화창한 하늘과 병풍처럼 주위를 두른 푸른 초목, 아직 반절은 차 있는 호리병을 본 다음 느긋하게 되물었다.

"그래서?"

7) 1447년 4월, 세종의 삼남 안평대군이 꾼 꿈을 그린 화가 안견의 작품. 계유정난(1453, 단종 1년)으로 안평대군이 사사된 후 종적이 묘연해졌다가 해방 후 일본에서 발견됨. 현재 일본 덴리대 도서관 소장

"사람 참, 행불된 지 기백 년 된 걸작이 나왔다지 아니한가! 무어 아는 것이 없나 이 말일세."

"술도 아닌 그림 하나에 이처럼 정색하다니. 마치 자네가 화공畫工처럼 보이는군."

"능치기는."

김명국金明國이 굳은 표정을 누그러뜨리며 투덜댔다. 사실 도화서圖畫署 물감밥을 먹은 지 어언 몇 년째지만 곁가지에만 머물고 있어 그런지 말하지 않으면 모르는 자가 더 많았다. 물론 '적당히' 취해야만 그림이 나온다는 게 어이없는 기벽임을 스스로 인정하는 터라 아쉬울 건 없었다. 명원이 유유자적 말을 이었다.

"참말일세. 훗날 자네가 점잔 뺄 필요 없을 만치 늙으면 호를 바꾸는 게 어떤가? 취옹이라거나."

"고것은 차차 두고 볼 일이고."

명국은 쩝, 입맛을 다셨다. 아닌 게 아니라 연꽃 향기 나는 연담蓮潭보다 벗이 장난삼아 뚝딱 지어 준 취옹醉翁 쪽이 자신에게 훨씬 더 잘 어울리긴 한다는 자각은 있어서였다. 입 안으로 웃은 명원이 고개를 갸웃했다.

"한데 좀 희한하군."

"음?"

"낭간거사(琅玕居士, 안평대군)께서 사사되면서 다른 사재私財들과 함께 행방이 묘연해진 그 그림이 어찌 하필 지금에야 떠오른 건지, 다소 뜬금없다 싶어서."

"듣고 보니……."

다시 진지해지던 명국은 이내 어깻짓을 했다.

"무어, 오랫동안 뒤로 돌던 값진 것들이 우연히 밖으로 드러나는 경우도 허다하니까."

"그럴지도."

순수한 성정으로부터 나오는 벗의 단순함에 명원이 미소를 지었다.

얼마간 더 한담을 주고받은 두 사람은 도화서로 돌아가기 전 화구상畫具商에 들러야 한다는 명국으로 인해 적당히 자리를 접기로 하고 일어났다. 큰 덩치를 기지개 켜듯 쭉 펴면서 주변을 둘러보던 명국이 다시금 감탄했다.

"코앞에 이처럼 조용하고 풍광 좋은 곳이 있었다니. 붓을 아니 갖고 나온 게 아쉽네그려."

"술을 조금만 들고 나온 게 아쉽겠지. 붓이 있어 봐야 덜 취하면 그만 아닌가."

"자넨 날 너무 잘 안다니까."

파하하, 커다랗게 퍼진 웃음소리의 여운이 남아 바람결에 맴을 돌며 점차 멀어지는 그들을 배웅했다.

호젓한 지름길을 통해 숲에서 내려온 두 사람은 이윽고 저잣거리에 도착했다.

명원은 한낮이라 더욱 북적대는 사람들 틈을 비집고 앞장서 성큼성큼 걸어가는 벗의 뒤를 느긋하게 따라갔다. 면포전, 지전, 죽물전, 시게전 등을 지나치며 구경하던 그의 무심한 눈길이 문득 한곳에 머물렀고 걸음까지 멈추었다. 그곳에는 갖가지 노리개와 소품들이 제 빛깔을 다투어 자랑하는 좌판이 있었다.

그가 요모조모 살피는 동안 번듯한 손을 반기는 주인의 입에 발린 소리들은 반대편 귀로 그냥 흘러 나갔다. 숱이 별 많지도 않은 머리칼을 늘상 땋았다 상투를 틀었다 바쁜 아이니 참빗이나 동백기름이 괜찮을 것 같기도 하고 향낭香囊은 향도 향이거니와 향이 닳은 다음에라도 주머니를 계속 쓸 수 있을 터라 유용할 성싶었다. 아, 저 빨간 댕기도 제법……. 이것저것 골라 보던 명원의 들뜬 마음이 순간 살짝 가라앉았다. 댕기 옆에 얌전히 자리한 비녀와 가락지의 빛깔이 유난히 고왔다.

명원은 그것을 물끄러미 응시하다가 픽 웃었다. 의식적으로 다른 생각을 하려는 그를, 마침 다가온 명국이 별 뜻 없이 거들었다.

"대체 이런 데 멀뚱히 서서 무얼 하나? 불러도 못 듣고."

"아니야, 가세."

구경 잘 했소. 인사를 남기고 돌아서는 명원을 두어 걸음 늦게 명국이 따라

잡았다. 그런 그의 얼굴에는 다 알겠다는 듯 걸쭉한 웃음이 떠올라 있었다.

"이름이…… 그래, 희였지. 희는 잘 있나?"

"임자 있는 이름을 그리 막 불러 대긴가? 여하튼 잘은 있네."

"한데 어찌 빈손으로 돌아섰어?"

"이것도 어울리고 저것도 어울리니 난들 어쩌겠는가. 다 안겨 준들 칭찬 들을 상대도 아니고."

"괜히 부끄러워져서 그런 건 아니고?"

짓궂은 물음을 명원이 진심을 담아 능청스럽게 받아넘겼다.

"무슨, 팔도가 다 알도록 자랑을 못 해 한이 늘어날 지경인데."

"……졌다 졌어. 말을 말아야지."

명국은 고개를 절레절레 흔들며 항복 선언을 했다. 뒤이어 처음 주막에서 봤을 적부터 알아봤다는 둥, 진작 심상치 않았다는 둥 꿍얼거림이 들려와 명원은 소리 내어 웃었다.

얼마간 더 걸어가니 화구를 취급하는 상점들이 모여 있는 골목이 나타났다. 비슷한 가게가 빼곡하게 늘어선 탓에 도리어 장사가 되겠나 싶은데, 명국은 망설이지도 않고 그중 한 곳으로 쑥 들어갔다.

"어서 오십시오, 나리."

단골 가게인 듯 안에서 나온 중년 주인의 명국을 반기는 얼굴은 장사꾼의 흔한 그것이 아니었다. 명국 역시 친숙하게 인사했다.

"안녕하신가. 필가(筆架, 붓걸이) 하나 주게. 엊그제 그만 깨 먹었지 뭔가."

"예에."

주인은 재빨리 다양한 모양의 필가를 몇 개 꺼내 놓았고, 명국이 고르는 사이 명원에게 말을 붙였다.

"이쪽 나리는 무엇을 찾으시는지요?"

"아니, 난 그저 이이를 따라온 걸세."

"그러십니까. 무엇이건 다 있으니 찬찬히 둘러보십시오."

"서화에는 재주가 없어서."

명원은 한 손을 가볍게 내저으며 웃었다. 하나를 골라 셈을 치른 명국이 끼어들었다.

"이 사람 재주야 따로 있지. 말이 나왔으니 말인데, 다른 소식은 있나?"

"예? 아……. 아직은 없습니다만……?"

"곧 뭐가 나와도 나올 것이네. 여기 이이가 보기처럼 한량인 것만은 아니거든."

"난 아직 대답한 적 없네만?"

명원이 슬쩍 비껴가 보았지만, 명국은 무시했다. 그릴 수 있는 대상과 술 외에는 관심을 두지 않던 명국이 화구상에게까지 줄을 대 놓은 걸 보니 '그 그림'을 꽤 진지하게 찾고 있는 모양이다. 과연 화공은 화공일세.

두 사람을 번갈아 보던 주인은 상황을 파악한 듯 반색했다.

"아, 가끔 자랑하시던 그 친우분이신가 보군요! 소인이 감히 이런 말씀 드리기 송구합니다만, 부디 잘 좀 부탁드립니다, 나리."

"자네도 따로 관심이 있는가?"

"그야, 이 바닥에서 먹고사니까요. 보통 물건도 아닌 데다 사연이 사연이니 저희 사이에서는 거진 전설이나 마찬가지입죠. 아니어도 갑자기 나타났다고들 하니 여기저기서 눈이 벌게서는……. 한 번이라도 보고 죽으면 원이 없겠다고 난리들입니다."

"그만치나 소문이 퍼졌나?"

"아이고, 말도 마십쇼! 무슨 방도가 없겠느냐, 찾아서 넘겨주면 그땐 돈이 문제가 아닐 거라는 분들이 수두룩한걸요."

다들 순진한 건지, 내가 삐뚜름한 건지 모를 일이군.

명원은 조금 의아해졌다. 아닌 밤중에 홍두깨처럼 난데없이 소문이 퍼졌는데 모두 그리 철석같이 믿는단 말인가. 하긴 워낙 생뚱맞아서 되레 사실 같기는 했다.

"이 주인장 여 씨가 안목이 높고 수완도 좋아서 수집 취미를 가진 양반들 사이에서는 꽤 알려진 인사일세. 자네도 이쪽으로 볼일이 있거들랑 이 사람과 얘기하면 편할 거야."

끼어들어 말을 얹은 명국이 여 씨에게 다짐받았다.

"그래도 내가 제일 먼저일세. 처음은 나한테 보여 주어야 하네!"

"나리께서야 보기만 하신다니 넘기기 전에 알려 드립죠. 물론 그것도 소문이 사실이고, 소인에게 들어온다면 말이지만요."

여 씨가 신중하게 덧붙인 보람도 없이 명국은 벌써 손에 넣은 것처럼 싱글벙글이었다. 그는 내친김에 명원에게도 밀어붙였다.

"자네도 마찬가지야. 알지?"

"원, 사람 참."

명원은 어이가 없어 웃었으나 명국의 등쌀에 떠밀려 결국 꼭 그리하겠노라 약조를 해야 했다. 애초에 찾아내겠다는 말도 하지 않았다는 사실을 지적하기에는 열성 어린 벗이 재미있고 보기 좋았다. 뭐, 심심파적 삼기에는 괜찮을지도.

화방을 나와 명국과 갈림길에서 헤어진 명원은 잠깐 고민했다. 근래 거의 별채에서 지낸 터라 오늘은 일찌감치 집에 갈 생각이었지만 역시 막상 가려고 하니 미루고 싶어지는 마음이 고개를 들었다. 부친이 어리석은 자식 놈이 중인이란 신분을 핑계 삼아 주색잡기만 일삼는다고 믿고 있는 데야 익숙하긴 해도 정정한 노기怒氣를 가라앉힐 방도를 전연 마련하지 않고 가는 건 바보짓이었다. 언제나 그의 편이 되어 주는 인자한 형님을 통하는 게 우선이겠다는 핑계로 그는 걸음의 방향을 향월루로 잡았다.

그리고 그는 기방 깊숙한 곳에 자리한 별채 마당에 들어선 순간, 바른 선택을 한 자신을 매우 기특해했다. 이럴 줄 알고 여기 오고 싶었던 거였다는 또 다른 합리화와 동시에.

"어서 오셔요!"

툇마루에 걸터앉아 있던 희가 그를 발견하자마자 얼른 내려와 반갑게 맞이해 주었다. 가까이 다가간 명원은 그녀의 깨끗한 얼굴과 그 자신에게는 오히려 낯선 다모 복장을 훑어보았다. 반가움보다 걱정이 앞선 것은 당연했다.

"어쩐 일이냐. 무슨 급한 일이라도?"

"아, 그런 건 아니고요……. 지나다 보니까 바로 근처인 김에 와 본 거여요."

"일하던 중에 그저 잠깐 들른 거라고?"

"네."

좀은 부끄러운 듯 헤헤 웃은 희가 말을 이었다.

"반 각만 더 기다렸다가 가려고 했는데, 운 좋게도 맞춰 오셨네요."

"……운이 좋은 건 내 쪽이겠지."

"제 말이 그 말인데요."

천연덕스레 받아치는 그녀에게 그는 그저 웃고 말았다.

"예서 이럴 게 아니라 들어가자. 눈에 띄어 좋을 것도 없고."

앞장서 방에 들어간 명원은 자리에 앉으며 유과 한 바구니를 서궤 위에 올려놓았다.

"마침 낮에 만들었다고 주더라. 네 어미의 약밥만큼은 아니다만 제법 먹을 만은 할 거다."

"와! 잘 먹겠습니다. 역시 먹을 복이 있다니까요."

괜한 사양 없이 솔직하게 좋아하며 한과를 집어 드는 희를 보며 명원은 아까 장터에서 뭐라도 하나 사지 않았음을 후회했다. 그랬다면 지금 내놓으면서 네게는 인복이 더 많노라고 자신 있게 말해 줄 수 있었는데. 그는 애써 미련을 떨치고 그다음 생각을 입 밖으로 냈다.

"그러고 보니 그때는 어찌 그냥 간 게냐? 야박하게 보따리만 덜렁 놓아두고."

"야박하긴요, 업어 가도 모를 만치 깊이 주무셔서 깨우려 한들 소용없겠던데요."

"소용없는지 있는지 어디 한번 업어 가 보지 그랬느냐."

쿨럭, 희가 기침을 했다. 다행히 사레가 들린 건 아닌 듯 금세 진정한 그녀는 얼굴이 빨개진 채 눈을 흘겼고 그는 쿡쿡 웃으며 뺨에 붙은 찹쌀 조각을 떼 주었다.

그것은 매우 달았다. 어제 먹었던 것보다 훨씬 더.

"그래, 달리 일이 있는 건 정녕 아니고?"

"네…… 무어, 곧 있을지도 모르지만요."

더욱 빨개져 홍시나 매한가지가 되고도 애써 태연하게 대꾸한 희가 말을 이었다.

"실은 이제 당분간 걸음 하기 어려워질 것 같아서요."

"왜?"

"이틀 전에 있었던 살인 사건 때문에요. 다른 사람들이 맡기는 맡았는데 그런 거 상관없이 다들 바짝 정신 차리라고 호령이 내려왔답니다."

난 또.

드디어 단이 팔 걷어붙이고 나섰나 싶었다. 더는 이명원을 가까이하지 말라고, 누이를 염려하는 오라비가 아닌 헤아리기 어려울 만큼 깊은 연심을 지닌 사내로서.

다만 그럴 수 있었다면 진작 했을 단이며 그런 말을 듣는다고 이토록 당당하게 못 본다고 말할 리 없는 희였다. 잘 알면서도 순간이나마 긴장한 자신을 비웃은 명원은 기억을 더듬었다.

"그 탈을 쓴 도적이 한 짓임에 분명하다며 난리들인 사건 말이냐?"

"네. 다른 절도 건들도 여직 까마득한 와중에 그리되어 좌포청 망신이 이만저만 아니게 되었거든요. 다만…… 저는, 그것이 진짜 탈바가지가 한 짓인지 잘 모르겠어요."

"아무리 색을 입었다 한들 손톱만 한 나뭇조각 하나로 덥석 탈의 일부라 주장하는 건 역시 무리가 있지."

명원이 동의했고 희는 고개를 크게 끄덕거렸다.

"아니어도 압박을 받던 중이라 그리 단정 짓게 된 모양입니다. 살인죄라면 사실 절도보다 잡아들일 수단이 더 많아지니까요. 하기야 아예 탈이 아니라고 하기도 어렵고."

"그도 그렇지. 나라면 나뭇조각보다 역시 시신에서 나왔다는 쇠붙이에 더 무게를 두고 풀어 보겠다만."

"저도요!"

반색한 희가 감탄 어린 눈길로 보자 명원은 새삼 뿌듯해졌다.

"역시 모르시는 게 없다니까요. 설마하니 벌써 따로 손대신 겁니까?"

"그랬다면 네게 비밀로 하였겠느냐? 사람이 의리가 있지. 워낙 시끄러우니 되레 궁금치도 아니하더라. 가만 누워 있어도 귀에 다 들어오더만."

"우와, 얄미우셔라. 포청 식구들이 몰라 다행이네요."

"그래, 계속 비밀로 하여라. 앞다투어 도와 달라 귀찮게 굴까 겁난다."

못 말리겠다며 웃는 희에게 그가 일렀다.

"마음은 알겠다만 이번은 진득하니 앉아 일이 어찌 돌아가는지나 구경하려무나."

"네, 그러려고요. 다른 종사관님 일에 끼워 주십사 말씀드리기도 주제넘은 짓이니까요. 궁금한 거 좀 찔러 본 정도야 아니 들키면 그만이고."

"궁금한 거?"

"탈바가지가 장물을 내놓지 아니한 게 어쩐지 걸려서요."

명원은 눈을 깜박거렸다. 그 역시도 금시초문이었다. 물론 적극적으로 자리를 박차고 나선 것은 아니지만…….

"장물이 없어?"

"전혀요. 여기저기 알아보았는데 없더라고요."

"확실히 기이한 일이구나."

"그렇지요? 이상하지요? 놈을 잡게 되면 꼭 물어볼 거여요."

"네 오라비에게도 가 보고 하는 소리겠지?"

"그럼요. 단 오라버니도 들은 바 없다고 하셨어요."

"다른 말은?"

"딱히……. 아, 너무 고민하지 말고 다른 사람들한테 맡겨 두라고요."

그 점은 동감이지만. 명원은 턱을 만지작거렸다. 그 단이 모른다고만 하고 넘어갔다? 모를 리도 없고 만에 하나 그렇다 한들 반 시각이면 충분히 알아낼 수 있을 터인데. 의아해하던 그는 유과를 맛있게 먹는 희와 문득 눈이 마주치자 묘하게 이해되는 기분이 들었다. 그저 걱정되어 말을 아낀 것일지도 몰랐다. 다른 사람이 들으면 어불성설이라 하겠지만 적어도 이명원에게는 그보다 설득력 있는 이유는 달리 없었다.

"무얼 그리…… 아, 또 묻은 거여요?"

지레짐작한 희는 대답을 기다리지도 않고 냉큼 한 손으로 입가를 훔쳤다. 그는 설핏 웃고는 바구니를 조금 더 밀어 주었다.

"많이 먹어라. 다 먹어도 된다."

"아니어요, 이제 가 봐야 할 것 같습니다. 실컷 먹었어요."

벌써, 라는 말을 삼킨 명원이 좀 가져가라고 말했으나 그녀는 고개를 저었다. 포청에 들어가 봐야 하는데 몰래 옆길로 샌 티를 내는 것밖에 안 된단다. 별수 없이 수긍한 그는 희의 만류를 무시하고 마당까지 나가 배웅했다.

"와 주어서 고맙다. 몸조심하고, 또 보자꾸나."

"네."

생글거리며 꾸벅 인사한 희가 돌아섰다. 낯선 듯 익숙한 뒷모습이 시야에서 완전히 사라질 때까지 서 있던 명원은 고개를 돌렸다. 아무도 없는 툇마루가 휑했다.

어디 마루뿐이겠는가마는.

"어서 오셔요!"

명원은 천천히 걸음을 옮겨 물끄러미 바라본 툇마루 위 그 자리에 앉아 보았다.

시야에 들어오는 광경이 알던 것과는 조금 다르게 느껴졌다.

항월루 문턱을 넘자마자 희는 달음박질을 치기 시작했다.

정말로 잠시만 들를 생각이었다. 얼굴만 보고, 잘 지내시는지 별고 없으신지 정도를 확인하면 금방 나오려고 했다. 그런데 막상 보게 되니 어디서 무얼 하다 이제 들어오느냐는 재겸의 호통이나 근무 중이라는 양심의 소리는 깃털보다 가벼운 것들일 뿐이었다. 하기야 얼굴만 본다는 게 가능할 것 같았으면 향월루에서 꽤 가깝다고 생각한 순간부터 가슴이 그리도 주책없게 뛸 리가 없었겠다.

돌아선 지 반 시각도 안 되었는데 언제 또 들를 수 있을지 그새 속으로 셈할 리도 없고. 희는 제풀에 웃으며 걸음을 재게 놀렸다.

좌포청 앞을 지키고 선 관군들에게 붙임성 좋게 묵례를 건넨 그녀는 마침 뒤에서 또 다른 사람들이 들어오는 기척에 무심코 비켜서며 돌아보았다. 그리고 오랏줄에 포박당한 양쪽 팔을 관군들에게 붙들려 끌려오고 있던 단과 눈이 마주쳤다.

"……어?"

희는 그대로 얼어붙었다.

단은 찰나 낭패감과 분노가 희미하게 스치는 얼굴을 반대로 돌려 그녀를 외면했다. 희는 아무것도 하지 못했다. 눈도 깜박이지 못한 채, 옥獄이 있는 쪽으로 가는 단을 그저 멍하니 바라만 보고 있을 뿐이었다.

한참 후에야 희는 멎었던 숨을 토해 냈다.

눈을 의심했다. 아니, 그러고 싶었다. 하지만 그녀는 그럴 수 없었다. 알고 있었으니까. 단이 누구인지 안 이후로 언젠가는 이런 날이 올 거라고, 체포되는 그를 보게 될 날이 올지도 모른다고 막연하게 생각한 적이 있었다. 그럼에도 이처럼 막상 현실로 닥쳤을 때, 가슴이 철렁 내려앉는 데에 대한 각오는 미처 하지 못했다.

최악의 최악으로 상상한 것처럼 그녀 자신의 손으로 직접 잡아들이지는 않았다는 게 그나마 다행이란 생각은 사치였다. 지금 그녀는 가만히 서 있는 것도 힘이 들었다.

어떡하나.

어떡하나, 우리 오라버니…….

망연하게 중얼댄 희가 얼굴을 일그러뜨렸다. 포도청 한가운데에서 빈틈없는 복장을 한 주제에 지금까지 중 가장 다모로서 어울리지 않는 생각을 하고 있다니. 이보다 더 우스운 일도 없을 터인데 왜 눈가가 뜨거워지는 걸까.

"거기 멀뚱히 서서 무얼 하누?"

어깨를 툭 치는 감각에 뻣뻣하게 고개를 돌리자 가까이 지내는 관군이었다. 그녀는 애써 아무렇지 않은 표정을 지었지만, 면경 따위 볼 것 없이 실패했음을 알 수 있었다. 다행히 관군은 다른 데에 정신이 팔려 그녀의 이상스러운 기색을 감지하지 못한 듯했다.

"방금 너도 보았지?"

바닥에 깔린 희의 그림자가 조금 흔들렸다.

"거참, 멀끔하니 잘생겼더만 할 짓이 없어 그런 짓을 하나 그래."

관군이 쯧쯧 혀를 찼다.

"나이가 더 많을 줄 알았는데 의외로 젊더라. 해 봐야 이립 전후가량 되려나?"

"……예, 아마…… 그쯤."

"한데 탈은 끝내 못 찾았단다. 자백받으면 그만이지만."

"그야……, 예?"

듣는 둥 마는 둥 반쯤 넋이 나간 채 대꾸하던 희가 순간 눈을 부릅떴다.

"탈이라니요?"

"음? 이틀 전에 노공勞工을 죽인 놈이 탈을 쓰고 설쳤던 그놈이라지 않더냐."

"네, 한데 그것이 방금 들어간 사람하고 무슨 상관인지……."

"몰랐나 보구나. 저놈이 그놈이라 잡혀 온 거 아니냐!"

"예에?"

희는 입을 딱 벌렸다.

三

4월 스무날 신시 경, 대로에서 싸움이 벌어졌다.

드잡이질도 아니요 흔하디흔한 말다툼이었음에도 적지 않은 목격자가 나왔다. 그 이유는 언성을 높인 것도 험악한 표정을 지은 것도 처음부터 끝까지 한 사람만이어서 주변 사람들에게 깊은 인상을 남긴 때문이었다. 그러면서도 누구나 일방적 분노 표출이 아니라 쌍방적인 싸움이라고 본 것은 묵묵히 듣고 있던 상대가 입을 연 순간 균형이 맞아서였노라고.

"더 떠들면 혀만 잘라 가는 걸 고마워하게 될 거다."

방금까지도 일절 찾아볼 수 없었던 흉흉한 살기와 어울리지 않는 담담한 말투가 되레 오싹했다며 한목소리로 증언했다. 결코 허세로 들리지 않은 건 즉각 창백해져 입을 닫은 상대의 태도 탓이기도 했다고 한다. 말 한마디로 주위까지 싸하게 만든 사내가 돌아서서 멀어짐으로써 그 일은 일단락되었다.

그리고 바로 다음 날 새벽, 겁도 없이 고함치던 쪽은 시체가 되어 길가에 버려져 있었다.

따라서…….

"혀를 자르는 건 당연하다던 쪽을 용의자로 판단하여 하옥시킨 것은 지당한 일이다."

고요히 흔들리는 등불 아래에서 수인이 단호하게 말했다.

희 역시 그 타당성을 인정했지만, 고개를 끄덕이지는 않았다. 이대로 물러날 것 같으면 은밀한 독대를 청하지도 않았을 터. 그녀는 애써 반론했다.

"하오나 언성이 높아진 말싸움일 뿐입니다. 고작 정황 증거지요. 그것만으로 죄를 묻기엔 부족한 게 아닙니까?"

"그뿐만이 아니야. 사자가 죽은 시각에 혼자 잠을 자고 있었다니 목견인이 없고, 무엇 때문에 싸웠는지에 대해 자세한 설명을 함구하는 마당이니, 현재로

선 그자를 배제할 그 어떤 이유도 없음이라."

"그것은, 밤늦은 시각이니 누구라도……."

"희야."

수인이 힘겹게 이어지던 희의 말을 끊었다. 엄한 표정 아래 안쓰러운 빛이 스쳤다.

"정녕 네가 잘 아는 자라면 차라리 관에 협조하도록 그를 설득하는 편이 나을 것이다."

……무리입니다.

희는 절망적으로 중얼거렸다.

처음에는 그녀도 크게 다르지 않은 생각을 했었다. 그래서 일차 정황을 명백히 파악하고자 단을 잡았던 관군을 찾아갔고, 단을 면회했고, 단의 오른팔인 만석萬石에게로 내달렸다. 그러나 그 결과는 암담했다. 결백하지만 증명할 방도가 없다는, 차라리 죄가 있는 것보다 더 좋지 않은 상황이었다.

"네 보기에 내가 진작부터 죄인일지라도 이번 일만큼은 아니다. 허나 다시는 찾아오지 마라. 애쓰지 마. 네가 어찌할 처지가 아닌 것은 안다. 오히려 그 편이 나아. 이 이상…… 비참해지지 아니할 터이니."

"니한테만은 말하지 마라 캤는데…… 알았다, 알았다. 대신에 아는 척은 절대 하지 마래이. 그니까 그기…… 다모를 가까이하는 게 이해 안 된다고 투덜대는 놈들이 좀 있어 갖고. 아니, 별로 많지도 않고 아무도 신경 안 썼다. 도령도 무시하고.

근데 요새 들어서 한 놈이 쓸데없이 집요해지더만…… 니랑 연을 끊으라고 나서는 바람에. 길에서? 그래. 금마가, 무식한 게 용감하다고, 대놓고 니가 도령한테 방해물이라고 씨부러 갖고…… 그런 소리 듣고 가만있을 사람이가? 특히나 니하고의 일인데.

니니까 하는 소리지만, 난 솔직히 도령이 안 죽였다는 게 신기하드라. 용케

참았지, 암."

우겨서 들여다보게 된 시신은 그녀에게 낯설지 않았다. 약밥을 들고 단에게 놀러 갔던 날, 방문 앞에서 마주쳤던 바로 그자임을 알아차리기란 쉬운 일이었다. 그때도 분위기가 심상치 않았던 것이 자신 때문이었다. 좀처럼 감정을 드러내는 일이 없는 단이 길 한가운데에서 공공연히 겁박한 것도, 용의자로 몰린 것도, 그리고 스스로 결백을 주장하지 않는 것까지도.

희는 도저히 가만히 있을 수 없었다. 단의 은신처에서 마주친 날에 모른 척하지 않았어도 과연 일이 이렇게까지 되었을지, 장담할 수 없으면서도 그녀의 죄책감은 더해지기만 했다. 자신과 상관없는 일일지라도 단이 얽힌 이상 상관이 있게 되는 건 당연한데, 하물며 이번 일은 자신이 아니었다면 일어날 리 없는 일이었다.

희 자신의 노력으로 풀려나면 지금보다 더 못 견딜 거란 단의 진심은 이해할 수 있었지만, 후일 원망을 듣더라도 달게 들을 작정이었다. 그러잖아도 지금 살인뿐만이 아니라 꽤 오랫동안 포청을 골탕 먹인 탈 쓴 도적의 혐의도 쓰고 있어 자백을 얻는 수단을 절대 가리지 않을 분위기라, 우선 사람을 구하고 봐야 했다.

허나 과연 무슨 수로?

"제가 보증하겠습니다! 진범을 반드시 잡아 오겠습니다."

"정신 차려라, 유희!"

서릿발 같은 호령이 희를 내리쳤다.

"공사 구분을 하는 것이 기본 중의 기본인즉! 한낱 정에 이끌려 흔들림이 있어서는 아니 된다고 누차 일렀거늘, 이 무슨 못난 짓이냐!"

"……실망하시게 해 드려 죄송합니다. 하오나 이번만큼은 절대 결백한 사람이기에……."

"이번만큼은?"

아, 희는 퍼뜩 입을 다물었다. 당황하는 그녀를 물끄러미 보고 있던 수인이 중얼거렸다.

“일개 노공치고 묘하게 범상치 아니하다 싶긴 했는데…… 역시 그게 다가 아닌 모양이구나.”

희는 입 안으로 혀를 깨물었다. 조마조마한 마음과는 달리, 다행히 수인은 단의 정체를 더 추궁하지 않았다.

“그런 자를 어찌 그리 단호하게 보증하노라 나서느냐. 설마하니 단지 네게 아니라고 하였기 때문은 아니겠지?”

“……맞습니다.”

정색하는 수인에게, 희가 말을 이었다.

“그것으로 충분하기 때문입니다. 짐작하시다시피…… 험하게 사는 사람입니다. 애초 사는 세상이 다르기에 제게 거짓을 말하지 않습니다. 예, 언젠가 정말로 사자를 죽였을지도 모르지요. 하지만 이번은 아닙니다. 다른 누가 다른 이유로 죽인 것이어요.”

“……만약 본인이 한 짓이라면 네게는 솔직하게 말하였을 거다?”

“예.”

“정녕 그리 믿는 게냐?”

“물론입니다. 그런 신뢰가 없었다면 애초 성립되지 못하였을 관계니까요.”

음지의 수장과 양지의 다모. 서로 다른 법을 추구하는 사람들.

물과 불만큼이나 상극의 입장인 두 사람이 만나 남매처럼 돈독한 인연을 몇 해나 쌓아 오기까지 무엇보다도 중요한 것은 신뢰였다. 만약 일말의 거짓이 끼어든다면, 그 자리에서 소리 없이 무너질 것이다.

그러고 보면 꽤나 아슬아슬한 사이로구나.

새삼 현실을 깨달은 희는 저도 모르게 쓰게 웃었다. 그리고 자신을 관찰하듯 바라보는 수인에게 재차 단언했다.

“그 점을 저보다 더 잘 아는 사람이니 이제 와 자신의 손으로 무너뜨리는 짓을 할 리는 없습니다.”

“너의 그 믿음이 틀렸다면?”

그가 거짓을 말한 거라면?

희는 입술을 깨물었다. 자신이 틀렸다는 생각은 단 한 번도 해 보지 않았지만…… 결국 대답은 하나뿐이었다.

"제 손으로 잡을 겁니다."

다시금 침묵이 두 사람 사이를 맴돌았다. 다만 이번에는 조금 전보다 더 묵직하고, 짧았다.

"닷새 말미를 주겠다. 그 안에 결백의 증거를 가져오너라."

"감사합니다, 나리!"

환하게 밝아진 희가 외치듯 인사하며 고개를 숙였다. 수인이 담담하게 말했다.

"아직 인사받기는 이르지. 네게 달린 일이지 않더냐."

"기회를 주신 것만으로도 감사하여 마땅합니다. 반드시 찾아오겠습니다!"

희는 안도했지만 수인은 못 말리겠다는 듯, 감탄스럽다는 듯, 혹은 안쓰럽다는 듯 복잡한 표정이었다.

"그가 음지의 질서를 따르는 자라면 결과적으로는 구금되는 것이 옳은 일이 될 수 있음이야."

옳은 말이었다. 심지어 단은 질서를 따르는 자가 아니라 질서 그 자체였다. 하지만 희는 주저하지 않고 대답했다.

"그러하다 한들 없는 죄를 만들어 붙일 수는 없지 아니합니까. 그리되도록 내버려 두는 것 또한 의義는 아니라 생각합니다."

수인은 침묵했다. 희는 정중하게 고개를 숙였다.

"바쁘신 중에 들어 주셔서 감사합니다. 이만 물러가도록 하겠습니다."

종사관실을 나와 횃불이 곳곳에서 어둠을 사르는 복도를 지나 안뜰에 이른 희는 문득 걸음을 멈추고 고개를 들었다. 구름이 잔뜩 끼어 별이 한 줌도 채 보이지 않는 하늘이 여느 때보다 더 갑갑해서 그녀는 부지불식간에 한숨을 쉬었다. 시간은 벌었지만 과연, 그 시간을 얼마나 유용하게 쓸 수 있을 것인가. 생각할수록 앞날이 우울했다. 희는 이내 고개를 홰홰 젓고 다시 걸었다. 이 일을 의논할 사람을 떠올리자 걸음이 조금 더 빨라졌다.

"희야!"

포청을 나와 골목으로 들어가려던 희는 익숙한 목소리를 듣고 주변을 둘러보았다. 저만치 떨어진 담벼락의 그림자 아래에서 만석이 손짓하고 있었다. 희가 얼른 다가가자 만석이 그녀를 조금 더 안쪽으로 끌어 사람들의 눈을 피했다.

"아재, 여긴 어쩐 일이셔요?"

단의 부재는 무리 내에서 극소수에게만 알려졌다고 했다. 그럴 수 있기 위해 자리를 지켜야 할 만석이 포청 근처에 어슬렁대는 게 걱정된 희가 묻자 만석이 심각한 표정으로 말했다.

"니한테 물어볼 게 있어서. 내가 생각을 해 봤는데, 작년에 우리가 관에 도움을 줬다 아이가. 그 빚, 이번에 받으면 안 되나?"

희는 입을 열었다가 말없이 닫았다.

만석이 하는 말은 기실 수인 앞에서 그녀 역시 떠올렸던 일이었다. 작년 역모의 문턱까지 갔던 계획을 미연에 방지한 사람이 좌포청 다모와 중촌의 무자, 음지의 수장, 이 셋이었음을 윗전도 잘 아는 터였다. 당시 공공연한 상급은 무리일지라도 그 수고를 외면하지 아니하겠다는 약조는 세 사람 모두에게 공평하게 내려졌다. 이후 딱히 형편이 나아지진 않았지만, 희는 일할 때 좀 더 수월해졌고 명원은 역관인 부친과 형님이 알게 모르게 관의 득을 보았다고 들었다. 그러나 관의 적이라고 할 수 있는 음지의 수장은 예외였는데 단은 처음부터 기대한 바 없다고 신경도 쓰지 않았다. 대신 속상해하는 희에게, 네가 내 몫까지 받으라며 넉넉하게 흘려 넘겼을 뿐이었다.

그것은 분명 빚이었고, 만석은 그것을 이제 받아 내자는 말을 하는 것이었다. 하지만…….

"그러면 오라버니의 얼굴이 다 알려지게 되잖아요."

"그야……, 글치."

주춤했던 만석이 다시 목소리에 힘을 실었다.

"그래도 사람부터 살리고 봐야 되는 거 아니가? 꾸물대다가 멍석에 말려서 나오면 그게 다 무슨 소용이고!"

희는 저도 모르게 숨을 삼켰다. 만석이 말한 광경이 너무나 생생하게 연상되고 말아 가슴 한편이 선뜩해진 그녀에게, 만석이 아차 하는 표정으로 헛기침을 했다.

"아무튼 말이 그렇단 거고. 니는 잘 모르겠지만 옥이란 데가 사람 살 데가 절대 못 되그든. 내가 이카는 거 알면 도령이 가만 안 있겠지만…… 그게 백배 낫다."

"……아재, 저가요. 일단 닷새를 얻었거든요."

"어?"

"결백하다는 증거를 찾을 시간이요. 적어도 그동안은 함부로 대하진 아니할 거여요. 그러니까, 조금만 기다려 주셔요. 어떻게든 해 볼게요."

"참말이가?"

눈을 끔벅이던 만석이 활짝 웃었다. 희를 당장이라도 와락 끌어안고 싶어 하는 얼굴로 두 팔을 벌린 그는 장소를 깨닫고 애먼 주먹을 쥐었다.

"그래, 카면 나도 가만 안 있재. 방법이 있는지 찾아보께. 고맙다, 희야. 진짜 고맙다."

"뭘요, 오라버니 일인데 당연하지요. 물론…… 실제로 오라버니가 연관이 있으셨으면, 차마 못 나섰겠지만요……."

슬그머니 눈치를 보며 덧붙이는 희에게, 만석이 웃으며 어깨를 두드렸다.

"알지, 우린 다 안다. 그것도 모르고 니하고 있을까 봐. 그땐 니가 나서도 말릴 거다, 이번은 하도 억울하니까 내가 답답해서 이카지."

"네."

"그럼 뭐라도 나오면 말해도. 나도 알아볼 거니까."

만석은 희의 어깨를 두드려 주고 돌아섰다. 커다란 체구가 거짓말처럼 소리 없이 어둠 속으로 사라지는 모습을 보며 혀를 내두른 희 역시 몸을 돌렸다.

향월루의 별채에는 불이 밝혀져 있었다. 닫힌 창을 통해 흘러나오는 불빛이 따스하게 느껴졌다. 희는 숨을 크게 들이마시며 툇마루로 올라섰다.

"어서 오너라."

한나절 만에 두 번이나 보는 셈인데도, 명원은 또 그냥 온 거냐며 농으로도 타박하는 일 없이 희를 맞이했다. 반가워하는 마음이 오롯이 전해져서 희는 불쑥 사과부터 하게 됐다.

"죄송합니다."

"왜?"

"이번엔 실지로 용무가 있어서 왔거든요."

"별소릴 다 하는구나. 이유가 있든 없든 너인 것으로 족하지. 그래, 무슨 일이냐?"

"그, 것이."

아무렇지 않게 던져진 말에 때아니게 가슴이 뛰었다. 찰나 버벅거렸던 희는 얼른 자기 자신에게 현실을 일깨우며 오늘 있었던 일들을 한달음에 설명했다. 낮에 이곳을 나가 포청으로 갔을 때 단을 본 것과 그의 누명, 그리고 만석을 만난 것까지. 가벼운 웃음기가 섞여 있던 명원의 표정이 얘기를 들을수록 진지해졌다.

이윽고 희가 말을 마치자 명원은 물을 한 잔 따라서 그녀에게 건네주고 고개를 끄덕였다.

"잘했다. 네 오라비의 얼굴을 아는 자는 그 무리에서도 한 줌이니, 가능한 한 숨기는 게 나아."

"네, 그래도…… 아재 말도 일리는 있는데요."

"일리야 있지. 허나 그것이 무슨 소용이겠느냐."

명원이 냉철하게 들릴 정도로 딱 잘랐다.

"정체를 알면 도리어 다른 핑계를 대서라도 잡아 두려 할 것이 틀림없어. 분하지만 그건 잊는 게 좋겠다. 그들에게도 그리 말하려무나."

"……네."

혼자서도 짐작한 바였지만, 희의 대답은 조금 느리게 나갔다. 다른 사람, 특히 명원의 입으로 확인을 받자 변치 않을 진리처럼 느껴졌고 또한 그것이 사실이라, 새삼 속상해진 탓이었다. 아무리 이쪽이 나서서 도운 것이기는 하나 무려 역모였다. 심지어 실현 가능성이 없지도 않았는데 결백을 믿어 달라는 요구조차 할 수 없다니. 그럼에도 같은 일이 일어나면 이쪽은 또 똑같이 나서고 말 거라는 사실이, 희는 못내 억울했다.

"무슨 골이 그만치나 깊어."

불쑥 다가온 손이 희의 미간을 가볍게 문질렀다. 움찔 놀란 희가 어느새 바닥을 파고들던 시선을 들자 따스한 손끝은 아쉬워할 틈도 없이 금세 멀어졌다. 손을 내린 명원은 탐탁잖은 얼굴이었다.

"금보다 귀한 시간을 얻어 놓고도 이리 축 처져 있으니 원. 너무 염려 말고 두고 보자. 나 역시 나서 볼 터이니. 다 같이 달려들면 무어라도 나오지 아니하겠느냐."

"예, 나리. 감사합니다."

"혹 새로이 알게 되는 게 있더라도 섣불리 움직이지 말고 여기로 오너라. 마음이야 급하겠다만 서두르기만 하는 것도 능사는 아니야."

"아무렴요."

희는 고개를 크게 끄덕이고 웃었다. 그녀를 물끄러미 보던 명원이 툭 던지듯 말했다.

"이제야 웃는구나."

"예?"

무심코 되물은 희는 이내 얼굴을 확 붉혔다. 명원은 피식 웃고는 그만 가 보라며 운을 떼었다.

"내내 종종거렸을 터인데 좀 쉬어야 무엇이든 찾지."

딱 그 말대로였던 희는 차마 괜찮다고 말하지 못했다.

"너무 위험하게 나다니지도 말고."

"예, 조심하겠습니다."

희는 인사를 하고 물러 나왔다. 별채를 벗어나는 그녀의 어깨는 들어갈 때보다 확연히 가벼워져 있었다. 명원과 대화하고 나서 막막하기만 하던 시야에 빛 한 줄기가 비친 느낌을 받는 것은 별스러운 것도 아니게 된 지 오래지만, 역시 이번은 유난했다.

그래. 잘될 거야.

난 내가 할 수 있는 일을 하면 돼. 희는 스스로에게 기합을 넣으며 걸음을 재촉했다.

살인자가 잡혔다는 소식은 그자가 탈 쓴 도적일 수 있다는 추측에 힘입어 순식간에 도성 내 다리 밑까지 알려졌다. 절도로 인해 살인이 더 회자하는 기이한 경우였다.

대갓집만 수 곳을 골라 털고도 여직 잡히지 않았던 대담하고 날쌘 도적. 그 용의자가 과연 누구인지, 생김새는 어떠한지 모두가 궁금해했지만 포청의 단속은 여러모로 삼엄했다. 옥에 갇힌 지 사흘이 지나도록 허튼소리 한마디 흘리지 않는다는, 알아 봤자 상관없는 얘기만 입에서 입으로 전해질 따름이었다. 그리고 그것만으로도 도적에게 남몰래 감탄하던 사람들이 과연 그 의적義賊이 맞겠다며 확신을 주고받기에는 충분했다. 포청 내에서도 보통내기가 아닌 이 용의자에게 같은 견해를 가지고 있었지만, 전혀 다른 감정으로서였다.

그 한가운데에 있는 희는 살얼음판을 디딘 기분으로 열심히 일하면서도 틈날 때마다 시신의 기록을 몇 번이고 검토하고 사람들을 수소문했다. 군관들끼리의 사소한 잡담 하나도 허투루 놓치지 않고 귀에 담았다. 결백의 증거라고는 해도 실제 단이 그날 혼자 있었다고 하니, 진범을 찾는 게 더 빠른 방법이었다. 그러나 범인은 감감무소식이었고 그나마의 물증도 이미 건질 것이 없다고 판단되어 일개 다모가 다시 조사하는 데엔 한계가 있었다. 명원과 만석에게도 이렇다 할 전갈이 없어, 겉으로는 아닌 척하고도 속이 바짝 타들어 가는 와중에, 희는 나흘째 되는 날 놀라운 소식을 들었다.

"예? 탈바가지…… 아니, 탈 쓴 도적이 나타났다고요?"

"아, 그렇다지 뭔가. 간밤 전前 판서 댁에 들어와서 이것저것 집어 갔다더만.

뜰을 지나가는 걸 종놈이 보았다데. 그 목격한 탈의 모양이나 체격이 지금까지 의 증언과 일치하였다 하니 아무래도…… 음? 어이! 갑자기 어딜 가나?"

등청하는 길에 마주쳐 따끈따끈한 정보를 자랑삼아 알려 준 관군과 포청을 뒤로하고 희는 달리기 시작했다.

집의 위치를 제대로 듣지 못했지만 상관없었다. 한성에 사는 전직 판서 댁이 그리 많은 것도 아닐뿐더러 근방까지 가면 심상치 않은 분위기가 이정표가 되어 줄 것이었다.

예상대로, 희는 관군이 입구를 지키고 선 대갓집을 수월하게 찾아냈다. 다모의 복장 자체가 출입증과 다름없어 무리 없이 들어갈 수 있었다. 자그마한 연못까지 있는 잘 꾸며진 안뜰은 풍취가 남달랐으나 희의 눈에는 그 한편에서 심각하게 대화를 나누는 군관과 양반밖에 들어오지 않았다.

"……겠습니다."

"암, 아무리 인명 피해가 없었다 하나 이 같은 괴악한 짓을 내버려 두다니 이를 말인가! 훔쳐 간 것들도 반드시 되찾아야 하네."

"무엇무엇이 없어졌습니까?"

두 사람의 시선이 어느 사이엔가 곁에 서서 불쑥 질문을 던진 다모에게 쏠렸다. 진지한 기세에 조금 주춤한 건지, 아까 다 말했다고 하면서도 양반은 턱수염을 쓸며 답을 주었다. 산호 동곳. 대삼작노리개. 향갑. 옥가락지. 패물을 쌌던 비단 보자기. 문진.

"……문진?"

문득 눈썹을 모은 희에게 양반이 고개를 끄덕였다.

"작년 이맘때쯤 벗에게 선물로 받은 것일세. 금으로 되어 있었으니 탐이 나기도 하였겠지."

"많이 무겁습니까?"

"그야, 순금이니까."

"잠깐."

둘을 번갈아 보던 군관이 뒤늦게 끼어들었다.

"지금 무얼 하는 거냐? 어찌 여기서 이러고 있느냔 말이다."

소관도 아닌 일에 쓸데없이 끼어들지 말라는 듯 눈을 부라리는 군관은 아랑곳없이 희는 생각에 잠겼다. 지금껏 들고 나르기 쉬운 작은 것만 훔쳤던 놈의 습관이 바뀌었다고는 볼 수 없다. 크지도 않은 길쭉한 금덩어리라면 혹하기 쉬울 터. 그러나 희는 뭔가 석연치 않았다.

허공을 의미 없이 스치던 그녀의 눈이 문득 뜰 한구석의 연못에서 멈추었다.

……혹시!

"듣고 있느냐? 내 이르지는 아니할 터이니 얼른."

"나리!"

희가 함부로 말을 끊었다는 의식도 없이 군관의 옷자락을 강하게 붙들었다.

"연못의 물을 빼 보십시오!"

"무어?"

"아니면 잠수에 능한 자를 들여보내도 됩니다."

"그게 무슨…… 아니, 그보다 지금 어디서 이래라저래라 하는 거냐!"

"그 벌은 추후 달게 받겠습니다. 하오니 한 번만 해 봐 주셔요! 부탁입니다."

"아니, 훔쳐 갔다는데 연못은 왜? 지금 무슨 소린가?"

군관의 표정이 흔들렸다. 그는 양반의 질문은 무시하고 희와 연못을 번갈아 보다가 마침내 고개를 끄덕였다.

"좋다."

그는 즉시 포졸을 불러 지시를 내렸다.

잠시 후 몸을 가볍게 한 나졸이 심호흡하고 연못 안으로 들어갔다. 구경하고 있던 모두가 수군거리기에 바쁜 그동안 희는 눈길 한 번 돌리는 일 없이 수면을 응시했다.

그리고 그녀가 옳았다. 두 번째 잠수에서 한참을 나오지 않던 나졸이 물 밖으로 작은 보퉁이 하나를 건져 내놓은 것이다.

그것이 없어졌다는 비단 보자기임은 경악하는 양반의 반응을 보지 않더라도 자명한 일이었다.

"아니, 이게……!"

잽싸게 달려든 군관이 보따리를 풀었다. 그 안에서 나온 것들 역시 조금 전 들었던 장물의 목록과 정확하게 일치하고 있었다. 군관이 양반을 홱 돌아보았다.

"이것이 어찌 된 일입니까, 대감? 도둑맞으셨다던 물건들이 아닙니까."

"그, 그걸 어찌 내게 묻는 겐가? 자네들이 내게 알려 줄 일이지!"

"글쎄요. 이 상황에서 대감께 알려 드릴 것이라면 포청에서 위증한 자를 어찌 다루는지에 대해서가 아닐까 합니다만."

"무어라? 하면 내가 거짓으로 신고를 했다 이 말인가?"

"아니오."

신경전을 벌이던 군관과 양반이 동시에 희를 보았다. 희는 물에 푹 젖은 물건들을 내려다보는 그대로 말을 이었다.

"허위 신고는 아닐 겁니다. 아마도…… 도적이 버리고 간 것이겠지요."

"버렸다고?"

"무슨 연유로?"

앞다투어 튀어나온 질문에는 대답을 할 수 없었다. 희 자신도 모르니까.

아는 것이 있다면, 지금까지 탈바가지의 손을 탄 물건들도 전부 어딘가에 묻혔거나 가라앉았거나 타 버렸을 가능성이 매우 크다는 점이었다. 그리고…….

지금 이 순간에도 옥에 갇혀 있는 단은 결코 탈 쓴 도적이 될 수 없다는 사실.

묵묵히 서 있던 희가 번쩍 고개를 들었다. 옆에서 그녀를 채근하던 군관과 양반이 기세에 놀라 주춤거리는 것을 무시한 그녀는 꾸벅 인사하고 쏜살같이 밖으로 달려 나갔다.

왜 애써 훔쳐 놓고 그냥 버렸을까. 실상은 재물이 아니라 다른 목적이 있는 것이 아니었을까, 의문이 줄을 지었으나 희는 일단 덮어 두기로 하고 포청으로 향하는 걸음에 박차를 가했다.

아침 회의는 그새 끝이 나 있었다. 숨이 턱에 닿은 듯한 희가 금일 지정된 회의실부터 도착했을 때, 안에서 나오는 사람은 재겸뿐이었다.

지금껏 한 번도 지각한 적 없었긴 해도 놀란 재겸의 얼굴에 스친 안도의 감정은 희가 의아해질 만큼 또렷했다. 그러나 입 밖으로 나온 말은 불퉁한 빈정거림 이상은 아니었기에, 그녀는 자신이 잘못 본 거겠거니 하고 숨을 마저 골랐다.

"얼씨구. 이젠 골고루 하는구나."

"늦어서 죄송합니다. 혹시 강 종사관 나리가 어디 계신지 아십니까?"

"방에 계신다더라."

답이 떨어지자마자 희는 몸을 돌렸다. "그러다 무릎 깨 먹고 절뚝거려도 안 봐준다!" 등의 엄포 아닌 엄포가 날아와 등에 부딪혀 와도 간지러워할 여유조차 없었다.

종사관실 앞에서 다시금 호흡을 가라앉히고 기척을 낸 희는 입실 허가를 청했다. 다행히 수인은 혼자였고 그녀는 즉시 그를 마주할 수 있었다.

"그래서?"

자초지종을 들은 수인의 반응은 덤덤했다.

"탈 쓴 도적과 무관하다 하여 그것이 살인에 무죄라는 증거는 아니지 않으냐."

"물론 아니지요. 하오나 고작 정황 증거만으로 사람을 저리 잡아 대는 데엔 탈 쓴 도적일 수 있기 때문이 아닙니까?"

"……."

"공연히 붙은 괘씸죄는 걷어 두고 공정한 수사가 이루어져야 할 것입니다."

희를 응시하던 수인이 문득 한숨을 쉬었다.

묵직하게 떨어지는 숨결 이상의 무게가 불길했다. 언뜻 읽기 힘든 수인의 표정은 낮인데도 그늘이 드리워진 것처럼 어두워서, 희의 심장이 긴장으로 두근댔다. 이어진 말은 아니나 다를까, 청천벽력 같은 소식이었다.

"그자는 내일 새벽 의금부로 압송될 예정이다."

"……예?"

"생각보다 사안이 더 중대해."

수인이 착잡하게 말했다.

"탈 쓴 도적 탓에 윗분들이 이 살인에도 유난히 관심을 두고 있어, 내 상부의 손이 닿을 수 없는 일이 되어 있었다. 본인이 아니라 한들 공범이란 혐의마저 불가능한 건 아니야."

"……."

"네게 한 약조는 지키려 해 보았다만……. 무언가 다른 증거는 없더냐."

희는 그저 침묵했다. 단의 정체와 '빛'에 대한 말이 혀끝까지 올라왔지만, 의금부로 간다고 결정된 이상 그마저 밝혔다간 그때야말로 범인으로 몰릴 꼴이었다.

하얗게 질린 채 숨만 내쉬는 희를 보던 수인이 덧붙였다.

"미안하구나. 일이 이리되어 유감이다."

정신을 차려 보니 희는 어느새 혼자 복도에 나와 있었다.

그녀는 인기척 없는 주변을 멍하니 둘러보다가 고개를 힘없이 늘어뜨렸다. 조금 전의 밀담을 되새기자 절로 주먹이 쥐어졌다. 손톱이 손바닥을 파고드는 아픔이 오히려 반가웠다. 수인에게 무려 사죄의 말을 들을 정도로 상황이 절망적인 이상에는.

닷새의 빌미도 실상 수인의 선의일 뿐이었다. 일이 어그러졌다 해서 그에게 책임이 있을 리 만무했다. 그러니 그가 부러 유감을 표시할 만큼, 관의 처리가 재고의 여지 없이 명백하다는 뜻과 다름없었다.

희는 습관적으로 하늘을 올려다보았다. 시각을 헤아리게 해 주던 별자리는 해에 가려 보이지 않았다. 아직 한낮이었지만, 그녀는 주저하지 않고 포청을 등졌다.

집에 들러 옷부터 갈아입은 희는 유난히 조용한 수진방 골목길을 지나 향월루의 뒷문을 통해 안으로 들어갔다. 별채는 비어 있었는데 다행히 명원은 오래지 않아 돌아왔다. 꾸벅 인사하려던 희는 무심코 눈을 크게 떴다. 호화로운 비단 두루마기에 상투가 비치는 질 좋은 갓은 옥으로 된 끈이 달려 있고, 허리에는 비단 향낭과 백옥장도를 차고, 구름 문양이 섬세하게 새겨진 가죽신까지 신은 그는 여태 봐 온 중 가장 공들여 꾸민 차림새를 하고 있었다.

어딜 봐도 체신 높은 양반 댁 자제인데 훤칠한 외양까지 더해지니 이보다 더 화려할 수가 없고, 또 이만큼 잘 어울릴 수가 없다. 저도 모르게 구경하는 심정이 된 희에게, 명원은 무례하다 화를 내는 대신 입술 끝을 올렸다. 희는 순간 가슴이 두근거렸으나 그의 웃음에 자조가 섞인 것을 깨닫고는 얼른 현실로 돌아왔다.

"어디…… 좋은 곳엘 다녀오시나 봅니다."

"웃어도 된다. 내 눈에도 돈줄 자랑하는 꼴이 가관이라, 부러 차려입긴 했다만 염치는 없지."

"아, 아닙니다! 잘 어울리셔요."

희는 진지하게 도리질 쳤지만 비단옷을 거적때기처럼 아무렇게나 툭툭 치는 명원은 믿는 기색이 아니었다. 그렇다고 단순히 놀란 게 아니라 넋을 놓은 거였다는 고백을 할 수는 없는 노릇이어서, 희는 말을 돌리는 쪽을 골랐다.

"부러 꾸미실 정도의 자리라면 보통이 아니었겠군요."

"그랬지. 쓸모는 없더라만."

씁쓸하게 대꾸한 명원이 들어가자며 앞장섰다. 뒤따라 방으로 들어간 희가 늘 앉던 자리를 차지하는 동안 명원은 갓을 벗어 걸어 두고 서궤를 가운데 둔 맞은편에 앉았다. 명원의 보기 드문 행색에 잠깐 잊었던 용건이 생각나자마자 희는 마음이 무거워졌다.

"내일 새벽에 의금부로 압송된다고 합니다."

"그래."

명원은 조금도 놀라지 않았다. 희는 무심결에 물었다.

"예상하셨습니까?"

"아니. 이 요란한 행색을 마음에 들어 할 자들에게 구명을 청하러 다녀온 길이었다. 난색을 표하면서도 달랠 요량이었는지 그 소식 한 자락 던져 주더라."

"……."

"때가 좋지 않아. 색 입힌 나뭇조각 하나가 아주 흉기나 진배없으니, 시일이라도 더 벌어 보려 하였건만 그마저 무리였다."

"……그러셨군요."

달리 할 말이 없었다. 작게 중얼거린 희의 시선이 바닥으로 떨어졌다. 명원도 말을 붙이지 않아, 방 안은 금세 침묵으로 가득 찼다.

이제 남은 방법은 하나뿐이었다.

그리고 그 사실을 떠올린 것만으로도, 심지어 그도 모자라 사람부터 살리고 봐야 하지 않겠느냐고 멋대로 정당화하고 있기까지 한 자신이, 희는 미워졌다. 염치가 없다는 말을 들어야 할 건 이쪽이었다. 어찌 이다지도 이기적일까. 그런데도 그녀는 유일한 동아줄을 차마 놓지 못했다.

예전, 희와 명원은 한 가지 수수께끼를 풀었던 대가로 그것을 얻었다.

"훗날 그대들에게 버거운 어려움이 닥칠 때 내게 온다면 그게 무엇이건 한 번은 그 손 개의치 아니하고 잡아 줄 것이다."라던 대왕대비는 그로부터 몇 달 후, 명원의 허세를 묵인함으로써 약조를 지켜 주었다. 하여 지금은 '그대들'의 다른 한 명, 희에게 해당하는 하나만이 남아 있는 상태였다.

그러나 희가 그것을 자신의 몫이라고 생각한 적은 단 한 번도 없었다. 애초 대왕대비에게 약조를 얻어 낸 이는 명원이었으며 그가 아니었다면 언감생심 꿈도 꿀 수 없을 일이었다.

하지만……. 희가 결심하고 몰래 숨을 들이켰을 때였다.

"너의 패를 쓰자꾸나."

번쩍, 희의 얼굴이 들렸다.

눈이 마주친 명원은 진중한 얼굴로 다정하게 말을 이었다.

"처음부터 생각은 하였지. 내 것이었다면 진작 썼을 터인데, 너야 아까워할 리 없지만 내가 멋대로 아껴 두려다 공연히 시간만 버리고 네 속만 태웠구나. 미안하다."

들을수록 저절로 고개가 수그러들었다. 급기야 사과의 말까지 붙으니, 희는 머리를 홰홰 젓다가 입술을 감쳐물었다. 뜨거운 무언가가 가슴 깊은 곳에서부터 치밀어 올라 목구멍을 막고 눈가를 달구었다.

울면 안 돼.

넌 그럴 자격이 없어. 아무리 미안하고, 아무리 고마워도. 차라리 웃는 게 백배 낫다고 되뇌어 봐도 희는 그러지 못했다. 그저 입술을 꽉 깨문 이에 힘을 줄 뿐이었다. 당연하게 '너의 것' 이라 말하며 허락을 구하고, 시간 끌어서 미안하다며 보듬어 주는 그의 품은 너무나 크고 넓었다. 오롯이 쏟아지는 과분한 마음이, 염치없게도 기쁘고 또 그만큼 미안해서, 희는 멋대로 넘치려는 감정을 제지하는 데에 온 힘을 쏟았다. 눈을 부릅뜨고 입술을 더 꽉 깨물어도 흔들리는 호흡까지는 막을 재량이 없었다. 작은 기미였지만, 정적을 흩뜨리는 그 동요가 들키지 않을 리 만무했다.

문득 희미한 한숨이 희의 숨결에 섞여 들었다.

흠칫한 희가 달리 뭘 어쩌기도 전에, 그와 그녀를 막고 있는 서궤가 옆으로 밀려나고 그가 다가왔다. 그리고 그는 단숨에 가까워진 간격에 당황하는 희의 턱을 받쳐 올렸다. 아무것도 예상하지 못한 희로서는 어떻게든 동요를 누르려고 애쓰던 얼굴을 고스란히 들킬 수밖에 없었다. 눈이 마주친 명원이 이 헝클어진 심경과 그럼에도 불구하고 사양할 수 없어 자책하는 마음까지 다 이해하고 있다는 사실을 깨닫자 참았던 눈물이 왈칵 쏟아질 뻔했다. 희는 입술을 더 세게 깨물었다.

명원의 미간이 설핏 구겨지더니 그는 부드럽게 힘을 주어 희의 턱을 벌렸다. 희가 버티지 못하고 입을 열자 명원은 놓여난 입술을 조금 더 젖혀 안쪽을 들여다보고는 혀를 찼다. 밀착한 거나 다름없는 데다 입술을 살며시 누르고 있는 손끝이 놀랍도록 뜨겁게 느껴져서 당황한 희는 그가 손을 떼자 무심코 안심했다. 그러나 그것도 잠깐, 그녀는 그의 품에 폭 안기고 말았다.

순간 숨을 멈춘 희의 귓가로 질책을 가장한 위로가 내려왔다.

"무얼 그리 고집을 부려. 내 앞에서 입술이 찢기도록 참고 어딜 가서 마음 놓고 울 셈이냐. 뉘 순순히 보내 준다던?"

언제 멎었느냐는 듯 심장이 크게 울리기 시작했다. 희는 눈을 깜박였다. 어느새 젖어 있었던지 뺨이 축축해지는 것이 느껴졌다. 좋은 옷을 망치고 있는데다 방 안도 아직 환하건만, 희는 밀어 낼 생각조차 하지 못했다. 무심한 척 다정한 말들은 품어 주는 팔이며 등을 도닥이는 손길만큼이나 따스할 뿐이었다.

"애초 네 것을 네가 필요한 곳에 쓰는데 울 일이 무어야. 쓸데없는 데서는 간이 크더니, 아니어도 될 때는 어찌 이러나 모르겠구나."

마치 목소리에 담을 것을 대신한다는 듯, 명원은 그녀를 안은 팔에 힘을 실었다.

"설사 내 것이라 한들, 다른 사내 때문에 우는 너를 보느니 그깟 패 없어도 그만이다."

여느 때와 다를 바 하나 없는 말투였음에도, 한 마디 한 마디가 새삼 희의 숨결을 앗아 갔다. 방금과는 전혀 다른 감정이 그녀의 얼굴을 달아오르게 했다.

"……틀려요."

이윽고 희는 그를 밀어 내며 뒤로 물러났다. 멈칫했다가 천천히 풀어 주는 팔에 아쉬워하는 스스로를 되짚을 겨를도 없이, 희는 얼른 눈물을 훔치고 숨을 크게 들이켰다.

"그런 거 아닙니다."

희는 명원을 똑바로 보았다. 이 말만큼은 제대로 전해야 했다.

"물론, 오라버니가 걱정되기도 하지만…… 저가 울고 싶은 건 나리 때문입니다."

"……."

"나리를 위해 더 크게 쓰여야 하는 건데, 나리라면, 충분히 그러실 수 있는데…… 그걸 제가 감히 가로채고 있으니까요."

중인촌의 일이라면 모르는 바 없다는 '무자'라 불리는 사람. 팔다리가 다 잘린 채 땅에 주저앉아 있으면서도 그 눈에 들어오는 모든 것들을 담아 두는 사람이다. 한세상 편할 대로 홀로 즐기고 살다 가면 그만인 것을, 그는 그러지 않았다. 희는 다모인 자신과 엮이기 전에도 그가 나라와 음지의 손길이 닿지 않는 그늘에서 할 수 있는 한 사람들을 도와 왔다는 사실을 알고 있었다. 그런 그에게, 폐군 광해를 내친 현 지존의 정통성을 인정한 대왕대비의 조력이 얼마나 유용하게 쓰일지는 상상으로도 헤아리기 어려운 일이었다. 그런데 지금 자신은 도움이 되지 못할망정 전능에 가까운 단 한 번의 기회를 날려 주십사 말하고 있었다.

이쪽이 청하기도 전에 먼저 말해 주고, 미련 없이 던져 버린 다음 어깻짓 한 번으로 잊는 게 아니라, 탓하고 원망하고 화를 낼 사람이었다면 조금이라도 덜 슬펐을까.

"……못 할 짓인 거, 알면서도……. 죄송합니다."

간신히 눌렀던 감정이 다시 술렁댔다. 희는 입술을 감쳐물고 고개를 숙였다. 재차 사죄하려는 참에, 엄한 목소리가 그녀를 막았다.

"또 그런다."

명원이 그녀의 턱을 붙잡아 치켜들었다. 조금 전보다 더 우악스러운 손길은 화를 내는 것과도 비슷하게 느껴졌다. 눈을 맞춘 명원이 진지하게 경고했다.

"자꾸 그리 함부로 다뤄서 찢어 먹을 셈이면 내가 맡아 두겠다."

"예? 어떻게……,"

아무 생각 없이 되물은 희는 말끝을 흐렸다. 먼저 알아들은 심장이 쿵쾅대는 소리에 귓가가 시끄러울 지경이었다.

그가 손을 맞잡고는 '이제 네 것이고 내가 맡은 것이다' 라고 말했던 전적이 어제 일처럼 생생하게 떠올랐다. 그리고 입술을 맡아 두는 방식이 똑같이 손으로 입술을 잡는 것이라고 생각하기에는, 그의 눈빛이 착각의 여지를 주지 않았다.

희는 저도 모르게 마른침을 삼켰다. 희미한 웃음을 머금은 명원의 눈이 한층 깊어졌다. 순식간에 생겨난 긴장감. 혹은, 기대감에 가까운 그 무엇이 희를 꼼짝하지 못하게 만들었다. 이대로 가만히 있으면 내주는 것과 진배없다는 사실조차 주박을 풀기란 역부족이었다.

희의 턱을 잡았던 손이 뺨을 감싸고, 호흡만 간신히 붙들고 있는 희에게로 고개를 기울인 명원이 점차 가까워졌다. 수려한 그 얼굴을 빤히 보고 있으면서도 희는 무엇을 보고 있는 건지 제대로 실감이 나지 않았다. 이내 입김만큼이나 보드라운 그의 숨결이 입술을 스쳤을 때, 결국 희는 눈을 질끈 감아 버렸다.

그리고…….

아무것도 닿지 않았다.

그뿐만 아니라 얼굴을 감쌌던 손까지 멀어졌다. 당혹한 희가 주춤거리며 눈을 뜨는 것과 거의 동시에 낯선 목소리가 창호지 바른 문을 타 넘어 들어왔다.

"말씀 중에 죄송합니다, 나리. 행수 어른께서 잠시 걸음 하여 주십사 청하십니다."

"곧 건너간다 전하거라."

대답하는 명원은 이미 여느 때와 다름없는 기색으로 돌아와 있었다.

여종의 기척이 조용히 멀어지다 완전히 사라지고 나서도 희의 빨개진 얼굴빛은 본래대로 돌아올 줄 몰랐다. 안마당까지 들어온 이를 전혀 눈치채지 못했을 만큼 정신이 홀려 있었던 것도 부끄럽지만 아슬아슬한 상황에도 태연한 대응이 가능한 명원에 비하면 혼자 손해가 이만저만이 아닌 것처럼 느껴진 탓이었다.

그러나 희의 추측은 조금 빨랐다.

"……그러고 보니 저이도 제법 오래 일했지. 슬슬 쉴 때도 되었겠군."

말투의 여상스러움과 달리 진작 멀어졌을 훼방꾼을 향한 눈빛은 살벌하리만치 심각했다. 그 명백한 차이에, 희는 그만 웃고 말았다. 그녀는 얼른 입을 막았으나 명원의 흘끔 닿아 오는 시선은 피하지 못했다. 그가 그녀의 한쪽 뺨을 쭉 잡아당겼다.

"혼자 재밌어 좋겠구나. 사람이 눈치가 없으면 의리라도 있어야지."

"아야!"

"안 아픈 거 다 안다."

말은 그리 하면서도 명원은 금방 놓아주고 다시 보료 위로 물러났다. 조금 전까지의 긴장감이 마치 거짓말처럼 느껴질 정도로, 방 안은 무척 익숙한 분위기가 되어 있었다. 다행이다 싶긴 하지만……. 희는 꼬집힌 뺨을 문지르는 척 안면 근육을 흩뜨렸다. 안도감을 들킬까 봐서가 아니라 아쉬움을 감추고 싶어서였다.

"실패는 없을 터이니 가서 얌전히 기다리거라."

"예……. 죄송합니다, 나리."

"그만 됐고."

명원이 한 손을 내저었다.

"네 마음은 알겠다만 그것은 네 것이 맞아. 또 설령 나를 위해 쓴다 쳐도 무어 대단한 쓸모가 있으려고. 사람 하나 살릴 수 있을지는 몰라도 중인 나부랭이를 문관으로 출사시킬 주제는 못 되는 놈이다."

"……그거야, 나리께서 관직에 미련이 없으시니 그런 거지요."

명원이 픽 웃었다.

"내가 원하기만 하면 다 된다더냐. 어디 가서 함부로 그런 말 말아라. 남들이 비웃어."

"감히 누가요?"

희는 울컥 반박했다.

"어디 제 앞에서 한번 그래 보라 하십시오! 이젠 나리께서 말리셔도 아니 들을 겁니다."

눈에 보이는 것이 다인 줄만 아는 건방진 치들이 감히 낮잡아 볼 사람이 아닌데. 새삼 분하고 억울해져 불퉁거린 희는 어느새 정색한 채 이쪽을 응시하는 명원을 보고 흠칫했다.

한결 깊어진 눈빛은 이내 밑으로 내려갔다. 그러나 안심할 겨를도 없이, 희는 그것이 자신의 입술에 머무르고 있음을 깨달았다.

"……아무래도."

가벼운 말투와 묵직한 목소리는 마치 환청처럼 들렸다.

"내가 맡는 게 낫겠다. 경을 치기 전에."

"아, 아니요!"

명원이 한 손으로 서궤를 붙드는 몸짓이 마치 당장이라도 벌떡 일어나 다가올 것만 같아, 희는 황급히 외치며 반사적으로 물러났다. 그러나 그는 웃으며 서궤를 끌어다 제자리에 돌려놓았을 뿐이었다. 유난스러운 태도가 멋쩍어진 희는 또 놀리시는 거냐며 투덜대고 싶었지만, 그와 자신 사이를 가로막고 있는 서궤를 보자 마음이 바뀌었다.

"그럼……, 이만 가 보겠습니다."

"조심하고."

"네. 감사합니다."

희는 고개를 깊게 숙이고 물러 나왔다. 명원은 감사의 말은 사양하지 않았다. 문턱을 넘은 희는 그래도 눈깔 뻰 놈들을 마주치면 그냥 지나치지 않을 거란 말을 할까 망설였지만, 조용히 문을 닫았다. 굳이 말이 필요하지 않을 일이었다. 문이 닫히기 직전에 본 명원의 웃는 얼굴 또한 같은 생각을 담고 있었다.

길을 되짚어가는 희의 마음은 올 때와 비슷하고도 달랐다. 미안함과 자책감은 그대로였으나 그 위를 덮고 있는 것은 불안감 대신 안도감, 그리고 헤아릴 수 없는 그 이상의 감정이었다.

"다른 사내 때문에 우는 너를 보느니 그깟 패 없어도 그만이다."

선명한 목소리가 희의 가슴을 새삼 울렸다.

은애한다는 말을 들은 적은 없다. 다만 앞으로도 함께 가자, 잘 부탁한다, 그 말로도 충분했다. 그렇다고 생각하였으나…… 처음으로 다른 말을 듣게 되니 욕심이 나기 시작했다.

"혼자 재밌어서 웃었던 건 아닌데."

의식도 없이 뱉어진 중얼거림에 놀란 희는 두 뺨을 찰싹 치고 걸음을 서둘렀다. 서늘한 바람도 달아오른 얼굴을 식혀 주기에는 역부족이었다.

"승동承洞에 의심스러운 익사체가 있다 하니 허 군관과 정 군관이 가서 살피도록 하고. 한 군관과 희는 인현동(仁峴洞)으로 가거라. 참판 댁 여종이 발을 헛디뎌 토방에 머리를 찧어 사망했다는데 그리 간단치 아니한 모양이야."

"알겠습니다."

"다들 수고해 주게. 희는 잠시 남고."

금방이라도 뛰쳐나갈 듯 걸상을 덜그럭거리는 재겸, 진중하게 지시를 되새기던 엽과 소백의 시선이 일순 희에게 모였다가 흩어졌다. 그들은 이내 회의실을 나갔고 재겸의 눈길이 조금 더 끈질기게 따라붙었으나 남겨진 까닭을 짐작하는 희는 신경도 쓰지 않았다. 분명 단 오라버니에 대한 일일 터였다. 공연히 책잡힐까 봐 귀도 닫고 눈도 감았던 그녀는 그의 소식을 전혀 몰랐다. 어제 낮 명원이 약조해 주었으니 최악의 상황은 벌어지지 않았겠지만, 일단 압송은 됐는지 아니면 무사히 미뤄진 건지 몹시 궁금했다.

그래서 그녀는 둘만이 남자 수인이 꺼낸 말에 진심으로 놀라고 말았다.

"간밤, 그자가 은밀히 방면되었다."

"……예?"

"해당 시각 다른 장소에 있었음을 증언한 사람이 나왔어. 그 증언보다 증인 자체의 신뢰감으로 인해 석방이 결정되었다."

희는 귀를 의심했다. 이렇게 빨리? 심지어 압송일이 늦춰진 것도 아니고 아예 무죄 방면이라니. 믿고 있었으면서도 이게 웬 귀신이 곡할 노릇인가 싶을 지경으로 실감이 나지 않았다.

"다만 진범을 안심시키기 위해 세간에는 여전히 구금된 것으로 할 예정이라. 너 역시 그 점 명심하여야 할 것이다."

"예……예! 예, 나리!"

황망히 고개를 주억거리는 희를 바라보던 수인의 눈길이 문득 날카로워졌다.

"처음 듣는 얘기로구나."

"네."

"하면 너와는 무관하다는 뜻인 게냐?"

난데없이 힘 있는 증인이 나타나 풀어 주지 않을 수 없게 된 죄인의 정황이, 수인은 탐탁지 않은 게 분명했다. 더욱이 그는 그 죄인이 결백하다 주장했던 유희도 알고 그녀의 말에 귀를 기울여 줄 가능성이 큰 이명원도 안다. 그것이, 일개 다모에게 결코 할 수 없는 질문을 하는 수인의 행동에 정당성을 부여해 주고 있었다.

"그렇습니다."

그러나 희는 선택의 여지가 없었다. 관심 두지 말라는 수인의 명을 어긴 것도 물론이거니와 대왕대비까지 선이 닿았음이 알려지는 것이 결코 좋을 일이 없다는 판단에서였다. 공명정대한 성정의 수인으로서도 알지 못하는 편이 낫다고, 희는 그렇게 일말의 자책감을 누르며 재차 다짐했다.

"모르는 일입니다."

"……그래."

더는 추궁 없이 수인이 눈길을 거두자 희는 조금 살 것 같았다.

"그러하다면 네겐 잘된 일이구나. 기쁘더라도 겉으로 드러내지 말고 진중하게 처신하여라. 알겠느냐?"

"예, 나리."

"그래. 나가 보아라."

"저기, 하온데…… 증인이 뉘인지 여쭤보아도 되겠습니까?"

희는 정말로 궁금했다. 수인이 말을 해 줘도 되나 하는 얼굴로 틈을 두다가, 어차피 희가 따로 쑤시고 다닐 일이라 싶었는지 선선히 답해 주었다.

"우의정 대감이시다."

"예에?"

무심코 외친 희가 제풀에 놀라 입을 막았다.

"우상 댁에 땔감을 가져왔다가 그 댁 종의 실수로 물동이를 덮어썼단다. 하여 시각도 늦은 김에 옷을 말릴 겸 쉬다 가라 방 한 칸 내주었다고 하더라. 다음 날 동이 틀 때쯤 내보냈다지."

"아……."

과연, '증인 자체의 신뢰감' 이라.

하기야 우상 정도라면 내 집 울타리 안에 일단 들어온 자가 함부로 야행한다면 모를 리가 없노라 단언한다 해도 반박할 자가 뉘 있으랴. 그리고 그런 우상을 움직이게 한 데에는 잠행 때도 우상의 별당을 빌릴 만치 그와 은밀한 협력 관계를 유지하고 있던 대비가 있을 것이고, 그 너머로는…….

"이만 물러가겠습니다."

희는 더는 표정을 들키지 않을 자신이 없어 고개를 깊게 숙이고 바로 밖으로 나왔다.

해 주었구나.

정말로 해냈다, 그 사람이.

당장에라도 달려가고 싶었다. 명원에게 다시 한번 감사하다 말하고, 네 인사는 질린다며 손을 내저을 그를, 이번에는 그녀 쪽에서 끌어안아 보고 싶었다.

그리고 그간 내내 보지 못했던 단 오라버니도 오랜만에 찾아가서…….

"……아."

날아오를 듯 가벼웠던 발걸음에 문득 추가 매였다.

옥에서 고초를 겪었을 단을 떠올리자 희는 기분이 금세 사그라지는 것을 느꼈다. 거의 죄인 취급이었으니 자백을 받기 위해 고신拷訊까지 당했을 그였다. 일이 끝나는 대로 가 보아야겠다고 다짐하며, 희는 뜰에서 자신을 기다리고 있는 소백에게 달려갔다.

그러나 그날 희는 작정했던 두 가지를 다 하지 못했다.

명원의 별채는 비어 있었다. 단은 은신처에 있었지만, 희는 그를 볼 수 없었다. 예뻐 죽겠다는 얼굴로 어찌 해결했는지 궁금함을 애써 참는 눈치인 만석이 좋게 에둘러 말하지 않았어도 희는 충분히 이해했다. 단이 자신을 문전 박대할 만큼 만나기 싫어하는 마음을.

"오라버니……. 다음에 다시 올게요. 쉬셔요."

묵묵부답. 괜스레 만석이 가운데에 끼어 안절부절못하는 것도 보기 싫어서, 희는 얼른 그 자리를 벗어났다.

단의 방문이 열린 것은 그로부터 이틀 후의 일이었다.

四

참 신기한 노릇이라고, 명원은 새삼 생각했다.

이름난 역관인 부친과 대를 이어 승승장구하는 형님을 남 일 보듯 강 건너에서 손뼉 쳐 주는 것으로 족하는 그였기에 철들 무렵부터 이미 '모른다면 한성 사는 자가 아닌' 곳이 되어 있던 본가보다 기방에 묻힌 조그만 별채가 훨씬 더 잘 맞았다. 물론 한 몸 편히 누이기에 좋다는 것 말고도 필요한 경우 사람들을 편히 만날 수 있다는 장점이 있었지만, 자신의 다른 얼굴이 거의 알려지지 않은 이상 드물게 있는 일일 뿐이었다. 그런데 언제부터인가 그 장점이 날이 갈수록 점점 커지더니 급기야 이제는, 느긋하게 드러누워 있다가 불시에 찾아온 음지의 수장에게 방문을 열어 주는 일까지 벌어진 것이다.

부친이 애지중지하는 것처럼 귀한 다기도 없고 형님이 후금 상단에게 받은 것과 같은 좋은 차도 없으나 어차피 대접받을 생각은 요만큼도 하지 않을 게 분명한 상대니 상관없었다. 아니나 다를까, 마주 앉은 단은 둘러 가지도 않고 용건을 꺼냈다.

"감사합니다."

명원은 바로 대답하지 못했다. 이 사내라면 조만간 직접 찾아올지도 모르고 인사 정도는 할 수 있다고도 생각했지만, 이처럼 단도직입적으로 나올 줄이야.

하지만 단으로든, 음지의 수장으로든 이 사내가 저 말을 세상에서 제일 하고 싶지 않은 자가 한 명 있다면 바로 이명원일 것임을 잘 알고 있기에 명원은 쉽게 들린 말을 가벼이 이해하는 누를 범하지 않았다.

"빚은 반드시 갚겠습니다."

"받겠소."

그래서 명원은 대수롭잖게 사양하려던 마음을 바꿔 고개를 끄덕였다.

"다만 나는 다리를 놓은 것일 뿐이니 크게 생각할 필요는 없을 거요."

단의 입매가 잠깐 희미하게나마 비뚜름해졌다. 그는 자신이 풀려난 정확한 경위를 모르는 것이 분명했다. 그저 희가 부탁한 바람에 명원이 나서서 어찌어찌 수단을 쓴 줄로만 알아, 명원의 솔직한 말이 시답잖은 겸양으로 들린 모양이었다. 물어보면 그 착각을 고쳐 줄 의향도 있었으나 단은 그저 "다리 나름이겠습니다만." 하고 넘어갔다. 더 중요한 용건으로.

"또 한 가지. 이 이상은 관심 두지 않으시는 게 여러모로 좋을 겁니다."

내 사냥을 방해하지 마라.

벌써 피비린내 나는 의미에 비해 꽤 점잖은 말투가 재미있었다. 그나마 빚을 졌다고 생각하니 미리 언질을 주는 친절까지 발휘하는 것이리라. 명원은 그 기분을 굳이 숨기지 않았다.

"무어, 아무래도 그럴 테지. 그대가 직접 나서리라는 것은 이미 짐작한 바요."

"그러십니까."

"한데 만약 내가 그 빚을 당장 요구하겠다고 한다면?"

단의 눈 깊은 곳에서 무언가가 번쩍 스쳤으나 그는 담담하게 대답했다.

"농이라 믿을 겁니다. 그리 쉽게 내버릴 만치 이 사람 목숨값이 저렴하게 쳐졌다는 생각은 무리입니다."

무엇이 무리인지 뻔한 것을 묻는 대신 명원은 선선히 한발 물러났다.

"약조하겠소. 살인자는 온전히 그대 몫이요. 그에 관한 한, 허락 없이 끼어들지 않으리다."

원하는 대로 확답을 주었는데도 단은 일어날 기색을 보이지 않았다.

"같은 말을."

뚝 끊겼다가 조금 후에야 재차 흘러나온 목소리는 더욱 무거워져 있었다.

"같은 말을, 그 아이 역시 할 것이라고도 약조하십시오."

두 사내의 시선이 부딪쳤다.

작금의 상황을 못마땅해한다는 걸 드물게도 고스란히 드러내고 있는 단을,

눈도 깜박 않고 응시하던 명원이 입을 열었다.

"실패한 거요?"

"……시도한 적도 없습니다. 그 이후 만나지 아니하였으니."

아직?

풀려난 지 사흘은 되었을 터인데. 그러나 명원은 수척해진 그의 모습을 새삼 살펴보고 이해했다. 희가 여태 찾아가지 않았을 리야 없고 분명 문전 박대를 하였을 터. 명원은 어깨가 처진 채 돌아섰을 그녀가 안쓰러움에도 이번만큼은 단을 탓할 수 없었다.

"직접 말하지 그러오. 분명 제 손으로 잡겠노라 기세가 등등할 것인데 나더러 무슨 수로."

"그러니 약조하시란 말씀입니다. 수단이야 제 알 바 아니지요."

"……이건 또, 듣도 보도 못한 악역을 떠넘기는군."

명원이 기가 막혀 중얼거렸다.

"이러니 천지에 제 오라비가 제일인 줄 알지."

"문제 있습니까?"

"그럴 리가."

시침 떼듯 딱 잘라 말한 명원은 어깨를 으쓱였다.

"좋소. 그 점 역시 약조하리다."

단은 고개를 끄덕이고 이만 나가 보겠다는 의사를 표했다.

명원은 방을 나선 그가 완전히 사라질 때까지 자세를 풀지 않았다. 그런데 지워지는가 싶던 인기척이 훨씬 더 뚜렷하게 다시 나타나는 바람에 그는 조금 의아해졌다. 하기야 못을 박고 가는 편이 성에 차려나. 묵묵히 기다린 명원은 그러나 손기척이 울리기가 무섭게 열어젖혀진 방문 사이로 보인 얼굴에 눈을 부릅떴다.

"나리!"

종인 차림의 희가 한달음에 쪼르르 다가왔다. 서궤 바로 앞에 바짝 앉는 것도 모자라 그 위로 몸을 내밀기까지 해, 기습을 당한 거나 마찬가지인 명원은 무심코 상체를 뒤로 뺐다.

"방금 오라버니랑 무슨 말씀 나누셨어요?"

다녀갔느냐가 아니다. 질문의 미묘한 차이를 명원이 집어냈다.

"설마하니 지켜보고 있었더냐? 어디서?"

"중문中門에서요. 오라버니께 갔더니 나가셨다 들어서 와 보았다가, 댓돌 위에 신이 있는 것만 확인하고 기다렸어요. 더 가까이 가면 들킬 게 분명하니까요."

그럼 그렇지. 아무리 방문을 닫고 중요한 대화를 하고 있었다고 한들 두 사람 모두 몰랐다는 건 말이 안 되었다. 특히 단은 눈치를 채지 못하면 그대로 죽음에 이를 수도 있는 처지니까.

"용케 예인 줄 알았구나."

"내내 두문불출하다 처음으로 볼일이 있어 나가셨다니 필시 나리께 인사를 드릴 요량인 걸 알았지요."

"인사고 빚이고 간에 속만 시끄럽더라."

단을 매우 잘 아는 양 말하는 희의 품새가 싫어, 명원이 괜스레 퉁을 놓았다. 그리고 그는 희가 의아한 얼굴로 입을 열기 전에 한 발 되돌아갔다.

"한데 기다렸다니? 그냥 들어오면 되지. 무어 대단한 회담이라고 그리 신경 쓴단 말이냐."

"아뇨, 그도 그렇지만…… 아직 오라버니가 얼굴을 아니 보여 주셨거든요."

희의 기세가 대번에 수그러들었다. 그녀는 풀이 죽어 중얼거렸다.

"마음대로 예까지 좇아와서 불쑥 들이대면 더 미움받을 거 같아서요."

언제는 미움을 받았고?

명원은 혀끝까지 올라온 물음을 겨우 삼켰다. 희는 진심으로 그 점을 염려하는 얼굴이었다. 이래서 모른다는 게 무서운 거라고, 명원은 내심 한숨을 쉬었다.

"괜치 아니하시던가요?"

"무어, 운신에는 별 탈 없어 뵈더라."

"정말로요?"

"아무렴. 너도 보았으니 알 거 아니냐."

"들킬까 봐 먼발치로만 보았다니까요."

"네가 생각하는 것만치 심하진 아니해. 염려 마라."

"그래도 많이 상하였을 터인데."

"자꾸 그런 식으로 아니 믿을 참이면 진정 상하는 건 내 속이 될 거다."

희에 대한 인내심이라면 차고 넘치지만, 그것이 다른 사내를 대놓고 걱정하는 그녀라면 얘기가 다르다. 대번에 얼굴을 붉힌 희가 슬쩍 눈치를 보았다.

"오, 오라버니인데도요?"

"그러니 이만치나 참아 주었지."

크흠. 희는 의미도 없는 헛기침을 하고는 이내 억지로 화제를 돌렸다.

"하온데 인사면 인사지 빚은 무어랍니까."

"네 오라비가 알지 내가 아느냐? 거절하였다간 뒤탈 감당 못 할 것 같아 가만있었다만, 갚을 기회 따위 아예 없도록 애써야겠다고 결심하게 되더라."

"그야 없는 것이 제일 좋겠지요. 나리께서 오라버니 도움이 필요하실 정도라면 보통 일이 아닐 터인데요."

웃으며 손사래를 친 것도 잠깐, 희는 조용한 창밖을 돌아보더니 진지해졌다. 그녀는 명원이 익히 잘 알게 된 그 표정 덕분에 그가 예상하게 된 말을 꺼냈다.

"앞으로 어찌하기로 하셨어요?"

"아무것도."

"예에? 하면 그 천하의 몹쓸 놈을 그냥 둔단 말입니까!"

"별수 없잖느냐. 네 오라비가 끼어들면 같이 밟아 버리겠다는데."

희는 입을 열었다가 아무 말 없이 닫았다. 이내 다시 열렸지만, 명원의 화법에 익숙한 그녀는 단이 정녕 그리 말했느냐고 묻지 않았다.

"해서, 나리께서는 손을 떼시겠다고요?"

"살인자는 저 몫이라 단단히 약조받더라. 허니 너 또한 마음 접어야겠다."

"그래도요."

예상대로 희는 금방 수긍하지 않았다. 단이 감히 본인에게 누명을 씌운 자를 직접 잡겠다는 것을 이해는 하면서도 그저 지켜만 보기에는 정情과 호기심이 보통을 넘는 탓이겠다.

"네가 그리 말할 줄 알아, 내게 확답받고 갔다. 설마하니 이 몸을 일구이언 하는 못난 놈으로 만들진 아니하겠지?"

"……그런 확답은 왜 하셨습니까?"

희의 불퉁한 물음에 불만과 원망이 고스란히 묻어났다.

"그리 덜렁 넘어가시다니, 나리답지 않습니다. 저처럼 분하지는 아니하셔도 궁금해하실 줄 알았는데요."

"나라고 목숨 아까운 줄 모를까."

말도 아니 된다는 듯 입을 삐죽인 희는 조용해졌다.

명원은 그 침묵의 뜻이 결코 체념이 아님을 잘 알았다. 분명 단에 덧대어 이쪽 눈까지 속이고 조사에 나설 방도를 고심하기 시작한 것이리라. 그런 게 과연 있겠느냐마는, 유희가 만약 해 보지도 않고 불가능을 논하는 사람이었다면 이명원도 다소 심간이 편했을 터였다.

과연, 문득 고개를 들어 눈이 마주친 희는 그럴 이유가 전연 없음에도 제풀에 흠칫했다. 이리 솔직하면서 일당백 하는 다모란 게 신기할 노릇이라, 그가 픽 웃자 희가 흠흠, 뻔한 질문을 했다.

"정녕 가만 앉아 구경만 하시려고요?"

"구경이나 할 수 있으면 다행이지. 알아서 하게 두고 우린 우리 일이나 하자꾸나."

"……그게 어떤 건데요."

"그 탈바가지를 잡아야 할 것 아니냐."

무례에 가까운 무성의로 대꾸하던 희가 눈을 크게 떴다. 명원은 잠시 마주 보아 주다가 심드렁하게 덧붙였다.

"싫으면 너는 말아라."

"아뇨!"

희가 펄쩍 뛸 만큼 강하게 부정했다. 제 입을 막으며 황급히 창 쪽을 돌아본 그녀는 목소리를 낮추어 말했다.

"아닙니다, 그럴 리가요! 한데 아까 말씀으로는 오라버니와 약조하셨다고……."

"탈바가지가 살인자라는 증거가 있더냐?"

"……아."

"그럴 수도 있겠지만 아닐 수도 있지. 그 아니라는 쪽에 걸어 보자는 얘기다. 설령 틀렸다 한들 손 털고 빠지면 그만이고."

눈을 끔벅거리며 듣고만 있던 희의 입매가 슬며시 풀어졌다.

"대신 절대 혼자 움직이지 말 것. 살인자와 동일인임이 드러나면 즉각 그만둘 것. 지킬 수 있겠느냐?"

"네!"

희는 크게 고개를 끄덕였다.

언제 심각했냐는 듯 안색까지 밝아진 그 모습이 우습기도 하고 혀를 차고 싶기도 했다. 결국 이 정도가 한계라고, 명원은 내심 중얼거렸다. 무작정 막기만 해 보았자 눈을 피할 방도나 궁리할 게 빤한 아이다. 그럴 바에는 적당히 놓아주고 눈 닿는 곳에 있게 하는 편이 나았다. 아마 단 역시도 희를 잘 알 터이니 긴소리는 못 할 거였다. 만약 끝까지 투덜대도 본인 입으로 한 말까지 부정할 수는 없으리라. 이럴 줄 알았다면 수단은 알 바 아니라고 하는 대신 그조차 알뜰하게 챙겨 막았겠지만.

"혹여 벌써 깔아둔 것이 있거들랑 지금 이실직고하려무나. 내게까지 숨겼다가 차후에 알게 되면 그때는 연막 따위 일체 쳐 주지 아니할 거다."

"아, 저기. 딱 하나 있습니다."

설마 하고 찌를 던졌더니 냉큼 걸리고 만다. 명원은 몇 번째인지 모를 헛웃음을 삼키며 희가 털어놓는 얘기에 귀를 기울였다.

"원래 계시던 검률檢律 나리네 댁에 초상이 나셔서 다른 분이 일을 맡으셨는데요, 저도 아는 분이거든요. 시신에서 나온 쇠붙이는 장도의 칼날 조각인 건 확실하고, 상처 주변에 눌린 자국이랑 부스러기 같은 게 있었는데 만약 찔릴 때 깊게 눌린 자국이라면 부스러기를 통해 자루집이나 두겁의 단서를 얻을 수 있을지도 모른다고 하셨어요."

"오호라."

"그래 좀 더 알아보고 무엇이든 나오면 제게도 가르쳐 주시기로 손가락 걸었지요."

"네 일도 아닌데 선선히 알려 주마 하더냐?"

"그야 선선히는 아니지만요, 저가 이래 봬도 그만한 재주는 있답니다."

짐짓 어깨를 펴고 자신 있게 말한 희가 다시 눈을 빛냈다.

"하면 어디서부터 시작할까요? 역시나 장물을 버렸다는 사실부터가 좋겠지요?"

"장물을 버렸다니?"

"아! 죄송합니다. 저가 경황이 없어서……."

멋쩍게 웃은 희가 자초지종을 설명했다. 다 듣고 난 명원은 턱을 만지작거렸다.

"과연. 정황으로 보아 네 짐작이 옳겠다. 즉 그자가 노린 것은 재물이 아니라 다른 것이라는 뜻이 되는데……. 아무래도 피해자들 간에 어떤 공통점이 있을 성싶구나."

"이전의 조사에서 딱히 드러난 부분은 없었습니다만, 네."

"피해자 명단을 마련해 올 수 있겠느냐?"

"그 정도야 식은 죽 먹기지요."

"하면 우선은 그것부터 가져오너라. 다음은 내가 맡으마."

"혼자 다 하시기 없깁니다?"

"물론이지. 내 너를 무서워하는 걸 몰라 하는 소리냐?"

"저가 무슨 수로 알아요! 방금 지어내신 참인 것을."

희는 배시시 웃으며 투덜대고는 조금 더 편하게 물러앉았다. 막 지어낸 것도 아니고 흰소리도 아니라고 일러 주는 대신, 명원은 다짐을 두었다.

"이는 너와 나만이 아는 일이다. 네 오라비는 말할 것도 없고 종사관님께도 은밀히 하여야 할 것이야."

"예, 알고 있습니다."

"대답 한번 우렁차서 좋구나. 그만큼 더 힘들 것인데 걱정도 아니 되는가 보지."

"나리께서 계시잖아요."

그동안 키는 두고 간만 키웠다고 농을 붙이려던 명원은 입을 다물었다.

"혼자라면 막막하였겠지만요."

희는 왜 그런 빤한 걸 묻느냐는 얼굴로 빙긋 웃었다.

"그럼, 이만 가겠습니다. 이른 시일 내에 명단 들고 찾아뵐게요."

"……너무 무리는 하지 마라."

말문이 막힌 바람에 명원은 무얼 그리 급하게 가느냐 잡지도 못하고 판에 박힌 말로 희를 보냈다. 지난번에는 방해를 받았지만, 이번은 자신의 의지였다. 그래야 했다. 희가 가고 나서도 그대로 앉아 있던 명원은 이내 한숨을 쉬었다.

그리고 생각했다. 정말로, 희가 무섭노라고.

자박자박.

한낮의 기방은 매우 조용했다. 어딘가에서 가락을 습련하는 듯 현을 튕기는 소리가 간간이 아련하게 전해지고 있긴 하나 일손들이 오가지 않는 안쪽은 해 질 녘에 비하면 산사에 견줄 만했다. 그래서 희는 제 발소리가 너무 크게 울리는 것 같아 신경 쓰다가 하마터면 앞서 모퉁이를 돌아가는 명원의 뒷모습을 놓칠 뻔했다.

"길 잃으면 혼자 갈 거다."

"체, 빈 말씀이라도 챙겨 주겠다 하시잖고."

입 속으로 궁얼거렸는데도 명원이 웃는 품새를 보아 귀신같이 들은 모양이었다. 그러나 그는 별말 없이 안내하는 몸종의 뒤를 느긋하게 따라갔다. 다시 두 보로 간격을 맞춰 걸어가는 희의 등을 희미한 가락 소리가 쓰다듬듯 스쳤다.

수인의 눈을 피하느라 탈바가지에게 당한 인사들 명단을 정리하는 것에 이틀이란 시간이 허비되었다. 성명, 전 · 현 관직, 거주지, 신고한 피해 물품. 다시 훑어보아도 꽤 번드르르한 양반이란 것 외에는 겹치는 게 없겠다고 생각했던 희는 그러나 그 사흘 후 자신의 집 평상에 앉아 국밥 그릇을 시원스럽게 비우고 있는 명원을 보고 말을 잃었다. 냉큼 다가앉자 그는 놀라지도 않고 여느 때와 같은 덤덤한 투로 피해자 중 넷이 한날한시 기방에서 모인 적 있다더라고, 그녀의 추측이 틀렸음을 확인시켜 주었다.

"어찌 그 일이 여직 알려지지 않았답니까?"

"그저 마음 맞는 자들끼리 우연히 자리해 한바탕 즐기다 헤어진 거라, 아무도 중요하게 여기지 않았다더라. 특히나 대가 댁만 골라 훔친다는 도적의 특징이 되레 피해자들의 입을 막은 모양이야. 내가 털리고 네가 털린 게 지당하니 무얼 알아볼 생각도 없었던 거지."

"……대가 댁이니까요?"

"그래."

"그놈의 자부심 한번 더럽게 쓸데없네요."

어처구니가 없고 한심한 나머지 희는 생각을 거르지 않고 꺼냈다. 명원은 말이 험하다고 지적하기는커녕 쓸데없지, 맞장구를 치며 술잔을 기울였다. 그리고 얼마 후, 희가 말미를 얻은 날을 골라 그들이 갔었다는 기방 영성루英聲樓에 온 것이었다.

이미 얘기가 있었던 듯 대문을 들어서자마자 몸종 아이 하나가 호기심을 미처 다 숨기지 못한 얼굴로 두 사람을 안내했다. 그 발길의 끝에는 어느 아담한 방이 있었고, 희와 명원은 그 방 안에서 아리따운 기녀 한 명과 마주 앉게 되었다.

"어서 오십시오, 나리. 행수 어른께 말씀 전해 들었습니다."

기녀는 사르르 눈웃음을 치며 덧붙였다.

"물론 나리의 명성이야 그 전서부터 충분히 들어 알고 있었고요."

설마, 무자라는 걸 아는 사람인가?

조신한 종인답게 한 발 뒤에 물러앉아 있던 희는 두 사람을 살폈지만 받아치는 명원의 말에 조금이나마 긴장한 스스로가 한심해졌다.

"집안에서는 우세시킨다 구박이 장한 명성 따위 허망하오만 이 몸을 기억해주니 감사하여야 할 일이로군."

"기억하고말고요. 더구나 이년에게 은밀히 하문하실 일이 있다 하니, 자랑할 수 없다는 것이 아쉽기는 하오나 광영으로 삼을 것입니다."

"무어, 그리 거창한 일은 아니오. 아마 들으면 실망할지도 모르지."

운을 뗀 명원이 달포 전 부응교副應敎와 이조정랑吏曹正郎 등이 함께 있었던 술자리를 기억하느냐 물었다. 기녀는 흥미진진해하며 고개를 끄덕였다.

"잘 알지요. 특히 그날은 같이 계셨던 검상檢詳 나리께서 술병을 깨뜨려 소인이 아끼는 금琴을 망가뜨리시는 바람에 잊을 수 없는 날이 되었답니다."

"몸싸움이라도 있었던 거요?"

"아니오, 그저 대취하여 소맷자락 하나 제대로 간수 못한 탓이지요. 분위기는 아주 화기애애하였어요."

"무슨 이야기를 나누었는지 생각나는 대로 말해 주시오."

"술상 위 담화라는 것이 늘 그러하듯 적당히 험하고 적당히 흐트러졌지요. 나리께서 특히 귀담을 만하신 일은 없었던 것 같습니다만."

미심쩍은 얼굴로 그리 말한 기녀는 무언의 재촉으로 입을 열었다. 그녀의 말대로, 온갖 신변잡기의 잡탕이었다. 누구네 아들이 급제한 덕은 당자의 글줄이 아니라 부친의 돈줄에 있다더라, 누구네가 준마를 사들였는데 값을 후려쳤다더라, 누구네 여식은 금수저를 물고 나서 한 살 갓난쟁이인데 벌써 매파가 선다더라 하는 얘기들을 들으며 희는 하품을 참아 내는 인내심을 길렀다. 아무튼 사람살이는 이런 고급 기방에 오는 양반님네나 뒷골목 주막에서 막걸리 한 사발 기울이는 천것들이나 다 똑같았다

스스로 생각해도 도움 될 말을 하는 것 같지가 않은지 고운 눈매를 찡그려 가며 점점 더 진지하게 기억을 더듬던 기녀는 다소 자신 없는 투로 이런 말씀들도 하셨더랍니다, 하고 말을 꺼냈다.

"'그 그림은 여직 감감무소식이라지?' 하고 정랑 나리께서 운을 떼시니 다른 분이 구경 한 번 하기 너무 어렵다고 맞장구를 치시더이다."

"'그 그림'?"

되묻는 명원의 말투는 매우 한가롭고 가벼웠다. 기녀가 고개를 끄덕였다.

"보고라도 죽으면 가문의 광영이니 어려울 수밖에 없긴 하겠다고 다시 정랑 나리께서 농처럼 말씀하셔서 다 같이 웃으시곤 다른 화제로 넘어가셨지요."

"무슨 그림인지는 모르오?"

"네. 그저 그리만 말씀하셨어요."

그림이라면 세상에 널리고 깔린 것을 그 말로도 '다 같이 웃었다'면 그들 모두가 익히 아는 것인 게 분명했다. 희가 들은 것을 우선 머릿속에 적어 두는 사이 기녀가 갑자기 반색했다.

"그러고 보니 그림 얘기 다음에 검상 나리께서 드디어 장張가가 금동향로를 넘겼노라 자랑하셨어요. 그래 다른 분들께서 무슨 수를 썼느냐, 치사하게 혼자 움직였느냐 운운 난리도 아니셨지요. 심지어 갖고 계신 매화도와 바꾸자고 하신 분도 계셨거든요."

"호오. 장가라?"

적절한 추임새에 기녀는 눈을 빛내며 상체를 조금 내밀었다.

"뉘인지는 모르오나 알아내자면 못할 것도 없습니다만. 그리할까요?"

"흐음……. 아니, 되었소."

잠시 망설이는 기색을 비친 명원이 고개를 저었다. 그는 기녀의 실망을 못 본 척 말을 이었다.

"이미 충분하오. 그 이상은 내 몫이니 떠넘길 수야 없지."

그는 자리를 털고 일어났다. 희와 기녀 역시도 몸을 일으켰다.

"시간을 내준 것도 모자라 귀한 조력까지 받고 가니 감사할 따름이오."

"천만의 말씀입니다."

"하면 이만 가 보겠소. 행수 어른께는 따로 인사를 드릴 것이외다."

멀리 나올 것 없다고 덧붙이는 명원에게, 고운 얼굴에 아쉬움을 그득 담은 기녀가 가까이 다가섰다.

"또 뵈올 수 있을까요? 언제든 찾아 주시면 후회는 결코 아니 하실 것입니다."

기녀의 섬섬옥수가 은근슬쩍 명원의 손을 잡았다.

순간 발끈한 희의 시선이 날아가 꽂혔다. 그러나 희가 달리 어떻게도 할 수 없는 자신의 처지를 안타깝게 여기기도 전에, 명원이 잡힌 손을 자연스럽게 빼냈다.

"이 손은 그저 맡아 두는 중이니 간수를 잘해야 해서."

차분하면서도 단호하게 말한 그는 넉살 좋게 덧붙였다.

"발길 닿는 대로 가는 몸이라 기약은 할 수 없으나 그날이 오면 서운케 하지 않아 주리라 믿겠소. 그럼."

"아무렴요. 살펴 가시어요, 나리."

대놓고 거절당했다는 걸 미처 알아차리지 못한 기녀는 공략 가능한 틈이 있겠다는 확신 속에 기쁘게 두 사람을 배웅했다.

백날을 기다려라, 그날이 오는지. 희는 코웃음을 쳤지만 실상 그리 자신만만하지는 못했다. 명원의 덧붙임이 그저 분위기를 부드럽게 눙치고 이쪽에 악감정을 품어 입단속을 게을리할 것을 대비한 빈말임은 잘 알았다. 다만, 머리와 마음은 별개라는 것이 문제라면 문제였다.

한적한 안뜰을 가로질러 모퉁이를 돌아선 명원이 문득 걸음을 멈추었다.

무심결에 따라 멈춘 희가 의아해하며 지나는 사람 하나 없는 주변을 새삼 둘러볼 때, 명원의 장난스러운 물음이 그녀의 주의를 끌었다.

"어떠냐. 안심하고 맡겨도 되겠지?"

아니 이분은 뒤통수에 눈이 달렸나.

희는 뜨끔했다. 아까 그렇게 말해 주어 고마운 것도 사실이라 대꾸할 말을 금세 찾지 못하고 있자 명원의 나지막한 웃음소리가 흘렀다. 다음 순간 그녀는 그에게 안겨 있었다.

화들짝 놀란 희의 몸이 굳어졌다. 동시에 사위가 온통 시끄러워져서, 누가 보았나 보다 싶었다가 그 요란한 소리가 제 가슴 속에서 나고 있다는 걸 깨달았다. 얼른 뿌리치려 했으나 그녀를 감싼 두 팔 역시 더 단단해지고 있었다.

"나, 나리! 놓아주셔요!"

"칭찬받아 마땅한데 네가 눈치 없으니 내가 받아 낼 수밖에."

능청스러운 말에 희는 얼굴이 더욱 달아오르는 것이 느껴졌다.

"다, 당연한 건데 칭찬이 웬 말입니까."

그러면서도 그녀의 몸에서는 서서히 힘이 빠져나갔다. 그 어긋남을 눈치챈 그의 웃음에 희의 몸까지 떨려 왔다.

"야박하기는."

"……박하고 말고의 문제가 아닌데요."

"그런 문제다."

당당하게 반박한 명원은 한 번 더 팔에 힘을 준 다음에야 희를 놓아주었다.

"다른 것도 언제든 맡기려무나."

"돼, 됐습니다!"

반사적으로 목청을 높인 희가 황급히 주변을 둘러보는 사이, 명원이 그녀의 패랭이를 푹 눌러 시야를 가렸다. 챙을 올려 다시 열린 시야로 빙긋 웃으며 돌아서는 명원의 뒷모습이 있었다. 희는 점차 멀어지기 시작하는 너른 등을 얼른 따라잡아 나란히 섰다.

"네 귀에는 어찌 들리더냐?"

"그 나리님들이 죄 수집벽이 있다는 것으로요. 아마 다른 세 사람도 매한가지가 아닐까 싶습니다. 다만 재산 있고 지위 있으니 귀한 것 몇 가지 사들이는 건 일도 아니라 여태 주목받지 아니한 게 아닐까요?"

명원이 고개를 끄덕였다.

"가세를 쏟아붓지 아니하고야 흔한 일이지. 또한 내 짐작이 맞는다면 장가

인지 하는 자보다 그 그림이란 게 더 중할 것이다."

"아! 그래서 아까 그이 앞에서는 장가 쪽에 무게를 두셨군요. 하면 그것이 무언지 아신다는 말씀입니까?"

"장담은 이르지만 내기는 할 수 있겠다. 혹 〈몽유도원도〉라고 들어 보았느냐?"

희가 눈을 크게 떴다.

어릴 적 잠이 안 오던 밤, 어머니에게서 들은 옛날이야기 한 자락 속에 그런 이름을 가진 그림이 있었다. 형제 손에 죽은 대군마마가 꿈에서 본 도원향을 종이 위에 옮긴 것이라지. 한데 그것이 지금 이런 때에 여기서 왜 나오는가?

어리둥절해진 희는 조곤조곤 이어지는 명원의 설명에 귀를 기울였다. 그의 나직한 목소리는 한길로 나와서도 별반 달라지지 않았으나 듣기에 무리는 없었다.

"……하여, 먼지 날리는 이름이 새삼 입에 오르내리는 요즈음에 버릴 물건을 훔치고 다니는 도적이 나타난 것을 미루어 볼 때 실상 도적의 목적은 이것이라 보아도 무방하리라 본다. 네 생각은 어떠냐?"

"저도 그리 생각합니다. 그럼 그림 소문도 탈바가지가 퍼뜨린 것일 수 있겠네요."

"가능하지. 어찌 하필 그 그림이냐 함은 도적의 상대가 그것과 밀접한 관련이 있기 때문이랄밖에. 물론 그림이 실존한다는 걸 확신하고 한 짓인지, 연기만 피워도 지레 겁먹고 튀어나올 놈들이 있어 한 짓인지는 아직 알 수 없다만."

"그림이 정말로 있을까요?"

이번만큼은 순수한 호기심에서 비롯된 질문이었다. 명원이 희를 흘끔 보았다.

"왜, 보고 싶으냐?"

"그야 당연하지요. 대군마마 같으신 분이 꿈을 꾸실 정도인 도원향이란 곳이 대체 얼마나 멋질지 상상이 아니 되거든요."

"대군쯤 되니 꿈꿀 법도 하겠지."

한가로운 대꾸는 마치 '그만한 위치인 만큼 현실이 강팔라서 그런 꿈을 꿀 수밖에 없다'는 말처럼 들렸다. 아니, 어쩌면, '대군 정도 되는 인물이기에 꿈을 꿀 자격도 있고 그것을 종이로나마 세상에 내보일 수 있는 것'……일까.

"……대군이 무어, 대수랍니까?"

희는 명원의 말이 실상 무슨 뜻인지 정확하게 알지 못하면서도 혼자 울컥해지고 말았다. 물론 그는 임금의 아들을 안쓰럽게 여길 만큼 배포도 크고 마음도 넓지만 그런 그를 돌아봐야 할 세상은 불합리하기 짝이 없으니 대신해서 화를 내는 것뿐이라고, 그녀는 스스로 이해했다.

그런 그녀를 물끄러미 본 명원이 픽 웃었다.

"조금 전까진 대군마마라더니, 변덕이 죽 끓듯 하는구나."

뉘 탓인데! 희는 불퉁한 얼굴로 입을 삐죽거렸다. 그의 웃음이 커지는 걸 보자 놀림받는 것만 같아 이번엔 그에게 화가 났다. 희가 따지기 전에, 명원이 산뜻한 긍정으로 선수를 쳤다.

"맞다. 대군 따위 별거 아니지."

조금 전 더 크게 내질렀던 주제에 희는 순간 들은 이가 없는지 주변을 살폈다. 그러거나 말거나 그가 말을 이었다.

"꿈에서나 노닐다가 죽은 그이보다 지금 사는 동안 즐기고 있는 내 팔자가 상팔자 아니겠느냐."

이건 또 무슨 소린가.

"하면 이 세상이 나리께는 더 바랄 것 없는 도원향이나 다름없다, 이 말씀이셔요?"

그저 달래려고 가당찮은 농을 하는 게 빤해서, 확인하는 희의 물음에는 어이없다는 심정이 고스란히 배어 있었다. 명원은 버릇없다 꾸짖는 대신 느긋하게 지적했다.

"뉘 언제 세상이라더냐? 지금이라 하였지."

"그……."

그게 그 말 아니냐 받아치려던 희는 명원과 눈이 마주친 순간, 시작도 전에 말끝을 흐리고 말았다. 늘 여유 만만 유유자적하긴 해도 진지할 때는 더없이 진지한 사람이건만 이 깊은 눈빛은 결코 익숙하지 못했다. 입가에 맺힌 가벼운 미소는 오히려 그녀의 동요를 더욱 부채질하고 있었다.

어쩐지 입 안이 말랐다. 아무 말 없이 숨만 세 번쯤 들이쉬었을 때, 명원의 웃음이 진해졌다. 그 작은 변화에 희는 거짓말처럼 눈을 깜박일 수 있는 여유를 찾았다.

"아 다르고 어 다른 법인 것을, 그만치나 틀려서야 원."

"나, 나리께서 말씀을 분명하게 아니 하시니 그런 거지요, 무어. 꼭 내 탓이라 하시더라."

그의 핀잔에 태연한 척 대꾸도 할 수 있어 희는 내심 안도했다. 그러나 거기까지였다.

"누가 할 소릴. 하면, 분명하게 말해 주랴?"

"아, 아, 아니요!"

"그것 보라지."

슬쩍 어깨를 들었다 놓은 명원이 문득 하늘을 올려다보았다.

"마침 해가 넘어가니 같이 가자꾸나. 의논도 할 겸 네 어미 손맛으로 배 좀 채워야겠다."

다행히 더 놀릴 생각은 없는 듯 그는 마침 나타난 골목으로 방향을 틀었다. 희는 애꿎은 패랭이를 푹 눌러 쓰며 보속을 맞춰 걸어갔다.

한껏 붉어진 얼굴은 좀처럼 제 빛깔을 찾을 줄 몰랐다.

五

"땅 꺼지겠다. 어린것이 무얼 그리 고민이 많다고."

툭 내던져진 핀잔에 희는 자신이 방금 한숨을 쉬었음을 깨달았다. 시시때때로 한숨을 쉬고 또 지적을 듣고서야 알게 되는 일이 지난 며칠 새 부쩍 늘어났다. 그리고 지금 그 말을 한 사람이 엽이 아니라 재겸이었기에, 희는 머쓱한 웃음으로 얼버무리는 대신 성의껏 대답했다.

"근심이 사람 가린답니까? 저처럼 어리건 군관님처럼 늙었건 매한가지지요."

"무어?"

염치도 없는 재겸이 목소리를 높이는 뒤로 엽의 너털웃음이 이어졌다. 같이 늙어 가는 처지에 웃기지도 아니하다며 불퉁했던 희는 뒤늦게 엽에게는 실례가 될 수 있음을 알고 시선에 사죄를 담았다. 엽은 너그러운 웃음을 지우지 않은 채 손사래를 치고 편까지 들어 주었다.

"방금은 네 탓이 크다. 이만한 처자를 두고 어린것이 다 무어야."

"이러시기요, 형님? 쪼그만 게 온갖 세상 고충은 혼자 다 가진 것처럼 한숨을 푹푹 쉬어 대는 꼴이 기도 아니 차서 한 소린데."

심지어 한두 번이냐고 재겸이 투덜대자 엽이 그건 네가 옳다며 말을 받았다.

"아니어도 요새 들어 우리 희 같지 아니하게 한숨이 자주 나오니 네가 걱정할 만도 하지."

"거, 걱정은 무슨!"

버럭 반박하는 재겸의 얼굴이 벌게졌다. 제 성질에 못 이긴 탓이려니 한 희는 모른 척 엽에게만 대답했다.

"죄송합니다. 심려 끼쳐 드린 모양이네요."

"사과는 왜 하느냐, 서운하게시리. 나쁜 일이 있나 염려되는 건 당연한 일인 것을. 괜치 아니한 게냐?"

"예. 별일 아니어요."

희는 진심으로 웃어 보였다. 엽은 안심한 표정으로 고개를 끄덕거리는데 재겸이 쓸데없이 끼어들었다.

"또 몰래 여기저기 기웃대느라 저러는 게 분명한데 염려까지 해 주실 것 없소."

"그런 거 아닙니다!"

조금이라도 말이 났다간 수인의 귀까지 들어갈 것이 빤해서 희는 정색했다. 말이야 바른말이지, 손가락 하나 까딱하지 않은 지가 벌써 수일이 지나 있었다. 그녀는 못을 박았다.

"차라리 그 말씀이 사실이면 좋겠네요."

진심인지 아닌지를 알아보려는 것처럼 재겸의 관찰하는 듯한 시선이 희의 얼굴을 훑었다. 당당하게 마주 보아 주었더니 믿는 눈치였다. 다만 그러고도 한마디가 꼭 많다.

"하면 그치가 도적놈 손을 탈까 싶어 전전긍긍하느라 그런 거든가."

희는 이번엔 강하게 부정하지 못했다. 재겸은 그럼 그렇지 하는 눈이었으나 제 생각이 맞았음을 좋아하는 기색은 아니었다. 오히려 불쾌에 가까웠는데, 그것이 기이하긴 했어도 희가 빈정대는 연유는 그보다도 명원을 두고 '그치'라 함부로 칭한 말버릇에 있었다.

"짚으시는 것마다 죄 틀리시는데 어째 일은 그리 잘하시는지 신기하네요."

재겸이 화를 낼까 말까 망설이는 사이 엽이 말을 섞었다.

"그래, 나도 풍문은 들었다. 그 댁에서 귀한 그림을 구했다면서? 너는 보았느냐?"

"아니요."

희는 솔직하게 답했다.

"그 나리를 못 뵌 지도 꽤 되었는걸요."

무얼 혼자 꿍얼대던 재겸이 문득 희에게 곧은 시선을 보내왔다. 할 말이 있는가 싶더니 입술만 달싹대다 말았다. 엽이 대꾸했다.

"그 댁이야 귀물이 있는 게 신기할 거 하나 없지만, 유독 소문이 장하니 희한하기도 하고 궁금도 하고 그렇더라."

예리한 지적에 희는 그저 웃을 뿐이었다. 특히 소문이 난 이유가 부러 퍼뜨렸기 때문이라는 것까지는 아마 짐작할 수 없으리라.

그림이 탈바가지의 목적인지 단순한 미끼인지 알아보기 위해 명원이 내놓은 처방은 단순했다. 그림을 구했는데 며칠에 팔릴 예정이다, 이리 소문이 났을 경우 그때까지 확인하러 오면 전자일 것이라고. 후자, 즉 이명원이나 그의 집안이 그 진짜 목적에 부합되지 않는다면 오지 않을 것이란 판단을 희도 수긍했다. 그러나 걱정이 되는 것은 별개의 일이었다.

"진짜라서 오면 어찌하시려고요?"

"잡으면 되지. 차라리 그래 주면 고마운 일이겠다. 제일 쉬운 결말이니까."

"제게는 아닙니다. 사람을 죽였을지도 모를 인사인데."

"……아닌 쪽에 걸기로 한 것, 잊었느냐?"

장난스럽게 지적한 명원은 조금 더 깊게 웃으며 걱정 마라, 함부로 나서진 아니할 거라 토닥여 주었더랬다. 그것이 닷새 전. 즉 모레로 기한이 끝날 예정이었다.

어디 한번 해 보자꾸나 하고 본가로 들어간 명원은 그대로 자리를 지켰다. 덕분에 별채는 비어 있는 상태였고 희가 명원을 만날 기회도 없어진 셈이었다.

어차피 엿새만 넘기면 된다. 명원이 별채에 있을 때도 매일같이 만나러 간 것은 아니었다. 짧아야 사흘에 한 번, 길면 새로운 보름이 뜰 때까지인 적도 있었다. 하지만 그때는 이렇게까지 밑도 끝도 없이 우울하지 않았는데. 언제든 만날 수 있다는 생각에서였을까. 희는 내심 쓰게 웃었다.

포청 앞 대로에서 모처럼 함께 퇴청한 일행들과 헤어진 희는 좀처럼 명원과 탈바가지에 관한 생각에서 빠져나오지 못했다. 꼬리에 꼬리를 무는 상념들은 도무지 뿌리쳐지지 않아서, 희는 집으로 향하는 골목 어귀에서 만석이 자신을 불러 세웠을 때 그 이상으로 반가웠다.

"아재! 예까지 어쩐 일이셔요?"

"잘 있었나? 오늘은 심부름 왔다."

만석에게 '심부름'을 시킬 사람은 한 사람뿐이었다.

"단 오라버니가 저를 데려오라 하신 거여요?"

"그래. 잠깐 할 말이 있다고, 오래 안 걸릴 거라 카든데. 니, 시간 되나?"

"그야 아니 될 리가 없지요."

집에 들러 옷을 갈아입은 희는 기다려 준 만석과 함께 길을 나섰다.

단의 은신처는 여러 군데였고 그나마도 쥐도 새도 모르게 바뀌는지라, 만석이 안내한 포목점 창고 안쪽 작은 방은 희에게도 낯선 곳이었다. 그러나 이 자체가 익숙한 희는 만석의 눈짓에 기세 좋게 문을 열고 들어갔다.

"오라버니, 저 왔어요!"

"어서 오너라. 와 주어 고맙구나."

느긋한 듯 빈틈없는 자세로 벽에 등을 기댄 채 희미한 미소로 맞아 주는 단의 태도 역시 장소와 무관하게 그대로였다. 달리 일이 있는지 만석은 따라 들어오지 않고 문을 닫아 주었다. 희는 가까이 다가앉으며 단의 안색을 살폈다.

"요즘은 좀 어떠셔요?"

"그게 언제 적 일인데."

그는 설핏 웃으며 고개를 돌렸다. 하긴 하옥되어 고신당한 지 제법 시일이 흘러 그 흔적 자체는 찾아볼 수 없어진 지 오래다. 하지만 희에게는 명원의 별채에서 먼발치로 보았음에도 대번에 눈에 띄었던 단의 수척함이 여전히 선명한 기억으로 남았다. 그 얼마 후 단이 직접 얼굴을 보여 주었을 땐 거짓말처럼 나아 있었으나 결국 매한가지였다.

"얼마나 독하게들 하는지 저도 다 아니까 그러지요."

"그런 거 보고 다니면 못쓴다. 함부로 그런 데에 가지 마라."

오라비답게 한마디 한 단은 단도직입적으로 물음을 던져 왔다.

"듣자니 무언가 하는 모양이던데. 어찌 하필 그림이지?"

"필시 네 오라비 귀에도 들어갈 거다. 그러하다 한들 해 봄 직한 도박이기도 하고, 구더기 무서워 장 못 담그랴. 별수 없지. 잘 잡아떼 보아라. 아니 되겠다 싶으면 그냥 말해도 된다."

그 위로 명원의 목소리가 겹쳐졌다. 말은 그리 해도 단이 알 경우 그러냐고 넘어가지는 않을 터였다. 그 뒤탈은 고스란히 명원이 떠안게 될 게 분명하고. 그래서 희는 조심스레 입을 열었다.

"그 일은 저도 잘 모르는데요. 본가에 계셔서 며칠째 못 뵙고 있어요."

단의 눈매가 예리해졌다. 희가 천연덕스레 물었다.

"한데 그림이면 아니 될 이유라도 있나요?"

"그런 건, 아니다만."

"그 나리 댁이야 귀한 것이 어디 한두 개일까요. 여직 탈바가지가 아니 들른 것이 신기할 정도인데요. 설마, 양반이 아니라 그런 건 아니겠지요?"

그저 생각난 말인데 하고 보니 기분이 상했다. 감히 도적 나부랭이 주제에 반상 차별을 할까? 그것도 감히 그분이 계신 댁에? 제 생각에 혼자 발끈한 희에게 단이 쓴웃음을 보였다.

"그럴 리가."

"모르는 일이지요, 무어. 두고 보자. 잡고 나서 진짜 그런 거면 이 손으로 그냥!"

"때리려고?"

주먹을 불끈 쥐던 희가 도리질 쳤다.

"패야지요! 아, 걱정하지 마셔요. 오라버니 몫이겠다 싶으면 딱 석 대만 칠게요."

"……그림 소문은 도적을 잡으려고 낸 것이구나."

헉!

어떻게 들켰지? 희의 눈이 동그래지는 것을 본 단은 한숨을 쉬었다.

"알겠다. 이 이상은 네게 묻지 않으마."

"저, 저도 나리도 약조를 어긴 건 아니어요! 그 탈바가지와 살인자가 동일인이 아닐 수도 있으니까요."

"……과연. 그런 틈이 있었나."

기가 찬 듯 혼잣말을 하는 단의 눈치를 보던 희가 조금 더 다가앉았다.

"있지요, 오라버니. 화내지 마셔요. 예?"

희는 그의 눕힌 한쪽 무릎에 한 손을 얹어 슬쩍 흔들면서 설득을 시도했다.

"거꾸로 보시면요, 만약에 제가 억울한 일에 휘말려서 포청에서 쫓겨날 지경이 되면 오라버니는 어쩌실 거지요? 저도 똑같아요. 그래서 그런 거여요."

"……똑같지 않아."

제 무릎에 얹힌 작은 손을, 평소보다 더한 무표정으로 물끄러미 보고 있던 단이 시선을 들었다.

"나는, 너와 다르다."

그리고 그는 눈을 깜박거리는 희에게 희미한 비소悲笑를 지었다.

"손 놓고 있을 거란 뜻은 아니니 놀랄 것 없다. 도리어 반대지. 네가 그리되는 날은 놈들이 빛을 보는 마지막 날이다."

놀라지는 않았다. 진의를 파악할 수 없어서 잠시 당황했을 뿐이었다. 하지만 희는 그것을 물으려다가, 그가 덧붙인 말에 혀를 깨물 뻔했다. 그저 듣기 좋으라고 혹은 엄포를 놓는 말이 아닌 건 너무나 잘 알 수 있었다. 말릴 생각을 하지는 못할망정 기뻐하는 스스로가 사실 다모로서 실격이란 생각을 하면서 희는 가장 솔직한 대꾸를 골랐다.

"그런 일 없도록 조심할게요."

"그래야지."

"꼭 그럴게요. 그러니까…… 요번만 눈감아 주시기여요?"

단은 입을 열었다가, 닫았다. 재차 열린 입에서 한숨이 나오는가 싶더니 마지못한 허락이 떨어졌다.

"조심하여라."

"네!"

비밀이 없어진 데에 대한 안심으로 생글생글 웃는 희에게 단이 못 말리겠다는 듯 픽 웃었다. 금세 지워진 그 자리를 차지한 것이 고민임을, 희는 대번에 알아보았다. 이미 허락의 말을 입 밖으로 낸 이상 더 언급하지 않을 사람이었다. 그래도 다른 할 말이 있는 건가 싶어 물어보려는 사이 그는 결정을 내렸다.

"밥 한술 뜨고 가렴."

"아니어요, 오늘은 집에 일찍 들어가 봐야 할 거 같아서요."

내색 없어도 아쉬워하고 있음이 분명한 단에게 다음에는 천천히 놀다 가겠다고 말해 둔 희는 방 밖으로 나와 신을 꿰었다.

집으로 향하는 마음은 한결 가벼웠다. 관에는 여전히 은밀해야 할 터이지만 수인에게만 조금 미안할 뿐, 윗사람에게 잘 보이고자 허술한 증거로 생사람 잡으려던 그런 자들에게 희는 양심의 가책 따위 느끼지 않았다.

그나저나 오라버니가 탈바가지 잡는 일을 알게 된 것을 나리께서도 아셔야 하는데. 하긴 일이 이리될 줄 다 짐작한 게 빤한 분이긴 했다.

다음에 말해야지, 중얼거린 희는 '다음' 이 두 밤만 자면 온다는 사실을 자각하고 있었다. 하지만 자신의 발걸음이 조금 전보다 더 씩씩해진 것까지는 깨닫지 못했다.

은은한 묵향이 방 안을 감돌았다.

호롱 위로 곱게 타오르는 작은 불은 흔들림 없이 고요하고 묵지墨池에 고이는 먹물은 차분하게 제빛을 냈다. 천천히 원을 그리며 일정한 소리를 내던 손길은 잠시 멈추어 먹을 내려놓고 붓을 들었다. 흠뻑 적신 붓 끝이 펼쳐진 선지宣紙 위에 오르는가 싶더니 이내 미끄러지듯 흐르기 시작했다.

負痾頹簷下 퇴락한 처마 아래서 고질병 앓아
終日無一欣 종일토록 한 가지 즐거움도 없도다
藥石有時閒 약으로 가끔씩 차도 있으면
念我意中人 내 마음 속 사람들을 생각하노라[8]

망설임은 없었고 필체 또한 유려했다. 그러나 마지막 구절에 눈길이 잠시 멈춘 사이 떨어진 한 방울의 얼룩이, 다음 글귀의 자리를 차지하고 말았다.

8) 도연명陶淵明, 〈시주적조사示周續祖謝〉 중

명원은 혀를 찼다. 딱히 장황을 할 것도 아니요 심심파적 삼아 써 보는 것이니 무시하고 이어 가도 상관없건만 그는 에라, 다 귀찮다는 태도로 붓을 던지듯 내려놓고 보료 위에 드러누웠다. 종이 반자가 깔린 천장은 별다른 꾸밈 없이 소박했다. 그럼에도 팔베개를 한 명원의 눈에는 음영이 세심한 무늬를 그리는 것처럼 보였다.

그것참 꼭 사람 얼굴 같군.

무심코 중얼거린 명원은 단숨에 기분이 나빠졌다.

아니, 실은 처음부터 그랬다. 이미 더는 나빠질 수 없을 만큼의 상태에서 어찌 좀 참아 보겠다고 붓을 들고 설쳐 본 거였다. 하필 골라도 그런 시를 고르는 바람에 도루묵 되었지만.

본가의 자리를 지킨 지 오늘로 엿새째였다. 즉 정했던 기한의 마지막 날로 내일 드디어 '귀한 그림이 후금에 팔리게' 되는 것으로, 지난 닷새를 허무하게 넘긴 도적이 노릴 유일한 기회인 셈이었다. 그에 비해 방만하기까지 한 태도로 누워 있는 명원에게서는 조금의 경계심도 엿보이지 않았다. 도적의 목적이 그림 자체가 아니라는 점을 확신하기 때문이었다.

이러다 뒤통수를 맞는다면 되레 홀가분할 것 같았다. 그 정도 머리를 굴릴 줄 아는 놈이어야 상대할 맛이 나니까. 더구나 그놈 하나 잡겠다고 포기한 게 한둘이 아닌 이상 꼭 그래 주었으면 싶었다. 하지만 아무래도 그게 아닐 것 같아서, 명원의 불쾌감은 가시지 않았다.

탈 쓴 도적을 붙잡는 일에 그리 큰 관심이 있었던 건 아니었다. 별놈도 다 있다고 생각했고, 그 탓에 희가 바빠지게 된 게 마음에 들지 않는 정도였다. 그랬던 것이 일이 얽히려고 그랬는지 단이 누명을 쓴 데에 분기탱천한 희를 말리기 위한 미끼로 쓰게 되어 여기까지 왔다.

사실 명원은 단이 탈 쓴 도적을 모른다고 했다던 말은 애초부터 믿지 않았다. 한 번도 아니고 무려 일곱 번이나 밤마실을 다닌 자이니, 그는 있을 수 없는 일이었다. 그러나 명원 자신도 가진 패를 다 보이지 않고 사는 마당에 상대에게 그것을 요구할 수 없는 노릇이라, 그러려니 넘어갔다. 만약 단이 잡혀 들어간 직후의 도적질에서 '난 예 있다. 너희들은 엉뚱한 자를 잡은 것이다' 따위의 조롱을 남겼다면 백발백중 단이 연관되어 있고 그를 빼내기 위한 짓이었겠으나 현실은 달랐고 그래서 명원은 희에게도 입을 닫았다. 다만 이제는, 잡고 싶다를 넘어 집착의 수위에서 위험스럽게 일렁이고 있었다. 만나러 가지도 못하고 오지도 못하니 독수공방이 별것이랴.

문득 명원은 귀를 기울였다.

아니나 다를까, 조용한 안뜰에 나타난 기척은 그의 방에 점차 가까워지고 있었다. 이내 나직한 음성이 누운 채 기다리던 명원을 일으켜 세웠다.

"나다. 일 없으면 잠시 들어가마."

"있을 리가요, 형님. 오르시지요."

명원이 양보한 아랫목 보료 위에 자리 잡은 이명윤李明奫은 잠시의 여유를 사이에 두고 말을 건넸다.

"우선 경계는 하고 있다만 내 보기엔 결국 아니 올 것 같구나."

"그러게 말입니다. 기껏 형님까지 나서 주셨는데 면목이 없네요."

명원은 뒷목을 긁적였다.

그림 소문으로 도적을 유인하는 데에 가장 큰 벽은 바로 부친이었다. 자신을 천덕꾸러기로 보는 부친에게 새삼 사정을 설명할 수도 없고 그것을 믿어 준다는 보장도 바닥이라, 명원은 그나마 그가 하고 다니는 짓을 짐작하고 묵인하는 마음 넓은 형님에게 도움을 청했다. 성실하고 유능한 역관으로 제 몫 이상을 하는 장자를 무조건 믿는 부친은 "잠깐 알아보고 싶은 것이 있어 이러저러한 말을 흘렸는데 모른 척해 주십시오."라는 명윤의 청에 묻지도 않고 고개를 끄덕였더랬다.

"별소릴 다 한다."

명윤이 잔잔하게 웃었다.

"너라면 아무 일 없다는 것에서 또 알아낸 게 있을 터, 헛수고는 아니지."

"과연 형님이십니다."

"어쩐 일이냐? 때늦은 아부를 다 하고."

두 갈래의 웃음소리가 불빛을 타고 방 안에 너울거렸다. 명윤이 말했다.

"하면 내일부터는 또 얼굴 보기 힘들겠구나."

"무어…… 봐서 좋은 얼굴도 아닌데요."

"갑갑해하는 걸 알아 붙들지는 못하겠다만 나는 좋았다. 아마 아버님도 내색은 아니 하셔도 그리 생각하셨을 거야."

이것 참. 명원은 머쓱해져 괜히 가렵지도 않은 턱을 긁으며 시선을 비껴갔다. 진심으로 하는 말이니 오히려 못 이기겠다. 얼른 심중을 뒤집는 동안 두어 번의 헛기침으로 낯선 침묵을 메운 그는 가라앉아 있던 다른 화젯거리를 떠올려 냈다.

"한데 형님은 궁금한 것도 없소? 영 묻지를 아니하시네."

"모르는 게 약이란 말도 있지 않더냐. 복잡한 일들은 네가 맡아 주고 내게는 적당히 걸러 주니 나야 고마운 일이지."

명윤은 이립而立이 다 되어 가도록 잡과 응시는커녕 하는 일 없이 기방에 둥지를 틀고 노닥대는 한량이라고들 하는 아우의 진면목은 실상 따로 있음을 잘 알았다. 애석하게도 부친은 모르는 모양이지만 그래서 그는 부친에게도 아우에게도 책임감을 느끼고 있었다.

"그래도 내일 해 뜨자마자 박차고 나가지는 말고. 알아서 잘할 터이니 굳이 조심하라고 하지는 않으마."

"우리 형님 수단이 좋아지셨네. 벌써 다 말씀하시고는."

명원은 픽 웃었다.

"무어, 어차피 나루터에서 서성대서 구색을 갖추어야 하니 한낮에나 움직이려고요."

그림을 파는 척할 필요가 있다는 말에 명윤이 고개를 끄덕였다. 쉬라는 말을 마지막으로 남기고 일어나려던 명윤은 마음을 바꾸었다.

"참. 그래도 꼭 한 가지는 궁금한 것이 있었다."

"무언데요?"

"네가 알고 지내는 참한 다모 처자. 그 이름을 좀 알아도 되겠느냐?"

명원은 순간 눈도 깜박하지 못했다.

전혀 예상치 못한 질문을 가볍게 던져서 명원으로 하여금 아무 말도 표정도 짓지 못하게 만들어 놓은 명윤은 서궤 위에 방치된 선지 위 얼룩을 보며 재미있다는 듯 웃었다.

"이런 실수는 처음 본다 싶었는데, 의중인意中人이라. 이 구절에 네 형수에게 들은 얘기가 생각나더라."

그러고 보니 형수 숙영淑英은 희를 만난 적 있었더랬다. 그래도 딱 한 번뿐이었고 벌써 해가 지난 일을 여직 기억하다니. 놀람이 가시고 다소 여유를 찾은 명원은 어깻짓을 했다.

"숨긴 것도 아닌데 무얼 그리 조심스레 떠보시나."

"숨긴 건 아니지. 그래도 방금 내가 물었을 때 당황하지 않았느냐? 너답지 않게."

예리한 지적이었다. 명원은 헛웃음 외의 다른 반응을 생각해 내지 못했다. 꿋꿋이 답을 기다리고 있는 형님을 향해 여는 입은 이상하게도 그 안이 바싹 마른 것만 같았다.

"유희. 외자로 빛날 희를 쓴답디다."

"고운 이름이구나. 네 형수가 제대로 보았다면 잘 어울리겠다."

"그야 당연히…… 제대로 보셨겠지."

명원은 새삼 이처럼 어색한 기분이 드는 이유를 알 수 없었다. 다른 사람들 앞에서는 '잘 어울리지.' 라고 쉽게 말했을 터인데. 형제인 명윤의 탓일까 아니면 여러모로 그를 바꾸고 있는 희의 탓일까. 드물게 난해한 그 문제의 답을, 명윤은 다 알고 있노라 말하듯 푸근한 웃음을 지었다.

"언제 시간 내서 직접 인사를 나누고 싶구나. 그래도 되려나?"

"……만나면 한 번 물어보지요."

"부담 가질 필요는 없다고 전해 주렴. 아우가 신세를 지는데 형으로서 인사를 하는 게 당연하니까."

이미 한참 늦은 셈이지만 더 늦기 전에 말을 해 두어 다행이라는 명윤에게 명원이 놓치지 않고 항의했다.

“신세는 누가 진답니까, 되레 그 댁에서 잘 돌봐 준다 고마워하여야 마땅하거든요.”

“참, 그 댁은 무얼 하지?”

……긁어 부스럼이군.

대충 넘기고 보내려고 했는데 말이 길어질 틈을 내주었다. 명원이 금방 대답을 하지 않자 명윤은 아차 하는 얼굴이 되었다. 다모는 관비에서 차출한다는 상식을 떠올린 게 분명한 형님이 괜한 말을 했다 자책하기 전에 명원은 얼른 대답했다.

“편모슬하로, 장터에서 밥집을 합니다. 양민인데 종사관 나리께서 특별히 데려오셨다 들었고요.”

“그렇구나. 나어린 처자가 영특하고 담이 큰 모양이다.”

“너무 커서 탈인데요.”

그뿐인가. 호기심도 쓸데없이 많아 기이하다 싶으면 답을 알아야 성에 차고, 오지랖은 또 어찌나 넓은지 불쌍하다 싶은 사람이 눈에 띄면 띄는 대로 족족 무엇이라도 해 주려 든다. 그러니 그의 고생이 얼마나 우심한지, 그걸 뉘라서 알아주랴. 심지어 핏줄 나눈 형님조차 무심코 흘린 진심을 듣고도 싱글거리는 마당인 것을. 명원은 들으란 듯이 한숨을 쉬었다.

“형님. 말씀 다 하셨소?”

“일단은. 참, 내일 만날 때 안부 좀 전해 다오.”

“예, 예.”

적당히 대답한 명원은 ‘내일 만난다’는 전제는 자연스럽게 수긍했다는 사실을 깨달았다. 행인지 불행인지 명윤은 놀리지 않고 그저 더 깊어진 웃음을 만면에 띤 채 방을 나섰다.

혼자가 된 명원은 잠시 그대로 앉아 있다가 다시 보료 위로 옮겨 갔다. 그리고 명윤이 오기 전과 똑같은 자세로 돌아갔다. 방금 얘기를 나누어서 그런지 천장의 무늬가 조금 전보다 한결 더 선명해진 듯한 착각을 불러일으켰다.

명원은 빙그레 따라 웃으면서, 도적이 살인자가 아니길 간절히 바랐다.

단의 몫이 아니기를.

결국 새벽이 밝아지도록 도적놈은 코빼기도 비치지 않았다.

아침상을 받고 뭉그적거린 명원은 부친이 출타하자마자 뒤도 돌아보지 않고 길을 나섰다. 예정대로 나루터를 대충 돌아다녀 얼굴을 비춰 준 다음 이곳저곳을 다니던 그의 발걸음은 어느덧 화구점들이 모인 골목으로 향했다.

“주인장 계신가?”

“아이고, 어서 오십시오, 나리.”

여 씨가 반색하며 몸을 일으켰다. 한가한 시간인지 웬 후줄근한 사내와 탁자에 앉아 머리를 맞대고 뭔가를 들여다보고 있었다. 명원의 눈길이 그쪽을 향하자 여 씨가 사내를 그에게 소개했다.

“요 골목 끝에서 점을 쳐서 먹고사는 구씨 노인입니다. 종종 놀러 오지요.”

“훤칠한 미장부께도 점을 봐 드릴깝쇼?”

“아니, 되었네.”

히죽 웃는 구 노인에게 손을 저은 명원은 여 씨를 끌어 슬며시 가게 안쪽으로 데려갔다.

“별다른 일은 없었는가?”

“예에. 참, 말씀하신 역관 이 부자 댁네 귀한 그림을 탐내는 분들이 계시는데 어찌할까요?”

“많은가?”

“명단을 추려 드릴 수도 있습죠. 소문이 꽤 장하게 났거든요.”

“이리도 실속이 없어서야 원.”

“예?”

“아닐세, 아무것도. 그림은 대륙에 팔렸다더군. 또 누가 묻거든 그리 알려 주게나.”

고개를 주억거리는 여 씨에게 명원이 목소리를 깔았다.

"다른 명단도 추려 줄 수 있겠나?"

"어떤……?"

"내 벗이 원하던 그것. 다들 눈에 불을 켜고 찾고 있다고 하였잖은가. 그 반대도 있는지 알고 싶네."

"반대라 하시면?"

"관심이 없는 자."

여 씨가 눈을 끔벅거렸다. 명원은 덧붙여 설명했다.

"재력과 물욕이 있는데도 유독 그 소문에만 귀를 닫은 것처럼 보이는 자들이 있을 거라 보네."

"……알아보겠습니다, 나리."

"깊이 캘 필요는 없어. 집안만 알아도 충분하니까."

아직 아무런 정보도 없는 일에 괜스레 그네들 심기만 건드려 여 씨에게 해가 갈 것을 염려한 명원이 한마디를 보탰다. 이 정도면 여상스럽다 생각했건만 감이 좋은 편인지 여 씨가 조금 전보다 더 진중한 표정으로 조용한 가게 안을 두리번거리더니 은밀하게 물었다.

"그 그림의 실마리라고 보십니까요?"

"글쎄. 그저 한번 알아보고자 하는 것이니 그 질문은 시기상조라 답해야겠군."

어깻짓을 한 명원은 한발 앞서 돌아 나왔다. 여 씨 외에도 말을 좀 더 풀어 두려면 부지런히 움직여야 했다.

가게 밖으로 나가려던 명원의 시야에 문득 구 노인이 들여다보는 서책이 들어왔다. 언뜻 주역의 풀이처럼 보이지만 그보다 더 질서가 없고 단순한 듯 복잡한 그것에 무심코 걸음을 멈추니 구 노인이 올려다보았다.

"새점 따위와 비교할 게 아니올시다, 나리. 주역과 토정 대감大鑑의 비서를 섞어 천기를 읽는 소인만의 비법을 터득하기까지 십 년이 걸렸습니다요. 이름자만 알면 운세고 궁합이고 간에 읽는 건 순식간입죠. 주인장 손님이시니 어디 한번 공짜로 봐 드릴까?"

"……이름자만 알면 되나?"

이런 건 한낱 귀가 가려운 헛말이나 매한가지라는 걸 잘 알지만. 명원은 속는 셈 치더라도 뭐 어떠랴, 그만 마음이 동했다.

"아무렴요. 성부터 대 보시구려."

"유宥일세."

"유가라, 이중에 어떤 겁니까요?"

뒤적뒤적 손끝에 침을 발라 가며 책장을 넘긴 구 노인이 탁탁 두드리는 구절을 보자 유씨 성을 나타내는 한자가 있었다. 柳, 劉, 俞, 庾. 다만 어느 것도 희가 쓰는 이름은 아니었다. 그게 아니라 이런 거라고 손가락으로 써 보이자 구 노인이 황당하다는 얼굴을 했다.

"이게 무슨 성씨요, 나리? 이런 글자는 없는뎁쇼."

"없기는, 지금도 잘 쓰고 있는데."

"나리께서요?"

"아니. 나 말고."

"그럼 잘못 알고 계신 모양일세. 이건 그냥 용서할 유 자지, 이걸 성씨로 쓴다는 말은 육십 평생 처음 들어 봅니다."

"……그래서, 아니 봐 주겠다는 건가?"

"아니 보는 게 아니라 못 보는 게지요. 세상에 없는 성씨를 만들어 다니면 무슨 재주로 그걸 읽겠소? 천지신명도 그건 무립니다요."

"아무튼 알겠네."

딱 잘라 대꾸한 명원은 뒤따라 나온 여 씨에게 인사를 건네는 둥 마는 둥 가게를 뒤로했다. 그러게 무엇 하러 생판 아니 하던 짓을 한다고 해, 쓸데없이. 재미 삼아 궁합 한 번 보려다가 괜히 기분만 잡쳤다. 합合을 알 수 없다는 말이 앞을 내다볼 수 없고 그 어떤 기약도 할 수 없는 이 관계를 노골적으로 지적한 것과 같이 여겨진 탓이었다. 어디 가서 말하기도 우스운 비약이지만 그 순간의 울컥한 심정은 분명 진지했다. 지금의 속상함과 마찬가지로.

정말 별생각을 다 하게 되는군.

명원은 잠시 투덜거린 후 샛길로 빠져나갔다.

남은 볼일을 끝내고 나니 배가 슬슬 출출해져 오는 참이었다. 명원은 하늘을 보고 시간을 가늠했다. 느긋하게 채우고 있다 보면 그 아이가 퇴청할 때와 얼추 맞아 들겠다. 가던 길을 되짚는 그의 걸음이 조금 가벼워졌다.

"어서 오셔요, 나리."

뒤뜰에서 부엌으로 땔감을 나르던 찬열이 그를 보더니 제법 친근하게 맞이했다. 처음에는 희 때문에 오게 되었지만 이 밥집 주인의 음식 솜씨 덕에 굳이 희와 동행하지 않아도 종종 들른 터라 그는 어느새 단골이 되어 있었다. 평상에서 개다리소반 하나를 막 치우던 희의 모친은 그만큼 반기지는 않았으나 단골은 단골, 명원은 비워진 평상을 태연하게 차지하고 앉았다.

"국밥 하나 말아 주게. 술은 천천히 하지."

"예, 나리."

희와 같이 왔을 적에 굳이 친밀함을 감추지 않았더니 희 모는 나름대로 헤아리고 셈을 끝낸 듯했다. 딸에게 추파를 던지는 한량이라고 경계하지도, 팔자 고칠 기회라고 반색하지도 않고 그저 통이 크고 딸이 가끔 신세를 지는 고마운 손님쯤으로 대하는 느낌이었다. 다만 그러면서도 그를 돌아보는 시선은 가끔 경계와 관찰의 사이를 오갔다. 음식을 갖다주는 사이 짧게 닿아 오는 이 눈길도 그와 비슷했다.

명원은 그것이 전혀 불쾌하지 않았다. 희가 어머니 밑에서 평범한 애정을 받으며 지내고 있다는 방증이니 오히려 그 반대였다. 그래서 그는 싹싹하게 인사를 했다.

"고맙네, 잘 먹음세."

"천만에요."

별난 놈 다 본다는 눈까지는 아니었지만 다소 무뚝뚝하게 대꾸한 희 모가 돌아섰다. 숟가락을 들던 명원은 문득 떠오른 생각에 그녀를 붙들었다.

"내, 한 가지 물어도 되겠나?"

"……딸아이라면 늦지는 아니할 거라 하였습니다만."

"아니, 그게 아닐세."

일석이조로군. 명원은 그건 하나도 안 궁금했다는 듯 점잖게 고개를 저었다.

"그 아이 성씨는 자네 것인가?"

문득 그녀의 눈길이 똑바로 닿아 왔다.

업둥이, 혹은 업둥이를 가장한 희의 사정을 그가 알고 있음에 놀라는 눈치는 없었다. 어떤 의도인지 무슨 저의인지 파악하려는 듯 들여다보는 예리한 시선을 담담하게 흘려보내며 기다리고 있자니, 희 모가 곧 눈을 아래로 했다.

"아니오. 새로이 지어 주었더랬습니다."

역시 그랬군.

"하면 성씨도 아닌 글자를 택한 연유가 달리 있는가?"

희 모는 바로 대답하지 않고 명원을 물끄러미 바라보았다. 그러나 그녀는 명원의 우려대로 왜 질문이 두 가지냐며 지적하는 대신 나직하게 답했다.

"용서할 줄 아는 아이이기를 바라서 그리한 것입니다."

무엇에 대해서인지 굳이 묻지 않아도 희를 보면 알 수 있다. 그 아이가 실망하고 슬퍼하면서도 똑바로 마주하려 애쓰는 것은 언제나, 일개 사람이 아닌 세상인 것을.

명원의 입가가 슬며시 풀어졌다.

"이름은 곧 세상에서 가장 짧은 주呪라. 그 적절한 경우를 예서 보는군."

세상에 관하여 용서가 필요할 만큼의 잔인한 일면을 알고 있고 그럼에도 복수가 아닌 포용을 가르치는 여인의 얼굴은 세월의 흔적으로 남은 주름조차 고왔다. 그 모친에 그 여식이라. 명원은 진심을 담아 덧붙였다.

"내 장담하네만 천지간에 그만치 잘 어울리는 두 글자는 달리 없을 걸세."

"……그러하다면 다행이지요. 감사합니다, 나리."

"내가 감사할 일이지."

"예?"

아차.

"어찌 나리께서 인사를 하십니까?"

무심코 흘러나온 대꾸에 잠시 안온했던 여인의 표정이 되돌아갔다. 그렇다고 아무것도 아니라고 부정하기는 싫어서 명원은 괜한 헛기침 두어 번으로 여유를 찾아 태연하게 대답했다.

"무어, 여러 가지로."

글쎄 그 여러 가지가 무엇무엇이냐 당장 바른대로 대지 못할까! 날카로운 눈빛은 당장이라도 그리 호령할 것처럼 번뜩였으나 희 모는 더는 묻지 않고 돌아섰다.

부엌으로 향하는 그 뒷모습을 바라보던 명원은 드물게 가슴을 쓸어내리며 숟가락을 놀렸다.

국밥 한 그릇을 깨끗이 비우고 술병이 두어 번 갈리는 동안 해가 뉘엿뉘엿 저물어 갔다. 땅거미가 깔리기 시작하는데도 희는 좀처럼 모습을 드러내지 않고 있었다. 본의 아니게 엿새나 만나지 못했던 데다 예까지 와서 그냥 갈 수 없다는 오기가 얽혀 명원은 주변 손들이 몇 번씩 바뀌거나 말거나 묵묵히 잔을 비우고 자리를 지켰다. 중요한 일이 있는 거라 짐작한 듯, 희 모나 찬열 또한 그런 그를 야박하게 내모는 대신 술이나 안주가 떨어진다 싶으면 말없이 상을 채워 주었다.

이대로 밤을 새우지는 아니하겠지. 하긴 어느 쪽이건 상관없는 일이라고 속으로 어깻짓을 한 명원이 술병을 들었다가 비어 있음을 알고 새롭게 청하기 위해 두리번거리던 참이었다. 어두워진 골목을 밝히는 등불 빛 사이로 희가 불쑥 나타났다.

"다녀왔습니다……. 어!"

어깨가 처진 채 안뜰로 들어오던 희는 마침 그쪽을 돌아본 명원과 눈이 마주치자 외마디 소리를 내더니 한달음에 달려왔다.

명원은 희를 물끄러미 올려다보았다. 할 말이 분명 많았는데 하나도 떠오르지 않았다. 그저, 놀라면서도 반가워하는 솔직한 표정을 가득 담은 이 말간 얼굴이 그리웠다는 생각뿐.

천장의 음영 따위와 비교도 할 수 없는 생기에 무심코 불쑥 튀어 나간 명원의 손은, 간신히 방향을 틀어 술병을 잡았다.

"……술이 떨어졌다."

"아, 예! 금방 가져올게요."

"넌 앉아 있고."

금방이라도 돌아설 것 같아 냉큼 덧붙이자 희는 씩 웃으며 찬열에게 손짓하고는 상을 가운데 두고 그와 마주했다.

"한데 어찌 여기 계십니까? 언제 오셨어요?"

"해도 졌는데 대관절 어딜 그리 다니느냐? 퇴청하면 냉큼 들어오지 아니하고선."

밤새 기다려도 괜찮다고 생각한 것이 무색하게도, 네가 보고 싶어 왔다는 대꾸가 순순히 나오지 않았다. 그러게 좀 적당히 기다리게 할 것이지. 명원의 면박에 희는 입을 삐죽거렸다.

"이게 다 뉘 탓인데요."

"하? 하면 내 탓이란 말이냐?"

"나리께서 별채에 아니 계셔서 괜한 헛걸음을 하였으니 따지자면 그런 셈이지요."

내 앞에서 우길 줄도 알고 제법 간이 커졌다는 지적은, 나오기도 전에 막히고 말았다. 작게 코웃음을 친 희가 고개를 모로 돌렸다. 그 불퉁한 옆얼굴에 마음 한구석이 짠해져 와서 명원은 할 말을 금방 찾지 못했다. 희 몫의 국밥과 새 술을 들고 온 찬열이 미묘한 침묵에 눈치껏 얼른 자리를 떴다.

이내 흘러나온 명원의 목소리는 평온했다.

"없는 줄 알면 그냥 돌아오지 무얼 기다려."

"기다렸다고 한 적은 없는데요."

"꼭 들어야 맛이더냐. 내가 예서 너 올 때까지 술을 몇 병이나 팔아 주었는지 네가 구구절절 들어야 알 일은 아닌 것과 같은 이치다."

감정을 실어 국에 숟가락을 힘차게 내리꽂던 희가 고개를 들었다. 단순한 농이 아니란 걸 안 모양인지 다소 누그러진 기색으로 입을 연다.

"오래 기다리셨어요?"

명원은 그만 웃고 말았다. 서로 엇갈린 것뿐인데 어찌 심술궂게 그러느냐 반박해 오기는커녕 걱정을 내비치는 희가 너무 사랑스러워서, 왜 나는 별채에 있지 아니하였던가 후회가 될 지경이었다. 하기는 보는 눈이 많아도 문제지만 전혀 없는 것 또한 나름대로 문제였겠다.

희는 어쩐 일인지 홍조를 띤 채로 대답을 기다리고 있었다. 명원은 여느 때처럼 농을 섞으려다 생각을 바꾸었다.

"아니, 마음 쓸 것 없다. 얼마가 되었든 배불리 먹고 편하게 있었으니."

"예에."

"때가 늦었으니 어서 먹어라. 그간 별일은 없었고? 아까 들어올 때 보니 기운이 없어 뵈던데."

"아, 아니어요. 그거야 나리를 못 뵙고 와서 그런 거고요. 별다른 일은 없었습니다."

뒷머리를 긁적인 희는 자신이 방금 얼마나 위험한 말을 했는지 꿈에서도 모를 순진한 얼굴로 화제를 바꾸었다.

"저, 그럼 결국 이번 모사는 실패한 거로군요."

"실패라기보다는 가능성 하나를 확인한 셈 치자꾸나. 오늘 일단 한 바퀴 돌아보았는데 달리 들리는 건 없더라."

"저도 눈치껏 귀를 열어 두고 있었는데 별 소용은 없었습니다. 그렇다는 건 그림 자체는 중요하지 아니하다는 거군요."

"그래. 누군가를 솎아 낼 미끼로 쓴 게지."

명원은 희가 밥을 맛나게도 먹는 동안 다른 방향으로 선을 대 놓은 얘기를 해 주었다.

"지금껏 그림에 관심이 있을 법한 자들을 캐 보았다가 나오지 아니하였으니 이번엔 아예 관심 없어 하는 자들을 한번 훑어볼까 한다."

고개를 주억거리던 희는 갑자기 숟가락을 놓더니 멋쩍게 웃었다.

"저…… 실은 이제 단 오라버니도 아시거든요. 그 일을 부탁드려 볼까요?"

"일단은 두어라. 생각 좀 해 보고."

이미 짐작했던 탓에 금방 대답할 수 있었지만, 그럴 줄 알았음에도 불구하고 말만큼이나 선선한 기분이 아닌 건 어쩐 일인지. 명원은 우선 한 잔 기울인 다음 지적했다.

"들켰다고 해서 우리 일이 단박에 그쪽 일 되는 거 아니다."

"그래도 같이 움직이면 더 빨리 진전될 것 같아서 그러지요 무어. 서로 맞춰 보아야 정확해지는 정보도 있을 수 있으니까요."

"네 뜻은 알겠으니 우선 두고 보자."

명원이 딱 잘랐다.

"당장 내일 무언가 나올지도 모르는 일이고."

희의 조리 있는 의견은 단에 대한 명원의 꺼림칙함을 넘어서지 못했다. '우리' 와 '그쪽' 이라는 표현에 대해 희가 자연스럽게 수긍하는 태도를 보였어도 마찬가지였다. 유치한 투기의 발로라는 것은 안다. 희가 단을 생각하는 마음은 연모가 아닌 정이라는 것도 안다. 아는데, 오라비가 어디 보통 오라비여야 말이지.

조금 아쉬운 눈치이긴 해도 군말 없이 다시 국밥을 퍼 먹기 시작한 희를 바라보는 명원은 복잡한 기분이 되었다. 출생이나 하는 일이 유별난 것도 모자라 오라비라고 하나 있는 것을 또 그리 범상치 않은 놈으로 앉혀 두다니. 감탄스럽기도 하고 기가 막히기도 하고, 또한 이토록 다사다난하게 살면서도 여직 저리도 순박한 구석이 있는 걸 보면 희 또한 범상치 아니한 건 매한가지니 당연하다 싶기도 했다.

"제 얼굴에 무엇이 묻었습니까?"

얼른 입가를 훔치는 희를 내버려 두고 그는 술잔 하나를 더 청해 받았다. 그리고 희에게 불쑥 내밀어 그녀가 얼결에 받아 들게 된 잔을 가득 채워 주었다.

"너도 한잔하거라. 사람을 앞에 두고 자작하려니 영 맛이 나질 아니한다."

"감사합니다."

찰랑거릴 만큼 부었는데도 움찔하기는커녕 좋아라 생글거리며 냉큼 인사를 한다. 그는 피식 웃으며 기분 좋게 잔을 부딪쳤고, 희가 넘치는 술에 황급히 입을 대는 모습을 보며 더 크게 웃었다.

"여 씨가 죽었네! 살해당했어."

장침에 기댄 채 느긋하게 늘어져 있던 명원의 몸이 순식간에 벌떡 일으켜 세워졌다.

난데없이 뛰어들어 기척을 낼 여유도 없이 별채의 문을 열어젖힘과 동시에 비보를 전한 명국은 급히 달려온 양어깨를 들썩이고 있었다. 꼿꼿이 앉아 그런 벗을 뚫어져라 응시하던 명원이 내뱉듯 물었다.

"언제, 어디서?"

"몰라. 웬 뒷골목에 쓰러져 있던 걸 이제 발견한 모양이야. 일선에 끼게 된 구경꾼이 단청소 잡일꾼인데 내가 몇 번 데려간 덕에 알아보고 바로 달려왔더라고."

"살인이라는 건 어찌 알고?"

"나도 물어보았더니 모를 리가 없겠다 하더군. 갈 거지?"

명국의 말이 끝나기도 전에 명원은 이미 입고 있던 옷을 벗어 던지고 방 한 구석의 농으로 다가가 뒤적이고 있었다. 문간에 서서 초조하게 기다리고 있던 명국은 그가 농 안의 것을 죄 들어낼 기세로 옷들을 마구 헤집다가 깊숙한 곳에서 비단 두루마기를 꺼내자 기가 찬 모양이었다.

"지금 차려입을 정신이 있나?"

벗의 질책을 귓등으로 흘려 넘기며 명원은 꿋꿋하게 반쯤 비치는 제일 좋은 갓과 옥으로 된 갓끈까지 골라 썼다. 누가 보아도 체신 높은 양반 댁의 귀한 자제였다.

"가세."

"당최 자네 속내는 알 수가 없어. 평소에는 차림새엔 신경도 아니 쓰더니."

툴툴거리면서 명국은 앞장서 안내했다. 명원이 옷을 갖춰 입느라 낭비한 시간을 벌충하기라도 하려는 듯 걸음은 놀랄 만큼 재빨랐지만, 거구인 덕에 명원이 그 뒷모습을 놓칠 일은 없었다.

이윽고 두 사람은 달리다시피 한 걸음을 멈추었다.

숨이 턱까지 차 있는 명국이 손가락을 뻗어 주지 않아도 사람들이 몰려 이른 아침의 고요를 잃어버린 그 골목은 달리 착각할 여지가 없었다. 포졸들이 막 도착한 듯 사람들을 물리며 금줄을 치는 중이었다.

명원은 명국을 남겨 두고 거침없이 무리들 속을 헤집어 들어갔다. 돌담 아래, 이질적으로 비워진 공간에 무언가가 거적으로 길게 덮여 있었다. 사람들의 맨 앞에 선 명원은 아직 완성되지 못한 금줄 안으로 망설임 없이 들어갔다.

"아니, 이보시오!"

놀라 막아서려던 포졸이 명원의 화려한 행색을 보더니 순간 주춤거렸다. 명원은 틈을 놓치지 않고 시신에게 다가가 거적을 젖혔다.

"……아."

여 씨가, 맞았다.

다만 이틀 전 가게에 들렀을 때 마지막으로 보았던 그 온화한 모습은 아니었다. 엎드린 자세의 그는 부릅뜬 눈으로 앞을 노려본 채로 죽어 있었다. 응등그러지게 문 입술은 다 터져서 피가 비칠 정도였고, 앞으로 뻗은 양손에는 흙이 가득했다. 품에서 손수건을 꺼내 가린 손으로 여 씨의 한 손을 뒤집어 본 명원은 손톱이 거의 빠져 있을 정도로 피투성이가 되어 있는 것에 다시금 놀랐다. 양손 모두 마찬가지였다.

"어허! 어찌 이러시오. 당장 물러나시오!"

포졸 두엇이 강제로 일으켜 세우는 힘에 순순히 따르며 명원은 시신의 발치를 보았다. 아니나 다를까, 무거운 것이 질질 끌린 자국이 땅바닥 위에 선명했다.

"골목 전체에 금줄을 치십시오. 한참을 기어온 듯하니 출발점을 찾아야 합니다."

"아 글쎄, 나가 있으라니까!"

인내심을 잃은 듯 포졸의 말투와 밀어 내는 손길도 난폭해졌다. 외중에 옷이 더러워졌으나 소기의 목적은 달성한 마당이라 거들떠보지도 않았다. 명원은 멍하니 사람들 틈새로 빠져나오면서 방금 본 모든 것을 돌이켰다.

우연이 아니었다. 그럴 수 있을 리가 없다. 고작 이틀이란 시간 사이에 여 씨가 다른 사람에게서 다른 일을 받아 조사하다가 봉변을 당했을 거란 가능성은 집어치워도 좋은 것이었다. 더욱이 자신이 말한 것은 '그림' 이니, 화구상인 여 씨로서는 잘 아는 사람에게 당했다고 추측할 수가 있고, 그 추측은 여 씨의 참혹한 모습으로 쉽게 이어졌다.

"살인이라는 건 어찌 알고?"

"나도 물어보았더니 모를 리가 없겠다 하더군."

한껏 일그러진 얼굴. 치켜뜬 눈. 입술이 끊어질 듯 깨물고 있던 이. 그것들이 말하고 있는 것은 분노였다. 자신의 죽음에 대해서뿐만이 아니라 상대에 대해서. 단순히 예상 못한 죽음에의 노기怒氣라고 착각할 수가 없을 정도로 선명하고 강렬한 그것은 지금껏 명원 자신이 보아 온 그 어떤 것보다도 '한恨' 에 가까웠다.

……내 실수다.

조금 더 신중했어야 했다. 명원은 이를 악물었다. 이제 와 돌이켜 보면 여 씨는 아마 그의 말에서 금방 실마리를 찾아냈는지도 몰랐다. 어찌 되었건 이쪽 바닥에서 먹고사는 처지였으니까. 더 깊게 생각한 다음에 말을 꺼냈어야 했는데. 아니, 차라리 애초에 다른 사람만 통하고 여 씨는 그대로 놔두었더라면…….

무겁게 짓누르는 자책과 후회에 갇힌 명원은 주위를 돌아보지 않았다. 그 탓에, 누군가가 강한 힘으로 팔을 잡아채고 어깨를 붙들어 옆 골목으로 끌어가는 데에 아무런 방비 없이 속수무책으로 당하고 말았다.

"누……!"

퍼뜩 현실로 돌아와 뿌리치려 했을 때는 이미 으슥한 담벼락에 내몰린 후였다.

거세게 부딪친 등의 고통을 느낄 새도 없이 이번에는 옷깃이 틀어잡혔다. 온몸을 긴장시켰던 명원은 자신의 멱살을 쥐고 있는 단을 크게 뜬 눈으로 쳐다보았다.

"그 아이가, 한자리에 있었습니까?"

굳은 얼굴 위로 형형하게 빛나는 단의 두 눈은 살기마저 띠고 있었다.

"……무어?"

"만약 그랬다면, 결코 가만있지 아니할 겁니다. 무슨 수를 써서라도 당신이 그 값을 치르게 하겠어."

만약이라고 하면서도 확신에 찬 손길은 당장에라도 목을 조를 듯 더욱 힘이 실렸다. 숨 쉬기가 힘들 정도였으나 명원은 단을 밀어 내기보다 그가 하는 말부터 곱씹었다.

기가 막힌 결론을 도출해 내기까지는 금방이었다.

명원은 울컥 치미는 화를 누르고 단의 손목을 붙들어 숨통을 조금 틔웠다. 반박할 수 있을 정도로.

"지금 그대가 실수하고 있다고는 하지 않겠소. 비록 그 아이가 온갖 험한 꼴을 다 보고 다닌다 하여도 그 앞에서 그대가 폭력을 행사하였다면 나 역시 이리 나왔을 터인즉슨."

차분한 말에 단의 얼굴 위로 희미한 의구심이 스쳐 갔다.

"……아니란 말입니까?"

"그대가 아닌 확률과 비슷한 정도로."

정적이 흘렀다.

명원은 참인지 거짓인지 꿰뚫어 보려는 듯한 단의 시선을 눈도 깜박이지 않고 받아쳤다.

잠시 후, 단이 천천히 손을 풀었다. 그러면서도 내키지 않는 표정을 하는 그에게 명원이 옷매무시를 가다듬으며 말했다.

"내가 저자를 죽였고 심지어 그 아이가 함께 있었을 거란 그 대범한 발상은 대체 어디서 튀어나온 건지 모르겠군."

"모른다고요?"

단은 기가 찬 듯 반문했다. 이어진 말에, 명원은 아연해졌다.

"둘이서 쫓고 있었잖습니까. 저자가 그 탈 쓴 도적이니까요."

六

거센 바람이 불어닥쳤다.

휩쓸린 구름이 이리저리 흩어지는 와중에, 고요히 떠 있던 달을 가리고 말았다. 그 틈을 타 어느 담벼락의 그림자에서 더 작고 요요한 그림자 하나가 떨어져 나왔다.

번番을 서는 순라군들의 기척을 피해 어둠에서 어둠으로 옮겨 가는 몸놀림은 능숙하고 재빨랐다. 도성에서 낮이 가장 오래 남아 있는 수진방조차 잠에 빠져 정적마저 감도는 골목을 헤아리던 그림자는 뒷문 하나가 열려 있음을 확인하고 미끄러지듯 들어갔다.

깊숙이 자리한 별채에서는 은은한 불빛이 새어 나왔다. 뒤늦게 고개를 내민 달이 모습을 드러내게 했지만 안마당에 들어선 희의 태도는 느긋했다.

댓돌 위에는 갖신 한 켤레가 놓여 있었다. 희는 그 곁에 자신의 미투리를 나란히 놓고 마루로 올라 방문 앞으로 다가갔다. 이미 자신의 기척을 알고 있을 터라 짧은 손기척만으로도 충분했다.

소리 없이 열린 문틈으로 서궤 앞에 앉아 있는 뒷모습이 보였다. 희는 눈을 크게 떴다. 돌아본 사람은 역시나 명원이 아닌 단이었다.

음영이 드리워진 그의 얼굴에 안도감이 스쳤다. 등 뒤로 문을 닫은 희는 크지도 않은 방 안을 둘러보았다.

"어찌 혼자 계셔요? 나리는요?"

"글쎄. 잠시 나갔다 온다더라."

뒷간에라도 가셨나. 희는 명원의 빈자리와도 앉아 있는 단과도 적당히 떨어진 중간 자리에 앉았다. 어디 가도 빠지지 않을 번듯한 사내들인 데다 한자리에서 보기란 더더욱 드문 기회이니만큼, 곧 명원이 들어와 앉으면 그런 두 사람을 같이 두고 보고 싶어서였다.

단의 얼굴에 짧은 흔들림이 지나간 것도 모른 채 희는 그를 재촉했다.

"그러니까, 일이 어찌 된 거라고요?"

각자 건드리지 말고 제 갈 길 가자 협의라도 한 양 서로 다른 곳을 보고 있던 두 사내를 한자리에 모여 터놓고 얘기하도록 만든 그 일이 과연 무엇인지, 희는 너무나 궁금했다.

단은 금방 대답하지 않았다. 두근두근하며 얌전히 기다린 희는 이윽고 흘러나온 나직한 목소리로 인해 단번에 충격에 빠졌다.

"탈 쓴 도적은 진작 알고 있었다."

……무어?

"네가 옳게 보았다. 밤손이 두 번이나 나타나고도 새로 풀리는 물건이 없다는 게 기이했어. 그래 눈여겨보다가 세 번째로 나타났을 때 잡았었지."

"그……!"

무심코 높아진 목소리를 간신히 붙든 희가 억눌린 목소리로 물었다.

"그런데, 어찌 놓아주셨어요?"

"마음에 들었거든."

단이 차분하게 말을 이었다.

"필히 찾아야 할 것이 있으니 제삼자는 관여하지 말라는 소리를 내 소굴에서 내 사람들을 사방에 두르고도 당당하게 할 수 있는 배짱이 제법이었다. 달리 누굴 해할 생각도 없고 물을 흐릴 생각도 없다, 찾을 것만 찾으면 미련 없이 사라질 것이라 하기에 믿노라 말하고 보내 주었지. 그 뒤로 다시 본 적은 없고."

생각지도 못한 사실에 희의 머릿속이 순식간에 엉클어졌다. 그녀는 복잡해진 그 틈새로 간신히 알아야 할 것들을 찾아냈다.

"그러면…… 오라버니가 누명을 썼던 그 살인은요?"

"탈 쓴 도적과는 상관없었다. 나와 대면한 날, 한자리에 있었던 사람 중 한 명이 죽은 그놈이었으니까. 그때 이미 얼굴을 보았지만 서로 아무런 동요가 없었고 일면식도 없던 것이 분명했다. 살인자는 따로 있다는 뜻이지."

"……뒤늦게 알게 되었다면요?"

"그랬다면 즉시 날 찾아왔을 거다. 그 정도는 되는 자였어."

"왜……, 왜 저가 그 얘기를 할 때 그리 모르는 척을 하셨어요?"

"그건."

묻는 족족 대답하던 단이 멈칫, 입을 다물었다. 그리고 드물게 난처해하며 시선을 빗겼다.

"……미안하다."

잠시 후에야 그가 힘겹게 중얼거렸다.

"일이 이리 커질 줄은 몰랐어. 그리고 이 일은…… 도당과 도적 간의 거래였으니. 네가 아는 것이 너에게 위험할 것 같았단다."

이번에 할 말을 잃은 것은 희였다.

그녀의 두 손안에서 옷자락이 힘껏 구겨졌다. 바보 같은 질문을 하고 말았다. 아니, 잔인한 질문이었다. 단 오라버니가 얼마나 자신을 아껴 주는지 잘 알고 있으면서. 당연히 희 자신을 위해서 한 행동임이 분명한데도 굳이 물음을 던져 스스로 도당이란 단어를 뱉게 만들고 저처럼 씁쓸한 표정을 짓게 만들어 버렸다.

무슨 말부터 어찌해야 좋을지 몰라 희는 좀처럼 입을 떼지 못했다. 단 역시 마찬가지인지 방 안은 어둠보다 더욱 무거운 침묵으로 채워졌다.

방문이 열리고 명원이 들어선 것은 그때였다.

"좀 늦었소."

"아, 저, 저 왔습니다. 나리."

희는 반사적으로 몸을 일으켜 그를 맞이했다. 미동도 하지 않는 단을 지나쳐 보료 위에 앉은 명원은 침체된 분위기는 아랑곳없이 여상스럽게 말을 꺼냈다.

"그래서, 나는 어디서부터 얘기하면 되는 거요?"

"……처음부터 하시지요."

그들을 번갈아 보던 희는 방금 엄청난 사실을 들었음에도 그것이 이제 자신이 알게 될 내용에 아예 열외라는 점을 깨달았다. 대체 무엇이 더 있어서? 그녀가 명원에게 집중하자 그가 곧 입을 열었다.

"전날 새벽에 일어난 화구상 살인에 대해 들었느냐?"

"아, 네. 시신이 발견된 곳이 저희 쪽 구역이라 좌포청으로 넘어온 사건인데요."

"그이를 죽인 것은 나이기도 하다."

이건 또 무슨 소리인가.

희는 정색했다. 명원은 담담한 태도 그대로 조곤조곤 설명을 이어 갔다. 벗을 통해 알게 된 자인데 정보를 얻기 위해 청을 넣었고, 그 과정에서 살해당한 것으로 추정된다는 사정이었다.

화구상이라면……. 희가 자신의 기억을 조심스럽게 확인했다.

"일전에 그 그림에 관심이 있는 자가 너무 많아 이번에는 반대로 관심이 아예 없는 자를 훑어보마 하셨지요? 하면 그 일을 알아보다가 변을 당한 건가요?"

"그런 것 같다."

고개를 끄덕인 명원은 입을 다물었다. 할 말이 없어서가 아니라 너무 많아서 혹은 감정을 다스리기 위함이라는 걸 알 수 있어 희는 가슴이 아팠다. 그의 말이 아직 끝나지 않았다는 것 역시 알 수 있었지만, 그녀는 저도 모르게 끼어들었다.

"운이 나빴을 뿐입니다! 나리의 탓이 아니어요."

"아니."

명원이 희미하게 웃으며 희를 보았다.

"네 말을 듣지 아니한 내 탓이 맞다."

"……예?"

"네 말대로 진즉 네 오라비와 얘기를 나눴다면 내가 그이를 개입시켰을 리가 없고, 지금도 살아 있을 가능성이 크거든."

"그러셨을 리가 없었다고요?"

"그자가 바로 탈 쓴 도적이었다 하니."

희는 입을 딱 벌렸다.

넋 놓은 듯 멍하니 쳐다보는 것이 십중팔구 백치처럼 보일 것을 알면서도, 그녀는 다른 표정을 짓지 못했다. 명원과 단을 번갈아 쳐다보는 동안 두 사람은 웃음기라고는 일절 찾아볼 수 없는 얼굴로 마주 봐 주었다.

"차…… 참말로요?"

미처 경악에서 깨어나지 못한 희가 표정보다 더 바보 같은 질문을 해 버렸다. 누구에게랄 것 없이 던져진 그 물음에 명원이 대답했다.

"그러니 내 탓이란 거다."

"내 탓이기도 하고."

단이 덧붙였다.

그러고선 스스로 발언에 담긴 무게에 눌린 것처럼 입을 꾹 다물어 버린 두 사내를, 희는 번갈아 쳐다보고는 이내 고개를 휘휘 저었다.

"아니어요!"

나지막하지만 강한 외침에 명원과 단의 시선이 그녀에게로 향했다. 희는 한 마디 한 마디에 힘을 실었다.

"그리들 생각하시면 아니 되어요. 탓을 한다면 딱 한 명, 죄를 짓고도 빠져나가고 감히 두 분을 자책하게 만든 죄까지 짓고 있는 그 몹쓸 놈 탓이지요! 이럴 게 아니라 놈을 잡아서 죗값을 단단히 치르게 하여야 할 것이고요. 두 분 잘못이 정히 있다고 한다면 지금 놈을 어찌 잡아 족칠지 그 궁리를 할 때인데 중한 시간을 쓸데없는 생각으로 까먹고 계시다는 거여요. 다른 이유로 두 분을 탓하겠다고 하는 놈이 있으면 나오라고 하셔요, 저가 확 정신 차리게 해 줄 터이니!"

말하면서 울컥해진 희는 꼭 쥔 주먹을 허공에 휘둘렀다.

그런 그녀를 웃지도 않고 물끄러미 바라보고 있던 두 사내는 문득, 눈을 마주했다. 그들은 지금 이 순간 상대가 생각하는 바가 무엇인지 너무나 환하게 알 수 있었다. 자신과 한 치 어긋남 없이 똑같을 것이 분명했다…… 만약, 이 자리에 저자가 없었다면.

“그러니 두 분 다 어울리지도 아니하는 자책은 관두시고, 이제부터라도 힘을 모아서 그놈을 잡아 버리자고요.”

희는 부러 농을 섞으며 없는 말주변으로나마 열심히 말했다. 평소 알고 있던 그들답지 않게 말없이 서로 멍하니 보고만 있는 모습들이 안타깝기 그지없었다.

뭔가 더 기운 날 말이 없는지 머릿속을 열심히 굴려 보던 희에게 문득 희미한 웃음과 섞여 나직하게 흘러나온 한숨이 닿아 왔다. 그녀가 익숙한 소리에 고개를 들자 아니나 다를까, 이쪽을 보고 있는 단과 눈이 마주쳤다.

“그래.”

그러나 입을 열어 대답을 한 쪽은 명원이었다. 희의 시선을 붙든 그가 반쪽 웃음을 지으며 자세를 고쳤다.

“이럴 때가 아니지. 어디 한번 잡아 보자꾸나.”

“네!”

“감히 이 몸의 뒤통수를 친 놈의 면상을 봐야 속이 후련하겠다.”

“이제 좀 저가 아는 분 같으시네요.”

대번에 기분이 나아진 희가 씩 웃었다. 그녀는 명원과 단을 번갈아 보며 못을 박았다.

“그럼 이제 같이 움직이시는 거지요?”

“네 오라비가 하겠다면야 내 무슨 수로 반대할까.”

명원이 천연덕스럽게 공을 단에게 넘겼다. 단은 자신에게 집중된 시선들 앞에서 잠깐 께름칙한 기색을 나타냈다가 짧게 답했다.

“이번만이라면.”

“에이, 그럼요! 두 분이 같이 나서실 일이 또 있으면 큰일 나게요?”

희는 행여나 단의 마음이 바뀔세라 얼른 말을 받았다. 벌써부터 범인을 다

잡아 놓은 것처럼 든든한 기분이 들어 저절로 웃음이 났다. 그런 그녀를 보며 명원이 피식 웃었다.

"그리 좋아할 것 없다. 같이 한다고 해 봐야 사이좋게 손잡고 뛸 것도 아닌데."

"예?"

"네 오라비는 이미 하는 일이 있고, 내가 여 씨를 끌어들였으니 그이의 일은 내 몫이라. 각자 알아서 하다가 우연히 줍게 되는 정보나 교환하는 정도겠지."

듣고 보니 그렇다. 단 역시 침묵으로 그 말을 인정하고 있었다. 제 먹잇감은 양보하지 않고 상대의 것도 건드리지 않겠다는 것이다. 그래도 아예 나 몰라라 하는 것보다야 진전된 건 분명하기에 희의 실망감은 미미했다. 고개를 주억거린 그녀가 기대하며 물었다.

"그럼 저는요?"

"너? 너는 네 할 일이나 잘하면 되지."

그게 뭐야!

인제 와서 자신을 배제하는 건가 싶어 항의하려던 희는 직전에 한 가지 사실을 깨달았다.

"둘 다 좌포청 사건이니까…… 포청 일을 열심히 하면 되는군요."

"이젠 제법 진중해졌구나."

무턱대고 성질내지도 아니하고. 장난스러운 명원의 말에 희가 입술을 삐죽였다. 말씀을 꼭 그리 하시니 그러지 무어.

"허나 네가 반드시 약조할 것이 있다."

네 생각 다 안다는 듯 잠깐 웃은 명원은 언제 그랬나 싶을 만큼 진지하게 희와 눈을 맞추었다.

"위험한 일은 절대로 하지 마라."

살짝 긴장했던 희는 매일 듣는 소리에 안심하고 선선히 고개를 끄덕였다. 그러나 명원의 말은 끝나지 않았다.

"결코 혼자 움직여서는 아니 된다. 설사 단서를 찾아내도, 둘 중 누군가는 반드시 너와 함께 있어야 해."

"네?"

희가 눈을 깜박거리다가 재차 확인했다.

"만약에, 그 찾아낸 단서가 진짜 엄청 결정적이고, 시급을 막 다투고, 그런데 두 분 다 연락이 없으시면요?"

"진득하니 기다려야지."

"두 분한테 더 바쁜 일이 있으시고 저는 손이 비는데도요?"

"그런 만약 따윈 없어."

명원은 단호했다. 이런 게 바로 이도 안 들어갈 것 같다고 하는 거겠지. 희는 눈을 굴리다가 반문했다.

"앞으로 무슨 일이 있을지도 모르는데 어찌 장담하셔요?"

"그야 달리 바쁜 일이 있을 리 없으니까."

너의 일보다.

귀를 통하지 않고 직접 전달된 말을 들은 희의 심장이 크게 뛰었다.

희는 입을 다물었다. 명원은 당연한 말을 한 것처럼 웃음기라고는 찾아볼 수 없는 얼굴이었다. 계속 보고 있다간 얼굴이 빨개질 것 같아서 단을 쳐다본 희는 그가 진지하게 고개를 끄덕이는 모습에 다시금 할 말을 잃었다. 그녀는 주저하다가 중얼거리듯 말했다.

"그래도…… 혹시나요."

"글쎄 그런 것 따위 없대도."

딱 잘라 말한 명원이 어쩐지 한심하다는 눈으로 희를 보았다.

"모르는 척이라면 놔두겠다만 정말 모르고 있으니 원. 나나 이 사람에게는 그것만큼 장담하기 쉬운 일은 또 없다. 그러니 예, 하고 대답이나 내놓거라."

묵묵히 듣고 있던 단은 명원을 흘끗 보았지만 부정하지 않았다. 그러기는커녕 대답을 종용하듯 희를 다시 물끄러미 쳐다볼 뿐이었다. 물론 각자 다른 의미겠지만 위압감마저 느껴지는 단단한 눈빛은 똑같았다. 그런 두 사람의 시선 앞에서 희는 결국 뺨이 달아오르고 말았다.

그녀는 입술을 감쳐물었다가 입을 열었다.
"예. ……고맙습니다."
"그런 말 들을 일은 아니다만."
단이 나직한 목소리로 대꾸했다. 피식 웃은 명원이 장난스럽게 핀잔을 던졌다.
"그리 봐주기만 하니 알 만한 것도 여직 모르는 게지."
"아, 압니다!"
명원을 향한 단의 눈매가 서늘해진 순간, 희가 냉큼 끼어들었다. 두 사람의 정색한 시선이 함께 날아오는 바람에 무심코 주춤거렸지만 그녀는 꿋꿋하게 말을 이었다.
"오라버니도, 나리께서도…… 저를 분에 넘칠 정도로 아껴 주시는 거 잘 알고 있습니다. 앞으로 더욱 조심할 터이니 염려 마셔요."
웃을 줄 알았던 명원은 오히려 말이 없었다. 대답을 한 쪽은 단이었다.
"그래. 그럼 되었다."
희미하게 웃으며 고개를 끄덕인 단은 명원에게로 고개를 돌렸다.
"하면 이만 일어나겠습니다."
"그러시오, 얘기는 얼추 끝났으니."
"아, 그럼 저도 이만……."
몸을 일으키는 단을 따라 희도 슬그머니 일어섰다. 조금 아쉽긴 하지만 밤도 깊었는데 굳이 뒤에 남는 것도 이상한 일이니 별수 없다고 생각하다가 제풀에 얼굴을 붉혔다. 그런 그녀의 마음을 아는지 모르는지, 명원은 "동행이 든든하니 두 다리 뻗고 자겠다."는 농담 같은 말로 두 사람을 배웅했다.
"가자."
향월루 뒷문을 넘으면서부터 단이 앞장섰다. 순라군들을 피해 길을 엮는 단의 걸음에는 주저함이 없었고, 희는 자신이 왔던 길이 아님에도 일말의 불안도 없이 조용히 그 뒤를 따랐다.
이윽고 그가 멈춰 선 곳은 어둠 속에 잠긴 희의 집이 보이는 길목에서였다.

"조심히 들어가렴."

바로 코앞까지 데려다주고서도 단의 나지막한 말에는 진심이 어려 있었다. 오라버니답다고 생각하며 희는 빙그레 웃었다.

"오라버니도 조심히 들어가셔요. 푹 쉬시고요."

"그래."

"더는 자책하시기 없기여요?"

"아무렴. 네가 그리 열심히 위로해 주었는데."

"당연한 소리였는데요 무얼. 그럼 담에 또 뵈어요."

희는 재빨리 집으로 향했다. 마당 안으로 들어서서 사립문을 닫은 그녀는 무심코 조금 전 서 있었던 자리로 시선을 던졌다. 보이는 것은 그림자뿐이었으나 그녀는 그가 여전히 이쪽을 지켜보고 있으리라는 사실을 알 수 있었다. 아마 자신이 방으로 들어가는 순간까지, 계속.

희는 고개를 꾸벅 숙여 보이고 몸을 돌렸다.

잠시 후 바깥에서의 인기척이 완전히 사라졌을 무렵 그림자의 일부가 소리 없이 움직이기 시작했다.

그것은 곧 또 다른 어둠 속으로 녹아들었고, 희미한 중얼거림과 함께 자취를 감추었다.

"그래. 그러면 되었지……."

七

소리 없이 열린 문틈 사이로 매캐한 냄새가 물씬 흘러나왔다.

탄내 같으면서도 시큼하고 또 결은 다르지만 날것의 비린내 같기도 한, 죽음과 가장 가까운 그 독특한 냄새가 행여 밖으로 새어 나가 오가는 사람들의 주의를 끌까 봐 희는 얼른 안으로 들어와 등 뒤로 문을 닫았다.

크지도 작지도 않은 검안소檢案所는 한낮임에도 창 앞에 드리운 발로 어두컴

컴했다.

안쪽의 시체실로 통하는 맞모금의 문과 벽에 걸린 갖가지 도구와 책장, 탁자와 의자, 그리고 그곳에 앉아 엎드린 채 졸고 있는 사람을 차례대로 확인한 그녀는 발소리를 죽이며 책장 앞으로 다가갔다. 언뜻 마구잡이로 꽂혀 있는 것처럼 보이지만 일정한 규칙으로 정렬된 검안서檢案書의 초고들을 바라보는 희의 눈은 매우 진지했다.

희는 자신이 찾아야 할 것의 위치를 단번에 찾아내어 서책을 집어 들었다. 그러나 몇 장을 채 넘기기도 전에 그녀의 손놀림이 멈추었다. 그녀는 겉표지의 일자를 확인하고 고개를 갸웃하며 제자리로 돌려놓았다. 그리고 몇 번 더 찾아보다가 한 칸 옆의 다른 서책들을 뒤지기 시작했다. 책을 빼냈다가 소득 없이 꽂아 놓기만을 수차, 희의 얼굴이 조금씩 굳어지기 시작할 때였다.

"야."

멈칫, 희의 동작이 정지했다. 들으란 듯 거센 한숨이 그녀의 등을 두드렸다.

"뒤적거리지 말고 바로 찾으라던 말은 요깃거리로 씹어 먹었냐. 자는 척하기도 힘들다."

"죄송합니다."

희가 뒷머리를 긁적거렸다.

"한데 아무래도 여기 없는 것 같아서요."

"없기는, 네가 못 찾는 게지. 어쩐 일인가 싶긴 하다마는."

"진짠데요……."

희의 소심한 중얼거림을 귓등으로 흘려들은 백 의생醫生이 몸을 일으키며 물었다.

"그래서 누굴 보려는 건데?"

"이틀 전에 죽은 화구상 여 씨요."

"아, 그건 없는 게 맞네. 김근석 군관님이 갖고 가셨다."

백 의생은 다시 자리에 털썩 앉았다. '그거 보시라' 고 말할 마음이 사라진 희가 의문을 솔직하게 드러냈다.

"어? 그건 그쪽 일이 아니실 터인데."

"너는 네 일이라고 찾고 앉았냐."

피식 비웃은 백 의생이 어깨를 추슬렀다.

"무어, 사정이 달라져서 그분이 맡게 될 수도 있거든."

"사정이요?"

"그 왜, 노공이 죽었는데 탈 쓴 도적놈이 처음 살인했다고 시끄럽던 적 있잖느냐. 두 사건의 범인이 아무래도 그놈이 그놈일 것 같더라고."

희는 놀란 나머지 되묻지도 못한 채 눈만 부릅떴다. "그래서 그때의 담당자가 다 떠맡은 게지."라는 백 의생의 덧붙임을 귓전으로 흘리며 그녀는 그 의미를 되새겼다. 단 오라버니가 쫓고 있는 자가…… 여 씨를 죽였을지도 모른다고?

"어찌 그게 같은 놈이 되어요?"

"우선 찔린 상처의 너비와 깊이 등 남겨진 형태가 거의 일치하고, 둘 다 오른손잡이인 데다 신체의 급소를 매우 잘 안다는 점에서다. 첫 번째는 폐를 정확히 찔러 즉사하게 하였고 분풀이처럼 한 번 더 쑤신 위치도 마구잡이가 아닌데, 두 번째는 교묘하게 급소만 피해서 사자死者가 오랫동안 고통받게 만들었지. 그토록 당한 뒤 길가에 버려지고도 정신이 남아 한참을 기어 다닐 수 있었을 정도로."

네 일 아니라고 빈정거리던 태도와 달리 백 의생의 대답은 시원스러웠다.

"또 두 번째 시신의 자창(刺創, 찔린 상처)마다 끝이 날카롭지 아니하니, 만약 끝이 부러졌기 때문이라면 첫 번째 시신에서 나온 쇠붙이와 들어맞는 얘기지."

"……."

"물론 흉기를 보기 전까지는 가능성일 뿐이다만."

"내기를 하시라면 무엇까지 거실 수 있으신데요?"

"내 내자內子."

즉답하고 히죽 웃는 그의 태도로는 그만큼 자신이 있다는 것인지 아니면 그 반대의 의미인지 가늠하기 어려웠다. 희의 모호한 표정이 웃겼는지 그가 킬킬

거리더니 친절하게 덧붙여 주었다.

"아니면 내 오른손."

"……왼손잡이시잖아요."

"하면 너는 오른손만 쓰고 사느냐?"

그의 핀잔을 들으며 희는 생각에 잠겼다. 일이 이리되면 결국 목표는 한 명이 되는 셈인데…….

"달리 참고할 만한 건요?"

"안면 근육의 뒤틀린 정도로 보아 두 사건 모두 면식범이 한 짓이야. 노공은 신고된 신상과 신체 특징이 거의 일치하였는데 화구상은 화구만 만진 몸치고는 아주 거칠고 탄탄하더라. 사지를 끈으로 묶은 흔적이 있고, 제법 부드러운 천이라 범인은 중인 이상으로 보인다. 죽일 사람 죽이는 데에 부러 더 좋은 끈을 준비할 필요는 없으니 즉 손 닿는 대로 집어도 그런 것이었다는 게지. 아, 종아리와 팔이 눌린 형태가 남아 있는 걸 보면 먼저 손목 발목이 묶인 다음에 등받이 있는 의자에 다시 묶였고."

"……그걸 전부 다 외고 계셔요?"

입을 딱 벌리고 듣고 있던 희가 물었다. 백 의생이 어깨를 으쓱거렸다.

"김 군관 앞에서 한 번 읊은 적이 있고 오늘 사자가 나간다고 해 혹 빠진 것이 있는지 다시 살펴보았거든."

"나간다고요?"

희는 물은 즉시 답을 깨달았다. 초검初檢에 복검覆檢까지 끝나 죽은 원인에 대해서는 의문이 없으니 매장을 했다는 뜻이었다. 그녀가 다시 입을 열었지만 백 의생이 머릿속을 다 들여다본 듯 말했다.

"낮에 지인이 절차를 밟아 수습하여 갔다."

덧붙여진 인상착의는 연담 김명국의 것이었다. 희가 그를 만난 적은 작년 한 번뿐이었으나 쉽게 잊기 힘든 사람이라 대번에 알 수 있었다. 화구상이니 화공을 지인으로 두는 게 전혀 이상한 일이 아니나, 어쩐지 그녀는 그의 곁에 있는 다른 그림자 하나를 엿본 기분이 들었다. 그 사람답다는 생각과 함께.

"아는 자냐? 누구기에 표정이 그리 징그럽누."

"아, 그게……, 예?"

잘못 들었나 하고 되물은 희에게 백 의생은 "주제에 너도 계집은 계집이로구나." 운운 모를 소리나 하고는 바쁘다며 그녀를 내몰았다. 희는 더 물어보고 싶었으나 알아야 할 것은 알아냈고 시간이 없기도 하여 순순히 밖으로 나왔다. 한두 번 있었던 일이 아니라 서로 간에 입막음은 번잡한 일일 뿐이었다.

달콤하게까지 느껴지는 상쾌하고 시원한 공기를 한껏 들이켠 희는 아직 빈 자리가 들키지 않았기를 바라며 서둘러 걸음을 옮겼다.

그 뒤 희는 상해 사건 조사에 따라갔고, 포청으로 돌아오는 길에 대충 핑계를 대어 양해를 구해 슬쩍 옆길로 새어 나왔다. 그런 그녀의 발길이 멈춘 곳은 한낮이라 절간만큼 고요한 향월루였다.

희는 지체 없이 안쪽 별채로 향했으나 그곳은 비어 있었다. 덩그러니 홀로 놓인 섬돌이며 꼭 닫힌 창에 아쉬워하는 대신, 그녀는 품에서 손수건을 꺼냈다.

명원과 같이 일하는 동안 가끔 엇갈려 바로 만나지 못하는 때도 있었다. 이것은 그중 시급을 다투는 용건이 아니거나 지금처럼 잠깐 들른 터라 기다리기 애매한 경우에 쓰는 수단으로, 그녀가 문고리에 손수건을 묶어 두면 그것을 확인한 명원이 희네 집으로 배를 채우러 왔다. 그 손수건은 원래 명원의 것이었기에 그가 잘못 볼 리 없어 상당히 적절한 방법이었다. 희 본인으로 말할 것 같으면 손수건이든 장도든 비슷한 것으로 백 개를 깔아 놓아도 단번에 찾을 수 있다 자신하는 터였고.

이내 손을 떼고 마루에서 내려선 희는 자신의 마음처럼 잘 매어진 손수건을 보며 제풀에 헤헤 부끄러운 웃음을 짓고는 누가 볼세라 얼른 물러나 포청으로 돌아갔다.

운이 좋다면 오늘 저녁에라도 당장 명원을 볼 수 있었다. 기대하지 말자고 다짐에 결심까지 얹어 보아도 퇴청 후 집으로 향하는 희의 발걸음은 한없이 가볍기만 했다.

덕분에 사립문 안으로 들어서는 순간 이쪽을 향해 등진 채 앉아 있는 뒷모습 하나가 매우 낯익은 것이, 희는 조금도 이상하지 않았다.

희는 자꾸만 하늘로 솟아오르려는 입가를 누르며 모친과 찬열에게 고갯짓으로 인사를 하고 그에게로 다가갔다. 난데없이 찬열이 가로막기 전까지.

"왜?"

"허, 얘 좀 보게. 아주 사람 잡겠네."

찬열이 기가 막힌다는 듯 과장되게 하늘을 보았다.

"네 손님 거니까 네가 가져가라고."

저도 모르게 눈에 힘이 들어갔던 희가 금세 샐쭉 웃으며 찬열이 내미는 술병을 두 손으로 받아 들었다. 그리고 피식 웃는 그를 뒤로하고 걸어가 조촐한 개다리소반 위에 부러 탁 소리를 내며 술병을 내려놓았다.

"오늘도 감사합니다, 손님."

"오냐."

막 잔을 비우고 있던 명원은 놀라지도 않고 대꾸했다. 고개를 든 그의 눈가와 입매에 걸린 또렷한 웃음에 찰나 희의 심장이 성큼 뜀박질했다. 평소에도 느물거리고 능청스럽게 잘 웃는데 때로는 깊숙이 넣어 둔 무언가를 드러내는 것처럼 마냥 부드럽고 다정해서, 희로서는 나름대로 면역이 되었다 생각하다가도 마주 웃지 못할 만큼 설레고 말았다.

"무어 그리 멍하니 섰어, 처음 보는 사람처럼."

아무것도 못 하고 서 있다가 결국 타박을 들은 희는 그제야 슬그머니 그의 맞은편에 엉덩이를 걸쳤다. 멀뚱하게 그런 희를 보던 명원은 이내 찬열을 불러 세워 국밥 한 그릇과 술잔 하나를 더 내오라 일렀다. 희가 신을 벗고 제대로 마주 앉자, 명원이 품에서 손수건을 꺼내 상 위에 놓았다. 희는 손수건을 돌려받고 물었다.

"일 때문에 나가 계셨어요?"

"본가에도 잠시 들르고."

"아, 춘부장께서는 별고 없으시지요?"

"너무 건재하신 나머지 금세 도망 나왔다."

"헤에. 일은 진전이 있으셨고요?"

"……그건 내가 할 소리지."

명원이 한 손을 들어 희의 이마를 손가락으로 꾹 뒤로 밀었다. 목소리를 낮추면서 무심결에 몸을 앞으로 내밀었던 희는 머쓱하게 자세를 바로 했다.

"숨넘어가겠다. 뉘 잡으러 오거들랑 내 책임지고 막아 줄 터이니 밥이나 먹고 얘기하자."

그저 농이라는 걸 알면서도 터무니없을 만큼 든든하게 느껴졌다. 만약 실제로 그런 일이 벌어지면 진심이 될 거라는 사실도 알 수 있었기에 여러모로 참 듣기 좋은 말이었다. 희가 무심결에 실없는 웃음을 흘리는 참에, 찬열이 따뜻한 김이 오르고 있는 국밥과 술잔을 갖다주었다.

희는 냉큼 술병을 들어 명원의 잔을 채웠다. 술병을 건네받은 명원은 "배부터 채우고 술을 마셔야 탈이 나지 아니한다."고 한마디 하면서도 희에게 술을 넘칠 만큼 넉넉히 부어 주었다.

술만 받아 둔 희가 밥을 먹는 동안 혼자 느긋하게 술잔을 기울이고 있던 명원이 문득 입을 열었다.

"그러고 보니 내 형님이 언제 한번 너를 보자시더라."

"……쿨럭!"

잘 넘어가던 밥알이 목구멍에 탁, 걸리고 말았다.

희는 가슴팍을 두드리며 캑캑거렸고 명원은 그런 희를 황당하게 쳐다보았다. 희는 찬열이 눈치 빠르게 날라다 준 물그릇 한 사발을 반쯤 들이켜고서야 겨우 수습을 할 수 있었다. 인제 좀 살 만하네. 길게 한숨을 쉬는 그녀에게 명원이 어처구니없는 심경을 가감 없이 나타냈다.

"내가 대체 무슨 말을 하였기에?"

"아니, 그것이…… 워낙 생각지도 못한 말씀이라서요."

희는 결례가 될 뻔했음을 뒤늦게 깨닫고 뒷머리를 긁적거렸다. 그러나 여태 언질조차 없었던 얘기니 놀라지 말라는 게 무리였다. 명원은 픽 웃으며 물음

없는 답을 주었다.

"내가 자주 어울려 다니는 다모가 뉘인지 궁금하시단다. 무어, 그게 전부가 아니긴 하겠다만."

"그…… 그게 전부가 아니면요?"

그간 한 번도 만난 적이 없고 언급하기로도 한 손에 꼽힐 정도였으니 자신이 그분에게 잘못이나 결례를 저지른 일이 있다면 그것이 더 이상할 일이지만, 희는 묻지 않을 수가 없었다.

물끄러미 쳐다보는 명원의 침묵이 왜인지 점점 길어져 희의 불안이 뭉게뭉게 부피를 늘려 갈 무렵 명원이 입을 열었다.

"형수님에게서 네 얘기를 들으신 모양이라."

"아……."

희의 머릿속으로 작년에 뵌 적 있는 단아한 작은 마님의 모습이 떠올랐다.

진작 그리 말하지 사람 겁나게 웬 뜸은 그리 들인담. 그제야 이해하게 된 희는 불만을 감추며 긴장을 풀었다.

"그러신 거라면 되레 늦은 감이 있는데요."

"무어, 말 그대로 얼굴이나 보겠다는 것이니 무서워할 필요는 없다. 네 오지랖이 하도 넓어 몸이 열이라도 모자란다는 걸 이미 알고 있어 당장 데려오란 소리도 아니었고."

"무서운 게 아니고요."

오지랖 운운하는 말에 입술을 삐죽인 희가 대답했다.

"그냥 놀라고…… 긴장한 거여요."

"엄살은, 예 올 때마다 일상처럼 겪는 나도 있는데 너도 그 정도는 감수해야지."

"예에?"

희는 무심코 목청을 높였다가 제풀에 놀라 어깨를 움츠렸다. 잠시 집중되었던 이목이 흩어진 뒤에도 그녀의 눈은 제 크기로 돌아갈 줄 몰랐다. 모른 척 술잔을 기울이는 명원에게 희가 물었다.

"나리께서 여기서 긴장을 하신다고요?"

"그야 네 집이니까."

그는 당연하다는 투로 즉답했다.

"첨언하자면 어여쁨 받고 싶어 안달이 나 있지만 방도가 없어 낙심하고 있기도 하지. 그만큼 너는 나와 다닐 때 몸조심을 하는 것만으로도 내게 덕을 쌓는 셈이니 이 얼마나 손쉬운 일이냐."

안색 하나 바뀌지 않고 말하는 명원과 달리, 귀를 의심하며 듣고 있던 희는 점점 얼굴이 달아오르기 시작했다. 무어라 말해야 좋을지 알 수 없어 어물어물하고만 있다가, 결국 도리 없이 국밥 그릇에 코를 박을 듯 고개를 푹 숙여 홍시가 된 얼굴을 감추고 밥 먹기에 열중했다. 귀까지 빨개진 그녀를 보고 있던 명원은 희미한 미소를 지으며 조용히 술을 마셨다.

이윽고 국밥 그릇이 깨끗이 비워졌을 때쯤에는 희도 평정심을 되찾고 알맞은 화젯거리를 꺼낼 수 있었다.

"저어, 그 일 말씀입니다만."

조심스레 운을 뗀 희는 목소리를 낮추고 백 의생과 나눈 얘기들을 풀어놓았다.

"그분 실력이 보통이 아니신지라 그만치 장담하시면 믿으셔도 될 것 같습니다."

"나도 그이에 대한 말은 주워들은 바가 있다."

명원이 고개를 끄덕였고, 희는 눈을 빛냈다.

"하오면 이제는 목적이 하나가 되었으니 일이 더 수월해지겠네요. 물론 각자 알아본 다음 단서를 맞추는 건 그대로겠지만요."

"벌써 다 잡은 얼굴이구나."

명원이 픽 웃으며 말했다.

"확실히 전력이 한데 집중되면 결과도 좋아지겠지. 네 오라비는 알고 있느냐?"

"아니요. 나리께 말씀드린 다음 찾아갈까 하던 참인데요."

"하면 내가 전해 주마. 마침 내일 그쪽에 갈 일이 있으니까."

"……무슨 일이신지 여쭈어도 됩니까?"

"지방에 사람을 보내야 할 일이 생겨서."

명원은 선선히 입을 열었다. 범인이 면식범일 가능성을 두고 여 씨의 주변을 탐색하니 이 년 전 한양에 올라온 그 이전의 내력이 기이할 정도로 없다고 한다. 겨우 잡은 단서가 전라도 땅 남원이라, 이처럼 철저하게 전적을 비밀에 부쳤다면 죽음의 연유가 과거에 있으리라는 판단으로 그쪽을 조사할 예정이라는 말이었다.

"자랑은 아니다만 그동안 제법 열심히 살았노라 자부하였는데 사대문 밖을 나가니 거 아무짝에도 소용이 없더라."

명원이 어깨를 추어올리며 투덜거렸고, 진지하게 듣고 있던 희는 그를 뜨악한 눈으로 쳐다보았다. 아니 이분은 대체……. 조선 팔도의 중심인 한양을 손바닥 위에 올려놓으셨으면 되었지 욕심도 많으시다.

"자랑하시는 거 맞는데요."

"자랑이란 건 내가 너를 두고 남들에게 있는 그대로를 말하는 게 그리되는 거고."

거침없는 대꾸가 또다시 희의 말문을 막았다.

그나마 다행스럽게도, 그는 그녀가 다시 쩔쩔매기 전에 화제를 돌렸다.

"여하튼 내가 잘 전달할 터이니 염려 마라. 어차피 일하다 빠져나올 생각이었겠지. 종사관님이 봐주시는 것도 한두 번일 게 아니냐."

전부 사실이라 희는 고개를 숙이며 "하오면 부탁드리겠습니다."라고만 말할 수밖에 없었다. 자신에게 시켜도 될 일을 직접 하는 데다 오히려 자신의 일까지 맡겠다고 나서 주는 그가 고맙기도 했다. 그녀는 말주변이 없는 자신을 한탄하며 대신 술병을 들어 그의 잔을 채워 주었고, 이나마 할 수 있음에 감사한 마음을 되새겼다.

"그런 연유로 내가 왔소."

도성의 흔하디흔한 어느 주막의 안쪽 방에서 단과 마주 앉은 명원은 남김없이 털어놓았다.

단이 희를 만날 기회를 가로챈 셈이 되는 만큼 감추는 게 현명했을지도 모르지만, 두 마리 토끼가 실상 하나임을 알아낸 건 희였기에 그 점을 건너뛰고 감출 재주는 천하의 이명원에게도 없었다. 그래서 반쯤 자포자기로 말한 것이었는데, 단에게는 그저 뻔뻔하기 짝이 없는 태도로 보였는지 눈매가 한층 날카로워졌다.

그 아이는 제 오라비가 이처럼 손 하나 까닥 않고 사람 숨통을 조이는 인사라는 걸 절대 모르겠지.

과연 모르는 게 약이라 태평하게 생각하는 명원을 향해 이윽고 나지막한 수락이 떨어졌다.

"좋습니다."

왜 이명원이 유희의 몫까지 전달하고 있는지에 대해서는 깔끔하게 무시한 단이 말을 이었다.

"오늘 저녁에 사람 하나를 그리로 보내지요."

"고맙소. 또한 일이 이리되었으니 날짜를 정하여 좀 더 긴밀하게 연락하는 게 어떤가 하오만."

"닷새면 적당할 것 같습니다."

그리고 이어진 짧은 논의 끝에 닷새마다 모일 장소는 명원의 별채로 정해졌다. 마땅히 필요한 논의가 끝이 나자 단이 자신이 알게 된 바를 간략하게 설명했다. 첫 번째 피해자가 투전판에 깊이 발을 들여놓았으며 최근 남몰래 고리대까지 손을 댄 바, 동업자를 알아냈단다. 과연. 그러니 근처에 편히 오가는 다모가 거슬릴 만했겠지. 명원이 물었다.

"그 동업자가 범인일 가능성이 있소?"

"없습니다. 둘 다 잔챙이일 뿐이어서 미행을 붙여 두었는데 연결 고리가 제법 깁니다."

즉 진짜 배후를 찾기까지 시간이 걸린다는 뜻이었다. 명원은 고개를 끄덕였고, 단이 입을 닫는 것을 보고는 얘기를 마무리 지었다.

“그럼 이만 가 보리다. 닷새 후 자시子時를 기다리겠소.”

“앞으로 말씀 삼가십시오.”

그를 묵묵히 바라보다 툭 던진 단의 말이 명원을 붙들었다.

두 사람의 눈이 마주치고, 명원은 반쯤 일으켰던 몸을 다시 주저앉혔다. 그가 물끄러미 바라보자 단이 첨언했다. 정확히 이해시키지 못하면 경고가 제대로 먹히지 않을 것임을 뜻하듯 친절과는 거리가 먼 말투였다.

“아니 모르니, 희 앞에서 괜한 소리 마시란 말입니다.”

“……그 정도 갖고 알 것 같았으면 진작 알고도 남았겠지.”

그때의 말은 자신들의 최우선이 유희의 안위라는 점을 두고 한 말이었다고는 따로 밝히지 않았다. 희가 안다고 단호하게 답한 순간의 놀람은 분명 그보다 진지했었다. 물론 실수했다고 할 생각도 없지만.

번뜩 날아오는 단의 눈빛은 불쾌감을 노골적으로 드러내고 있었다. 단이 다시 말하기 전에 명원이 선수를 쳤다.

“걱정할 필요 없소. 그 아이가 그대를 잃으면 어떤 얼굴을 할지 추호도 궁금하지도 알고 싶지도 아니할뿐더러 상상조차 하기 싫으니까.”

희가 찾아와 패를 써 달란 말을 차마 못하고 제 입술만 끊어 먹을 듯 피를 냈던 그 밤이 명원의 기억 속에서 선연하게 되살아났다.

이유가 무엇이건 그저, 희가 속으로 눈물을 흘리고 있다는 사실만으로도 살이 찢기고 피가 마르는 것 같았더랬다. 그런 기분은 비슷하게라도 두 번 다시 맛보고 싶지 않았다. 하지만 만약 지금 희를 둘러싼 세상이 조금이라도 어그러진다면 언제든 또 보게 될 것이 분명하니, 명원은 희의 세상을 힘닿는 데까지 지켜 줄 작정이었다. 매우 공고한 위치를 차지하고 있는 단을 포함하여.

그러니 단이 굳이 경고하지 않아도 명원은 희가 단의 오랜 연심을 알게 되어 자책하고, 미안해하고, 마음 편히 쉴 수 있는 ‘오라버니’를 잃도록 내버려 둘 생각이 없었다.

서로 전혀 다른 두 사내가 유일하게 마음이 맞는 점이 있다면 바로 이 부분이리라. 그것은 지금 마주한 깊은 눈동자에서 새삼 찾지 않아도 되는 사실로, 어쩌면 명원 자신이 단의 입장이었다고 해도 마찬가지였을 것이기에 확신이 가능했다. 작정하고 나선다면 가장 큰 연적이 될 이 사내에게 매어진 그 무거운 사슬들은 명원에게도 그만큼의 무게를 전달하고 있었다. 자신 역시도 가락지 하나 제대로 안겨 주지 못하는 못난 몸이지만.

……이자가 나를 싫어할 이유가 또 있었군.

그리고 그 이유에 한해서는 오라비인 단 앞에서 무조건 약자가 될 팔자인 이 명원이다. 내심 혀를 차는 명원의 속내를 아는지 모르는지, 읽기 힘든 눈으로 그를 응시하던 단은 이윽고 깊은숨을 뱉었다.

"그 점만큼은 마음이 맞는군요. ……우스갯소리로 들리십니까?"

"아니, 전혀."

저도 모르게 웃고 만 명원이 얼른 부정하며 헛기침을 했다. 단은 매섭게 가늘어진 눈으로 그를 쳐다보더니 이번에야말로 분명한 한숨을 내쉬었다.

"어찌 이리도 박복할까."

"무어?"

희의 얘기임을 재깍 알아들은 명원은 흘려 넘길 수 없는 말에 눈을 부릅떴다. 자신이 희를 만난 것은 운이 좋아서였지만 그렇다고 그게 희가 운이 나쁘다는 뜻은 될 수 없었다. 이어진 단의 차분한 어조에는 한심해하는 기색이 뚜렷했다.

"오라비랍시고 있는 게 이 지경이고 제일 믿는 사람이 이 모양이니 박복하달밖에요."

명원은 반론하려 했지만 불가능한 일이었다. 그는 떨떠름하게 중얼거렸다.

"인생사 새옹지마塞翁之馬라, 벌써부터 그리 한탄할 필요야 있나."

"꼭 변방 늙은이의 말이 돌아올 때까지 기다려 보아야 안답니까."

"……그대가 이리 달변인 줄 미처 몰랐군."

하기야 희와 연관되면 무얼 못한다 할까.

명원은 투덜거리며 일어섰다. 이번에는 단이 잡지 않았고 그는 그대로 단의 은신처에서 벗어나 골목길을 오가는 행인들 사이로 스며들었다.

용건이 진작 끝나 이쯤에서 자리를 털고 나올 수 있었다는 사실에 약간이나마 안도했다는 건 차마 부정하지 못했다.

八

주변을 두리번거리던 희는 신중하게 귀를 기울였다.

어둠에 잠긴 별채 안에서는 숨소리조차 들리지 않는 완전한 정적이 깔려 있었다. 조심스레 손기척을 내어 보아도 역시 아무런 반응이 없어서 희는 의아해졌다. 자의 반 타의 반 야행에 익숙한 그녀는 별을 읽고 시각을 헤아리는 데에도 능숙했는데, 지금은 아무리 봐도 자시가 맞았다. 새삼 되짚어 본 날짜 역시 오늘이라 희는 일단 기다려 보기로 했다. 그녀는 마루에 걸터앉아 있다가 안채 방향에서 불빛이 비치는 것을 보고는 방 안으로 들어갔다.

"먼저 실례하겠습니다."

주인 없는 방에 객이 멋대로 들어가기가 저어되긴 했으나 남들 눈에 띄는 것보다는 나을 것 같았다. 듣는 이 없는 인사를 속삭인 희는 소리 없이 문을 닫고 부싯돌을 찾아 등불을 켰다. 고운 불빛이 은은하게 방 안을 비추는 가운데, 희는 부싯돌을 제자리에 넣고 한쪽에 앉았다. 지난번처럼 명원과 단을 한눈에 볼 수 있을 위치였다.

목표가 하나로 좁혀짐에 따라 닷새 간격으로 모이기로 했다는 것을 알았을 때, 희는 사건의 심각함보다 두근거림을 먼저 느껴 버리고 말았다. 그 두 사람이 한데 뭉치면 알아내지 못할 사연도, 밝히지 못할 죄도 없을 테니까. 단지 시간이 문제일 뿐이라는 것을 믿어 의심치 않았다. 그녀는 그런 그들에게 폐가 되지 않고 한 사람 몫은 해내리라 새삼 결의를 다졌다. 물론 두 사람 다 자신이 끼어드는 것을 탐탁잖아 하겠지만, 걱정 때문이라는 걸 알기에 희는 서운하기는커녕 그 반대였다. 그럴수록 더욱 도움이 되어야겠다고 다짐할 뿐이었다.

……내일부터.

포청의 수사가 아직 별다른 진전이 없어 두 사람에게 들려줄 정보가 없는 걸 떠올린 희의 어깨가 약간 내려갔다.

무어, 설마 벌써 와 있는데 쫓아내기야 하려고. 배포 두둑한 생각을 중얼거린 희는 문득 눈을 들었다. 이젠 제법 편안하다고 여길 만큼 익숙해진 곳이지만 이처럼 혼자 앉아 구경할 기회는 거의 없었던지라 왠지 신기했다. 서랍장과 문갑, 벽에 걸린 옷, 병풍 등을 찬찬히 살펴보던 희는 서탁으로 시선을 돌렸다. 그 한편에 자리한 문방사우 사이에 놓인 연꽃 모양의 작은 연적이 그녀의 주의를 붙들었다.

그녀는 잠깐 망설이다가 무릎걸음으로 서탁 앞에 다가가 그것을 조심스럽게 집어 들었다. 한 손바닥에 꽉 차는 홍련화는 다른 가구들처럼 주인의 손길을 받아 반질반질하게 닳아 있었다. 무뎌진 홈을 손가락으로 가만가만 문질러 보는 희의 뺨 위로 드리워진 불빛이 한층 진해졌다. 온기가 배어 있는 것 같은 느낌이 말도 안 된다는 걸 알면서도 좋아서, 제풀에 슬며시 웃던 희는 어느 순간 가까워진 밖의 기척에 화들짝 놀랐다.

희는 황급히 연적을 제자리에 올려 두고 얼른 물러났다. 다행히 문이 열린 건 그녀가 자리에 앉은 직후의 일이었다.

"어서 오셔요!"

제풀에 찔리는 구석이 있어서인지 표정이며 목소리가 한층 밝게 튀었다. 희가 활짝 웃으며 맞이하자 방으로 들어오던 명원과 단이 우뚝 멈춰 섰다. 희는 생글거리며 말을 이었다.

"행여 남들 눈에 뜨일까 봐 먼저 들어와 있었습니다."

"……잘했다."

한 호흡 늦게 말을 받은 명원이 일어서려는 희를 손짓으로 앉히고 아랫목에 가서 앉았다. 희는 뒤따라 들어와 앉은 단과 앞서 앉은 명원을 번갈아 쳐다보았다.

"두 분은 어쩐 일로 같이 오시는 거여요?"

"본가에 불려 갔다 오는 길에 만났지. 오래 기다렸느냐?"

"아니오, 방금 왔습니다."

희는 냉큼 고개를 저었다. 명원의 무심한 눈길이 서탁 위를 스치는 것을 보고 제 발이 저렸지만 다행히 그는 다른 말을 했다.

"하면 어디 네 얘기부터 들어 보자."

단의 시선까지 당장 이쪽으로 날아왔다. 희는 한쪽 뺨을 긁적이며 입을 열었다.

"어, 음…… 없는데요."

"무어?"

"아직 별다른 진전이 없어서요."

"하면 무얼 하러 이 야심한 시각에 위험하게 예까지 잠행을 했어?"

"그야 두 분을 만나려고요."

희의 대답에 두 사람은 그녀를 빤히 쳐다보았다. 워낙 어처구니가 없어서인지 황당함과 의아함마저 싹 지워진 준수한 얼굴들을 앞두고, 희는 스스로 생각해도 뻔뻔할 정도로 생글생글 웃으며 솔직하게 말했다.

"말씀을 들어 둘 필요도 있지만 그보다는 그냥 뵙고 싶어서요."

"……크흠."

"……흠."

명원과 단은 말문이 막힌 듯 헛기침을 하며 시선을 돌렸다. 그러다 서로 눈이 마주치자 제각기 고개를 반대로 꺾는 그들을 보며 희는 얼른 밀어붙였다.

"포청 체면은 다음 기회에 꼭 살려 볼 터이니, 두 분이 아시는 것 좀 나눠 주셔요."

내외하던 명원과 단의 시선이 다시 허공에서 부딪쳤다.

기대감을 굳이 숨기지 않고 기다리는 희를 흘끗거린 단이 명원을 향해 입을 열었다.

"말씀하신 곳에 사람을 보냈습니다. 믿는 자이니 염려 마십시오."

"그럴 일 없소. 오죽 잘 골랐을까."

희는 남원에 사람을 보낼 거라던 얘기를 기억하고 있었기에, 장소보다 단이 '믿을 만하다' 가 아니라 '믿는다' 고 단호하게 말한 부분이 더 궁금해졌다.

"혹시 저도 아는 분이어요?"

"만석 아저씨가 가셨단다."

"우와! 아재가요?"

무심결에 탄성을 지른 희는 얼른 목소리를 낮추어 명원에게 설명했다.

"오라버니의 오른팔이나 매한가지이신 분인데요, 저는 그분이 오라버니 곁을 비우는 걸 여태 듣도 보도 못했어요."

"나 역시 몇 번 들은 바가 있다. 설마 그만한 인사를 보낼 줄이야."

"……직접 가시겠다는 고집을 못 꺾은 것뿐입니다."

두 사람이 감탄하는 분위기가 부담스러웠던지 단이 그답지 않게 부연했지만 명원은 오히려 한층 눈을 빛냈다.

"그대가 이기지 못하는 사람이 또 있었다니 과연 세상이 넓다 하겠군."

"'또' 라니요? 달리 누가 계신가요?"

희가 끼어들었다. 자신이 모르는 걸 명원이 아는 것이야 당연한데 단에 대한 일이라면 충분히 놀랄 만했다. 그녀가 눈을 동그랗게 뜨고 쳐다보자 명원은 지그시 마주 보더니 "그런 게 있다."라고 대충 대답하고는 화제를 바꾸었다.

"나는 의원들을 훑어보고 있소. 일련의 일들로 보아 양반들을 상대로 하는 제법 부유한 의원이 관련되었다고 보기에."

"의심 가는 자가 있었습니까."

단 역시 드물게 적극적으로 말을 받으며 명원에게 동참했다. 희는 더 자세히 듣기를 포기하고 귀를 기울였다.

"없소."

명원의 말투는 내용과 달리 시원스러워서, 희는 순간 잘못 들었나 싶어졌다.

"대담한 살인도 불사할 법한 자는 그 시각에 분명한 증인이 있고, 증인이 없는 자는 살인을 할 그 어떤 이유나 연결 고리가 없으니, 이상할 정도로 아귀가 맞지 않지. 그러니 애초 솎아 내는 기준이 틀렸달밖에. 혹시 미행을 붙인 일은 어찌 되었소?"

"마침 은밀히 어느 양반 댁에 드나드는 것을 확인하였습니다."

"그 댁 주인이 수족을 부려 고리대를 한 것이려나."

"가능성은 충분합니다. 듣자니 교서관校書館 교리校理인데 재산이 상당하다더군요."

"아하, 일이 풀리려는 모양이군. 내가 가진 명단 중에 그 집안의 진료를 도맡은 자가 있는데."

고개만 이리저리 돌리고 있던 희의 귀가 번쩍 뜨였다.

"하오면 그 양반이 범인인 거 아닙니까?"

희는 저도 모르게 흥분했지만, 희를 돌아보는 명원은 찬성과는 거리가 먼 얼굴을 하고 있었다.

"네가 알아 오고도 그새 잊었느냐? 범인은 인체의 급소에 통달한 자다. 문관이라면 공범은 될지언정 주범이 될 수 없어."

"……아."

그런 문제가 있었구나.

희는 뒷머리를 긁적거렸다. 단 역시 말은 없었지만 희가 너무 단순하게 생각했다는 표정으로, 명원의 말에 동조하고 있었다.

"더구나 그 집안이 판서며 직제학이 흔할 만큼 제법 뜨르르하거든. 종오품인데 형제 중 출세를 제일 못했다 할 정도다. 능력과 자부심은 무관하니, 그런 자가 소위 잡학에 밝을 연유가 없지."

"그러게 말입니다."

냉큼 손바닥을 뒤집어 뻔뻔하게 맞장구를 친 희가 의문을 표했다.

"그리 좋은 집안이라면 더 높은 품계로 올려 줄 수 있었을 텐데 이상하네요."

"너도 제법 눈치가 훤해졌구나. 무어, 일하기 싫어 눌러앉은 걸지도 모르지. 어찌 되었든 워낙 유능하여 잡혀 계신 누구와는 전혀 다를 거다."

하긴 우리 종사관님만 한 분이 흔하신 건 아니지. 희는 고개를 주억거렸다.

명원이 단을 돌아보았다.

"여하튼 공범일지도 모르니 그쪽을 좀 더 캐 보리다. 그림 또한 계속 두고 볼 생각이오."

"소문이 여전히 장하더군요. 여 씨가 죽은 뒤로 수그러들기는커녕 어쩐지 그 반대인 모양입니다만……."

말끝을 흐리는 단이 명원을 보는 시선이 예사롭지 않았다. 명원은 아무렇지 않게 바로 수긍했다.

"불쏘시개를 더 집어넣었소."

"소문을 부채질하셨다는 말씀입니까?"

희가 의문을 제기했다.

"시신의 상태로 보아 여 씨는 그가 찾던 자에게 죽임을 당한 것이 분명합니다. 또한 바로 죽지 못하였다는 것도요. 그럼 범인은 이미 그림이 미끼라는 사실을 아는 게 아닐는지요?"

"네 말이 옳다. 허나 범인이 여 씨의 말을 의심하거나 여 씨가 솔직히 털어놓지 아니하였을 가능성도 있으니까. 혹여 이도 저도 아니라 한들, 사람이란 것이 원래 틀린 말도 반복하여 듣게 되면 의심하고 마는 족속이니 결국 밑져야 본전 아니겠느냐."

"아, 그리고 여 씨에게 공범이 있다고 착각할지도 모르겠네요."

"그리되면 더 좋겠지. 놈이 언제까지고 납작 엎드려 있을 수만은 없을 터이니."

이해한 희는 고개를 주억거렸다. 역시 명원의 시야는 보통 넓은 것이 아니었다. 그의 행동을 간파한 단 역시 마찬가지고. 새삼 그녀는 자신이 이들의 걸림돌이 될 수 있음을 자각했다. 포청의 정보를 쉽게 알아낼 수 있다고는 하나, 이 두 사람이라면 유희가 아닌 다른 사람을 통하는 것도 얼마든지 가능하리라.

진작부터 알고 있는 사실을 굳이 지금 떠올려 봐야 기분만 우울해질 뿐인데.

제 머릿속조차 마음대로 되지 않는 게 속상해 한숨을 삼킨 희는 문득 시선을 들었다가 이쪽을 보고 있는 단과 눈이 마주쳤다. 고요하게 바라보는 그의 다정한 눈빛은 그녀의 생각을 훤히 다 들여다보는 것만 같았다. 또 그렇지 않다고 말해 주는 것 같기도 해서, 희는 멋쩍은 미소를 지었다.

"두 사람, 대관절 어찌 만나게 된 거요?"

생뚱맞은 물음이 비집고 끼어들 듯 툭 던져졌다. 희와 단은 동시에 고개를 돌려 심드렁한 표정을 짓고 있는 명원을 보았다.

"눈만 봐도 얘기가 통할 정도니 핏줄이 아닌 게 대수일까."

"……아니라 아쉽다 한 적 없습니다."

단이 명원의 말을 받아쳤다.

"그러니 대단치는 아니할지라도 진심도 아닌 질문에 쉽게 내보일 사정은 아닙니다."

아무 생각 없이 대답하려고 했던 희는 조용히 입을 다물었다.

이처럼 묘하게 날이 선 태도를 보이는 단은 낯설었고 진심이 아니란 비난을 듣고도 불쾌해하기는커녕 픽 웃고 마는 명원 또한 기이했다. 뭔가 희 자신이 모르는 기류가 흐르는가 싶었더니 그도 잠시일 뿐, 이내 명원은 아무렇지 않게 다른 말을 꺼냈다.

"먼 길이라 시간이 제법 걸리겠군. 그동안은 내 쪽에서 무엇이든 건져 보리다."

"너무 깊이 들어가지는 마십시오. 그곳에서 어떤 정보를 얻게 될지 모르니까요."

단 역시 여상스럽게 말했다. 그런 두 사람을 번갈아 보던 희는 왠지 소외되는 기분이 들어 목소리를 높였다.

"저도 열심히 할 겁니다!"

희를 쳐다본 명원과 단은 동시에 웃음을 흘렸다.

진심을 담아 나름 비장하게 말한 희는 기대와는 전혀 다른 반응에 왜들 웃으시냐며 불퉁거렸지만, 조소가 아닌 그저 밝기만 한 웃음 앞에서는 금세 마음이 풀릴 수밖에 없었다.

한밤의 회동은 그 뒤로 조금 더 이어지다가 시작만큼이나 은밀하게 파했다.

"소피다."

검률의 목소리는 표정만큼이나 비장했다.

일을 나가려던 참에 포청 입구에서 마주친 그에게 인사를 하자마자 듣게 된 내용은 희를 의아하게 만들 뿐이었다. 설마하니 이분이 뒷간 위치를 모르고 하시는 말씀은 아닐 터인데……? 내심 고개를 갸웃거린 희가 덩달아 비장하게 물었다.

"그게 무슨 뜻입니까?"

"오줌 말이다, 오줌!"

답답해하며 외치듯 대답한 검률은 점잖지 못한 표현에 흠흠, 헛기침을 하고는 뒤늦게 설명했다.

"탈 쓴 도적이 죽인 첫 번째 시신 말이다. 상처에 남은 부스러기에 소피가 섞여 있었다고."

듣고 있던 희는 눈을 깜박거렸다.

"어찌 그럴 수가 있습니까?"

"오동이면 그럴 수가 있지. 날붙이가 단도 길이에, 소피가 관계되었다면 오동상감기법(3개월~3년 썩힌 소변을 적신 한지를 감아 오동 특유의 색을 강하게 만든다)으로 만든 장도라는 뜻이야."

희의 입이 딱 벌어졌다.

"하오면 흉기가 확정된 것이군요!"

"그래. 또한 쇠붙이의 부식 정도를 보았을 때 최소 삼 년 전에 만들어진 것이니 아마 중히 쓰고 있던 것일 게다."

상감입사는 시간이 많이 걸리고 고도의 기술이 요구되어 귀족층의 기물에나 쓰이는 기법이었다. 그렇다는 건, 범인이 부유한 중인 이상이라던 백 의생의 말이 역시 옳았다는 뜻이다. 희는 그 점을 머릿속에 잘 넣어 두었다.

"네 일은 아니다만 약조한 바가 있어 알려 주는 것이니 함부로 입을 놀려서는 아니 된다. 알겠느냐?"

"물론입니다, 나리. 감사합니다!"

희는 꾸벅 인사하고는 건물 안으로 들어가는 그를 배웅한 다음 돌아섰다. 그런 다음에야 관에서는 살인자를 탈 쓴 도적으로 간주하고 있다는 사실을 깨달았지만, 검률을 쫓아갈 마음은 들지 않았다.

도당의 수장과 한량이 아는 것 따위를 어디 감히 높으신 분들에게 댈까.

알아서들 잘 해 보라지. 입술을 삐죽이며 내심 불퉁하게 중얼거린 희는 자신을 기다려 주고 있던 소백을 향해 달음박질을 쳤다.

당장이라도 별채로 쫓아가고 싶은 마음을 꾹 참아 가며 애써 일에 집중하기를 반나절, 가는 날이 장날이라 예상했던 것보다 일이 늦게 끝나는 바람에 희는 땅거미가 깔릴 무렵 퇴청했다.

그녀는 잠시 망설였으나 한시가 급한 일인 만큼 서둘러 옷을 갈아입고는 명원의 별채로 갔다. 다행히 그는 자리를 지키고 있다가 그녀를 반겨 주었다.

"어쩐 일이냐, 이 시간에."

"오동상감장도랍니다."

희는 거두절미하고 용건을 밝혔다. 그리고 한층 진지해진 명원의 시선 앞에서 목소리를 낮춰 검률의 말을 그대로 전했다. 명원은 묵묵히 듣고 있다가 입을 열었다.

"그만한 것을 마구 썼다면 역시 상당한 재산가이겠구나. 또한 소장품이 분명하니 함부로 버리거나 할 수는 없을 것이다."

"이미 수사가 진척되고 있을 터이지만 어차피 방법이 다르니 다소 늦었다고 해도 늦은 것이 아닐 겁니다. 관에서는 탈 쓴 도적을 살인자로, 여 씨를 화구상으로만 알고 있으니 되레 이쪽이 빠른 셈이어요."

"그렇겠지. 한데……."

생각에 잠긴 얼굴로 턱을 만지작거리던 명원이 그녀를 살피듯 바라보았다.

"그것들에 대해서 말해 줄 생각은 전연 없었고?"

"당연하지요! 나리께서는 저가 바보인 줄 아십니까?"

희가 정색하며 말했다.

"사람 목숨을 저들 입맛대로 쥐락펴락하는데 무에가 어여쁘다고 부러 갖다 바치겠어요. 어림도 없습니다."

"허나 너는 다모이지 않느냐."

명원의 말은 비난이 아니라 담담한 사실의 지적이었다. 그 탓에 희는 오히려 말문이 막혔다. 자신을 직시하는 눈빛은 언뜻 무심한 듯 다정했다.

"물론 네가 얼마나 일을 똑 부러지게 하는지는 내 잘 알지. 그러니 노파심일 뿐이겠다만, 무슨 일이든 흑백으로만 나눌 수는 없다는 건 잊지 말려무나."

다른 사람이었다면 입에 발린 소리라고, 노파심이 맞다고 비틀어 생각했을 터였다. 그러나 이 사람의 말은 무게와 깊이가 달랐다. 희 자신이 멋대로 기대했다 실망한 일 따윈 매우 흔하고 사소할 것이 분명한 경험을 헤아릴 수 없을 만큼 겪어 왔으리라. 또한 그럼에도 이처럼, 감탄고토甘呑苦吐 격인 웃전들의 행태가 전부는 아니라며 다독여 주고 있었다.

……아직 한참 부족하구나, 나는.

이 사람 옆에서 계속 함께 걸어가고 싶기에 더더욱 그렇다. 새삼스럽지도 않은 푸념에 희는 한숨이 나올 것 같았지만 꾹 참고 대신에 뻔뻔스레 웃었다.

"예. 혹시 또 까먹었나 싶으면 나리께서 지금처럼 알려 주셔요."

"오냐."

명원 역시 입가에 작은 미소를 띠었다.

"그래도 너무 믿지는 말아라. 사실 나로서는 네가 무슨 생각을 하건 아모 상관이 없다."

"……예?"

"무얼 어찌하든지 어차피 네 편이니까."

불평하려던 희는 다시금 말문이 막히고 말았다. 낯빛도 바꾸지 않고 당연하게 말한 명원은 "마침 준비를 다 하고 왔으니 바로 나가 보자."며 희에게 나가서 기다리라고 손짓했다. 덕분에 희는 얼굴을 붉힐 새도 없이 별채 마당에 내려서게 되었다.

그녀가 뒤늦게 떨리는 가슴을 진정시키느라 소리 없이 심호흡을 하고 있자니, 이내 옷매무새를 갖춘 명원이 밖으로 나왔다. 비단 두루마기를 입고 주영(구슬을 꿴 갓끈)이 달린 갓을 쓴 모습은 이전에 봤을 때보다 화려함은 덜했다. 그러나 오히려 그렇기에 더욱, 도포에 술띠를 매지 않은 것은 신분 탓이 아니라 본인의 선택이라 해도 믿을 만큼 번듯하고 당당한 모습이었다.

이리 부족함 없는 분이 그늘 속에 계셔야 한다니.

핏줄이 다 무어람. 희가 혼자 속상해하는 걸 아는지 모르는지, 다가온 그가 희에게 비단 주머니를 불쑥 건넸다.

"잘 가지고 있어라. 가자."

"예."

명원이 앞장섰고 희는 꽤 묵직한 주머니를 갈무리한 다음 종인답게 두 걸음 간격으로 그 뒤를 따랐다.

어둑해진 골목길을 이리저리 꿰어 걸음을 옮긴 두 사람이 도착한 곳은 시전이었다. 사람들로 북적거리는 거리를 헤치는 와중에도 간간이 희를 돌아보며 보속을 맞춰 주던 명원은 죽 늘어선 가게 중 온갖 것들이 다 나와 있는 만물상으로 들어갔다.

"어서 오십쇼!"

좌판 앞에 앉아 느긋하게 곰방대를 물고 있던 백발의 노인이 기운찬 목소리로 손을 맞이했다. 희가 가게 안을 슬쩍 둘러보는 사이에 명원이 입을 열었다.

"내, 막이에게서 얘기 듣고 온 이가라고 하네만."

"아, 그 역관 댁……!"

노인이 반색하다가 얼른 입을 감쳐물었다. 명원은 모른 척 말했다.

"나를 아는가?"

"예예, 알구말굽쇼. 진작부터 뵙고 싶었는데, 소인이 유일하게 취급하지 않는 말하는 꽃에만 관심이 있으시다니 도리가 없었습지요."

"……크흠, 흠."

희를 흘끗 쳐다본 명원이 가벼운 헛기침을 하고는 화제를 돌렸다.

"무어, 어찌 되었든 지금은 다른 관심사가 생겨 자네에게 도움을 청할까 하고 온 것일세."

"예에."

말씀만 하시라며 굽실거리던 노인이 문득 눈을 빛냈다. 그는 명원의 너머로 거리를 살피고는 목소리를 은밀하게 낮추었다.

"혹시…… 나리께서도 그 그림을 찾고 계십니까?"

"몽유도원도? 아니."

조신하게 물러서 있던 희는 스스럼없는 명원의 대답에 화들짝 놀라 그를 빤히 쳐다보았다.

종인인 척하는 것치고는 너무 무례한가 싶어 얼른 시선을 떨어뜨렸지만, 다행인지 당연한 건지 주인장 역시 희만큼이나 놀란 듯 희는 아랑곳없이 명원만 쳐다보고 있었다. 명원은 아무렇지 않게 말을 이었다.

"그것에 대해서는 별 관심 없네."

"……."

"무얼 그리 놀라는가."

명원이 피식 웃었다.

"자넬 보는 사람마다 죄 그림 타령이나 한 모양이군."

"사실…… 그렇습니다요."

"나는 타고난 성정이 비뚤어져서 남들이 다 좋다고 우르르 몰리는 곳은 되레 시시하게 보이거든."

천연덕스럽게 말하는 명원을 살피듯 보던 노인이 말했다.

"나리께선 정녕 마음이 전혀 없으신 모양이군요. 일전에 댁에도 귀한 그림이 있었다고 들었는데요."

"대륙으로 팔리기 전에 잠깐이었지. 형님이 하신 일이라, 그 이상은 나도 잘 모른다네."

시침을 뚝 뗀 명원이 유연하게 화제를 원래대로 끌어왔다.

"그 그림이란 것도 듣자니 이름만 요란하던데 이미 조선 땅을 뜬 건 아닌가?"

"그럴 리는 없습니다."

주인이 정색하며 말했다.

"일찌감치 왜와 후금에까지 줄을 대어 놓았는데 여태 잠잠하니까요. 아예 처음부터 없었다면 모를까, 놓칠 리는 없습죠."

"역시 대단하이. 하면 누가 어떤 거래를 하건 자네 눈 밖에 날 일이 없겠군 그래."

"암요! 따로 길만 짚어 보신다 한들 다 알게 됩니다."

노인이 어깨를 펴고 말을 이었다.

"아니어도 일전에 왜로 통하는 길을 찾으신 분이 계셨다는데 대번에 귀에 들어왔습죠. 물론 결코 아는 척은 하지 않습니다만."

"호오."

명원은 적당한 추임새를 넣어 주고 은근하게 말했다.

"하면 자네도 후금보다는 왜 쪽을 더 주시해야겠군. 그이가 그리 찾는 까닭이 있었을 것 아닌가."

"아, 아닙니다. 듣자니 그분은 나리처럼 그것 자체는 관심을 전혀 안 보이셨답니다."

그러니 다른 물건 때문일 겁니다, 라고 덧붙이는 노인을 보며 희는 표정을 지웠다. 여 씨가 죽기 전에 알아본 것이 바로 '그림에 관심 없는 수집가'가 아니던가.

명원 역시 그 점을 알아차린 게 분명하지만 그는 "그런가, 나만 유난한 건 아니었군." 하고 태평하게 대꾸했다.

"여하튼 잡담은 이쯤 하고. 내가 찾는 장도 얘기나 좀 함세."

더 찔러 보기는커녕 아예 말을 바꾸는 그에게 내심 놀랐던 희는 '장도'라는 말에 다시 귀를 기울였다. 노인이 냉큼 받았다.

"어떤 종류를 원하십니까?"

"드물고 오래된 것이면 좋겠군. 아예 삭은 건 못 쓰니 적당히 사람 손을 탄

놈으로."

노인은 눈을 끔벅이다가 주저하며 물었다.

"쓰던 것이라면 흠이 있을 수밖에 없습니다만……?"

"물론 상관없네. 그 또한 나름의 풍취가 있으니까."

"과연 안목이 남다르십니다."

"사람이나 물건이나, 알맞게 길이 들면 빳빳하기만 한 새것에 비할 데가 못 되지. 아니 그런가?"

"아무렴요."

명원의 의미심장한 말에 노인은 낄낄거리며 맞장구를 쳤다. 그런 그의 모습에서는 어느새 일말의 경계심도 보이지 않았다.

"쓸 만하기만 하다면 흠 두어 개나 이가 좀 나간 정도로 흥정할 생각은 없으니, 한번 알아봐 주게나."

"여부가 있겠습니까. 이 두 눈 똑바로 뜨고 좋은 놈으로 찾아 드립지요."

노인의 장담을 들으며 명원이 희에게 눈짓했고, 희는 얼른 주머니를 꺼내어 노인에게 전했다. 얼결에 받은 노인은 의외의 무게에 놀란 기색이었다.

"선금일세. 서로 모르지는 아니하나 기실 거래는 이번이 처음이니 어느 정도의 성의는 보여야 좋겠지. 정 물건이 없을 땐 돌려받으면 그만일 터."

"가, 감사합니다, 나리!"

노인은 허리를 반으로 꺾을 기세로 굽실거렸다.

"실망시켜 드릴 일은 없을 겁니다, 예."

"그럼 자네만 믿고 가네."

노인의 환심을 빈틈없이 산 명원은 시원스럽게 몸을 돌렸다. 희도 그 뒤를 따랐지만, 그가 가게를 나서다 말고 멈춰 서는 바람에 얼른 물러났다. 그의 시선이 좌판 위에 머물러 있었다. 희가 살피기도 전에 노인이 먼저 말했다.

"요새는 향갑도 여러 가지가 있습지요. 마음에 드시는 게 있거든 골라 보십시오."

"제법 괜찮군."

명원이 들어 올린 것은 붉은 연꽃 모양의 향갑이었다. 얼굴 가까이 대어 향을 맡아 본 그는 노인을 돌아보았다.

"이걸로 하지. 얼마인가?"

"그냥 가져가시면 됩니다. 보잘것없으나마 소인의 성의입니다요."

명원은 피식 웃고는 들고 있던 향갑을 희에게 불쑥 내밀었다. 역시 눈치 빠르게 알아들은 희가 공손히 두 손으로 받아 드는 것을 본 그는 이번에야말로 가게 밖으로 나갔다.

"살펴 가십시오, 나리."

그들은 노인의 정성 어린 배웅을 뒤로하며 걸음을 옮겼다.

거리를 반 이상 걸어가는 내내 희는 행여나 손때라도 묻을까, 조심조심 향갑을 받쳐 들고 있었다. 언제 드리면 될까 생각하던 참에 명원이 툭 던지듯 말했다.

"내가 장가 앞에서 지껄인 건 허언일 뿐이니 담아 둘 필요는 없다."

"예? ……아, 저 주인장이 그 장가였군요!"

기녀가 말했던 장사치가 바로 저 사람이었다니.

그걸 또 어떻게 알고 온 것인지, 희는 그저 감탄스럽기만 했다. 희가 눈을 빛내자 명원은 어쩐지 안심한 듯 한심한 듯 묘한 표정으로 그녀를 보다가 시선을 내려 향갑을 보았다.

"한데 무어 그리 좋은 거라고 신주 단지처럼 들고 있어, 얼른 집어넣지 아니하고."

"……예?"

"아니면 마음에 들지 않느냐? 연꽃을 좋아하는 것 같아 골라 보았는데."

희는 멍하니 명원을 바라보다가 입술을 감쳐물어 금세라도 튀어나올 것 같은 목소리를 막았다. 빠르게 주변을 둘러본 그녀는 그에게 바짝 다가가 목소리를 한껏 낮추어 물었다.

"저, 설마, 이것이…… 제 것입니까?"

"하면 내게 달리 뉘 있다고."

당연한 듯 받아친 대꾸를 들은 희의 얼굴이 검댕으로도 미처 다 감추지 못할 만큼 빨개졌다. 그런 그녀를 흘끗 본 그는 "웬 사람들이 이리도 많은지 원." 하며 뜬금없이 혀를 찼다. 희는 그의 애꿎은 불평을 귓등으로 흘리며 두 손으로 향갑을 꼭 쥐었다.

"감사합니다, 나리. 소중히 하겠습니다."

"그만한 것 가지고 무얼, 기꺼이 받아 주니 내가 고맙구나."

지금 쓰고 있는 장도나 손수건도 한때 그의 것이었긴 했지만, 선물을 받은 건 이번이 처음이었다. 생각도 못한 일에 마음이 마구 들썩였다. 희는 저절로 벌어지려는 입을 애써 단속했다. 누가 볼세라 얼른, 그러나 다치지 않도록 신경 써서 품 안에 고이 갈무리한 희는 문득 의아해졌다.

"저어, 하온데, 저가 언제 연꽃을 좋아한다는 말씀을 드렸던가요?"

"꼭 들어야 알 일은 아니지. 여인의 눈에 차는 것이야 연적보다는 연꽃일 터이니."

희는 그가 자신을 가리켜 선뜻 '여인' 이라고 말한 점에 먼저 놀라는 바람에 말뜻을 뒤늦게 깨달았다. 일전에 회합이 있었던 날, 홍련화 연적을 몰래 만져 보았던 걸 들킨 것이다.

만지기만 하고 제자리에 뒀는데 그걸 또 어찌 다 아셨담. 희는 민망하고 부끄러우면서도 그걸 기억하고 챙겨 준 명원이 고마웠다. 하지만, 사실은.

"그게 아니……."

저도 모르게 중얼거리던 희는 얼른 입을 다물었다. 눈치가 귀신같은 명원이 지나치지 않고 말을 받았다.

"그게 아니라?"

"아, 아닌…… 게 아니고요……. 나, 나리께서 마음 쓰실 줄 알았으면 더 조심할 걸 그랬다는 생각이 들어서요."

대충 둘러댔지만 진심이기도 한 덕분인지, 다행히 명원은 더 추궁하는 대신 헛웃음을 짓고 고개를 돌렸다. 희는 다시 한 발 뒤로 물러나 걸으면서 차마 못한 말을 속으로 중얼거렸다. 그게 아니라…… 그저 나리의 손길로 부드럽게 닳은 모양이 좋아 보였을 뿐이었노라고.

문득 희는 시선을 아래로 향했다.

넓은 소매 아래로 내려온 명원의 손이 보였다. 일단 눈에 들어오자 이상할 정도로 시선을 뗄 수 없었다. 저 커다란 손이 무방비하게 늘어뜨려진 건 마치 맞잡을 사람의 자리를 비워 주고 있기 때문인 것처럼 느껴졌다.

희 자신의 자리를.

문득 떠오른 생각에 무심코 얼굴을 붉히면서도, 그녀는 틀리지 않을 거라고 어린애처럼 고집스럽게 중얼거리는 자신을 내버려 두었다. 가슴 속도 손끝도 간질거렸다. 지금만큼은 부끄러움 따위 이길 수 있을 것 같은데, 보는 눈이 너무 많아서 참아야 했다. 희는 몰래 아쉬움을 누르다가 돌아본 명원과 눈이 마주쳤다.

"할 말이 있거든 편히 하여라."

"아니요……. 그저, 사람이 참 많다 싶어서요."

"그러게나 말이다."

생뚱맞은 소리였는데도 명원은 마치 희의 속을 다 들여다본 양 선선히 대꾸했다. 그것도 너무 절절하게 들리는 통에 희는 웃음이 나왔다. 그녀가 웃자 그도 마주 웃고는 다시 앞을 향했다. 스치듯 짧은 미소에 배어 있는 다정함이 그녀의 가슴을 다시금 흔들어 놓았다. 어쩐지 숨이 차올라 그녀는 살며시 심호흡했다.

저녁 하늘 위로 드문드문 모습을 드러내기 시작한 별들이 유난히 반짝거렸다.

九

딱딱한 얼굴로 오가던 관군들이 불쑥 나타난 외부인을 곱지 않은 눈길로 흘끔거렸다.

명원은 쏟아지는 시선들을 태연하게 무시하면서 훈국訓局 본영 안뜰을 느긋한 걸음으로 가로질렀다. 그런 그에게는 조금의 주저함도 엿보이지 않았다. 멍하니 헤매어 아비 우세시키지 말라며 찾아갈 길을 두 번 세 번 읊어 주던 부친이 보았다면 매우 흡족해했으리라. 그러나 지금 그는 이미 다녀 본 길을 익숙하게 걷고 있었다. 기실 작년 어느 날 밤에 딱 한 번 드나들었던 경험이 여태 쓸 만할 줄은 당자인 그조차 몰랐으니 부친은 더욱 상상조차 하지 못할 것이다. 애초에 도제조都提調에게 가는 서찰 심부름을 그가 떠맡게 된 이유가 거기 있었다.

"긴요한 문서이니라. 아예 모르는 놈을 다리로 쓰는 게 낫겠지 싶어 너를 보내는 것이니 괜히 열어 보지 말고 드리는 즉시 나와야 할 것이다."

다짐받던 부친은 진지하기 짝이 없었으나 명원에게는 시시하기만 했다. 역관과 훈국의 도제조라, 이처럼 어울리지 않는 조합을 만들어 낼 기밀에는 한계가 있다. 또한 대낮에 인편으로 관청에 직접 보낼 만큼 당당하고 다급한 것으로 보아 부친의 청탁이라기보다 도제조가 필요로 하고 있을 가능성이 컸다. 그런 간단한 추측에다, 바람결에 들었던 어느 안방마님의 투전 횟수를 더하면 답은 어험(魚驗, 어음)이 되니 서신을 열어 보는 게 더 귀찮을 만큼 빤했다.

다만 이번은 부친을 향한 기만이 아니라 소소한 우발 사건쯤으로 남을 일이었다. 애초 누구나 다 이명원의 두 얼굴을 알 것 같았다면 '없는 자' 라는 별칭이 붙을 까닭도 없었다. 심지어 지금 그 이름의 얼굴을 아는 사람 중에 직접 대면하여 소개를 받은 건 오로지 유희뿐, 나머지는 그들 나름대로 적당히 눈치챈 것이 전부였으니까.

문득 소개받았을 때 희가 식겁하던 표정이 떠올라 명원은 혼자 웃고 말았다. 처음 만난 뒤로도 이상하다 싶을 정도로 눈에 밟히긴 했으나 이처럼 없어선 안 될 사람이 될 줄은 꿈에도 몰랐다. 희를 만나기 전까지는 단 한 번도 자신이 운이 좋다는 생각 따윈 하지 않았었는데. 이러니 인연이란 게 인간의 깜냥으로는 도무지 헤아릴 수 없는 하늘의 뜻 같다고들 하는 모양이었다. 그는 새삼스러운 삶의 진리를 곱씹으며 걸음을 옮겼다.

이윽고 그는 본영 깊숙한 곳에서 사람들의 눈을 피해 도제조를 만났다. 한심스러워하는 낯빛을 다 감추지 않고 응대하는 도제조에게 모른 척 서찰을 바치고 돌아 나온 그는, 인연의 오묘함을 상기시켜 주는 또 다른 사람과 마주쳤다.

"아니, 이게 누구십니까. 형님!"

"그건 내가 할 소리지. 아우님은 여전하군."

선한 웃음으로 물든 파란 눈동자는 따라 웃게 될 만큼 맑았다. 외인外人으로 조선 땅을 밟았지만, 지금은 새 이름도 받고 훈국에서 조선을 위해 일하는 박연朴淵이었다. 우연한 기회에 그를 알게 된 명원은 첫 술자리에서 연배를 확인한 다음 호형호제를 청해 만남을 이어 가고 있었다.

"못 뵌 지 얼마나 되었다고 그새 변하겠습니까."

명원은 넉살 좋게 말을 넘기며 내밀어진 손을 반갑게 마주 잡았다.

"별고 없으시지요?"

"나야 무어, 늘 매한가지지."

연이 대답했다. 느릿하긴 해도 또렷한 말투와 적당히 끊어지는 호흡은 이제 완연한 조선인의 그것이었다.

"아우님은 잘 지냈는가. 예는 어쩐 일로?"

"아버님 심부름으로 잠시 들렀습니다. 허가를 받고 당당하게 입성하였지요."

"다행이군. 아우님이라면 대낮이라고 주저할 것 같지는 않으니."

두 사람은 마주 웃었다. 연이 모처럼 만났으니 배웅해 주겠다고 말했고, 명원은 냉큼 받아들였다. 그들은 입구를 향해 나란히 걸음을 옮기며 이런저런 한담을 나누었다.

"일은 할 만하십니까?"

"아무렴, 시일이 얼마인데. 다들 잘해 주기도 하고. ……어차피 일을 한다는 건 어디나 다 마찬가지 아니겠나."

그렇더라도 내 나라 내 동족이 아니라, 낯선 이국에서 생김새마저 완연히 다른 이방인들 사이에 있다는 것만으로도 이루 말로 할 수 없는 고독과 고충이 따라올 터였다. 명원은 그 점을 낙천적인 웃음으로 갈무리하는 이 파란 눈의 의형이 참 좋았다.

"그럼요. 그래도 혹 어려움이 있으시면 언제든 아우를 찾아 주십시오."

"고맙네. 얼마나 든든한지 몰라. 내가 자네와 다니는 걸 알자 동료들이 놀라더라고."

"아, 이런. 그건 좋은 의미로 놀란 게 아닐 터인데요."

"과연 그럴까. 내게 별반 관심 없어 하던 이들까지 말을 붙여 오던데."

"그것 보십시오."

명원의 진심 어린 탄식에 연이 소리 내어 웃었다.

"그래도……, 음, 불요무물(不要無物, 이 세상에 필요 없는 것은 없다)이란 말도 있지 아니하던가."

"오호라."

유창한 성어를 들은 명원은 솔직하게 감탄했다.

"바쁘실 터인데 언제 또 옛말까지 통달하셨습니까, 형님?"

"통달은 무슨."

연은 손을 내저었지만 뿌듯한 기색으로 덧붙였다.

"내 집 근처에 서당이 하나 있는데, 그곳 훈장이 글줄을 읽히는 사이에 옛말도 부지런히 가르치더군. 그래 오다가다 주워들으며 외고 있지."

말이 빨리 늘게 된 것도 그 덕분이라고 말하는 그의 옆에서, 고개를 끄덕이던 명원은 불현듯 뒤통수를 후려치는 생각에 우뚝 멈춰 섰다. 의도와 상관없이 입이 절로 열렸다.

"당구풍월堂狗風月!"

명원은 무심결에 외친 직후, 의아해하는 연과 눈이 마주쳤다. 그는 황급히 고개를 숙였다.

"죄, 죄송합니다, 형님. 결례를 용서하십시오. 형님을 두고 뱉은 말이 아니라, 그것이…… 그러니까.”

“그야 잘 알고 있네.”

드물게 당황하여 버벅거리던 명원을 차분히 막은 연이 빙긋 웃었다.

“모르긴 몰라도 무언가 도움이 된 모양이지?”

“예, 아무렴요!”

명원은 안심하고 두 손으로 그의 손을 덥석 잡았다.

“예나 지금이나 이 미욱한 아우를 적기에 살려 주시는군요. 고맙습니다, 형님.”

“다행일세. 급한 일이 생각난 모양이니 가 보게나.”

연은 눈치 빠르게 명원의 등을 떠밀어 주었다. 명원은 배려에 재차 감사하며 “이번에는 더 좋은 술을 사겠습니다.”라는 약조를 남기고 그와 헤어졌다.

당구풍월, 서당 개 삼 년에 풍월한다.

어떤 일에 대해 지식과 경험이 전무할지라도 오래 접하면 얼마간의 지식과 경험을 습득하게 된다는 그 당연한 뜻이 새로운 의미를 가지고 명원을 재촉했다. 급소를 잘 안다고 하여 반드시 의원이어야 할 필요는 없는 것이다. 그저 오래 앓아 의원을 자주 만나는 사람이, 다소의 호기심만 가지고 있어도 충분히 가능한 일이었다.

이런 천치를 보았나.

명원은 이제야 그런 빤한 가능성을 떠올린 자신을 꾸짖었다. 용의자가 몇 배나 늘어난 격이지만 솎아 낼 방법이 명확해졌기에 실망이 아닌 기대가 생겼다. 들뜨려는 마음에 고삐를 매어 잡아채면서, 그는 서둘러 걸어갔다.

그런 그의 머릿속에는 자신의 보고를 기다릴 부친에 관한 생각은 이미 사라진 지 오래였다.

어느새 찾아온 밤이 자그마한 창을 꽉 채우고 있었다.

침침해진 눈을 비비며 어두워진 밖을 흘끔 올려다본 희는 기지개를 쭉 켰다. 앉아서 장부를 뒤지는 것 정도야 별거 없다고 생각했는데 의외로 분량이 방대하여 꽤 피곤했다. 그녀는 이제 막 끝낸 장부들을 주섬주섬 정리하기 시작했다.

희는 여러 공장工匠을 찾아다니며 오동상감장도의 주문 제작 내역을 확보하는 중이었다. 현시점에서는 관 · 사를 특정 지어 나눌 수 없으나, 그 장도의 제작 방식이 까다로워 매우 값지다는 사실을 바탕으로 관공장, 특히 궁과 양반가의 주문을 주로 받는 경공장京工匠을 우선하고 있었다. 앞서 갔던 다른 곳들도 그랬지만 이곳 역시 오 년간의 기록만 남아 있었기에 희는 범인의 물건이 오 년보다 더 되지는 않았기를 다시금 바라며 스물세 명의 이름을 받아 적었다.

이쯤에서 나와 주면 좋으련만, 아직 이렇다 감이 오는 이름은 하나도 없었다. 그래도 아직 조사 단계이니 벌써 실망할 필요는 없으리라. 명단을 고이 접어 품에 넣은 희는 정돈한 자리를 돌아본 다음 등불을 끄고 밖으로 나왔다.

조금 전엔 작업장에 있던 집주인이 일을 끝냈는지 초가집 툇마루에 앉아 곰방대를 물고 있었다.

"감사합니다, 어르신. 덕분에 잘 끝냈습니다."

"오냐."

노인은 고개도 돌리지 않고 대꾸했다. 아무리 일 때문에 얼굴을 익힌 사이라 해도 대뜸 찾아와 청을 할 때나 지금이나 질문은커녕 볼일 끝났으면 가라는 투라, 희는 좀 신기해졌다.

"아무것도 묻질 아니하시네요."

"그런 꼴로 와 놓고 무슨 소리냐."

다모로서의 관복이 아닌 남복과 검댕 묻힌 희의 얼굴까지 새삼스러운 눈으로 훑은 노인은 코웃음을 쳤다. '이런 꼴' 이라 다른 곳에서는 통부를 동원해 입막음해야 했는데 이 노인에게는 오히려 모든 정황을 다 설명하는 셈이었던 모양이다.

"물으면 대답하게?"

"……아뇨."

희는 배시시 웃으며 이만 물러가겠다는 인사를 했다. 돌아서서 사립문을 막

밀어 내려는 그때, 그녀는 이쪽으로 다가오던 한 사내와 맞닥뜨렸다.

"어!"

상대가 깜짝 놀라 외마디 소리를 질렀다. 희는 아무 소리도 내지 않았지만 그것은 너무 놀라 숨을 삼킨 탓이었다. 얼마 전 명원과 함께 만나러 갔던 만물상 장 씨가 바로 코앞에 있었다.

"자네……?"

희는 퇴청 후에 옷을 갈아입고 오기로 한 자신이 너무나 기특했다. 그녀는 어마어마한 안도감을 누르며 자신을 알아보는 장 씨에게 꾸벅 인사했다.

"허, 이런 곳에서 다 보는구만. 나리 심부름이신가?"

"예에. 선물하실 곳이 있으신 모양입니다."

희는 목소리를 낮게 깔아 대답했다. 노인은 뒤통수가 따갑도록 쳐다보고 있었지만 다행히 끼어들어 산통을 깨지는 않았다. 희는 장 씨를 향해 사립문을 활짝 열어 주었다. 고갯짓하고 안으로 들어오던 장 씨가 문득 희를 돌아보았다.

"그러고 보니 마침 잘되었군. 자네 나리께, 보여 드릴 물건이 있으니 시간이 되시는지 여쭈더라 전하게."

"벌써 구하셨습니까?"

희는 깜짝 놀랐다. 고작 이틀이 지났을 뿐인데, 수완이 좋다더니 과연 그런 모양이었다. 그녀는 재빨리 머리를 굴렸다.

"어떤 건지 대강 좀 알려 주십시오. 워낙 바쁘신 분이라 그리만 말씀드리면 필시 더 알아 와라 내보내실 겁니다요."

"하긴 그렇군. 오동상감일세."

장 씨의 선선한 대답에 희의 귀가 번쩍 뜨였다.

"다소의 흠은 있을지언정 상태가 좋아. 오래도록 아껴 쓴 물건이니 나리도 탐탁해하실 걸세."

희는 그 흠이란 게 어찌 생겼는지 엄청나게 궁금해지기 시작했다. 차마 못 할 말을 꾹 삼킨 그녀는 다른 것을 물었다.

"예전 주인이 누구인지는 아시는지요?"

"그건 무엇 하러?"

"아니, 아무 놈팡이 손에 있었던 건 아니어야 우리 도련님도 마음 편히 쓰실 것 아닙니까."

"예끼 이것아, 오동상감장도를 아무나 살 수 있는 줄 아느냐?"

면박은 앞이 아니라 뒤에서 튀어나왔다. 한심하다는 듯 통을 놓은 노인과 눈이 마주친 희는 시침을 뚝 떼고 대꾸했다.

"무식한 소인은 모를 수밖에요. 우리 도련님 아니면 다 놈팡이지, 무어."

"저, 저, 경을 칠 소리."

노인이 쯧쯧 혀를 찼다. 희는 어처구니없어하는 장 씨에게 못을 박았다.

"주운 물건이라면야 별수 없고요."

"무슨 말을 그리 하나!"

장 씨가 목청을 높였다.

"설마하니 길에서 주운 거로 그 돈을 받을까!"

"죄, 죄송합니다."

희는 금세 기가 죽은 척 어깨를 움츠리며 사죄했다. 장 씨는 헛기침으로 불쾌한 기색을 드러낼 뿐 더는 책하지 않았다. 명원이 환심을 사 둔 탓인지 그 심복에게도 일단 참아 주자고 생각한 모양이었다. 그는 쩔쩔매는 희를 한심해하고 안쓰러워하는 눈으로 보다가 옜다, 던져 주듯 말했다.

"적어도 종오품 이상은 되는 집안에서 나온 물건이니 안심해도 되네."

"……종오품이요?"

"자네 나리는 무슨 뜻인지 아실 걸세."

어디선가 들어 본 말이라 의아해하며 따라 읊은 희였으나 장 씨는 제대로 이해를 못한 것으로 알았는지 한마디 덧붙였다. 희는 군말 없이 고개를 주억거렸다.

"죄송합니다. 도련님께 반드시 말씀 전해 드리겠습니다."

"음."

노인에게도 다시 인사를 하고 밖으로 나온 희는 당장 명원의 별채로 갔다.

이미 시간이 늦은 데다 명단을 다 확보한 다음에 갈 생각이었지만 장 씨의 소식을 전달하는 것이 시급했다. 또한 반쪽짜리 명단이라도 명원이라면 그 사실들을 꿰어 희 자신은 짐작도 못할 결론을 낼 수도 있으리라.

하지만 별채는 어둠 속에 잠겨 있었다.

아무런 기척도 느껴지지 않고 댓돌도 비어 있는 것을 보니 주인이 일찍 잠자리에 든 건 아니었다. 희는 망설이다가 일단 마루에 앉았다.

멀리 있는 본채에서부터 희미하게 흘러나오는 떠들썩한 소리는 잔잔한 풀벌레 울음소리에 금세 지워졌다. 희는 고즈넉한 밤의 침묵 속에서 이런저런 생각을 떠올리며 기다렸지만, 통금 시각이 점차 가까워지는데도 그가 올 기미는 보이지 않았다.

아무래도 오늘은 허탕인가.

희는 천천히 자리에서 일어났다. 아쉬운 마음에 행동이 굼떴다. 명단을 두고 가는 게 좋을지, 아니면 직접 전할지 고민하던 그녀는 문득 어떤 기척이 가까워지는 것을 알고 몸을 돌렸다.

환한 달빛 아래 나타난 사람은 다행히 명원이었다.

"나리!"

희는 애써 목소리를 낮추어 그를 반겼다.

다가오던 그가 우뚝 멈춰 서는가 싶더니 휘청거렸다. 깜짝 놀란 희가 한달음에 다가가 그의 팔을 붙들어 부축했다. 코끝으로 술 냄새가 와락 끼쳐 온 순간, 명원이 희에게서 완강한 태도로 팔을 빼내며 한 걸음 물러섰다.

희는 명백한 거부에 더욱 놀라 주춤했다. 덩달아 멈칫한 명원은 숨을 크게 내쉬었다.

"괜치 아니하니 부축은 필요 없다."

그의 목소리며 말투는 평소와 다름없었지만 희는 걱정이 되었다.

"약주가 과하셨나 봅니다."

"……기다림이 과하였지."

그가 중얼거리듯 대꾸했다. 누구를 어디서 기다리셨느냐 물어보지 않아도 빤한 답을 눈치챈 희는 할 말을 잃었다.

명원은 그녀를 지나쳐 천천히 걸어갔다. 희는 그런 그를 멍하니 쳐다보았다. 조금씩 희미하게 흔들리는 그의 걸음이 너무 낯설었다. 서로 엇갈려 기다린 경우는 종종 있었고 그가 그사이 술을 마시는 건 부지기수였지만, 이처럼 순간이나마 몸을 가누지 못할 만큼 취한 모습은 처음이었다.

"너도 할 말이 있으니 온 것이겠지. 이리 오너라."

그는 방으로 들어가는 대신 마루에 털썩 걸터앉았다. 슬그머니 다가가 적당한 간격을 두고 옆에 앉은 희가 그를 조심스럽게 살폈다.

설마하니 오래 기다린 데에 대한 홧술일 리는 없을 것이다. 꼭 자신을 피한 것처럼 보인 태도 또한, 괜히 지나친 생각을 하는 게 분명했다. 그가 그럴 사람이 아니라는 걸 알고 있으니까. 그러나 환한 대낮에도 읽기 힘든 그의 표정은 음영이 겹쳐서 더욱 난해해졌다. 희는 알아보기를 포기하고 물었다.

"혹, 심사가 어지러우실 일이라도 있으셨는지요?"

"아니."

의외로 대답은 선선했다. 그는 한 손을 내저으며 말을 이었다.

"그저 좀 취한 것뿐이다. 오늘따라 어찌 이런지 모르겠어……. 되었으니 예까지 온 이유나 말해 보려무나."

"……여기서요?"

"어서."

명원의 채근에 희는 주변을 둘러본 다음 우연히 장 씨를 만나 듣고 본 바를 그대로 전했다. 품에서 적어 온 명단을 꺼내어 그에게 건네려고 했으나, 그는 손을 내미는 대신 쳐다보고만 있었다. 별수 없이 둘 사이의 마루 위에 내려놓았더니 그제야 그가 명단을 가져다 눈앞에 펼쳤다. 희는 불현듯 가슴 속이 따끔해진 탓에 입을 꾹 다물었다.

"고생이 많았다."

잠시 후 명원은 종이를 반으로 접어 옆에 내려놓았다.

"장도는 내일 바로 사 두도록 하마. 다른 곳은 일단 미뤄 두어라. 네가 듣고 온 종오품 이상이란 게 기실 종오품 자체를 염두에 두고 한 말일지도 모르고, 너도 알다시피 교서관 교리가 바로 그중 하나니까."

"……예."

희는 탄성이 나오려는 것을 참고 대답했다.

어쩐지 귀에 익더라니, 첫 번째 피해자의 고리대를 추적하다가 나온 자의 벼슬이 그것이었다. 이런 건 듣자마자 알았어야지. 그녀가 속으로 자신의 머리를 쥐어박는 사이 명원의 말은 계속 이어졌다. 일을 하지 않아도 자주 접하면 지식과 경험을 쌓을 수 있다는 점에 착안하여 의원들에게 알아본 바, 날 때부터 허약하거나 병을 오래 앓아 의원과 깊은 친분이 있는 양반들이 몇 있었으며 교서관 교리가 그 명단 안에 포함되었다고 했다.

"물증은 없으나 심증으로는 매우 유력한 셈이지. 진작 네 말을 들을 걸 그랬구나."

"에이, 그거야 무어……."

셋이서 한자리에 모였을 때 자신이 그를 가리켜 범인일 가능성을 제기했던 건 사실이지만, 단순한 발상이 우연히 맞아떨어졌을 뿐이니 칭찬 들을 일은 아니었다. 희는 머쓱하게 뺨을 긁적이다가 화제를 돌렸다.

"그 장도가 물증이 되지 아니할까요?"

"가능은 하겠다만 한계가 있을 수밖에 없어. 장가가 모른다고 하면 그만 아니냐. 장사치의 신용 문제가 걸려 있으니 결코 입을 열지 아니할 것이다. 또한 그것이 유일한 증거라면 너와 내가 엮여 들어가 정당성을 설파하여야 하니, 없는 것보다 조금 나은 정도다."

"하오면…… 다른 증거를 찾아야겠네요."

"그래. 어쩌면 좋은 기회가 생길 수도 있겠더라. ……만일 네 오라비가 그 기회보다 늦어진다 해도 기다리지는 아니할 것이다."

"예, 물론 그러셔야지요."

희는 고개를 크게 끄덕였다.

단은 지금 도성을 떠나 있는 중이었다. 남원으로 간 만석에게서 소식이 끊겨, 직접 가 봐야겠노라 결정하고 그날 바로 행장을 꾸린 것이다. 걱정하는 희에게 별 탈 없을 것이라 안심시키면서도 그의 표정은 어딘가 모르게 초조한 빛을 띠었더랬다.

만석 역시 산전수전 다 겪은 사람이며 심지어 단이 데리러 갔으니 아무 일이 없을 게 분명했다. 그렇게 믿고 있지만, 불안감은 무른 땅을 디딘 발밑이 젖어 들듯 희의 마음 한구석을 스멀스멀 물들였다.

"쓸데없는 생각 마라."

대답만 했을 뿐인데 마치 희의 속내를 다 들여다본 양, 명원이 툭 내뱉었다.

"파발조차 일없이 끊어지기도 하는데 사사로운 연락이야 말해 무엇 하리. 또한 내게 너를 부탁하고 갔으니 반드시 그를 데리고 무탈하게 돌아올 것이다."

뒤이어 단정 지은 말은 꽤 아리송했다. 이 사람에게 부탁한 거라면 안심하고도 남을 터인데 되레 불안해서 돌아오리라는 것처럼 말하고 있지 않은가. 희는 의아했지만 물음을 삼키고 고개를 끄덕였다.

"예. 고맙습니다, 나리."

"너의 그런 얼굴을 내가 보기 싫어 한 말이니 네가 고마워할 일은 아니다."

이번에도 명원의 대답은 단호하기만 했다. 희는 그제야 무언가 이상하다고 느꼈다. 말을 할 때는 보통 장난기를 담거나 농담에 묻어 받아넘기는 사람인데, 지금 그는 그러기는커녕 흔한 웃음조차 내비치지 않고 있었다. 설마 술 때문인가 싶으면서도 희는 그것 대신에 더 궁금한 물음을 꺼냈다.

"그런 얼굴이란 게 어떤 건데요?"

"보기 싫은 얼굴."

"……."

"아, 지금 것은 낫구나."

……단순한 착각이었던가 보다.

희는 제 얼굴을 보란 듯이 더 구겼다. 여하튼 웃지도 않고 놀리는 데엔 도가 튼 사람이었다. 그런 희를 쳐다보던 명원이 한 손을 뻗어 왔다. 가끔 하듯이 뺨을 꼬집을 것처럼 다가오던 그 손은, 그러나 희의 코앞에서 주먹을 쥐었다.

희는 눈을 깜박거렸다. 손을 거둬들인 명원이 자리에서 일어섰다.

"용무가 끝났다면 이만 가거라. 나도 쉬어야겠다."

"설마 지금 저를 피하시는 겁니까?"

미처 생각하기도 전에 충동적으로 말이 튀어나왔다.

따라 일어선 희는 후회하는 대신 명원을 똑바로 바라보았다. 집에 돌아가서 머리 터지게 고민하느니 직접 물어보는 게 훨씬 나았다. 정말 피곤해서 한 말일지도 모르지만, 부축했을 때나 서찰을 건넸을 때 그의 태도는 평소와 달랐다. 아직 통금 전이고 다른 날에 비하면 그리 늦은 시각도 아닌데 역시 이상한 일이었다.

약간 긴장하며 대답을 기다리던 희를 물끄러미 내려다본 그가 반문했다.

"하면 네가 나를 피해 줄 테냐?"

"……예?"

"너를 기다리는 것이나 엇갈려 허탕 치는 것에 이미 익숙한데 오늘따라 그 사실이 어찌 그리도 아쉽던지. 있었으면 참 좋겠다 생각하고도 정작 나타나자 웃음이 나기는커녕 술기운이 더 올라서 아찔하기만 하더라. 한데 너는 아무것도 모르고 속 편한 소리나 하지. 그러니 내가 피할 수밖에."

조곤조곤, 차분한 말투로 흘러나오는 말을 듣고 있자니 희는 저절로 얼굴에 열이 올랐다. 가슴 한구석에서부터 지펴진 불꽃이 얼굴을 달구고 손끝까지 저릿하게 만들었다. 희는 아무런 대꾸도 하지 못하고 입술만 달싹였다.

"이것 보아라."

명원의 목소리에 웃음기가 실렸다. 그 희미한 웃음은 이내 열기에 소리 없이 타들어 갔다.

"이처럼 말 한마디 없이도 나를 몰아세우고 있으니."

그는 손을 뻗었다. 갑작스러운 움직임에 놀라기도 전에, 그녀는 그의 품 안에 있었다.

조금 전까지 손가락 하나 닿지 않으려고 저어하던 태도가 거짓말처럼 느껴질 만큼 강한 힘이 그녀를 바짝 가두었다.

희는 목석처럼 얼어붙은 채 숨조차 멈추었다. 심장 뛰는 소리에 귀가 멀 지경이었다. 이내 눈과 귀 사이의 움푹 들어간 곳을 따스한 것이 가만히 눌렀다가 떨어졌다. 그것이 그의 입술이란 걸 솜털보다 보드라운 숨결 덕에 알게 된 희는 머릿속까지 아득해졌다. 하지만 그것도 잠시, 영영 놓아주지 않을 것처럼 꽉 끌어안았던 그는 다가온 때만큼이나 단번에 물러났다.

고작해야 두세 걸음일 뿐인데 희에게는 그 사이로 나타난 간격이 매우 어둡고 깊게 느껴졌다. 새삼 소름이 돋을 정도로 차가운 밤공기는 멀어진 온기를 상기시키기에 충분했다.

희는 참았던 숨을 천천히 내쉬었다. 종잡을 수 없는 그의 태도가 진정 뜻하는 바가 무엇인지 더는 모를 수가 없다. 그럼에도 칼로 잘라 내듯 밀려난 것이 서운하고 아쉬운 마음이 들었다. 희는 충동적으로 입을 열었다.

"취중에 실수하실 것이 염려되시는 거라면, 저는……."

"실수?"

그녀의 말을 끊고 되물은 명원은 입술 한끝을 올렸다.

"내가 네게 무슨 짓을 하건 실수는 될 수 없어."

"……."

"진심에 취기 따위를 섞고 싶지 않을 뿐이다. 그간 눌러 담았던 꼴이 우스워지니까."

이미 늦었긴 하지만, 이라며 자조적으로 중얼거린 그가 작게 한숨을 쉬었다.

"……가라."

메마른 목소리가 희를 떠밀었다.

희는 잠시 묵묵히 서 있다가 버티지 않고 물러섰다. 한 걸음, 그리고 또 한 걸음. 그에게서 눈을 떼지 않고 천천히 뒷걸음질을 친 희는 중문 근처까지 가서야 꾸벅 인사했다. 몸을 돌리기 직전에 보게 된 명원의 얼굴은 안도감만큼이나 아쉬움이 강하게 드러나 있어 희는 하마터면 그에게로 달려갈 뻔했다. 내내 그러고 싶었던 대로, 그러지 않기 위해 애써 참고 돌아선 것이 무색하게도.

그녀가 지금 이 자리를 피하는 건 무서워서도 아니었고 그에게 떠밀려서도 아니었다. 여태 들은 말 중 가장 진중한 고백을 하는 그를 이쪽에서 먼저 끌어안고 싶었다. 커다란 손을 마주 잡고, 나 역시 마찬가지라 말하고 싶은 충동은 어떤 때보다 크고 강렬했다. 지금만큼은 수줍음이나 부끄러움 따위를 다 젖혀 둘 수 있을 것 같았다. 그러나 희는 차마 제 욕심을 채우는 것을 택하지 못했다. 결국 그가 질책하는 대상은 오로지 그 자신뿐일 것이 분명하기에.

"하……."

단숨에 뒷문을 벗어난 희는 돌담에 기대어 숨을 뱉었다.

어둠에 잠긴 골목길은 기척이라고는 찾아볼 수 없이 적막했다. 이런 곳에서 미적거리다간 순라군의 눈에 띄기에 십상이건만 희는 금방 발길을 떼는 대신 고개를 들었다. 올려다본 밤하늘은 당장이라도 쏟아질 듯 반짝이는 별빛으로 가득 차 있었다. 낮보다 더 눈부신 광경을 무어라 형언할 수 없는 벅찬 감정 속에서 바라보고 있자니 불현듯 확신이 들어 희는 미소했다. 이 순간, 그 역시도 같은 하늘을 보고 있으리라.

같은 마음으로.

十

길일답게 화창한 날이었다.

평소 고즈넉하던 골목은 저잣거리만큼 소란스럽고 늘 굳게 닫혔던 대문은 밀려드는 손님들을 향해 활짝 열려 있다. 교리 조장일曺章壹의 저는 모친인 정경부인 박씨의 탄신일을 맞아 안팎으로 분주했다. 본가와 다른 형제들의 집을 두고 이곳으로 낙점된 까닭은 그가 모친이 특히 귀애하는 자식이기 때문이었다. 어릴 때부터 몸이 약해서 아예 의원에게 방 한 칸을 내어 줄 정도였는데 어엿한 장부로 무사히 커서 혼인을 하고 조정에 출사하였으니 품계의 고저와 상관없이 부모에겐 기쁨이요 자랑이었다. 이는 그가 오십 줄에 들어선 지금도 마찬가지라, 형제들도 반대 없이 그를 중심으로 잔치를 준비한다고 했다.

"하늘의 안배라는 게 별것이겠느냐, 바로 이런 경우지."

주시하는 용의자의 집에서 불특정 다수가 드나들기 쉬운 잔치가 열릴 예정이며, 그날이 바로 코앞인 것을 알아낸 명원의 말이었다. 희는 빈 광주리 하나를 옆구리에 낀 채 뒷문으로 당당하게 들어가며 다시금 그에게 동의했다. 형제도 많고 심지어 종오품인 교리가 형제 중 가장 낮은 관직이니 잠시 얼굴이나마 비치려는 인사들이 득시글거려 일손들은 그야말로 눈코 뜰 새 없이 바빴고, 그런 와중에 말간 얼굴의 부엌데기를 눈여겨보는 보는 사람은 없었다.

"떡은 아직 다 안 왔대? 그럼 좀 나눠서 올리자고."

"잠깐만, 그 국 더 끓여야 해!"

"간장이 덜 들어간 것 같은데? 응, 이거면 됐다. 얼른 갖고 가."

"접시! 접시는?"

부엌 안은 전쟁터를 방불케 했다. 희는 벽 한구석에 광주리를 세워 두고, 뒤꼍에서 설거지에 여념이 없는 사람들에게서 다 씻은 접시를 갖고 들어가 목청 높여 접시를 찾는 여인네에게 건네주었다.

"여기요."

"응, 그래. ……잠깐, 너 못 보던 얼굴인데?"

돌아서려던 여인이 희를 다시 보며 고개를 갸웃거렸다. 희는 생글생글 웃으며 대답했다.

"어머니가 오시기로 했는데 갑자기 몸살이 나셔서, 저가 대신 왔어요. 그래도 괜찮지요?"

"그야 괜찮다만…… 네 어머니가 누군데?"

"얘, 너 이거 좀 갖고 나가라!"

안쪽에서 나온 다른 여인이 희의 어깨를 치고 술병을 떠안겼다. 냉큼 받아

들고 돌아선 희의 등 뒤에서 "바빠 죽겠는데 누구 딸이면 또 어때? 나중에 물어보면 되지!", "하긴, 고양이 손이라도 빌릴 판에."라는 대화가 들려왔다. 희는 고비를 넘겼음에 안심하고 마당으로 나갔다.

넓은 마당 한가운데에는 화려하게 꾸민 예인들이 흥겨운 가락에 맞춰 춤사위를 펼치고 있었고, 손님들은 그 주변을 둘러싸듯 마련된 자리를 차지하고 앉아 주거니 받거니 하기 바빴다. 대청 위에는 오늘의 주연인 노마님 및 그 아들들과 귀빈들이 앉아 화기애애하게 담소를 나누고 있다. 희는 가진 술병을 술이 다 떨어진 곳에 내려놓고 빈 술병들을 챙겼다.

집에서 어머니를 돕던 솜씨를 발휘해 재빠르게 부엌과 마당을 오가며 열심히 일하는 동안에도 희는 들어오는 손님들을 몰래 살피기를 잊지 않았다.

잔치가 무르익을 무렵, 희는 기다리던 사람이 느긋한 걸음으로 나타난 것을 발견하고 반가움을 눌렀다. 눈이라도 마주쳐 보고 싶었지만 가까이 있던 손 하나가 그녀를 재촉했다.

"아, 예! 부침개요! 바로 갖다드리겠습니다!"

냉큼 돌아선 희의 목소리며 행동거지가 조금 전에 비해 유난히 가벼웠다.

이 많은 사람들 사이에서도 제일 먼저 눈에 들어온 건 부엌으로 향하는 어느 발랄한 뒷모습이었다. 스스로 그것이 신기해진 명원은 제풀에 미소했다. 안온한 그 표정은 대청으로 향하면서는 자연스럽게 뻔뻔한 웃음으로 바뀌었다.

"아, 이게 누군가. 어서 오게나."

"오랜만에 뵙습니다. 그간 평안하셨는지요."

명원을 알아본 자제들이 말을 건넸다. 다만 그들이 아는 것은 파락호로서의 이명원이었기에 떨떠름한 기색을 미처 감추지 못하면서도, 그 부친의 후광 탓에 내놓고 괄시할 수 없다는 듯 묘하게 반기는 태도였다. 명원의 웃음이 한결 진해졌다.

"응당 아버님께서 직접 오셔야 할 자리이지만, 이틀 전 어명을 받잡고 북으로 떠나셨기에 감히 소인이 대신 오게 되었습니다. 부디 양해하여 주시기 바랍니다."

"별소리를 다 하는군, 그야 나랏일이 우선이지."

"자자, 올라오게. 여기까지 오느라 수고했네."

명원은 대청 위로 올라가 노마님에게 비단으로 싼 함지를 바쳤다. 사실 부친이 직접 준비해 둔 이 패물을 들고 왔어야 할 대리인은 이명윤이었는데, 부친이 떠난 뒤에 명원이 간청하여 바꾼 것이었다. 명원은 정중하게 예를 갖추어 인사를 올림으로써 형님의 역할을 톡톡히 했다.

"탄신을 경하드립니다."

"고맙네. 준비한 것은 없네만 편히 있다 가시게."

명원은 여기 앉으라는 주변의 권유를 점잖게 사양하고 다시 내려갔다. 그들도 딱히 열성적이지는 않아서, 그는 마당 한편에 자리를 차지하고 앉았다. 흘끔 올려다본 그들은 언제 누가 왔다 갔었느냐는 듯 저들끼리 화목하게 두런두런 얘기를 나누고 있었다. 다른 사람이었다면 무시당했다고 불쾌해하거나 눈도장을 더 찍어 보고자 머리를 굴렸겠지만 딱 이 정도를 기대하고 예상했던 명원은 흡족한 마음으로 상을 청했다.

조장일의 집에서 잔치가 벌어진다는 소식을 접했을 때 그는 두 번 생각할 것 없이 그 호기를 놓치지 않기로 했다. 희 역시 같은 마음이었고, 그들은 각자 손님과 부엌데기로 동시에 잠입하는 데에 뜻을 모았다.

여 씨가 양반 댁을 뒤지고 다녔던 탈 쓴 도적임을 고려할 때, 그가 범인의 집에 침입했다가 붙잡혔으리란 추측은 간단했다. 단의 수하 역시 시신으로 발견된 장소에서 죽은 게 아니라, 죽은 뒤 옮겨진 것이었다. 그러니 둘 다 집 안 어딘가에서 찔렸거나 적어도 잠시 갇혔을 가능성이 컸다. 살인이 벌어진 두 번의 밤, 조장일은 집에 있었다. 다만 첫 번째 때는 그가 방으로 들어간 뒤로 아무도 본 사람이 없었으며 두 번째, 즉 여 씨가 죽던 날에는 내내 불이 밝혀져 있었지만 새벽에 방으로 들어가는 모습을 본 여종을 찾음으로써 두 사람의 심증은 한층 굳어졌다. 그래서 마침 열린 잔치를 이용해 집에 들어간 뒤, 기회를 보아 증거를 찾기로 한 것이다. 사람을 공들여 죽일 수 있을 만한 공간이나 그 길목에 아직 남아 있을지도 모를 것들을.

"어서 오십시오, 나리."

한 아낙이 다가와 독상을 내려놓았다. 예리한 빛을 품고 남몰래 주변을 살피던 명원의 시선이 순식간에 태평해졌다.

"냄새 한번 기가 막히는군. 자네들이 애 많이 썼겠어."

"아유, 별말씀을요."

진솔한 치하의 말에 무덤덤한 얼굴이던 아낙이 웃음기를 비쳤다.

"많이 잡수시고 혹 모자라시면 언제든 불러 주셔요."

"고맙네. 잘 먹음세."

깔끔하게 차려진 음식들은 보기에도 좋아 시장기를 자극하기에 충분했다. 금강산도 식후경이라, 일단 먹고 보기로 한 명원은 기쁘게 수저를 들었다.

입으로는 잔칫상을 즐기고 귀로는 사방에서 떠드는 온갖 한담들을 담아 두며, 눈으로 이곳저곳을 보는 그의 시야에 다시금 희가 나타났다. 아닌 척 살펴보니 정말로 잔치를 돕기 위해 온 것처럼 열심히 일하고 있었다. 물론 본분을 잊지는 않았겠지만, 어디서 무얼 하든지 최선을 다하는 희에게는 새삼 감탄이 나왔다. 그런데…….

……어찌 얼굴이 저리도 깨끗할까.

부엌과 마당을 오가는 일손들의 태반이 여인인 와중에도 대다수가 아낙네라 이리저리 흔들리는 빨간 댕기는 눈에 쉽게 띄었다. 적당히 검댕도 묻히고 할 일이지. 잔치에는 술이 빠질 수 없는 노릇이고, 한낮임에도 이미 술기운이 불콰하게 올라 얼굴이 벌게진 주당들도 몇이나 보여서 명원은 미리 주의시키지 않은 것을 후회했다. 일손으로 들어가겠다는 희의 말에 낮인 데다 양반 댁 잔치이니 가볍게 생각하고 수긍했던 것도 후회가 되었다. 저러다 봉변이라도 당하는 건 아니겠지. 설마 하면서도 흠칫거리고 만 명원은 이내 무심코 쥐었던 주먹을 풀었다. 막상 일이 닥친대도 알아서 잘할 아이지만 역시 그런 건 절대 보고 싶지 않았다.

그런 걱정을 하는 사람이 있다는 건 아는지 모르는지, 재빠르게 오가는 희는 그저 열심이었다. 명원은 다시 새어 나오려는 웃음을 지그시 깨물고 수저를 놀렸다.

주린 배를 어느 정도 채운 명원은 점점 더 고양되는 분위기를 지켜보다가 몸을 일으켰다. 조금씩 마당 가장자리로 향하는 걸음은 느긋하고 여유로웠다. 그가 모두의 시야에서 감쪽같이 사라질 적당한 기회를 노리던 참에, 별안간 요란한 소음이 허공을 갈랐다.

"죄, 죄송합니다!"

갑작스러운 상황에 가락마저 끊겼다. 일순 침묵한 모두가 주시하는 시선의 끝에서는 밥상을 엎고 만 사람이 쪼그리고 앉아 쩔쩔매면서 정리를 하고 있었다.

드물지 않은 일에서 금세 흥미를 잃은 사람들이 외면하고 예인들의 춤이 재개되기 직전, 명원은 사랑채 너머로 몸을 숨겼다. 그는 희가 실수를 한 게 아니라는 걸 확신했다. 그러니 그녀가 모처럼 마련해 준 기회를 놓칠 수는 없었다.

집안의 모든 일손이 다 잔치에 동원되었는지 안뜰은 매우 조용했다. 명원은 주변을 둘러보면서 거침없이 걸어갔다. 조장일은 식구도 많고 식솔도 많았기에 집 안에서 그들을 피해 무언가를 몰래 할 만한 장소는 한정되어 있었다. 우선은 가족 전부가 공범이 아니라는 전제하에, 명원은 그곳을 찾을 작정이었다. 상식적으로 양반가에서 가장 은밀한 장소인 안채를 제외한 건 그런 이유였다. 명원은 담과 건물을 따라 동쪽으로 계속 들어갔다.

그가 도착한 곳은 낡은 사당이었다.

오기 전에 명원은 이 집에서 석 달 전쯤 벽감壁龕을 만들었다는 사실을 알아냈다. 많이 낡은 사당을 새로 단장할 동안에 신주를 모셔 놓기 위해서였다. 그러나 무슨 사정인지 사당은 아직 텅 빈 채로 남아 있었고, 이젠 남들 눈에 띄지 않고 무엇이든 할 수 있는 최적의 장소가 되었다.

그가 문을 열자 오랫동안 밴 향내가 희미하게 코끝을 찔렀다. 안에는 사람 두엇이 들어가 앉을 정도의 공간이 있었다. 명원은 주변을 한 차례 둘러본 다음 들어가 문을 닫았다.

금세 암흑이 그를 에워쌌다.

그는 준비해 온 야명주夜明珠를 이용해 좁은 공간을 샅샅이 뒤졌다. 혈흔까지 기대하진 않았지만 사람을 가둬 놨던 흔적조차 없어서 실망하려던 찰나, 나무로 된 문틀 한구석이 속살을 드러낸 것을 발견했다. 마치 무언가에 부딪치거나 긁혀서 나뭇조각이 떨어져 나간 것 같았다. 다른 틀과 기둥을 다시 살펴서 똑같은 것이 없는 걸 확인하자 낡아서 자연스럽게 훼손된 게 아니란 짐작이 확고해졌다. 명원은 부근의 나뭇조각을 조심스럽게 떼어 내어 따로 챙겼다. 시신의 옷이며 상처에 남아 있었던 흔적들과 비교해 볼 요량이었다.

조금 더 살펴보았지만 달리 눈에 띄는 점은 없었다. 명원은 잠시 귀를 기울여 바깥 동정을 살핀 다음 신중하게 밖으로 나와 사당의 문을 닫았다.

몸에 묻은 먼지와 흙을 얼른 털고 건물 모퉁이를 돈 순간, 명원은 뺨에 흉터가 있는 한 사내를 맞닥뜨렸다.

"이런 곳에는 어인 일이십니까."

명원은 그를 바로 알아보았다. 조장일에 대해 조사할 때 가장 자주 붙어 나온 수하였다. 예의를 갖춰 물으면서도 그의 눈은 이미 명원을 꿰뚫어 볼 듯 부리부리하게 빛났다. 명원은 빙그레 웃었다.

"마침 잘 만났군. 이 댁은 측간이 어디인가?"

"……잔치에 와 주신 손님들이 사용하실 곳은 따로 마련되어 있습니다만."

"그야 알고 있네만, 사람이 워낙 많아 갈 때마다 비어 있는 꼴을 못 보았으니 난들 어쩌겠는가. 점잖지 못하게 실례를 하느니 차라리 수상쩍게 여겨지는 게 낫지."

의미심장한 말에 사내는 무례하달만치 명원을 빤히 쳐다보고 있던 시선을 내렸다.

"소인이 뫼시겠습니다."

"부탁하네."

명원은 선선히 그의 안내를 받았다. 뒷간에 들어갔다가 나왔을 때도 그는 조금 떨어진 곳에서 기다리고 있다가 명원을 다시 마당까지 수행했다. 이 일이 조장일에게 알려지는 건 시간문제가 된 셈이지만 현장을 들키지 않았으니 다행이라 할 만했다. 명원은 애써 자위하며 상 앞에 앉았다. 여전히 바쁘게 오가는 희는 기특하게도 이쪽을 한 번도 쳐다보지 않았다.

명원은 조금 더 자리를 지키다가 이만하면 괜찮겠다 싶을 무렵에 그곳을 빠져나왔다.

"세상에나, 이게 무슨 일이람."

"말세구만, 말세야. 백주 대로에서 여인네가 칼부림을 해 대다니."

"대관절 무슨 사연이기에, 쯧쯧."

"남을 찌르고 저도 찌른 거면 웬만큼 분하고 억울한 게 아닌 모양인데."

포졸들이 금줄을 치고 간격을 벌려 놓았음에도 주변을 가득 메운 행인들이 저마다 떠들어 대는 말들은 매우 크고 또렷했다. 희는 문득 질리는 기분을 느끼며 어깨를 움츠렸다. 해가 넘어가고는 있지만 아직 밝은 대낮에, 사람이 가장 많이 오가는 대로에서 일어난 사건을 맡은 것은 오랜만이라 너무 시끄러워서 집중이 잘 되지 않았다. 그러나 재겸은 오로지 목격자의 목소리만 들리는지 진지하게 증언을 듣고 있었다. 성정이 참 불같고 시비도 잘 걸고 재수가 없긴 하지만 미워할 수만은 없는 건 이런 면 때문이었다.

희는 사념을 접고 시신을 살폈다. 백주에 수십의 행인들을 두르고 벌어진 사건이라 범인이며 사인死因은 명명백백했다. 모르는 것은 이 고운 여인이 지나던 여인을 찌른 다음, 제 목을 찔러 이리 누워 있을 마음까지 먹게 된 연유뿐이다. 가슴을 찔린 피해자는 놀랍게도 숨이 붙어 있어 가장 가까운 의원으로 급히 실려 간 상태였는데 희는 어쩐지 낙관하기가 어려웠다. 귀신이 된 사자가 붙어 갔을 것 같다는 생각이 든 탓이었다. 대체 무슨 사연일까. 하긴 알아 봤자 소용없지만. 그녀는 고개를 절레절레 흔들었다.

곧 검험檢驗이 일차 마무리되어 거적을 덮은 시신이 들것에 실려 나갔다. 하늘을 올려다보고 해의 기울기를 가늠하던 재겸이 희를 돌아보았다.

"너 먼저 들어가라."

"예?"

"검안소까지 확인하고 보고드려. 난 잠시 갑동甲洞에 들렀다 갈 터이니."

"아……, 한 군관님께 가 보시려고요?"

"그래."

희 자신과 재겸이 없는 사이 소백 혼자 사건을 맡아 나간 곳이 그곳이었던 것 같았다. 확인하는 물음에 역시나 긍정의 대답이 돌아왔다. 그쪽 일손이 부족하진 않을 것이라 희는 조금 이상했지만 이쪽 일이 수월하게 끝난 마당에 친우를 돕겠다는 훈훈한 미담을 훼방 놓을 생각은 터럭만큼도 없었다. 얼마든지 그러시라며 고개를 끄덕이려던 희는 재겸의 안색이 어딘가 모르게 어두운 것을 눈치챘다. 그는 작게 혀를 차며 중얼거렸다.

"쯧, 하필 분사(焚死, 불에 타 죽음)라니."

"……한 군관님이 분사자를 저어하셨어요?"

여태 그런 적이 있었던가? 희가 기억을 더듬으며 물어보자 재겸은 퍼뜩 상념에서 깨어난 눈으로 희를 보더니 손을 내저었다.

"알 거 없고, 얼른 가 보기나 해라. 중도에 꾀부릴 생각 말고. 알겠느냐?"

"예에. 그럼 나중에 뵙겠습니다."

희는 꾸벅 인사하고 자리를 빠져나왔다. 알 거 없다는 말이 사실임에도 여전히 의아했지만, 잠시 잊고 있었던 중요한 일이 떠올라 남은 의구심을 싹 몰아냈다.

"내게 맡겨라."

어제 명원이 교리 댁 사당에서 가져온 나뭇조각은 장가에게서 사들인 장도와 함께 좌포청의 검률에게 보여서 증거물과 일치하는지 확인하기로 했다. 오래된 장도는 자루와 날을 잇는 두겁만 새 칠이 되어 있었다. 직접 사러 간 명원이 끝이 살짝 부러진 것보다 그 부분을 탐탁잖아 하자 장가는 안절부절못했다. 그래서 명원이 "어째 전부터 탐내던 어느 교리 댁에서 본 것과 비슷한 건 마음에 드는데."라는 말로 넌지시 찌를 던지자 "세상에, 운이 좋으시군요! 경로를 밝힐 수 없지만, 아무튼 운이 아주 좋으십니다."라고 덥석 물었다.

희는 포청에 가는 것이니 당연히 자신이 할 셈이었는데 명원은 그녀의 손이 닿기도 전에 탁자 위의 나뭇조각과 장도를 척척 갈무리해 품에 넣었다.

"그 사건은 너의 일이 아니지 않느냐."

"그분과는 가까운 사이이니 괜찮습니다."

"그럼 더더욱 못 보내 주지."

정색한 명원은 또 언제 그랬냐는 듯 금세 웃음기를 비추며 말을 이었다.

"설마 너나 종사관님이 아니면 내가 포청 일엔 손도 못 댈 것으로 생각하는 건 아니겠지?"

"아, 아닙니다."

"더구나 너는 일이 바쁘고 나는 노닥거리는 게 일이니 내가 함이 옳다."

그렇게까지 말한다면야 별수 없다. 희는 그때까지 들고 있던 손을 내리고 물었다.

"만약 정녕 일치하게 되면 어쩌실 겁니까?"

"너는 어쩌고 싶으냐?"

"예?"

"네 오라비가 본인이 자리를 비운 동안에는 네 판단에 맡기겠다고 하였는데."

"어……. 나리의 생각은요?"

슬그머니 눈을 굴리다가 편법을 쓴 희는 직후 눈을 부릅떴다. 설마 교리에게 직접 쳐들어가겠다는 건 아니겠지!

"아니다."

그녀의 머릿속쯤은 훤히 들여다보고 있을 명원이 역시나 단박에 대꾸했다. 그가 슥 노려보자 희는 절반은 장난인 걸 알면서도 움찔했다.

"대체 나를 어찌 보고, 이는 분명 때와 장소도 못 가리는 시정잡배 취급이렷다."

"저, 저가 언제요! 전적이 워낙 화려하시니 별수 없지요, 무어."

말이야 바른말이지. 희는 입술을 삐죽였다.

"이번에는 종사관님께 말씀드려 마무리는 관에 넘길까 한다. 물론 네가 좋다면."

"저야, 나리의 뜻이 그러하시면 상관없지만…… 대부분 몰래 모아서 추정한 단서인데 관에서 과연 받아들일까요?"

"나라에서도 골치인 고리업이 끼어 있는 데다, 탈 쓴 도적이며 살인이며 세간이 뒤숭숭한 마당에 포청의 체면상 범인은 반드시 잡아 내놓고 일벌백계하여야 할 참이니 나타난 단서를 좌시하진 못할 것이다. 되레 고마워해야 마땅하니, 그보다는 네 오라비가 걱정이지."

"어찌……, 아."

희는 묻다 말고 작은 탄성을 흘렸다. 단 오라버니가 감히 자신을 포승줄에 묶이게 만든 자를 남에게 양보할 리가 없었다. 애초에 살인자는 그의 몫이라고 선을 긋기도 했고. 그 마음은 백번 이해가 되고도 남았다. 허나…….

"그래도…… 죄인이건 복수를 하건 살인은 살인이니, 국법에 따라 단죄할 수 있다면 그것이 최선이 아닐는지요."

"네 말이 옳다."

시선을 똑바로 준 명원이 빙그레 웃었다.

"여태 이런저런 일들이 많아 걱정했다만 역시 기우였구나. 네가 그런 생각이라면 천하의 그라도 이해하지 아니할 수 없겠지."

하기야 네가 무슨 생각이건 그가 상관이나 하겠느냐마는. 알 수 없는 말이 이어졌고 또 무엇을 걱정했다는 건지도 알 수 없었지만 희는 아무래도 좋았다. 그저 명원이 자신을 걱정했다는 것만으로도 기뻐서 가슴이 벅찼다. 걱정 따위 끼치는 일 없이 알아서 잘하고 싶다는 마음이 무색해질 정도로.

칭찬해 주듯 부드럽게 웃는 그의 얼굴은 하루가 지난 지금도 생생했다. 희의 뺨에 언뜻 붉은 기가 돌았다. 설령 아무 상관 없는 단서로 판명이 난다 해도, 운이 남았다면 포청에 온 그를 볼 수 있을지도 몰랐다. "내일 포청에서 마주쳐도 모르는 척하기 없기다." 라던 그의 농이 떠올라 희의 등을 떠밀었다.

시신을 수습해 먼저 나선 오작인과 사령들의 뒷모습이 저만치 보였지만 그녀는 그들을 뒤따르거나 따라잡는 대신 자신이 잘 아는 지름길을 택했다. 급히 방향을 바꾸느라 뒤에서 오던 사람과 부딪친 희는 얼른 사과하고는 걸음을 재촉했다.

골목을 이리저리 꺾는 동안 주변 인기척이 점점 줄어들었다. 희는 손바닥만큼 잘 아는 지리라 아랑곳없이 한 가지 생각만 떠올리며 발걸음을 재게 놀렸다. 그러던 어느 순간, 웬 목소리가 불쑥 튀어나와 말을 걸었다.

"이보시오!"

"예?"

멈춰 선 희가 돌아본 곳에는 아무도 없었다. 이상하다는 생각을 앞선 불길한 예감에 순간 등골이 서늘해졌지만, 그녀가 경계하기도 전에 무언가가 목뒤를 강하게 때렸다.

숨이 턱 막혔다.

크게 벌린 입에서는 아무런 소리도 나오지 못했다. 흙바닥이 솟아올라 이마를 후려쳤다. 머릿속을 가득 채운 낯익은 얼굴이 희미해지는 것이 그 와중에도 안타깝게 느껴진 직후, 희의 눈앞이 까맣게 물들었다.

十一

길게 이어진 복도는 기척 없이 매우 조용했다.

안뜰에서부터 여기로 오는 동안 마주친 사람을 꼽자면 한 손도 넉넉할 만큼 깊숙이 자리한 방은 두 사람이 나타나기까지 정적에 잠겨 있었다. 그런데 어째서 불현듯 뒤를 돌아보고 싶어진 것일까. 명원의 예리한 눈길이 다시금 주변을 구석구석 훑었지만 이상한 점은 없었다. 그때 앞서 들어온 수인이 그에게 자리를 권했다.

"앉게."

명원은 이해할 수 없는 느낌은 잠시 미뤄 두고 등 뒤로 문을 닫았다. 수인과 마주 앉은 그는 가지고 온 두 개의 보자기를 탁자에 올려놓고 활짝 펼쳤다. 수인은 그 안의 작은 나뭇조각과 낡은 장도를 번갈아 보았다. 무언의 재촉에 따라 명원은 두 건의 살인에 얽힌 이야기를 풀어놓기 시작했다.

묵묵히 듣고 있던 수인은 한참 후 명원의 말이 끝난 뒤 입을 열었다.

"즉 이것이 그 증거들이란 말인가."

"그러합니다."

사당의 문틀에서 떨어진 나뭇조각은 첫 번째 시신에서 나온 나뭇조각과 같은 것이며 쇠붙이는 장도의 작은 흠과 맞아떨어졌다. 이로써 두 구의 시신이 하나의 범인으로 이어지고, 첫 번째 피해자와 고리대로 연결된 한 사람이 범인의 특징과도 일치한다는 사실이 밝혀진 이상 사건은 거의 끝난 셈이었다. 그러나 이제 자신이 아는 것을 거의 다 알게 된 수인은 전혀 다른 결론을 내릴 것이라, 명원은 차분하게 기다렸다. 아니나 다를까 수인이 지적했다.

"흔한 나무에, 내 것이 아니라거나 분실물이라고 하면 그만인 장도일세. 증인도 없고."

"드러낼 수 없을 뿐입니다."

"그게 그 말이지 아니한가. 이걸로는 부족하이."

"하오나 나리의 심증을 굳히기엔 충분한 듯 보입니다만."

수인은 부정하지 않았다.

"살인자든 혐의자든, 무어라 부르든 어떻겠습니까. 관에서 이 단서들을 가지고 파헤친다면 분명 죄가 밝혀질 것입니다."

이만한 심증과 정황 증거라면 관에서도 결코 무시할 수 없을 것이었다. 과연 수인은 가타부타 말없이 생각에 잠겼다.

쉽게 결정할 수 없는 일인 건 당연했다. 명원은 그 점을 잘 알고 있었다. 그런데도 그는 기분이 살짝 가라앉았다. 고민하는 수인을 보노라니 새삼 아무런 힘이 없는 현실이 씁쓸하게 다가왔다. 그 마음의 한 자락은 희에게 닿아 있었다. 포청에 정보를 줄 리 있느냐며 당연한 듯 말하던 얼굴은 이제 와 돌이켜도 안쓰러웠다. 정正을 믿고 의義를 쫓는 희가 다모인 자신을 잠시나마 접어 둘 정도로 실망한 건 일개 종사관이 아니라 관官으로 대표되는 현실이란 것도 알지만, 애써 눈물을 삼키던 희가 머릿속을 스치자 잠자코 있기가 힘들었다.

"원하신다면 처음부터 포청의 명이었던 것으로 덧씌우셔도 됩니다."

수인의 눈길이 똑바로 향해 왔다. 명원이 담담하게 말을 이었다.

"애초 천것들이 미행한 것도, 상관없는 한량이 멋대로 헤집고 다닌 것도 아니라면 쓰이지 못할 일이 없을 듯합니다만."

"……."

"저희 중 공을 바라는 자는 아무도 없으니 이런 걸 두고 일거양득이라 하겠지요."

"꽤 매운 소리군."

수인은 쓴웃음을 지었다.

"하기야 원망을 들을 법도 하지. 희도 많이 실망하였을 터."

단도직입적인 이름에 허를 찔린 명원은 순간 할 말을 잃었다. 인자하게 웃는 수인을 보자 방금의 자신이 각오했던 것보다 더 미숙하게 느껴져 혀가 묵직해졌다.

"그래도 자네가 있어 다행일세."

"……달래 주는 것밖에 할 수 없습니다, 저는."

명원은 겨우 진심을 중얼거렸다.

드물게도 부끄러움이 일었다. 그는 지금 강수인을 오로지 국록을 받는 관리이자 잘난 웃전들의 대인代人으로 대했는데 수인은 그런 때조차 희를 친딸처럼 아끼는 사람이었고 이명원과 유희를 가장 잘 이해해 주고 있었다. 그러고 보면 희와 연을 맺게 해 준 것만으로도 고개를 들 수 없건만, 이 얼마나 못난 짓이었는지.

"충분하지. 그 아이에게 더 필요한 것이 달리 있겠나."

명원은 수인의 말에 잠자코 머리를 숙였다. 수인은 명원의 말 없는 사죄를 너그럽게 받아 주고 화제를 제자리로 되돌렸다.

"범인이 화구상과는 물품 거래로 안면을 텄을 가능성은 있네만, 그것이 그처럼 참혹하던 시신의 상태를 다 설명하는 건 아닐세. 갈등이라면 고리업 쪽이 훨씬 더 깊을 터인데. 혹 다른 사정이 있나?"

"그 점은 명확하지 아니합니다만 본디 수집가들이란 자신만의 기준에는 대단히 예민하니 거래 중 심사를 건드린 게 아닐까 싶습니다."

명원은 수인에게 그간 알아낸 사건의 정황을 다 밝혔지만 화구상이 탈 쓴 도적이었다는 점과 그 사실과 관련된 것들, 즉 그림에 대해서는 말하지 않았다. 도적의 목적과 사정을 전혀 모르고 있기 때문이었다. 단이 돌아오면 수수께끼를 풀 수 있을지 몰라도, 지금 그의 대답은 거짓이 아니었다.

다시 침묵한 수인은 잠시 후 고개를 끄덕였다.

"알겠네. 내가 직접 처리하지."

"감사합니다."

"인사는 자네들이 들어야지. 애썼어. 한데 한 가지 걸리는 게 있네만……."

수인이 증거가 놓인 탁자 위를 손가락으로 툭툭 두드렸다.

"이 일을 관에 넘긴다는 걸 '그'도 알고 있는 건가?"

명원은 수인이 단을 가리키고 있음을 알아챘다.

다만 그 깨달음이 놀람을 지워 주는 건 아니라, 그는 바로 대답하지 못했다. 분명 희는 단의 정체를 밝히지 않았다고 했는데. 말없이 쳐다보자 수인이 픽 웃었다.

"일개 노공이 아닌 건 짐작하는 바였네. 더욱이 자네와도 안면이 있다면 가당치도 아니한 인물일 수 있겠지. 작년의 일도 있고."

"……."

"어찌 되었든, 자신의 손으로 잡겠다고 벼를 만한 인사로 보였기로, 후환을 각오해야 하느냐 묻는 걸세. 관에 대해 좋은 감정이 없을 터고 고신까지 당했으니 말이야."

"문제없습니다. 희가 알고 있고, 찬성하였으니까요."

이번에 말문이 막힌 쪽은 수인이었다. 명원은 소박한 즐거움을 느끼며 덧붙였다.

"현재 이 건에 한해서 그의 의사는 그 아이가 대신하고 있습니다."

"……그 정도인가?"

"그 정도입니다."

허어, 수인이 뜻 모를 탄식을 흘렸다.

"하기야 그리 사색이 되어 애쓸 때부터 가까운 사이라는 건 짐작하고 있었네만……. 참으로 묘한 인연이로다."

명원은 말없이 동감했다. 수인이 다소 착잡한 표정으로 말을 이었다.

"그가 잡혀 왔을 때, 희가 결백을 주장하면서 한 말이 있지. 그가 실제로 범인이라면 자신의 손으로 잡을 거라고."

과연, 희가 할 만한 말이었다. 그때 그녀가 어떤 심정이었을까를 돌이키니 명원은 갑자기 입 안이 썼다.

"내 짐작이 맞는다면 직접 칼을 쥘 필요가 없는 자겠지. 허나 칼을 쥔 손들을 책임지는 것이 더 큰 일이라는 걸 모를 리 없을 터인데."

"염려하실 일은 없을 겁니다."

명원은 수인을 안심시켰다.

"두 사람은 서로의 처지를 완전히 이해하고 있습니다. 특히 그는 희가 어떤 마음으로 일에 임하는지 잘 알고 있고, 지금처럼 계속 도움을 주기 위해서라도 신중하게 처신할 것입니다."

"……연결될 만한 증거를 결코 남기지 아니할 거란 뜻으로 들리네만."

"바로 그 뜻입니다."

명원이 단언하자 수인은 관찰하는 듯 다소 예리해진 눈길을 던졌다.

"자네 역시 그와 아주 가까워 보이는군."

"가깝다기보다 닮았기 때문일 겁니다."

"닮아?"

"예, 한 가지뿐이지만."

워낙에 전부나 마찬가지인 하나인지라.

명원은 뒷말을 삼키고 미소 지었다. 눈을 깜박인 수인이 미미하게 눈살을 찌푸렸다.

"물론 자네가 가진 것에 비해 누리는 것이 턱없이 적기는 하지만, 그래도 엄연한 나라의 죄인과 비하는 건 그만두게나."

아무래도 수인은 명원이 자신의 처지를 '음지'로 빗대어 말한 것으로 오해한 모양이었다. 명원은 고마운 마음으로 고개를 살짝 숙여 보였다. 수인이 종사관의 얼굴로 말했다.

"어쩐지 이번에 천재일우의 기회를 놓쳐 버린 것 같군. 다시는 얻지 못할지도 모를 그런 기회를."

"……."

"……지금 한 말들은 자네만 알고 있게."

"염려 마십시오."

명원은 웃음을 참고 수인만큼이나 진지하게 대답했다. 헛기침한 수인이 증거품을 도로 덮고 명원 앞으로 살짝 밀었다.

"우선은 넣어 두고, 바쁜 일이 없다면 사람을 보낼 터이니 차라도 들고 가지."

"감사합니다. 괜치 아니하신다면 희가 돌아올 때까지 있다가 가고 싶습니다만."

"그리하게. 약조라도 하였는가?"

"그런 건 아니고, 저녁밥을 사 줄 생각인데 그 아이 집으로 가려고 합니다."

"좋은 일이군. 일석이조라."

"일석삼조입니다. 음식도 아주 맛있으니까요."

"그러하다면 더욱 잘된 일이고."

수인이 자리에서 일어났다. 그의 말이 조금 이상스럽게 들린 명원은 별 생각 없이 물었다.

"드셔 보신 적 없으십니까?"

"딱 한 번 있지. 한데 무슨 맛인지 도무지 알 수가 없더군."

명원은 입을 열었지만 아무 말도 하지 못했다.

돌연 보이지 않는 강한 손이 목덜미를 잡아챈 듯 숨이 막혔다. 그는 수인의 여상스러운 말투와 무덤덤한 표정에 속지 않았다. 그럴 수 없었다. 그 점을 아는지 모르는지 수인의 말은 평온하게 이어졌다.

"모든 걸 다 기억하는데, 심지어 그때 세 살이었던 희가 갖고 놀던 나무 장난감의 모양조차 알고 있는데…… 그것만은 모르겠어."

"……."

"그럼 편히 있게나."

수인이 몸을 돌렸다. 명원의 망연한 시선이 그 뒷모습을 좇았다. 잠깐 엿본 것만으로 온몸이 눌린 듯 아파지는 감정을 수십 년 동안 깊고 단단하게 묻어 다스리는 그가 불현듯 태산보다 커 보였다. 괜한 말을 했다는 사죄는 불필요했다. 만약 명원이 사죄한다면, 수인은 지우고 싶지만 지워지지 않은 기억을 억지로 꺼낸 셈이 되는 것이었다. 그러나 방금 그의 말투와 눈빛, 아주 작은 손짓, 표정 하나하나가 드러내고 있었듯 그 기억은 그의 일부가 된 지 오래였다. 그것을 부정하는 말은, 결코 할 수 없다.

"참, 그러고 보니."

미동조차 못하고 있던 명원은 문득 이쪽을 돌아본 수인과 눈이 마주치는 바람에 흠칫 놀랐다. 수인은 의아해하는 눈치였지만 추궁하는 대신 다른 것을 물었다.

"자네가 그를 빼내 준 것도 닮았기 때문이었나?"

"……무슨 말씀이신지 모르겠습니다만."

명원은 '아닙니다.' 라는 말을 직전에 삼키느라 한 호흡 늦게 대답했다. 자신의 귀에도 이상하게 들렸는데 다행히 수인은 그런가, 하는 얼굴로 돌아서서 방을 나갔다.

인기척이 희미해진 다음에야 명원은 참았던 숨을 토했다. 단을 석방시키는 과정은 어둠만이 보았으니 그저 넘겨짚은 것이란 걸 알면서도 긴장하고 말았다. 역시 방심해서는 안 될 사람이었다.

……그런 사람이 이 이명원을 우상을 움직일 만큼의 거물로 봐 준다면야 고마운 일이려나.

정적 속에서 다소 여유를 찾은 명원이 속으로 중얼거릴 때쯤, 누군가가 복도를 걸어와 손기척을 울렸다. 명원은 증거물을 품에 넣은 다음 입실을 허했고 다모 한 명이 다기를 들고 들어와 향긋한 차 한 잔을 따라 준 다음 나머지는 놓아두고 다시 나갔다. 다모 복장을 보고 무심코 멈칫했던 명원은 바보처럼 순간이나마 기대했던 자신을 비웃으며 찻잔을 들었다.

입 안을 따스하게 데우고 목으로 부드럽게 넘어가는 차는 향기만큼이나 맛이 좋았다.

명원은 유유자적하게 앞으로의 일을 하나씩 짚었다. 관에서는 사람을 풀어 고리업자들과 여 씨의 주변을 조사하여 교리를 목격한 자를 찾아내고, 각 사건이 벌어진 당시의 교리와 그 수하의 일정을 파악하고, 교리의 주변 사람 중 교리가 이런저런 문양의 오동상감장도를 갖고 다닌 걸 본 사람을 확보하면 될 것이다. 그리고 이쪽은 여 씨가 왜 교리를 찾았는지, 왜 하필 몽유도원도를 걸고 소문을 퍼뜨렸는지를 알아내는 일이 남았다. 여 씨의 죽음으로 완전히 묻힌 도적의 정체를 과연 공개할 것인지의 여부는 그때 가서 결정해도 좋으리라.

범인도 범인이었지만 그 점들이 너무나 궁금했던 명원은 단이 올라오는 대로 그 수수께끼가 풀리기를 기다리고 있었다. 그의 귀환이 예상했던 것보다 늦어지고 있긴 해도, 그는 단이 잘못되리란 생각은 꿈에서조차 들지 않았다.

"지금쯤 어디까지 오셨으려나."

희가 은근슬쩍 걱정하는 눈치를 비출 때마다 그는 그게 제일 쓸데없는 일이라고 핀잔을 던져 주고 싶었다. 하기야 그 아이 앞에서는 깔개로 만든 호랑이 꼴이니 별수 없나. 그리 폭신하게 두르고 앉은 지 몇 년이면 뻔히 알고도 잊을 법하긴 하다고, 명원은 떨떠름하게 인정했다. 그처럼 의뭉스럽게 구는 그를 보는 건 언제고 익숙해지지 않을 것 같다. 그러나 적어도 이번 일을 통해 희를 포함한 셋이서 한자리에 모이는 것이 익숙해진 건 사실이었다. 그래서 명원은 단이 오늘 돌아올 것을 대비해 별채에 서간을 남겨 놓았다. 지금 포청으로 갈 것이며, 만약 퇴청 시간이 지나서 이 글을 본다면 약밥도 맛있게 하는 집으로 오라고. 먼 길 오가느라 고생한 사람에게 술이야 몇 잔이든 살 요량이 있었다.

그러고 보니 그 사람도 함께 오라고 말이나 해 볼 걸 그랬나.

이름이, 만석이었지. 명원은 기억을 더듬었다. 음지의 수장과 자의 반 타의 반으로 엮이는 동안 그 곁을 지키는 사람에 대해서도 자연히 알게 되었다. 역대 수장들과 달리 단은 방관을 기본 지침으로 삼고 있으며 큰일이 아니고서는 직접 나서지도 않는다. 그럼에도 이인자가 따로 없어서 더욱 존재감이 큰 심복이라고 했다. 그러려니 하고 별생각이 없었는데, 희가 '아재' 라고 부를 정도로 친한 사이였다니 이제 와 조금 후회가 되었다. 어차피 팔은 안으로 굽겠지만 역시 아쉬운 건 아쉬운 일이었다.

"무어, 늦었다 할 때가 제일 빠른 법이라니까."

명원이 이런저런 상념에 젖는 동안 찻잔은 어느새 바닥을 드러냈고, 그는 손수 차를 따라 마시면서 기다림을 즐겼다. 희가 일하는 곳에서 그 아이를 기다리는 건 꽤 각별한 일이었다. 자신을 보고 환하게 웃을 희를 생각하자 어쩐지 입 안이 말라 재차 찻잔을 기울여야 했다. 그때 조용하던 복도에 불쑥 인기척이 나타났다.

가까워지는 발걸음이 다급하고 거칠어 명원은 의아해하며 문 쪽을 보았다. 혹여 아직 수인이 예 있는 줄 알고 찾으러 오는 사령인가 싶었는데, 예고도 없이 벌컥 열어젖혀진 문 너머로 나타난 사람은 바로 그 강수인이었다.

"희의 행방이 묘연하네."

말뜻이 이해된 찰나, 명원은 자리에서 벌떡 일어났다.

손에서 떨어진 찻잔이 탁자 위를 뒹굴어 차가 쏟아졌지만 그의 시선은 수인에게 못 박혔다. 굳은 얼굴의 수인이 빠르게 설명했다.

"오늘 정 군관과 함께 나갔는데, 정 군관이 희더러 먼저 들어가라 이른 뒤

다른 일을 돕고 돌아왔더니 여전히 없었다더군. 아예 본 사람이 없어. 집에도 사람을 보냈더니 역시 못 보았다는 말만 듣고 돌아왔네. 희가 어디로 갔는지 짐작 가는 바가 있는가?"

"없습니다."

즉각 튀어나온 메마른 목소리는 자신의 것이 아닌 것만 같았다. 명원은 제 대답을 귀로 듣고서야 지금 어떤 일이 일어난 것인지를 실감했다. 가슴이 철렁 내려앉았다. 숨을 들이마신 명원은 그제야 수인의 뒤에 함께 서 있는 재겸을 보았다. 그는 놀란 듯 당황한 듯 혼란스러운 기색이었지만 눈이 마주치자 표정이 딱딱해졌다. 명원은 직접 그에게 물음을 던졌다.

"오늘 희와 같이 나가신 곳이 어디입니까?"

"벽동碧洞 북쪽 대로입니다. 마지막으로 본 건 미시未時 반 각에서 신시申時 정각쯤이었으니 두 시진가량 된 것 같습니다."

두 시진.

명원의 낯빛이 변했다. 벽동에서라면 아무리 천천히 걸어도 반 시진 안에 좌포청에 당도할 터였다. 설령 일이 있었어도 희는 포청으로 돌아오고 싶어 했을 것이고 먼저 보냈다면 일각이라도 일찍 도착하려 서둘렀을 게 분명했다. 그런 그녀가 길목에서 없어졌다는 사실이 가리키는 바는 하나뿐이었다. 결코, 자의가 아니라는 것.

"정녕 모르십니까?"

날카로운 질문이 불쑥 튀어나와 명원의 주의를 끌었다. 그는 재겸을 돌아보았다. 재겸이 딱딱하게 말을 이었다.

"유희와 종종 같이 다니시는 건 압니다. 유희가 일 외에 다른 이유로 자리를 비운 것인데 그 외에 또 무엇이 있다는 말입니까."

"적어도 오늘은 아닙니다. 제가 여기 올 거라는 사실을 알고 있으니까요."

재겸의 눈매가 꿈틀, 구겨졌다. 명원은 수인에게로 고개를 돌렸다.

"근래 희가 나갔던 사건들을 한번 살펴 주시기 바랍니다. 만약 걸리는 것이 없으시다면……"

"응당 사람을 풀어 찾아야지. 한낮에 우리 식구가 사라졌으니 이 또한 중대한 사건일세."

"그 일은 소관이 맡겠습니다."

재겸이 나서서 청했다. 수인이 고개를 끄덕이자 그는 지체 없이 몸을 돌렸다. 직전 명원에게 짧은 눈길이 스치듯 닿았지만 재겸 본인도, 명원도 깨닫지 못했다.

"그럼 이만, 저는 저대로 찾겠습니다."

"그리하게."

명원은 즉시 방을 나왔다. 그가 잰걸음으로 복도를 지나가려는 참에, 수인의 목소리가 등을 두드렸다.

"진우眞羽!"

호號를 불려 반사적으로 돌아본 명원은 일순 멈칫했다. 수인의 얼굴은 낯설 정도로 어두웠다. 염려 이상의 그림자가 매우 짙어, 명원은 그가 어떤 표정을 짓고 있는지 알아볼 수 없었다.

"나는…… 그 아이의 어미에게 다시는 찾아가지 아니하겠노라 약조한 바 있네."

"……."

"내가 그 약조를 지킬 수 있도록 해 주게나."

명원은 고개를 깊게 숙여 답하고 돌아섰다.

건물 밖으로 나가기도 전에 그의 머릿속은 희로 가득 찼다. 두 시진이라면 무슨 일이 일어나도 이상하지 않을 시간이다. 방금 수인의 부탁이 암시하는 것처럼, 재겸에게겐 미안한 일이지만 희의 행방은 포청의 일과 무관할 가능성이 훨씬 컸다. 포청에 앙심을 가진 자들의 짓이라면 일개 다모 하나를 노릴 까닭이 없는 반면, 이쪽은 사람을 둘이나 잔인하게 죽인 살인자를 쫓는 중이었다.

더 은밀하고 신중하게 움직였어야 했는데. 명원은 이미 늦은 후회를 곱씹었다. 겉으로 보기에 자신들 세 사람은 그저 한량과 노공과 다모일 뿐, 서로 접점이 전혀 없었다. 어둠 속의 만남이 잦아져도 기실 누구에게든 주목받을 일이 아니었다. 그러니 처음부터 알고 있었다기보다 이쪽의 일이 진전됨에 따라 눈치를 챘을 터였다. 대체 어디에 어떤 틈이 있었을까. 짚이는 것이 전혀 없었고 또 너무 많았다. 그림 소문을 냈을 때. 장가를 찾아갔을 때. 희가 공방에서 장가와 마주쳤을 때. 그리고…… 잔치에 갔던 때.

일순 명원의 숨이 멎었다. 안뜰에서 마주쳤던 수하의 험상궂은 얼굴이 생생하게 떠올랐다. 의심에 가득 찼던 매서운 눈빛이 희를 쏘아보는 상상만으로도 명원은 등골이 오싹해졌다. 만약 그때 꼬리를 잡힌 거라면, 이명원을 통해 유희를 알게 되고, 결국 자신 때문에 희가 위험해진 거라면…….

"정신 차려!"

명원은 자신을 향해 일갈했다.

"지금은 이럴 때가 아니야."

자책할 시간은 앞으로도 충분했다. 희미하게 떨리는 목소리를 무시하고 재차 다짐한 명원은, 끝 모를 암흑이 시커먼 구렁 속으로 자신을 밀어 넣기 위해 아가리를 벌리고 덤비는 손을 떨치듯 다리에 힘을 주었다.

반드시 함께 움직이기로 약조했으니 희가 다른 단서를 발견하고 나섰을 것 같지도 않았다. 생각을 거듭해도 불길한 결론뿐이었다. 명원은 지푸라기라도 잡는 심정으로, 부디 돌아온 단이 희를 만나서 그가 있는 곳으로 데리고 간 것이기를 간절히 빌었다.

그러나 그런 그를 비웃기라도 하듯 포청 입구를 나오자마자 이쪽으로 달려오고 있는 단이 시야에 들어왔다. 옷자락이 펄럭일 만큼 다급하게 내달리던 명원이 우뚝 멈춰 섰다. 평소보다 더욱 무표정해진 얼굴을 보자 심장이 시끄러운 소리를 내며 비틀렸다. 순식간에 몸집을 키운 불안감이 명원의 어깨를 짓눌렀다.

단이 명원을 발견하고 멈칫한 것도 찰나, 명원을 빤히 쳐다본 눈이 살벌하게 빛났다. 명원은 가쁜 숨을 다스릴 새도 없이 이를 악물었다. 한달음에 가까워진 단이 그의 턱을 향해 주먹을 내지른 것은 그 직후의 일이었다.

퍽 하는 소리에 이어 아찔한 고통이 작렬했다. 각오하고도 한 걸음 뒤로 물러날 정도로 크게 휘청거린 명원의 입 안으로 비릿한 맛이 확 퍼졌다.

"이, 이보시오!"

"무얼 하는 거요!"

포청 입구를 지키고 섰던 사령들이 깜짝 놀라 끼어들었다. 단은 미동도 없이 명원을 살기등등하게 노려볼 뿐이었다. 명원은 얼른 한 손을 들어 이쪽으로 오려는 그들을 제지한 뒤, 피 섞인 침을 뱉고 단에게 말했다.

"얼마든지 더 맞아 줄 수 있지만 지금은 아니오. 사람부터 찾는 것이 우선이니."

"……이럴 때조차 빌어먹게 침착하시군."

내뱉듯 중얼거린 단이 주먹을 움켜쥔 채 물었다.

"없어진 지 얼마나 되었습니까."

"두 시진이 조금 넘었소. 일을 하러 나갔다가 벽동 골목길에서 온데간데없이 사라졌지."

그 대답을 곱씹은 단이 몸을 돌렸다.

명원은 즉시 그의 뒤를 따랐다. 가장 급한 일은 목격자를 파악하는 것이며 단이 귀환한 이상 그 일은 단에게 맡기는 게 제일 빠르다. 지금 자존심 따위를 챙길 겨를은 없었고, 설령 그런 걸 갖고 있었던들 단과 만난 순간 박살이 났을 터였다. 희를 부탁한다고 했던 단의 말이 여전히 귓가에 쟁쟁하게 남아 있는 명원으로서는 참담하기만 했다. 희가 다모 일을 하던 중이었기에 같이 있지 않았다는 사실은 단에게도, 명원 자신에게도 아무런 의미가 없었다. 희를 지키지 못했고 청을 들어주지 못했을 뿐. 그것이 전부였다.

두 사내는 무거운 침묵 속에서 골목과 골목을 이었다.

단은 순간도 쉬지 않고 빠른 걸음으로 그만이 아는 길을 짚어서 갔고, 명원은 그런 단을 바짝 쫓았다. 궁금한 것도 말해 줄 것도 암묵적인 동의하에 뒷전으로 미뤄 두고 걸음을 재촉한 그들이 잠시 후 도착한 곳은 인적이 뜸한 어느 작은 개천이었다.

말라붙은 지 오래인 듯 드러난 개천 바닥엔 여기저기 잡초가 나 있었다. 단은 주저 없이 낡은 다리 밑으로 내려갔다. 거적을 이어 붙인 지저분한 움막 앞에 주저앉아 두런두런 얘기하고 있던 거지들 네댓이 난데없이 나타난 사내들을 보고 경계하는 표정을 지었다. 단과 명원이 다가가자 그중 한 명이 몸을 일으켰다.

"이런 누추한 곳에 어인 일이십니까요, 나리들?"

단은 대답 없이 움막을 향해 걸어갔다. 당황한 거지가 얼른 앞을 막았지만 단은 자신을 향해 뻗은 팔을 가볍게 쳐 냈다.

"다 알고 왔으니 비켜."

"아니, 무얼 다 알고 오셨다는 것인지……."

거지의 말을 끊은 것은 움막 안에서 흘러나온 낮은 웃음소리였다. 시침 떼는 순박한 표정과 달리 눈동자 안에서 번뜩였던 날 선 기세가 주춤거렸다. 가래 끓는 소리가 희미하게 섞인 거친 목소리가 지시했다.

"좋으실 대로 하게 두어라."

"왕초!"

"어차피 네놈은 못 이겨."

거지는 불만스러운 표정으로 입을 꾹 다물었다. 단과 명원은 그를 지나쳐 움막 안으로 들어갔다.

한 발 내딛자마자 쾨쾨한 냄새가 코를 찔렀다. 장년의 사내 하나가 다 해진 멍석 위에 드러누워 있었다. 그는 두 명의 불청객이 권하기도 전에 자리 잡고 앉는 것을 보고서야 일어났다. 어깻죽지에서부터 축 늘어진 그의 왼쪽 소매가 움직임에 따라 하릴없이 흔들렸다. 그는 명원을 웬 놈인가 하는 눈으로 흘끗 보고는 별말 없이 단을 향해 한쪽 귀를 후볐다.

"난 또, 귀에서부터 망령이 들었나 싶었네. 요사이 특히 공사가 다망하시다던데 어쩐 일로 예까지 행차하셨는가?"

"사람을 찾고 있습니다."

단이 거두절미하고 용건을 밝혔다.

"금일 신시 경, 벽동 골목길에서 사라진 다모를 본 자."

"흐음?"

왕초는 재미있다는 듯 눈을 빛냈지만 이어진 말은 심드렁하기 짝이 없었다.

"그럼 이런 거지 소굴이 아니라 포청으로 가야지. 아, 이젠 더욱 질색하려나?"

"거기서 오는 길입니다."

왕초의 능글거리는 웃음이 일순 흔들렸다. 단이 말했다.

"포청에서도 나서겠지만 한시가 급하여 두고 볼 일이 아닙니다."

"……하면 그쪽 사람들을 풀던가. 빌어먹기 바쁜 우리가 무슨 재주로, 더구나 그 동네 이름이 괜히 벽동이겠나. 게서 작정하고 없어지면 나라님도 못 찾을걸."

"모든 대로와 저잣거리에 눈 하나씩 내놓고 계신 거 압니다."

"글쎄, 입을 내놨기는 하네만 그 말이 그리 꼬였는지는 미처 몰랐군."

"도와주십시오."

"영 내키질 아니한데. 여태 포청하고 엮여 좋은 꼴을 본 적이 없어서."

단도직입적인 요청에도 왕초는 느긋하게 웃기만 했다.

"무어, 몸소 이런 데까지 찾아온 정성도 정성이고, 자네한테 빚을 지울 기회라는 게 꽤나 구미가 당기긴 하니 고민 좀 해 보겠네."

"일각을 다투는 일입니다."

"그거야 그쪽 사정이지."

묵묵히 듣고 있던 명원의 미간이 희미하게 꿈틀거렸다.

급한 일이라고 밝힌 데다 심지어 단이 정중하게 부탁했음에도 부러 시간을 끌고 있는 왕초의 작태를 보고 있노라니 속이 들끓기 시작했다. 이러는 동안에도 희는 점점 더 위험해지고 있을 터였다. 다모를 함부로 해할 정도로 멍청한 작자는 아닐 거라 생각하면서도 그것이 이성적인 판단인지 그저 기대일 뿐인지 구별이 되지 않았다. 어쩌면 추적이 코앞까지 다다른 것을 깨닫고 이판사판으로 다 죽이자는 무리수를 둘지도 모르는 일이었다. 죽은 사람은 말이 없는 법. 평범한 사람도 궁지에 몰리면 못할 것이 없는데, 하물며 이미 사람을 둘이나 죽인 놈이다. 셋으로 늘어난들 그 차이를 알기나 할까.

"나리께선 늘 저더러 조심하라 이르시지만, 저도 나리가 걱정됩니다."

언젠가 입버릇처럼 희에게 주의하라고 하였을 때가 떠올랐다. 실상 유능한 다모이니 그의 걱정 같은 건 별 소용이 없다는 걸 알면서도 말해 두지 않을 수가 없어서 한 말이었으나, 희는 제 실력을 의심한다 여겼는지 입술을 삐죽이며 받아쳤다.

"체신에만 무관심하신 줄 알았는데 가만 보면 안위에도 별 관심이 없으셔요. 혼자 훌쩍 밤나들이 가셔서 다쳐 오시질 않나."

"……다신 안 그런다니까. 그만 좀 잊어 다오."

"모르지요, 무어. 진짜 다신 안 그러실지 지켜볼 겁니다."

제법 비장한 표정 위로 다친 자신을 보고 하얗게 질리던 얼굴이 겹쳤다. 그는 손 닿는 곳에 앉은 그녀를 당장 끌어안고 싶어 손끝이 아린 것을 참으며 고개를 끄덕였다.

"그래. 기왕 보는 거 평생 봐 주렴."

한 차례 눈을 깜박인 희가 얼굴을 붉혔다. 어물거리다가 "예."라고 작지만 분명한 대답을 하던 그녀가 명원의 머릿속을 가득 채웠다.

진심이었기에 더욱 쉽게 나온 말이었고 그녀 역시 그것을 알아주었다. 그런 그녀의 생존조차 알지 못하는데 자신은 거지 움막에 앉아서 한담이나 듣고 있다니, 이럴 수는 없었다. 지금 같은 경우는 단에게 맡겨 놓는 게 최선이며 상대에게 휘말리지 않고 적당히 달래어 협조를 끌어내는 것이 맞다. 머리로는 그렇게 생각하는데, 가슴은 점점 더 아프게 벌어져 피를 흘렸다. 자꾸만 불길한 느낌만 들고 초조감과 불안이 그를 에워쌌다. 짧은 손톱이 손바닥을 깊이 파고들었다.

본인조차 몰랐던 한계선 끝에서 일렁대던 분노는, "하긴 심심하던 차에 재미는 있을지도."라는 태평한 말을 듣는 순간 막고 있던 둑을 일거에 무너뜨렸다.

"그만 닥치고 대답이나 해. 도울 건지 말 건지."

단과 왕초의 시선이 한데 모였다.

명원은 그 시선들을 받고서야 자신이 입을 열었다는 걸 깨달았다. 이래서는 안 될 일이었지만 후회는 없었다. 한번 터져 나온 분노는 스스로 통제할 수 없을 만큼 거세게 치솟았다. 그는 왕초를 노려보며 한 마디 한 마디에 진심을 담았다.

"생목숨이 위험하다는데 말장난이나 늘어놓다니, 이런 한심한 놈을 보았나. 분에 넘치는 청을 받아 우쭐한 건 알 바 아니지만 때를 가릴 줄 알아야지. 돕기 싫으면 거절해. 그 또한 네놈 마음이지만, 시간을 허투루 흘려보내게 한 대가는 반드시 받아 낸다. 그 잘난 주둥이에서 차라리 나 하나 죽으면 끝내겠느냐는 말이 나오도록 만들어 주겠어."

왕초의 주름진 얼굴에서 웃음기가 사라졌다.

그는 이제야 명원이 눈에 들어온 것처럼 똑바로 응시하다가 반문했다.

"'나 하나 죽으면'?"

"명색이 머리라면 수족이 잘리는 꼴을 두고 보는 것이 더 괴로울 터."

"허, 우리 애들을 해하겠다고? 허세도 이만하면 장하이."

"허세인지 아닌지 어디 한번 거절해 보던가."

"……누구요, 댁은?"

"무자無者."

왕초가 눈을 크게 떴다. 그는 미동도 하지 않고 노려보는 명원을 관찰하듯 보더니 고개를 갸웃거렸다.

"내 들은 바로는 제 입으로 밝힌 적도 없고 남의 동네에서 마구 겁박해 대는 인사도 아니던데?"

"여태 좋은 말로 해서 못 알아먹는 놈이 없었으니까. 그래서, 할 거냐 말 거냐."

"해야지."

명원은 미간을 찌푸렸다. 대답이 너무 쉽게 나온 것이 정말로 자신들을 갖고 놀고 있었다는 방증 같아서 더욱 불쾌해졌다. 왕초의 얼굴에 뻔뻔한 웃음이 돌아왔다.

"무자 나리에게까지 빚을 지울 기회라면 절대 놓칠 수 없고말고."

"웃기지 마라."

명원은 코웃음을 쳤다.

"찾아낸다면 너희를 내버려 둔다. 그뿐이야. 정 빚을 지울 속셈이었으면 처음부터 수락했어야지."

"……대충 넘어갈 줄 알았더니."

쩝, 아쉬운 듯 입맛을 다신 왕초가 밖을 향해 다 들어오라고 일렀다. 기다렸다는 듯 거적을 젖히고 들어온 거지들에게 그는 사람을 찾으라는 지시를 내렸다.

"나리들 귀한 똥줄이 타고 계시니 다른 건 다 뒷전으로 미루어라."

"예."

짧게 대답한 그들이 나가는 사이 살기 어린 눈초리가 뒤통수에 쏟아졌지만 명원은 간지럽지도 않았다. 단이 연통할 곳으로 포목점 하나를 입에 올렸다.

"무엇이든 걸리는 게 있거든 이쪽으로 알려 주십시오."

왕초는 고개를 끄덕였다. 단이 일어나 나갔고, 명원도 한발 늦게 나가려는데 진지한 목소리가 등을 두드렸다.

"꼭 찾아내겠네. 자네들을 이처럼 팔 걷어붙이고 나서게 만든 그 다모 처자 얼굴을 보고 싶어서라도."

"그럼 이쪽보다 먼저 찾아야 할 거다. 쉽게 보여 줄 마음은 없으니까."

찰나의 침묵에 이은 호탕한 웃음소리가 움막 안을 가득 채웠다.

밖으로 나간 명원은 저만치 가고 있는 단의 뒤를 따랐다. 다시 길 위로 올라온 단이 명원을 돌아보았다. 너무 위험한 짓을 했다는 자각은 있었고 단 역시 참고 있었다는 걸 알고 있던 터라, 한심해하는 시선을 받고도 명원은 슬그머니 눈길을 돌리기만 했다. 단이 딱딱하게 지적했다.

"이번엔 운이 좋았을 뿐입니다."

"크흠, 흠. 좋은 게 좋은 거 아니려나."

"하여 계속 이런 식으로 가는 곳마다 폭렬탄을 터뜨리겠단 말씀입니까."

"……장담은 못 하겠으니 따로 다니는 게 좋겠소. 나는 교리의 움직임에 대해 알아보리다."

"알겠습니다."

동의를 얻은 명원이 돌아섰다. 두어 걸음 나서던 차, 단의 중얼거림이 귓가를 스쳤다.

"그래도 속은 시원하더군요."

"이심전심인 게지."

어깨 너머로 돌아본 단은 동조하고 싶지 않다는 듯 마뜩잖은 표정을 짓고 있었다. 명원은 조금 웃고 다시 걷기 시작했다. 몸을 돌린 직후 딱딱하게 굳은 얼굴 너머로는 필사적으로 희망을 붙들면서.

十二

돌연 불에 덴 것 같은 날카로운 아픔이 깊게 침잠해 있던 희의 의식을 흔들었다.

뺨을 맞았다는 걸 자각하기도 전에 누군가가 반대쪽 뺨도 사정없이 후려쳤다. 희는 반사적으로 입술을 깨물어 신음을 참고 눈을 떴다. 제일 먼저 시야에 들어온 것은 의자에 묶여 있는 자신의 몸과 그 앞에 우뚝 서 있는 낯선 발이었다. 사방은 어둡고 불빛이 은은하게 비추고 있었다. 얼른 돌이킨 기억은 낮이었는데 시간이 그만큼이나 지났는지, 아니면 단지 볕이 들지 않는 장소인지는 당장 가늠할 수 없었다.

고개를 든 희는 자신을 내려다보는 무감한 눈과 마주쳤다. 어디서 본 듯 낯익은 얼굴이었으나 교리는 아니었다. 그자 외에 다른 놈이 이런 짓을 할 리가 있을까? 희가 당황을 감추고 똑바로 시선을 받아치는 가운데, 뺨에 흉터가 있는 사내가 말없이 물러나고 뒤에 있던 다른 사람이 희의 앞에 섰다. 그는 잔칫집에 갔을 때 확인했던 교리가 맞았다.

그러고 보니 그때 대청 아래에서 묵묵히 서 있던 수하 중 한 명의 얼굴이 저랬던가. 머릿속이 또렷해지자 희는 엉뚱하게도 조금 안심이 되었다. 전혀 모르는 일로 당한 것이 아닌 데다, 이로써 교리에 대한 혐의는 확정된 거나 마찬가지였다.

"맞군. 눈을 뜨니 알겠어."

희를 빤히 바라보던 교리가 모를 말을 중얼거리며 고개를 끄덕였다. 희는 무시하고 어깨를 폈다. 뒤로 젖혀져 단단히 묶인 몸이 아팠지만 내색하지 않았다.

"이게 무슨 짓입니까?"

"짓?"

"비록 다모일 뿐이나 엄연한 관의 일원입니다. 대낮에 골목길에서 납치해 오다니 이런 경우가 어디 있습니까!"

"허, 기세 좋은 년일세."

교리의 입술이 비뚜름해졌다.

"하면 네년이 말해 보아라. 다모가 부엌데기로 변복해서 숨어드는 건 대관절 무슨 경우인지."

희가 눈을 부릅떴다. 교리는 고개를 끄덕였다.

"그래. 어제 잔치에서 밥상을 요란하게 엎은 너를, 오늘 내 수하가 우연히 보고 데려온 거다. 몰래 숨어든 주제에 그런 실수를 하다니 한심하기 짝이 없어. 아니, 덕분에 너를 금방 알아보았으니 기특하다 해야겠지."

실수.

희는 교리의 비웃음을 무시하고 곱씹었다. 그렇다는 것은 즉, 이명원과의 고리는 발견되지 않았다…… 적어도 아직은. 아니나 다를까, 이어지는 교리의 말도 희의 추측을 뒷받침했다.

"감히 내 집으로 사람을 집어넣을 정도라면 필시 심증 이상이렷다. 관에서는 무엇을 얼마나 알고 있느냐?"

이자는 관청이 아니라 다른 누가 있다는 것까지는 짐작하지 못하고 있었다. 명원과 단에 관해서는 아직 몰랐다.

……다행이다.

희는 자신이 다모라는 사실에 감사했다. 그러나 분명 명원은 자신의 실종을 알면 백방으로 손을 쓸 것이었다. 그가 찾아내기 전에, 이 위험한 곳을 찾아오기 전에, 먼저 나가야만 한다.

그녀는 입술을 감쳐물었다. 명원에게 시간을 벌어 주기 위해 충동적으로 생각해 낸 꾀가 엉성했던 탓에 이런 일이 벌어졌다는 자괴감이 드는 만큼, 더더욱 신중해야 했다.

"바른대로 말해."

교리가 손에 든 비수로 희의 턱을 들어 올렸다. 차가운 감촉이 선뜩하게 닿았다.

"이미 늦었으니 쓸데없이 머리 굴릴 생각 말고."

"……."

"너처럼 괘씸한 년을 여태 살려 둔 게 무엇 때문이라고 생각하느냐? 아는 것이 없다면 진즉 죽였을 것이다."

"어차피 죽이실 것 아닙니까?"

"무어?"

"알아도 죽고, 몰라도 죽을 팔자라 하시니 설령 아는 것이 있어도 어찌하겠습니까. 그럴 바에야 나리께서 계속 궁금하시게끔 얌전히 닥치고 죽겠습니다. 미천한 소인이 할 수 있는 복수가 그것뿐이라면요."

"……하!"

교리가 손을 내리고 웃음을 터뜨렸다. 희는 여전히 고개를 치켜든 채 그를 응시했다.

이내 웃음을 그친 그가 말했다.

"이 상황에서 지금 내게 흥정을 하려는 것이냐?"

"목숨은 하나이니 밑져야 본전 아닙니까."

"너는 그 하나만 알고 둘은 모르는구나."

교리가 비웃었다.

"죽는 방식은 네게 달렸다. 묻는 말에 순순히 답하면 고통 없이 죽여 주마. 어차피 죽을 거, 그편이 낫지 아니하겠느냐?"

"……과연, 고통 없이 죽이는 법을 잘 아는 사람다운 장담이군요. 필시 그 반대도 마찬가지겠지요."

멈칫하는 교리를 향해, 희는 침착하게 말을 이었다.

"대관절 왜 그랬습니까? 어릴 적부터 몸이 약해 생사의 고비를 넘나들었다면, 삶의 귀중함을 누구보다도 잘 알 거 아닙니까."

"알지. 한데 그게 그 버러지들과 무슨 상관이냐?"

"……."

"천하게 타고났거든 주제를 알고 얌전히 길 것이지, 감히 나를 겁박하고 내게 칼을 들이밀었으니 밟아 치울 수밖에. 심지어 한 놈은 도당이었고 다른 한 놈은 도적이었으니 되레 관에서 내게 고마워할 일이다."

희는 확실한 자복을 들었다는 내색을 하지 않고 반문했다.

"하면 어찌 당당하게 나서지 아니하고요?"

"그런 천것들도 목숨이라고 지껄일 것들이 번잡하게 굴 터이니 별수 있겠느냐."

"그러하다고 다모까지 죽여 일을 크게 벌이는 건 자충수나 다름없을 겁니다!"

"제법이다만 틀렸다."

교리의 입가에 맺힌 웃음이 오싹했다.

"나는 그저, 도적과 한패인 다모를 찾아내 죽여서 일을 수습하려는 거지."

"……무어라고요?"

교리가 물러나 있던 수하를 돌아보자, 그가 품에서 무언가를 꺼내 바쳤다. 교리는 그것을 희의 발치에 툭 던졌다. 반쯤 쪼개진 탈이었다.

"놈이 그토록 잡히지 아니한 연유라면 필시 다모가 관의 정보를 누설해 준 덕분이렷다."

희는 할 말을 잃고 탈을 빤히 내려다보았다. 참혹하던 여 씨의 시신이 떠올랐다. 자신이 앉아 있는 의자의 결과 몸을 묶은 천의 거칠지 않은 감촉 하나하나가 날카롭게 일어나 자신을 찔러 대는 것만 같았다.

교리의 여유로운 말이 정수리로 떨어졌다.

"신체의 급소도 익히 알아 협박한 도당도 배분 문제로 다툰 도적도 쉽게 죽일 수 있었으나, 다음 도적질을 물색하느라 숨어든 집이 하필 내 집이어서 꼬리가 잡힌 것이지."

"……."

"죽일 생각까진 없었으나 난데없이 덤비는 꼴에 놀라 깊이 찌르고 말았으니 어쩌겠느냐. 그래도 좋은 곳에 장사 지내 줄 터이니 원망은 말거라."

"……그걸, 포청에서 믿어 줄 것 같습니까?"

희는 힘겹게 반박했다.

"저가 그런 사람이 아닌 걸 다들 압니다. 증거도 있고요."

"증거 따위 다모라면 요량껏 조작할 수도 있겠지."

교리는 코웃음을 쳤다.

"설령 포도대장이 장담한들, 내 숙부가 대제학이셨고 형님들도 두루 요직에 계시니 누구 말을 믿을까."

그의 말이 맞았다.

희의 어깨에서 천천히 힘이 빠져나갔다. 고개를 푹 숙인 희는 말없이 숨만 내쉬었고 교리는 승자다운 여유를 갖고 느긋하게 기다렸다.

이윽고 희는 긴 한숨을 쉬고 고개를 들었다.

"아픈 것은…… 싫습니다."

"오냐. 뉘라고 좋겠느냐."

교리가 부드럽게 말을 받았다.

"아는 것을 말해 주면 너조차 모를 새에 끝내 주겠다. 내 약조하지."

"참말이시지요?"

"아무렴."

"그럼……."

희는 주저하다가 입술을 달싹였다. 목소리가 떨려서 속삭임처럼 흘러나왔다. 집중한 교리가 무심코 한 걸음 앞으로 나왔다.

……지금이다!

희는 의자 다리에 묶인 두 발로 땅을 세게 디뎌, 의자째 교리를 있는 힘껏 들이받았다.

"악!"

외마디 비명과 의자 부서지는 소리가 요란하게 섞였다.

온몸으로 의자와 교리를 한꺼번에 깔아뭉갠 희 역시 신음했다. 고통을 억누르고 몸을 일으키려던 그녀는 순간 등골이 오싹한 본능적인 경고에 따라 옆으로 몸을 굴렸다. 콱! 방금까지 그녀가 있던 자리에 검날이 꽂힌 것은 그 직후였다.

"괘씸한!"

수하가 다시 검을 치켜드는 찰나, 희는 땅에서 흙을 한 움큼 쥐어 그의 눈을 향해서 뿌렸다.

"윽!"

검이 땅에 떨어지고, 수하가 두 손으로 제 눈가를 감쌌다. 그 틈을 탄 희가 벌떡 일어났다.

"윽, 어림없다, 이……!"

교리가 이를 갈면서 희의 발목을 잡아챘다. 쿵 하는 소리와 함께 크게 넘어진 희가 필사적으로 손을 뻗었다. 그 끝에 닿은 것은 교리가 가졌던 비수였다.

희는 그것을 들어 자신의 발목을 움켜쥔 교리의 손등을 사정없이 내리찍었다.

"으아악!"

비명이 울려 퍼지는 것과 동시에 희의 발이 풀렸다. 희는 당장 밖으로 내달렸다.

바깥은 밤이었고, 울창한 산속이었다.

환한 달빛 아래에서도 길을 찾을 수 없을 만큼 나무와 수풀들이 무성하게 나 있었다. 희는 방향을 가늠할 겨를도 없이 닥치는 대로 헤치고 달렸지만 얼마 가지도 못하고 나무뿌리에 덜커덕 걸려 비틀대고 말았다. 그때, 쫓아온 사내가 희가 미처 벗어 던지지 못한 밧줄 끝을 잡아챘다.

"윽……!"

희는 수풀 위로 나뒹굴었다. 사내가 그런 그녀를 덮쳐눌렀다. 필사적으로 밀어 내고 발버둥을 치는 반항을 가볍게 무시하며 그는 그녀의 목을 졸랐다.

강한 힘이 숨통을 조였다. 마구잡이로 할퀴고 때리는 손에서 멋대로 힘이 빠져나가기 시작했다. 눈앞이 아득해진 희가 남은 힘을 다 끌어모아 사내의 급소를 걷어차려던 찰나, 퍽 하는 소리가 어둠을 갈랐다.

돌연 움직임을 멈춘 사내가 희의 위로 풀썩 쓰러졌다.

어……?

아직, 안 했는데? 뭔가 이상하다 싶으면서도 희는 얼른 그의 손을 풀었다. 정신없이 숨을 들이켜는 바람에 요란한 기침이 터져 나왔다. 눈물이 찔끔 나올 정도로 아픈 목을 부여잡고 사내를 밀어 내는데, 무게와 달리 터무니없이 가볍게 밀려 옆으로 쓰러졌다.

희는 고개를 들었다가 달빛을 등에 지고 선 명원을 발견했다.

"……희야."

여태 들어 본 적 없는 목소리였다.

그늘진 얼굴 또한 잘 알아볼 수 없었다. 그럼에도 그가 맞았다. 희가 잘 아는, 기다린다는 자각도 없이 기다리고 있었던 바로 그 사람이었다.

너무 놀라고 반가워서 도리어 말문이 막힌 희가 멍하니 눈을 깜박이는 사이 명원이 한쪽 무릎을 꿇고 앉아 희를 일으켜 앉혔다. 그녀를 살피던 그의 눈이 뺨에 머물러 어둠보다 더 새카맣게 빛났다. 그러나 희는 하나도 무섭지 않았다. 오히려…….

희는 빙그레 웃었다.

"무사, 하시네요."

숨을 들이켠 명원의 얼굴이 아프게 일그러졌다. 어둠 속에서도 확연히 드러나는 고통에 깜짝 놀랄 새도 없이, 희는 그의 품에 안겼다.

단단한 두 팔이 그녀를 끌어안았다. 으스러지는 게 아닐까 싶을 정도였지만 두려움이 아닌 기쁨과 안도감이 들었다. 있어야 할 자리에 돌아온 것이다.

"……너를,"

언뜻 가늠할 수 없는 감정에 복받쳐 거칠어진 목소리는 희미한 떨림을 품고 있었다. 어깨를 바짝 감싼 손끝처럼.

"너를 잃지 않게 해 주어 고맙다."

희는 왈칵 눈물이 솟았다. 지금 자신을 두른 온기가 믿어지지 않을 만큼 기뻤다. 반드시 빠져나갈 거라고 스스로 다짐하고 있었지만, 그것은 확신보다는 두려움을 쫓으려는 저항에 가까웠다. 억지로 외면하고 눌러두었던 공포는 안온한 품속에서 돌이킨 흔적만으로도 소름이 끼치도록 끔찍했다.

희는 그를 마주 끌어안고 너른 가슴에 얼굴을 묻었다가, 고개를 번쩍 쳐들었다.

"아, 아직, 그자가……!"

"안심해라. 네 오라비가 잡았을 거다."

그녀의 기세에 상체를 슬쩍 물린 명원이 눈물범벅인 희의 얼굴을 살며시 닦아 주었다. 희는 멍하니 되물었다.

"단 오라버니가요? 오셨어요?"

"그래. 여기 도착했을 때 마침 안에서 튀어나오던 놈과 마주쳤지. 그가 바로 놈을 덮치고, 나는 이쪽으로 쫓아온 거란다."

명원의 말끝에 수풀이 부스럭대는 소리가 겹쳐지더니 점점 커졌다.

명원은 눈에 띄게 주저하면서 천천히 팔을 풀었다. 그가 희를 완전히 놓아주었을 때, 단이 나타났다.

"오라버니!"

희가 반갑게 외치자 멈칫한 단이 한달음에 다가와 그녀의 앞에 몸을 굽혔다. 그 역시도 그녀의 얼굴을 보고는 표정을 굳히고 그녀를 살폈다.

"목소리도 나쁜데, 많이 다친 거냐?"

"아니요, 목이 약간 졸렸어요. 그보다…… 끝났어요?"

"그래."

"이젠 염려할 것 없다."

명원이 말을 보탰다. 희는 명원과 단을 번갈아 보았다. 걱정과 안도가 버무려진 얼굴로 자신을 마주 보아 주는 두 사람을 보고 있자니 정말로 끝이구나 하는 실감이 났다.

완전히 안도한 희는 바보처럼 헤헤 웃다가 풀썩 쓰러졌다.

"엇!"

"아!"

두 갈래의 작은 외침이 한데 겹치고, 명원과 단이 동시에 희를 받쳤다.

한데 얽혀 바짝 닿은 네 개의 팔에서 당황하는 기색이 고스란히 전해졌다. 희는 괜찮다고, 그냥 마음이 놓여서 그렇다고 말해 주고 싶었으나 온몸에서 거짓말처럼 힘이 쭉 빠져나가 입을 열기는커녕 눈조차 뜰 수 없었다.

"……안심해서 잠든 모양이군."

명원이 속삭이듯 말했다. 그건 아니지만, 아무것도 못 하니 어차피 마찬가지인 셈이라 희는 그저 가만히 있었다. 나직하게 한숨을 쉰 단이 희를 명원에게 기대게 하고는 조심스럽게 손을 빼냈다. 부스럭거리는 소리가 나더니 단의 목소리가 높은 곳에서부터 내려왔다.

"뒷일은 제가 하겠습니다. 데리고 먼저 내려가십시오."

그 역시도 평소보다 더욱 작게 말하고 있어서 희는 왠지 웃음이 날 것 같았다.

"기다릴 터이니 같이 갑시다. 어차피 오래 끌 수도 없을 것 아니오."

"희부터 쉬게 해야 합니다."

"지당한 말이오만, 중도에 깨서 오라비는 어디 갔느냐 찾으면 어쩌겠소. 지금 말을 할 수 있다면 분명 기다리더라도 같이 가자 할 터인데."

맞아요!

역시 자신의 마음을 참 잘 알아주시는 분이다. 희는 흐뭇해하며 속으로만 열렬하게 맞장구를 쳤다. 잠시 침묵이 흐르고 명원이 말했다.

"돌팔매로 기절시킨 거요."

뜬금없이 튄 화제에 잠시 길을 잃은 희는 어찌 되었든 단이 같이 내려가는 것을 수긍했다는 결론에 도달했다. 그것에 기뻐하느라 그녀는 이내 푹, 무언가가 깊게 찔리는 소리는 흘려 넘겼다.

"곧 오겠습니다."

단이 무거운 것을 끌고 멀어져 갔다.

이윽고 주변이 조용해지고 풀벌레 소리와 바람이 나뭇잎을 스치는 소리가 그 자리를 채웠다.

명원은 조심스럽게 땅에 주저앉아 희를 고쳐 안았다. 희는 여전히 의식이 남아 있어서 따뜻한 손가락이 이마를 쓰다듬고 뺨을 매만지는 것을 고스란히 알 수 있었다. 마음에도 바람이 부는 듯 간질간질한 기분이 들었다. 언제까지나 이렇게 있으면 참 좋겠다고, 태평한 생각을 하던 희는 문득 얼굴 위로 물끄러미와 닿는 시선을 느꼈다.

그저 닿기만 할 뿐이었지만 그것만으로도 안온함에 푹 잠겨 있던 심장이 두근거리기엔 충분했다. 그가 자신을 어떤 얼굴로 보고 있는지, 무슨 생각을 하는지 궁금하면서도 한편으로는 눈 뜰 힘조차 없어 기절한 척을 하지 않아도 된다는 게 공연히 안심됐다.

한참 동안 희를 응시하고 있던 명원이 문득 깊은숨을 내쉬었다.

"다행이다……."

숨결에 섞여 흘러나온 한 마디가 희에게 오롯이 스며들었다.

그동안 얼마나 걱정했으며 또 지금 이 순간 얼마나 안도하고 있는지, 온전하게 드러낸 말은 희로 하여금 봐선 안 될 깊은 마음을 몰래 엿본 기분마저 들게 했다. 그 어떤 백 마디 말도 이처럼 순수하고 소박한 혼잣말 앞에서 빛을 잃고 말았으리라.

희는 가슴이 메어 왔다. 더는 도저히 가만히 있을 수가 없어서, 그녀는 그를 보기 위해 눈에 힘을 주었다.

길고 긴 비명이 난 것은 그때였다.

짐승의 울부짖음에 가까운 그것은 끝없는 고통과 지독한 분노로 가득해서 지옥 밑바닥에서부터 기어올라 독처럼 퍼지는 것만 같았다. 모골이 송연해진 희는 저도 모르게 몸서리를 쳤다. 그러자 커다란 손바닥이 귀를 감싸고 든든한 팔이 그녀를 꼭꼭 보듬어 주었다.

"별일 아니다. 무서워할 것 없어."

귀를 막은 탓에 웅웅 울리는 듯 희미하게 들리면서도, 언제나 그랬듯 그저 믿게 되는 그런 목소리였다. 희는 다시 평온을 되찾았다. 그래. 별일 아니었어.

"푹 쉬려무나."

부드럽고 따스한 것이 이마를 살짝 눌렀다.

까닭 없이 기분이 좋았다. 명원의 다정한 말은 주문과도 같았다. 긴장을 풀고 몸을 맡긴 희는 그제야 깊은 잠 속으로 빠져들었다.

十三

백악산白岳山 기슭에서 난데없는 불꽃이 번쩍인 것은 달이 산 중턱을 내려올 무렵이었다.

신고를 받고 당도한 멸화군들은 버려진 지 오래된 오두막이 타고 있는 것을 발견했다. 그리고 이내 오두막을 태운 불이 그 안의 두 구의 시신에서 옮겨붙은 거란 사실에 매우 놀랐다.

조사 결과 한 명은 목덜미의 자창으로 죽었지만 다른 한 명은 분사였다. 사지의 힘줄만 네 군데 끊어진 상처는 치명적이지 않았고 천으로 묶여 지혈까지 되어 있었으나, 전신의 생가죽이 벗겨진 채였다. 이토록 살의가 분명하게 드러난 잔인한 수법도 드물어 열력 있는 관군들조차 혀를 내둘렀는데, 뒤이어 밝혀진 정황은 더욱 충격적이어서 관내에서도 함구령이 내려지고 수사는 은밀하게 진행되었다.

"이것들이 증거입니다."

좌포청의 깊숙한 곳, 사방 백 보 이내로 아무도 없는 방 안에서 장년의 포도부장捕盜部將은 탁자 위를 정중한 태도로 가리켰다. 타다 만 호패, 끝이 깨진 장도, 반으로 깨진 탈, 아무렇게나 찢긴 얇은 천 조각이 간격을 두고 놓여 있었다. 그는 동석한 포도대장과 종사관이 눈으로 그것을 확인하기를 기다렸다가 하나하나를 짚어 설명을 시작했다.

"우선 호패의 남은 글자를 토대로 교서관 교리의 것임을 알아냈습니다. 분사된 시신의 치열 상태가 그와 일치하였으며, 장도 또한 그가 최근까지 애용하던 것이어서 피해자의 신분은 의심의 여지가 없습니다. 다른 한 명은 역시 행불되었던 그의 심복이었습니다."

포도부장의 손끝이 천 조각으로 향했다.

"오두막 문틈에 걸려 있던 이것은 후금에서 들어온 비단 일부입니다. 시신의 남은 옷가지나 목격된 것과도 맞지 아니하여, 즉 범인 또한 사대부인 것으로 사료됩니다. 하온데 문제는 이 장도입니다."

포도대장과 종사관의 시선이 장도로 옮겨 갔다.

"보시는 대로 날 끝이 깨져 있습니다. 이 부분이, 다른 살인 사건의 증거물로 습득한 쇠붙이와 일치하였습니다."

"……나뭇조각도 있었다고 기억하네만 그것은 여기 이 탈과 관계가 있는가?"

"재질은 동일합니다."

포도대장의 물음에 포도부장은 신중하게 말을 이었다.

"다만 워낙 흔한 목재이기에 큰 의미는 없습니다. 더욱이 쇠붙이가 일치한 이상 정황은 명백하니까요. 즉 목견인들의 증언과 형상이 일치하는 탈, 살인 사건의 흉기임이 분명한 장도, 고통을 유도한 잔인한 수법 등으로 미루어, 본 사건은 탈 쓴 도적의 정체를 캐낸 피해자 중 하나가 복수를 한 것으로 보입니다."

잠시 침묵이 흐른 끝에 포도대장이 중얼거렸다.

"그리고 교리가 바로 그 도적이었다?"

"그러합니다. 더욱이 도둑맞은 물건들은 작고 값지다는 것 외엔 공통점이 없으며 조사한 바로는 암거래장에도 나타나지 않았습니다. 하여 부유한 자가 그저 악한 마음으로 심심파적 삼아 훔치고 버린 듯하다는 추측과도 일치합니다."

"허나 피해자인 양반이라고 한들 물건 몇 가지를 잃었을 뿐인데, 지나치게 잔인해. 혹 다른 원한을 감추고자 일을 이런 식으로 꾸민 것은 아닌가?"

"가능성은 있습니다만, 그런 거라면 굳이 비슷한 탈을 구해다 던져두기까지 함으로써 근래 잠잠해진 그 도적과 부러 연결할 까닭이 없습니다. 앞서 말씀드린 대로 범인의 정체를 짐작할 증거라고는 여기 천 조각이 전부니까요."

"으음."

포도대장이 침통하게 입을 열었다.

"확실히…… 그보다는 양반의 수치를 처단하고자 한 의기意氣로 해석하는 것이 걸맞겠군."

"소관조차 그 도적놈이 양반일 가능성을 알았을 때 의심부터 들었고, 분통이 터졌으니 그럴 만하다고 생각합니다."

솔직한 발언이 끌어낸 포도대장의 작은 웃음은 금세 사그라졌다.

"듣자니 교리가 옛날부터 몸이 약했다던데."

"의원이 말하기를 요 몇 년간은 별다른 이상이 없어 보약만 달였답니다. 심복이 손발이 되어 움직인 것이 아닌가 싶습니다."

잠시 생각에 잠겼던 포도대장이 옆을 돌아보았다.

"자네가 보기엔 어떤가?"

"……현재로서는 가장 적절한 답인 듯합니다."

수인은 낯익은 장도에서 천천히 시선을 떼며 입을 열었다.

"불충분한 증거를 추측으로 메울 수밖에 없다는 점을 고려하더라도, 최소한 교리와 그 심복은 억울하게 죽은 것이 아니니 이걸로 족하지 아니하겠습니까."

"그래, 내 생각도 그러하이."

포도대장은 고개를 크게 끄덕였다.

"짐작하였겠지만 교리에 대한 것은 일체 불문에 부쳐야 하네. 그의 백부와 장형이, 증거가 명백하다는 걸 알고는 조용히 수습하는 방향으로 가닥을 잡은 모양이야. 윗선에서도 양반이 그처럼 괴악한 짓을 저질렀다는 사실은 덮어야 한다는 것이 중론이라 의견이 일치한 게지. 그러니 그리 알고 마무리해 주게. 결국 살인자가 죽은 셈이니 괜스레 민심을 들쑤셔도 좋을 것이 없을 터."

"예."

포도부장이 짧게 답했다.

수인은 그의 당연하다는 표정을 보면서 문득 명원과 희를 떠올렸다. 그들이 이 자리에 있었다면 어떤 얼굴을 하고 있었을까. 적어도 자신들의 의도대로 되어 간다며 기뻐하지는 않았으리라. 그렇기에 그들에게 맡겨 둔 부분에 대해서는 마음을 놓을 수 있는 것이겠지만, 수인은 안심하는 것 자체가 우스운 일이라고 생각했다. 자신이 나라의 녹을 먹는 관리이며 결국 이 사람들과 다를 바 없다는 사실이 이 순간 조금은 외롭게 느껴진다는 것도.

……이런 새삼스러운 감상이라니.

남몰래 쓰게 웃은 수인은 포도대장의 축객령을 듣고 상념에서 벗어났다. 포도부장이 증거품들을 조심스럽게 갈무리하고 나간 뒤, 수인 역시 몸을 일으켰다.

"하오면 소관도 가 보겠습니다."

"그러게나. 만약 입궐하셨다면 기다렸다가 뵙고 와야 하네. 수고스럽겠지만 부탁하이."

"천만의 말씀이십니다. 그럼 이만."

육조六曹에 오래 머물러야 할 핑곗거리가 있는 건 오히려 환영할 일이어서 수인의 인사에는 한 톨의 거짓도 없었다. 마침 '그분' 도 조만간 말미를 내어 달라 하셨으니 이참에 말씀드리는 것이 좋겠다. 물론 포도부장의 말마따나 어찌

하여 그들이 교리를 굳이 탈 쓴 도적과 연관 지어 덮어씌운 것인지에 대한 의문이 아직 남아 있지만, 그 점은 천천히 들을 기회가 있으리라.

수인은 복도로 나와 가벼운 걸음으로 안뜰을 가로질렀다.

지나가다가 묵례하는 사람들에게 눈인사를 건네던 그는 엽과 재겸을 보고 걸음을 멈추었다. 나란히 걸으며 두런두런 얘기를 나누던 그들도 수인에게 인사했다. 엽이 물었다.

"어디 가시는 길입니까?"

"마구간일세. 심부름이 있어 출타해야 하거든. 자네들은?"

"실족사가 있어 나가 보던 참입니다."

"그렇군. 수고해 주게."

수인은 지나치려다가 마음을 바꿔 물었다.

"참, 희는 만나 보았는가?"

"아직 못 보았습니다. 이따 한 군관과 셋이서 들러 보려고 합니다만."

엽이 대답했다.

희는 다행히 크게 다친 곳은 없었지만 일련의 일들로 심신이 지친 터라 며칠 말미를 얻어 집에서 쉬는 중이었다. 교리가 단순 피해자가 아닌 살인자일 가능성이 대두된 순간부터 희의 일시적인 행불은 '별일 아니었다'는 것으로 무마되었다. 병가를 내 준 수인만큼은 사정을 알지 못하겠지만, 엽과 재겸도 나름대로 짐작은 하는 듯 수인의 물음에도 별달리 의심하는 기색이 없었다. 수인은 고개를 끄덕였다.

"몸조리에 유념하라고 전해 주게. 원한다면 하루 더 쉬어도 되고."

"아마 벌써 근질근질하다며 뛰쳐나오고 싶어 안달하고 있을걸요."

재겸의 대꾸가 그럴듯해 세 사람은 함께 웃었다. 잔잔한 웃음소리가 한데 섞였다가 흩어졌을 때 엽이 권했다.

"술시戌時 정각쯤이 될 터인데 같이 가시겠습니까? 희도 좋아할 겁니다."

수인은 멈칫했다. 그러고 싶은 마음이 생각보다 훨씬 강해서, 아무렇지 않게 거절하기까지 한 호흡의 간격이 필요했다.

"힘들 것 같군. 미안하네. 희에게도 미안하다고 전해 주게나."

"아, 아니, 바쁘신 걸 알면서 여쭤본 것인데 그리 말씀하실 일은 아닙니다."

당황하는 엽에게 웃음으로 대꾸한 수인은 이번에야말로 돌아섰다.

명원은 부탁을 들어주었다. 그래서 수인 자신도 약조를 계속 지킬 수 있게 되었다. 명원에게는 갚기 힘든 큰 은혜를 입은 셈이다. 주어진 책무와 현실에 두 발을 붙이고 살아간다는 건 그만큼 어려운 일이었다. 비록 스스로 그걸 원하고 있는지는, 세월이 흘러도 여전히 알 수 없지만.

"대신 앞으로 두 번 다시 찾아오지 마십시오."

십 년도 훌쩍 지난 그 날이 여전히 손에 잡힐 듯 또렷했다.

밥집을 여느라 진 빚이 고리업자의 가당찮은 꾀로 삽시간에 불어난 걸 몰랐더라도, 그는 어떻게든 빌미를 만들어 그녀와 그녀의 딸을 도왔을 것이다. 아무도 모르는 도움을 받기 싫거든 날마다 와서 팔아 주겠노라고 하자 여인은 오랜 침묵 끝에 조건부로 수락했다. 그때 수인은 너무나 그녀다운 조건에 웃고 말았었다.

이래서 반했고, 이래서 잊지 못했지. 깨달음은 새삼스러웠으나 고통은 새로웠다. 그리 단호하게 내치지 않으면 절대 굽히지 않을 나를 그리도 잘 알면서 마음 따위, 눈에 보이지 않는다고 가져간 적 없다 할 참인가. 그럴 거라면 변하기나 할 것이지. 두 번 다시 보고 싶지 않다는 그 말조차 달콤하게 들리는 목소리라도.

"네가 원한다면. 허나 내세來世까진 장담 못 해."

당황하던 얼굴이 수인에게서 희미한 미소를 끌어냈다. 또다시 그 순간이 와도 똑같아질 대답을 되새기는 그의 걸음걸이는 힘차고 여유로웠다.

❁ ❁ ❁

냄새만 맡았을 뿐인데 혀끝에서 쓴맛이 느껴졌다. 희가 그릇 안의 시커먼 탕약을 질린 기분으로 보고 있자니 아니나 다를까 모친의 잔소리가 날아왔다.

"뜸 그만 들이고, 식기 전에 얼른 비워라!"

"아직 뜨거운 거 같아요."

"그릇이 데워져서 그런 거지 먹기엔 딱 좋아."

"엿이라도 없어요?"

"네 나이가 몇인데 이깟 탕약 하나 못 비우고 엿을 찾아? 그러게 적당히 좀 나대고 다닐 일이지, 쯧쯧."

이번엔 진짜 내 탓은 아닌데…….

길을 가는 중에 홀랑 납치당했을 뿐인 희는 억울했지만 그렇게 말했다간 그럼 뉘 탓이냐는 물음이 날아올 테고, 그때야말로 모친은 '일하다가 다소 마찰이 있었다'는 설명으로는 절대 넘어가 주지 않을 것이 분명했다. 희는 눈을 딱 감고 꿀꺽꿀꺽, 그릇을 단번에 비웠다.

"잘 마시면서, 엄살은."

모친은 진저리 치는 희에게서 빈 그릇을 받아 들었다.

"이제 한숨 더 자거라."

"또요? 이러다 몸이 방바닥에 붙을 지경이라고요. 잠도 안 와요."

"누워 있으면 올 거야. 쉴 수 있을 때 쉬어 둬야 나중에 또 좋다고 뛰쳐나가도 잘 돌아다닐 것 아니니."

희는 반박하지 못하고 아까 뒷간에 다녀오느라 걸친 옷의 고름을 미적미적 당겼다. 그때, 밖에서 찬열이 손님들 오셨노라고 목청 높여 알렸다.

모친이 방문을 열고 나가다 말고 멈칫했다. 왜 그러시나 싶어진 희는 익숙한 헛기침 소리를 듣고 귀가 번쩍 뜨였다.

그걸 알아들은 걸 신기하게 여길 새도 없이 놀랍고 반가운 마음이 꽉 차올랐다. 희가 벽에 기대어 있던 몸을 냉큼 바로 하자 모친이 돌아보았다. 슥 가늘어진 눈매에 찔끔하면서도 희는 뻔뻔한 얼굴로 헤헤 웃었다.

"……단정히 해."

희가 얼른 옷고름을 정돈하는 사이, 모친은 밖으로 나가면서 문을 활짝 열었다.

"안으로 드시지요."

모친의 권유에 따라 방 안에 들어온 사람은 명원과 단이었다.

단까지 같이 있을 줄 몰랐던 희는 기쁨이 배가 되었다. 심지어 두 사람 모두 그 산속에서의 밤 이후로 처음 보는 것이라 얼굴 위로 웃음이 절로 퍼졌다. 자리를 털고 일어나는 대로 얘기를 들으러 가야겠다고 벼르고만 있었는데, 설마 직접 찾아와 주실 줄이야.

꿈에서도 짐작하지 못했던 반가운 손님들을 보고 희의 몸이 당장 들썩대자 명원이 그대로 있어도 된다며 말렸다.

두 사내는 벽에 기대앉아 이불을 덮고 있는 희와 간격을 두고 방문 근처에 자리를 잡았다. 토방 아래에 내려선 모친이 말했다.

"문은 열어 두겠습니다만 근처에 아무도 오지 못하게 할 터이니 말씀들 편히 나누십시오."

"만약 동석하고 싶다면 나나 이이는 상관없네."

"제가 같이 있으면 없을 때와 달라지는 것이 있습니까?"

"……물론 없지."

한 호흡 뒤에 단언한 명원이 가볍게 목을 울렸다. 희 모는 두 사람과 한 차례씩 눈을 맞춘 다음 반쯤 열린 문을 놔두고 돌아섰다.

이내 기척이 멀어지자 명원과 단의 어깨가 동시에 살짝 내려갔다.

"여기까지 와 주셔서 고맙습니다, 두 분."

자신의 집 방 안에서 이 사람들과 마주 앉은 것은 퍽 새로운 경험이었다. 희는 어쩐지 쑥스러운 것을 참고 꾸벅 인사했다.

"얼른 찾아뵙고 싶었는데, 어머니가 지어 둔 약을 다 먹기 전까지는 절대 못 나간다고 성화를 하셔서요. 이젠 다 나았는데 괜히 그러셔요."

"그 말씀이 백번 옳으신 거다."

"암, 그렇고말고."

단의 말에 크게 동조한 명원은 희를 향해 빙그레 웃었다.

"그래도 용케 참고 있었구나. 상으로 듣고 싶은 말은 다 해 주마. 무엇이 가장 궁금하더냐?"

"그날 밤에 두 분이 같이 오셨던 거요."

희가 냉큼 대답했다. 그날 혼절한 뒤 눈을 떴을 때는 집이었고, 이들이 와 주었던 기억은 아련하기만 해 꿈인지 실제인지 자신이 없을 정도여서 몰래 애를 태우고 있던 참이었다.

명원은 '겨우 그거?' 라는 의아한 표정을 지었다.

"사건이 어찌 끝났는지가 아니라?"

"그거야 범인이 양반인데 어찌어찌 묻히겠지요, 무어."

희가 어깨를 으쓱이자 명원과 단은 누가 먼저랄 것 없이 희미한 비소를 머금었다.

시선이 짧게 오간 뒤 명원이 입을 열었다. 희가 없어진 시각에 그는 마침 포청에 있다가 그 사실을 알았으며, 단은 한양에 올라온 직후 들른 별채에서 서신을 읽고 희의 집으로 갔는데 포졸이 찾았다는 말을 듣자마자 이변을 눈치채고 포청으로 갔다고 했다.

두 사람은 거지들과 사당패의 도움으로 목격자를 찾는 한편 궁인과 관리들, 교리의 노비들을 통해 교리와 수하를 추적했고, 다행히 모두에게서 얻은 정보를 토대로 그 오두막을 발견할 수 있었다.

중도에 보리차를 내온 희 모로 인해 잠시 끊겼을 때를 제외하고는 막힘없는 설명이었다. 연신 감탄하며 들은 희는 이번엔 단을 쳐다보았다.

"만석 아저씨도 같이 올라오신 거지요?"

"그래."

"어쩐 일로 연락도 없으셨던 거래요?"

"하필이면 그 무렵 남원 일대에 큰비가 내려서 홍수가 났더라. 길도 없어지고 민가도 많이들 떠내려가는 바람에 아저씨가 고생을 많이 하셨지."

"아…… 그러셨구나. 음, 그럼…… 가신 일은 잘되지 아니하셨겠네요."

"그럴 리가."

산뜻할 만큼 가벼운 단언에는 자신의 사람에 대한 신뢰와 자부심마저 배어 있었다.

"안 씨의 유모인 김 소사召史를 찾아 두셨는데 그 여인이 무너진 돌담에 깔려 다친 연후라 상처부터 돌보느라 시일이 걸린 거다. 이번에 셋이 함께 올라왔지."

"안 씨요?"

그게 누구지? 어리둥절해진 희에게 단이 "여 씨의 본성이란다."하고 첨언했다.

"그의 실명은 안호진安虎振. 대화사大畫師 안견安堅의 8대손이었어."

어딘가 모르게 낯선 듯 익숙한 이름이었다. 눈을 두어 번 깜박이는 사이 머릿속을 헤매던 이름이 제자리를 찾는 순간, 희는 숨을 삼켰다. 명원이 조용히 말을 받았다.

"모든 것은 그림 한 장에서 시작되었지."

세종世宗 29년 어느 봄날, 대왕의 삼남 안평대군安平大君은 어느 계곡 속의 복숭아밭에서 벗들과 노니는 꿈을 꾸었다. 그와 가깝게 지내던 천재 화사 안견이 이 세상 같지 않은 신묘하고 아름다운 곳에서의 한때를 듣고 사흘 뒤 두루마리 하나를 바친바, 대군이 크게 감탄하여 직접 제목을 짓고 그림이 그려진 까닭을 밝히는 시문을 지어 그림 앞을 장식하니 이것이 바로 몽유도원도라.

그로부터 수년 후, 하늘이 무심하여 어린 조카가 왕위를 잇게 되자 선왕의 바로 밑 아우인 수양대군首陽大君이 난을 일으켜 정권을 장악하고 반대파들을 숙청했다. 이때 왕의 편에 섰던 안평대군 또한 유배된 뒤 사사되었는데, 그의 수많은 소장품은 행방이 묘연해졌다. 가산과 함께 몰수되었거나 흩어진 것으로 알려져 있었지만…….

"이 그림만은 어찌 된 까닭인지 화사의 후손을 통해 전해지고 있었더란다."

명원의 나직한 목소리가 조곤조곤 방 안을 흘렀다.

"화사는 정쟁과 무관하여 역천 후에도 살았는데 그 뒤의 활약은 미진한 구석이 있지. 그와 관계가 있는지는 모르나, 어찌 되었든 그림은 안씨 가문의 가보로써 내밀하게 보관되었어. 오랜 세월이 흘러 왜적이 쳐들어왔을 때도 그 그림을 가장 먼저 챙겨 피신했다. 그러나 너도 알다시피 임란壬亂은 쉽게 끝나지 아니하였고…… 긴 피난길의 어드메에서 나라의 보물과도 같은 것을 갖고 있다는 사실을 들키고 말지. 똑같이 피난하던 어느 양반 댁 도련님에게."

희의 입이 멍하니 벌어졌다.

뒷이야기는 듣지 않아도 알 것 같았지만, 그녀는 잠자코 귀를 기울였다.

"도령은 함께 있던 심복을 시켜 안 씨 일가를 죽인 다음 그림을 취해 달아났어. 다섯 살이었던 안 씨의 아들은 유모가 대신 칼을 맞은 덕에 구사일생으로 살아남았다. 유모는 뚝 떨어진 남원의 시골에 숨어 살면서 아이에게 자신의 성씨를 붙여 키우다가 약관이 되었을 때 모든 것을 설명해 주었고, 장성한 아이는 가끔 꾸던 흉몽이 전부 사실이었다는 걸 깨달았지. 유모는 그저 평생 거짓되게 살 수 없어 제사를 지낼 때만이라도 아이가 제 부모와 조상을 알기를 바라고 한 일이었다지만 그의 생각은 전혀 달랐다. 그는 부모를 죽인 원수를 찾아 죗값을 받아 내기 전에는 편안한 지붕 아래 있을 수 없다며 길을 떠났어. 아마 그때부터 성을 안安에서 여女로 바꾸고 전국을 떠돌았던 모양이야."

"그래서…… 화구상이 되었군요."

"그래. 추측건대 안 씨 부부가 그것을 피난길에 아무렇게나 꺼내 놨을 리는 없고 실수로 말 몇 마디 흘린 게 아닌가 싶다. 범인이 그걸 알아들을 정도면 그림에 조예가 깊다는 뜻이 되니 그 사람도 거기서부터 시작한 것이겠지. 피난길에도 양반인 걸 알 수 있었을 정도라 그저 값진 것을 무작정 얻으려 한 짓이 아닌 건 확실했고."

"……."

"안 씨는 그림과 서화 공부를 하고 보는 눈을 키우면서 돌아다니다가 단서를 얻고 한양에 자리를 잡았던 것 같다. 한데 좀처럼 찾지 못하자 작정하고 그림 소문을 흘리고, 집을 뒤지고 다닌 거지. 그러다가…… 결국 맞닥뜨리게 되었고."

그리고 그 결과는 이 자리의 모두가 알고 있었다.

명원은 깊은 한숨을 내쉬었다. 착잡하게 듣고 있던 희는 그가 지금 안 씨를 도운 셈이 되고 결국 그를 죽게 했다고 자책한다는 걸 깨달았다. 희는 얼른 입을 열었지만, 말을 꺼낸 쪽은 단이었다.

"노공 살인 사건도 역시 그림 때문이었어."

돌연 화제가 바뀌자 명원은 단을 쳐다보았지만 아무 말도 하지 않았다. 희는 다행스러운 마음에 덥석 물고 따라갔다.

"그건 어찌 그런 건데요?"

"범인 말로는 애초 고리업을 하는 중에 배분 문제로 다툼이 있었단다. 한데 그림 소문을 듣고 은밀히 출처를 찾기 시작했을 때 그걸 눈치챈 녀석이 지레짐작으로 협박을 해서 죽였다더라."

"협박이요?"

"갑자기 그런 소문이 난 것도 수상쩍고, 때맞춰 도적이 나타난 것도 기이한데 혹 도적과 짜고 일을 벌이는 게 아니냐고."

"아, 그리 생각할 수도 있군요. 한데 전혀 아닌데도 죽였대요?"

"사실 여부와 무관하게 천것에게 협박당했다는 그 자체를 견디지 못한 거지."

"그렇군요."

말을 섞은 건 잠깐이지만, 확실히 그럴 만한 치였긴 했다. 희는 고개를 끄덕이다 말고 물었다.

"한데 그걸 다 어찌 아셨어요? 놈이 다 자백했어요?"

"그랬지."

단의 대답은 간단했다. 백악산 오두막에서 죽은 사람이 발견되었다는 풍문은 어느 밥집의 이불 속까지도 전해졌고, 또 단 오라버니가 범인을 가만히 내버려 둘 리가 없다는 걸 알기에 희는 놀라기보다 조금 신기했다. 곧 죽을 팔자인 하찮은 다모에게야 의기양양하게 떠들어 댔지만, 그렇다고 아무에게나 쉽게 털어놓을 놈 같지는 않았는데.

하긴 무엇이 어찌 되었건 이제 와 알고 싶지도 않고 그럴 필요도 없었다. 희는 그쯤에서 묻어 두고 다른 더 중요한 의문 앞에 눈을 빛냈다.

"그럼, 그 그림은 압수되었겠네요? 보셨어요?"

명원과 단의 표정이 미묘하게 바뀌었다. 그 위로 부정의 답을 읽은 희는 의아해졌다.

"아니, 아무리 양반이라고 묻어 둔대도요, 놈이 살인자인 건 확실하고, 안가도 아닌데 계속 그 집안에서 갖고 있을 까닭이 무에 있어요? 당연히 뺏어 와야지."

"맞는 말이지만, 그럴 수는 없었다."

단이 고개를 저었다.

"당시 놈이 그 며칠 뒤에 그림을 분실했거든."

희의 입이 딱 벌어졌다.

"숨어 있던 절이 왜적의 습격을 받는 바람에 몸만 간신히 빠져나갔는데, 돌아와 보니 온데간데없이 사라졌다더라."

"……맙소사."

희는 탄식처럼 중얼거렸다. 어이가 없고 기가 막혀 달리 할 말도 없었다.

"결국 고작 사나흘 쥐고 있어 보려고 죄 없는 사람들만 죽인 꼴이지."

명원이 가볍게 덧붙였다.

"그래서 그게 한때 제 것이 되었노라는 말도 못하고 잊지도 못해 속으로나 아까워하다가 소문이 났을 때 열심히 물밑에서 찾아다닌 모양이더라. 장가에게 왜로 통하는 경로를 알아보았다는 자도 바로 놈이었고."

"그랬군요. 그럼…… 그 사람은 그걸 모르고 있었을까요?"

"글쎄. 놈 말로는 그림은 수중에 없다고 하자 안 씨가 별로 놀란 기색도 없이 그게 참이든 거짓이든 상관없다고 하였단다."

단의 대답을 들으며 희는 새삼스럽지만 그 짧은 시간 동안 이렇게 자세한 자백을 들어 낸 그가 참 대단하다고 생각했다. 명원이 어깨를 으쓱였다.

"조상들에게 면목이 없을지라도 부모의 원수가 먼저였겠지. 가보니 뭐니 해도 어려서 제대로 한 번 본 적도 없었을 그림보다 눈앞에서 돌아가신 부모가 더 와닿았을 게 당연하니까."

"그러게요."

수십 년 동안 단 한 가지만을 염원했을 그 사람의 심정이 과연 어떠했을지, 희는 짐작조차 힘들었다. 결국 실패하고 원수의 손에 똑같이 죽게 되었을 때도……. 명원은 모든 것이 그 그림에서 시작되었다고 했지만 희는 생각이 조금 달랐다. 그림은 그림일 뿐, 사람의 탐욕이 아니었다면 안평대군의 죽음도, 안씨 일가의 참상도 일어날 리가 없는 것이다. 심지어 전쟁조차도.

"……그 국란國亂이 아직 끝나지 아니한 사람들이 참 많았네요."

이미 그런 건 누구보다도 잘 알고 있다고 생각했는데, 오히려 그 탓인지 이 일련의 비극들이 더욱 참혹하게 느껴졌다.

무겁게 한숨을 쉰 희는 문득 주변이 너무 조용하다는 걸 깨닫고 어느새 내려갔던 고개를 들었다. 평소와 달리 다소 여유 없는 표정으로 할 말을 쉽게 고르지 못하겠다는 듯 난처해하는 두 사내를 보자 그녀는 슬그머니 웃음이 났다. 까맣게 물들던 마음이 다시 조금씩 제 빛깔을 찾아가는 것 같았다. 작은 미소였는데도 안심하는 모습들을 보자 더욱 그랬다. 희는 명원과 단을 번갈아 보며 밝게 물었다.

"그럼 다른 사람들은 이번 일을 어떤 식으로 알고 있어요?"

"산에서 길을 잃고 쉬던 웬 양반과 심복이 재수 없게 화마火魔를 만난 것으로."

"엄연한 양반이 탈을 쓰고 도적질을 하다가 피해자인 다른 양반에게 앙갚음을 당한 '사실'을 차마 공표할 수 없었던 탓이지."

단과 명원이 차례로 사이좋게 답했다. 그것만으로도 괜히 기분이 좋았던 희는 그들이 수습한 정황을 상세하게 듣고 더 크게 웃을 수 있었다.

"결국 두 분이 그 사람의 정체도 덮어 주시고, 원수도 갚아 주신 거로군요."

"세 명이지."

"셋이 한 일이지."

동시에 대꾸한 단과 명원이 흠칫 서로를 돌아보고는 다시 시선을 돌렸다. 희는 소리 내어 웃었다.

"덕분에 속 시원하게 두 발 뻗고 잘 수 있겠네요. 두 분 다 바쁘신데 저가 너무 오래 붙들어서 죄송해요."

"별말을 다 하는구나. 너도 응당 알아야 할 일이니."

"다음에는 저가 찾아뵐게요."

희는 아쉬움을 감추며 앞장서 대화를 마무리했다.

두 사람 모두, 특히 명원은 보고 또 보고 싶었지만 이미 얘기가 길었다. 문병을 온 셈이기도 한 이들이 워낙 마음이 좋은지라 차마 자신을 뿌리치고 일어나질 못할까 봐 애써 어른스럽게 기회를 내준 것인데, 방금은 재깍 대꾸해 준 명원이나 말없이 동의한 단이 이번은 조용하기만 했다.

"이만 쉬어라."는 말을 기다리고 있던 희는 길어지는 정적이 의아스러웠다. 물론 좀 더 계셔 주시면 좋지만…… 뭔가 더 하실 말씀이라도 있으신가?

"……그럼 이만 가 보마."

희가 예상한 말을 조금 늦게 한 쪽은 단이었다.

"무리하지 말고 몸조리 잘하여라."

"네! 고마워요, 오라버니."

"심심하다고 괜히 일찍 나왔다간 혼낼 거다."

아니어도 어떻게든 나가 보고 싶어 모친과 입씨름을 하는 것이 일과가 된 희는 찔끔했다. 머쓱하게 웃는 그녀에게서 시선을 뗀 단은 묵묵히 앉아 있는 명원을 돌아보았다.

"먼저 나가서 술을 부탁드려 놓겠습니다."

"……고맙소."

"네? 술을 드시고 가시게요?"

아직 한낮인데? 희가 어리둥절해져 묻자 단은 고개를 저었다.

"안 씨의 무덤에 갈 참이다."

"……아."

"아직 모르는 것이 있겠느냐마는 듣고 싶은 건 있을지도 모르니."

단은 몸을 일으켜 문지방을 넘었다. 토방 아래로 내려선 그의 무감한 시선이 명원과 희를 한 차례 스치고, 열려 있던 문이 찰나 정지한 끝에 천천히 닫히기 시작했다.

탁.

희미한 소리를 이은 묵직한 발걸음이 점점 멀어져 갔다. 그마저 이내 지워진 뒤에는 완전한 고요만이 남아 방 안에 맴돌았다.

희는 순식간에 치솟은 긴장감으로 인해 입 안이 말랐다. 고작 한 명이 나갔을 뿐이고 문이 닫혔을 뿐인데, 그 누구도 들어올 수 없는 밀실 안에 있는 기분이 들었다.

그러나 명원은 시선을 바닥에 둔 채 가만히 앉아 있기만 했다. 설레고 부끄러운 마음이 그 읽기 힘든 침묵 앞에서 조금씩 사그라지려는 차, 문득 명원이 똑바로 눈을 맞춰 왔다.

"미안하다."

"……예?"

"네가 고생한 것은 다 내 탓이다. 내 경솔함으로 너를 위험에 빠뜨리다니, 이보다 더 못난 일이 어디 있을까."

"아, 아니어요!"

희의 심장이 방금과 전혀 다른 의미로 펄쩍 뛰었다. 무표정한 얼굴로, 언뜻 아무런 감정도 없이 담담하게 말하고 있지만 그녀는 결코 속지 않았다. 이런 태도로 말하기까지 그가 얼마나 자책하고 고통스러워했는지 짐작하는 것은 매우 쉬운 일이었다.

희는 저도 모르게 그에게로 다가앉아서 소매를 붙들었다.

명원은 그녀의 돌발적인 행동에 놀랐는지 멈칫한 기색이었지만 그녀는 그것조차 알지 못했다. 잔칫집에 갔던 일이 화근이란 걸 명원이 알게 되면 분명 속상해할 걸 충분히 짐작했으면서도 멍청하니 있다가 사죄를 듣고 만 자신에게 화가 치밀었다.

"절대 나리의 탓이 아닙니다! 처음부터 끝까지 저가 억지로 한 일은 하나도 없는데 어찌 그런 말씀을 하셔요? 많이 다친 것도 아니고, 이만하면 잘 되었지요. 저는 언제든 다시 돌아가도 똑같이 행동할 겁니다. 그땐 그게 최선이었으니까요."

"그런 건 최선이 아니야. 만약 내가 더……."

"아니에요."

희는 과감하게 그의 말을 잘랐다.

일단 저지른 일이라 내심 움찔했는데 명원이 입을 다물자 용기가 생겼다. 그녀는 그가 이상한 말을 할 기회를 주지 않기 위해 머릿속에서 떠오르는 대로 하고 싶은 말을 마구 쏟아 냈다.

"나리께서 자책하실 일이 아니어요. 전에도 비슷한 말씀을 드렸지만, 저를 해친 건 다른 사람이고 그놈은 나리께서 이미 잡아 주셨어요! 심지어 저가 직접 놈에게 갚아 주기도 전에 다 끝내셨고요. 미안해하실 일이 있다면 바로 그것이지, 저가 다친 건 아무런 상관도 없어요."

그러나 명원의 얼굴을 가린 그늘은 지워지지 않았다. 희는 한층 단호하게 말을 이었다.

"그래도 정 마음에 걸리신다면, 예전에 저도 나리께서 다치셨을 때 속을 된통 끓였으니까, 이걸로 비겼다고 생각하셔요."

"……무어?"

"나리 한 번, 저 한 번. 그러니까 이제 앞으로는 둘 다 다치는 일이 없으면 되는 거고, 같이 조심하기로요, 네?"

할 말을 잃은 것처럼 희를 멍하니 보던 명원은 곧 웃음을 터뜨렸다.

잔잔하게 흘러나온 웃음은 금세 사그라졌지만 희를 안심시키기엔 충분했다. 그러나 그녀는 마주 웃지 못했다. 명원이 돌연 그녀의 두 손을 잡은 탓이었다. 눈매와 입가에 머무른 잔잔한 미소가 손만큼이나 따뜻한데 희는 닿는 곳마다 불이 붙는 것만 같았다.

"그래. 그리하자."

그러면서도 바짝 얼어 버린 그녀에게, 그가 고개를 끄덕였다.

"나는 네가 허할 때만 다치고, 네가 그러라고 할 때 죽을 거다. 물론 네가 그런 말을 할 리는 없으니 내가 다치거나 죽는 것은 너에게 변고가 생기는 날이 되겠지. 그러니 내가 걱정된다면 너 자신부터 아끼고 조심하면 된다. 알겠느냐?"

"……."

"대답은?"

"……예."

희는 간신히 속삭이듯 답했다.

뜨거운 것이 목을 막고 있어 숨 쉬기도 힘들었다. 서로 마음을 나누어 가진 것을 진작 알고 있었지만 이처럼 솔직하고 날것 그대로 맞부딪쳐 오는 감정이라니, 그 여파는 매우 넓고 강했다. 희는 용기를 내어 잡힌 손에 힘을 실었다.

짙어지는가 싶던 그의 미소가 다음 순간 자취를 감추었다. 한층 깊어진 눈빛으로 맞잡은 두 손을 물끄러미 본 그는 고개를 들었다.

"여태 살면서 두려운 것 하나 없었는데……."

새삼스러운 듯 희의 이목구비를 찬찬히 들여다보는 시선은 더없이 다정하면서도 열기를 품고 있었다. 혼잣말하듯 가만가만 흘러나오는 목소리처럼.

"너를 잃으면 세상을 사는 의미가 없어진다는 생각이 드는 걸 보면, 어느새 이런 세상에도 욕심을 가진 모양이더라."

"……."

"너는 나를 바꾸고, 나를 살고 싶게 만들고 있어. 허나 내가 널 은애하는 건 그런 이유가 아니다. 그저 너이기 때문이지."

찰나 희의 숨이 멎었다.

"은애한다. 희야."

"……저도요."

몸속 깊은 곳에서부터 벅차오르는 마음은 감당하기 두려울 정도였다. 희는 어쩐지 눈물이 날 것 같아 눈을 깜박거렸다. 부끄럽고, 쑥스럽고, 어디론가 달아나 버리고 싶은 동시에 이대로 시간이 멈추었으면 좋겠다는 생각이 들었다. 그녀는 조금 더 용기를 내 속삭였다.

"하오면, 저기, 제가…… 감히 나리를 욕심내도 되어요?"

"……아무렴."

희를 빤히 응시하던 명원은 천천히 고개를 끄덕였다.

"처음부터 네 것이었으니."

답을 기다리는 그 잠깐 세상의 끝과 끝을 달리듯 요동친 심장은 믿기 힘든 허락의 말에 그만 우뚝 멈춰 서고 말았다. 희가 무심코 숨을 들이켜자 "손만이 아니라." 하고 가볍게 웃으며 덧붙인 명원이 숨결에 이끌리듯 고개를 숙였다. 속눈썹이 들여다보일 정도로 가까워지고 입술이 닿기까지는, 한순간이었다.

희는 눈조차 감지 못하고 완전히 굳어 버렸다.

너무 놀라서 감촉조차 제대로 느껴지지 않았던 입술이 멀어진 다음에야 뒤늦은 실감이 그녀를 뒤흔들었다. 그럼에도 여전히 얼어붙어 있는 그녀를 본 명원은 슬쩍 웃더니 한 손으로 부드럽게 눈꺼풀을 덮었다. 난데없이 어둠에 갇힌 희는 반사적으로 손을 올렸다가 명원의 목소리에 막혔다.

"쑥스러워 그런다."

말도 안 돼.

농일 것이 분명한데 진담이었다. 그걸 알아차린 희는 귓불까지 새빨개지고 말았다. 다시 입술이 맞닿고 이내 따뜻하고 말캉한 것이 틈새로 미끄러지듯 들어왔을 때, 허공에서 얼어 있던 그녀의 손은 그의 어깨를 부여잡았다. 그렇지 않으면 당장이라도 심장과 함께 터져 없어지고 말 것 같았다.

감은 눈 앞이 하얗게 변하고 머릿속이 어지러웠다. 그의 움직임 하나하나가 혼을 빼 놓고 있었다. 어쩔 줄 몰라 떨고 있다가 겨우 지탱하고 있던 옷자락을 놓친 희는 필사적으로 그의 가슴팍을 붙들었다. 놀랍게도 그 아래로 빠르게 뛰는 심장이 느껴졌다. 어쩌면 지금 귓가를 시끄럽게 울려 대는 박동 소리가 혼자만의 것은 아닐지도 모른다는 생각이 들자 희의 떨림이 멈추었다. 그것이 조금 더 강하게 다시 찾아왔을 때 충동적으로 그의 목에 팔을 감았다.

그 순간 그의 혀가 깊게 파고들어, 희는 더 버티지 못하고 그에게 휩쓸려 갔다.

"……이런."

이윽고 고개를 든 명원이 축 늘어진 희를 내려다보며 난감해했다.

그는 그녀를 조심스럽게 눕히고 이불을 끌어 올려 목 끝까지 덮어 주었다. 희가 열이 올라 멍해진 눈을 뜨고 올려다보자 명원은 그녀의 이마를 쓸어 넘기고 가볍게 입술을 눌렀다.

"미안하다. 이제 그만 괴롭힐 터이니 푹 쉬렴."

그런 거…… 아닌데…….

고개를 젓고 싶었지만 무리였다. 대신 희는 입술 끝을 올렸고, 다행히 전해졌는지 눈을 다시 감기 직전 그의 미소를 볼 수 있었다. 문이 조용히 여닫히는 소리를 들으며 희는 편안한 잠에 빠져들었다.

어둠 속으로 깊게 가라앉던 희의 의식은 어느 순간 그 끝에서 희미하게 스며드는 빛을 발견했다.

천천히 다가가 보니 그것은 은은하게 타오르는 호롱불이었다. 정갈하게 꾸며진 넓은 방 안을 다 밝히기에는 부족함이 있었지만, 서궤를 사이에 두고 마주 앉아 얘기를 나누는 두 사람이 전부인 것 같았다. 주인과 손인 듯 아랫목에 앉은 사내는 편안한 옷차림이었고 상대는 갓과 두루마리를 입고 정좌해 있었다. 희는 불혹不惑이 못 되어 보이는 이 젊은 사내들의 표정이 어두운 것은 음영 탓이 아니란 걸 왠지 모르게 알 수 있었다.

"……주게."

"소인은 받을 수 없습니다. 그런 말씀 마십시오."

손이 고개를 숙이면서도 강한 어조로 말했다.

"분명 심상치 아니할지언정 염려하시는 일은 없을 것입니다. 영상대감과 좌상대감을 위시한 많은 이들이 두루 버티고 있지 않습니까."

"자네 말이 맞네."

주인은 설핏 웃었다.

"버티고 있지. 우리는, 그래. 무너뜨리는 대로 쓰러지지 않기 위해 애쓰고 있을 뿐이야. 언제부턴가 그렇더라고."

"……."

"그리고 내 보기엔 오래 못 갈 것 같아. 내 형님은 결단력이 아주 뛰어난 분이거든. 여태 용케도 참으셨다 싶을 만치."

"하오나……."

"그른 것을 그르다 말하여 죄인이 되는 세상이라면 미련 따윈 없네. 한데 곰곰이 생각해 보니, 역시 자네가 준 이놈이 눈에 밟히더란 말이지."

주인의 시선이 서궤 위에 펼쳐진 두루마리로 내려갔다. 불빛이 어둡고 거리가 멀어 희에게는 제대로 보이지 않았다.

"이런 걸작이 역적의 소장품이란 꼬리를 달고 아무 손에나 떨어지는 꼴을 보았다간 황천에서도 눈을 못 감을 거야."

"역적이라니요, 천부당만부당입니다!"

"여하튼, 그런 까닭으로 자네에게 돌려주겠네."

주인은 기함한 손의 낮은 외침을 무시하듯 흘려 넘기고는 가볍게 덧붙였다.

"영 마음에 걸리면 나 대신 맡아 준다고 생각해도 좋고."

"……알겠습니다. 하오면, 소인이 잠시 맡아 드리겠습니다."

"사람, 고집은."

피식 웃은 주인은 두루마리 양 끝을 손에 들었다. 바로 갈무리할 것 같던 손이 멈추고, 그는 그것을 가만히 들여다보았다. 대체 뭘까, 희는 조금 더 가까이 다가가기로 했다.

"새삼 두고 보니 사람을 그려 넣지 아니한 것이 딱 좋군. 예전에는 가끔, 꿈에서처럼 범옹(泛翁, 신숙주의 자)과 정보(貞父, 최항의 자), 인수(仁叟, 박팽년의 자)가 이 그림 속에서도 다 같이 있었다면 그 또한 보기 좋았겠다 싶었는데. ……사람 마음이란 게 이리도 믿을 것이 못 되니, 형님 탓을 할 일만도 아닐세그려."

"……."

"자네에게 부탁이 하나 더 있네."

"말씀만 하십시오."

"오래 살아."

"……."

"자네가 나와 친밀하다는 건 세상이 다 알고 형님도 알지만, 그래도 자네는 화공일세. 정치와는 무관하니 빠져나갈 구석은 있어. 더구나 자네 솜씨는 권력에 멀어 버린 눈으로 보아도 훌륭하거든."

"계속 그처럼 좋지 않은 말씀만 하실 거면, 더는 듣지 않겠습니다."

"알았어, 알았어."

주인은 손을 내저었다. 서궤 위를 물끄러미 내려다보는 시선이 문득 허망하고 씁쓸해졌다.

"이때만 해도 내가 내 속만큼이나 훤히 아는 사람들이었는데……."

"……소인도, 청이 있습니다."

"말해 보게."

"이것을 반드시 찾아가 주십시오."

손이 비장하게 말했다. 주인은 눈을 깜박이다가 픽 웃었다.

"약조할 수 있는 일이라면, 백번도 하지. 한데 이만한 그림이라면 이미 저가 있을 자리를 골라 갈 것 같지 않은가?"

"예?"

"개인의 잣대에 의해 이치가 바뀌고, 사私 앞에 공公이 무너지고, 약한 것이 잘못인 세상이라 이리저리 오가고 있는 것일지도 모른단 말일세."

"……듣기 괴로울 만큼의 과찬이십니다."

손은 정말로 괴로운 얼굴이었다. 그러거나 말거나 "뭐 어떤가, 내가 자넬 좋아하고 이놈에게 반한 걸 모르는 사람도 없는데."라고 아무렇게나 받아넘긴 주인은 그림을 보며 빙그레 웃었다.

"설령 산천을 떠돌고 어딘가에 억지로 붙들려 있게 되어도 언젠가는 제자리를 찾겠지."

그런 세상이 오겠지.

묵직한 울림은 듣지 않고도 들렸다. 더욱 궁금해진 희가 좀처럼 좁혀지지 않는 거리에 애가 타서 발을 구르자, 돌연 몸이 공중으로 휙 떠올랐다. 꿈속이라서인지 그것이 전혀 이상하거나 불안하지 않았다. 희는 두 사람 사이의 두루마리를 내려다보았다.

그것은 비단으로 된 바탕에 그려진 수묵화였다.

왼쪽은 토산土山이 있고 오른쪽은 섬세하게 표현된 기암들이 산과 계곡을 이루는 가운데 복숭아꽃이 만발한 광경이었다. 여러 개의 산이 제각각의 특징을 뽐내면서도 전체 경관을 해치기는커녕 서로 자연스럽게 어울려 하나의 경지를 이루었다. 왼쪽에서부터 오른쪽으로 갈수록 산들이 점점 넓어지고 있어서 오른쪽 복숭아밭의 정경을 훤히 드러냈다. 선 하나하나가 웅장하고 위태로우면서도 견고하며, 활짝 핀 연한 꽃잎들은 당장이라도 바람에 흩날릴 것 같았다. 어디에도 존재하지 않을 세상이 그곳에 있었다.

아.

한 번도 본 적 없었지만, 희는 이 그림이 무엇인지 알았다. 그녀는 이 그림의 이름을 알고 있었다.

그림의 이름은…….

강이 끝나자, 특진관 장만張晩이 아뢰기를,

"판결사判決事 남이웅南以雄이 큰 옥송 1건을 판결한 후로 누군가가 밤마다 그의 집에 와서 활을 쏘아 댄다고 하는데, 매우 놀라운 일입니다."

하니, 상이 이르기를,

"포도청으로 하여금 뒤를 밟아 체포하여 엄중히 다스리게 하라."

— 인조 7년 기사(1629, 숭정 2) 윤 4월 9일(갑자)

전라도 남원南原 등 15개 읍이 큰 비로 인하여 관청이나 민가가 많이 떠내려갔다고 감사가 아뢰었다.

— 인조 7년 기사(1629, 숭정 2) 6월 17일(경오)

〈終〉

외전外傳

一. 여느 때처럼

희는 방문을 기세 좋게 박차고 나갔다.

어둠이 말끔히 걷힌 하늘이 맑아 가감 없이 내리쬐는 아침 햇살이 따사로웠다. 마루에 선 채로 그녀는 깊게 심호흡했다. 몸 안을 채우는 상쾌한 공기가 머릿속까지 시원하게 만드는 느낌이었다. 그동안 얼마나 심심하고 지루했던지, 희는 여태 아침마다 잠에서 깨기 싫어 버둥거렸던 기억이 거짓말 같았다. 고작 며칠 쉬었을 뿐인데 처음 포청에 간 날처럼 마음이 들떴다. 혼자 실실거리며 미투리를 꿰어 신는 희에게 찬열이 슬그머니 다가왔다.

"희야."

"응?"

"너…… 그 나리에 대해서 잘 알고 있어?"

희의 손놀림이 멈칫, 정지했다.

희는 고개를 들었다. 빗자루를 쥔 찬열이 드물게 심각한 얼굴로 내려다보고 있었다.

"그 나리라니?"

"전에 단이 형님하고 같이 문병 오셨던 우리 단골손님 말이야!"

"그분이야 잘 알지. 갑자기 왜?"

"그게……, 그러니까…… 내가 좀 들은 게 있어 가지고……."

한껏 낮춘 목소리에 힘을 잔뜩 실은 것도 잠시, 그는 이번엔 주저하며 말끝을 흐렸다. 이걸 어떻게 얘기해야 하느냐는 고뇌가 고스란히 드러나는 표정이었다. 설마 중촌의 무자라는 걸 알았을 리는 없는데. 희는 고개를 갸웃하다가 물었다.

"한양 기생이라면 다 아는 한량이라는 거?"

헉, 숨을 들이켠 찬열이 눈을 부릅떴다.

"너 알고 있었어? 언제부터?"

"처음 뵈었을 때부터. 한데 그게 왜?"

"왜냐니……."

찬열은 말문이 막힌 듯 희를 빤히 쳐다보았다. 희가 마주 보고 있자 그는 한숨을 푹 쉬더니 들고 있던 빗자루로 대뜸 희의 옆구리를 찔렀다.

"아야! 왜!"

"이거 큰일 날 계집애네! 야, 사람 행실이 그따위인데 무어가 좋다고 그리 헤헤거리며 쫓아다녀? 딱 부잣집 소실 자리 노리는 꼴인 걸 세상에, 내가 너한테서 보게 될 줄은……,"

"야, 아니야! 그거 다 소문일 뿐이라고!"

희는 발끈해서 찬열의 말을 끊고 반박했다. 찬열은 더욱 한심해하는 시선으로 대꾸했다.

"그 사람이 그리 말했기 때문이라고는 하지 마라."

"그런 거 아니고, 소문 자체가 부러 흘린 거란 말이다, 너는 알지도 못하면서!"

"무엇 하러 그런 짓을 하는데?"

희는 찬열의 당연한 되물음에 일순 말문이 막혔다. 주저하던 그녀는 들으란 듯 혀를 쯧쯧, 차는 찬열을 향해 단호하게 말했다.

"여하튼, 아니라고. 걱정할 거 하나도 없어! 조금이라도 이상한 분 같았으면 단 오라버니가 같이 여길 오셨겠니? 그것도 날 보러 오시는데?"

"……무어, 나도 그 생각은 들더라만."

단의 진짜 정체는 몰라도 희를 친누이처럼 아끼는 '형님'이라면 익히 아는 찬열의 기세가 약간 누그러졌다. 그러나 그는 다시 당당하게 핀잔했다.

"그래도 형님이라고 무어든 다 아시겠냐. 아니 땐 굴뚝에 연기 날 리 없다고, 무얼 하기는 했으니 소문으로 부풀려질 거리도 있는 거지. 또 그게 왜 하필이면 한양에서 내로라하는 기생들 머리는 죄다 올려 주었다는 얘기냐고."

"그……, 그럴 만한 사정이 다 있다니까."

찬열은 그게 뭐냐고 계속 추궁하는 대신 한숨을 쉬었다. 묵직하게 내려앉는 숨소리는 걱정과 염려가 한데 버무려져 있어서 희는 고맙고 또 미안해졌다.

"걱정해 줘서 고마운데, 진짜 그분은 보이는 게 다가 아니야. 대체 어디서 무슨 말을 듣고 와서 그래?"

"그냥 내가 알아본 거야."

"무어?"

깜짝 놀란 희에게 찬열은 심드렁하게 대답했다.

"너 심상찮기로는 작년부터였는데 그래도 알아서 잘하겠지 싶어서 놔두었어. 나한테야 어차피 많이 팔아 주고, 너한테 잘해 주고, 너 일하는 거 도와주고, 나쁜 사람 아니면 그만이니까. 한데 요번에 단이 형님이 자리를 비켜 주시는 거 보니까 이젠 진짜 그게 다가 아닌 것 같아서, 네 맘이 다칠 정도로 깊어지기 전에 말릴 걸 그랬다 후회되더라."

"……."

"단이 형님도 보이는 게 다가 아닌 거 알아. 그런 분이 인정하신 마당에 내가 무얼 나서냐 싶었는데, 그래도 난 걱정된다. 희야."

"……응. 고마워."

"이미 다 알고 있고 사정도 있다니까 더 할 말도 없네. 그래도, 너, 무조건 좋다 그러지 말고 정신 잘 챙겨. 알았어?"

"당연하지! 내가 누군데."

"누구기는, 아닌 척하더니 반반한 얼굴에 약해 빠져……악!"

철썩, 희는 찬열의 등짝에 불을 붙이고 돌아섰다. 좀 감동하려고 했더니 이 몸을 어찌 보고 망발이람. 그리고 그분도 얼굴만 장점이 아니거든? 입술을 삐죽인 희는 부엌에서 장사 준비에 여념이 없는 어머니에게 다녀오겠다는 인사를 하고 나왔다. 희의 등 뒤로 찬열이 투덜대는 소리가 점점 멀어져 갔다.

집이 보이지 않는 골목으로 들어서면서부터, 희의 걸음이 서서히 느려졌다.

찬열이 한 말들이 그대로 흘러 나가는 대신 머릿속에 남았다. 물론 명원으로서는 허술해 보일수록 '무자'가 묻힌다는 계산으로 그런 소문을 이용하기 위해 만들어 냈을 터였다. 실제로도 효과가 아주 좋았다. 그리고 그 소문을 만들기 위해 무엇을 했건 다 옛일이며 지금의 장대한 무용담들은 이미 흘러나온 얘기에 살이 붙은 것뿐이란 걸, 희는 잘 알고 있었다.

세상에는 고작 술상을 사이에 두고 마주 앉기만 해도 손을 잡았느니 옷고름이 풀렸느니 떠들 작자들이 많은 법이다. 희는 자신의 기분이 가라앉는 건 그가 다른 여인과 한자리에 있는 광경은 상상조차 싫은 욕심 때문이란 것도 모르지 않았다. 그렇게 생각하면서도 찬열의 목소리가 끼어들 빈틈은 차마 막지 못했다.

"무얼 하기는 했으니 소문으로 부풀려질 거리도 있는 거지."

……아냐, 그건 옛날 일이라니까.

지금은 결코 아니야. 암, 그렇고말고. 힘주어 장담한 희는 고개를 몇 번이나 끄덕이느라 살짝 아려 오는 목의 통증을 무시하고 포청으로 가는 발길을 서둘렀다.

일을 쉰 건 고작 며칠이었고 도중에 포청 식구들이 집에 들러 주기도 했는데, 다시 얼굴을 보니 오랜만인 듯 반갑기 그지없었다. 심지어 별일 아닌 것으로 툭툭대는 재겸의 여전한 행실마저 웃으며 넘겨 줄 수 있었을 정도였다. 어느새 아침의 일은 머릿속에서 지워지고, 희는 의욕이 충만해져 일에 뛰어들었다.

"집 마룻바닥에서 사람 뼛조각이 나왔단다. 같이 가자꾸나."

엽이 서고에서 나오던 희를 불러낸 것은 중천에 뜬 해가 서서히 기울어지기 시작할 무렵이었다. 마침 오전의 일이 막 끝난 참이긴 했지만 희는 우선 말을 해 보았다.

"지금요? 아까 박 군관님이 부르셨는데요."

"응, 들었어. 내가 데려간다고 말해 놓았으니 되었다."

그래 주셨다면야. 희도 엽과 다니는 편이 훨씬 좋았기에 냉큼 따라붙었다.

박 군관이 가자던 곳은 칼부림이 벌어진 살인 사건인 눈치였기도 했고, 아침에 재겸과 간 곳은 안방마님 패물 절도 사건이었다. 지금 역시 사체가 아닌 뼛조각이라니 험한 꼴은 덜 볼 것이다. 복귀한 첫날을 배려해 주는 것이 틀림없어서 희는 마음이 푸근해졌다. 다소 끔찍한 광경도 자고 나면 털어 버리는 단순한 성격인지라, 군관들 사이에서는 큰 사건에 대동하기 편하다는 평판을 얻을 정도지만 그래도 신경 써 주는 것이 싫을 까닭이 없었다.

그들이 간 곳은 어느 장터 뒤쪽 골목길 사이에 있는 초가집이었다. 방 두 칸에 부엌과 헛간이 딸린 작은 집은 보통의 배가 넘는 넓은 마당 안쪽에 숨듯이 앉아 있었다. 장터의 주막과 등을 맞대고 있는 위치인데도 직접 이어져 있지는 않아 조용히 살기에도 좋았을 것 같았다. 물론 구경꾼들과 포졸들이 가득한 지금은 예외로 하고.

신고를 한 사람은 식솔이 아닌 고용 일꾼들로, 집이 낡아 현재 사람이 살지는 않고 전체적으로 손을 보는 중이라고 했다. 어제만 해도 없던 흔적이 보였는데 마룻바닥이 영 수상쩍어 도로 파 보았다가 뼈를 발견하고 말았다는 증언에 따라 포졸 하나는 이미 집주인을 찾으러 나간 중이었다. 엽이 포졸들과 얘기를 나누는 사이 희는 한발 먼저 와 있던 오작인에게 갔다.

그는 무명천 위에 올려놓은 뼈들을 살피고 있었다. 꽤 깊은 구덩이를 일별한 희가 그의 옆에 쪼그려 앉았다. 긴 뼈 하나와 조각으로밖에 보이지 않는 두어

가지가 전부였다.

"이건 정강이뼈인가요?"

"그래. 여기 실금 보이지? 다쳤다가 도로 붙은 흔적이니 생전에 다리를 절었을 게다."

"모르는 눈으로 보면 짐승 뼈 같을 터인데, 용케 신고할 생각을 했네요."

"아니어도 버리려다 찜찜해서 근처 의원에게 물어봤다 하더라. 짐승 시체를 마루 밑에 꽁꽁 묻어 둘 리는 없고, 장례를 치렀을 리도 없으니 필경 살인이지."

일단 포청에 가져가서 더 살펴봐야겠다는 오작인의 말에 고개를 끄덕인 희는 들은 말들을 엽에게 전했다. 그때 포졸이 그들에게 다가왔다. 탐문을 나간 이들 중 하나인가 했는데 그는 혼자가 아니었다.

"집주인을 찾았습니다. 기방에 있더군요."

딱딱한 얼굴로 균이 덧붙인 말에는 이런 한낮에, 라는 투였다. 하지만 엽의 눈썹이 꿈틀한 것이나 희가 입을 딱 벌린 것은 한심스러워하는 포졸에게 동조해서가 아니었다. 직후 일하던 중이란 걸 자각한 희는 얼른 입을 다물었으나 눈은 여전히 크게 뜬 채로, 마찬가지로 자신을 보고 놀란 표정을 짓는 명원에게 못 박혔다.

희와 엽을 차례로 본 명원은 주변을 슥 훑었다. 그뿐이었는데도 엽에게 물음을 던지는 그는 평소의 여유로운 태도로 돌아와 있었다.

"상황이 상황이니만큼 인사는 생략하고, 누가 죽었습니까?"

"죽은 사람이 있다는 건 어찌 아셨습니까."

"그야……."

말을 꺼내던 명원의 시선이 희를 스쳤다. 순간의 일이어서 희는 착각이라 생각했다.

"작업 중에 일이 생겼으면 포졸이 아니라 일꾼이 왔을 것이고, 세간도 없이 비어 있던 집인 데다 작업은 아침부터 시작하고 있었으니 도중에 포졸이 불려 왔다는 건 갑자기 새로운 것이 발견되었다는 뜻이며, 그게 금이었다면 포졸 나리 인상이 저리 나빴을 리가 없겠지요."

과연! 희가 속으로 감탄했고 엽도 이해했는지 고개를 끄덕였다.

"피해자는 아직 모릅니다. 이 집은 언제부터 갖고 계셨습니까?"

"닷새 전에 샀습니다."

"닷새요?"

"그러합니다만. 원하시면 문서를 갖고 와 보여 드리지요."

불쑥 끼어든 희의 물음에도 그는 주저 없이 답했다.

희는 안심했다. 얼굴 모를 피해자는 이미 백골이었다. 즉 적어도 삼 년에서 오 년 동안 땅에 묻혀 있었다는 뜻이며, 구덩이를 판 새로운 흔적에 뼛조각이 남았으니 간밤 범인이 돌아와 수습하다 실수로 빠뜨렸을 가능성이 컸다. 아니더라도 애초 집주인이 범인이라면 굳이 다시 파낼 필요도 없거니와 집을 적당히 손보면 될 일이었다.

그저 뜻밖의 장소에서 뜻밖의 얼굴을 보고 놀랐을 뿐, 명원을 의심한 적은 없지만 희는 그래도 역시 마음이 놓였다. 엽이 재차 물었다.

"매매 전 이 집에 온 적 있으십니까?"

"열흘 전쯤 한 번, 위치를 직접 보느라 사립문 앞까지진 왔었지요."

"전 주인과는 잘 아는 사이고요?"

"아니요. 지인을 통해 건너 알게 되어 일면식은 없습니다."

"이전 주인과 그 지인 되는 분을 알려 주십시오."

"그러지요. 허나 저의 지인도 이 건에 대해서는 제대로 몰랐을 겁니다."

"어째서입니까?"

"저를 잘 아는 사람이거든요."

희는 명원의 말을 정확히 이해했다. 명원은 빙그레 웃으며 덧붙였다.

"시체가 묻혀 있는 집이라는 걸 알았다면 하필 저를 끌어들였을 리가 없습니다."

"하기야 이 역관 어르신 자제분에게 그럴 만한 사람은 없겠지요. 그래도 조사는 해야 합니다."

"물론 이해합니다. 한데 시신이 얼마나 묻혀 있었습니까?"

"뼈만 남아 있어 최소 삼 년은 된 듯합니다."

엽이 시원스럽게 대답했다. 어차피 소문을 들어 알 일이긴 해도 명원과 무관한 일이란 걸 인정한 듯한 태도라 희는 괜히 기분이 좋았다.

"삼 년이라……."

중얼거리며 턱을 만지작거린 명원은 엽에게 자신이 아는 이름을 알려 주었다.

"감사합니다. 우선은 돌아가 계셔도 좋습니다."

"괜치 아니하시다면 조금 더 있고 싶습니다만. 방해는 되지 않겠습니다."

"그리하십시오."

선선히 고개를 끄덕인 엽은 마침 다가온 포졸과 함께 잠시 자리를 떴다. 무심결에 그쪽을 보고 있던 희는 문득 시선을 느껴 고개를 돌렸고 명원과 눈이 마주쳤다. 그의 눈매가 다정하게 휘어지는 모습이 희의 마음 한편을 간질였다.

"그날 이후로 처음이구나. 좋아 보여 다행이다."

그가 나지막이 말을 건넸다. 방금보다 한결 편안해졌을 뿐 여상스러운 말투였지만 희는 '그날'이란 말만으로도 심장이 풀쩍 뛰었다. 때에 맞지 않는 부끄러운 기억이 생생하게 떠오르는 걸 막기 위해 그녀는 생각나는 대로 대꾸했다.

"다, 다 나았습니다! 그리고 고작 사흘이 지났을 뿐인데 무어 그리 오래 못 본 것처럼 말씀하십니까."

"사흘이었더냐? 나는 석 달인 줄 알았는데."

희의 입이 열렸다가 그냥 닫혔다. 웃지도 않고 말하는 그의 앞에서 입술만 달싹대다 슬그머니 고개를 꼬았다. 만져 보지 않아도 귓불까지 화끈대는 걸 알 수 있었다.

다행히 그는 길게 말하지 않고 다른 얘기를 꺼냈다.

"오늘부터 나온다는 얘긴 들었다. 저녁에는 네 집에서 배를 채우려 했더니 이리 만나는구나."

"그러게 말입니다. 저도 일을 마치고 인사를 드리러 갈 생각이었는데, 하필 나리께서 사신 집에 이런 사달이 나다니요. 깜짝 놀랐네요."

"그래, 네 얼굴에 '설마 아니겠지' 라고 쓰여 있더라. 덕분에 바로 짐작이 갔지."

"……다른 사람이었으면 잘 감추었을 겁니다."

"아무렴 그래야지. 너도 열력이 쌓였는데."

희는 더 대꾸하지 못하고 입술만 삐죽였다. 무심코 엽이 있는 쪽으로 고개를 돌렸다가, 그녀는 의외의 얼굴을 발견하고 깜짝 놀라 그쪽으로 다가갔다.

"안녕하세요, 군관님!"

"어, 희야. 네가 왔구나. 오랜만이다."

엽과 대화하고 있던 우포청 소속 권부경權扶景 군관이 한 손을 들어 마주 인사했다.

"여긴 어쩐 일이셔요?"

"살인 미수 고발이 들어온 것을 확인하러."

희의 눈이 휘둥그레졌다.

"여기, 이 집이요?"

"그래. 한데 뉘십니까?"

부경의 시선이 머리 위로 넘어가는가 싶더니 점잖은 물음이 뒤따랐다. 희가 좇은 곳에는 역시나, 어느새 가까이 선 명원이 있었다. 그는 부경을 잠깐 응시하다가 빙그레 웃었다. 희는 그의 눈은 웃고 있지 않은 걸 알아차렸지만 이유까진 짚을 수 없어 어리둥절해졌다.

"집주인입니다."

"그러시군요. 그럼 같이 들으셔도 상관없으시겠습니다."

고개를 끄덕인 부경이 품에서 둘둘 말린 천을 꺼내 그 안에 있던 것을 세 사람 앞에 내보였다. 흙이 묻은 작은 뼈였다.

"고발자가 증거로 제시한 손가락 일부입니다."

부경의 말에 따르면, 지금으로부터 반 시진 전 다 죽어 가는 거지 소년이 우포청의 문을 두드렸다. 간밤 비를 피하려 빈집에 숨어 잠을 청했는데 이상한 소리를 듣고 눈을 떠 보니 웬 사내가 마루 밑을 파고 그 안에 있는 것들을 자루에 주워 담더란다. 재수가 없어 들켰고, 사내는 소년의 목을 졸라 같이 자루에 쓸어 담고 나와 으슥한 숲속에 따로 버렸다. 그러나 소년은 살아 있었고 자루 속에 같이 있던 것도 하나 훔쳐 낼 정신도 있었다. 그래서 몸을 가눌 만큼 되었을 때 가까운 포청을 찾아갔고, 그것이 우포청이었다는 정황이었다.

"위치를 보아 우리 구역은 아니라 좌포청에 갖다줄 참이었습니다. 믿을 만한 증언이었으나 만에 하나로 먼저 현장을 확인하려던 건데, 마침 이리되었군요."

엽은 부경에게서 천을 도로 덮은 손가락뼈를 넘겨받았다.

"고맙네. 그 소년은?"

"의원에게 보냈습니다."

부경은 의원이 있는 곳을 알려 주고 덧붙였다.

"이걸로 손 떼겠습니다만 궁금하긴 하니 나중에 어찌 되었는지나 알려 주십시오."

"그러지. 잘 들어가게."

"감사합니다, 군관님. 살펴 가셔요."

"그래. 고생이 많구나, 다음에 또 보자."

희의 어깨를 가볍게 두들긴 부경이 그곳을 떴다. 그와 엇갈려 탐문에서 돌아온 포졸들이 오래된 이웃 한 명을 데려왔다. 그는 이 집에 살다 사오 년 전쯤 밤을 틈타 훌쩍 떠난 갖바치가 다리를 절었노라고 말했다.

"떠났다니, 어디로?"

"그야 모르지만 선금 받은 걸 노름으로 날려 먹고 겁이 나서 도망쳤다고들 하데요. 실제로 며칠 지나서 웬 양반 나리가 집을 뒤지면서 길길이 날뛰기도 했고, 새벽녘에 나가는 걸 본 사람도 있고요."

"그게 누구요?"

"저 집에 살던 김 씨인데, 그 뒤로 달포쯤 지나서 이사를 갔습지요."

투박하게 거친 손끝이 이웃한 초가집을 가리켰다.

"잘못 본 건 아니고?"

"에이, 둘이 호형호제하던 사이인데 암만 밤눈이라도 잘못 보았을 리가요."

사내가 손사래를 쳤다. 죽어 묻혀 있던 사람을 목격했다는 자야말로 범인이니 엽은 사내를 포청으로 데려가 김 씨의 인상을 그리고, 소년의 확인을 받은 뒤에 방을 붙이기로 했다.

"나는 여기를 마무리할 터이니 네가 소년을 만나 얘기를 들어라. 포청에서 만나자꾸나."

"예, 알겠습니다."

"저도 이만 가 봐도 되겠습니까? 다른 일이 있으면 추후 포청으로 나가도록 하지요."

고개를 끄덕이는 희의 옆에서 명원이 슬쩍 끼어들었다. 엽은 별말 없이 그러시라고 대답했고, 두 사람이 나란히 돌아서는 것을 보고도 흘려 넘겼다.

"마음 씀씀이가 큰 어른이구나."

골목을 나와 거리로 들어선 명원이 입을 열었다.

"내가 네게 따라붙을 셈인 것을 다 짐작하였을 터인데."

"네! 진짜 좋은 분이셔요."

희는 신이 나 말을 받았다.

"이쪽 일로 혹시 도움이 필요하면 언제든 얘기하란 말씀까지 해 주시더라고요."

"말로 온 공을 갚는다더니, 저분이 과연 그렇겠다. 물론 네가 그만치 열심히 잘하고 다닌 덕이겠지."

"저야 무어……."

"우포청 사람과도 가까워 보이던데."

"아, 네. 구역은 나뉘어 있어도 아예 무관할 일은 없으니까요. 다들 서로 오며 가며 알고 지냅니다."

"……하면 그게 보통이란 뜻이렷다?"

희는 고개를 갸웃거렸다.

"예, 무어, 그렇습니다만……. 보통이라니요?"

"하도 반가워하기에 그자와 유난히 친한 줄 알았지."

"에이, 아니어요. 그야 권 군관님이 저를 다모라 낮잡아 보시는 분이 아니어서 좀 가깝기는 합니다만, 조금 전엔 저희 구역에서 뵌 게 신기해서 그랬고요."

손사래를 치다 말고 희는 퍼뜩 든 생각에 명원을 쳐다보았다.

"혹시, 저가 좀 과했나요?"

명원의 시선이 흘끔 닿았다가 다시 멀어졌다.

"그랬다면?"

"조심해야지요. 아직 혼사도 아니 치른 분인데 쓸데없는 말이 나면 큰일 나게요."

"……."

"그리고…… 또."

희는 앞을 보았다. 망설임은 짧았다.

"또, 앞으로는 아니 그럴게요."

명원이 다시 눈길을 던지는 것이 뺨으로 전해졌다. 희는 차마 마주 보지 못하고 혀끝을 내어 쑥스러운 웃음만 물었다.

아무렇지 않은 태도라고는 해도, 그는 원래 그런 사람이었다. 속까지 아무렇지 않을지는 누구도 알 수 없고 함부로 내보이지 않으나, 희는 그가 자신과 같은 마음인 것을 알고 있기에 다른 사람과 함께 있는 모습을 볼 때의 마음조차 같다고 믿기로 했다.

그렇더라도 좀은 뻔뻔하게 밀어붙인 것이지만, 명원은 핀잔을 던지지 않았다. 그는 말없이 걷다가 희미한 웃음기를 담아 중얼거렸다.

"믿어 보마. 하면 나도 그자 얼굴은 잊기로 하지."

"……예?"

"너를 낮잡아 본다는 치들을 외워 두는 편이 나으니, 말이 난 김에 쭉 읊어 보아라."

명원이 워낙 당당하게 말하고 있어 희는 웃음은커녕 부끄러움도 느낄 새가 없었다. 이쪽에서 아무리 뻔뻔하게 나가 봤자 한술 더 뜨니 이거야말로 뛰는 자 위에 나는 자 있는 셈이겠다. 희는 눈을 굴리고 대꾸했다.

"저가 불러 드리면 어쩌시게요?"

"내가 어쩔 건 없지. 다리를 건너다 물에 빠지든, 장터에서 날치기를 당하든, 다 나름의 팔자소관 아니겠느냐."

"……."

"그래서, 대답은?"

"그, 그런 거 없습니다! 다들 잘해 주시니까요!"

희가 힘주어 말하자 명원은 그럴 줄 알았다는 듯 웃음을 흘렸다. 무척 기쁘고 감사한 일이지만 허언을 할 사람이 아니라, 희는 얼른 머리를 굴려 화제를 바꾸었다.

"한데, 나리께서는 어쩐 일로 그 집을 사셨어요?"

효과는 놀랄 만큼 좋았다. 명원이 웃음조차 지우고는 입을 딱 다물어 버린 것이었다.

덕분에 희의 궁금증은 더욱 커졌지만, 함부로 발을 들이밀고 싶지는 않아 그녀는 얼른 얼버무렸다.

"그야 그럴 만한 쓰임이 있으셨겠지요? 원하시면 몇 채든 사실 수 있으니 딱히 이상한 일은 아니고……,"

"……아니지만, 네게 숨길 일도 아니지."

명원이 희의 말을 받았다. 어딘가 모르게 체념하는 투였다.

"이미 바닥을 기는 평판이야 별수 없다지만 적어도 오얏나무 밑에서 갓을 고쳐 쓰는 짓은 아니 하려 그랬다."

"예?"

희는 되물은 직후 말뜻을 이해했다. '평판'이란 말 위로 찬열의 말들이 겹친 건 순식간이었다. 설마 하면서도 눈이 마주치자 괜한 헛기침을 하며 시선을 빗기는 그를 보니 확신이 섰다.

"저 때문에 그 별채에서 나오려고 하신 거군요."

기루가 아닌 다른 곳을 찾아서.

"무어 그리 거창한 건 아니고."

가볍게 흘리는 말투는 가벼웠으나 희의 마음에는 묵직한 흔적이 남았다.

그 별채는 그의 진정한 '집' 이었다. 그가 오롯하게 진정한 자신으로 있을 수 있는 곳. 조금이라도 불편하거나 마음에 들지 않았다면 몇 년씩이나 기거하지도 않았을 터였다. 그런 장소를 오로지 유희 때문에 바꿀 생각을 했다는 사실이 고맙고 또 기뻤다. 하지만.

"……죄송합니다."

그곳만큼 그에게 어울리는 곳은 달리 없으리라.

희는 그가 자신과의 만남으로 인해 조금이라도 더 나아지길 바랄 뿐이지 평온하던 그의 일상이 흔들리는 건 보고 싶지 않았다. 물론 기루 담장 안이라는 게 조금도 신경 쓰이지 않았다고는 할 수 없지만 그건 그저 희 자신의 욕심이었지 그가 보여 주는 태도와는 무관했다. 그가 기녀와 노닥거리는 걸 본 적은 단 한 번도 없어서 그런 쪽으로 믿지 못했던 적도 없는데.

희의 어깨가 저절로 처졌다. 옆에서 들리는 말은 없었다. 용기를 내어 쳐다본 명원은 매우 이상한 표정이 되어 희를 처음 보는 사람처럼 생경하게 보고 있었다.

"대관절 무슨 소린지 모르겠구나. 어찌 네가 사죄할 일이라고 생각하느냐?"

"저는 정말 한 번도 그게 싫었던 적이 없거든요. 하온데 나리의 마음이 갑자기 바뀌신 거면 분명 모르는 사이에 나리께 실수를 한 적이 있는 것 같아서요."

"……갑자기는 아니다. 물색한 지는 이미 반년이 넘었으니까."

희는 무심코 걸음을 멈추었다. 마주 오는 사람을 피해 희를 가볍게 붙들어 길가로 나온 명원이 말을 이었다.

"세평을 바꾸기보다야 이 한 몸 뉘일 곳 바꾸는 게 쉬울 것 같았지. 한데 사람이 많이 다니는 곳이면 조용할 날이 없고, 한적하다 싶으면 쉬이 오기 힘든 구석진 곳이고, 오가는 사람이 지나치게 눈에 띄거나 입소문 하나 제대로 주워듣기 힘들고, 겨우 찾았다 싶으면 대대로 물려받은 땅이라 절대 못 판다고 우기질 않나, 그러다 보니 여태 이러고 있게 되었는데 이젠 하다 하다 뼛조각까지 나오는구나."

"……."

"네가 괜한 오해를 아니 할 건 알지. 나 역시 행실에는 자신 있고. 그래도 옛말 그른 거 하나 없다는데 행여나 후일 땅을 치고 울게 될까 겁이 나더라."

운다느니 겁이 난다느니, 전혀 어울리지 않는 말들을 진지하게 하는 명원의 소탈한 고백이 희의 마음 한구석을 간질였다. 불쑥 그의 품에 안기고 싶기도 했고, 당장 찬열에게 달려가서 이것 보라고 외쳐 주고 싶기도 했다. 그런 갖가지 충동들을 꾹꾹 눌러놓고 보니 정작 지금 뭘 해야 할지 모르겠어서 희는 입술만 잘근거리다가, 번쩍 고개를 들었다. 그리고 명원이 흠칫하는 것을 지나쳤다.

"정녕 그 이유뿐이라면 더는 찾지 마십시오. 저는 그 별채가 좋습니다."

"……좋다고?"

"예. 그동안 오가면서 저도 정이 많이 들었고요, 그곳만큼 나리에게 어울리는 곳도 없다는 생각이 듭니다."

"내가 수십이나 되는 여인네들과 한 울타리 안에 있어도 개의치 아니하단 말이렷다?"

"행실에 자신 있으시다면서요."

안심한 건지 불만인 건지 모를 복잡한 표정으로 퉁을 놓은 명원이 희의 대꾸에 허를 찔린 듯 입을 다물었다. 희는 빙그레 웃었다.

"저가 달리 누굴 믿겠습니까. 그저 제게 주신 손 간수하듯 해 주신다면 안심이어요."

"……."

"진정입니다. 그러니 신경 쓰지 마시고, 무엇이든 마음 가는 대로 하셔요."

"……그러고 싶은데 아무리 나라도 보는 눈이 너무 많구나."

"예?"

"아무것도 아니다. 그만 가자."

명원이 시침 뗀 얼굴로 손을 내젓고는 앞서 길로 나섰다. 희는 그러려니 하고 그와 다시 나란히 걸었다.

골목을 잇고 다리를 건너 이윽고 그들은 부경이 일러 준 의원 댁에 도착했다. 자리보전 중인 소년은 얻어맞은 얼굴이며 졸린 목이며, 만신창이가 따로 없었지만 부은 눈꺼풀 속의 시선은 명징하기만 했다.

"보시기처럼 나쁘진 아니해요. 이러다 죽겠다 싶을 때 얼른 죽은 척을 했거든요. 저가 물질 하나는 자신 있어서 숨은 오래 잘 참아요."

쉰 목소리로도 또박또박 말을 시작한 소년은 간밤의 정황과 밤눈으로 본 상대의 얼굴도 분명하게 설명했다. 거지라고 미리 듣지 않았다면 지저분한 입성은 지체를 감추기 위한 위장처럼 여겨졌을 정도라, 희는 감탄하며 아이의 말을 새겨들었다.

"장하다. 범인은 꼭 잡을 거니 염려 말고, 다 나을 때까지 푹 쉬어."

"네."

"나으면 갈 곳은 있느냐?"

내내 묵묵히 듣고 있기만 하던 명원이 처음으로 입을 열었다.

"아니요."

"마침 심부름꾼을 찾는 자리를 알고 있다. 의식주는 해결되고, 양민으로서 너 좋을 때까지 일할 수 있으며, 벌이도 넉넉할 것인데, 일할 곳이 기방이란 게 흠이라면 흠이지. 어찌 생각하느냐?"

"저야…… 감사하지요."

소년의 안색이 밝아졌다.

"자리를 얻게만 해 주신다면 열심히 일하겠습니다."

"좋다."

빙긋 웃은 명원이 옷자락을 젖히더니 달고 있던 작은 장도를 빼내 소년에게 건넸다.

"다 낫고도 마음이 그대로라면 이걸 들고 수진방 항월루를 찾아오너라."

소년은 눈을 크게 뜨고 명원의 손과 얼굴을 번갈아 보았다. 선뜻이 넘겨받는 대신, 소년이 물었다.

"저의 마음이 바뀌면요?"

"돌려받을 정도로 값진 건 못 되니 염려 마라. 대신 때아닌 봉변의 위로 정도는 되겠지."

소년은 입술을 달싹대다 그냥 다물어 버렸다. 멍든 이마에 크게 써 붙인 복잡한 의문이 워낙 낯익은 것이어서, 명원을 처음 만난 일이 생각나 무심코 웃은 희가 끼어들었다.

"받아도 돼. 단순한 변덕이셔."

"……네?"

"이분이 보이는 대로 오지랖이 좀 넓으시거든. 그리고 세상엔 꼭 나쁜 일만 있는 건 아니라고 알려 주고 싶으신 거지."

"잘 나가다 왜 샛길로 새느냐."

명원이 대뜸 퉁을 놓았다.

"암만 꿈보다 해몽이라지만."

변덕이라느니 오지랖이 넓다느니 하는 것들은 다 인정하고 넘어가는 말에 희의 웃음이 커졌다. 두 사람의 대화를 들으며 둘을 번갈아 본 소년이 조심스럽게 두 손을 내밀었다.

"감사히 받겠습니다."

"오냐. 몸조리 잘하거라."

"화상이 완성되면 또 들를게. 얼굴이 맞는지 확인해 주렴."

"네, 얼마든지요."

이윽고 희와 명원은 밖으로 나왔다. 명원이 희를 돌아보았다.

"저녁에 들를 터이니 그때 보자꾸나."

"제가 별채로 가도 되는데요?"

"……당분간은 내가 가마. 그게 낫겠다."

뭐가 낫다는 건지 언뜻 이해할 수 없었지만 아무렴 어떠랴, 희는 고개를 끄덕였다.

"또 아까 한 얘기는 생각이 바뀌거든 냉큼 말하고."

"아까 한 얘기요?"

무슨 얘기를 했지? 잠깐 눈을 굴린 희는 떨떠름해하는 명원을 보고 퍼뜩 생각해 냈다.

"아, 집이요! 예, 알겠습니다."

"……난 매우 진지하단다."

"감사합니다."

잘 알고 있다고, 싫어지면 꼭 말하겠다고, 그처럼 진지하게 여겨 주어서 얼마나 기쁜지 짐작이나 하시겠느냐고, 지금 이 마음을 전부 아우를 수 있는 건 감사하다는 말밖에 달리 없었다. 어쩌면 우답일지도 모르지만, 명원은 생글생글 웃는 희를 물끄러미 보다 피식 웃어넘겼다.

"조심하고, 나중에 보자."

"예. 살펴 가셔요!"

희의 인사를 받으며 돌아서는 명원의 발걸음이 가볍게 이어졌다.

기껏 구한 집이 사람이 둘이나 죽을 뻔한 흉가란 소문은 맡아 놓은 마당이라 값은 값대로 날리고, 여태 들인 품은 품대로 헛일이 되었건만 전부 다 별일이 아니었던 것처럼 하찮게 여겨졌다. 처음부터 확실히 물어보았어야 했나 보다. 희가 '왜 이제 와서 그러느냐, 여태까지는 내가 어찌 생각하건 상관없었느냐'고 불평할 성격이 아닌 건 알고 있었지만, 대뜸 사죄부터 해서 사람 심장을 단번에 움켜쥘 줄은 몰랐다. 아직도 희에 대해 모르는 것이 많았고, 알아 갈 것이 많다는 사실이 그를 반성하게 하고 또 기쁘게 만들었다.

명원은 향월루로 돌아가 드물게 대문 문턱을 넘어 본채로 갔다. 난데없이 포졸이 들이닥쳐 데려갔던 탓인지, 명원을 잘 알고 있는 행수는 눈에 띄게 안도하며 그를 맞이했다.

"나리! 괜치 아니하십니까?"

"물론, 약간의 오해가 있었을 뿐 별일은 아니었으니 안심하게. 그보다 똘똘한 심부름꾼 하나를 알아 왔네."

행수가 어이없는 웃음을 흘렸다.

"저가 분명 그런 말씀 드린 적은 있습니다만, 이 와중에요? 여하튼 나리께서는 뒤로 넘어지셔도 빈손으로는 일어나지 아니하시네요."

"자네도 알다시피 내 운이 좀 좋은 편이지. 이레쯤 지나 더벅머리 사내아이 하나가 장도를 들고 찾아오면 내게도 알려 주게."

"물론 그러겠습니다."

명원은 돌아서다가 문득 생각난 말을 꺼냈다.

"참, 그리고 앞으로 자네에게 더 신세를 져야 할 것 같네. 새집 찾기는 당분간 없던 일이 되었어."

"신세라니 그 무슨 섭한 말씀이셔요."

행수가 가볍게 눈을 흘겼다.

"하도 확고히 나가신다기에 차마 말릴 생각도 못하고 있었을 뿐인걸요. 얼마든지 계십시오."

"고맙네."

"천만의 말씀이십니다. 하온데 그저 궁금해서 그럽니다만, 어쩐 일로 마음이 바뀌셨는지요?"

"마나님 허락이 떨어져서."

명원의 느긋한 대답에 행수가 재미있다는 듯 미소 지었다.

"이리 대단하신 분도 댁에서는 영락없는 아드님이군요."

명원은 행수의 착각을 굳이 고쳐 주지 않고 돌아섰다. 그리고 마당에 드리워진 그림자를 더욱 길게 잡아 늘이고 싶다는 생각을 하며 걸음을 옮겼다.

여느 때처럼 평온한 하루였다.

二. 동행同行

上

책장을 넘기는 손길은 방 안의 공기만큼이나 느긋했다.

장침을 베고 길게 누워 책을 뒤적이던 명원은 이내 지루해져 서탁 위에 아무렇게나 책을 올려놓았다. 본가에 들어와 지낸 지도 며칠이 지나고 있었다. 물론 매인 곳이 없는 몸이니 여기서도 별채에서처럼 편하게 드나들면 그만이겠지만, 본인이 자리를 비운 동안만이라도 들어와 있으라던 형님의 의도는 그게 아닌 것이 분명했기에 명원도 가끔은 착한 아우 노릇을 해 볼 요량이었다. 다만 그 기특한 마음은 유유자적 흘러가는 시간 속에서 조금씩 마모되고 있으니, 그나마 형체를 알 수 없어지기 전에 형님이 돌아올 예정이란 게 다행이다.

"예부터 되기 어려운 건 한가로운 사람이라[9], 그것참 면목이 없는 말이군."

원체 어디서든 늘 한가했는데 언제부터 그리 바쁘게 살았다고 지루하다는 생각이 드는 걸까.

9) 古來難得是閑人. 조하趙嘏, 〈발청산發青山〉 중

별채에서 은근히 오가는 사람들이 하나둘 던져 주는 수수께끼를 푸는 일이나, 이쪽이 풍문으로 듣고 끼어들어 손을 대는 일들이 어느새 훌쩍 늘어나 있는 요즘, 명원은 그것이 문득 신기해졌다. 언제부터인지 모르는 척 기억을 더듬어 보자 금세 떠오르는 얼굴 하나가 그의 입매를 슬며시 풀리게 했다.

오늘은 퇴청할 때를 맞춰 나가 보아야겠다고 마음먹은 명원의 눈길이 환한 방문 너머에 머물렀다. 직후, 그는 자리를 박차고 일어났다. 해가 질 때까지 이리 오락가락하는 기분을 달래며 청승맞게 방구석이나 긁고 있을 순 없었다. 명원은 내심 고개를 젓고 외출 준비를 빠르게 끝낸 뒤 방을 나섰다.

"나가십니까요, 도련님?"

뜰을 가로질러 가던 행랑아범이 명원을 보고 멈춰 섰다.

"음. 저녁은 먹고 올 거니 부엌에는 신경 쓰지 말라 일러 주게."

"예, 도련님. 조심해서 다녀오십시오."

고개를 깊게 숙이는 행랑아범의 몸짓에는 진정이 묻어났다. 담장 밖 평판이야 어떻든 어릴 때부터 똘똘했고 지금도 아랫것들을 인정 있게 대해 주는 좋은 상전이었다.

진솔한 배웅을 받으며 집을 나온 명원의 발길은 저잣거리로 향했다.

한낮의 저자는 적당히 소란하고 적당히 분주하여 구경꾼의 기분도 가벼워지게 하는 활기가 돌았다. 사람들 사이에 섞여 느긋하게 걸어가던 명원은 안쪽 골목으로 면한 방물 가게에 들어갔다.

"주인장 계신가?"

"아이고, 이게 누구십니까. 어서 오십시오, 나리."

매대를 지키고 앉은 대섭大葉이 그를 반겼다.

"잘 지냈는가? 오랜만이군."

"그러게나 말입니다. 옛날 같으면 나리를 뵙고 싶을 땐 그저 물건 하나만 잘 챙기면 그만이었는데, 이젠 오도 가도 못하니 그러잖아도 귀하신 분이 더 귀해지셨습니다그려."

"사람 참, 암만 간만이래도 이만치 띄워 놓으면 무슨 수로 내려가라고."

대섭은 원래 대륙을 오가던 열력 있는 방물장수로, 연무탄 등 진기한 것들을 많이 취급하고 있어 명원이 그와 알고 지낸 지도 벌써 수년이었다. 천지를 내 집처럼 여길 팔자라며 큰소리 탕탕 치더니 목이 말라 들르게 된 마을의 처녀와 연이 닿아 도성 안에 정착한 뒤로는 방물 가게를 하고 있었다.

"장사는 잘되고?"

"그럭저럭 먹고살 만은 합니다. 마침 재미난 것을 들였는데 바쁘지 아니하시면 잠시 구경 좀 해 보시렵니까?"

"오, 좋지."

명원이 흔쾌히 승낙하자 대섭은 안을 향해 잠시 나와 가게 좀 보라며 외쳤다. 이내 잠든 아기를 업은 아낙이 나오더니 명원에게 반갑게 인사했다.

"어서 오셔요, 나리. 그간 별고 없으셨지요?"

"암. 한데 이 사람 신수가 훤한 걸 보아 자네는 고생이 우심한 듯하이."

"역시 아시는 분은 다르시네요."

명원의 농을 웃지도 않고 받아넘긴 아낙이 대섭의 자리를 대신 채우는 사이, 또 이러신다며 투덜댄 대섭이 명원을 안쪽 방으로 안내했다. 그는 고리짝을 열고 명원에게 천에 감싼 두툼한 것을 건넸다. 명원이 천을 열어 보자 어른 손바닥 길이만 한 원통 하나가 나왔다.

"이게 무언가?"

"보십시오."

대섭이 한쪽을 잡아당기자 그것은 쭉 늘어나 세 배로 길어졌다. 서로 크기가 다른 원통들을 겹쳐 놓은 원리로, 양쪽 끝 모두 투명한 것으로 막혀 있었다.

"이것이 천리경千里鏡이란 물건인데, 요기 좁은 쪽에 눈을 대 보시지요."

말대로 한 명원은 저만치 방구석의 등잔 심지가 코앞에 있는 것처럼 크고 선명히 보인다는 사실에 감탄했다.

"허, 신묘하군. 앉아서 천 리를 내다본다라."

"천문관天文官이 아닌 바에야 무슨 소용이 있나 싶기는 하였습니다만, 나리께서는 흥미를 가지신 것 같아 챙겨 왔습지요."

"자네가 옳게 봤네. 제법 재미있는걸."

"이외에 사물을 있는 그대로 또렷하게 비추는 면경이 있다는데 워낙 고가여서 일단 알아 놓기만 하였고요. 대륙 너머에서 그네들 시각을 재는 물건은 신기하긴 하지만 셈이 달라서 그야말로 쓸모가 없는지라 관두었습니다."

"과연 자네 마음이 내 마음이군. 방금 말한 것들보다 이게 마음에 쏙 들어."

명원은 요모조모 살피던 천리경을 원래대로 접어 내려놓았다.

"허면 요놈은 내가 맡은 걸세."

"아무렴요."

두 사람은 잠시 한담을 나누고 가게로 나왔다.

대섭의 처는 그새 잠에서 깨어 칭얼대는 아기를 달래는 중이었다. 명원은 매대 위를 죽 훑어보다 방울이 달린 노리개를 하나 집어 아기의 침 묻은 손에 쥐여 주었다. 아기의 칭얼거림이 뚝 그치고 명원은 미소했다.

"옳지, 그래. 착하구나."

기왕 고른 김에 조카들 것을 두엇 더 고른 명원은 아기에게 준 것과 같이 셈을 치르고 품에 넣었다.

"저 물건은 쌈짓돈으로 될 게 아니니 후일 찾아갈 때 값을 치르겠네."

"감사합니다, 나리. 언제든지요."

"그럼 또 보세."

명원은 가게를 나서다 문득 뒤를 돌아보았다.

노리개를 냉큼 입에 무는 아기를 어르는 부부의 모습, 특히 만면에 웃음을 띠고 내자와 딸을 바라보는 대섭이 유난히 크게 다가왔다.

"글쎄요. 떠도는 처지에 장가를 가 봤자 원망만 살 것 같은데요. 자식 욕심도 없고 하니 평생 혼자 살아도 아쉽지 않습니다요. 아니, 오히려 혼자라 홀가분해 좋지요."

"마음이 맞는군. 나 또한 그러하네."

언젠가 별채 마루에 나란히 앉아 주고받았던 말이 불현듯 생각나 명원의 입가에 웃음을 그려 냈다. 세상만사 한 치 앞도 못 본다더니, 혼자서도 괜찮다 허세 부리던 두 사내는 그새 각자의 인연을 만났고 그 말이 스스로 얼마나 가당찮았는지 깨우쳤다. 그러나 한쪽은 모두의 축하를 받으며 정식으로 혼례를 올려 가정을 꾸린 반면, 다른 하나는 그렇지 못했다.

반드시 하자면 못할 것도 없겠지만…….

희의 마음이 다치지 않고 또 희의 세상도 온전히 지키고서 할 방도를 찾기에는 등불 없는 새벽과 진배없었다. 새삼 처지를 비교하게 된 명원은 가라앉으려는 기분을 잡아채고 눈에 띄는 대로 국밥집에 들어갔다. 배가 차면 사람이 긍정적으로 변한다는 건 만고의 진리였다.

"한 그릇 말아 주게."

"예에."

걸상 서넛이 들어앉은 가게 안은 명원 외에 두 사람뿐이었다. 자신들의 대화에 푹 빠져 돌아보지도 않는 그들과 등을 진 자리를 차지한 명원은 금방 나온 국밥에 숟가락을 꽂았다. 맛있는 집을 알고 있지만 저녁에 갈 생각이기도 했고, 이쪽이 아무리 한량이란 걸 안다고 해도 대낮부터 한가롭게 상을 받아 먹는 꼴을 자주 보여서야 좋을 게 없었다.

"아니 무슨 놈의 이자가 그리 삽시간에 불어나? 그치가 아주 돈독이 올랐구먼."

"분명 그걸로 끝이라 여겨 내내 버텼는데…… 이리되니 맥이 탁 풀리네. 대체 여기서 무얼 더 어찌해야 하는지 모르겠어."

"있는 것들이 더하다더니. 제깟 게 날고 기어 봤자 쌀장수 주제에 어쩜 그리 야박한가. 자네가 무어, 노름에 빠져 빌린 것도 아니고 노모 병구완에 쓰는 것도 잘 알면서, 인정상 기일을 좀 늦춰 주지는 못할망정 갖은 핑계로 이자를 덮어씌워? 귀신은 무얼 하나 모르겠군."

등 뒤에서 두런두런 낮게 들려오는 사정은 흔하디흔했다. 명원은 말없이 국밥을 먹었다. 아무 생각 없이 고른 가게인데 맛이 제법 좋아서 득을 본 기분이

들었다.

"차라리 자네한테 누이라도 있었으면 나았을 것을."

"무슨 소린가, 그게! 있었으면 큰일이었지! 배골 박 영감 딸이 그 통에 신세 망친 거 몰라?"

"무어? 그게 참이야?"

"그렇다니까! 일손이라고 데려가더니 노리개로 팔아먹었다대. 자네 알고 한 소린 아닌 모양이니 못 들은 거로 하겠어."

"미안하이, 정말 몰랐어. 세상에 원 그런 놈이……."

"그런 놈에게 얽힌 내 잘못이지만…… 더는 방도가 없어. 눈앞이 캄캄해."

어쩌면 있을지도.

명원은 밥알을 씹어 삼키면서 중얼거렸다. 미곡米穀. 돈놀이. 여아를 빚 대신 노리개로 팔아먹는 악독한 자— 그가 누군가를 특정하기에 부족함 없는 실마리였다. 그리고 자연스럽게 써먹을 만한 방도가 뒤를 이었다. 다만 이런 사연은 정말로 길가의 돌멩이만큼 흔한 것이었다. 안되었기는 하나, 이런 일까지 일일이 엿들어 챙긴다면 그야말로 오지랖이 넓다던 희의 우스개가 사실이 되고 말 것이다.

"저가 할 수 있는 일이 없다는 게 좀 기운이 빠지는 느낌이라서."

……허나 너라면 또 그리 말하겠지.

동그마한 어깨가 축 처지는 모습이 눈에 밟히는 듯 선해서 명원은 내심 혀를 찼다. 이번만이 아니었다.

여태 그의 모든 기준은 그 자신의 호기심과 심심파적이었다. 외중에 딱한 사정을 알게 될지라도 세상천지에 딱한 사람이 한둘이랴, 그다지 마음에 두지 않았다. 그랬는데 희를 만나고서부터는 희한하게 남의 사정이 눈에 밟혔다. 그 아이라면 불쌍타 하며 돌아서지 못하겠지, 이럴 땐 이런 걸 해 주면 좋겠다 하겠지. 그런 생각이 들자 희보다 할 수 있는 것이 훨씬 더 많은 처지에서 차마 지나칠 수 없게 되었다. 지금 저 말들을 희가 듣지 않아 다행이라 생각하기에는, 그의 안을 차지한 그녀의 자리가 너무 컸다.

희야. 너를 어쩌면 좋으냐.

너는 이제 아무것도 모를 때조차 나를 휘두르는구나.

그럼에도 그것이 싫지 않으니 그 또한 문제였다. 하긴 듣고도 모를 일이었으면 그만이었지, 알아들은 내가 잘못이다. 명원은 깔끔하게 마음을 접고 그릇까지 깨끗이 비웠다. 그사이 먼저 나간 두 사람은 문 앞에서 각자 갈라졌다. 명원은 값을 치르고 걸음을 조금 서둘러 빚을 한탄하던 사내를 따라잡았다.

"잠시 실례하리다."

"……뉘시오?"

"방금 국밥집에서 우연히 들었소만, 상대가 혹 미곡 가게를 하는 김金가요?"

어리둥절해하던 사내의 표정이 단번에 굳어졌다. 무언의 대답을 확인한 명원이 싱긋 웃었다.

"내가 조금 아는 자라, 해 볼 만한 방도가 하나 있는데. 한번 들어 보겠소?"

"이리로."

희는 앞장서서 걸어가는 사내를 얌전히 따라갔다. 안채에서도 더 깊은 곳에 있는 별당까지 안뜰을 가로질러 가는 동안 마주치는 사람 하나 없는 걸 보니 이 댁 주인이 미리 단속을 시킨 모양이었다. 하긴 당연한 일이겠지. 발소리를 죽이며 걸음을 내딛는 동안 희는 포청에서의 밀담을 떠올렸다.

"열흘 전, 형조판서 심 대감 댁으로 협박 투서가 날아들었다."

주변을 물리고 희와 독대한 수인이 진중하게 말문을 열었다.

"내용은 대충 가만두지 않겠다, 제명에 죽지 못할 거다, 그런 시시한 것들이라 한 번 읽고 등불에 태우셨다지. 한데 사흘 전 두 번째 투서를 받았는데 따님을 납치하겠다는 것이었다. 하여, 대감이 포청에 은밀히 도움을 청하셨지."

"하오면 그 따님을 지척에서 지키는 것이 저의 일이군요."

"아니. 대역을 나들이 보내 유인한 다음 일망타진하자고 하셨다더라."

"……음, 호전적인 분이시네요."

희가 무모하다는 말을 점잖게 둘러 표현하자 수인이 희미하게 웃었다.

"놈들이 걸려들까요?"

"가능성은 반반이다만, 대감이 하도 강경하게 밀어붙여 시도는 해 보기로 결정되었다. 듣자니 그 따님과 키나 몸집이 제일 비슷한 게 너여서 너를 보내려 하는데, 잘할 수 있겠지?"

"예!"

"인왕산 부근에 따님이 종종 나들이를 하러 가는 정자가 있다더라. 도성으로 들어오는 길목이지만 꽤 높은 언덕배기라 왕래가 잦지 않으니 장소는 잘 고른 셈이지. 정녕 노리는 자가 있다면 그 길도 알아냈을 터, 포졸들이 그 댁 종인 척 가마를 들 것이니 필요 이상 긴장할 건 없다."

"알겠습니다."

재차 힘주어 대답하는 희를 올려다본 수인은 "그리 눈을 빛내는 걸 보니 쓸데없는 소리였구나."라며 할 일을 일러 주었다. 희는 머쓱하게 웃고 이내 복도 밖으로 나왔다.

집에 가서 옷을 갈아입은 뒤, 부엌데기인 척 당당하게 뒷문으로 들어가자 아니나 다를까 기다렸다는 듯 나타난 사내가 그녀를 안내했다. 별당에 이르러 기척을 들은 나이 든 여종이 나와서는 희를 안으로 데리고 들어갔다.

정갈하게 꾸며진 방 안은 달리 아무도 없었고, 주인을 대신하듯 방 한가운데에 가지런히 개어진 옷 한 벌이 희를 기다리고 있었다.

"아씨께서 손수 골라 주신 옷입니다."

희는 여종의 도움을 받아 옷을 갈아입었다. 걸치기만 해도 살갗 위를 흐를

듯 감싸 주는 고운 비단의 감촉은 황홀할 지경이어서, 희는 때아니게 호강하는 즐거움을 남몰래 누렸다. 협박문에서는 딸을 '죽이겠다'가 아니라 '납치하겠다'라고 말하고 있었기에 희는 혹시나 소굴로 끌려갈 경우를 대비해 금방 들키지 않도록 분도 바르고 머리도 곱게 땋아 장식까지 달게 되었다.

잠시 후 분장을 끝낸 여종이 흡족한 얼굴로 갖다준 면경은 영락없는 양갓집 규수를 비추고 있었다.

"와."

나도 꾸미니까 제법 그럴듯한데? 무심코 감탄한 희는 태평한 생각을 두고 제풀에 얼른 입술을 감쳐물었다가 연지가 번진다며 가벼운 구박을 받았다.

"우리 아씨는 매우 음전한 분이시니 아무쪼록 유념하십시오."

"아, 네. 얌전히 다닐게요."

희는 생글생글 웃으며 고개를 끄덕였다. 여종의 엄한 얼굴이 다소 누그러졌다.

"고맙습니다. 부디 잘 부탁드리겠습니다."

"별말씀을요, 제 일인걸요. 염려 마셔요."

희는 장옷을 조심스럽게 챙겨 들고 먼저 몸을 돌렸고 여종이 수행하듯 뒤를 따랐다.

두 사람이 앞마당으로 나가자 어느새 유옥교(有屋轎, 지붕이 있는 가마)가 준비되어 있었다. 두 손을 맞잡고 서 있는 네 명의 가마꾼들은 모르는 사람들이었지만 어딘가 낯이 익어 희는 든든한 기분이 들었다. 그녀가 푹신한 가마 안으로 들어가 자리를 잡자 곧 문이 닫히고 가마가 번쩍 들렸다. 익숙하지 않은 흔들림에 순간 휘청거린 희는 뒤통수를 박기 직전 겨우 균형을 잡았다.

휴우.

고기도 먹어 본 놈이 더 잘 먹는다더니. 가마를 타 본 적 없는 처지에서는 좌우로 흔들거리는 와중에 허공에 둥실 떠가는 느낌이란 꽤 이상했다. 언제 또 이런 걸 타 보겠냐 싶으면서도 그저 좋고 편하지만은 않았다. 오히려 내가 너무 무거우면 어쩌나 슬그머니 걱정이 들어서, 희는 그런 자신을 두고 영락없는 다모 팔자라며 피식 웃었다.

그러는 동안 가마는 대문간을 훌쩍 넘어갔다.

❁ ❁ ❁

"이 식충이 같은 놈들아! 밥값은 해야 할 거 아니야, 재게재게 움직이란 말이다!"

호통을 들은 일꾼들의 손이 다소 빨라졌다. 한강을 통해 올라온 쌀가마니를 창고에 넣는 작업을 감독하는 춘복春福의 혀 차는 소리가 사정없이 허공을 찢었다. 여하튼 고함을 질러야 알아먹으니 원, 한심하기 짝이 없다. 해가 지기 전에 할 일들이 얼마나 많은데. 또다시 꾀를 부렸다간 이번엔 매질할 생각으로 춘복이 눈을 번뜩이며 사방을 감시할 때였다.

"저어……, 어르신."

귀에 익은 목소리에 돌아보니 눈이 마주친 전田 씨가 꾸벅 인사를 했다.

"어, 왔는가. ……한데 어찌 빈손이야?"

"그…… 남은 이자에 관해 드릴 말씀이 있는데요."

"말뿐이면 되었네."

안 그래도 바쁜데 공연히 사람을 귀찮게 하다니. 춘복은 짜증스럽게 내쳤지만 전 씨는 꿋꿋하게 이상한 소리를 지껄였다.

"아니 들으시면 필시 후회하십니다."

내용의 가당찮음보다 진지한 목소리가 춘복의 주의를 끌었다. 춘복이 다시 쳐다보자 전 씨가 사방을 조심스럽게 둘러보더니 속삭이듯 말했다.

"잠시 귀 좀 빌려주시지요."

무슨 속셈이지?

영 이상스러웠지만, 호기심이 이겼다. 춘복이 한쪽 귀를 내어 주자 전 씨가 속닥거렸다. 그런데 그 내용이란 것이, 귀를 의심할 만큼 허황하여 춘복은 어이가 없어졌다.

그가 눈을 끔벅이며 빤히 쳐다보자 전 씨는 심각한 표정으로 그의 답을 진지하게 기다리고 있었다. 춘복이 헛기침을 하고 확인했다.

"자네 말인즉슨, 내가 흉액凶厄을 당하는 꿈을 꾸었으니 그 꿈을 파는 것으로 대신 탕감하겠다?"

"예."

전 씨가 고개를 크게 끄덕였다.

"심지어 두 번입니다, 어르신. 두 번을 서로 다른 내용으로 꾸었다고요. 저도 처음에는 헛꿈인 줄 알았는데 두 번째가 어찌나 흉하던지, 어휴."

전 씨는 돌이키기만 해도 끔찍하다는 듯 몸서리를 쳤다. 그런 그를 멍하니 보던 춘복이 버럭 고함을 질렀다.

"예끼! 어디서 약을 팔아? 신소리 다 했으면 당장 꺼지게!"

"아니, 참말입니다, 어르신!"

"참이고 뭐고 간에 뉘 그런 헛소리를 믿어? 그리고 진짜라 해도, 내 내자며 아들 다 두고 어찌 하필 자네야? 말이 되는 소릴 하게!"

"아, 그야, 그 이자 갚을 일 때문에 종일 어르신 생각을 하니 그랬겠지요."

천복은 코웃음을 쳤다.

"하여, 자네 정성이 갸륵하다고 하늘이 자네에게 요리조리 빠져나갈 방도라도 내려 주었을 성싶은가? 그래서 냉큼 달려왔어?"

"그, 그건……."

전 씨가 주춤했다. 혀를 찬 춘복은 눈을 부라리며 썩 꺼지지 않으면 사람을 시키겠다고 그를 내쫓았다. 그리고 이쪽의 소란을 돌아보는 일꾼들에게도 무얼 보냐며 고함지르고 팔짱을 꼈다.

말도 안 된다.

분명 헛소리였다. 헛소리인데……. 춘복은 자신이 한 말이 그대로 돌아와 마음 한편에 똬리를 트는 것을 느꼈다. 하필 식구도 친척도 아닌 놈이 꿈을 꾸었다는 게 영 찜찜했다. 전 씨가 왈패들과 가까이하기는 하나 성실한 효자여서 허튼소리를 하지는 않는 성정이란 걸 알고 있어 더욱 그랬다.

설마하니 놈이 내가 무당을 가까이한다는 사실을 알 턱도 없고.

춘복은 믿을 것은 오로지 재물뿐이라 믿는 축이었다. 그것을 가지고 사람을 가려 잘 처신하기만 하면 세상에 두려울 게 없었다. 하지만 죽어서 되갚겠다는 말들을 어디 한두 번 들었어야지, 눈에 보이지 않는 것은 어쩔 도리가 없기에 그는 사실 심정적으로는 무당에게 매우 많이 의지하고 있었다. 물론 나라에서도 금하고 또 빚을 진 놈들에게 알려져 좋은 일이 아니어서 내자조차 몰랐다. 무당이야 입을 가볍게 놀리면 본인이 경을 칠 테니 당연히 믿을 수 있고.

그런데 갑자기 아무것도 모를 놈이 찾아와 흉액 운운하며 꿈을 꾸었다 하니, 도무지 흘려 넘길 수 없었다. 춘복은 금세 불안이 달라붙어 스멀스멀 마음을 먹어 치우는 것을 꾹 참았다. 그래도 그런 헛소리에 넘어갈 순 없지.

조만간 액땜으로 기도라도 올려야겠다고, 그가 그리 생각하던 참이었다.

"어르신, 어르신!"

가게 행수가 잰걸음으로 다급히 쫓아와서는 숨도 고르지 않고 춘복을 붙들었다. 춘복의 심장이 덜컹, 내려앉았다. 그는 애써 침착한 척 물었다.

"어찌 그리 불러대?"

"잠시 와 보시지요. 지금 이 역관 댁 자제분이 어르신을 찾으십니다!"

"……누구?"

"아, 그 왜, 이해승 나리요! 그 댁 차자가 오셨다고요!"

춘복은 깜짝 놀랐다. 역관 이해승, 한성을 도는 재물의 반을 손바닥에 넣고 쥐락펴락할 수 있다는 바로 그 사람이었다. 그 어른 아들이 여길 왜 와? 당황하면서도 어리둥절해진 춘복은 얼른 행수를 따라 가게로 돌아갔다. 갓 쓴 선비 하나가 가게 안을 선 채로 둘러보고 있다가 그들을 향해 돌아서자 행수가 굽실거렸다.

"오래 기다리셨습니다요."

"아닐세. 이쪽이 기별 없이 왔으니."

복색의 소박함을 가려 줄 정도로 훤칠한 미장부였다. 차림새는 그저 평범한 집안 출신 같았지만 춘복은 실망하지 않았다. 행수가 저리 호들갑을 떠는 까닭을 보아 신분은 분명했다.

"댁이 주인장이요?"

"예, 그렇습니다."

자네, 라거나 너, 라는 말이 아니라 반이나마 존대였다. 저쪽도 출세에 한계가 있는 중인이라고는 해도, 쌀을 팔아서 먹고사는 장사치에게 건네는 말이 춘복의 마음에 쏙 들었다. 조금 전 행수에게도 점잖게 대하지 않았던가.

"내 부친의 함자가 이 해 자, 승 자 되시오만, 아버님과는 기실 관련은 없고. 잠시 조용한 곳에서 논할 일이 있는데 어떠시오?"

"예, 얼마든지요. 이쪽으로 오십시오."

춘복은 그를 안쪽 방으로 들이고 아무도 방해하지 말라고 지시해 두었다. 대접하고자 차를 물었으나 그는 되었고 얘기부터 하자며 춘복을 앉혔다. 대관절 무슨 얘기인지 짐작도 할 수 없어 불안 반, 기대 반으로 마주 앉은 춘복에게, 그가 용건을 밝혔다.

"쌀 백 가마니를 좀 융통해 주면 좋겠소."

"……백, 가마니요?"

춘복이 멍청하게 되물었다. 그는 쌀 한 줌이라도 내 달란 소리를 한 것처럼 여상히 말을 이었다.

"실은 내가 잠시 따로 생각한 것이 있어 내 집 쌀 창고에 조금씩 손을 대었는데, 아버님은 알지 못하시오. 한데 이게 일이 틀어졌단 말이외다. 집안일에 대해서는 상관치 아니하시는 분이지만 워낙, 좀…… 흠흠. 여하튼 그래서 급히 필요해졌소."

아하.

몰래 빼돌렸던 쌀을 채워 넣기 바쁘시다? 춘복은 조금 여유를 찾고 그를 방금과 다른 눈으로 살폈다. 듣고 보니 입성이 수수한 것이 이해가 됐다. 하긴 차자는 늦도록 장가도 아니 들고 노닥대는 한량이라지. 허우대만 멀쩡하고 속은 곯았다는 게 한심하긴 해도, 잘 배운 태가 나서 언행이 좋은 것은 역시 상대하기 나쁘지 않았다. 더구나 온 도성이 다 알도록 부자간 골이 깊다고는 해도 내치지 않고 담장 안에서 끼고 돌 만큼은 부친의 관심을 받고 있으니, 이쪽 하기에 따라서는 올곧다는 장자보다 더한 월척이었다.

계산을 끝낸 춘복이 고개를 끄덕였다.

"드리겠습니다. 마침 창고에 특등쌀이 있습니다."

"오, 잘되었군."

"한데, 아시겠지만, 거래라는 것이 본디 담보가 중요하여……."

너를 못 믿어서가 아니라 원래 거래가 그렇다고, 춘복이 슬그머니 눈치를 보며 말끝을 흐리자 그는 선선히 품에서 천 꾸러미를 꺼내 놓았다.

"이거면 족하리라 생각하오만."

무심코 넘겨받은 춘복의 눈이 화등잔만큼 커졌다. 보랏빛 비단에서 나온 것은 무려 금돼지였다. 일이 일이다 보니 이런저런 재물을 볼 줄 아는 춘복으로서도 놀랄 만한 상등품이었다. 백 가마니가 무어냐. 순금일 것이 분명한 이 때깔이며 크기며 무게까지, 오백도 그냥 내줄 수 있는 놈이라, 춘복은 저도 모르게 말을 더듬었다.

"조, 족하고말고요!"

"물론 후일 찾아갈 것이오만, 창고에 들어 빛도 못 보던 것을 꺼내 왔으니 안심하고 맡아 두어도 좋을 거요."

세상에, 이런 귀한 것이 빛을 못 보고 창고지기 신세라니……. 거부란 말은 들었지만 그 정도였나. 춘복은 눈앞이 어질했다. 이만하면 월척이 아니라 용이었다.

"예에…… 그럼요."

"고맙소. 그럼 이걸로 얘기는 끝을 내고, 가져갈 것을 우선 좀 봐도 되겠소?"

"아무렴요. 가시지요."

춘복은 금돼지를 허둥지둥 다시 싸서 벽장 깊은 곳에 모셔 둔 다음 그를 쌀 창고로 안내했다.

"하온데 한 가지 여쭈어도 됩니까?"

"얼마든지."

"저는 나리와 일면식이 없는데, 어찌 저를 아시고 예까지 걸음 하셨는지요? 도성 내에 쌀장수가 한둘도 아닌데요."

"내 들은 바로 여기 주인장이 사람을 아니 믿는다고 해서. 맞소?"

"……."

"아, 책하려는 건 아니고. 도리어 그 점에 믿음이 가더이다. 장사고 거래고 간에 공연히 정을 두면 어그러지는 게 이치 아닐 텐가."

"감사합니다, 나리. 이해해 주시는군요."

춘복은 감동했다. 역시 꿈은 반대라더니, 이만하면 흉액이 아니라 길몽 중의 길몽이었다. 춘복은 속으로 전 씨를 욕하면서 일손들을 잠시 물리고 그를 창고 깊은 곳으로 데려갔다.

"여기 있는 것이, 실은 수라상에 오르는 김포 쌀입니다. 아주 질이 좋지요."

단순한 비유만이 아니라 실제로 김포에서부터 애써 빼돌려 둔 것이었다. 이런 날이 올 줄 알았나 보지. 춘복은 본인의 선견지명을 자찬하며 자랑했다.

"오호."

"마침 백오십이 있으니 이 중에서 백을 골라 내드리겠습니다."

"과연, 좋소."

흐뭇한 표정으로 천장까지 닿도록 쌓인 쌀가마니를 둘러보던 그가 춘복을 보았다.

"직접 확인해 보고 싶은데, 어떻소?"

"예?"

"다 열어 보자는 건 아니고. 하나만 살짝 찔러서."

"……예, 그러시지요."

유난하다고 생각하기엔 지금 자신의 벽장 속에 있는 금돼지의 위용이 너무 찬란했다. 사람 못 믿는 것으로 오히려 득을 보았으니, 못 믿겠느냐고 불만을 가질 일도 아니었다. 춘복은 떨떠름한 기분을 감추고 고개를 끄덕였다.

근처에서 끝이 뾰족한 대롱을 찾아 하나 갖다주자 그는 손장난처럼 그것을 빙글빙글 돌리면서 쌀가마니 사이를 산보하듯 걷다가 허리께에 있는 가마니 하나를 쿡 쑤셨다. 이쪽으로 반쯤 등을 진 터라 춘복에게는 그의 흡족해하는 목소리만 들을 수 있었다.

"오, 과연 빛깔이 아주……, 음?"

그가 갑자기 손바닥에 코를 박을 듯 얼굴 가까이 올렸다. 춘복이 의아해하며 다가가자, 심각하게 미간을 좁히고 있던 그가 춘복에게 손바닥을 내밀었다.

"보시오. 이거, 쌀알이 서로 달라 보이는데?"

"예? 그럴 리……, 엉?"

사실이었다.

그의 손바닥에 담긴 반 줌 정도의 쌀알이 고르지 않고 하얗고 노르끼리하며, 크고 작았다. 너무나 예상 밖의 일이라 춘복은 놀란 나머지 무마할 생각조차 못 한 채 쌀알만 들여다보았다. 돌연 주먹이 움켜쥐더니 그가 그것을 땅바닥에 홱 뿌렸다.

"이런 젠장, 무슨 이런 경우가 다 있소?"

"예? 아, 아니, 그게 아니라……,"

"내가 기녀들 치마폭에 싸여 허송세월하는 놈이라고 지금 우습게 보는 거요? 수라상? 허, 시정잡배들에게나 통할 수를 어디 감히 들이밀어!"

그가 목청을 높여 대로했다. 춘복은 쩔쩔매며 그를 달래려고 애썼다.

"아니요, 그게 아니라, 나리, 진정하시고."

"연치 있다고 대우해 주었더니 이런 식으로 뒤통수를 치려고 하나! 그냥 가져갔더라면 가서 속였다고 우기고 아주 덤터기를 씌웠을 것이라! 아무거나 골라잡은 게 이 모양이니 전부 다 쏟아서 확인하지 않고서야 뉘라서 알랴?"

"아니, 그것이, 그게…… 그럴 리가 없는데……."

"그럴 리가 없다? 허!"

황망하게 흘린 말이 오히려 화를 키웠다. 그가 더욱 기세등등하게 따졌다.

"똑똑히 보아 놓고도 여직 헛소리요? 아니면 내가 지금 지루하기 짝이 없어 자네 붙들고 농지거리나 한다는 겐가! 내 비록 부친에게 그간 실망만 안겨 드려 은밀히 처리하려 한 것이었지만 하는 꼴을 보니 나 말고 다른 자들에겐 오죽하랴 싶군. 이 길로 관아에 가 낱낱이 고할 걸세."

"아, 아니 됩니다! 제발! 그것만은, 나리……!"

기겁한 춘복이 체면도 집어던지고 그의 바짓가랑이를 붙들고 늘어졌다. 제발, 제발, 빌고 또 빌자 잠시 후 한숨과 함께 조금 누그러진 목소리가 떨어졌다.

"됐고, 담보나 당장 내놓게."

"예……, 예! 예, 드려야지요!"

분명 궐로 갈 것을 빼놓은 쌀인데, 귀신이 곡할 노릇이었다. 춘복은 울고 싶은 기분으로 달려가 금돼지를 가져왔다. 도로 받아 챙긴 그가 싸늘하게 뱉었다.

"이번엔 없던 일로 하겠소. 다만 내게도 귀는 달려 있으니, 나와 비슷한 일을 겪은 사람이 있다는 풍문이 들리기만 하면 그때야말로 나서서 관에 갈 것이오."

"예, 감사합니다! 죄송합니다!"

굽실거리는 춘복을 차갑게 노려본 그는 옷자락이 펄럭일 만큼 세찬 몸놀림으로 돌아섰다.

그가 멀어지고 나서야 춘복은 창고 바닥에 털썩 주저앉았다. 창졸간에 들이닥쳐 휘둘린 일들로 온몸에 힘이 하나도 없었다. 조용한 창고 안에 넋을 놓고 있자니, 방금 있었던 일들이 마치 꿈처럼 느껴졌다. 분명 이 손에 닿았던 금돼지의 무게까지……,

……꿈?

"꿈!"

고함처럼 내지른 춘복이 벌떡 일어났다. 꿈! 바로 그 꿈이다. 전 씨가 말했던 흉액이 사실이었다. 심지어 한 번도 아니고, 두 번이라고 했다. 두 번째가 더 끔찍해서 달려온 거라고 했었지.

소름 끼친다는 듯 몸서리를 치던 전 씨를 돌이켜 떠올린 춘복은 모골이 송연해졌다. 방금 일이 더 나쁜 쪽인지, 그나마 낫다는 쪽인지, 누구도 알 수 없다는 사실이 춘복을 급기야 창고 밖으로 내몰았다.

"누구! 거기 누구 없나! 전 씨, 전 씨를 데려와!"

그의 다급한 고함 소리가 어리둥절해하는 일손들 머리 위로 왕왕 울렸다.

❁ ❁ ❁

덕영德映은 주변을 둘러보고 또 둘러보았다. 여기까지 오는 동안 누군가의 눈에 띌세라 주의를 기울여도 사실 낮이고 하니 알 수는 없는 일이었다. 그러나 그는 와야만 했다.

탕탕, 우람한 대문을 두드리자 이내 사람이 나왔다.

"누구시오?"

"이 댁 도련님을 잠시만 뵙고자 합니다. 중요한 일이니 꼭 좀 들여보내 주십시오."

사내는 그를 위아래로 훑어보고는 문을 크게 열어 주었다. 안심한 덕영은 얼른 안으로 들어섰다. 쿵, 묵직하게 닫히는 문소리에 한결 마음이 놓였다.

"따라오시오."

"감사합니다."

덕영은 사내를 따라 뜰을 지나 담장 안쪽의 어느 방으로 갔다. 그를 마당에 세워 놓은 사내가 방문 앞까지 다가가 손이 있음을 고했다. 문이 열리고 내다보는 잘생긴 얼굴은, 분명 덕영에게 살길을 일러 준 바로 그 사람이 맞았다. 덕영은 당장 그 자리에서 큰절을 올렸다.

난데없이 장터에서 마주친 웬 낯모르는 사내는 김가가 실은 미신을 믿고 무당에게 매우 의지한다는 놀랄 만한 말을 꺼냈다. 그래 흉한 꿈을 꾸었다는 얘기를 하고 나오면 일이 풀릴 것이라고. 아니 대체 이 사람은 누구며, 또 놈은 미신을 믿으면서 그리 원한 살 짓만 골라 한단 말인가? 이도 저도 너무 황당해서 무심코 그걸 어찌 아느냐 물었더니 돌아온 대답은 그 무당을 알고 있다는 소리였다. 차림새가 수수하긴 해도 양민은 아닌 눈치여서 그 또한 믿기 힘들었지만, 중요한 건 따로 있어 일단 넘어갔다.

"한데 생판 남이 꿈을 꾸었다고 해 봤자 아니 믿을 텐데요?"

"그야 그렇겠지요. 허나 씨앗만 심으면 충분하니, 한번 해 보시오. 딱히 가릴 게 없지 않소?"

말대로 달리 방도가 없으니 지푸라기라도 잡을 판에 무얼 못 하랴 싶은 마음이 들었다. 그리고 시원시원한 그의 언행이며 이쪽을 직시하는 눈빛이 예사롭지 않다는 직감이 와서, 덕영은 미친 척하고 그가 일러 준 대로 김가를 쫓아가 꿈을 꾸었다며 야단법석을 떨고 집으로 돌아왔다. 그런데 아니나 다를까, 김가가 사람을 보내기까지 해 자신을 찾아서는 그 꿈을 팔라며 사정을 하는 것이었다.

얼떨떨한 와중에도 그러시라고 말했고 덕분에 깨끗하게 털고 나오면서도, 귀신이 곡할 노릇이라 실감도 안 난 덕영은 멍하니 걷다가 일손들이 수군대는 소리를 들었다. 이 역관 나리의 한량 차자에게도 제 버릇 개 못 주고 속여 넘기려다가 경을 쳤단다. 고소하다고 비웃는 말들 사이로 생각나는 얼굴은 장터에서의 사내였다.

덕영은 일면식도 없는 그가 대체 어째서 자신에게 말을 걸었으며, 스스로 나서서 일을 꾸밀 만큼 적극적으로 도왔는지 짐작조차 할 수 없었다. 그래서 하늘이 방도를 내려 준 것 같았느냐던 김가의 말에도 켕기는 구석이 있어 대꾸를 못 했다. 하지만 까닭 없는 은혜를 입은 건 사실이었다. 그렇다면 자신도 할 수 있는 것이 있다면, 비록 그 상대가 자신과 아무런 상관이 없는 사람이라도, 해야 했다. 그게 옳았다.

"쯧."

하지만 그는 혀를 찼다. 다시 바로 선 덕영의 어깨가 반사적으로 움찔했다. 일손을 물린 그가 밖으로 나와 마루에 걸터앉았다.

"거기서 내가 누군지 들었나 보군. 다신 보지 말자 했더니 어찌 예까지 군이 찾아왔소? 저쪽이 알기라도 하면 동티 날 터인데, 나도 더는 모르오."

"조, 조심했습니다. 꼭 말씀드리고 싶은 것이 있습니다."

그는 손사래를 쳤다.

"인사라면 되었소. 그저 심심하던 차에 부린 변덕이었으니."

"그, 그것도 그것이지만…… 또 있습니다."

심심풀이며 변덕이며, 줄여 말하는 것이 쑥스러워서인지 본디 성정이 그런지는 모르나, 덕영은 그의 선의와 의기를 오해하지 않았다. 그래서 그가 본인이 하는 말보다 더 대단한 사람이라는 자신의 느낌 또한 믿었다. 어쩌면 이 넓은 집에서 귀한 옷 두르고 앉아 있는 것보다 더.

덕영이 머릿속으로 말을 고르는 동안, 그는 불퉁한 기색이면서도 채근하지 않고 기다려 주었다. 그조차 감사한 일이라 덕영은 용기를 냈다.

"못난 눈으로 보아도 범상치 아니하신 줄 알아, 혹여 관아의 일도 아신다면 소인이 들은 것을 말씀드리고 싶습니다."

그가 몸을 바로 했다. 무표정한 얼굴은 그대로였지만 그 안에서 빛나는 눈동자가 몹시도 명징해서 덕영은 자신의 결정이 만족스러워졌다.

下

가마가 땅에 내려지고 문이 열렸다.

빼꼼, 고개를 내민 희는 우선 주변부터 살폈다. 내내 긴장한 것이 무색하게도 나뭇잎 스치는 소리만이 희미하게 들릴 만큼 고요했다. 희는 이리저리 둘러보다가 시선 끝에 아담한 정자를 발견하고는 약간 김이 샜다. 목적지에 무사히 도착해 버린 것이다.

……아니, 무사하면 다행이지만.

그래도 이거 명색이 유인하자고 나선 건데 다행이랄 것도 없나? 희는 복잡한 기분으로 습관처럼 뒷머리를 긁으려다 아슬아슬하게 손을 거두었다. 어색하게 머리를 쓸어내린 그녀는 가마 밖으로 나와 얼른 장옷을 둘러 얼굴을 반쯤 가렸다. 혹시나 누군가가 지켜보고 있을 때를 대비해서였지만, 아무리 귀를 기울여도 누가 있어 봐야 다람쥐가 전부일 것 같은 평온한 숲속이었다.

그러나 만약 가는 길에 걸리지 않으면 시간을 두고 머물렀다가 내려오는 길에 기다려 보라는 사전 지시가 있었기에 희는 가마꾼들과 눈짓을 주고받은 뒤 몸을 돌렸다. 가마꾼들은 가마 옆에서 편하게 주저앉아 쉬기 시작했고, 희는 정자 안으로 들어갔다.

경치를 감상하는 척 사방을 둘러보던 그녀는 수상쩍은 낌새가 전혀 없는 것을 확인하고 그대로 감상에 빠졌다. 눈앞에 펼쳐진 푸르른 신록을 보고 있노라니 일하는 중이라는 사실이 멀게 느껴질 만큼 상쾌했다. 산은 계절마다 매력이 있어 좋았다. 여름이면 푸르고 가을이면 붉게 물들고, 겨울이면…… 예쁘고.

문득 해를 넘겼던 밤에 겨울 산을 올랐던 기억이 떠오르자 희의 뺨에는 가을의 색이 스며들었다. 사실 한밤중이라 어두웠고 산 자체는 볼 것이 없었는데도 그보다 좋았던 기억도 드문 것은, 비단 제야除夜의 풍경 때문만은 아닐 것이다. 그때 함께 감탄하고 즐거워했던 사람을 생각하며 슬그머니 미소를 지은 희는 내일 별채에 가 보기로 마음먹었다.

희는 등받이 없는 긴 의자에 앉아 한가롭게 눈 보신을 하고 또 생각나는 얼굴을 구태여 쫓아내지 않으며 즐거운 시간을 보냈다.

얼추 한 시진이 넘었을 무렵, 이만하면 되지 않았을까 싶어 가마꾼 쪽을 돌아보는데 돌연 하늘에 먹구름이 깔리더니 소낙비가 쏟아졌다. 가마꾼들은 헐레벌떡 나무 밑으로 들어가 비를 그었고 희는 조용히 자리를 지켰다.

후드득후드득, 물방울이 잎을 적시고 떨어지는 소리에 귀를 기울이며 앉아 있던 희는 문득 가까워지는 인기척에 등을 쭉 폈다. 그녀는 뒤를 돌아보았다가 급히 정자 밑으로 뛰어든 선비와 눈이 마주쳤다. 순간 희는 묘한 기시감을 느끼고 멈칫했다.

"아, 실례했소."

선비는 막 올라섰던 계단을 도로 내려갔다.

"놀라게 해서 미안합니다. 갑자기 비를 피하려다 보니 누가 있는지도 몰랐소."

"예. 괜치 아니합니다."

희는 조신하게 답하고는 몰래 상대를 관찰했다. 젖은 옷을 털어 내느라 분주한 젊은 선비는 일견 체신 좋은 집안의 자제 같았다. 그런 사람이 말이나 하인도 없이 혼자 다닌다는 게 의심스러워서 경계심을 풀지 않고 지켜보던 희의 눈에 그의 두루마기 뒤쪽에 묻은 흙이 들어왔다. 그녀가 주저하다가 슬쩍 알려 주자 그가 고마워하며 옷을 탁탁 털었다. 그 와중에, 그의 품에서 무언가가 떨어져 희가 있는 쪽으로 데굴데굴 굴러왔다. 희가 반사적으로 집어 든 그것은 나무로 만든 아기 노리개였다.

"저…… 이것을 떨어뜨리셨습니다."

희는 그와의 중간쯤에 있는 난간에 노리개를 내려놓고 물러섰다. 고맙소, 라고 웃으며 노리개의 먼지를 털어 소중히 챙기는 모습은 어딘가 모르게 경계를 허물게 하는 구석이 있었다. 조금 전까지 명원을 생각해서인지 웃는 얼굴이 묘하게 그와 닮아 보였는데, 희가 말을 건 것은 꼭 그 때문이 아니었다. 적어도 그녀는 속으로 그렇게 우겼다.

"댁에 갓난아기가 있나 봅니다."

"곧 있을 예정입니다. 내자가 산달이라."

"어머, 축하드립니다."

대답하는 선비의 얼굴은 인사가 절로 마음에서 우러나올 만큼 환했다. 거짓으로 꾸밀 수 없는 표정 앞에 희의 남은 경계심은 눈 녹듯 사라졌다.

"그토록 기뻐하시는 걸 보니 초산이신 모양이네요."

"아니오, 이번이 넷째입니다. 의원 얘기로는 딸이랍니다."

"그럼 앞선 세 분은 모두 아드님인가요?"

"아들 둘, 딸 하나입니다. 다만 첫딸은 아비인 저를 많이 닮았으니 둘째는 제 어미를 쏙 빼닮아 줄 것 같아 더 기대하고 있지요."

와…….

희는 속으로 탄성을 질렀다. 첫 아이도 아니고 무려 넷째에, 둘째 딸인데도 오히려 내자를 닮았길 바라며 기뻐하다니 이리도 멋진 선비님을 보았나. 이런 분은 허 군관님 외에는 처음 보았다. 희는 무심코 대꾸했다.

"부인 되시는 분은 참 복이 많으신 것 같네요."

"아무렴 저만 하겠습니까."

자연스럽게 드러나는 애정 어린 자랑은 희를 재차 감탄시켰다. 만약 내게 아무도 없었다면 이런 분에게 반했을지도 모르겠다고, 불쑥 생각하다 말고 그녀는 얼굴을 붉혔다.

"낭자의 정인께서도 복 받으신 분입니다."

"……예?"

화들짝 놀란 희는 무심코 반문했다.

"있는 걸 어찌 아셨어요?"

혼인 전이라는 건 약간 느슨해진 장옷으로 쪽 찐 머리가 아닌 걸 보았을 터이니 신기할 일은 아니지만, '정인이 있느냐' 도 아니고 '그 사람도 좋겠다' 인 게 기이했다. 생각만 했을 뿐인데 얼굴에 다 드러났나? 희의 손이 슬며시 얼굴로 올라가는 참에 선비가 작게 웃었다.

"남의 일에 이리 진심으로 기뻐해 주시는 솔직한 분이 흔치 아니하니 당연히 일찌감치 정혼이 되셨겠지요."

"아……."

희는 어쩐지 부끄러워져서 "그, 그리 일렀던 건 아니어요."라고 덧붙였다.

"재작년만 해도 모르던 분이셨거든요."

"그러시군요. 인연이란 게 본디 그런 법이지요."

"예. 정말 신기해요."

심지어 남들처럼 집안끼리 말을 놓아 오갔다거나, 어릴 적부터 교류가 있어 알고 지낸 것도 아니기에 더욱 그랬다. 힘주어 한 대답이 워낙 단호해서인지 선비가 점잖은 궁금증을 드러냈다.

"어떤 분이신지 여쭈어도 되겠소?"

"음……."

희는 슬며시 눈을 굴려 여전히 내리고 있는 빗줄기와 거리를 두고 있는 가마꾼들을 확인했다. 그리고 비의 장막 속에 같이 있는 유일한 사람, 자신이 누군지도 모르고 앞으로 다시 볼 일도 없는 선비를 보고 마음을 먹었다.

"너무너무 좋은 분이요."

"예?"

"그러니까, 일단 나섰다 하면 못 하시는 게 하나도 없으시고요, 모르는 것도 없으시고, 또 그리 대단하신데도 늘 아닌 척하시는 데에 익숙할 정도로 겸손하시고요. 남들보다 서너 배는 더 내다보시는 분이라 늘 많이 배우고 있어요. 말로는 아니어도 실은 다정하셔서 항상 챙겨 주시고 걱정도 해 주시고요. 가끔 짓궂게 놀리시기도 하지만 그것도 저를 가깝게 여겨 주신다는 뜻이라서 좋기도 해요. 진지하실 때는 또 얼마나 멋있으신지, 괜스레 다른 처자들 눈에 들까 겁이 날 정도인데…… 그건 그냥 그분이 너무 잘나서 그런 거지 제가 불안하게 행동하신 적은 한 번도 없어요. 정말이지 그런 것까지 빈틈이 없으시다니, 이만큼 완벽한 분도 드물 거여요."

꼭꼭 마음에 묻어 두었던 말들을 한달음에 쏟아 낸 희는 말없이 듣고 있는 선비를 보고 "아무튼, 음, 저한테는 참 많이 과분하셔요."라는 말로 마무리했다. 민망하고 부끄럽기도 했지만, 그동안 아무나 붙들고 자신의 복에 대해 실컷 자랑하고 싶은 걸 오래도록 참아 온지라 후련한 기분이 더 컸다. 서로의 처지나 상황 탓에 뒷집 순임이에게조차 말을 아껴 왔는데 이런 절호의 기회가 또 언제 오겠는가.

"……과연, 그분의 운이 아주 좋으신 건 확실히 알겠습니다."

선비는 귀여운 누이를 보는 눈으로 흐뭇하게 웃었다.

"모르긴 해도 낭자 같은 규수가 과분하다니, 그럴 리는 없을 겁니다."

돌연 가슴 속이 따끔해져 희는 입을 꾹 다물었다.

애꿎은 옷자락을 고쳐 추스른 그녀는 눈에 들어온 거친 손을 낯선 옷자락 안으로 감추었다. 바보같이, 지금 이 모습이 진짜가 아니란 걸 잠시나마 잊고 있었다니.

명원을 자랑하며 들떴던 기분이 거짓말처럼 푹 꺼졌다. 이게 나였다면 정말 잘 어울렸을 터인데 현실은 그렇지 않았다. 하지만…….

"그저 너이기 때문이지."

꿈에서도 잊지 못할 목소리를 애써 떠올린 희는 그것을 버팀대 삼아 우울한 생각을 몰아냈다. 이런 자신을 제일 잘 아는 사람이 해 준 말이다. 믿지 않는다면 방금 침이 마르도록 한 말들도 의미가 사라질 것이었다. 희는 열심히 찾은 평정심을 잃지 않기 위해 아무 말이나 꺼냈다.

"정말 그분을 모르시니 하실 수 있는 말씀이어요."

"아니, 알 것 같습니다. 원체 인연은 서로 닮는다고 하니."

어…… 그건 진짜 아닌데.

어디 가서 이런 말을 들었다고 하면 필시 면박이 날아올 거였다. 지금도 일하던 중에 사사로운 감정을 마음대로 쏟아 내지 않았던가. 당혹스러워진 희가 대꾸할 말을 찾는 사이, 선비가 문득 고개를 들었다.

"비가 그쳤군요."

희가 하늘을 쳐다보자 과연 빗줄기가 사라지고 구름이 서서히 걷히는 중이었다. 선비는 그녀를 향해 고개를 숙였다.

"먼저 가 보겠습니다. 살펴 가십시오."

"아, 네. 조심히 내려가셔요."

희는 점점 멀어지는 선비의 뒷모습을 물끄러미 쳐다보았다. 질척해진 땅을 산뜻하게 걸어가는 태도에서 부인과 아이들에 대한 마음이 엿보이는 것 같아 혼자 빙그레 웃다 말고, 그녀는 가마꾼으로 위장한 포졸들과 눈이 마주쳤다. 그리고 '대체 무슨 말을 그리 떠들었느냐'는 시선들을 슬그머니 외면했다.

희는 비가 그친 뒤에도 한참을 더 머무르다가 그곳을 떠났다.

산에서 내려와 심 대감 댁 문간을 넘을 때까지 아무 일도 일어나지 않았다.

결국 유인 작전은 실패한 게 틀림없어서 희는 퍽 아쉬웠다. 그런데 옷을 갈아입기 위해 별당으로 갔을 때, 아까 거들어 주었던 여종이 흥분을 감추지 못한 얼굴로 그녀를 맞아 희소식을 전했다.

"예? 잡혔다고요?"

"그랬답니다. 자세한 정황은 모르고, 아무튼 정말로 산에서 덮칠 계획이었는데 다행히 그 전에 잡게 된 거라더군요. 어휴, 나쁜 놈들 같으니."

"아……. 잘되었네요."

"그렇고말고요."

그래서 무탈하게 다녀온 거구나.

실패는 실패지만 그래도 잘 끝났으니 좋은 일이었다. 희는 기쁜 마음으로 옷을 갈아입고 포청으로 향했다. 결과야 어떻든 다녀왔다는 보고를 드려야 했고 속사정도 알아내고 싶어서였다.

이런저런 상념에 잠겨 좌포청 안뜰을 가로지르던 그녀는 문득 누군가가 뒤를 따라오고 있는 걸 깨달았다. 아무 생각 없이 돌아본 곳에서, 놀랍게도 명원이 빙그레 웃고 있었다.

"이제야 보는구나."

"나리!"

너무 놀랍고 반가워서 목청 높여 외쳐 버린 희는 냉큼 입을 다물었다. 다행히 안쪽이라서인지 주변에 달리 보이는 사람은 없었다. 명원이 말했다.

"마침 오는 길에 네가 보여 따라왔는데, 무슨 생각을 그리 하는 거냐? 그러다 홀랑 업혀 가면 어쩌려고."

"포청 한가운데에서, 다모를요? 누가 그러겠습니까."

"내가."

또 실없는 소리 하신다며 손사래를 치던 희의 움직임이 딱 멎었다. 마주한 명원의 얼굴은 평온하기 그지없었다. 계속 웃고 있으면 놀리지 마시라고 하려고 했는데. 슬그머니 시선을 내린 희는 어색하게 허공에 멈춘 손을 거두며 중얼거렸다.

"그럼 되었지요, 무어."

"……"

"그, 그건 그렇고, 어쩐 일로 오셨어요?"

"……그러게 말이다. 무엇 하나 할 수 있는 게 없는데."

뜻 모를 소리를 중얼거린 명원은 가볍게 헛기침을 했다. 꽉 쥔 주먹이 언뜻 희의 눈길을 끌었지만 그녀는 불쑥 던져진 그의 물음에 집중했다.

"지금 어딜 가는 길이었지?"

"일이 막 끝나서 강 종사관님께 가고 있었어요. 새로운 일은 아직 못 받았습니다만."

"잘되었구나. 내가 지금 종사관님을 뵙고 나온 길인데, 혹여 중도에 너를 만나면 그대로 들어가도 된다 하셨더랬다."

"어……, 그런데 보고드릴 것이 있는데요."

"나들이 가서 잘 놀다 온 일 말이냐?"

희는 깜짝 놀랐다.

"나리께서 그 일을 어찌 아셔요? ……아니, 놀려고 갔던 일은 아니거든요."

"아무렴. 종사관님도 이미 알고 계시고, 내가 말해 줄 수 있으니 같이 나가면서 얘기하자."

그렇다면야 그저 좋은 일이었다. 명원이 몸을 돌리는 대로 희도 냉큼 곁에 서서 나란히 걸었다.

"내 오늘 어쩌다 사람 하나를 도왔는데, 알고 보니 그 사람이 알고 지내는 왈패 중 하나가 심 대감 댁 일에 한 발 걸치고 있었더라."

명원이 풀어놓는 정황은 몹시도 신기했다. 희의 눈이 동그래졌다.

"가까이 지내진 않지만 어릴 적 동무라 눈치를 채고도 차마 관에 고발할 수는 없고, 고발할 마음을 먹는대도 가진 증거가 없어 도리어 해를 입게 될 게 빤하니 그저 모른 척하자 생각했다지. 한데 상관도 없는 내게 도움을 받고 나니 그게 아니다 싶었다면서 내게 알려 주더라. 해서 그 길로 강 종사관님을 뵈러 온 거지."

"그래서…… 저가 무사했군요."

희의 얼굴 위로 웃음이 크게 번졌다. 이런 신기한 우연이 다 있다니.

"전부 나리 덕분이었네요. 감사합니다."

"네게 인사 들을 일은 아니다. 어쩌면 네가 한 일이 그대로 네게 돌아온 것뿐이니."

"무슨 말씀인지 잘 모르겠는데요."

"내가 그이를 돕기로 마음먹은 것은 그 사정이 딱하였고 내가 나서서 될 일이었기 때문이지만, 그 전에 네가 종알거려서였지. 도울 수 있으면 돕고 싶다고."

"저가요?"

"그래. 여기서."

명원이 짧게 덧붙이며 자신의 엄지로 쿡 찌른 것은 본인의 가슴팍이었다. 불시에 들이닥친 설렘에 두근거린 희는 바로 대꾸하지 못했다. 명원이 아무렇지 않게 농을 덧붙였다.

"모른 척하기엔 목청이 좀 커야 말이지."

……농이 아닌가?

그래도 덕분에 말문은 트였다. 희는 헛기침을 작게 했다.

"위험한 일은 아니셨어요?"

"물론."

"다행이네요. 게서 아무 때나 눈치 없이 떠들면 아니 되는데."

"왜, 그래도 듣기만 좋더라."

으아…….

역시, 당해 낼 수가 없다. 어쩜 이런 말씀을 하시면서 눈 하나 깜박하지도 아니하신담. 그럼에도 어느 분 말씀마따나, 듣기만 좋았다. 희는 달아오르는 얼굴을 모른 척 말을 돌렸다.

"무얼 도와주셨어요?"

명원은 그가 한 일들을 선선히 말해 주었다. 희는 한바탕 마당놀이 같은 얘기를 들으며 감탄하고 놀라고 많이 웃었지만, 속으로는 새삼스러운 안타까움에 애가 끓었다. 세상이 허락하지 않아 다 펼치지 못하는 재주를 한탄하며 썩히기는커녕 다른 이들을 위해 살뜰히 쓰는 이런 분이 또 어디 있을까. 말로는 네 덕분이다 해도 이명원이란 사람이 본디 큰 인물이었다. 족쇄를 풀고 훨훨 날아가면 더욱 크게 되실 분이 고작 장터에서 만난 모르는 사람을 구완하기 위해 자신을 직접 낮추었다고 생각하니 속이 상했다.

눈치 빠른 명원이 그녀의 기분을 알아차렸다.

"웃었으면 되었지 표정이 왜 갑자기 죽상이냐."

"나쁜 놈들이 아무것도 모르고 또 나리를 낮춰 볼 생각하니 분해 그럽니다."

"……."

"그편이 도리어 나리께서 다른 일로 움직이시기 편하다는 건 알겠는데요, 여하튼 제 눈에 그런 놈들이 띄면 가만 안 둘 거여요."

희는 불끈 쥔 주먹을 치켜들었다. 그녀를 물끄러미 내려다보던 명원이 설핏 웃었다.

"마음만 받으마. 부디 참고 아껴 두어라."

커다란 손바닥이 따스하게 주먹을 감싸듯 덮었다.

꽉 힘주어 잡는가 싶더니 툭툭 두드리고 멀어지는 손길은 그 짧은 사이에 희의 심장까지 함께 붙들었다. 심장 쪽은 그리 쉽게 놓여날 수 없었지만, 희는 태연한 척 말했다.

"멀쩡히 있는 손을 그럴 때 아껴서 무에 쓰게요?"

"날 주면 되지."

……이러다 제 명에 못 살지도 모르겠다.

"그……, 그런 거면 벌써……."

갖고 계시잖아요.

희는 차마 말을 끝맺지 못하고 어물거렸다. 귓불까지 열이 오르는 걸 애써 무시하며 슬쩍 주먹을 풀고 있는 그녀의 머리꼭지로 명원의 어이없어하는 중얼거림이 내려앉았다.

"갈수록 무서워지니 이를 어쩌나."
"예?"
"네 말마따나 움직이기 편하니 여의치 아니하다고 했다."
그 말이 아닌 것 같지만, 상관없었다. 희는 혀를 내둘렀다.
"그래도 나리께서는 사실 굳이 그처럼 움직이지 아니하셔도 되는데. 참 대단하셔요."
그는 이미 부유한 사람이었고, 쌀도 옷도 나오지 않는 데다 가끔 위험하기도 한 무자 일에 연연할 필요가 없었다. 심지어 예전 같으면 흘려들을 일을 지나치지 못하도록 귀찮게 종알대는 누구도 생겼다니 충분히 번거로워할 만도 한데, 그는 고민하거나 성가셔하기는커녕 그만둔다는 점을 아예 염두에 두고 있지 않았다. 희가 그 점을 신기해하니 명원은 피식 웃었다.
"그야 세상천지에 다모에게 도움이 되는 한량 따윈 없으니까."
희는 저도 모르게 우뚝 멈춰 섰다.
자연스레 두어 걸음 지나치게 된 명원이 걸음을 멈추고 그녀를 돌아보았다.
"말해 둔다만, 너로 인해 고생한다는 뜻으로 들으면 혼날 줄 알아라."
"……그, 그럼, 그게 아니면요."
"이 일로 너를 만나고 너와 함께 다닐 수 있으니 내 팔자란 뜻이지."
명원이 빙그레 웃음 짓는 모습이 머릿속에 새겨질 듯 또렷했다.
희는 눈을 찡그렸다. 어쩐지 울컥했지만, 눈물이 날 것 같은 건 그저 훌쩍 기울어진 햇빛에 난데없이 눈이 부신 탓이었다. 이건 울기보다 웃어야 할 일이니까.
"저 때문인 게 맞네요. 그럼 책임져 드릴 수밖에요."
일순 정색했던 명원이 헛웃음을 지었다. 희는 미소를 띤 채 그의 옆으로 갔고, 두 사람은 다시 나란히 걸어갔다.
"내일은 네 집으로 밥을 먹으러 가마. 오늘은 자주 들락대는 바람에 이만 들어가야겠다."
대로로 들어서서 처음 마주친 갈림길을 앞에 두고, 명원이 약조했다. 그 말이 기쁘면서도 한편으로는 아쉬워서 주저하던 희는 문득 눈을 빛냈다.

"하오면 오늘은 저가 나리를 바래다드릴게요!"

"응?"

"일찍 마쳐서 시간도 있고요, 아직 환하고요, 아직 밥때도 아니고요, 길도 잘 알아서 혼자서도 잘 돌아올 수 있는데요!"

혹시나 되었다고 거절당할까 봐 같이 가도 좋을 이유를 한달음에 쏟아 내자 명원은 말문이 막힌 표정을 짓더니 못 말린다는 듯 웃었다. 무언의 승낙이었다. 희는 작은 승리감 속에서 그의 집으로 향하는 길목으로 냉큼 들어섰다.

하지만 명원은 그녀가 정말 집 앞까지 같이 가도록 놔두지 않았다. 그는 오래지 않아 길 위에서 멈추고는 희를 돌아보았다.

"고맙다. 여기까지면 되었어."

"아직 더 가셔야 하는데요?"

"설마 그걸 모를까. 이젠 혼자 가도 무섭지 아니할 것 같아서 그런다."

"그래도 지붕이 보이는 데까지는 가야지요."

"설마 내가 정녕 너를 그 멀리까지 데려갈 셈이었을 것 같으냐? 예서부터 돌아가도 갈 길이 구만리다. 얼른 가서 푹 쉬기나 하여라."

"에이, 그 정도는 아닌데요. 저는 진짜 괜치 아니합니다."

"하면 이번엔 내가 너를 바래다주랴?"

"예? 그럼 나리께서 그 먼 길을 혼자……."

깜짝 놀라 사양한 희는 말끝을 흐렸다. 명원은 '내 말이 바로 그 말이다' 라는 눈으로 그녀의 말이 끝까지 이어지길 기다리고 있었다. 사소하지만 같은 마음이란 게 몸 안쪽으로 따스한 물이 차는 것처럼 간질간질 온기가 돌았다.

그래도 역시나 이대로는 아쉬워서, 이미 나와 있는 답을 차마 쉽게 꺼내지 못하고 미적거리던 희는 문득 명원의 시선이 자신의 뒤에 가 있음을 알았다. 놀란 듯 당황한 듯 흔들리는 표정이 이상했다. 누군가가 말을 걸어온 것은 그 직후였다.

"이런 데서 무얼 하고 있느냐?"

"잠시, 얘기를 좀 하는 중입니다. 일찍 오셨네요."
"사정을 말하고 먼저 출발했지."
어?
어쩐지 좀 들어 본 듯한 목소리였다. 희는 고개를 갸웃거리며 돌아보았다. 그리고 그대로 굳어 버렸다.
명원에게 친근하게 말을 건넨 사람은 몇 시진 전 산에서 만난 그 선비였다.
"한데 너는 길 한가운데에서……,"
지척까지 다가온 선비 역시 희를 보더니 놀란 얼굴로 말을 끊었다. 이젠 분이며 연지를 다 지우고 심지어 다모 복장을 하고 있었지만, 과연 몰라볼 정도는 아니었던가 보다. 그는 말문이 막힌 채 희를 빤히 쳐다보고 있다가 이내 놀람에서 벗어나 묵례했다.
"실례했습니다. 이리 또 뵙게 될 줄은 몰라서 그만."
"예? 예! 저, 저도!"
희는 황망히 인사했다. 크흠, 하는 소리에 옆을 보자 명원과 눈이 마주쳤다.
"과연 너라고 해야 할까. 그새 내 형님과는 어디서 만났느냐?"
"아, 오늘 산에서……, 예?"
무심코 대답하던 희가 불쑥 반문했다.
"형, 형님이요?"
"그래, 친형님이시다."
친형님…….
희가 그 뜻을 멍하니 곱씹으며 '형님'을 보자 그는 빙그레 웃었다. 명원과 많이 닮은 웃음이 순식간에 희에게 현실감을 부여했다.
"이명윤입니다."
"유, 유희라 합니다. 처음 뵙겠습니다!"
"처음은 아니지요. 이것 참 기이한 인연이로군요."
명윤이 감탄했다. 명원이 무슨 일이냐고 재차 물었지만 희는 자신이 실수한 게 없는지 필사적으로 머릿속을 뒤지느라 그 물음이 들리지도 않았다. 명윤이 대신 답했다.

"오늘 오는 길에 산에서 비를 긋다가 우연히 만났지. 잠깐 얘기를 나눈 것뿐이다."

헉.

희의 심장이 얼어붙었다가 언제 그랬냐는 듯 펄쩍 뛰어올랐다. 실수한 것만 찾고 있던 의식 속에서 그와 나누었던, 정확히는 그에게 쏟아 냈던 얘기가 고스란히 되살아나 그녀를 덮쳤다.

눈도 깜박하지 못하고 석상이 되고 만 희는 "무슨 얘기를요?"라는 명원의 무심한 반문에 퍼뜩 정신 차렸다. 명원과 눈이 마주치자 얼굴이 이대로 불타 없어질 것처럼 순식간에 뜨거워졌다.

"저, 저는 이만 가 보겠습니다!"

꾸벅 인사한 희는 아주 잠깐 망설이다가 명윤을 향해 목소리를 낮추었다.

"선비님, 아니, 형님, 아, 아니……."

이거야 호칭부터 틀려먹었다. 희는 고개를 홰홰 젓고 간절하게 빌었다.

"죄송합니다, 저기, 오늘 제가 멋모르고 드린 말씀은 못 들으신 거로 해 주셔요, 네?"

눈을 깜박인 명윤이 고개를 끄덕였다.

"원하신다면, 예. 잊기는 어려우나 아무에게도 말하지 않겠습니다."

명윤의 시선이 명원을 스치고 돌아와 웃음을 머금었다. 장난기 어린 눈빛은 조금 낯이 익어서 정신이 하나도 없는 와중에도 희는 아, 정말 형님이 맞구나, 라고 생각했다.

그녀는 연신 감사 인사를 하고 돌아섰다. 명원이 멈춰 세우려고 하는 것 같았으나 모른 척 그 자리에서 도망쳤다. 내일 만나게 되겠지만, 내일은 내일의 일이었다. 사과를 하더라도 내일이고 변명을 하는 것도 내일이다. 더는 도저히 무리였다. 다신 못 만나겠거니 멋대로 편하게 생각하고 부끄러운 줄 모르고 실컷 자랑해 댄 사람이 그 당자의 형님이라니!

임전에 명원이 지나가듯 말한 이후로 언제가 만나게 되면 꼭 예의 바르게 행동하고 잘 보이리라 마음먹었는데, 다 망치고 말았다. 게다가 그럼에도 그게 다가 아니라니. 희는 부디 저 멋진 형님께서 약조마저 잘 지켜 주시는 분이길 빌 수밖에 없게 된 현실에 좌절했다.

망했다!

길을 지나가던 사람들은 제 입술을 찰싹찰싹 때리며 울상으로 달려가는 다모를 이상한 눈으로 쳐다보았다.

"……대체 무슨 얘기를 어떻게 나누신 겁니까?"

"방금 낭자와 약조한 걸 들었지 않느냐. 일구이언할 수 없으니 묻지 마라."

"형님!"

명원은 저도 모르게 목청을 높였다가 흠칫 입을 다물었다. 그러나 명윤의 미소가 짙어지는 것을 보자 속이 터졌다.

희와 함께 있다가 우연히 형님을 만난 것은, 물론 당황스럽긴 했지만 상관없었다. 언젠가는 정말 서로 소개하려 했으니 잘된 일이기도 했다. 그런데 희의 표정이 영 심상치 않은 데다 또 그리 놀라고 즐거워하는 형님도 낯설었다.

뭔가 일이 수상하게 돌아간다 싶었더니 아니나 다를까, 끝까지 고집부려 바래다줄 듯 버티던 희는 홍시가 되어 도망치고 형은 이상해하기는커녕 희의 뒷모습을 흐뭇하게 바라보고만 있었다. 무례하다고 화낼 사람은 아니었지만 그렇다고 안심하고 지나치기엔 자신이 모르는 사정이 존재하는 게 분명했다. 다른 사람이었다면 당장 무슨 수를 써서라도 입을 열게 했을 텐데 상대가 좋지 않았다. 더 솔직하게 말하자면, 무척 나빴다.

"내가 말해 줄 수 있는 건 네게 나쁜 얘기는 전혀 아니었다는 거다."

"……궁금해서 피가 마르면 나빠질 것 같은데요."

명윤이 작게 웃었다. 그러면서도 더 말할 기색은 없어서, 명원은 한숨을 내쉬고 포기했다. 모르고 한 일이겠지만 희는 비밀이란 걸 지키기 위한 최적의 상대를 고른 셈이었다.

하긴 알아낼 방도가 아주 없는 건 아니지.

"그러지 마라."
명윤이 뜬금없이 말렸다.
"무얼요?"
"낭자에게 가서 내게 이미 다 들은 척하고 캐내는 짓은 하지 말라고."
정확히 그것을 생각하고 있던 명원은 대꾸하지 않았다. 명윤이 슬쩍 웃고 덧붙였다.
"그러면 낭자가 나를 어찌 생각하겠느냐. 잘 보이고 싶으니 네가 협조를 좀 해 주어야겠다."
명원은 알 게 무어냐고 속으로 투덜대다가 말투가 조금 달라진 형을 보았다. 명윤의 미소에서 장난기가 사라져 있었다.
"좋은 사람이더라. 막연하게 기대하던 것보다 훨씬 더."
"……."
"앞으로 아버님이 들고 오시는 네 혼사는 내가 책임지고 막아 주마."
명원은 할 말을 잃었다.
대체 희와 무슨 말을 나눈 건지 더욱 궁금해졌지만, 그는 이제 더는 물어볼 기회가 없음을 깨달았다. 이만큼 절대적인 아군이 그만 잊으라고 하면 잊는 것이다. 내게 나쁜 얘기도 아니고, 희가 형님의 마음에 든 거라면 하찮은 호기심 따윈 지울 수밖에. 명원은 가볍게 헛기침을 했다.
"무어, 좋습니다. 그럼 다른 거나 듣지요."
"다른 거?"
"그놈의 '얘기' 빼고 전부 다요."
포기하고서도 일말의 미련이 남아 말투가 퉁명스러워졌다. 명윤은 너그럽게 웃으며 선선히 말해 주었다. 일행을 두고 먼저 오는 길에 말이 다리를 접질려서 걷기로 했고, 산을 넘다가 비를 긋기 위해 들어간 정자에서 웬 규수를 만났더란다. 떨어뜨린 노리개를 주워 준 것을 계기로 잠시 말을 섞었다고 했다.
"한데 분장한 다모일 줄이야. 생각도 못해서 아깐 정말 놀랐단다."
"……그리 감쪽같았나요?"

"아무렴. 게다가 심성도 외양만큼이나 고와서 네 생각이 날 정도였지. 네가 만나는 낭자도 이런 사람이면 좋겠다고 생각했는데 같은 사람이라니, 정말 잘 되었어."

명윤은 이런 인연이 또 어디 있느냐며 감탄했지만 명원은 이미 듣고 있지 않았다. 그는 판서 댁 금지옥엽으로 꾸민 희의 모습을 떠올려 보는 중이었다. 하지만 여태 종인이나 다모, 부엌데기 차림만 봐 온 탓에 영 어려웠다. 자신의 형님이 붙임성이 좋긴 해도 생판 낯선 여인을 두고 대뜸 아우와 연결하는 짓은 하지 않는 사람인데 그럴 정도로 고왔단다. 그 아이가 비단옷을 입고 분과 연지를 바르고, 머리칼을 곱게 땋아 내려 장신구로 치장하고 있었다니, 맙소사.

나도 못 보았는데.

"음? 왜 그러느냐?"

명원의 지긋한 시선을 느낀 명윤이 돌아보았다. 명원은 아무것도 모르면서 운은 좋은 태평한 형님을 잠시 마주 보다가 아무것도 아니라며 시선을 비꼈다. 이런 일로 형에게 투기를 느끼는 자신이 유난한 걸 자각하면서도 한숨이 나오는 건 막을 수 없었다.

이윽고 형제는 사이좋게 귀가했다.

안마당으로 들어서는 순간, 명원은 행랑아범과 대화 중인 부친을 발견하고 얼른 돌아섰다. 눈에 띄기 전에 들어가는 게 상책이었다. 명윤은 부친과 명원을 번갈아 보면서도 못난 아우를 붙잡지 않았지만, 모퉁이를 돌기도 전에 벼락같은 호통 소리가 명원의 뒤통수를 때렸다.

"어딜 또 온종일 노닥거리다 이제 들어와!"

"다녀오셨습니까, 아버님. 소자는 물러가겠습니다."

명원은 부친이 비난이 아니라 안부를 물은 것처럼 천연덕스럽게 인사하고 냉큼 몸을 피했다. 등 뒤로 이어지는 부친의 한탄은 어쩐 일인지 평소보다 더 절절했다.

"저, 저, 저놈을 대체 어쩌면 좋아, 응? 아니 누구는 재주가 많아서 얼굴 없이도 이름을 떨친다는데 누구는 세월이 가도록 그저 놀고먹는 재주나 닦을 뿐이니, 아이고, 내가 제 명에 못 살겠구나…….”

“아버님!”

“고, 고정하십시오, 주인마님!”

흥분이 과하여 뒷목이라도 잡으셨는지 형님이 끼어들고 하인들이 우왕좌왕 하는 기척이 요란했다. 사람이 많으니 나까지 나설 거 있나. 한데 어디서 많이 들어 본 얘기 같군. 명원은 유유히 방으로 향했다. 역시나, 이미 보이지도 않는 자신을 향해 기세 좋게 야단을 치는 부친의 호령은 계속 이어졌고 명원은 익숙한 목소리를 흘려 넘겼다.

이내 가만히 여닫히는 문틈 사이로 떨어진 한가로운 중얼거림이 바람결에 스며들었다.

“마음은 모두 잊고 서 있는데心道忘機立, 사람들은 여전히 여울 고기에 있다 하네人猶在灘魚[10].”

10) 원문 : 마음은 여전히 여울 고기에 있는데心猶在灘魚 사람들은 모두 잊고 서 있다 하네人道忘機立. 이규보李奎報, 〈요화백로蓼花白鷺〉 중

후기

이 이야기는 기출간 내용에 뒷이야기를 포함해 새롭게 다시 인사드리는 글입니다.

1부 명불허전이 동명의 단권으로 출간됐던 2009년 가을 당시, 국립중앙박물관에서 '몽유도원도'가 3일간 공개되는 특별 전시가 있었습니다. 그중 이틀을 보러 갔는데 그때 2부에 해당하는 뒷이야기를 생각했었어요. 몽유도원도와, 그 그림을 보기 위해 줄을 서서 천천히 들어가는 길목의 벽에 걸렸던 평범한 탈을 소재로 하자고요. 사실 그때부터 지금까지 내내 속으로 품고 있던 미련, 혹은 소원이었습니다. 저의 가장 아픈 손가락이었지요. 이미 출간된 뒤라 책에 실리지 못했던 외전들도 포함해서 언젠가는 이야기를 완전한 모습으로 만들고 싶다고 생각했었어요. 여기까지 오는 동안 지나간 시간만큼이나 우여곡절이 많았지만, 지금에 와서 생각해 보니 그 하나하나가 전부 필요했던 과정이라는 생각이 듭니다.

역사는 승자의 기록이고 실록도 결국 마찬가지가 아닌가 합니다. 저는 그 기록들의 이면에 분명히 존재했지만 지금의 우리가 알 수 없는 일들에 대해 생각해 보고 싶었습니다. 2부는 실록과 무관한 창작이긴 해도 역시 그냥 지나가긴 아쉬워서, 간접적으로나마 겹쳐지는 기록을 인용해 보았습니다.

글에 대해 잠깐 말씀드리자면……

〈1부〉

훗날 달마도로 유명해지는 기인 화공 김명국은 생몰년 불명설, 1600년 출생설이 있는데 저는 후자를 택했습니다. 푸른 눈 조선인에 대해서는 1627년 제주에 표류했다는 설과 1628년 초봄 한양으로 압송되었다는 설, 같은 해 훈련도감에 소속됐다는 설을 차용했습니다.

그리고 '허' 장성세 편에 간접 등장하시는 명원의 벗, 오승윤 나리는 윤민(자희) 작가님의 창작 인물입니다. 명불허전 출간 당시 허락을 구하고 모셔 온 그대로예요(이 자리를 빌려 다시 감사드립니다). 실은 그때 부자간 같은 음운 사용을 피하려고 고심 끝에 좌의정 대감님 성함을 자로 살짝 바꾸었는데, 영 마음에 걸렸어요. 그래서 이번에는 배열이 다르니 괜찮지 않겠느냐는 뻔뻔함으로 밀어붙였습니다. 실존 인물과는 무관하니 고민하는 것도 이상하긴 합니다만.

〈2부〉

작중에서도 전설 취급을 받고 직접 나오지도 않지만, 흐름의 중심에 있는 '몽유도원도'. 안평대군의 죽음 이후 사라졌다가 대뜸 일본에서 1940년대에 발견되었다는데 저는 일제 강점기 아니면 임진왜란이겠다고 생각하고 있었어요. 그리고 역시나, 임진왜란 당시 왜장 중 한 명이었던 시마즈 요시히로의 가문에서 보관되었다는 사실이 밝혀져서 약탈로 일본으로 건너간 것으로 추정된다고 합니다.

이 그림이 이미 일본의 국보가 되어 오랜 세월이 지났다는 점을 들어, 일본의 문화재라는 의견도 있습니다만, 저는 단순하게 '우리 조상님이 꾼 꿈을 역시 우리 조상님이 우리 땅에서 그린 것이니까 우리 거!' 라고 생각합니다. 정당한 거래가 아니라 전쟁 통에 흘러간 거라면 더욱더 그렇고요. 그래서 제가 본 '몽유도원도' 는 팔자가 기구하여 고작 사흘 동안만 고향에 머물 수 있는 비운의 그림이었고, 그런 이미지를 바탕으로 이 글을 썼습니다.

그리고 단종과 세조의 관계는, 단종이 조선 왕조에서 가장 완벽한 정통성을 가진 왕이란 점에서 '조카의 자리를 숙부가 찬탈하였다'고 보았습니다. 단종은 고조부인 태조 이성계에서부터 적자嫡子와 정실부인을 통해서만 내려온 적손이며, 적자이자 장자인 동시에 원손–세손–세자를 전부 거쳐 왕이 된 경우인지라 당시의 상식으로도 완벽한 자격을 갖고 있었지요. 따라서 단종의 편을 들다가 죽은 쪽은 어쩌면 단지 정치 싸움에서 진 것일지도 모르지만, 그래도 보다 정의에 가까웠다고 해석했습니다.

대비의 패는 1부를 쓴 당시 막연하게 상상하기로는 주인공 둘이 혼인할 때 쓰겠거니 했는데 의외의 쓰임이 있었네요. 패는 없어졌지만, 이번엔 명원에게 빚을 진 사람이 어떻게든 빨리 갚고 싶어 눈에 불을 켜고 대기할 텐데, 그 일은 어떻게 될지 조금 궁금해집니다. 미움받기 충분한 상황일 거예요, 분명.

사실 2부를 생각할 때만 해도—저의 기준으로도—단순히 새로운 사건 해결에 집중될 것 같았습니다. 뭐 달달함은 비슷하겠지, 그랬는데 아니 이 사람들이 이제 연애를 하는 사이가 되니 또 다르더군요. 신체적 접촉의 깊이에 대해서는 여전히 드릴 말씀이 없습니다만(…) 마음의 깊이라면 그렇지 않습니다. 감히 저는, 역시 두 사람의 이야기는 일편단심 로맨스라고 외쳐 봅니다.^^

새삼 보고 또 봐도 참 저의 취향 저의 사랑인 명원 나리와 희, 두 사람의 이야기에 함께해 주셔서 감사합니다. 이들을 처음 만났던 무렵 십 년 후의 제가 어떻게 살고 있을지 상상해 본 적이 있는데, 여전히 쓰고 있다는 점에서 예상대로입니다만, 여전히 읽어 주시는 분들이 계신 덕분임을 새삼 감사하게 느낍니다. 아울러 제 삶에서 가장 중요한 부분을 지켜 올 수 있게 해 준 가족들과 친구들, 저의 이 애착(집착?)까지 이해하고 그 긴 세월 동안 꾸준히 응원해 주신 버져비터 님, 호연 님, 잊지 않고 아껴 주신 윤민(자희) 님. 제가 헤맬 때 기꺼이 도움의 손길을 주신 김해련 님. 세월이 무색하게도 변함없이 반겨 주신 류드밀라 님. 감사하고 사랑합니다. 그리고 박경희 팀장님과 교정자님을 비롯한 스칼렛 관계자분들, 애써 주셔서 감사합니다.

마지막으로, 오래전 명불허전에 대해 〈농사를 짓고 밭을 가는 삶이, 뜻을 꺾어야 하는 삶이, 처절하지만 그래도 웃고 살 수밖에 없는 사람들의 삶이 왜 중요한지, 그런 선택이 단순히 비겁하고, 현실과 타협하고, 가진 것이 없어서가 아니라는 것을 들려준다.〉는 말씀을 남겨 주셨던 이름 모를 독자님께 감사드립니다. 많은 힘과 위로가 되었습니다. 만약 어느 날 연리지서도 읽어 주시게 된다면, 부디 마음에 드시길 바랄 따름입니다.

언젠가 또 다른 이야기로 새로운 즐거움을 드릴 수 있었으면 좋겠습니다. 늘 건강하시고 행복하세요. 감사합니다.

경자년 초입에서,

김유미 배상.

연리지서

1판 1쇄 찍음 2020년 3월 23일
1판 1쇄 펴냄 2020년 3월 31일

지은이 | 김유미
펴낸이 | 정 필
펴낸곳 | (주)뿔미디어

기획·편집 | 박경희 권지영 문지현 김신혜
표지·디자인 | 우 물

출판등록 | 2002년 9월 11일 (제1081-1-132호)
주소 | 경기도 부천시 소향로 17, 303(두성프라자)
전화 | 032)651-6513 팩스 | 032)651-6094
E-mail | scarlets2012@hanmail.net
블로그 | http://blog.naver.com/dahyangs
비북스 | http://b-books.co.kr

값 13,000원

ISBN 979-11-6565-068-1 03810

※파본은 구입하신 서점에서 교환하여 드립니다.